卷八·散文

思想（下）

张承志　著

人民东方出版传媒
東方出版社

在中东的巴勒斯坦难民营　2012 年

《心灵史》成品　2012 年

目录

生若直木

去年在南方，终于见识了从小听说的滕王阁。

那天一同登阁的朋友中，有老书家某先生。眼望秋水长天，大家心情舒畅，我随口向老先生求教，从纸到墨，听他讲文房四宝的奥妙。

滕王阁已翻盖一新，阁中层层店铺林立。看见摆的镇纸光色新鲜，盘算是否也买一对。如今作家少文，个个的字都如鸡飞狗趴。我也一样，偶尔写字，怨笔赖墨，而且只有一把英吉沙匕首压纸。足踏着滕王阁的地板，心里寻思，这镇纸只卖十多块，不能说好，但是有落霞孤鹜的字儿，带回一对也算个纪念。

老先生却摇头，以为粗磁生铜，不值一顾。他说江西书家的案上，没有这种次货，也不使菜刀压纸。镇纸多用檀木自制。我说我的字哪里要什么镇纸，砖头石头，有一块足矣。老先生沉吟半晌，说，我给你做一对吧。

囊匣装着的镇纸被捎来北京时，我正在读一个小说。

急忙掀开囊匣盖子，只见一双白润的檀木，静静躺在紫红的绒布里。真是性灵南国，书法家还做细木工！抚着满掌光洁，脑中现出柔润檀木划过宣纸的感觉。

怀着一丝谢意，握着镇纸继续读。小说的主人公，正迎面着他第二次的被捕。小说是我的一个朋友写的，历历细微的，满篇都是他在四人帮时的苦难遭遇。我用白檀木唰地一划，翻过下一页。

这篇小说，其实是因了我的怂恿，朋友才勉强写了出来。他是个内向的家伙，文字轻描淡写，但骨子透出凄凉。压力和逆旅，使我们都敏感了，读着我想。

檀木握久了以后，光滑中沁出了一种冰凉。我想快些翻完这篇小说，好给江西的老前辈回信。可是故事却正在有趣处，不由我不先读完。警察监视他的房东，审讯他的女友，他把头上的一张大网，写得纲举目张。

一瞬间我意识到手中的镇纸。掂了一掂，觉得挺沉。确实，檀木决非杨柳杂属，不显形骸，不露纹理。这么一想再掂掂手里小说，突然感觉我辈的感情娇嫩。不是么，以前我的那些劳什子，不更是又嫩又酸么。

丢开小说，摩挲着檀木镇纸，心里不禁佩服。世间最不外露的，怕就是这光洁之物了。其实当初斧子劈锛子凿，它的内里该都是坑疤。人也一样，每逢出事，当事人处当时，都要让肉长的心迎着刀刃，哪怕它伤痕累累。

囊匣下面，覆着一条墨纸，我取出来一看，原来是老者的题字:

直木顶千斤　　江西民谚

趁着一时感悟，我提笔兑墨，用这一对白檀木压住纸边。想了半天，编了两句，哪管字迹蠢劣，与江西老者唱和了一张：

生若直木，不语斧凿

我想，事物都大致雷同，无论一茎枯草，一头弱牛。政治的伤害比起永恒的大自然和长流的历史，比起存活下来的民众，是那么渺小。除了我们，被笔墨染了一身毛病的人，大家都不去炫耀自家伤痕。而且，大都是心广意宽，如打磨光滑的檀木镇纸，像穿了新衣裳的农民，干净漂亮地活下来。

2000 年 10 月

大河三景

半生的愿望，就是在不同的地点，接近黄河。

因为后来终于明白了：所谓的顺河而下，其实不可能也没意思。最要紧的，是和河岸的人发生深刻的关系。当我对这个道理还是懵懂半解——我就一次次向它靠拢过去。

也许，能说潜入了的地点，最终积攒了两三处？但是更多的，只是接近，抵达河岸。

到过的黄河地点，数数已经不少。只算河上的峡，就有扎西嘎峡、龙羊峡、李家峡、拱北峡、孟达峡、盐锅峡、刘家峡、青铜峡……

在晋陕两省，是用六十年代的方式接近的。我从陕北同学插队的村子出发，去同学插队的山西，车停路断，为了赶路，于是在晋陕峡谷中无定河注入黄河的河底村，游过了黄河。

那时没有意识到，从河底的无定河口向下，黄河接着就流向了这一回想提及的壶口、龙门、三门峡。

(1)

年年的奔向甘宁青，次次的路过大河家，我的兴趣不知怎地总在上游。不知路过了多少次潼关，不知多少次车过三门峡，我忘了琢磨一下黄河的中游，忘了唯有中游的几处地方才是大河名胜；而我半生纠缠的黄土腹地甘青边界，就黄河而言只是下里巴人的乡下。

感觉的启蒙，是在枯水的腊月壶口。

我至今主张一生要看两次壶口：汛期的八月，和冰冻的腊月。洪水咆哮的八月壶口，大家都在电视上看腻了。在浊黄的怒涛跌宕之间，推出来一部庸俗的电视片的字样。

我是在腊月里，从陕西一侧抵达壶口的。目击的地理，永生难忘。比起夏季，不消说水量大大抽减气势弱了，但是照样有日夜不歇的轰轰河吼，有翻滚跌落的黄河浪。唯在冬三月才能看见的只有一样：裸露的河床石槽。

年轻时反复念叨书上的句子：行进的河流，向下切削向外堆积。以前我曾特意留意一些干枯的河滩，寻找河活着的时候，向下淘挖的浅沟。那时候偶或也猜想过，若是黄河，切淘的痕迹一定与众不同。

须知河床已经是奇观，是亘古的时间，和荒漠水流的作品。大河经久不息地冲撞，沿着山脉的边缘，抢夺了这条水路。它腐蚀齿咬，昼夜刷淘，剥离了全部的黄土，卷去了所有的碎石，在大地上留下了这一条石板河床。

——而凿刻在河床底盘的深槽，却是黄河的秘密。河水如一条恶龙，它在床底槽间养足力气，然后恣情跃起，掀起骇世的惊涛。这道深槽难得一见，人只能趁枯水偶尔窥视。它承托水流，它暗蓄潜力，它隐蔽伤痛。在地貌上，它如此地显示奇迹，唯在龙羊峡还有一次。

黄河如一条搁浅的怒兽，翻跳挣滚，左右腾跃，在这段突兀狭窄不可理喻的河床里，疯痴狂怒，以死相搏，竭尽最后一丝气力，冲出壶颈，跳出壶口，顺着一直使它感觉舒服的晋陕峡谷，朝正南逃离而下。

凛冽的寒风从两省夹击。浪头激起的水雾，打湿了棉衣、手套和脸颊。我注视着如此的鬼斧神工，一种依恋的感觉，无法形容。

但是同时，我也开始对黄河有了批判的感觉：它的水量竟如此之小！这么一点点水，究竟能有多少文化的耐力——从那一天我开始若有所思。在枯水季节，通过壶口的黄河水量，怕少过了同时的屈原汨罗江、甚至难比甘南藏区的山峡涧水，比如腊子口的小河。

不必说，比起亚马孙的地球水网，比起那陆地与河流渐分渐合、沼泽与丛林混淆一起，茫茫大地就在河流水网的推动下缓缓移动——黄河在每个时分，都能变作沙漠。

(2)

那一次没有接着向下追寻，因为我不懂中游的含义。

我没有意识到：对壮行的黄河来说，大山作伴的日子已快要结束了。那削山吞土纵情不羁的奔流，就要被别的方式代替。舒畅的峡谷通道，就要被茫茫无路的平原阻断了。

春天里，书斋窗外的杨柳已绿。该出门了，于是约上河南的识宝，一个殷甲汉砖青铜翡翠无所不识的兄弟，一起出汉函谷关进秦函谷关，走走停停遛达到了潼关。

本来说随便寻条古路走走，结果看罢了古潼关，又想顺路看唐代移民的居地，这么逛到了大荔。

在大荔的长途车站，一辆辆车上都贴着“韩城”的字样。卖票的又是“大哥”又是“师傅”喊的亲。谁能禁得住诱惑呢？上车吧。于是便到了龙门，黄河中游的第二处重要津渡。

叫做龙门的地方太多，简直数不过来。但是传说都一样：它是被大禹治水时一斧子劈开的。北到陕西，南到浙江，到处都说自己是龙门的正宗，到处都演义着大禹的故事。

这一处龙门，座落在晋陕峡谷穿行了南北千里之后的终点。像一道门，如一把锁，门坎里是被山西涌出的煤末子染黑的贫瘠山岭，门坎之下，却风光一换，豁然变做了一派寥廓的大平原。

其实不是平原，只是左右的山脉恰好在此消失，隔河相望的峭山离得又嫌太远——黄河出了龙门，仿佛失了方向。它根本没有那么多的水，来占据这么宽的河床。它迟疑流去，顿失声浪，一瞬消失在迷濛的空旷河滩。它徘徊迟缓，幸而渭河汾河的汇入给它多少添加了力量，于是它随着地势，掉头向东——开始了前途未卜的流程。

那天刮着六七级的风。

走上龙门口的铁桥，剧烈的风如暗中的巨手，猛地把人一推一推。我和识宝弟攀住铁链，咬紧牙，更要紧的是警惕着不被煤沙迷了眼睛——缓缓地朝山西对岸走去。我意识到，这条大峡谷从陕北开始，笔直南下一个弯也没有转，一股风，它回旋郁积在峡谷里等待了千里，此刻终于冲决而出了。

山西人为卖煤，把他们“表”山河的每一个出口，都使用到了极限。前年从羊肠坂进太行，今春在韩城县渡黄河，每一次都忍受着漫天侵染的煤灰。但这恰是百姓的生计。我半闭着眼，艰难走着，瞥见狂野的风从龙门里扫荡而来。身边识宝弟已是灰头黑脸，心头感动，对他吼道：不经这一场风，不知晋陕峡谷气势！他答道：那难道洛阳的龙门，就不是大禹开的？

挣扎到了对岸，踉跄进了桥头的禹王庙。这残存唯有的小庙，被煤灰涂得又黑又亮。阑干下立着一个山西汉子，只两个眼睛雪白，宛如刚从煤窑钻出来。我俩挨着那黑兄弟，被大风摇撼着，照相，读碑、画图、还合了影，舍不得离开这劫余的古迹。

根据桥头黑兄弟的提示，我们跑到路边的小卖部，去看一幅贴在漆黑墙上的、一九三五年的龙门全图。看罢了出来，这一回，转脸向南眺望。

在不知阻挡、一望无际的渺渺浩莽之间，夹着一条出龙门而来如今却怅惘迷失的它。在《禹贡》里先哲们说：“导河积石，至于龙门”。也就是说，从孟达峡口十里的木场，从我住过的那撒拉人家再绕两个弯、出了积石山的关门村以后，如今我在这儿又和它相遇了。

我感觉到一种私人的亲近。

哪一处的龙门更古老，哪一处与大禹的古史更般配，到了如今，实在已经无关紧要。在今天，唯考据最乏味，唯传说才妙不可言。

让人快乐的是，从青海到河南，从积石到龙门——那么多的一个个人物，那么宽阔的一块块风土，早就与我纠缠一起，共毁共荣。

三十年来，我没有堕落于文人的团伙，却熟悉了一段一段的黄河。无声无息之间，胸中积蓄了大河的风姿，在处处津渡，到处都静卧着我的堡垒户。回数自己半生，不知始自几时，我徘徊河之上下，认识一群或一个的朋友，结伴散步于大地之奥深。到后来早已不问目的，只是向着半片大陆，去寻觅嗅惯了的晚炊烟辣，去沐浴那剥蚀了人和土地面容的凛冽金风。

如今，我站在河岸，暗自回味吮吸后的粗砺、甘美和滋润。

(3)

在三省夹角处，朝背后瞥了一眼。

黄河最终东去了。它只享受了从韩城到潼关的百数十里开阔，就又一次被卧牛般的地势从南边挤压，不情愿地，再次灌入一道狭窄山谷。

以前只要一到三门峡，我就喜欢恋恋地眺望北岸。那片台地至今使我感动。我总惊奇地想，只有如此大河才能拥有如此的台地。唯有这么巨大、理想的水平台地，才能催人想象——挖一个方坑当做院子，再从院子四壁开出宽敞窑洞，日出而作，耕种庄稼。

这一次从南岸进入，如今三门都在眼底。

黄土高原悄悄临近了结束。它平缓延伸，渐渐融入枯燥的平原。偶尔的隆起，不觉自己阻挡了冲动。三门峡，是最后一次大自然的鱼死网破，在三门峡残留的，是黄河冲决最后封锁的伤口。黄褐的丘梁被撞得粉碎，它的残肢断骨，后来被唤作鬼门、神门和人门。

我逐一辨着三门，猜测着洪荒的开辟。心中一片空虚。黄河东出这道门槛，从此风景彻底大变。它浅流横溢，拖网扯翼，上了不祥的湮堵之路。

远古痛苦的洪水，催生了龙门的传说。人们想象大禹在这些地点，劈山开阻，把洪水导向天外。

——其实洪水被引进的是平原。它在平原上浸渗、肆虐、最后无奈地淤蓄。那些远古的灭顶之灾，那些溺杀淹没的遗迹，就是豫鲁之间的低地沼泽。那儿是洪水在平原的归宿，大野沼，梁山泊，还有今天的菏泽。它们干涸了，一串浅潦深潴，供人们沟通疏浚，勉强连成了一条运河。

——黄河在三门峡水势并不汹涌。其实，我搜索记忆，无论壶口，或者龙门，黄河都没有期望的那么大。每望黄河，凡中国人，都因着大中华的思路加了一笔赞美，而不愿正视它半是干涸的苦相。

东去只剩下几程路。除了八里胡同或小浪底，那高原边缘的残余抵挡；左右无涯的平原在引诱它徐徐散开，劝说它渗入和沉睡。它感到阻滞，给它底气的腹底槽，早已淤塞殆尽。当发生最初的泛滥时，它看见人群如蚁，蠕动着两岸筑堤。但是，待河水行至宋朝的东京，黄河已是一个海外怪谈：河床高悬半空，都市蹲在河底，天下担忧着悬剑般的危河。

花了三十年我才明白：把一条大河引向平原是危险的，让一条枯水的河走向平原是痛苦的。也是到了此刻我才明白：对一条河流来说，黄河所处的地理，实在是太糟糕了：前一半穿过黄土高原挟满了泥沙，后一半又遇上华北平原封闭了出口。它不像日本的河流，从险峰笔直注入海里；也不像亚马孙河网，几个国家半片大陆都是它的河床。

但是就像那根中流砥柱的比喻：巨匠在唯有在限制中创造。

唯有处在持久的苦难里，才会得到含蓄的丰满。黄河如一个文学大师，唯因环境险恶，才有名作连连，给后世留下阐释的残业，暗自圆缺，如姣好的月色。

——龙羊、公伯、还有李家、刘家，诸峡只能承认：最后还是壶口、龙门、三门峡这一组作品，才是黄河的代表作。对它的阅读，是天下的基础课。

我舍不得走开。

忍着烈风，记下感受，如在教室。

大河远去了，流入莫测的未来。注视着它，时而恐怖，又生伤感，更觉幸福。我感到依恋，不仅对数千年的文明、更对造物者的伟力。

它无终无止，简直超绝，把一条野生的河八次险阻九次曲折赋予了灵魂；也把愚钝的我们，丰盈枯旱，冲淘磨洗，变做了有信仰的人。

2007年6月初稿

2010年3月改定

油菜花

我从来不会留意，在哪儿开什么花。

虽然，遇上好看的花，也会眼前一亮，心中一动涌起一股爱怜；但那会很快过去，随时光淘刷遗忘干净，而不会总惦记着它。花简直也是一种流水，喧闹地斑斓一时，又突兀地枯败殆尽；让我这样的人，不仅没养成对花的癖好，甚至全无花的常识。

然而莫名地，我这花盲，却与一种花暗中有了什么关系。

不分冬夏无论南北，我与它到处相遇。它使我不得不想：为什么到处都总碰上它呢？

它就是油菜花。

1

那年在河州，算来该是六月的日子。

只记得积石山一面拽下两千米的坡麓上，鲜黄的油菜花一片接一片。那儿是河州城的西南乡，保安人的聚居地。

那一次，宿地是名气挺大的梅坡，我们兄弟三人，小住在丁生智的老家。

每天，屏障般的积石山壁立西天，山麓上仿佛有一层紫色镀染。当学生时就听熟了的保安三庄，低踞在薄薄的暮霭里。除了托茂、康杨、一半的裕固，保安人是一支比较小的、说古代蒙古语的遗民。虽知道已经无望用蒙语交流，但我还是喜欢和他们“对词儿”。

此来无甚大事，只是休养身心，听掌故、记蒙语、访教门。我喜欢沿着旺盛的小麦田，瞟着山体微蓝的积石大山散步。油菜花，正在远近的凹地坡麓上怒放，那一派浓烈的黄色，给我说不清的振奋。那是我留意了它的头一次。

在贫瘠、不公、阴暗的季节，油菜花突然跳了出来，给大地涂满了泼辣辣的亮色。宛似热烈的希望，忽然间公开在满山遍野。山脉横亘在青藏高原的前沿；造物主的巨笔饱蘸鲜黄，涂抹遮断眺望的大山。无论谁都禁不住浮起的快意：一块块的黄彩，闪烁引诱，扫荡了心底的阴愁。

再吃清油的锅盔、炒成的洋芋菜——滋味不一样了。味重色浓的清油，在盘底积了薄薄一层黄色。它确实香，嘴里知道，但说不来。我猜，哪怕你洋包装色拉油流行超市，某一天，若是锅里换了别的油，西北五省的汉子会齐齐地放下碗，“嗯？”一声，大惑不解。

我一直没造访过油坊和水磨。我对油菜花的好感，只为它带来的明亮视野；虽然我模糊知道，对农民来说，满山的油菜地只是为了榨油卖钱。

2

忘了问问广东湖南是否也种油菜花。估计答案大概是肯定的；只是怪我一直没有留意，没有把它们与西北联系。

既不留心，此刻也就写不出湖广的花期、更不知它们与百姓的纠葛了。但我还是觉得在南国它不会这么重要，因为南国大概用不着以它妆扮风景。

知道的只是：四川的油菜花在二月就开满了。

那年从川北的剑阁栈道东行，在苍溪的白龙江上，我遇上了被油菜田斑驳点缀的红军渡。

于我而言，大巴山是个陌生的新词，面对着它，我心里留着一丝谨慎，只想浅浅的初探。比起大西北，这里的油菜田零散而且破碎，难得看见绵延起伏的大片黄花。直陡陡的断崖坎，巴掌大的三角地，都被四川农户见缝插针地种上了油菜。它们明灭闪烁，从向阳处到背阴坡，从低矮的山脚到高高的山顶，依着几天的节气跌差，次第分批，有条不理地开放。

在川东北眺望油菜花，感觉多少有一点异样。也许因为突兀地走到了苍溪渡口，我总把这倔强的花，与悲剧的红四方面军联想一起。他们突然就抛弃了依托，离开了根据地。他们几步就迈进了松潘草地，接着走进了一部长长的悲剧。确切地说，在四川，我为二月的油菜花开感到不可思议。因为远在青海的祁连，花的满开，要待到七月上旬——流落祁连的红军，一定也曾对七月的油菜花季惊奇过，我深信不疑。

世上油菜花种植最多的地方，也许是青海门源。

那里有一望几十万亩的大面积油菜田，沿着一字并肩的祁连雪山，浩荡的金波一望无际。门源创建了“油菜花节”，日子定在了七月十号。这日子与四川的二月实在差得太远了！

我意识到：油菜花是中国地理的标志花。

花期的剧烈跌荡，如世间的峻险无常。从剑阁、到松潘、在岩石缝隙、在高高山顶，那一块块鲜黄确实不合时宜。它开在贫瘠的土壤，它宣布着异端的思想。我忽然想，若是没有油菜花，不仅那些牺牲的红军，包括我们都会觉得太寂寞了。这不起眼的小花，它藏着奇异的隐喻，挑逗人莫名的激动。

谁知是在四川还是在青海？反正，我与这种花结成了某种关系。

3

这一次到汉中，当又一次看见山上块块涂黄的时候，我心里主要是地理的兴趣：这儿可是南方北方的分界；油菜花，你这地理的标志花，我倒要看看你开在几月！

来汉中的目的，是想到城固县去，打听六十年代从阿尔巴尼亚引进的橄榄树的下落。写《幻视的橄榄树》时，一位老专家写信来教给我一个重要知识：秦岭白龙江是气候的分界线。橄榄——那神圣的和平树，它在中国尝试栽种的伟大实践，其最北端就在秦岭的南麓、陌生的城固。

但是没料到，在陕西城固，无论市民农民，提起橄榄树，人人一问三不知。这和把好不容易完成了驯化、并把树种到尺粗的成果砍了个精光的四川广元，恰恰是南北一对。在广元，我们在公园找到了石鼓似的断根；在城固，只看见一个植物园里有橄榄树的广告。

只遗憾没有去城固县林业局。我留了一线念想：受到冷落的橄榄树，一定还悄悄躲在国家的苗圃，怅然望着满山的油菜花。我说不清对油菜花究竟是不满还是理解——正是油菜花，挤走了橄榄树的种植。

急功近利的中国人，等不及橄榄油普及锅台的未来。但是从四川到汉中，在陡峭破碎的坡地上染黄的油菜花，意味着菜籽油依然是中国农民的经典食品。橄榄树以及它的神圣背景和传奇的油，进入每年都被油菜花从南到北依次占领的中国——还需要一些时间和机会。

与其说和一种植物莫名地结了缘分，不如说不自觉地了解一些植物的知识。这是一次小小的学习，但也横跨着宽广的地理。

我喜欢油菜花，不单因为它是最适中国农民的油料；也因为它点缀了我的长旅，装饰了一路旱渴的风景。即便如此，当我发现它真的沿着纬度，次第接续，一分分攀升一般地开花；成了中国大陆上花期拖延最长、南北种植跨度最宽的一种花——心里真是又惊又喜。

中国的辽阔，不知为什么常给人一丝伤感。

是因为它受过的苦难，以及一定还要迎受的、在劫难逃无计可施的恐怖的苦难和危机么？也不尽然。是因为草木的微渺的美好么？

它那么弱小，且从来沉默，似乎可以被人任意欺凌直到来世——须知野草菜花不容轻蔑，无论它们怎么渺小无助，怎么身为下贱，它们的草木生存中，藏有颠覆的底气。

油菜花——它随风散洒，遇土生根，落雨花开，安慰天下。它从南向北，逐省逐县，点缀贫瘠的大地，添补百姓的生活。它虽不鲜艳，也不名贵，但唯有它，与我形影跟随，相伴了一场。

2007 年 7 月写于松潘

改定于 2010 年 3 月

红军渡

在去古城阆中的途中，谁想到会耽搁那么久呢？

到了阆中巴巴寺大门口的时候，苦等的朋友，疲惫的脸上已经染着暮色。而无论是在那个地点流连时、或者就在此刻，我又一阵阵为那时的匆忙离开，感到心里涌漾的憾意。

那个地点就是红军渡。

红四方面军从那儿誓师，踏上了他们悲剧的历程。流到川北的苍溪，这条江已浑然有了江水的气势。不像它少年的白龙江时代，任我们一群中学生唱着歌，赤脚跳进结冰的碧水，扬珠溅玉，来回地嬉笑涉渡。

我对革命史的了解，不知为什么总与红四方面军古怪地纠缠着。十八岁我就模仿过他们的长征，徒步走完了腊子口前的五六百里路。成年后我又到过祁连县的黄番寺，那里是他们覆灭的地点。

半生里我见过数不清的流落红军，他们都是四方面军的，我听过他们操着四川口音，说起自己的家乡巴县或巴山。

我不知道他们就是从这个渡口，走进了他们的光荣和苦难。

江水静静地淌着，流到这里它就叫做嘉陵江了。我忆着它的上游，白龙江碧绿如蓝，翻腾着雪白的浪。在上游它扭曲挣扎，大抵是从藏区向东冲泻；而在这一带它笔直南下，宽阔水面挡着红军的出路。

红军渡，就是造反者冲出不容异端的川东北，向西疆，向白党鞭长莫及的边境谋生存的突破口。那里连绵着甘孜和阿坝，那里是天高皇帝远的藏民牧场，白狗子棒老二不仅枪旧兵少，连文化都是稀薄的。

我猜鱼死网破的战斗一定打得干脆。果然，红军不但一步就跨过了这道汩汩浅流，而且转瞬间又突破了天险剑门，进入了——他们一直都没有突破隔膜的少数民族地带。

四川的油菜花正值满开。沿河的坡地上，鲜黄的花田一块块浓涂厚抹，使我算着祁连或者黑河的花期。几天前在都江堰刚见过它，今天它又在川北满开。我心里暗想着青海门源，大通河畔的油菜花节，是七月十日。

我们快跑着，只想草草一瞥。但是第一块碑石就把我的脚拖住了。糙砺的花岗岩上，摆开一排排凿刻的字。它猛地攫住了我，我感到身心都在震撼：

——不准英日军舰来川！

——硬要把刘湘邓锡侯杨森等棒老二消灭得一干二净穷人

才得安生！

——共产党是为穷人找饭吃的政党！……

心里突然升起造反的快感，一种入伙的冲动裹挟了我。那字迹逼真、粗野、明快，它们以逼人的迫力，一霎间便俘虏了我。哪怕同一瞬间里我也在紧张思索着河州、腊子、张掖、和祁连黄番寺，哪怕我深知他们在藏区回区的碰壁。哪怕我花了很多年才懂了，打土豪扩红的一套在那里不能奏效。但是我不由分说还是倒向了他们，我不愿压抑满心的喜爱。

群碑之中，簇拥着一座雕塑。我以为它可以和大师之作媲美：它是一座山崖，岩石上凿出一个丈高的“红”字，碑下凸雕起一个巨大的花岗岩八角帽。我敢说这是四川数一数二的优秀雕塑，唯有鲜红蜀锦从高空一泻而下的《天机》，才能与它媲美。掩饰着激动，我们紧靠着岩石八角帽合影。虽然无法摘下翻看，但我知道它的石头里子上，有一排“志勇坚定，不胜不休”的字样。

然后是大军南下行，然后是二进水草地，分裂者身败名破，流落者尝尽辛酸。最后他们在遥远的祁连山失败了，十万雄师只剩下残众四百，留下家乡的巴山巴水，空抱惆怅！

那以后，想要忘记他们的人尽数忘记了，没有忘记的人也缄口沉默。但他们没有离去，他们如一群革命的厉鬼，幽灵徘徊，暗带着一股潜伏的美。

眺望苍溪的四野，鲜黄的油菜花总使我联想祁连。比起他们远投的大西北，这儿不算贫瘠，也不能说富裕。黑瓦小屋搭在峭壁的边缘，鼓荡的山峦黄绿斑驳，农家的油菜田一小块一小块的，贴在陡峭的山坡上。大巴山——对于我，这是个新鲜的名字。

巴巴寺方面不断打来电话催促。我们一边疾走，一边回首顾盼。最后吸引我的又是一条石刻的标语，它嵌在涂红的粗砖壁上，石头被染得微红，镂刻的一行字里，最后的一个红字缺了半边。它粗悍又单纯，似一方炫目的烈火。我的腿被牢牢拖住，心里猛地掠过破坏的欲望。我只想随着扯开喉咙，振臂怒吼：

——红四方面军万岁！

积累了三十多年，鞋上粘遍了沿线的土。在我的长征观察中，已能数出天险的腊子、藏民的麻牙、回民的会宁、败灭的祁连。直至到了这里，他们出发的渡口，我才意识到了：这一支红军的美感。

我惊异地盯着自己。你是怎么了？你不是……但我不愿约束迸发的情感。我留意一丝，观察着自己。你是在——为他们的厄运感到不平呢，还是被他们的悲剧吸引？满眼充斥着油菜花，还有南流的江水。反叛和升华的感觉，使我莫名地快乐。

踏着山坡的青草，我朝停车场跑去。

我的心里，回荡着异样的激动。红和绿其实是和谐的，都是为了反抗奴隶的苟活。

车终于在天黑之前，抵达了阆中的郊外。

跑进巴巴寺，迎头碰上了一群河州东乡的农民。

这儿是嘎德忍耶的一座坟，据说埋着一位阿拉伯的先贤。东乡的口语在四周响着，来上坟的河州人正在忙着宰牛。这是我惯见的场面，问答间，我已经换了另一套术语。看坟人是个年轻小阿訇，他领我穿过人群去洗净，然后走进了他们的拱北。

墓室里肃穆无限，我的心也宁静了。随着悠扬的诵经声，我想长眠的人一定得到了安慰。当我和那个河州小阿訇举起双掌为亡人祈愿时，我的心里，同时想着先贤和红军。

2005年4月四川归来

白钢琴

一

在阿卡普尔科人的心情如走着一条别扭的石阶山路。先是愉悦地欣赏，再就有了怀疑和不满，最后居然会达到愤怒——这对自己真是始料不及。

其实就港口本身而言，也许阿卡普尔科是我到过的最好的一处海港：首先它是沿岸港，有石岸环绕的山和古老的港区，而不像胶南苏北的港口，直直海滩加两道防波堤、或者干脆只是河流冲积的泥滩涂。在那种海港，市民压根就没有海滨。其次，阿卡普尔科古老的旧城紧抵海岸环湾而起，不仅历史滋味十足，而且领有一条相当重要的航线——阿卡普尔科是连接太平洋航线的第一座美洲港口，自古迎来中国的“大帆船”（navo China）。兼之这座港口里印第安、殖民地、气候、物产、情调同熔一炉，散发着浓郁的魅力。

我仔细一一琢磨过：上海并不临海，天津如同内陆。东京、巴塞罗那并不能让市民直接享有海滨，青岛、秦皇岛没有世界性的航线。更不用说一系列古代的名港，它们只是近岸航海的产物——广州、泉州、明州（宁波）都避开大海，座落在一条入港河流的岸上。

老城区被戏称“穷人海滨”，它完全沿海岸布局而成，老城中心广场（centro）离海边只一步之遥。看着一群黝黑的墨西哥小孩在海浪里翻跟头踢足球，一种穷人的满足感染着人们。随着资本主义的蔓延，先是为富人营建的高楼在海湾另一侧拔地而起，是为“黄金区”；接着又绕过港口山，在更远的外港建起了“钻石区”。阿卡普尔科人半是嘲弄地说：这是一个每人都能享受大海的港口，只不过穷人在这儿，有钱人在那儿，更有钱的在那——儿！

在街上看见一个电影广告，是鲍勃·迪兰（Bob Dylan）。咦，他要打破沉默么？若是在以前，恐怕我会兴奋地追根问底。这喧嚣于六十年代的歌手，这把一首反战歌唱遍了世界的传奇人物，今天怕已六十多岁了。顺着老城活泼的街道，再走了几步又看见一个书店，窗户上并排挂着格瓦拉、玛丽莲·梦露、J·列侬、还有萨帕塔和潘乔·维拉的画像。我不由得苦笑。前不久在哪里还看见了纪念J·列侬的集会广告，好像，六十年代的新潮艺术又一次暗中涌起，不知是作为商机，还是作为时髦。

明清之际，马尼拉——阿卡普尔科之间的大洋航线开通，中国、日本、菲律宾，和大洋彼岸的墨西哥、秘鲁之间帆樯相碰。秘鲁的中国移民沿这条水路奔赴“锡山”，普埃布拉的“中国姑娘”其实是一位流落墨西哥的莫卧儿公主，日本的使节远去欧洲朝见罗马教皇，不知怎么却在太平洋西岸的此地驻留——太平洋海路勾起了人们对古老中国的向往，虽然在中国，关心这条海路的大概只有下南洋的广东移民。

不管怎样，我已置身于熏风滚烫的阿卡普尔科明媚阳光之中。

一本日本九二年版的《地球的走法》，对这里的介绍通篇都是旅馆、娱乐和佳肴。而我们是与那些东西缘分浅淡的局外人，那么何不也加入市民的人流，享受片刻这海滨的休息呢？想瞭望一番大洋的船影，看看当年中国“大帆船”的锚地。怀着这样的心绪，我从老城区的旅馆走出来，顺着海岸公路，向所谓的钻石海岸走去。

二

两个无所事事的穷孩子，对海港的“钻石区”兴致勃勃。弯弯环绕老城的灯塔山外面，另外还有一个花花世界么？每个老城区海滩上长大的孩子都禁不住这样的念头。

他俩登上了环港的公共汽车。司机严厉地盯着：“每人十个比索！”一下掏空了两个腰包。

车子飞驰，左盘右旋，须臾之间他俩已经孤零零地站在山顶。

赤脚踩着灼烫的路面，耳际掠过呼啸的车流。几乎无法立足，甚至不能藏身。汽车一辆辆怪吼而来，紧贴着肩头脚背一闪而过。这条路原来就是泛美公路！钻石区的房子掩映在山腰的绿荫里，但是无法靠近。一条条私家公路拐下泛美公路消失在山涧绿浓之中，但是不许通行。他俩想寻找一块平地，想坐下喝带来的一瓶水。逆着凶险的车流，他俩贴着路边踯躅，小心着路左的深渊，仿佛攀着一片峭壁。但是唯有的一个瞭望台正在施工，荷枪实弹的警卫拒绝他俩进入。

于是再蹭着不到一米宽的路边往下走，此刻小哥俩已经后悔上山了。汽车的旋风毫不容赦，不留间发地吼叫着掠过，庞然巨无霸的大卡车、弯道强行超越的小轿车，把他俩挤得喘息不能。

这是两个浅黑肤色的梅斯提索混血孩子，上午他们还在老城区的海滩戏水。那时阳光尚不毒辣，他俩在潮头上模仿冲浪，母亲穿着裙子泡在水里，耐心地在沙里摸着小蟹。若不是那关于钻石海岸的传言，他们是不会困在汽车夹缝里的。此刻他们懊悔不迭，但要紧的是安全走过这条恐怖的路边，返回老城。诅咒着，蹒跚着，挪动着，他们贴着窄窄路边往回走。这种行走能感觉每一辆迎面驶来的汽车：好心的司机会微微一转给他们宽些的路面，另一些司机（大都是豪华轿车）则寸分不让，恶意地紧贴少年的脚趾头，一碾而过。

遇到路左不是断崖而是草坡时，他俩赶紧跳下公路，在草坡上放松几步。此刻可以从容地眺望几眼。灯塔山外侧原来又是一个港湾，海水碧蓝，水天静谧，茂密的绿丛隐约着建筑。原来钻石区的居民就住在这儿。光屁股的美国妞儿就住在那里，只是无法靠近。沿着公路，结实的铁丝网，拦着绿陷阱般密密的丛林。两兄弟只能隔着铁丝网，默默眺望视野里的海、天、树、屋。草坡断了，再攀上路边继续走。不觉间他俩习惯了危险，时而还恶作剧地对着汽车甩衬衫——那时汽车会一怔，瞬间下意识地扳向路心，给他们闪出空间。

原来这儿藏着另一个阿卡普尔科，完全没有老城湾的喧嚣。隔着延伸的铁丝网，瞟着左侧的山谷，那些埋伏在绿丛中的别墅或白或红，与他们互在彼岸。

终于到了一处滨海的停车场！

我就是在这儿，见到了从山腰下来的两个赤脚少年。

《地球的走法》在一个不显眼的角落里写着："在这里可以眺望鲍勃·迪兰的豪华别墅"。以前，一眼扫过时我没有留意，再以前更是完全没发现。只是此刻，在现地翻阅时，书上分明写的是："有墨西哥的名演员、鲍勃·迪兰、及杰克林等人的豪华别墅。"

这个停车场通过一条窄窄的柏油路通向深幽的绿茵。隧道般的柏油路上拦着装置复杂的铁栅栏。

"这条路去哪里？"我问一个看守的老年警卫。

"这里是私人住宅，"他庄严地说。

"可以走这条路么？"

"不，这条路也是私人的。"

不知是一阵捣乱的冲动，或是练习外语的惯性使我编了一个句子：

"房子是私人的，路是私人的，海滩也是私人的——那么我们穷人有什么？"

老警卫连忙申明自己的阶级，他回答说："我也什么都没有！"两个墨西哥小孩痴痴地望着我们，头上的汗珠在暴晒下闪着光。

这时有一辆公共汽车来了，两个小孩飞快地奔过去，我也赶快上车。车上很空，只有一位中年妇女坐着。我挑了一个靠海的椅子坐下，车载着我们几个向老城区驶去。

在车上，我翻弄着那本《地球的走法》，忽然想到了J·列侬的集会海报。在四、五十年的时光冲刷之后，如露出沙滩的石头，他们显现的，究竟是怎样的一种形象呢？

时代、世界、和我们曾给了他们那么强大的支撑。而回顾起来，他们代替世界发出的抗议声音，其实并不那么响亮。“答案在风中，在风中吹。”至于J·列侬，当他刚刚写出《Imagine》（《想象》）的时候，大野洋子兴奋地说：“要用钢琴伴奏，要用一架白钢琴伴奏！”

爬上车的两个孩子在悄悄地数钱。后来他俩就挤着一根扶手柱子不敢坐座位，眼神里满是紧张。这时司机一声吆喝，朝他们摊开一张毛茸茸的手掌。他们羞愧难当，我忽然想到优雅的白钢琴。就在这时，一边坐着的中年妇女叹了口气，摸出钱包，一枚枚数着，然后把硬币递给了他们。

两个男孩羞得一声不吭。

“谢谢您，女士！”我大声地替他们说。

港口已沉入了清晰的暮色。那墨西哥妇女的与人为善，感染着我的思路。耳际古怪地响着一些熟悉的旋律。人们不能因为看见了他们的豪华别墅，就盘算着收回六十年代付出的热爱。正义艺术的大潮一直在鼓动涌落，他们不过是脆弱的艺术家，如他们自己所说，还要走很长的路，才能被称为真正的人。

我重新沉浸到外面的港口景色。当穷人被剥夺了海岸、道路和空气的时候，艺术家，你们的歌声在哪里？

一边这样想着，公共汽车已经驶进了阿卡普尔科的老城。当我下了车，看着两个墨西哥孩子拼命般径直地奔向海水时，耳际突然又响起了舒缓的、一步一顿的白色钢琴，沙哑的、含混不清的鲍勃·迪兰。他们依然是悦耳的，只是渐渐离我远了。

2005年12月写于Puebla

早期意味

艺术家后来大都变得不可信。其中不在少数的人甚至使人怀疑他们究竟是否长过一颗艺术细胞。粗糙的艺术——文学使小说家尤其诗人更是如此，看着他们恬不知耻地攀附权贵、一丝正义感也没有的嘴脸，谁能相信他们也可能有可信的初衷和早期呢？

即便对大师也禁不住这么看。我以前曾对加西亚·马尔克斯读之不进。直至他穿着农民服装在领奖台上抨击世界的不义，我才计划什么时候潜心啃啃他的《百年孤独》。同样我实在没有从结构主义小说里读出什么真货，所以我不恭维略萨，忍受着同行精英们对他的热评。

所以当那一年，蹭了个去美国开会的机会参观毕加索的《早期作品展览》时，一脚迈进大厅，我的心境是怀疑的。

老实说我受不了这位大师的几何画。若不是因为那个会议实在太可怕了，我根本就不会溜出来看他的画展。

但是走了半个展厅，我发觉，没有出现几何学。心静了，不觉间一幅幅看了起来。再后来，竟一幅幅“记”了起来。

我用黑颜色钢笔一共勾勒了4幅画的草图。大致的线条，一点点感受。由于时间太少，我来不及记录所有感动了我的作品。也由于这一切来得太突然，我没有在闭馆前再回到原画跟前，直接面对着笔触与质感，捕捉心中的滋味。

《盲人的食物》使我猛地意识到画家的才气。这是一种用艺术的捕捉，来反映深奥处底层观点的才华。盲人摸索着水罐，害怕打翻水罐的紧张，在探出的手指，稍稍绷着的肩，屏息的神情上，一笔涂成。

——多少年过去了，我舍不得丢掉这两张速写笔记。我在盲人持面包的手边注着：“半块面包”，在盘子下注着“空盆”，在它上方画了一条线：“钴蓝领巾”。我草草抄下英文标题，随感写的是：“极为感人。怕碰倒咖啡壶的手和下巴的表情，不可能模仿。”

这种底层意识继续出现在许多作品中。同时不能掩饰的另一种天性——幽默也处处迸射。

在我一眼看见便给它起名“穷约会”的那幅画面上，一对男女在对着空瓶净盘，矜持而尴尬地坐着。大约还想在这咖啡馆里消磨时间，无奈囊中羞涩。男的便小心翼翼轻扶着女人的臂，姿态和手指都夸张至极。画家的细腻、佻皮和一种犀利，洋溢画面。

由于忙乱没有记准题目，后来在巴塞罗那又一次看到这张画，才知道它居然是黑白的油画或素描。味道也和我的记录速写有些差距：给我强烈印象的幽默没那么多，也许是由于黑白的色调吧，哀伤的底层情调更浓更重。它题为：《菲薄的正餐》。

更佻皮地刺激人的是《诗人》；不知毕加索是在揭露诗人的穷酸与“盗句”本质，还是强调女性对诗人的启发。夜深以后，诗人翻身而起挤坐床棱，急匆匆在小本上记下刚刚从女人身上获得的两句诗。裸体的女人则在酣睡之中显然不知道男人是为了这个。这幅画的色彩尺寸都记不清了，记忆中那女体油彩明亮。我久久离不开这幅画：它把文人看透得真是入木三分。用幽默来表达真理，力量使人感到震撼。同时画家也藉这种轻松笔调传达了一种距离——真正的艺术和思想，与画上这多少萎琐和小家子气的诗人之间的距离。

毕加索的早期，从那一天后不仅强烈地吸引了我，而且引我思索所谓早期的问题。无疑，任何一位成名的作家画家，都喜欢对自己的早期轻描淡写，对读者观众对自己后期缺乏尊重的倾向表示愤怒。确实别人过分注重自己早期的潜台词是：你已经衰竭了，江郎才尽，靠花拳绣腿媚众了。

那天的速写记录中，幅面最大的是大意为《穷人》的一幅巨画草图。我居然忘了是油彩还是炭笔了。只记得我当时很激动，急疾注上了“中间亮区、孩子、马、男人”几个字，用笔勉为其难地勾了一个线条示意。不知我是企图自己试试把这伟大的构图填色，还是打算以后寻找它的完成作。在巴塞罗那没有见到这幅画，翻了几本毕加索画册都不见它，后来也就没有再找。

或许这种跻身于卑贱者、意识着富贵不平并怀着对底层的同情与对上层的挑战思想的早期，存在于许多作家和艺术家的经历之中。只不过，后来发生了复杂的变化。不忘初衷的人需要几次深沉的脱胎换骨；至于背弃之辈，他们当然去表演作伪的肥皂剧。

我还没有因为毕加索拥有如此扎实的早期而马上迷恋他的几何图形，但是我开始捉摸这件事。更多的启发应针对自己：倒不是联想自己那些苍白渺小的学生作品，而是联想身为一个中国知识分子更为紧要的底层原则。

——印刷术愈来愈发达了，这几幅速写记录在夹子里已经放了几年。我想把它当成插图，和文章配在一起，也许会挺有意思。

2002年3月改定

在中国信仰

并不是因为进入了这个世纪末，才有了这个话题。对我来说，追逐已经持续了很久。如果不是从红色的六十年代终结算起，也自从见识了世间的所谓成就，一切就已开始。

我在路上行走已久。确实常与犹豫和怀疑相伴，只是没有回头。

藉此我破坏了平衡的生命。任肌骨日复一日粗糙，我的心却径直向着年轻生长。它抗拒衰老，滚烫得令我深深不安。而就在我体味和参悟着这一切时，耳际却听见人们的质疑。

你怎么了？变得这么厉害？关系密切的朋友曾经问过，萍水相逢的外人也曾经问过。开始多是朋友的好奇，后来也出现了敌意的纠缠。我的个人取道，由于文学的扩张，变成了文人的话题，更变成了防范的社会危险。这种境遇启发着也强迫着回答。我拒绝舆论煽动的强迫。但是我对启发暗暗惊喜。或许，已经到了对这个肮脏世界——解释介绍的时候？而且面对着的，更多的是严肃的讨论。

在黄土高原深处，那是著名的西海固，在一座清真寺里。我们谈天论地，沉浸在快乐的气氛中。突然，一位在贫瘠山地长大的满拉弟弟，那天他按捺不住久藏的疑问，他粗鲁地问："我们知道的，都是受苦的，都是穷人才抓教门，而你……我们不理解！你，为什么信呢？"

在海外的大学，在研究伊斯兰文化的学者堆里，我也曾送走过几个年头。全仗他们的帮助，我才一步步走出了困境。那是一次，在听了我对"穷人宗教"迷醉的讲演之后。做学者的朋友好像意识到，这像是听任着我否定他的学术文章的生活方式。他掩饰着，轻声地问："你具体地属于一种么？你遵守它的教规么？"

在甜美的休憩时，不知从哪里我说得忘情，径自滔滔不绝地，向相濡以沫的女人倾诉不已。她目击了我的怀念。讲述着那些遥远的哲合忍耶农民，我说，我终于懂了，什么是爱情。她思索着问："——你信仰的，究竟是什么呢？"

我猛然觉察到：他，她，他们，都在等着我的回答。可是，为什么，非要由我来回答呢？我无力回答。这不是语言能解决的问题。即便面对着思考的深夜，面对着内心的质问，我依然无从解答。

不仅因为语言的束缚。不仅由于在人类积累了这么久以后，再去证明点滴的蠢笨。如此一个题目，自古以来，就为人们提供了纵容他们的智力的天地，任他们选择理论，或者是选择抒情。我的拒绝解答，是为了轻松。我害怕这恐怖的中国。不用说我不够资格，即便我能——我依然要大声说，我不仅不是圣职者，而且不是宗教学者，甚至我也不做宗教文学的作家。

这也不是一个纯粹辩论宗教概念的写作。一切都必须以我们每天迎对的无情现实为条件。若是有一天，我们突然得到一种不同的环境——那么，下述的一切都可能调整或改变。

往日我也曾饶舌，而且一旦兴起就禁不住倾诉。十几年时间流逝，我从最初的亢奋里冷静了。站在北京，想着我背后的人群，他们一如寡言的黄土，他们是沉默的回民。他们的方式，不是宣扬。

你的门坎依然遥远。

一切是那么沉重又微妙。使用语言并不笨拙，只是它不能公开。其实我们一直在诉说，只是那话语，是私人的和神秘的。虽然我已经两腿泥巴泥潭没顶，你的门坎依然遥远。它圣洁而无形，温暖又暧昧，它古老悠久，又尚未诞生。

也许更多的是反叛的快感，是异端的站队。

反叛是双重的；不仅针对着强暴的体制，还针对着知识分子的群流。

鲁迅先生没有这样的机会。他在智识阶级的裹挟冲刷之下挣扎，一生都绝望于没有出路。这使我印象深刻。在求知的路上，真诚的、不满现实的人多极了，只有我独享命运的惠顾。在逃离和寻找的路上，只有我，遇上了具备启发的一群。

他们一贫如洗，他们穷窘苟活。他们在不尽的饥荒、冲突、矛盾中挣扎，在绝路上揭竿而起。他们总是重复悲剧。但是，他们拥有——**你**.

当他们紧紧地抱住了你，生若虫蚁的存活就必须刮目相看。

当历史凝结下来，道貌岸然，奇形怪状，凝成又一片压迫的山，你在无耻的沉默中抗议了。当社会被强力编扭成桎梏，人们都驯服了，只寻觅规定的口粮，只追逐奴隶的温饱——你在动物的咀嚼中否定着。

从来是礼不下庶人中庸取道，你却使平民在哲学和心理上变得高贵。在中国这是不可思议的，你却实现了它。无论这使正爬着体制台阶的知识分子多么不舒服，无论他们怎样高举着侏儒之旗帜喊着：激情是危险的！崇拜底层是危险的！

区分其实并非从定义开始，你的性质来自无情的现实。渐渐地你成形了：在外你是广袤无垠的三等世界，在内你是不甘屈服的褴褛众生。

还有记忆；无论在哪里，人群并不记忆历史。宣传和聒噪，久而久之就成了通说。而且变成知识教育儿童。我喜爱你聚集起的，那些人的不合流的见解。

是**你**的仪礼，使他们守住了本该湮灭的民族记忆。这样，不仅后来人和后世可能对证，可能透过分歧裂缝，看见照亮的暗部；而且可能在漫长的流行的压迫中，坚持一种——珍贵的价值。

这种被侮辱者和被压迫者的记忆，是一笔无价的财富。知识分子与它的结合，会孕育具备真知的作品。当一个人，当一个儿子，坚持住了这样的攀援，上到了苍茫山顶，两眼凝望着裸露开来的世界时，他会觉得——那么久以来，一直被歪曲和丑化的**你**，是那么温柔和可亲。

是的，你——只是古老的传统母亲，你——只是人的希望。

当我反复地确认了上述认识，我感到了巨大的惊喜。我茫然摸索长久，如今它近在眼前。它是那种知识——深具科学的底气，而又童叟不欺。不仅兼及诸学，又能达到朴素。它再不是繁琐的学院堆积，它是透明的本相。知识分子惊喜地发现：任自己有多少学问，今日只嫌太少。

事情不仅在于学问。在中国回民的世界里，与知识一同锤炼的首先是思想。确实如此：它使知识分子和底层百姓头一遭地共了命运。我当然不愿掩饰愤慨：什么民间，什么先锋，什么独立精神——在此岸寻章摘句之际，彼岸的百姓一直在血染黄土，为着信仰的独立，为着心灵的精神。

抵御异化的路，其实一直冷冷地摆在面前。只是在我们之前，知识分子（包括那些被誉为大师的人）并没有选择它。

宗教文明的接续，特别是，中国伊斯兰教文明的接续——究竟更多的是由于信仰的原因，还是由于血统的原因，是很难说清的。至少迄今为止的现象是，血统的感情，比思想的认知更显得有力。

我曾经在此长久沉吟。我不喜欢因血统的原因而被接纳。但我又不能把理性的认知梳理清晰。

一切民族均是混血而成，从来就没有过排它的规定。放弃传教、以及宗教的族内限定现象，起源于悠久的歧视和迫害。远在盛唐蒙元业已开始的族内收缩，于无声处换来了统治者的网开一面。因而回教这一旧式称谓被人们接受和熟悉。自古以来，回民为避免罹祸拒绝传教，这一畸形的传统，一直延续至今。但是，这是历史的苦涩，这不是排斥的根据。

在黄土高原，背靠着无望的赤贫，那个满拉弟弟的质问是深刻的。不过，在不知不觉之间，我和他已经携起手，不是思考结论，而是尝试着去解决一点什么。我们没有解决难点，我们抱着怀疑。但是，我们更知道不能空使时光虚度，比解答更重要的是走出一步，是异于空谈的行动。

光阴已经突入二十一世纪，民族习惯已经陈旧，教法规矩已经崩溃，认主解释已经可笑。旧有的一切都直面着蜕变。要迎接新的信仰形式和仪礼。要张开两臂欢迎朋友，欢迎新的兄弟姐妹。要习惯那些——选择了理性归宿的新人，追求着精神美好的新人。

我们微渺的脚印，在沙漠上转瞬就会消失。但是我们确实行走过。迷信的时代，正在奏响着结束的钟声，在我们的祈求里，在我们的实践中。

你不再是——替罪羔羊仰仗奇迹的时代的你。你也不是——死而复生天使现身时代的你。根深蒂固的拜物哲学，疯狂的拜金风潮，逐渐成为一种压迫的科学技术主义，都锻炼着你，在锤炼中你日趋成为一种——简朴的理性。

你不生育，也从未被生育。任凭怎样的无限和浩大，都不能与你相提并论。你是宇宙，是时间，是无和有，是理想和希望，你是概括一切的唯一精神。

当我一脚踏进，当我在你的门内发现，如此概括的哲学，居然被如此低贱的民众坚守；当我目击到紧靠着你的他们是那样动人——

我承认，我确实犯了智识阶级不能饶恕的激动罪。我跌入了巨大的激动。我被强大的爱击得粉碎。我最清醒地陶醉了。

在一切之先，我们把立足点置于泥潭，置于随时可能被权力投入冤狱的位置。有时人的正义，只是因我们的异议才有所表现；民众于权力的批判，往往经我们的形式才得以实行。

我知道，我绝不会离开了。何止遭受一些无聊诽谤，哪怕危险阴影般在头顶徘徊，我已经再不愿倒退，回到作家的异化和自娱。

如此的魅力，使我无法抵抗。迈入了你的门坎，我觉得活得像人。我的肌肤都意识着生的尊严。我置身的，是一个信仰的中国。

我不看重血统相继的那一部分，我牢记自己寻找和遭遇的过程。但是我反对蔑视民众传统的，学院侏儒的妄自尊大。虽然我对每一项礼仪都保持自己的思考，但我参加具体的实践。

一旦有过信仰体验，就发现它多么简单。是的，不过只是私人的事情。所以没有任何依据蔑视他人，像在记忆中的孩童时代，那些歧视过自己的人一样。

世界的一切智慧，向着我们源源地输送养分。在今天拒绝他人的智慧，就是白痴的病态。向别人学习，已是基本的功课。佛的慈悲，基督的爱，每一项范畴都含义深沉。我们愈来愈清醒了：敬天，是为了爱人。

再走到路上时，世界不那么可怕了。它也不过被造化如斯。微渺普通的人，现在不再那么软弱。在中国，还是有抗击异化、使生存获得意义的路。使鲁迅感到压迫的“无物之阵”，不过是我们正改造着的世界而已。

但是，信仰的世界是“真实”的。它不仅深不可测而且饥饿。并没有谁“神化人民”。它何止并非不食人间烟火，而且充满着不公、黑暗、争斗和残酷。你的门坎是粗糙的带疤木头；门里的构造，是无底洞般的地道社会。

拒绝了委琐的生存方式，并非就是宣言发现了纯洁净土。不，我们更踏实地进入到社会、现世以及人群的复杂之中。底层穷窘，上流丰足，人在争逐利益，社区和村庄都有层层黑幕。只是不至于为此放弃希望。意识着理想再正视生活，我们会获得内心的丰富。

在中国，到处的情形都大体类似——

歧视变成了压迫。激化的时候发生了流血。感情使得维系更加强化。形而上的世界，时时表现得极端之“形而下”，此间的利益，横贯于所谓两世。门内的宗教，被门外的文明腐蚀和同化了。人心陷入痛苦，世间依然如旧。

你是熔炉，你是炼狱，投身你的门坎以后，旧的都已化做灰烬。但即便有着触目惊心的现实，在那里，仍然苦苦地活着意义。长久以来，谁都以为已经消失殆尽的意义，原来就是在这样的黑暗人间，在罪孽、争夺、利害之中活着。朴素的真理，原来就是以这样的方式，在众生之间深深地埋藏着。

或许我们有权说，在中国，实践上述的一切格外艰难。这个文化从古代起，渐渐发达成熟为一种能与一切宗教文化匹敌的文明。它广大精深，丰富美好，但是它偏重着世俗的精神。它培育着一种绝对的拜物论，以及彻底的实用主义。

在如此中国的环境之下，任何具体宗教的信者，任何哲学意味的信仰，其经历的艰难无法描述。暴政横加的厄运虽然有着淋漓鲜血但尚在其次；时刻直面着一个巨大的文化，而且被迫与之在歧视中对话，那种语言不通的绝望，才是可怕的。

文明就这样脉传。僵死不通的说教，白日说鬼的迷信，弱肉强食不公不正，样样俱全。社会如同染缸，存在的都是必然的。机械唯物论者，合理主义者，还有冷漠的科学主义者的挑剔是多余的，即便有更多的黑暗面，也没有必要那么不能容忍。这就是人间社会，这就是人的大自然。

在人类的先哲——比如伟大的托尔斯泰——代代的积累之上，在他们的探索和教训的积累之上，我们不应该——时而强调信仰的必要，时而又不负责任地、只顾谴责其现存形式。

应该总结以上的叙述。

在中国信仰，是一件——需要勇敢的行为。这既与发达诸国的宗教游戏不同，也与时尚流行的现代迷信不同。在中国，它不仅是以人道对抗权力的表现，更是坚持文化批判的行为。

在中国的信仰者，无论门坎的异同，他们那随时意识着的、准备着的牺牲，是真实的。与拜金主义的风俗相对，他们充满情感的生存，是真实的。在世纪末的惶惶中，他们用持久的坚持，为贫血的中国文化提供的参照，是真实的。尽管存在着种种复杂性，说他们是高尚的人，是真实的。

我看到了朋友的笑容。

他释疑了，他宽容了，他不再做那种浅薄的追问，他不再纠缠物质的有无。他突然说：其实他就是一个解释者，他的历程和体验，一直在与我同路并行。

我们只是渺小的一员，若是我们能够跻身于民众的现存方式中间，并且竭尽微力使它获得些许的补足——我们就可以说：我们赢得了有意义的人生。托尔斯泰憧憬的，他想“献出一生去实现它”的、他希望“每一代都要把这个思想传给下一代的”——新的信仰方式，正在我们的手中，铸打着结实的一环。

1999 年，开斋节

卢浮宫外

在巴黎曾度过几个节俭又丰富的日子。那几天，关于“东方”的新鲜知识不管我的主观，每天都强行挤进眼帘脑海。在卢浮宫、圣母院的参观课程以外，常常有突然遭遇的人物、地点、美术品使我欣喜。马上打开笔记本，只恨自己没有学过速记。

一天去哪座著名建筑，和朋友走得两腿酸麻。突然见大厅另一头有人围着看画。为了歇脚停下来一问，结果使我大吃一惊。原来这是一个私人借用场地的小展览，展品虽只有三张画；但三幅都是十八世纪前的阿拉伯珍宝！

画儿挂在顶棚上，宛如晾晒的幡旗。围着它转悠了一会儿以后，我发现了画的拥有者，乃是一位正兴致勃勃给人讲解的金发夫人。陪我的法国朋友也是一位个性女杰，但此刻如同中魔一般，态度委婉而谦恭。一时间她顾不上为我翻译，只是神情恭敬，礼貌地等待着。间歇一到，便向那炫耀家珍的金发夫人搭言几句。

“你不可以照相。”她抽空回头，严厉地对我说。半句说罢，又转过去聆听夫人的讲授。

既然不可以照相，那我就画它下来。对阿拉伯美术品的熟悉和收藏，居然已经渗透了法国的民间。也就是说，人家的妇道白丁，都比我们的专业人员内行。我意识到这不是夸张，意味也非同寻常。一边画着，一边记着我的翻译抽空翻过来的话。这三幅画都不是纸质作品，而是绢布毛毯质地的彩画。他们与阿拉伯的纠葛复杂，金发夫人的父亲或祖父曾在北非长期生活，从那里弄到了这几幅画当镇家之宝。

“因为卢浮宫没有这么重要的藏品，夫人她这样认为。所以每年一次，她把这些画带到公众场所展出。不用说，任何画廊、图书馆和大学都很欢迎夫人。”我的翻译用生硬的汉语讲着，有意让那位女收藏家听见。

我指着第一幅问：这是什么意思？

女收藏家骄傲地挥手指画，对我开讲道：“这幅画的题目叫《苏格拉底和他的学生》。喏，当然是哲人苏格拉底。只是你们看，他的学生都是阿拉伯人，缠着头巾。”

“为什么？”我问。

——在文艺复兴之前的很长一个时期，欧洲抛弃了古代希腊罗马的思想。那时学习希腊罗马的哲学遗产的，是新兴的阿拉伯人。咦，请问您的国家？

我回答：“中国。”

“要知道，他们不是你们想象的宗教狂和极端主义者。”她注视着我。

我听得快活，更想画得准确。见我嗖嗖有声地作画，夫人举起一根手指说：

“您可以拍一张照片。”

我笑了。“您说得对，夫人。”我说着，但依然抓紧画，把苏格拉底那两个阿拉伯弟子的胡须描黑。

“在宗教裁判所的黑暗时代，学习古希腊哲学的，只剩下了阿拉伯人。所以画家笔下的苏格拉底弟子，就戴着阿拉伯的头巾。”

她调皮地探过头来——幸好，苏格拉底弟子头上的太斯塔尔，已经画上。她接着讲解。后来，欧洲人是靠着阿拉伯人保存下来的希腊罗马文献，才实现了文艺复兴。今天，我们法国人和欧洲人都知道这个历史，而我的画，它画了这个历史。

“真棒，”我夸奖道，“这另外一张呢？”

“这一张描写阿拉伯宫廷里的生活。国王，侍妾，失宠的王后。有一个老臣在教王后怎样使用媚药取悦国王——它画出了阿拉伯的繁荣。你看，女人有各种肤色。”收藏家夫人露出陶醉的样子，仿佛正身历其境。经她点明以后，我才看懂了这张画。

——最后一张是《Aynal-Hiyat》，也就是阿拉伯的罗密欧与朱丽叶。这样一说，我想您已经完全懂了，他们俩是阿拉伯家喻户晓的人物，是爱情文学的男女主人公……

我的手麻了，酸疼得握不住笔。两个人名不知拼写得对不对，画勾勒得更潦草。女收藏家强调着提醒我：你看：女主人公的头饰，是拜占庭式样！……

而知识追不上了，我没信心再弄清拜占庭。画面上，男子醉倒在一架水车旁，戴拜占庭头巾的姑娘痴痴守着他。这画是什么意思呢？是情爱的故事，抑或神秘的陶醉？大清真寺的尖塔下，有安达卢西亚式样的水车——这场景使我疑心：莫非这是科尔多瓦，那文明之都的写照么？

我说了我的猜想，但夫人连连摇头。

金发夫人并没有因为我的勤奋，就把一扩大为三。我怕日后发觉勾勒之间恰巧丢了关键部分；所以把被特许的一张照片，拍成了全景。傻瓜相机一闪，三张都勉强收进来了。

不过后来我再没有琢磨照片，反倒是这潦草的速记画，引我不时翻开看看。我常常欣赏一番苏丹禁宫的黑白妃子，再捉摸一会苏格拉底的弟子。我也搬着大部头的大百科全书查过《Aynal-Hiyat》，遗憾的是，即便他们是东方的罗密欧与朱丽叶，也仍然在东方的大百科里查不着。

2002年3月

音乐履历

在平庸的日子里，有时会忽然听见一串乐句，像风在哪里摇动了一株异样的树枝。它与众不同，不是一般常说的悦耳。它也不同于古典的庄严、流行的疯狂。我至今还没有找到概括它的语汇。我只是霎时若有所思，一瞬感觉到了心魂被牵扯，有时当场站住，痴痴地听下去。而它却多是似是又非；一阵风飘了过去，就再也追寻不上。迟钝的、失聪的日子又淹没而来，又将久久地不能和它相遇了。

何止没有听出谱子歌词，即便感觉和滋味也再不能分辨。哪怕固执地寻访，但是已经追问不清——已经与它永远地失之交臂了。

这样的体验一旦被自己意识清晰，以后再听人议论歌曲音乐，就会觉得难以插嘴。人不会喜欢自己的沉默；可是怎么说得清呢，那种夺魂的神秘和亲切，那种迷人的坦白和浪漫！

我很少和人谈论歌曲。哪怕是当人们谈到一些受到知识界和青年强烈支持的著名音乐家；更不用说对那些充斥电视的老鼠腔狐狸眼、对那些厕所苍蝇一般嗡嗡繁殖的“伪歌”了。

渐渐地我必须习惯一个“偏激”的名声。因为这个莫须有的结论，我在漫长的、差不多走遍了北方的过程里，无数次地审查着自己的感觉。不管手里忙着什么，我的双耳总是在倾听。我用触觉留意，处处盼着与我念盼的歌子相遇。迎着那些清风般吹拂而来的、使我爱恋的歌，我再三地看到了——在这人间和大地上，存在着洗炼的诗句、特定的和鬼斧天工的旋律、还有导致着一种种音乐类型的、几乎无可概述的神秘气质。

它们是真实地存在的。

无论谁，在他活一世的路上，都会与音乐主要是歌——发生若干关系，虽然质类深浅不同。我也一样，我可以用一连串的歌子，把自己的履历编写一过。

我回忆起伴奏着各种歌声的过去。追忆中我不住地咀嚼着其中的意味。我不禁吃惊地发现，我居然长久地独自涉水，逆溯着冲腾的水流。那些在往日漫不经心地哼过的小调，正滚滚淹没而来。它们至今仍在强劲地冲涮着我，继续着对我的改造。

（一）

一九六八年夏天，当我和两个同班同学扒车插队，混迹在正式被批准的知识青年队伍里，翻越了张家口大境门一线的长城，紧紧抓牢解放牌卡车的木拦板，奔向苍苍茫茫的蒙古大草原的时候，我们嘴里哼的是清华老团的《井冈山的道路》，是还没改词的《长征组歌》，和被大小三军宣传队唱红的、谱曲不同的两套《毛主席诗词》。

在那条剧烈颠簸的，蜿蜿蜒蜒通向大草原的路上，我们没有发觉：自己唱着的歌，和自己将要迎送的生活，其实各自属于极其相异的文化。

时代的伪装，相当全面地隐蔽了这种区别。

那时的草原，正在席卷着红色歌曲大潮。只不过，没有谁指出过它其实是“汉式”的。那时不仅人人都在唱《毛主席著作闪金光》和《大海航行靠舵手》，而且还正在一个小节或一拍之间，拼命地塞进好几个蒙语单词。虽然已经住进这片将要安身立命的草地，知识青年们却没有怎么担心自己的蒙古知识缺乏。我们只是兴致勃勃地在那轰鸣的大一统主旋律之中，和贫下中牧们一起大喊大唱。

只是，非常不同的是，在这种大喊大唱时使用的，是一种新鲜的语言。

最初的蒙语学习，最初的对异质文化的接触和喜爱，居然就在简直可以说是最不自然的方式中，自然而然地开始了。今天我才懂得：多少人永远不能接近的一步质变，被我们跨越得简单至极。此刻回想，只觉得不可思议。

时代的野性也鼓励了在这个方向上的兴趣。因为，突兀地加于我们的，还不仅是压抑的政治和干瘪的“艺术”，更有亘古沿袭的——骑马游牧生活。

青春的欲望和活力，在骑马的生活方式中，被释放和平衡了。

随着第一件袍子穿破，随着对牧人生计的熟悉，以及在生产队（今天叫嘎查）的家族和人群中找到了自己的位置，昔日的北京中学生们闯过了蒙古语言的第一道关口。应当说，在这道关门里的一片空地上，很多人都停步了。生活总算有了秩序，余下的只是谋生，他们不打算再费力改变。

而且，谁也没有要求过谁什么。

可是，在另外一部分北京学生的内里深处，却不易察觉地滋生了一个细胞。

起伏的牧草，合理的饮食尤其是奶茶，鲜艳的袍服，骏马和忠实的狗，慷慨而不道谢的作风，引诱着启发着他们。追逐畜群作息，观望水草迁徙的日复一日，使他们的身心渐渐熏染上了一层蒙古牧民的、难以形容的气质。

压迫人的政治空气，并不能阻挡敏锐起来的蒙语听力。那么人就会向着魅力倾倒。对于我，就是向着蒙古旧歌的倾倒。

是有生第一次吗？当我初次从一种异族语言中接触了那样的表达时，我有些不知所措。只是，几乎就是在感到兴奋的同一个瞬间，我就明白了——我不能和这些歌不发生关系。

“十两黄金打成的摔跤服，在后背的上面闪着光。”而在草原上听的时候，它的蒙语原词不仅比汉译更富画面感，而且韵律间还有悠悠的赞叹：

Arban lang - gin altan ǰodag
Arin - e dēgür gilalǰina···hoi

和汉语是多么不一样呵，它居然是句首押韵！ a对a，阿勒巴（十）对阿楞（后背）！年轻的我叼着草棍，躺在牧场上想入非非了。真绝呀，接着，“二十两丝线绣的花护腿，在护腰的下面闪着光”：

Horin lang - gin holgai tōxiu

Hormuič dogur gilalǰina···hoi

从十两到二十两，从穿戴到籍贯，传奇的摔跤手独龙章被吟咏了一遍。最后，“百两重的一头走骡子，在场子中央小走着出现了”——ǰō 对 ǰō，召（一百）对召西（ǰōsin，摔跤场）。当然，还要懂得什么叫走马的“走”（ǰorō），否则想象不出那头走骡上场时又稳又摇的神态。

牧民们非常耐心地解释说：走骡，据说是古来角斗场上的最高级奖赏。低一级的奖是全鞍马；再低一级是马，然后是牛羊。我究根问底：那么为什么骡子重一百两呢？牧民们哈哈大笑。

躺在草地上的我，捉摸着这种奇特的性格。这些旧歌子，对词汇的使用简练得几乎吝啬，比如动词“闪光”就只是重复而不替换。而名词则是全套的蒙古话；排着队一样，滚滚而来。最新鲜的是，从来枯燥的数词在这个队列中无拘无束，活泼又可爱。

就这样，我接触了韵脚、音节、词首和句尾。也是这样，我第一次见识了朴素而有趣的比喻、排比和比兴的艺术。对于一个在一所重理轻文的工科大学附中里，几乎从未接触过文学的中学生来说；对于除了小人书和语文课本，再没有谁为自己开拓视野的普通北京孩子来说，这些异样又对仗的蒙古词儿，是一次新奇的启蒙。它们像灌顶的雪水，像开窍的一击，弄得正在草原上寻寻觅觅、精力过剩的，刚刚满了二十岁的我满心欢喜。

第一首学会的旧歌是什么？是《乃林呼和》还是《独龙章》？时至今天记忆已经模糊了。记不清我那时是用汉字记的音呢，还是用别字连篇的“准蒙文”加上俄文字母和汉语拼音。我耳朵竖直地听，右手急速地写，把老人们好不容易才吐露的一句半句，不求甚解，先记下来。

恐怖的政治，从来直接压迫人的歌唱。阿爸额吉们没有忘记谨慎，他们往往唱了几句就后悔了，生怕因为宣扬古旧而招祸。他们在教了几句以后，往往就神色不安，渐渐坐不住了。“拜！都是旧东西，拜！”他们连连挥手，坚决不教了。但是，我大多已经胜利地记了下来。

由于蒙古长调的用语的朴素和口语化，诸如“大海喇嘛的祭会上，它七十三次跑第一”那样的奇句，往往让人一听即熟，过耳不忘。这种朴素成全了我，使我不至因为没听懂、没记住，而落得过多地得而复失。这种朴素不仅使我感慨，而且至今使我体会不尽。

歌词因人而异，古歌在每一个歌手那里都被随意增删。我忍住烦，费劲地一个人一个人地反复打听。后来我懂了，确认一种界乎民间流传和传世古典之间的旧歌，是一件不易的大业，歌子的生命也表现在就在于它的衍变。但我的要求不高，我的愿望只是大体学会立即上口；只是用这些异色的歌来强化自己身上的、那被我满心喜爱的牧人味儿。

那是我的最初求学。

我在马背上游荡，琢磨着远近的老人。歌子成了我的心事，我用一切办法引诱和启发他们开口。一般在羊群安稳的时候我就去串包，然后端着茶碗哼出半句，他们大多不可能憋住，大都会接下去。当然求学不能只靠这些小伎俩；在严酷的草原，人之间的关系在随人的品质改变。记得在我教游牧小学的那个冬天，有一次刮着凶狠的白毛风，放学时刮得更猛，四顾天昏地暗。我把布德的小女儿抱在胸前，踏着雪把她送回了家。那一晚，布德似乎为了报答，他拉起了四胡，唱了一个晚上——我记词又记谱，手臂都写累了。

那一夜在我的经历中相当重要。许久以来我一直认为，那一夜使我突破了向着底层和人的防线。近来，我又总是想，是那一夜使我靠近了真实的音乐。

蒙古民歌启发了愚钝的我。似乎心里有一丝灵性在生成。几年时光如白驹过隙，终于，我遇上了那首神奇古歌，当然，它就是长调《黑骏马》。

至今我依然对这首歌咀嚼未尽。你愈是深入草原，你就愈觉得它概括了北亚草原的一切。茫茫的风景、异样的习俗、男女的方式、话语的思路、道路和水井、燃料和道程、牧人的日日生计、生为牧人的前途，还有成为憧憬的骏马。我震惊不已，它居然能似有似无地、平淡至极又如镂如刻地、描画出了我们每年每日的生活，描画出了我那么熟悉的普通牧民，他们的风尘远影，他们难言的心境。特别是，他们中使年轻的我入迷凝神的女性。

这支伟大的古歌无可替代。顺便说一句，小说《黑骏马》在改编成电影以后，我一直觉得不好过多议论。如果只说一句，我觉得电影对那首古歌勾勒的基本游牧世界的画面，以及它叙述的那种古朴的生活方式，缺乏神会和探究。自然，耳朵和眼睛都随人而异；也许那古歌能给人不同的印象。它给予我的，是一种异色的诱惑。多少年了，它总是给我不尽的感叹和启迪。已经不能计算有多少次，我从完全不同的角度，一再地对它惊奇不已。

不错，我已经和它结成了一种秘密的授受关系，好比芨芨草丛生的雨季洼地，它常年浸泡般地，徐缓地改变着我。而我，每当我听见了它遥远的流音，我就想竭尽全力喊出一响回声；我总想以它象征的生活本质，批评傲慢而空虚的文化。

歌子促进着语言。岁月推移带来的语言的熟悉，又使我学会了更多的歌子。我没有对证过别的朋友，也许我学的并不算多；不过是，我一直在吟味而已。

至于旋律和曲调，至于蒙古民族为什么找到了这种音乐，对于我还是一个深邃的谜。我常常对它依仗着那么简单的因素就能保持的、那么持久的生命力，反复地暗叹不已。

唱蒙古歌的要诀是必须骑马。

若是不骑马，无论如何也不会唱得自在。而一旦马儿奔驰起来，身随马，声随蹄，那么无论是谁，又都能倾吐出一串又一串自由至极的、巅簸滑下的长音。歌唱在这个火候上，其实是无所谓好听与不好听的；只有这么唱，才能骑姿和唱势都舒畅，才能使人马世界还有心情，都达到和谐。

在驰骋和呼喊的纵情之中，人痴醉了，有时我真地觉得自己化成了雨点般的蹄音。歌声只是在奔跑中的随地抛洒。盈溢胸膛的，都是日复一日的心事和渴望。

在马鞍上，耳边风疾疾呼响，欲望被鼓舞了。旋律话语都不用改变，那种呼啸颠簸之间的心情，和古歌里唱过的毫无两样。

四蹄的敲击密如雨点，体重一压住鞍子，歌声就被颠得破碎，坠跳闪滑着脱口而出。一霎间歌手不敢相信这是自己的声音——唱惯了我就胡乱总结：著名的蒙古长调的自由滑落部分，也许就是这样诞生的。只是，尽管有闪跳和滑落，它的定义仍然只能是“长调”。

什么叫典型草原？也许，只有古歌的描述才最传神。蒙古草原的地理，几乎原封不动地进入了这种歌曲。

和其他民族比较；比如和高山牧场上的突厥游牧民族的音乐比较时，可以看到平坦草原给予古歌的特性。峻峭的森林和冰峰山谷，使得突厥人的弹拨乐就像密集的马蹄。而绵延起伏的地理特点，却夺取了蒙古古歌的主调，赋予了它长慢的旋律、舒缓的节拍。因为，只有辽远地尽着喉咙和呼吸的极限，伸延再伸延，才能够得上这坦荡世界的无限。加上华彩装饰一般的、激烈的跌滑，它描写和抒发了——这无论怎样疾奔驰骤也走不出去的、草之大海里的伤感和崇拜。

当我二十来岁的时候，在世界的一隅，我学会了在六合八方汹涌的草海里，匹马独行，心高气远地歌唱。那时曾是多么痛快呵，我一分分记得那刻刻的愉悦，甚至是狂喜和兴奋。

记得那时我得到了著名的白音塔拉的竿子马，它的颜色叫“切普德拉”，即通身红艳、但有银色的鬃尾和白蹄白唇的马。它非常快，飞一样的下坡时人会失重。

一夜，我在从一道山梁向下过瘾时身子失重了，瞬时心如开花一样甜甜地醉了，长调脱口而出。我忘情地在高高的音阶上扬落跳转，随着马儿冲下长长的草原。颠簸的、妙不可言的歌唱感觉，伴了我一路。

还有一次，但却是另一匹马；我在同样的发疯般的飞驰放歌中马失前蹄，连人带马翻滚了几圈。正是初春，满地湿雪，我摔了个头晕眼花。但是坐了起来，呆了半晌，用雪胡乱擦着脸上的血迹，第一个念头是——唉！我还没唱完呢。突然我忍不住独自笑了起来。

回到家里，和兄嫂额吉们一说，大家又是一阵捧腹大笑。

后来弹指二十几年。

身不由己地，我几次重返过草原。或许，我的目的，就是要把这感觉“放生”么？一九八五年夏天的一夜，我在蒙古哥哥的长子巴特尔的陪同下串包做客。回家时，抬头看见，正是月上中天的时分。月儿姣好，真的像半个静静的银盘。繁星璀璨，夏夜的草原在暗暗引诱。

我要放纵了。借着满肚子的酒劲，我半是醉了半是有意地，剧烈地在马背上东倾西歪，恣情地把当年的古歌一一吐了出来。马儿冲过呼屏·乌拉，驰过汗敖包西侧的丘陵，巴特尔无奈地紧贴着我，他紧张地随时准备救护，几次企图夺过我的马笼头。而那时他甚至还不算儿童，只是一个虚数才两岁的婴儿。他把奶子叫“乎”而不叫“苏”，光屁股只穿一件连裤的羊皮“格登”。

那是实实在在的、美丽的夜草原，墨蓝的天穹下，只有我们两骑马飞驰着，穿过一座座毡包，顺着倾斜的山坡，飞奔回家。

马儿驰下山麓，长调激越起来，尖锐的拖音在高扬处还能三折三叠。我兴奋得想哭。在北京，平日里，我哪能这么痛快地大吼大唱呢？后来，巴特尔说我那一夜是完全的烂醉，“aimor！”（吓人），他说。而我明白，我是清醒的。原来自古牧人一旦有了心事，就在马背鞍上，把它缓急轻重地撒掉。我要用草原的夜歌，把心中的堵噎洒尽吐净。

到了一九九六年，从我插队数的第二十八个年头，我又一次回到草原。因为额吉逝世了。二十八年过去，世事沧桑，牧区富裕了。家家都端出健力宝和啤酒，我穿着团花的崭新缎子长袍。依然是巴特尔陪同我四处转悠；只不过他不是骑兵护卫而是驾驶员，我坐在他的嘉陵牌摩托后座上，听凭这小子驮着我，以八十公里的时速危险地从山顶笔直冲下。

我忆起十几年前，老人六十一岁的“jil”（本命年）时，我们就在这里，在炉火熊熊的烘烤前，围着她此起彼伏地唱起《乃林古和》的情景。嫂子的破长袍拖倒地面，她搅着铁锅里翻滚的奶茶，铜勺不断地朝铁锅流下棕色的小小瀑布。她带头唱起了那首歌唱母亲的古歌，调子起得又高又陡。大家应和着，不知怎么都有些羞涩；因为当着老人动了感情。歌声高锐地拔地而起，久久地缭绕不散。我当然使出丹田之气紧跟。我唱着，也舍不得地注视着。那一夜多么难忘，我们复习古歌和往事，炉火照红了脸庞，长调从半圆的蒙古包天窗扶摇而去。

老人在应该离开的时候离开了，没有拖累和病痛。我虽然因她的逝去而长途奔来，但是我懂得，牧民的习俗中并没有吊孝。我还是只休息身心，半躺着喝奶茶，用蒙语扯家常，在巴特尔陪同下出游。

我和哥哥的话题依旧；孩子，燃料，畜群，羊毛价钱。我们都觉得，彼此谁也没有变。我们避免过多涉及母亲的话题，尽管我们非常清楚，我们都在想着她。

我们都喜欢一面散漫地谈着，一面在营盘附近散步。辽阔的草浪方圆之中，少了的只有一个人，那位生养了他和影响了我的蒙古母亲。草浪在靴子上摩擦，历史就在眼前。一股无声的气氛，莫名地在四周升起，又轻悄悄地四散落下。我感到了古歌在走近，就是它，那音乐和汗乌拉的草海一样浩渺苍茫，它逼近着，我简直就在与它对岸相望。《二十八年的额吉》，突然我想到了一个题目。

那一夜我失眠了。以前我从未在草原上失眠过，而那一夜我满心都是句子、单词、排比和比兴，都是骑手们烂醉地纵马驰过，高喊着我写的歌词的幻境。

一夜过去，我编成了几个半截的句子，几个想用的关键词，几个……一个野心突兀地出现在我的心头。我的心思被它俘获了，我一下子沉浸在对久疏的蒙语的寻词摘句之中。

次日我用纸笔写着想，又多了几个半截句子，几个比喻，几个想法的表达。

次年，我还在对着它发愁。尽管心中反复涌起着一团强烈的堵噎，尽管旋律有时已经轰击和裹挟得自己不能忍受；歌子没有出现，纸上的它，依然还只是一些句子、几个段落，一行行蒙文。

一直到了今年，到了写这篇散文之前我还没有放弃幻想。我想在这一节收尾时使用它。可是歌没有写成。我绝望了：我缺乏足够的修养和才力。

二十八年变成了三十年。尽管我真地从对一种古歌的喜爱，神差鬼使地走到企图写一首如此的歌；但是，万能的造物平衡着人的成败，制限着人的野望。

绝望并不痛苦，它是温暖和深沉的。在计划以后写的散文《二十八年的额吉》里，我会把那几个零散小节和半截句子整理一下，但我已经不会强求了。

也许可以说，在蒙古草原上的日子里，我听见过自己这条生命的，可能的和最好听的歌唱。马和歌，我发觉“这一个我”正合我意。如此一种感觉，决定了此生我的做人与处世，惠与了我以幸福和成功，也带来了我要接受的一些麻烦。无论如何，感激草原，它使我远离了另一种——我想是可怕的存活方式。如今回顾，何止单单是一时横行的“红文化”；游牧乌珠穆沁和蒙古古歌的履历，拖拽得我如同坠落一般，剧烈地倾斜了自己的选择。

我开始朝着一个魅力世界坠去。一个幽灵已经潜进了我的肌骨筋络。它在我的深处凸动着，催化着血肉的一次次蜕变。直至今天它还在鸣响着、挣跳着、不可控制、重现不已。我不知这是福是祸，我不敢判断究竟该骄傲还是该自省。我只知道它使我此生再无法回头。反正它不会全是坏的；至少，平庸顺从的人生，萎琐噤声的人生，与它赋予我的气质，已经不能协调。

(二)

随着一个个的变化，后来我从一个职业牧民变成了一个职业写作者。裹挟我的时代也从六十年代来到了蜕变更新的八十年代。现代正冲淘而来，带着炫目的色彩和轰鸣般的声响。

忆起八十年代的文学环境，可能不少人都会有多少的惜春感觉。时值百废俱兴，现代艺术如强劲的风，使我们都陶醉在它的沐浴之中。穿着磨破的靴子、冻疤尚未褪尽的我，那时对自己教养中的欠缺有一种很强的补足愿望。回到都市我觉得力气单薄，我希望捕捉住“现代”，以求获得新的坐骑。那时对形式、对手法和语言特别关心；虽然我一边弄着也一直在琢磨，这些技术和概念的玩艺究竟是不是真有意味的现代主义。

文学领域，特别是小说领域的故作虚玄和暧昧怪奥，使我浅尝辄止和心理疲倦。一个朋友的介绍，使我偶然地碰上了冈林信康的歌曲。初听时虽然有振聋发聩的新鲜感，但我并没有意识到，这个遭遇，对于我见识“现代派”有多么重要。

关于日本歌手冈林信康，我已经写过三篇小文，还有他的一张CD解说词。此外用日文发表的，还有我和他在《朝日Journal》上发表的对谈《从两个边境看到的文化》；以及论文《绝望的前卫》。我不愿写得更多；我曾表示，就对冈林信康的分析和介绍而言，以上的文字已经够了。

但是在我的音乐履历中，这一格如同学历：一个被蒙古草原的古音涂抹过耳朵、但还不能把握它的含意的现代人，或许需要一个类似学院的阶段。谁也不能拒绝现代。如果歌声和音乐真的与人的进步息息相关，那么音乐的路上必须有一个究及现代的阶段。

对于我，那是离经叛道的、极其新鲜的体验。我久久地不能分辨，它是声音？是肉体？还是一种质地的美？好长一段时间，我的听觉和思路，在这些念头中间被撕来扯去。

过分清晰的，带着喘息和胸腔震鸣的原样的肉声，给了我异样的、首先是生理的感觉。有一个评论家说，他听冈林的音乐会时，像被铁锤猛砸着后脑。那种过度的刺激，把人几乎是一阵风般掳掠而去，使人完全不能抵抗。

不用说我们听腻了赝品和恶心的作假，这种嗓音当然因人而异。只是他不同，十几年听着，不管我怎样审视和挑剔，我还是一次次地肯定了他。他的音质很难形容，哪怕在震耳欲聋的喧嚣声浪中，也藏着那一丝特质。他的声音比常人高出一阶，这不单使他在嘶吼中游刃有余，尤其在低唱时，带有一种透明的男性质感。

这个质感很特别。我发现由于这个质地，他和别人区别得很清楚。在录音带或唱片里，尤其是在音乐会的现场，只有那一丝本质任他回避而不能掩饰。它时隐时现，深藏又闪耀，如隐现的磁场，悄悄地抓着听众。是的，哪怕在他唱得最放纵最疯的摇滚时期，那些怪诞野蛮的话语里仍然挟着一股圣的音素，使人不断地联想到歌手的牧师家庭，和歌手的唱赞美诗的幼年。

与歌声共存的，是歌唱者的脸庞。那样的歌，要求着与歌手彻底一致的形象。

后来岡林信康曾经对我开玩笑说，他可能有俄罗斯血统。装帧者曾利用他的形象，在一张唱片广告上把他画成一个十字架上的耶稣。他有一双低垂的眼睛，长发蓄须，在日本人中罕见而拔群。变幻的灯光照射之下的他，回荡的声浪浮托之上的他，给了默默听着的人们一个美男子的确认。

这些是视听中的现象。只是他的现象特别诱人思索。谁都知道，缺乏内容的表层，是不会达到美的。如果从八三年开始算，我追踪和倾听了他十几年，渐渐地我明白了他始终在竭力调动着自己复杂的经历，顺遂着自己的天赋。

他立志做一名牧师的少年时代，他练习拳击以感受肉体痛苦的故事，他的考入同志社大学神学部又退学放弃教会的选择，他的著名的在山谷贫民窟出卖体力、当日雇工人的体验，他买了一把劣质吉他一鸣惊人的传奇，他的作为六十年代左翼青年的“民谣之神”、大红大紫的记录，以及又突然遁入乡间自耕自食的行为，他的被人牢记不忘的名曲《山谷布鲁斯》，——他不仅极尽了歌星的风流，更积蓄了宝贵的体验。

三十年一弹指而过。其实如果缺乏底蕴，那么过了中年以后，明星的能力就大多衰竭了。对于艺术和思想来说，时间的含意是严峻的。

在日本，在六十年代的群星纷纷凋落以后，唯有他，不仅能成功地完成重返舞台，而且还能再三地掀起波澜、保持着自己的存在价值——我想，他的异乎群类的特殊体验，是关键的原因。这种向自身经历强求力量的努力，有时甚至使人觉得难过。他在一九八六年九月和我的对谈中，突然说过这样的一段话：“还是最近，借着老父亲做手术临死的时候，才终于写出来一首。可是结果呢，老头还是没为我死掉。”在场的人一片轰笑。他指的是抒情的《'84冬》，一首凝视着病床上的父亲的歌。日后我几次重读那本《朝日Journal》，总是不由得盯住这段话，心里不是滋味。

只有开一代风气的鲍勃·迪兰（Bob Dylan）才擅长的写诗才能，在这个日本歌手身上同样表现得淋漓尽致。他的诗句不定不羁，人们很难猜出他的念头由来。这种自由的才能在早期就已经显现，他能在凶狠粗重的摇滚和呓语中，突然插入非常直接的轻柔抒情。比如《Hobitto》。他编了一个自己在“Hobitto”（咖啡馆）里遇上一伙要去示威的左翼学生，由于那些女大学生娇声邀请，就决定和他们一块去跟警察干。半路上碰见一个唱他的《朋友啊》（此曲一度被当成小国际歌使用）的青年，捉弄了那害羞的青年后继续前进。见了警察后他抡起武斗棒，对准警察的脑门一劈而下——而警察也在同一瞬间掏出了手枪。岡林信康唱得又疯又痴，节奏快得如同快板书。两段相接的当儿，他居然还对唱片外的听众说：“您受累啦。”而“究竟武斗棒是劈开了警察的天灵盖还是没有劈开，警察的手枪里是打出了子弹还是没有打”，他的结尾句是“请听下回分解”。

而在一堆如此的乱暴合集中，他又突然用单调的口琴声和吉他和弦伴奏，唱起秋天的红叶，风中的芦草；叙述“姐姐已经有了，已经有了第二个孩子。前面的小五月子，已经成了，已经成了小姐姐”——表露他宁静的另一面，表达他比普通人还要平易的感情了。

我又开始有了一种模糊的触觉般的感受。

那是继草原以后，对一种语言滋味的不确切把握。岡林信康的歌曲使我对又一种语言有了体会，日语的语汇限度和暧昧、它的特用形式，使得这种语言常常含有更重的语感。他的歌词则在这一点上更突出；时而有入木三分或使人如受袭击般的刺激。而我并没有太留意：我正在双语的路上增加记录。

我觉得这都是为着躲避；为着躲避人们要求他暴露真心的逼迫。一切都是依仗才能，当然伴随着捕捉旋律的作曲才能。艺术的残酷说明着社会的残酷，人们好像是享受艺术，而实际上是在享用艺术家本人。这个道理，经过中国的政治空气滤出以后，一分分显得令人心悸。

岡林信康的作曲由于涉及了广泛的形式，其实应该受到更充分的评价。从早期的folk song，到大潮大流中的摇滚，到电吉他以至大音响效果，再转头回到日本的演歌。演歌其实是“艳歌”的一个变称，顾名思义，日本流行的大多数演歌都相当俗气。可是岡林的几首还是有一股清纯，作曲也地道至极。其中有两首，是他为盛名经久不衰的演歌女王美空Hibari（有人译成美空云雀）写的，但美空当然不可能反映岡林信康在农村自耕自作的意境，所以她唱的并没有岡林的男声唱得好。

美空与他之间的合作，大概是他一生中最后一次明星行为。

但是，左翼之星的政治标签，不管他怎么撕，还是牢牢贴在他的脸上。从八十年代到九十年代，就连我这样一个外国人，也不知几次地目睹了听众强求他重唱旧时抗议歌曲的场面。而他似乎毫无礼貌，在乐器谱架之间和台下的听众争吵，脸上的满是不在乎和恶作剧的表情。只有少数朋友才能透过那表情，看出一种受伤的野兽般的绝望。对政治的恐怖，居然能迅速变成对眼前观众、对围着自己的人们的恐怖，这种苦味，他不知早于我多少年就尝够了。

当他刚刚宣布要用类似中国的“呼而嘿呀”的“エンヤトット”做主旋律时，

我完全没有相信。关于艺术的诺言常不可信；你不敢断定哪一招是真心，哪一招是招揽。即便是被环境逼迫吧，艺术家常会有冷静的狡猾一面。

但他看来决意已定。整个九十年代他没有再做改弦更张，每一首歌都使用最传统的日本民谣号子做旋律和节奏的基调。包括《虽然没有成为James Ding》和不久前他刚刚寄给我的、纪念早逝母亲的《风歌》；即便在这类最适合他本意的心底抒情之中，他仍然放弃folk song唱法，放弃微微欧化的修饰，放弃现代派的习惯，把心情纳入大鼓和竹子的单调打击。我记得那时已是九二年，我已经自以为对他做到了掌握，就在为他写的CD《信康》的解说里藏入一点微词。后来在北京，又在为周刊《AERA》使用的一篇文字（只用于采访者引文，没有原样发表）里，婉转地对他的“寻根”表示了不同意见。我第一次用文字建议他回到依靠诗作，进行独自一人、一把吉他的路上去。

可是出乎我意料的是，他的态度居然在私人的书信之间也那么坚决。他读了我给《AERA》的原文后回信说：“我很明白一把吉他弹唱是我的一部分才能。但是以它作为音乐活动的中心，会不会变成对寻求三十年前政治歌的人的迎合？我有这样的恐怖心。因此，不能那样。”

我建议的，其实是他的“无拳套的演出”（Bare knuckle revue）方式。而他却早留意了我对政治形式的拒绝，因此他干脆断言——抒情与政治之间的危险联系。只是话里行间，还有更多的难言之隐。我几遍地读着，这封信，应该说是他的一次尖锐的内心暴露。我暗暗感到震动。

八十年代中期，他在一连几张“成人 pop”里嘲男笑女和胡涂乱抹之后，终于走上了“无拳套的演出”。他考证说，在 1867 年规定拳击必须戴上皮制手套之前，拳手们是用精拳搏斗的。音乐在没有电气设备音响伴奏之前，歌手们也是用肉声唱的。因此，Bare knuckle revue 就是扔掉歌手的电拳套。放弃一切音响和工业化手段，放弃如今的“歌”已经不敢离开的电气化粉饰和掩护，像古时那精拳上阵的斗士一样，以真的“歌”面对人们。不用说，这样的观点使我深深赞叹。这样的歌，和我在蒙古草原上朦胧跟随过的歌，似乎有着一丝维系。

那是我真正明白岡林信康之不同凡响的一次。他依然是前卫，如兄长一般又走在前面。如同一个暗示一样，我已经觉察出，我的文学也在走近同样的路口；我早晚也要走向类似的抉择。

已经不是七千人拥挤在日比谷野外音乐堂欢呼的时代了；他一把吉他，独自一人，在各种馆舍、庙宇、结婚式场、青年会、农协、酒馆饭店——发动听众鼓着掌给他伴奏，让歌声和淋漓的汗水面对面地迎着他的听众。他的“无拳套的演出”遍布日本每个角落，几年里，一共进行过近三百场。后来到了九十年代我们又在日本重逢，他告诉我，八四年六月九日，我在东京 Egg Man 听过的那场如醉如痴的演唱，原来就是 Bare knuckle revue 大规模实行的开始。我总觉得，只有它，只有回到独自一人的“无拳套”的英雄路，才使这个 Bob Dylan 的日本复制品终于在一步之上超越了 Bob Dylan。因为那种歌唱逼近了歌唱的原初，它造就罔林信康达到了一生艺术的顶峰。

但是罔林信康显然并不像我这么重视“无拳套演出”的意味。他的悲剧在于，他今天对日本号子的宣传，和昨天对“无拳套”、前天对演歌、更以前对归回农村的宣传是那么类似。在日本他的听众已经很少，他在试着接近亚洲。而亚洲是歌舞的渊薮，不仅有能力问题，他的常识是否够用也日益严峻。九三年的 CD 里有两首蒙古题材的创作，那简直是败笔，令人不敢听完。

日本的六十年代人，包括他，如今都进入了五十岁。前几年在东京，我问过他对“以后”的考虑。他说：我除了唱什么也不会。最近在《风歌》的附信中，他主动提到他的五十岁，但他说他要做“新的出发了”。在歌词以外，他还是只传达自信。我没有读出一丁点伤感，他的笔迹依然草率轻松，用语漫不经意。我读着有些难受，旋即又觉得多余。

寄来的《风歌》还是试听带，依然使用号子的底色。其中的题目曲《风歌》一首，是罔林信康头一次涉及他早逝的母亲的歌。

也就是说，他的决心是真的。他决心把自己一切最宝贵的，都在这激烈、单调、有些古怪的竹木笛鼓之间孤注一掷。

茫然地听着一阵阵的号子变音，我猛地想起《虽然没有成为 James Ding》。

那大约是在九二年，他在受到尾崎丰之死的刺激后，写出的一首堪称最真挚的自叙传的歌。歌手尾崎丰死于年轻的二十六岁，他的歌尤其他的死赢得了成千上万的青年。电视上接连几天一直播着痛哭的年轻人吊唁的镜头。冈林信康对尾崎的死，用《虽然没有成为 James Ding》进行了发言。詹姆斯·丁（James Ding）是个流星般的演员，几乎是与成名同时就死了，也正因为他活得短暂，他在死后就更加出名。人人都爱看他的电影，他成了年轻地走上艺术祭坛的象征。冈林信康的这首歌在东京的首次演唱时，是在日清大厦里一个可以边吃边听的场所。再不是冲破警察维持的秩序、跳墙挤入人海、数千人共同狂吼狂欢的年代了；如今他的会场首先要满足客人胃口的品尝，然后再给客人添加音乐的品尝。

一个歌手死去了
只有二十六岁那么年轻
他被人们捧上了祭坛
从此变成了詹姆斯·丁

我曾被歌累得疲惫到了尽头
一直逃到了深山野村
那年刚好也是二十六
而且至今又是二十年

记得唱到这首歌时，没有太多的听众注意他的表情。隔着变幻色彩的照明，我觉得他如同一尊雕像，棱角锋利，目光冷漠。这首歌的配乐如同竹子的鸣啸，丝丝凄厉。在激烈萧杀的竹木伴奏正中，他抱着吉他，反复地唱着这样的副歌：

虽然没有成为——詹姆斯·丁
但是能够活了下来，还是该说，真好

我不知道，使用母语听人如此表白时，听者会不会感觉舒服；我更不知道，使用着母语，对着人唱如此坦白私人心事的歌时，歌手的感觉会是怎样。但是无论我有过怎样复杂的心情，当时我并没有留意——《虽然没有成为James Ding》的作曲，用的就是传统的号子变调！他的小乐队汗流满面，重重地打击着竹筒、三弦、还有震耳欲聋的大鼓。特别是竹子；他的乐队头目是忠实的平野，一个人负责编曲、旋律吉他、电子琴，以及最主要的击竹。他把砍来的竹子挑出不同质地的几节，制成一个打击竹乐器。我一直暗想这么干不如干脆打梆子，但是那一次——我突然听到了一排竹筒发出的，无可比拟的凄厉倾诉和逼人的效果。

像农民号子一般晃动的、古拙的节奏单调的音乐，淹没了冈林的吉他。一派不易形容的声浪，使得手持吉他的他，完全抽象成了他的形象。我想，当年，他仅仅二十几岁的当年，在万众欢呼中握紧吉他，唱着震撼了一个国度和一个时代的《山谷布鲁斯》时，他的形象一定就是这样。毫无疑问，因为我清楚地看见了一种永远不变的、人的质地。

追忆起来，居然一直听了他十八年。我不仅觉得珍惜，而且意识到这已是我经历的一部分。以他为入口，我接触了现代形式的歌曲。这种学习和蒙古草原的长调不停地摩擦击撞，催我总是在一个念头上捉摸不完：究竟什么才是歌。当然，概括一个深刻的结论不是我的事；我只是觉得，流水般的悦耳音声流入心里，人的内里不再僵老枯硬。音乐的流水直接滋养着我的文字，若不是几条小溪分别注着活泼的水，我早就在那些呆傻的干瘪作文里死掉了。

我的体验常常被他唱出，多少次我惊奇和感到亲切。我愈来愈习惯了以他为参考，对一个蹒跚在严密控制的环境里的作家来说，对世界的参考是极其重要的；只是大多数人都参考文字，而我喜欢听歌。

作为一个外国人，我对冈林信康所下的工夫，已经使不少日本人觉得过度。可是我想，他们不懂得在艺术悬崖的边缘上站着的个人，需要的心境是什么。时间积压太久了，我自己也追究不清，到底我为什么那么长久地听他的歌。我无法摆脱一种辨别后的美感。他的歌被我比较过、判断过多次，我不能否定自己的听觉和感动。我总想作证，他的歌里确实有着美的质感。

后来孩子也开始听他的歌了。女儿经常边听音乐边做功课，以减轻沉重作业的压迫。但她说："不能一边做作业一边听冈林叔叔的歌。你根本就做不下去。不用说他的词，单说他那嗓子吧——太好听了！"我这才敢信任了听觉。或者孩子的感觉更可靠；由嗓音传达的气质，还有人的某种不易解释的内涵，当然还有直截反映思想的歌词，区别着现代的歌潮歌海中的真伪。

他的男声独诉在房间里传荡。又是最后扔开手里的笔，干脆一听到底。一张张唱片走着自然而曲折的路，如今我抽出任何一首，都如同电影的切入，看见他那时的形象。是的，歌子未必曲曲经典，偶尔败笔甚至一个时期的迷茫都确有存在；但那形象的美从来没有消失，尽管，我也开始看见它的衰老。

十数年的岁月里，听冈林信康成了我的休息，也成了我的功课。后来他对我不再是什么现代主义的参考，而只是一个可以信赖的兄长。我们有了淡淡的、但是彼此相敬相远的私交。他是我因游学和打工而结识的众多日本人中唯一的名人，但却是这众多中最平易的一个。

和他在一起时我经常想，其实成为明星并不难，只有获得美的质地最难。若是具备这种本质，旋律和流畅的作曲会来到，有力而富有灵性的文章也会来到。它们都并不是欺世文艺的花屁股。

在接触他本人与听他的歌之间，存在着奇异的距离感，也感受到巨大的原因。

就是这样，一面觉得不可理喻，不能相信这风暴般的摇滚居然从词到曲都出自他的笔下，也不能相信那排山倒海的音响是源于他的口齿之间；另一方面，又觉得道理简单至极，从来如此，最棒的一个才最朴素。

我还在听他。虽然他目前坚持的“エンヤトット”形式使我多少有些担心，但是我对他的倾听已经是我的个人行为。他的声音依然高人一阶，但是已经失去着引而不发的余裕，和令人艳羡的那种丰满。他的声音在不易察觉之间带着一点喑嘶。

这更使我凝思屏息，听得紧张而集中。不，不要紧，我在心里对自己说，在他随着他喜爱的大自然逐步远去的时候，歌声并没有失美。在我听来，它清清楚楚地在那些旋律节拍之间，在高亢凄烈的竹子击打中挣跳，高傲而孤单。它依然与众不同，一如旧日地闪烁不已。是的，仍是他人不能企及的独特光芒。

确实，无论是歌，无论是文，决定的因素从来没有变，最终决定的还是有血有肉的东西，还是人的真挚，拔群的气质，还是血肉的美。

在写这篇文章的时候，日译本《北方的河》正好在日本出版。出版社居然找到了他，而他——这前任“folk song之神”的岡林信康，居然为《北方的河》写了封套环带上的一段话：

> 大约十年前，读了张在日本杂志上发表的岡林信康论，我从心底里流出了眼泪。他是红卫兵这个留在世界史上的词汇的命名者；在沉重的前红卫兵的标签之下，持续着实现自己的严峻旅途。我想，正因此，他理解了在民谣之神的标签下痛苦的我。人都是为了成为自己、为了实现自己而活着。在如此之深的题目下的这个故事，我只能祈愿，它能够在日本被尽量多的人读到。

他提及的岡林信康论，指的是我写的论文《绝望的前卫》。我是在拿到书之前听说他为我写围带的事的，我有些震惊。因为这一段话将随着每一本书，在大大小小的书店里为我促销——在书滞销时更会与书一同被冷落。他是在为了我破例。我心里掠过强烈的不安，如果我在东京也许我会阻止这件事。但是，看到他的名字印在封面汹涌的黄河浪头上，我又觉出一种莫名的安慰。也许对一个日本歌手来说，靠近伟大的黄河，并非是一件小事。此外，他讲及的话题，于今天的我更决非无所谓。我不知道，此刻在我心里涌起的，是否也是流泪的感觉。

我还会继续听下去，怀着善意的关心、学习的姿态、和严肃的质疑，直到或是他或是我先一步离开。已经不是简单的爱恶赞否，岡林信康，这个存在给了我一个完整的现代主义艺术家的例证。他使我觉得亲切，也使我在双语寻求的路上更有信心了。

（三）

我是在很久之后才觉察到，我爱听的歌，大多不是由汉语表达的。已经有人非难，我自己也暗暗吃惊。

有一阵我主动补习西洋正统，托朋友买了一大批磁带，也去听音乐厅和朋友的演奏。那些缥缈的合奏确实使人如入梦幻，我也自觉很喜欢。但在请教时我总有一句话说不出来，但我不知道那是什么。我听着，我沉默。行家的解释好像周密，但原因是暧昧的。他们说的不是被袭击时的感受，而是一种秩序般的诠释体系。人不能在听觉上也随波逐流。我委屈地想，该有一针见血的、本质的解说，在我找到它之前，我宁肯应声而去吧。

宿命的是，汉语之外的启发还刚刚开头。

是的，语言几乎不能更替。回忆蒙古古歌和岡林信康的时候，我只须十数一二。喜爱的歌，会使人对一部分外语记得烂熟，并且使人悄悄进入它的语感和分寸之中。然而真是学无涯；后来我多少次对朋友说过——临死前若是问我有什么憾事，我就说，此生没有掌握哈萨克语，此恨绵绵！再后来，随着我对塔里木南缘的文明开始了解，更对维吾尔浑如天成的文化构造禁不住地惊叹；我又斟酌好久，最后把这句遗言里的语种，改成了维吾尔语。

在老城旧街的深巷里，若是彷徨良久，而并没有一个了解你的维吾尔家庭，人会觉得难忍的孤单。我听说过叶文福（他才算得上是诗人）的一个故事。他从喀什到乌鲁木齐的长途车上，和满满一车维吾尔人同路。维吾尔人唱了一路，照例唱得疯疯颠颠。而叶没有语言，也不熟悉他们。他枯坐一路，那时的喀什路要走六天。

车到乌鲁木齐，满车的维吾尔心满意足地下车了，没有人理睬他。等到叶踉跄下了车，他抱住一棵树，号啕大哭起来。

这个传闻使我感动不已。他能够为这样的事而哭，这是诗人的记号。

和叶难过的一样，我的命运也仅是旁听。听见了，爱上了，心里发烫了，又无法深入，被拒之于外——那真是可怕的折磨。为了挣脱叶文福的厄运，我在喀什至乌鲁木齐的路上拼命跟上他们；我跟着大声哼曲子，喊伴唱的吆声，迅速地大致摹仿哪怕一句，使劲地加入进去。他们露出了有名的微笑，不断回过头，向我瞟着鼓励的眼神。邻座的胖大嫂干脆唱一个副歌是“郎呀郎，亲爱的郎，你要找上一个好对象”的怪里怪气的知青歌来安慰我。

后来不再那么惨。我多少学了几段，多少进入过他们的环境。在果园子里，在朋友们欢聚饮宴，在长途的灼热戈壁路上。但我虽然努力加入还是停在表面，摆脱外人的遗恨是那么难。这使我不能容忍，我几几打算撤退回头。只是，在每一次的离别以后，那快活的耳音，那亚洲腹地的气息，又挑逗一般不依不饶地追上来，又一阵阵不由分说地摩挲充灌！

它使人迷乱，它一阵阵诱得人不由得把双肩着了魔似的渐渐端起，两脚蠢蠢地寻找节拍。它被它的环境发酵得愈愈浓烈，眼神都乜斜了，嘴角闭着微笑，白杨叶子也哗哗地响着切分音。一头撞上了它，我怎能不晕眩，我只想一个劲地沉入进去，向着它红艳或漆黑的神秘洞底。

这可是不折不扣的听音乐。由于不懂歌词，我听的是单纯的音乐，就像都会里那些古典西洋大曲的崇拜者一样。只是它可不那么大雅大器，它不需要解释，它新鲜明艳，它给人悦耳和心动的时刻，它不是“皇帝的新衣”——但是，它究竟是一种什么音乐呢？

他们在尘土飞扬的广场上唱，在烈日炎炎的沙漠路上唱，在新娘子害羞地不抬头的婚礼上唱，肥胖的大师傅在油烟弥漫的灶台旁唱，蒙面的穷苦女人和伤残的乞丐，在清真寺的尖塔下唱。我被它引着领略悦耳和心动，可是我哪里敢解释。

所以在这篇随感里，前两节我能依仗经久的体验，而笔行至此，我只能大致追着直觉和感觉。我无法弥补这个缺陷了；谁叫我多少次犹豫，没有决心攻下这么美的语言。我唯有的侥幸心理是，歌毕竟是音乐而不仅是歌词；也许，歌声可以用直觉和感觉来判断？

为了确认再次西行。而一旦再次踏进，感觉如封存后的发酵，它深沉了。它不再那么明丽，又一次在心中掀起的，是又似无形又在涌起的重重大潮。

绝望其实往往也是希望，我最终不能容忍自己与它无缘。

在帕米尔的高原，那年夏天可怕的曝晒就像世道，地皮被晒焦了厚厚一层，踏上去立刻升起一股白烟。听说有一个婚礼正在举行，我赶快跑了去。院落里积着一尺厚的黄土粉末。即便那样他们跳得滋味浓足。他们一个个深眉俊目，锐利的眼神在挑着尘土的舞步中柔和了，嘴角挂着优雅的微笑。两个男子吹着鹰翅骨制成的骨笛，两个女人击着大张的皮鼓。就那样两支笛，两张鼓，他们不间断地奏出撩人的曲子，那异样的旋律不可思议。我目不转睛地听到天色昏黑，没有歌，只有单调的四件乐器里流出的魅人乐曲。

我绝望于捕捉和记忆。那一刻我明白了，做什么都是徒劳的，此刻只该就这样与他们同在，加入这肆情流溢的中亚情调。背后是近在咫尺的冰峰，在尘埃中，它若隐若出，如秘如谶，强大地吸引着渺小的我。

一个白皙的少妇接过了手鼓。她仍然击打着那个节拍，只是一举手一侧目，明眸瞟过或淡淡一笑，都使我阵阵受伤。她简直不是此界的人物；我猜，一定只有在最古老的两大文明混合时，才会有如此的美女诞生。是哪两大文明呢，突厥和吐火罗？或者是印度和波斯？谁也再不可能猜测了，只有她的鼓点伴着鹰笛的婉转，汇成世人不知但魔力无垠的音乐。舞步在凸凹的土地上轻挑慢踏，长长的睫毛在肩头上面垂下。险峭的高原也被晕染了，我被蒙裹在色彩里。这种歌，这种音乐——它是一个魔女，不留一丝残剩地，专门掠夺和俘虏人心。它又是一服甜甜的毒药，谁饮下去谁就再不得脱离。

不能看着美逃跑。我在想办法，总会还有一些办法。

漫长的日子里我魂不守舍，中了魔症般一次次进入了秘境。哪怕在最严谨的学习中，感觉也是无法推翻的：这是一个文明林中的魔区。除了咬着牙一次次反复奔波着靠近，除了多少学几句话几首歌，除了做些微的语言急救之外，我使出了吃奶的劲，从其他方面补充。也就是说，阅读、学习、考古、旅途，反正追着它，不舍弃。我读着，听着，一点一点地了解着它。渐渐地我的视野不再那么朦胧，音乐开始显现一点轮廓。

它不是一道支流，它是一个枢纽或者核心。这和亘古的、我熟识的那种牧民的长啸不同。绿洲像串起的文明珍珠，这里本身就是一个发达的文明中心。古远的伊兰人（这个概念准确么，反正是一种印欧人）、粟特人在这里大规模活动过，虽然在史料上无声无息。

后来突厥南下的浪头重重滚来，突厥化使得牧人的长调得到了质变。直到蒙古铁蹄激起的狼烟散尽以后，西方和东方在一个纽结上再生了。

很久以后的突兀一天，人们才猛省般悟到，伊斯兰是新文明响亮的名字。所有古伊兰的、吐火罗的、印度的、突厥的和回鹘的、阿拉伯的和波斯的一切，都响起了魅力十足的鲜艳旋律。当知道了这些以后再转过眼睛：它正如醉如痴地唱着，它和它更富魔力的音乐形象遥遥微笑着，望着目瞪口呆的我。

第一次，这回是我独自微笑了。因为恰巧我新配了一把钥匙。

秋天，秘密地带着我的钥匙，我又一次奔向沙漠南缘，奔向我已经对它刮目相看的喀什噶尔和叶尔羌。

英吉沙古城的这个夏天依然酷热。白杨树和葡萄架的叶子在肆虐的日晒下，已经不再绿闪闪地抖擞。夹道的馕坑铺子，沙哑的歌声琴响，这情调任世道变迁不改底色。女人长裙，男子花帽，满街都是神秘异域的眼神。眼中是熟悉的中亚小城风景，心里是翻卷的波澜。渺小的我，终于在一群维吾尔人中间，被他们紧握着手，簇拥着，走过他们的风情街道，走进他们的干净庭院。二十年后，终于有了一个改变。在那个炎热的正午，我获得了和“它”的关系的改变。

我也许已经累得衰老，但我怀着的，还是那年喀什路上的那颗心。那年我不会一句，而今天——我掌握了几个关键词。

我跟着节拍，踏上了维吾尔人的、圆圈般的打依尔。如今我们用音乐和舞步，来畅谈我们心中的迪尼。依着门框的女人和那年帕米尔见到的一样漂亮。她惊异这个东干，居然流畅地和男人们一道唱着即克尔。一个穿恰袢的人居然当场进入了费那，他的脸颊上流淌下了幸福的泪水。

上述语词的注解是多余的。一切都只不过是气氛中的因子。重要的是终于有了我们的话语。当然，其实语言也是次要的，充溢一切的是音乐。

望着这情景我不由笑了。忽然我想到了叶，若是坚持下来他也会笑的。胖胖的母亲满面笑容，忙着在桌单的上面换上更多的食物。那个粗壮的汉子则着急地准备给客人的礼物，我已经看见了英吉沙特产的镶嵌刀子。四壁的挂毯图案酷似波斯，也像音乐一样难以捉摸。放下刚喝了半碗的奶茶，顾不上吃一颗晶莹的葡萄。打依尔上，人们已经开始了旋转。

那是人一生中难得几次的、短暂的点悟时刻。因为我不仅见识了传奇中听说已久的舞蹈祈念；还结识了第一个 apiz。只有这个词需要解释一下：维语中使用阿拉伯语汇借词时，通常省略词首的送气音 h。所以，apiz（阿皮兹），就是阿语中的 harfiz。解释它很复杂；在这里，它指专司伴唱的苏非世界的歌手。

他是一个绿衣的中年男人，眼睛里含着忧郁。他总是叹息般地望着我，一件暗绿的长衫上绣有绿丝线的花纹，对扣的襟口也缝着银绿的花边。看来，他在激动的时候不外现，神色严肃。不像比比皆是的巴扎摊和饭铺子歌手，不是那种粗鲁的莫合烟嗓子，他有着一副颤抖的、圆润的职业歌喉。

歌声如怨如诉，踏着使人摇晃的节拍。正是这个调子，你使我痴迷了半生。现在你正为我响起，阿皮兹就站在我的身旁，从他那儿，歌声流水般不住地汩汩淌入打依尔。都陶醉了，但阿皮兹没有一刻间歇，他边唱边轻轻地摇着头，像是体会着自己的歌唱。我尽心地投入陶醉，随着拍子在圈子上旋转。我要抓住难逢的机会，和我尊重的他们一起共度良辰。微醺之中，我勉强地分出一念确认着葡萄、馕、还有和田壁毯，我提醒自己说：记住幸福。

如今问题就有趣了，究竟是这片世界的音乐底色，使得统一它的信仰沾染了浓重的音乐味道呢；还是信仰输入时也一路送来了音乐？是阿拉伯、波斯，还有印度都溶成一道道源流灌溉了这片古老的绿洲呢，还是这秘境的风土使得伊斯兰唱起了丰饶快乐的歌？

追究也许可有可无，总之此刻它们是浑然的一体。它们早就再也难分难辨，宛如一首歌中的曲和词，一种歌中的情调和内容。阿皮兹，如果远昔的古文化里没有它，那么它随着强劲的文明之风吹来时被催生了。如果它本初就是生活中的水，那么它已经被兑上洁白的乳和香醇的酒了。重要的是阿皮兹的存在，还有他胸中无穷无尽的歌。

走下打依尔的时候，我们已经成了朋友。刚才哭了的男子久久拉着我的手，难受地说“难道胡大真的要我们马上分开么”。领袖般的老者翘首朝着天空，自语着感谢上苍。只有阿皮兹没有表达，他拂拂青绿的长衫，默默地目送着我，他已经在咏唱时表达过了。

那一天，绿洲的暮色从来没有那么温柔。高空的白杨长梢，在沉重地摇来曳去。我只能离开；推辞水珠滚动的大串葡萄，推辞满是金黄的黏稠汁液的无花果。

我实践着又一次的离别，就像我经常非要离开美好的时候一样。我甚至没有顾上伤感；因为对我来说，阿皮兹——的发现席卷了并充斥了我的心。

我紧紧地抓着他。淡绿的绣花袖口，遮住了我们紧握的手。舍不得，我想着。

抬头望去，毒日头还在骄横地施虐。还是不要久留吧，我做出了决定。阿皮兹不眨眼地注视着我，像是在审视我追求真知的程度。我觉得他的双眼那么美，那样深陷的眸子，就像深藏的夜星。

也许，传说中的木卡姆，喧嚣中的木卡姆，其实就是源于阿皮兹的苏非之歌？

我想着，又觉察到自己的不安分。但是我更判断着学术与逻辑，是不安分么？我突然心花怒放，我笑了，一边把阿皮兹的手握得更紧。

最后的感觉，是欣慰呢还是难过？你在为无法更深入而难过的同时，也在最后辨出了它的本相。最后的时光我默然无语。你也许是一个失败者，但你毕竟向往过、甚至两脚尘沙地探询过——所谓天籁。不必强求做到更多了，我想，你已经耗尽一生，不该奢望过度。不仅如此，当失助的文明被歧视和欺侮时，你留下了你判断是正义的辩解。你已经成为了一个美好绝唱的、哪怕蹩脚的介绍者。那么，在剩下的时间里，你不妨悠闲地走走，做一个享受者和欣赏者吧。

怀着这样的心情，我常在古迹上散步。

在近郊，在仅仅隔了一步就和都市离开的冷清野地里，矗立着泥涂表面的迪尼麻扎。

我走近时，看见那里独自跪着一个农民，破旧褐衫的枯瘦老人。他拨弄着一小堆点燃的枯树枝，把手指直接插进火堆里。篝火很小，不过是熄了又亮的，一小簇枯树枝架起的火苗。褐布的恰袢和土地混为一色。他的靴子满粘着红褐的泥巴。他痴痴凝视着微弱的青烟，漫声哼着一些句子。那身四郊最普通的褐色恰袢和也晒成了土褐色的圆帽，与几天前结交的、洁净绿衣的阿皮兹恰好成了一对。而歌声却一模一样；他独自地低唱着，若有所思地摇着肩头。他不时把手伸进火苗拨着枯枝，好像火苗一点也不灼手。

我在寂静的空旷中走近。间或他浊重地咳嗽，他的曲调时有时无。但是声音慢慢散开，原野如同被点化着，浮现了情调。我那时靠得很近，听着那些滑落的音节和沙哑的喘息，远处的暮霭一层层次第苍凉了。我要溶入，我捧起了双手。我摹仿着，追随着空中的旋律，开口吟唱起来。开了头，当吟到《阿叶提·库勒西》时，褐衣的老农礼貌地对我欠起了身。

他浊哑地问道：

Siz … Dini üxün ma？

（您是……为了迪尼吗？）

Man … bir apiz bo ldem.

（我是……一个阿皮兹。）

我轻声地回答。

剩下的傍晚时光，都是音乐的低诉。无论一身土褐散漫坐着的维吾尔老农，还是满脚尘沙的我。我们各自吟叹，时间就在身边流过，旷野里只有我和他。我抬起头来，看见寥廓的喀什噶尔大地上，荡漾着暮霭的黄色。

我觉察到了难以言说的和谐。我信服了，人间的音乐，确实起源于神授。我记忆着心灵的洗涤，记忆着这个永恒的边缘。我紧靠着它，它温暖着我，一直到黑蓝晶莹的夜幕完全垂落。

* * *

我迷恋着各种异族的音乐，心里却想着母语和故土。从远古的礼乐时代开始，其实我双脚踏着的这块大陆，也是一个音乐的源头。只是旋律随时间而僵硬，和声之律变成了秩序。不知为了什么，气质和真情一丝丝被排斥，古乐衍化成了统治的礼教，音乐可哀地异化了。

只剩下边缘死角。只剩下贫瘠不毛的旱渴之地，还残留着几声炽热和苦涩，还缭绕着一响扰人的呼叫。

当植被和绿色都破坏净尽，当世界已是一派荒漠的黄色，人的心事更重了。年复一年，我徘徊在黄土的塬坪峡谷之间，寻寻觅觅，山东山西地找着新的《三十里铺》，高山空谷地听着《花儿》和《少年》。但是，封建主义是一个无处不在的主宰；它使人呐喊着又要矜持，渴盼之中又要规矩。它总使每一股鲜活的情感，都依附在另一股强大的束缚之上。

于是我便步不可收，急剧地滑入了深渊。忆起来一切如同前世的定然，三十年过去了，留下脚印般的履历。在漫野的美声魅惑中，我如中魔症，如被夺魂，离官俸利益、大势时潮步步远了。猛然惊觉时，才发现自己像是初次做人，刚刚尝到一点人性的滋味。

有一些纠缠我半生的命题，诸如木卡姆与苏非传播的关系，诸如不同语言的乐感、它们与曲调的承载谐调……要承认自己已经很难深入了。不用说更使我倾心的那个题目——关于那片覆盖着广袤欧亚内大陆的浪漫音乐之海，究竟是从印度起源还是从波斯起源——不，已经不是此生可能穷究的领域了。

但是更多的依然是满足的感觉。因为我毕竟听见了，我没有完全堕入失聪，这是一件使我悄悄喜悦的事。

怀着感激，我不断地学习，一次次踏上长旅。我和深爱的人们时散时聚，共享和分忧着文学和生计。流年之中，我总是听见耳际充斥着一脉歌声；是的，就是它，是它在陪伴着我，生息度世。

1998年3月—4月

农历三月二十八的日记

古历三月二十八（2002 年 5 月 10 日），北京，雨后阴

引子

以趣味为原则的杂志约稿，要召集各地文人异地同题，写 2002 年 5 月 10 日这一天的日记，长短不拘，内容不限。一般来说我是不加入这种游戏的，只是今日有想传达的话，所以快诺承允。

但提笔时才明白，我要传达的，正是被我自己和环境一起禁止的。墨浓时才知无语；细细闪过心头的一件件一桩桩事，都不宜再做吐露。

那写什么呢？其实此一日正是三月二十七——被清朝杀害的穷

人圣徒马明心的纪念日。

清晨被电话吵醒。但是没有生气，因为打来的是西海固结拜弟兄的儿子。赶快趁机会，朝他问了这几天的天气情报。

“今年天气好！几场雨了！昨天雨下得大！”娃娃在那一头喊道。我的心里快活，因为快要旱死完事的北京今天也雨意浓浓；这使我从清早起就急于想知道西海固的天气。若是下给几场合心思的好雨，今年就算轮上了慈悯和运气。正好小侄子送过来一个电话。

我能想象大西北万人攒动的激动，但尤其是又终于盼来了慈悯的春雨。我舒展一下筋骨，无奈地还是拿起书本。北京的生活是枯燥的，今天也一样重复而枯燥，好在这本书吸引了我，使我读着觉得这一天还算充实。

直至傍晚，天一直阴冷欲雨。我读得入定，渐渐觉得从这本书里获得了重要的启发。书是日本讲谈社编“人类知的遗产丛书”之一，《F• 法农的生涯》。读到法农的启蒙者、艾麦 • 塞泽尔的诗《回乡笔记》，心中觉得好像在读中国的事儿。感动之余，抄译一段，聊充束尾。

无言的、不毛的大地哟

我诉说的一切，正关于我们的大地

我的听觉，正测定着加勒比海彼处此处的、人的可怕沉默

欧洲、非洲、亚洲

我的耳中听见——钢铁的扭曲和大地的破碎，以及榕树下——寺院的祈祷

我知道了，人在诉说

依然如旧，直到永远，我在倾听

此处彼处，存在的只是——声音的萎缩、世纪的颓弱、惊人的无言

没有城市。没有艺术。没有诗。没有文明，没有——人在世界上的投影、拟人的世界造型、还有铸造了世界的人的雕像

没有为着这一切的作业

在比死更恐怖的死中，生者在漂浮。而在其他地方，科学在进步、哲学在更新、美学在更迭

但是，在这大地，在这我们的大地上，手在徒然地播撒种子

没有城市，没有艺术，没有诗。没有哪怕一个胚胎、一株嫩芽

拥有的只是可憎的赝品的麻风病

哦，如此不毛的、无言的大地哟

……

2002年3月25日的小报

1

这一天的报纸非常蹊跷，他使我这多少年不读报的人，不仅仔仔细细、而且一连几遍地读了这一天的报纸。因为它超出了我对报纸尤其是新闻道德的保守想象，差点误认它是一份战争传单。

我轮换着近视镜和老花镜，总觉得是自己的眼睛出了毛病。一版之上，居然有三篇记事在平静地报道关于核战争的消息。通栏标题是《美核武器将先发制人》；另外两个小记事，都是具体地讲美国对伊拉克扬言，将不需进一步证据使用核武器。

更有意思的是，这一天并无两样地过去了。中国人刊发、浏览、然后扔掉了这么一张小报，然后照例去鼓噪汽车和房地产。没有谁为伊拉克民众的凄惨处境感到愤怒，更不用说为他们不能释怀。就这样，中国的小报轻飘飘地传递了核战争消息，如轻浮地越过了禁忌和准则的大限。或者这就是“支那人特有的放纵和卑劣”（导致陈天华烈士愤而自杀的当年日本朝日新闻论说）？但抗议核武器的反人类本质、悼念广岛长崎五十年如一日的日本人更不可理喻。他们不仅出巨资帮助美英把伊拉克人逼至濒死，不仅在讨伐阿富汗的十字军征兵刚刚募集的瞬间就报名参军——而且居然对美国披露将对七个国家使用核武器一言不发，实行卑鄙的沉默。

尚不仅此，自由的法国沉默，科学的德国沉默，浪漫的西班牙和意大利沉默——人类的良知和最低限的正义，莫名其妙地究竟哪里去了？

有意被披露的报告说：核打击的对象是：中国、朝鲜、伊拉克、伊朗、利比亚、叙利亚。报告明言指出“因台湾问题同中国发生军事对抗”时，美国可以首先使用核武器。

——也许世界这艘破船能够绕开这一堆原子礁。也可能世界史就这么用一张消遣小报，掀开它黑暗罪恶的篇章。如果人的良知和对他人的同情不能阻止这种新式的战争步伐，那么在未来，在又一个百年之后人们会发现：自己纵容、默许、帮助了大屠杀。

我辨不出任何出路，我觉得窒息。我也没有可供表演的舞台和签证，佯做公正的诗人。我只有绝望，如同那迎着坦克掷出石块的巴勒斯坦少年。

2

新的大屠杀——被一种宣传弄得使用率极为频繁的词——The holocaust，在这个二十一世纪开头的今天此时，正在由美国的导弹和以色列的坦克再一次实行。

新旧屠杀的最本质的特征都是：施虐的一方的军队，被屠杀的一方是平民。屠杀是在绝对一边倒的、对方毫无还手自卫余地的处境下进行的。

在过去的历史时代，上述特征也许不是绝对的；因为抵抗一侧还拥有一定的余地，比如“共匪”的延安还能有斯诺去同情，而斯诺的《红星照耀中国》又还能在上海和世界畅销。

科学技术的进步，居然把人的正义变得小了。

新屠杀的技术是，不再制造600万那样愚蠢的数字，每次战争只不过“低烈度”地杀害数千人。不再使用过时的毒气室，每天有限量地杀死几十个人，根据情况或者使用精密致导的炸弹导弹、或使用完全无须精密的狂轰滥炸——要紧的是要保持这个不平等的交战态势，让屠杀在绝对一边倒的、对方毫无还手余地的状态下进行。要能控制战争，让它不熄不止。

屠杀的另一类重要武器是侮辱，是打击人的自尊。驱逐、恐吓、当众拷打尤其是强奸、纵火、断绝供水、毁坏家屋，把对手变成难民、使用寒冬和疾病武器、让婴儿倒毙，最后达到使被屠杀者大量减少的目的。

今天被学究们称为“非对称”战争（见日本《世界》杂志本年

度诸论文）的这种单方施虐的屠杀中，被害者一侧尚有形式的警卫或军队。这使得屠杀仍嫌不顺畅，使施虐的心理仍不能充分释放——于是，核武器，使杀人者以零损失的代价大量消灭劣等民族连同他们的抵抗可能、不仅达到取胜目的而且达到永久奴役目的的手段——就被拖出了武库门口。

触动按钮前需要检验舆论，所以就有了故意透露的消息。

过去，我总天真地以为，核武器只不过是讹诈和浪费而已，恐怕永远也不会有人敢于使用它。经过滞留日本，这种思路更加固定。日本每天都在控诉“原爆”，这使我轻信；我以为核武器已是天下大忌，以为禁止原子弹已是最低限的人道主义——但是我错了。

我的一位作家朋友充满良心自省地说：“经过了奥斯威辛以后，我们的一切文学努力不过是撒娇。”我却觉得，如果面对着对巴勒斯坦的屠杀和对伊拉克的核威胁依然空谈奥斯威辛，那才是地道的文人撒娇。

判断的标准是：施虐的一方是军队，被屠杀的一方是平民。

说到技术和数字，难道说核武器比毒气室人道么？难道600万不能容忍而毁灭一个城镇是可以容忍的么？

3

一个新时代，一个用“恐怖”名之才最贴切的时代也许就要开始了。它从一张3月25日的小报上开始，轻松地隐蔽在新药广告和花边新闻之中。

也许它还会更下流地发展和烈化。既然中国的传播媒介在报道美军在阿富汗使用长25米重7000公斤的超级震荡炸弹时，使用武侠小说语言称之“滚地雷”；中国人完全可能在战术核武器在他人家园爆炸时语调平静。

广岛上空当年爆炸的是大颗的原子弹。但是，五十年的抗议并没有使日本拒绝报名十字军。当核武器使用于伊拉克或者中国的时候，他们究竟会不会继续提供军费呢？

前些年见过追究越南战争期间的美国知识分子罪责的书，近年日本又出版了《朝日新闻的战争责任》，追究日本在侵略亚洲各国的战争期间，这家报纸从军事到用语在内的战争责任。

无疑几乎不可能追究小报。下流的宗旨之一，就是躲避追究和不负责任。

我觉得窒息。

我也没有可供表演的舞台和签证，佯做公正的诗人。

我只有绝望，如同那迎着坦克掷出石块的巴勒斯坦少年。

写完于2002年4月22日

满山周粟

1

念考古时听来了一句话："生在苏杭，葬在北邙。"

二十年中，几次从西安城路过，远近瞥见了那一条若明若暗的咸阳塬，总不由得联想北邙山。这一道浅山台地，和邙山天生一对。古时，哪里若被定都，都一定要先看看候补首都的北面，有没有这么一道低伏的浅山。可不敢小看了这一道低岗小丘，它是城都家国的吉相，凶吉贵贱的准星。风水书里，它被尊称龙冈；当然其最实用的用途，是充当皇家的阴宅坟地。在考古行中它被叫做陵区，因此，所谓"咸阳塬上"，指的就是代代帝王的陵墓群。

我喜欢眺望塬上，放纵遐想。但如今我只想象不考古。不光是对着封土大冢，也包括对着十万迷宫的历史。对历史我一天天不求甚解，偶尔听人提及什么古雅话题，我就不由得哈欠连天，完全不像读过考古系。

北方文物以豫陕二省为长。只要稍稍留心，无论谁都能发现，左边是数不尽的汉唐魏晋，右边是听不完的故事旧闻。从长安到汴梁，典故和古迹多得像石头路上的石头，扫不尽搓不完。我也曾对其中一二下过劲，最终多觉得白费了力气。历史如宇宙，那么含混洇漶，谁能追究清楚呢。

大多的古迹有名但没有魅力。风化般地，它们早变了路上的滚石头土坷垃，绊得脚生疼。我注意到，即便在“当地”，人们也并不特别说古——在燥闹的日子里，在蒸腾的尘沙中，中国人，早对古代淡漠了。

2

进入了关东一下子置身河南。洛阳的北面，视野里换了攀比苏杭的邙山一线。——那句话醒来了。但它不过是我早就熟视无睹的一道黄土梁子，任你为王为寇，到了阴间万般皆无，还装扮什么等级富贵。

我心里哼一声，可还是暗自留心。毕竟是阴间名山，我也毕竟还有行业熏染的下意识。

稍稍靠东，路右的今名是首阳。这山浑身披着衣服一般，密密地刻满着梯田。山体低伏蹲踞，和位置稍西的邙山一线缠连。迤逦望去，这一条浅山地脉东西摆开，若起若伏，似粘似断，一直向着遥远的咸阳塬贯通而去。

首阳是什么意思？我知道，要弄清这么个词麻烦着呢。地望哪一搭？谁知道。查书对字左援右引，考证一丁一点的活儿，我干得不多却干“伤”了，何况这前后百里——沿着黄河，交通紧紧夹挤在山河之间。一条缝里，数不尽的古典重叠。没有一股水一个村，是清楚和简单的。

鲁迅有一句“转身向北，终于到了首阳山”，划拉这么一句要查多少线装书？我可没有那样的功力。反正，此刻面对着的，是一个和古代同名的首阳山。管它呢，除了这儿又能是哪儿呢。爬！

人间事，最贵的就是一个行动精神。心到就必须脚到。否则，草木凋零，美人迟暮，落花流水才知伤春，那就晚了。爬！弟兄几个骤然兴奋，车转弯，笔直地对准了首阳。

问路时更听说，这边山头有一对伯夷叔齐墓，那边山头有一座伯夷叔齐庙。答问之间，登上了首阳山顶。

我们一行喘着气，一眼望去，立即觉得开阔和壮观。眼睛此刻眺望的，是中原的腹心。

3

正是隆冬，从崤山一带向东，前几天落了一场雪。整个低矮的中原丘陵，梯田庄户，杂树泥屋，都被白雪涂抹一过。一道黄，一层白，斑驳的残雪颜色，使山野荒凉而萧杀，人的心思，很快就静了。

在山顶找到了小庙。庙的建筑当然粗陋，不过也没有谁妄想来看商周的古建。这小庙，恐怕左右不过是“改革开放”盖起，十几二十年的事。但是也没准，它的底子，就是《史记》里的伯夷叔齐死时，躺的那块石板。

一对老夫妇，从山北的村落里攀援而上，他们是守庙的。看着我们一行，不知是要施散，还是要交流。这种民间的修祠守庙，在北方正暗暗时兴起来，给文物强国又添了不少的文物。

大雪与黄土夹杂，使一道绵延的首阳，还有北邙，以及咸阳塬上，都好像连接上了苏杭。无形地我们也觉得满足。静极了，人彼此瞥见对方，胸中升起着一种苍凉情绪。冬日的淡云，一丝丝地散开远去。

4

若要考定这山是不是商周首阳，最好是刨出薇菜。

谁都知道，古时周灭商，伯夷叔齐二人不食周粟，在这座山里采薇度日。他们终于饿死，留下了一个绝对的、一道难题般的故事。

而今呢，薇也罢，蕨也罢，地梨子或是甘草也罢，都一律不见了。

即便有，也被大雪埋尽了，我不由地想。白雪镶衬的低山梁透迤而去，在地平与暮色混融。我突然觉得，我从来不大留意的、一跃而过的中原，景色居然这么好看。

考古队常把司马迁的记述，看做发掘的线索。因为和今朝诸老的文章大不相同，太史公大体字字有据。叔伯二老的墓和庙，就由它们颓废吧，想看的首阳薇，也不必妄想。唉，哪怕来个河南老农撒个谎也好，哪怕他说他听说过山上有薇菜也好。可是，没有。

何止不见薇，也不见蕨，不见任何的石松、猫耳朵、马苋、刺刺菜。问是问了，但我知道，电视记者似的胡诌乱刨是问不出啥来的。再者，那守庙老汉闪烁其词，没准只盼着舍散。追问是误解的头，我决定算了。

它就是邙山余脉，使死者如在苏杭。它说，人死后迁居鱼米之乡。它蜿蜒在雪雾里，上下苍茫，四外无物。那视野，朴素和壮观同在。

那一天，因为白雪的妆扮，我饱餐了中原的冬色。那空濛的凛冽，雪地的素净。在马赛克、厕所砖的一路眼障中，我想，该知足了。若不是这场多情的大雪，我能看见的，只能是梯田里的小米麦子，只能是满山的周粟！

5

对那个传说的行径，会有长久的争驳。一半中国人会说，伯夷叔齐反动，他二老维护的，只是一个腐朽的旧货。

我猜有的民族，可能喜欢不论是非，只欣赏行为的美感。

比如一个日本武士道的范本“四十七士”。那是个家丁为亡主复仇的故事。他们用恐怖主义的血腥手段先把仇敌屠戮净尽，然后四十七人集体殉死。一个美国学者把故事写进一本书，那书竟成了描述日本文化、特别是分析日式宗教的奠基著作。读那书的人很多，尤其学日语的中国人，说起那书来个个五体投地。都忘了批判那故事的恐怖主义，以及煽动狂热文化冒险等等。

也许，不食周粟的典故，洁则洁矣，却使聪明的中国人对它感到顾忌。因为它和中国人的历史，有那么一股子别扭。若是像小日本似的大力张扬它，那不仅周作人张爱玲不好评价，中华的浩浩历史，元伐宋，清灭明，孙中山驱鞑虏，不就成了一部自嘲自讽的糊涂账了吗。

鲁迅先生呢，他显然重视了内在的什么，所以心有所动。但他又为其中的悖论头疼。于是先生使用摩登手法；不光是一篇《采薇》，整本的《故事新编》，都是把古典一一地开了头，再用上一笔鬼画符，结尾了事。

具有永久性意义的是，鲁迅在那古怪小说里，非常实用地，列举了“薇汤、薇羹、薇酱、清炖薇、原汤焖薇芽、生晒嫩薇叶”，整整一份薇菜 Menu。先生这个薇菜单子（命名薇谱如何），既悲哀，又刻毒，好像他比伯夷叔齐还内行，还惯于采薇的生涯。我怀疑，先生是特意借文集使这《薇谱》传世，好像怕我们后人饿着。

历代的不食周粟者，尽管取道清洁，哪怕丈夫气概——这薇菜单子，是任谁也躲不开的。它笔直对着每一个人的自尊心，如每天的日课。

6

后来，天道残酷无情，又降了风浪。人看见血的时候，会把一切经验之谈和历史教训都忘掉。我如痴如醉，只惦着林黛玉的“质本洁来还洁去”，也念着古老的“不食周粟”。于是仗着性子不顾生计，把按月的“周粟”，一股气扔到了茅坑里。

也许，我在想象中，主观地美化了叔齐伯夷的形象。忘了鲁迅先生的深虑，忘了他为“不食周粟”的复杂，曾用曲笔疵锋，写得暧昧一团。

水浒传里，强盗一词正是褒义；今日文坛，人盼绯闻出上点名。中国人只不要一种名——大节。何止不要，大节就是极左派，就是假道学。脚踏着中华阴间第一山的顶巅，我敢说，中国人乃视大节如烂笤帚的民族，说撇就撇，决不吝惜。这一民族特色，和环球左右各色人等不同。

我因下水一遭，裤脚至今淋漓。舍弃了不洁之金，抛却了“周粟”“盗泉”牌的餐饮，再顾老扶幼流落他乡——那时默中的滋味，究竟是什么呢？

是薇菜的苦淡，还是人的骄傲？说不清楚。我只知道，人的尊严和傲气，必须要靠着三餐的薇菜、也就是一份钱养活着。

我懂得这个道理很早；于是跨海越洋，托身日本，孤注一掷地去采薇淘金——我们惯说为“打工”，日本所谓之“出稼”。

哈姆雷特问：周粟，还是倭餐？

——我选了几样日本料理。不食周粟的饮食习惯，使我突然成人。不仅打掉了作家的娇气，也敲碎了学者的架子。我见识了从涮碗到著书、从看风水到教大学的种种营生。恰如《薇谱》之几品。上了历史的首阳山，谁都必须确保那一握之薇，下苦力气弯下腰来，一棵棵地采。

人常爱说，鲁迅要是活着会怎么样，云云。

鲁迅要是活着，我猜，鲁迅一定会义正词严地抗议中国作协：他们滥用了他的名誉权，却没有照顾他的遗愿。他的遗愿是：把烹调薇菜，举办成一个有趣的大奖赛，动员人人努力夺冠。其冠军者，方可获“鲁迅文学奖”。他会怒斥曰：你们这些“乌烟瘴气的鸟导师”，你们这群“帮闲的乏走狗”，你们不是以“趣”为大业么，你们怎么在这么大的乐趣前头溜了呢？！

7

我喜欢尽着野性，千里奔袭，抵达他人难以接近的地点，然后独享壮大的风景，吮吸点滴的知识。可是，首阳山给了人什么知识呢？唉，人的感觉，和山河风景一样，都是谜。

天快黑了。我想，这一回爬首阳山，只能如此而已了。机会无论大小，都是很少的，包括这么只是半日里的一登首阳。这么想着又觉得可惜。向远方望去，视野眼界里，绵延的北邙山，如影的咸阳塬，都像这蹲踞的首阳一样，正一刻刻地投向昏暗。

一篇《采薇》，鲁迅教导我们：千万莫要把一个“不食周粟”，当了什么壮举。非也，那只是个人行为，食之洁癖，饮食习惯。敬请勿穷究是非，不需谁刀笔赞否。

这么写并不合先生本性。所以读得出来，他不光是写得不痛快，而且写得腻歪。他不满意自己，自我批评说：“这就是从认真陷入了油滑的开端。油滑是创作的大敌，我对于自己很不满。”

我们在暗的视野中驱车下山。盘旋降落之间，不仅首阳，全部一脉连山，都在黑暗中陷没。

夹肩的梯田晃闪着残雪的白色。途中看见夹路的田畦，辨不出种的是什么。我问：“是麦子吗？”同伴答道：“不，像是小米。”

没错，就是那个品种，那个周粟。

1999年2月

都市的表情

一

我发现，除了老舍先生（他能说是艺术地处理了北京方言）之外，喜欢用京腔写东西的文人，大多并不是北京出身。

他们的写作，未必是独独地情钟北京，大概还是下意识地做着一个“安全的低姿态”。其间微妙，不易说清。有一点是可能推测的：这块地方的京腔，给了他们某种做人哲理的共鸣。

我不同。我生在北京，却不喜欢京腔。我常说我只是寄居北京。我常常不无偏激地告诫自己：京腔不同于任何幽默，若使用北京方言而缺乏控制的话，会使文章失了品味。由于这偏颇的观点，我有意节制北京话的使用，更不让京油子的俚语流词，进入自己的作品。

还不仅是语言问题。语言就像人一样，反映着不同的气质。而思想和立场的选择，说到底，其实决定于气质。

而且也不是一个传统或文化的问题。我在北京贫贱的街区长大，我根据自己的童年认为——艺能化了的京腔，并不能代表北京底层的精神。

家屋都国，都有样相，所以中国文化里最深奥的，是风水堪舆之学。若是相个面，如今北京的相貌是大而空，目无神。一半官僚般地摆大架子，一半兵营般保甲森严。人习惯怀旧，总觉得以前的北京不是这样，要好得多，只是，那个北京已经被消灭了。

从山野回到北京，下车伊始，泛滥喧嚣的市井味儿就轻狂地拥来了，无端的不快立即涌涨，充斥得一腔子满满。久了，留意到自己总是那么古怪地不自在，人多少就不禁想：究竟自己是怎么了。

是如达者诠释的“小人常戚戚”呢，还是得了一种什么罕见的心理病？自我批评着，心里却抗议地喊：不，我不过是要像人一样地生活！

像“人”？——今天，这真是个不同的、混账的问题。

遥远的孩提时代，遥远的喜爱北京的时代——大雪飘飞的北京，平民邻里的北京，贫穷勤劳的北京，无论如何真实地存在过。我生长于斯，我作证。我记得那个北京的神情，那神情依依在目。

二

都市的神情各有不同。

比如东京。特别是这一座城，不易描画。画它，就犹如画女人的风韵，是件很容易弄得不伦不类的难事。难道某种文明发育得过分丰满，所以就富于暧昧么？不知道。只是，发达本身会带来遮蔽，十有八九的东京写手都完结于浅薄。见是洋洋洒洒，毕竟终是误解。那些深知三味的人，一般是不敢动笔的，因为他们觉得，东京活脱是个文化陷阱。

在这座巨大陷阱里漫游，我也常把浮层初识，当作了解释结论去接受。吃的亏多了，就总结了一点经验之谈：教训常在似是而非处。自己不敢浪言，渐渐地缩手缩脚，自戒阑入。

若是在做了这么些说明之后，再想说一句的话，我觉得，东京的缄口，给了我相对稳定的印象。这一点，或是它与其他都市的区别。

不张扬，不北京式地吹牛，在一派汪洋大海般的摩天楼和霓虹灯的包围中，东京低垂着眼皮。不知为什么它有一点羞耻。它局促、紧张、尽量不露声色，暗暗加劲，好像只打算忙碌掉这短暂浮生。

就连它的色情文学，也古怪地分配笔墨。其描写，常在意淫的好读之士意料之外，在那儿莫名地徘徊。而且结尾时冷不丁地，突然是凄烈的殉死。这一路数的小说作法，与中国文人的思路，完全不同。

它有美女深潭般的文化，它又有嗜血侵略的经历。它的政治的、近代的丑，无情地否定着古代的、气质的美。它无法解脱这自身的矛盾。它总是在行使着“秘默权”，把头垂得低些，更低些。

城市与市民之间，有性格的联系。东京就似乎如此。暴富，犯罪，所谓河东河西，沧桑不已。它自己也无法解释自己。包括语言，我发现一旦向日本人问及他们那又多义又暧昧的语词，最后就落得个双双精疲力尽。

年复一年，它变成了一个：发达的谜语。

唉，说不清东京，还是说伊犁。

当然，我同样不是伊犁的合格代言人。我写，是因为该写的人不写，我虽写不好，但我清楚——我是伊犁的同伙。

本质都在——前九十年代的旧伊犁。是尚存在着诸如汉人街等小巷集市、还没有恶意地大改建前的伊犁。那时，风情闻名的集市，尚未按照官僚的意欲，被集中到营房般的大棚里。城市还有黄昏和夜晚，日暮时分是一天重要的时间。男孩从小都玩吉他，以便以后“当了小伙子”，能潇洒地当街弹奏。成排的女友穿着一式一色的连衣裙，优雅地齐步从林荫道上走过，她们是伊犁著名的景象：高傲的美丽眼睛对着前方，对完全仰慕的视线不理不睬。

站在马良骏的陕西大寺后墙，一眼望去，那时的汉人街口，就像——有三个写法：一场走马灯般不休幕的民族团结表演，一个《卡门》写过的直布罗陀的市街，或者如那伙专事偷盗的探险家所说，一个地道的人种博物馆。

那时常有山上下来的哈萨克牧民，鹰眼睨视，三五并辔，蹄铁叮当地驱马走过市街。东干，也就是回民，总是在酿皮子、凉面条子的摊子上忙碌，神情和谁都不一样。那时，清真寺前常有醉鬼躺着。在宗教史上，固执的教条主义从来都是被固执的歧视压迫催生的；既然和谐平等的空气在弥漫，那么，连教规也在自然地朝着宽松发展。

咦，又是一个卖私酒的小贩。他慢慢地靠近一群晒太阳的维族汉子。不久，我看见一个大汉拧下自行车的大铃铛盖子（最老式的那种），小贩也轻轻从人造革包包里抽出一个酒瓶。著名的，使传奇更加有趣的伊犁街头靠一个自行车铃铛盖子进行的传杯聚饮，开始了。

那时我只是觉得好玩。而如今，就风景而言，何止贩子和饮者，连陶然微醺的汉人街口风景区，都被整肃了。伊犁城里三教十族彼此微笑、握手、围成堆喝喝酒的，那随意和平的空气，都散去了。

那时的伊犁混合着伊斯兰、俄罗斯，还有突厥诸族的各色情调。它有些俏皮，但更高雅，很难形容。它不仅拥有果子沟森林或者赛里木湖畔草原的美景；不仅有连衣裙、伊犁马、红辣子、无烟煤和果园，而且各族和平、相安无事、共享着多少有些甜味的斑驳生活。

很久我都认为，天下城市，唯有伊犁美难超越。唯有伊犁具备了“美”的各种条件。现在我悟出来：原来，那不一定是什么美。其实我看见的不一定是美，而只是看见了伊犁最放松、最和平的神情。

三

在北京，晨起经常很晚，躲过车吼马聋的时候。那种时候出门，要闯过每一座立交桥，都要有董存瑞的决心。如今北京的距离正如立交这个词象征的一样，仿佛被人施加了立体和交叉的古怪计算，走路的感觉愈来愈远了。

以前过些时间，就需要去科学院图书馆翻翻杂志；现在科图萧条，该过一阵去书店看看书。在时髦的韬奋图书中心浏览，和在东京的纪伊国屋不花钱“立读”，很有一种模拟的滋味。书架上的《老照片》，被立读者人手一册。

依照约会的地点，午前我找到那个咖啡馆。一位长辈正等我。《热什哈尔》在台湾商务印书馆出了繁体字版，我们约会，是为了交接带来的支票和样书。我曾为该书做过秘书，今天接着把杂务办完。译者都在大西北的乡村，书来信往多仗了老前辈的热肠。书记载的是二百年前民众的牺牲，但书从来不为人知，民众的心情也被湮没了。前些年出了汉译本，今天更扩及台湾。真是，好书是不会湮没的，很多人都愿为有意义的事尽力。同席有两位台湾编辑，听了书的故事都感到有趣。

书印制精美。我迫不及待地浏览着，沿故宫北墙的筒子河散步向西，不打算早早返回。在这都市里，这一条散步路如今更显得古雅幽静。柳枝还没有褪尽绿色，河水泛起青黑的波纹。一路走到红楼，找到一个芝麻般大小的邮局。我在小桌上填写地址，小心地写信寄往黄土高原。

街上五光十色。路口上，小贩们的叫卖声响成一片，熙熙攘攘，活泼健康。十块钱一个剃须刀，五块钱一支玫瑰。每天看到他们，每天都因他们而感慨人求生的潜力。一个农村妇女擦肩而过，她不动声色地说："VCD！ VCD！"

觉出饿了。这一天虽然是好日子，心情格外轻松，但是仍然没有顾上午饭。迎面是装潢一新的店铺。吃了兰州的牛肉烩面套餐，一顿饭喷香滚烫。吃着想，那些远在西北山地的朋友，接到了邮来的特快专递该有多么高兴呢。不觉又暗数着成全书的一个个人。这里烤的锅盔焦黄香脆，离开饭馆时买了几个带上。出门时，天色已近昏暗，又油然想到正在写着的东西，好像胸中隐约添了些分寸。

已经是天短夜长的节令，一会儿工夫，天黑了。坐在一辆小公共上，听着售票员吆客。随着这辆车的停停走走，依次闪过的车站上满挤着各色人的表情。很快就变成了漆黑的夜，车灯和路灯照着喧闹的声浪，突然在暗黑中雪亮地映出密密的、等车人的群像。他们不上夏利、小面，不上小公共，他们的表情焦急而坚毅。我每次看到这种车站的表情时，心里都禁不住感动。在这种表情上，百姓的生存和北京的精神都流露出来了，使我觉得回味无限。

以上，是我在北京寄居客住，大致的度日方式。

夜深了，还没有睡着。暗中像还在注视那寒风中的人群。几个小时前见到的黑暗车站上的人群，如同最好的北京城雕。他们的表情极其动人。我从中看见了生活的困窘，掩饰的焦虑，无助的处境，和倒霉的运气。我从中看见，北京的平民精神正在挣扎。我看见一丝凶猛。动物受了伤常会有这样的神情，那是一种必要时就扑上去的，默默决意。

反正，要是让我定义，这就是今日北京的基本表情。

四

那时的北京是文化的，更是平民的。

如果小城伊犁的关键在于民族，都城北京的锁钥就在平民。

大中华——这是一个后浪推前浪、今日否定昨天的文化，是一个缺乏仪礼的固定、或者其仪礼已经彻底腐烂、被儿孙后人丢光甩净的文化。所以它也是没有贵族的文化。那么，平民社会就是一切之母胎；正义和朴素的平民精神，一直是北京的防腐剂，也应该是它的灵魂。

世间正流行“世纪观察”。其实根本没有客观的观察。不用说观察沧桑世纪，哪怕只是给城市相面，一眼之瞥，也会因各自的眼珠不同，而看见不同的东西。

满街的人在匆匆行走。转瞬就是喧嚣的春节。好像在他们的表情里，都浮着对这个问题或多或少、或自信或惶惑、或满足或恐怖的解答。这暧昧又丰富、掩饰又表演、读不完猜不透、如同广角全景的大照片一样的都市表情，就是这个卑鄙又亲爱的世纪末，送给我们的新年贺卡。

忽然，沿着大街，沿着密集的立交桥，一些等而外之的分子走来了，闲散的步履溜溜达达，目光直逼着人，眼角一丝嘲弄，好像完全不掩饰自己的不驯。

他们是卖牛角的藏民，还有卖核桃仁的维吾尔小伙子。他们的表情，哈，他们的表情才算得上“神情”！生动，充满活泼，洋溢着美感，使人感到，他们的文化是自信的。

我的步子一迟疑，他们就转身对准了我，嘎声地吆喊起来：“嘿咿！嘿咿！”

我忍不住哈哈大笑。

难道不正是他们，才使这都市增添了一点浪漫的火种么？像被火点燃了的干柴，我感到一阵快乐袭过周身。我应声也喊起来：“嘿咿！乔代莫！亚克西吗！”

是的，我尊重那黑暗寒风的群像，但是我与他们依然不同类。我走得太远了，已经是这座城市的叛逆。

我想了想，还是这样的一伙——来自西藏和新疆，卖牛角的和卖核桃仁的异类，才像我的同伙。

1999 年 2 月

墨浓时惊无语

生存于复杂的时代又面临复杂的命题，人需要一种更充分的自由。特别对于作家而不是理论家的思想而言，阐述为自己良心感知的内容，特别要求环境的规矩，以限制有意的曲解和误导。可悲的是，强权的愚蠢干涉，其实往往可以成为避免误解的条件；而来自依附体制的知识分子、即鲁迅所谓智识阶级的攻击，却会导致真正的思想压迫。

当然文学就是限制中的创造。前人都是在时代的可怕限制中，完成了辉煌的业绩。因此我从来不赞同文学的政治化。今天我依然不会变我的道路为政治，我甚至不是为了抗议，而仅是为着备忘。

只是，我不知道，先贤和前驱们是否都曾经遭遇过这种命运：不仅背负着上百年的屈辱的被殖民史，不仅承受着残暴的强权压迫，还不得不与一群如同今日中国智识阶级的人同生共伍。

1

二十世纪是个发生了许多革命的时代，我本人只是一个这个时代的婴儿，就本质说并不是它的参加者。即便如此我仍然觉得，我们在追寻革命后果给我们的教训的同时，也要究明革命的原因。但是，智识阶级制造的流行思潮，在揭露旧革命的悲剧和不人道的同时，正剥夺着人拥有的权利的一种，即在压迫的极限上选择革命的，永远的权利。不仅如此，他们甚至压迫对革命的想象，压迫任何对更理想的社会的想象。

这是因为他们并不反对青睐和豢养他们的体制。他们无视特权官僚制度对民众实施的压迫和恐怖，也无视世界新体制对贫穷世界的威慑、歧视和压榨。他们一心倾倒于对西方体制的讴歌，全然不顾西方的国家富强与精神自信，乃是建立在百年来血腥的殖民史之上；也建立在贫穷国家和民族的从属、窘境、以及受辱之上。他们否认文学的天职，以及知识分子的天职本身拒绝任何从属；这种天职仅仅是表达人的自由、仅仅是向一切不平宣布正义和良心。

没有理想的和完全人道的革命。是的，革命往往与人的恶性孪生，遗留下满目的废墟和无数的悲剧。革命是被人世的苦难逼迫而诞生，并成为正义的人心的向往的；但它确实又往往在人世的腐蚀中变质，因此被人恐惧和舍弃。

在这样的革命的世纪末，总结革命和诸如毛泽东、文化大革命的严肃性和复杂性是不言而喻的。但恰恰是在这时，今天的智识阶级抡着棍子，压制着言论的自由和思想的表达。循环之后没有改变，他们一如迫害过他们的棍子前辈。

出于这样的思想，十几年来我一直思索着关于革命的问题，这个思索由于红卫兵时代的原罪即肮的血统论，甚至渐渐成了痛苦的内心折磨。但是今日批判血统论的危险，比起六十年代的思想先驱和牺牲者所面对的，究竟有多大的改变？关于这一点，请原谅我不能更细致地论证。

一九九三年是毛泽东诞辰一百周年。当时日本岩波书店的《世界》杂志约我写一篇纪念文。对一个作家来说，我初次体验了不能使用母语写作的滋味。由于心头的阴影，我甚至有意对一些汉字只用日文假名。对人的权利，对政敌和阶级之敌的人道，也许是毛泽东和他的时代必须面对的置疑。我对毛泽东提出了这个根本的置疑，但是仍然用我的语言对他实行了必要的辩解。因为人依然可能依靠他的革命和造反思想来解放自己。

同样，我在日本出版了一部关于早期红卫兵历史的著作，我不能用中文出版。因为，无论是我对从红卫兵运动一开始就存在的、可以称作六十年代的最大罪恶的血统论的自省和揭露；还是我对青年以及民众的反体制权利的坚持——两点都被今日的霸权所不容。我特别强调的是，智识阶级的话语霸权。

我不从属于任何政党或运动。我拒绝一切政治形式。我仅仅用文字表达了这种思想。我认为在这种前提下我拥有一切表述的自由。但是我准备面对的是因此遭受的围攻；智识阶级在竭力教唆。昔日受难的牺牲者，会因为公开的思想，和这思想的被丑化，而觉得找到了仇敌。

我选择了使用外国语，最低限度地表达思索的方式。但即便如此也不被人放过，那些智识阶级虽然不读外语，却处处著文污蔑他们道听途说的、我对红卫兵的自省。他们竭力把我漫画成一个残余的四人帮分子，企图挑起人们的误解，把我引向人们对往日悲剧的巨大仇恨。

不，我没有表达关于革命的反省的自由。

2

在前南斯拉夫的波黑地区，以及高加索的车臣地区发生流血危机时，我非常盼望读到更多的消息，但是不能。我感到不可理喻，因为多民族的中国更应该让人人都思索这种问题。自由与和平，没有比它们更重大的一对命题了。我深知中国存在着的矛盾，比起它们远远有过之无不及。中国史证明，在这类危机发生时，人常常显得更嗜血。已经迫不及待，已经千钧一发，应该及早地告诫人们，必须注意寻找未来的、共存和平和相互敬重的道路。

奇异的是，可以说是和平主义伟大导师的列夫•托尔斯泰有一本《哈吉•穆拉特》。重读时，我惊异地发现正是这位百年前的高尚作家，为我们从源流到结论地，解释和指导了车臣问题。

《哈吉•穆拉特》是一本小说，我非常想为它写一篇读后感。不用说托尔斯泰对包括车臣部在内的、高加索诸族的知识、他对伊斯兰苏非派内部的熟悉令人感动；托尔斯泰对国家恐怖的批判基点，以及对反抗者一方的施暴的批评，还有他对脱离武力和暴力的第三种选择的文学化描写，使我得到了深深的教益。

但是使我没有动笔的原因是，中国的一些知识人，在我的涉及中国回族的作品《心灵史》出版后，一直致力于把我丑化和漫画成一个宗教狂。时值日本发生了奥姆真理教施放毒气的事件，这个新闻使他们如获至宝，他们不求甚解就马上用来隐喻我。他们的攻击，已经离开对我的作品的哪怕是曲解，而开始编造莫须有的、所谓我的观点。无论日本的奥姆教分子，还是激烈地讨论奥姆教风波中引发的，世纪末的信仰丧失与新兴宗教社团、科学主义与迷信思潮、国家权力与宗教管理法（因毒气威胁而补订的日本《破坏活动防止法》）的权限、讨论国家与自由民主之间关系的日本舆论界，都不会想到：奥姆教的放出的毒气，正在经过一些中国知识分子的扩散，窒息着艰难地维持着信仰传统的中国伊斯兰教。也许，奥姆教的最大恶行，就是它为针对中国伊斯兰教的、至少是思想上的压迫，提供了一种候补罪证。

作家蒙受怎样的命运并不值一提。我无权因为我个人的文章，使得备受压迫的中国伊斯兰教的处境更困难。因此，我对他们对于我的批判，采取了沉默的态度。我有意回避这个题材，在整整一个一九九五年，没有在写作中涉及我熟悉也是我感情所系的中国回民及其宗教。一九九六年和一九九七年，大概也会大致如此。何止关于《哈吉・穆拉特》的读后感，我在许多散文中删去人的故事和思考，只留下风景描写。我为了肮脏的火不至于烧到穷苦的信仰者的身上，规避三舍，压抑抒发，写了许多实际上是半截的文章。

我只想说：在中国，在有着长期的歧视少数民族、以国家恐怖主义压迫底层和民间信仰的历史传统的中国，在话语霸道的支撑下，大谈特谈他们根本不懂的奥姆教、原教旨，是助纣为虐，是知识分子的良心不能原谅的卑鄙行径。

同时，把在民主政治的宗教法原则下出现于二十世纪的、多如牛毛的新兴宗教团体（其中一些只是竞选的工具、漏税的公司，或黑社会式的集团）的个别犯罪，故意地与有着十亿第三世界信者的、自久远以来就是世界文化传统之一的伊斯兰教相联系，也显示了这些智叟的无知。

应该说明，他们的原意要小得多，他们不过是对我的作品进行消毒而已。除了把我导读成一个四人帮主义者之外，他们的第二枪是把我宣传成一个伊斯兰原教旨主义者。当然，什么叫原教旨主义，他们是不打算搞明白的。关键在于这个恶谥符合当今国人对大众传播媒介制造的、对国际伊斯兰教的舆论和坏形象的不求甚解的口味；这个恶谥如同密告，它剪灭着作家赖以存身的有限天地。

本来我企图以对中国伊斯兰教特别是苏非派的介绍，来探讨中国的信仰问题。我幼稚地以为这是一条救助中国文明的有益建议。但是我万万没有想到，当代的中国智识阶级为求挽救他们垂死的文学、保持体制给予的既得利益，以及控制中国的文化霸道语境，根本不惜牺牲民众的艰难信仰权利。

我以为，对于健康的民族而言，历史纵有浮沉，但文明的魂核一直没有受到大的伤残。在文明发生划期的更迭时，应该注重感受那些长久永恒的文化因素。我为此写作了一批与中国古代精神有关的散文，当然，我以我的个性和好恶选材，表达的也是我偏爱的情感。比如我描述了《史记·刺客列传》和它的那些家喻户晓的人物带给我的感受。

其实我还遗憾自己没有本质的创造。我不过重复前贤，甚至重复一种常识。我不过在自己的散文中提到了“清洁的精神”，歌颂了许由、屈原、荆轲、海瑞和高渐离。强调了中国古代文化中的“耻”、“信”、“义”，关系着中国的信仰，是文明的至宝。

我不能想象就是这样的旧式文字，也要被今日中国的智识阶级所不容；居然连这样一点抚旧的抒发、感受的自由，也要遭受政治告密式的批判。文化的抒情成了被诱导向恐怖的政治。我被他们漫画成“死不悔改的红卫兵”，我的宗教著作和文学散文，被说成是专制主义、民族主义的煽动。在这样的卑鄙的导读之下，我必须考虑可能的文字狱。

他们从来不引用我的原文，哪怕一个完整的自然段。久违的莫须有，居然在强权专制之外的文学评论中出现了。

不，我没有表达关于信仰的建议的自由。

3

如今的好文章如凤毛麟角。读《第十二座雕像》后，觉得真应该印发北京老百姓人手一册，把梁思成的北京古城墙环城公园的设想图，贴在北京的每一个建筑工地、每一个公共场所门口。

终于有了对梁思成先生的怀念。也许，怀念都要在羊亡牢毁以后才能举行。对梁思成先生的怀念，虽然在今天人们终于明白了北京故城的郭墙不仅是亡羊般的文物，而且是空荡荡的乌有之后，而显示出其意味的冷峻与庄严；但是，也许还可以等到明天。等四城内的市井和街区全都化为乌有，等骨架之间的血肉细胞，以及千年传统都荡然无存时，再来纪念梁思成。那时不仅是建筑界和考古界，那时人人都会理解梁思成，甚至人人都会尊重地翻看梁思成关于中国古代地面建筑的图册，会有那么一天，只是那时人人都会觉得此恨绵绵。

只是今天忧国者不仅仅被笑为忧天，至少要被打成文化冒险和专制主义。学习梁思成的责任感，至少对于我，是更难了。

如今的毁坏，已经越过城市的门墙骨架，进入了血肉之间。南在云南，北在北京，到处看着古式的街道，从屋到街，在喧嚣的机械轰鸣中，不几日，就被推土机成排地掀翻消灭。

这是一场真正的战争。一方是权力和金钱，一方是古老的文明。我们已经看见战后的废墟。它们就是覆盖一切的混凝土方块，就是那些怪兽般的商厦，就是那些永世也嫌不够、拆又修的汽车道、水泥桥。

但是谁敢反对？市民们缄口于放下一张床的可怜梦想。太久了，我们已经不习惯理直气壮地追求更具人性的理想生存。智识阶级呢，他们在忙着把自己打扮成洞达潮流的智者，如当年牺牲古城墙一样，看杀丰富的街区。

恕我举例之僻：应当说这一场默默展开的环境大战中，抵抗的又多是一些古老的穆斯林街区。自古以来，他们的社区还不仅是一个屋顶和一张床，那里有着他们赖以为生的行业、有着他们生活中一切特殊的婚丧食用的文化、有着他们的亲族和社会结构，当然，还有着他们的精神寄托。

无疑他们更加无援；有谁理解他们呢，有谁同意他们的斗争其实也是对这衰老文明的护卫？他们绝望的斗争（其实只是争辩一番），从来没有得到过中国知识分子哪怕一声的正义支援。

根本不存在他们的语境。拆除他们的古来社区，也许还不仅是建设的原因。拆除它们所引发的，更不仅是环境或文化问题。同样，讨论包括这个特例的城市和环境的问题，马上就会被我们亲爱的智识阶级抓住辫子，使喜庆的城建小论，变成阴森的政治。沉吟再三，这不是一个时髦的环境保护问题。

不，我没有表达关于环境的担忧的自由。

4

以前，人们常说，书被催成墨未浓。但是提起笔来——一个个黑沉沉的窟窿像眼睛般地在盯着，如陷阱如枪口，我迟疑地抚摸着手里的笔。或者不提及甲和乙，只写丁？写大自然的抚慰，写百姓的人生？可是跳过甲乙、一步到丁的写法是困难的，用甲的认识和情感来描写丁，一句句不伦不类。

在选择了对政治的规避，在选择了对官阶和俸禄的拒绝之后，甚至选择了对任何派门阀党的区别和独立之后，我已经选择了我的文学道路。我以为文化、学术、艺术的领域已经足够辽阔。但是，现实告诉我不是这样。

世界被推向民主，无论如何也只能被推向民主。而今天我们愈来愈感到，民主的最后的敌人就深藏在人的自身、特别藏在人反对异己的行为之中。

是否左翼思想的表达必须为左翼甚至极左的政治负责；是否关于毛泽东或革命问题的思索必须为毛泽东或革命以及政治运动的一切后果负责；是否关于荆轲的审美等于支持一切“国际恐怖主义”和一切流血；是否描写了受尽歧视、压迫和屠杀的中国回民的一点心情，就必须对世上的伊斯兰世界的一切现实负责；是否歌颂古代“洁”的精神就必须对现世的一切不洁负责？

是否理论就等于与这个理论相关的社会、政治和历史的运动；被社会的运动裹挟的个人，是否就等于运动本身；人生而有之的权利，是否包括“极端”的感情表达；如果作家不是使用行为、而仅仅是在王法之内以笔写作，那么究竟能不能达到表达的自由？

究竟人们是否真地承认作家的写作的天赋之权？

但是如今是究明这些原初问题的时候么，读着我迂腐的疑问，那些炎黄精英可能早就哈哈狂笑了。近日作家韩少功的遭遇，深刻地说明着思想的环境。

韩少功并无如我的历史劣迹和可疑背景，但是木秀于林风必摧之，他处此群类也难免浩劫。他为屈原怀沙自沉的汨罗，他为文献之邦的楚地和中国，沉吟心血献出的《马桥辞典》，换来的回报竟是一盆污水。只是因为一部外国小说的书名在译成中文时也被叫做“辞典”，于是他对这个病弱文明的举献就被一笔抹成了一个滑稽的丑鬼。纷纷扬扬之中，他被丑化成了小报上的国际小偷，对外国人的书临帖拟作、全盘照搬！我想，若要打倒一个作家，最妙的战术大概不过如此。

韩少功选择了愤起自卫。然而，面对着韩少功的受辱，卑鄙的公允照例慢条斯理地出现了。韩少功被劝解、被开导、被闲话、被憾意十足地摇脑袋、被教育以宽容谦虚的文学常识。已是一张淋漓的花脸，又被粗粗地涂上一个黑边。就像他的同乡人谭嗣同所说，因此而中国所以不倡。

从韩少功在遥远的南国发出的嘶吼中，我又一次听见了良知的痛苦和溅血。我屏息听着，无法感到一丝轻松。至少，很多人比我更清楚：本来这些毒箭曾经原样地、阴沉地瞄着我。

沉吟良久，放下了笔。对于任何真正的作家，对于追求批判的思想，对于一切企求价值的心来说，如今是墨到浓时，方惊无语。在这个谁都并没有被人强制，每个人都写着他要竭力宣扬的文字，每个人都享有历史漏给的契机的二十世纪之末，我处在依附体制的文化的重逼之中，心中吃惊，不可理喻，找不到我的语言。

我不愿补充说，文学化的思想表达不仅需要自由原则，还需要神领意会，需要心有灵犀。我拒绝由于自己的处境，被迫地逐句解释自己的作品。我不会为了个别的恶意，就急着申辩说，我并不是一个不剩地敌视知识分子，我只是抗议流行中国的某种思潮。

我并不奢想以孤单的微力，获得声音的传播。我准备在他们占据的时代，活下去而且尽力而为。我并不太看重这种语境的压迫，我只想记上这一笔备忘，把一切都托付给遥遥的明天。无疑明天会有公理，良知是伟大而洞察的。会有平和但更是严峻的评判——评判在历史曾经给予机会时，称为知识分子的人们的观点和行径。

也许我会不幸言中，如此的民族如病在膏肓，如此的文明会步步衰败。但是人类的公理会感伤地叹息，更会正义地谴责。我相信历史的希望。我坚信人类的良知。我信仰不流血也没有地狱、但是有悲痛批判的末日。

1996 年 3 月—1997 年 8 月

高贵的精神

(1)

这确实不易描述。困难不仅在于因缺乏体验导致的倾听困难，而在于人的气质离得太远。从取道到语言，传递是困难的。

是关于高贵的话题么？也可能它更接近“尊严”。反正这个范畴包含着一批汉语词汇，但是似乎个个都语感不足。

汉语特殊而丰富。或许是由于词汇富足得溢出，反而导致了分量的减弱？不知道。我经常体会到汉语的美感；但我也时时觉察到，似乎它存在着一种分量的平均化。

我需要一个——它处用则不宜、此处一字如钉的语词。哪个汉语单词最能传达这些含义呢？

是高贵？尊严？贵族气度？上品的资质？是不可冒犯的习惯？是一种天性中的优越感？

我选不出。没准，在这一类语词里，外语的选择会比中文好些。就像街上的老外，无论黑白，他们大步走来，表情明朗，眼睛直视。一般说来，比起东方来，他们不那么费猜和暧昧。

是愤怒的权利么？

不，最醒目的、穷国小民和列强国民的区别，往往是愤怒的表现权。我们经常看到列强的公民在签证处、在宾馆和飞机场、在一切服务业的前沿地带，大发雷霆大光其火。

而穷人不能那样。除非秩序崩溃天下大乱，穷人轮上浩劫也过上节日，那时可以表达愤怒，甚至可以恣情发泄。但是在平日里，穷人总是考虑退路，考虑不成之后的次之、再次之和最恶的可能。穷人不发怒。

是拒绝的勇气么？

在这个文化里，我们有拒绝的古典，罗列着一个个绝对的例子。许由对王位禅让的拒绝，陶渊明对五斗米俸禄的拒绝，关云长对上马金下马银的拒绝只是，拒绝的人早已牺牲。面对不洁的利益，安享的人青春不误，购车置屋，成了人们艳羡的标的。——民族的精神，就是如此地分裂着。

或者，是歧视和自尊的矛盾么？满街的外省工人潮水般涌入城市，就如外籍打工者涌入美国和日本。北京话本来粗糙；居然还让“谢绝河南人”等标语贴满电杆。在白纸黑字的证明之下，歧视的癌，正在蔓延。

但我观察的，只是河南或哪里的打工者。

腐败的权贵不足为训。对我来说，唯底层如蚁的小民，唯他们的自尊与否，才有巨大的意义。

谁会为我们解说？饱暖或餍足是不够的，富裕或财富是不够的——确实还存在更高的形式。确实还存在这样的问题：在活下去的同时，怎样做才能保住生的尊严；微渺的流水日子，怎样过才算有过生的高贵。

这是很暧昧的事；人的生存可以奢富至极，也可能穷窘潦倒，但在形容不出可是看得见的地方，有着一条不容侵犯的界限。

依然是一个精神的，关于人的气质的话题。

仍然是争论各方都无视的、民族精神的高贵与否的问题。是的，就是它，它比经济大势、比是非成败，更影响着我们的未来。

(2)

如今议论这些使人害臊。喘息挣扎在黏稠的人群，你自己先觉察到不合时宜。如今人只有在撒谎时才偶尔提及正义。如落后的标志、如墙上剥落的旧标语般的正义，正静静地被罚在一边。每一个路人瞟过的眼神，都含着一丝嘲意。时代已经改变，没有谁对它顶礼，也没有多少人为它守节。

更高的标准在别处；传说在那儿，有社会进步的方向。

从研究院到讨论会，从杂志到电视，从精英到蠹虫，从感觉到语言——这些地方都是当今智识阶级抢占的滩头。不仅在西方中心获得了理解，它们还正被渲染成第三世界的声音。

F. 法农说，殖民地奴才喜欢偷窥主人的街区，他们的梦想就是拥有。真是如此。翻翻书，若干年来，中国文人不过一直在絮叨着如此的奴才梦。他们反复地写：我仇恨因为我没拥有，我伟大地拥有了，我甚至拥有主子的老婆了，你们为什么还不承认奇迹？为什么还不给我诺贝尔奖？

所谓高贵，就是不能忍受这种天一热就孪生的、苍蝇老鼠的道路。哪怕它接着轨，是全球化的道路。只要有一丝气在，人就不与苍蝇为伍。今天仍有这样的人，他们轻蔑地听着鼎沸人声，拒绝与这一边同路。

不平比比皆是，谁都看得清清楚楚。只不过，大家虽然都喊叫着看见了，可就是不做动作。由于油滑，更由于压力和民族传统的教育。偶尔跳到街头的抗议，往往是滑稽的。慢慢地，大家都毕了业，学会了看客的轻松姿势。

所谓高贵的人，他们的怀里并没有多一把刀。他们的特殊之处，不过就是从卑鄙的旁观中愤怒地跳了出来，如电子街头的石秀。

高贵不仅是天性，也是修养的结果。本质的行走，会督促途中愈来愈认真的求学。像刀刃的蘸钢和打磨，刀的质地，要求摒绝浮躁和单薄。

这不是小说中伪造的贵族。王侯将相，宁有种乎，遇罗克启发的，是平民的尊严，是可能潜伏底层的高贵。同样，对遇罗克的忏悔，也决非干净的回想录，而是接续他与特权主义的对峙。我们对过去（文化大革命只是其一环而已）的最彻底反省，就是对歧视人权的血统论的永不媾和的宣战。

高贵的精神所以难得，是因为在获得高贵认可的同时，人还必须承担责任。是的，在我们这个族群，在这个黄色的如巨流之浩荡的群众里，最难求的品格就是承担责任。

正因此不避难的谭嗣同才被怀念不已。奢谈什么大任于斯，人不一定都命定着——哪怕一抔一握的事业。并非什么机遇难逢，多数人都回避了——该他完成的那一件事。只剩下了谭嗣同；他们是百年一现的高贵之化身，不避一己的流血流言。他们注定要为历史承担责任。于是历史为之剧化，时代的巨钟，被一头撞响了。

(3)

街上流行什么？考据派利用资料、留洋、图书、圈子——所有都市的条件，用权威的口气为现实提供证据。海派则——他们迫不及待地呼唤着：到田野去呀，去发现百姓的秘密！

考据派和海派，都有着时髦的八十老者、贴“导师”标签的中年、如贼一般时刻窥探利害的新人。他们已是多层次、多学科的挖掘梯队，举着铲子镐头，对着文化的矿藏。对少数民族的文化，他们的讲解尤其恬不知耻。他们是新潮的特种部队，比美国电影的野战排还要凶恶。野战排不过杀人而已，他们却侵犯民众的内心！

还有另外的种种。

如F. 法农讽刺的，我们还看惯了——在帝国母鸡的院子里，“文化会议的桌子上，大讲着西欧价值的特殊及丰富。”这种桌子比法庭还具裁判的权威。中国的知识人的小算盘是：你尽可吹嘘你的价值高，而我要在这价钱更高的讲坛，宣传我的存货，它也特殊而丰富。我要强调：我正在为诗而受难，我已经有家难归，所以才漂泊在西欧北美！

在荒凉的此岸，在穷苦的故国，在真的苦难和诗共存的现场，牺牲已不知祭献了多少回，民众已不知经历了多少事。已经不知有多少——使青年和民众激动的诗，流行过，又消失，再出现——扮演英雄的诗人不敢说：在穷而无言的故国，诗从来没有绝迹。

生存永远比表演更难。在中国活着——这件事本身，就可能是一件尊严和高贵的行为。

当我也一只脚踩在那边，当我也坐在那些“文化桌子”边的时候，我看见了——伪装的苦难。我暗暗惊愕，终于不能忍住恶心，我拔回了自己的那只脚。不，连苦难都可以当做化妆，还谈什么高贵。

中国的文学和学术，它们的气质和中国知识分子的品格，是历史的产物。在半殖民地，富足和教养属于少数买办。在全新时代，也是一部分人先富起来。这里有生存的规矩，在这条边界上无道德可言。自然，也没有留给高贵精神的多少余裕。

偏偏中国孔夫子又特别指出，要“行己知耻”。一年年地，见的多了，我总觉得孔圣人的这条遗训，简直是对中华文明的讽刺。太久了，在漫长的淘涮之后，已经不能追究——“无耻”的起源。

(4)

我也奇怪，自己怎么就成了中国人。现在不管我怎么躲闪，不管我怎么化妆，人们一眼就把我的尾巴看见，到处有人揭发我“危险的”胡人本质。

无奈体验的件件事情，大多只是一些象征。议论的深浅，手段的下流，都不足为道。我们不过想摸索——文明在危难时的姿态，不过想寻找——第三世界的、高贵的文化表达方式。虽然它只像一丝沙漠中的声音，掠耳消逝了——它曾带着我们，向着一种人的理想跋涉过。何况还有具体的努力，它们也并非那么不具意味——我们对自己设定了的原则，实行了知识分子的自律。在他们醉生梦死时，我们在探究文明的阐释权，在尽力学习多种专业知识。目的是一种呓语么，我们企图打破——书斋学术对文明主人的话语压迫。如同一群步行的堂•吉诃德，虽然连瘦马和名号都没有，赤着手，缺乏一支锈矛，但我们幻想着大战风车。

鲁迅的一句不相干的话像个谶语：胡风鲠直。一条鱼似的，那骨头其实根本不能和强权一碰，却偏偏天生笔直且刺人。欧洲人爱学孔雀，总炫耀自己的上品高贵。可是，身在中国，人就不能逃出悖论：鱼骨头也是高贵的吗？

可能对每个不同的人，所谓高贵和责任都将有所不同。也许作为基本气质的高贵精神，在中国已然变成了幽灵。它徘徊不定，若有若无，跳闪在路左路右，不知愿意为谁显现，也不知它究竟会显现几分。

但我又感到——只有沦为中国人，才能感到的尊严。如果我不仅敢于走完独木桥，而且敢于只说一种“桌子”那边听不见的、自己的话。

是的，本质的两侧，隔着一套语言。语言如火焰熊熊的大海，浓烈而灼人。当取道的决意下定以后，语言就如涌泉出，给人以洗礼般的新鲜和快意。

那一侧，是百年的优势语言，西方精英心领神会的语言。所以，也是通俗的语言——说到底，它使人失去精神的独立。而这一边呢，不过是些心里话。

我眺望着语言，久久陷在难言的感动里。

骑着自行车我倒腾着新到的邮件。我喜欢在这样的顺路上解决邮件问题。慢慢地边走边看，在一个个垃圾筒旁停住。先扔掉不用拆开的无聊邮件，再扔掉浏览过的杂志。然后一封封把信看完，随手留下要回复的，其余的扔掉。到家后，我马上处理掉那几页回信。

剩在案头的是要藏好留存的信——虽有多少的例外，但差不多每一次，宝贝般收好的，都是些甘青新、西海固、老蒙古。昨天我忍不住在自行车上笑了起来，这回的来信居然满纸波斯国的蝌蚪文，讨论苏非诗歌里“dilbar（单数）/dilbaran（复数）”、也就是“情人和恋人”的区别。

不，我已经不打算自救。回忆着我微型的语言史，我庆幸自己被恩惠的往事，庆幸自己危险的倾倒。我不由笑了。读着，与人讨论着神秘的诗句，满纸抄着波斯或维吾尔的 dilbar、dilbaran，我窥见了自己的倾向。

时至如今我已经可以自信了：不管过得多么荒唐，我只会忠于自己的气质。无论是作为文章的我，还是作为人的我。

处理一己是容易的。而大家的问题，则是大家共有的。没有任何必要杞人忧天，一切都遵循神秘的规律。高贵的遗产，或许已经湮没了，高贵的未来，也许还刚刚在新生。

1999 年 8 月

东浦无人踪

这些年，愈发地控制不住出游的渴望。甚至一年之内，首尾腊月地三入西海固。即便这样依然觉得不够；所以又一次次相机南下，到南方，到文明故国的景物中去满足自己。

数一数，江西走了三次，浙江也去了两遭，特别是两度的山阴道上，感慨和知惠令人陶醉。从夏禹时代的传说，到越王秦皇的遗址，再至鲁迅秋瑾的旧居——徘徊在历史的影子里，我的旅行如现场求学。而这样的学习积累多了，西海固内蒙古，便更凸现了意味。

至年初，山阴道上未访过的地点，仅剩下徐锡麟的东埔故居一处了。

1

这一日天清气朗，车子直向东埔镇。传闻绍兴水乡，以《早春二月》的外景地柯桥最为典型。但是前一次来绍兴，每天为吃一口清真饭常坐车到柯桥，而那里满眼纺织品批发的大楼，看不见乌篷船的曲折水路。

到了东埔，一样是那种乏味的高楼宽路。镇前问了路以后，下车步行几步，折过一个墙角——没想到，石桥青苔、窄水高屋的水乡风景，突然出现在视野里！

秀美安谧的水乡视觉仿佛打乱了计划，打乱了心里的一个准备。难道这就是东埔么？难道那名若雷霆的辛亥革命先驱、那项羽荆轲般的剖心沥血之士，就是如此阴柔水乡的儿子么？

过孙家溇，找徐家屋，水道上有一座小石桥，拱圆且高。顺着一边的岸步行着，斜斜见对岸有一处龛门，不知是供奉龙王的小庙，还是许钦文（他是东埔人，也是鲁迅的忠实弟子）传里写到的水龙会。青石和白灰耸立着，窄细的巷道铺着破碎细石。我心里上升着化外野民的景仰，揣度着山阴会稽的内涵，顺着水乡的巷子走。

迎面正是徐锡麟故居。

那时代久久令我向往。也许这么写到头来不过是叶公好龙，但那个时代孕育的几个绍兴人确实久久吸引着我。还不说陶成章、王金发、徐蕴华姐妹、马宗汉、陈伯平，他们都是此世难寻的人物；只凭这片潮湿风土造化的秋瑾、徐锡麟、鲁迅三人的风骨文章，已经足够使北方折服了。

踏进阳光泄入的小院，木楼梯，乌漆门，明暗潮润的感觉更浓重。

不像前次在冬雨的秋瑾故居，我浏览着，此刻明亮的阳光，弄暖了压郁的心情。不禁有油然满足的感觉，为自己到了山阴最后一处名胜。在动荡的大时代，人拥有一切可能性。于是这小康人家的宅院里，就诞生了徐锡麟。

他开办学校，企图建立一个养成志士的基地。他堂前行刺，但深度近视的他连发几枪都不中要害。他性格阴郁，身子瘦小，貌不出众。但他在被俘后出语惊人：

> 众学生程度太低，无一可用之人，均不知情。你们杀我好了，将我心剖了，两手两足斩了，全身砍碎了，均可。不要冤杀学生。……我自知即死，可拿笔墨来，将我宗旨大要，亲书数语，使天下后世皆知我名，不胜荣幸之至。（《浙东三烈集》）

接着倾倒胸臆，一张绝命词掷笔摔墨，写得大义凛然。这一篇字不是书法强过书法，在资料书的扉页上，磁石一般抢目夺人。凝视良久我仍无法移开视线，心中吃惊不已。几行的淋漓墨迹，即便在今天还喷射着逼人的豪气。

审讯时他惦记着行刺安徽巡抚恩铭的结果，官员骗他说：“大帅无恙，就要亲自审你。”他听罢一时默默无语。接着那官员又说：“要剖你的心”，而徐锡麟突然醒悟了——这就是说：“恩铭已死！”他不可抑制，爆发出一阵大笑。

记载中，那笑声如点睛之笔，轰然使徐锡麟的形象矗立起来。那样的豪气，那样的震撼，如今怎能想象呢？我站在石墙的院子里，觉得它就在此刻也轰轰有声，撞击着这萎琐的世界。

拾级登楼，是他幽秘的卧室。踏过漆了的木地板，临窗远望，有会稽山淡青的远影。上一次正值江南的冷冬，虽然天地间宛如水墨画一样好看，但是无奈苦雨淅沥，冻得人禁不住寒战。记得那次我如朝圣的香客，一天天撑着雨伞踏着泥泞。这一次因为晴朗，风景显得一览无余了，会稽诸山除去了雨云的遮蔽，暴露成绵延的丘陵。

以前翻阅徐锡麟史料的时候，从来都禁不住一种战栗。哪怕偶尔碰到一些段子，每次读都有哽咽的感觉。我说不清心中的刺激。太壮烈了，虽然当时他们所持的民族主义，与我已经一丝丝断绝干净。

古风的院落坚固考究。材料、用色、外形，其实就建筑而言，它远远超过什么经典别墅。阴凉弥漫着，日影斜移了。正厅有匾额曰“一经堂”，抱柱对联写道：“天下奇观书卷好，世间美味菜根香”。

一切都像是为了让人遗忘。

来到这里，人会不由地想：怕再没有其他参观者了。

2

今天的中国已经冷漠了他们。是因为中国人骨子里的薄情，还是因为新的理论把他们划做了恐怖主义？

与我同行的一个朋友说：我是本地人，以我的观察，绍兴人的气味与他们完全不同。秋瑾、徐锡麟、包括鲁迅，他们几个是绍兴的异类。

我同意同伴的分析。因为我也一直在疑惑和捉摸——这块风土既然制造了那么多绍兴师爷式的知识分子，为什么又孕育了这几个血性的异类呢？

其实刺客和恐怖分子，都并非无文之辈。细读徐锡麟的遗稿，他不仅不是暴徒，而且秀入内里。从他留下的一首咏叹东京博物馆所藏中国文物的律诗，可以窥见徐锡麟的修养。

这首诗，前年初读时浏览一过，觉得微微如有金声，便留下印象，记住它是一首咏剑诗：

> 瞥眼顿心惊，分明故物存
> 摩挲应有泪，寂寞竟无声
> 在昔醒尘梦，如今听品评
> 偶然一扪拭，隐作不平鸣

后来注意了题目，才知写的是一口流失异国的古钟。这种感觉很特别——不知是徐锡麟用字特别，以至于写钟如写剑；还是因为他的诗品与人格浸透难分，所以使后人陷入联想。“偶然一扪拭，隐作不平鸣”，多么像“今日把拭君，谁有不平事”。替换着字，胡乱默诵着，我好像探到了他内藏的沉重，也掂量出他未露的文采。

为什么出现了异类呢？

也许原因都是留日。在那个屈辱又激昂的时代，或许只有留日学生体验了最复杂的心境。正是这个日本在侵略祖国，而他们却只能赴日求学。他们的立志正是学成利器报复日本，无奈同学里却层出着立论亲日的政客，自诩知日的大师！

与留学欧美尤其美国完全不同，他们无法以艺术自慰或者以民主夸夸其谈。尤其不能学成一种愚蠢的怪物哪怕对老婆也半嘴英语——他们常回避自己的见识，他们多不愿炫耀日语。他们每日求学的这个国度，既曾向母亲施暴又正在倡导文明；他们耳濡目染的这个文化，把一切来自中国的古典思想、把一切琴棋书剑技舞茶花都实行了宗教化，然后以精神藐视中国的物欲，用耻与洁等古代中国的精神傲视甚至蔑视中国人。

留学生首当这精神挑战的前沿。要领熟滑者逢迎表演保全自己，匹夫之怒者以头抢地然后消失。只有陈天华蹈海自杀。他的这一行为，是中国青年对傲慢列强的以命作答，也是他们不堪于揭露、包括不堪于这种以蔑视表达的对自己劣根性揭露的——蚀心痛苦的表现。

这种难言的心态，绵延于一百年的留学史。它激烈地迸溅于徐锡麟的剖心行刺，也扭曲地闪烁于鲁迅的晦暗文章。

但是一切中国的民族主义，总是终止于可悲的结局。无论在异国质诸同学，还是在故乡环视同类，现实总是迫人再三失望。被日本或傲慢指摘或鲜明反衬的劣性，什么时候才能变成美感的烈性呢？

3

脑海里闪动着一些留学滋味，我踱出了徐锡麟的青石小院。镇子前头有一座小学，听说是徐锡麟所创学校的后身。正是课间时分，孩子们的喧闹声清脆入耳，一霎间搅散了人心的郁闷。

门楼两侧，居然原样镌刻着徐锡麟亲定的校规。字迹不知是不是他的楷书，读着心中又是一热，赶忙抄了下来：

有热心人，可与共学
具诚意者，得入斯堂

四句校训中，各能摘出一字，和起来正是“热诚学堂”。暗自算过自己的同窗共学，虽好人众多数不胜数；只是若坦白地说的话，大都缺的正是些热与诚。徐锡麟是有感而发，所以归纳得贴切独到。

这么想着，一边眺望校庭里的孩子。

他们今天依然戴着热诚小学的校徽，以徐锡麟的校训为校歌。他们个个纯真可爱，围着徐锡麟当年藏武器的水池，笑喊着奔来跑去。

徐锡麟举义被俘后被巡抚恩铭的家人要求剖心，这一个热与诚，实践得惊心触目。这一个结尾处也被传诵繁衍，成了传奇小说。

同学陶成章记：“端方电冯熙命杀锡麟，恩铭家中请剖心以祭恩铭。冯熙心不欲，然不能阻止之。”吴健吾《徐锡麟事迹》云：“恩铭家属要求活剜徐心，冯不得已，密谕刑者以利刃刺心，免受痛苦。”潘学固《徐锡麟刺杀恩铭目击记》：“刽子手曲一膝跪下说：祖宗传下律法，只有先斩首，后才能剜心。小人不敢妄为……”

既是传奇则不至淋漓不能尽意，许多细节被一再渲染。如徐锡麟一声怒喝，把官吏志瑞（诸书或作毓贤、毓秀、毓朗）吓得病死的故事。民国著述都以这些细节为重要；名流大家如章太炎、蔡元培都为他写碑作传，没有谁咒骂他为极端分子或恐怖分子。

甚至奉命行刑的冯熙，更是他的知音。徐锡麟死后，冯熙居然为他辟一间纪念室，收藏血衣遗物。不仅如此，冯熙还为这间屋子题联，写下“来日大难，对此茫茫百端集”的句子，一语预见未来。

这样的事情，今天怎能想象！

不久秋瑾也被枪杀于绍兴轩亭口。从先行的陈天华，到苟活的鲁迅，这一批留日学生投身的革命，以及他们的民族主义幻觉，终于沉默在泱泱大国的正统之中。

他们的墨迹鲜血，无疑推动了破旧的巨船向着现代移动；但他们呼唤的灵魂却召之不来，一直到今天，看不到病态的气质已经更新。

但他们的革命同时也是一种自救。对他们的自我而言，对他们敏感而受伤的心灵而言，他们一个个都做到了言出必信，行己知耻。他们的精神已经骄傲地屹立着，特别是屹立在日本人的面前。

离开东埔，车行如飞，山阴道如今是高速公路。

想和同伴说点什么，又觉得沾染了徐锡麟的寡言，不愿这时再说什么。章太炎先生的《徐锡麟传》提及了这一点，说他虽性格沉默，“然性爱人”，太炎先生特别记述了他解囊救助穷极自杀的老妇的一件事。

天晴得没有一丝遮拦，绍兴迤南的余脉，原来都是平凡的丘陵。会稽山不再似冬雨季节，那么迷蒙苍茫。大禹陵位置在此是可能的，因为如果淤塞一旦疏通，从此向东，不远即是大海。

山峦明亮，阡陌浓绿，我靠着车窗，仔细看着外面流过的景物。我辨认着兰亭金华的岔路，辨认着宁波和东海的方向。我觉察到自己开始喜欢这里了，它养育了一腔爱人之意的死士，使人不由得目不转睛。

2002 年 4 月

鲁迅路口

1

今年又一次去了绍兴。该看的上一次早已看过，若有所思的心里有些寂寞。城市正在粉刷装修；拆掉刚盖好的大楼，改成黑白的绍兴色。可能是由于天气的原因吧，这一回头顶着万里晴空，总觉景色不合书里的气氛。在鲁迅故居门口，车水马龙根本不理睬远路的游客；滔滔河水般的群众之流，擦着制作的假乌篷船一涌而过。我犹豫着，最后决定不再买票进去。

与其说是来再一次瞻仰遗迹，不如说是来复习上一次的功课。那一次在冬雨中，我们走过了一条条街道，处处辨认着遗迹和背景。那几年我潜心南方的游学，事先读足了记载，到实地再加上草图笔记。我辨认着，小街拐角座落的秋瑾的家，青苔沾湿的青藤书屋，还有山阴道、会稽山、古史传说的夏禹陵。蒙蒙冷雨中的修学令人愉快，追想着那些日子，盼着再重复它一次。

虽然我明白这是一处危机潜伏之地。渐渐地我们终于明白了，这个民族不会容忍异类。哪怕再等上三十年五十年，对鲁迅的大毁大谤势必到来。鲁迅自己是预感到了这前景的，为了规避，他早就明言宁愿速朽。但是，毕竟在小时代也发生了尖锐的对峙，人们都被迫迎对众多问题。当人们四顾先哲，发现他们大都暧昧时，就纷纷转回鲁迅寻求解释。我也一样，为着私人的需要，寻觅到了这里。

反省着对他的失言与败笔，我常自戒不该妄谈鲁迅。无奈乏于参照，于是又令人生厌地转回这里。我已经难改习癖，别人更百无忌惮。那么多的人都在议论鲁迅，那么多的人都以鲁迅为饭碗，那么多的人都自称鲁迅的知音——这种现象，一定使他本人觉得晦气透了。

不知到了毁谤的时代，一切会怎么样。

同伴是本地人，对是否进去参观无所谓。我也觉得要看的都看过了，门票要40元呢，或者就不进去了吧。路口上，车声轰轰人声鼎沸，不由你过分地斟酌徘徊。于是胡乱决定离开，心里一阵滋味索然。

就这样，这一次在绍兴过鲁门而未进。虽然脚又踩过这块潮湿土地，端详过秋瑾的遗墨、进入了徐锡麟的卧室，我没有迈过那个路口。我想保护初访的印象。冬雨的那一次我夹在一群小学生里一拥进了三味书屋，后来就亲身站到了百草园。那时的感觉非常新鲜，自己的小学生时代，以及自己孩子的小学生时代一霎间都复活了。那不是来瞻仰伟人的故居，而是回到自己的孩提时代。一股那么亲近的冲动，曾在人流拥挤中幼稚地浮现。

从鲁迅家的大门口迈步，左右转两个弯，隔一两条小街，原来三百步之内，就是秋瑾的家。

初次意识到这一点时，我心中不由一惊。他们住得这么近！……果然还是要到现地，才能获得感受。我不住地遐想。彼此全然不相识是不可能的，即便没有借盐讨火做过亲密邻里，也会由于留学一国彼此熟识。若再是朋友，就简直是携手东渡了。

后来去了徐锡麟的东埔镇。冬月来时，以为东埔路远不易到达，这一回才知东埔镇就在眼前，公路水路都不消一阵功夫。这么说，我寻思着，烈士徐锡麟的家乡就在咫尺——这几个人，不但是同乡，而且是同期的留日同学。

站在路口上，我抑制着心里的吃惊，捉摸着这里的线索。

一切的起源，或许就在这里？

2

1905年是秋瑾留学日本的次年，其时鲁迅作为她的先辈，已在日本滞留了两年。不知他们是否做好了思想准备，国家兴亡与个人荣辱的大幕就在这一年猝然揭开，并与他们的每一个人遭遇。

一件大事是日本政府与清朝勾结，为限制留学生反清政治活动颁布了“清国留学生取缔规则”（应该注意，取缔一语在日语中主要意为“管束、管理”）。此事引起轩然大波，秋瑾的表现最为激烈。

诸多论著都没有涉及当时留学生的反应详情；但参照（比如

八十年代末以来）留洋国人的多彩面孔，我想当时的诸多精英一定也是形形色色。冷眼看着中国留学生的样相，日本报纸《朝日新闻》发表社论，嘲笑中国人“放纵卑劣，团结薄弱”。湖南籍留学生陈天华不能忍受，他以性命反驳蔑视，投海自杀。

与他们气质最近的日本作家高桥和巳，对此事的叙述如下：

> 陈天华的抗议自杀，最富象征地表现了投影于政治中众多之死的、文化传统与传统心情的方式。
>
> 1909 年，日本的文部省公布了《清国留学生取缔规则》。不用说，这是应清朝的邀请，限制留学生革命活动的东西。当时，《朝日新闻》侮蔑地批评那些反对《取缔规则》、进行同盟罢课的中国留学生，说他们“出于清国人特有的放纵卑劣的意志，其团结也颇为薄弱”。陈天华痛愤于此，写下了绝命书，在大森海岸投海自杀。
>
> 他在《绝命书》中说，中国受列强之侮，因为中国自身有灭亡之理。某者之灭，乃自己欲灭。只是中国之灭亡若最少需时十年的话，则与其死于十年之后，不如死于今日。若如此能促诸君有所警动，去绝非行，共讲爱国，更卧薪尝胆，刻苦求学以养实力，则国家兴隆亦未可知，中国不灭亦未可知。
>
> 他区别了缘于功名心和责任感的革命运动，要求提高发自责任感的革命家道德。
>
> （《暗杀者的哲学》，《孤立无援的思想》所收，PP.193 － 194）

每读这一段故事我总觉得惊心动魄，也许是由于自己也有过日本经历。陈天华感受过的歧视和选择，尽管程度远不相同——后来不知被多少留日中国学生重复地体验过。只是一个世纪过去到了这个时代，陈天华式的烈性无影可寻了。在一种透明的、巨大的挤压之下，海外中国人的感情、公论更不用说行动，日复一日地让位给了一种难言的暧昧。陈天华的孤魂不能想象：男性在逢迎和辩白之间狡猾观察、女人在顺从和自欺之间半推半就。

陈天华已经死了，活着的还在争论。在侃侃而谈中学人们照例分裂；有的是学成救国派，有的是归国革命派，我想更多的一定是察言观色派。身为女性言行却最为“极端”的秋瑾那时简直如一个“恐怖主义者”，面对纠缠不休的同学，她居然拔刀击案，怒喝满座的先辈道：“谁敢投降满虏，欺压汉人，吃我一刀！”

而在场者中间就有鲁迅。

显然秋瑾不曾以鲁迅为同志。或许她觉得这位离群索居的同乡太少血性，或者他们之间已经有过龃龉。大概鲁迅不至于落得使秋瑾蔑视的地步？在秋瑾的资料里，找不到她对这位邻居的一语一字。

我更想弄清当时鲁迅的态度和言论。但是诸书语焉不详，本人更欲言又止。渐渐地我开始猜测，虽然不一定有过争吵和对垒，大约鲁迅与同乡的秋瑾徐锡麟有过取道的分歧。或许鲁迅曾经对这位男装女子不以为然；她太狂烈，热衷政治，出言失度。鲁迅大概觉得她不能成事，也不是同道。鲁迅大概更嗅到了一种革命的不祥，企图暗自挣扎出来，独立于这一片革命的喧嚣。

留学日本是一件使人心情复杂的事。留日体验给予人的心理烙印，有时会终一生而不愈。

敏感的鲁迅未必没有感受到陈天华的受辱和愤怒，但是他没有如陈天华的行动。或许正是陈天华事件促使鲁迅加快选定了回避政治、文学疗众的道路。

他的意识里，说不定藏着一丝与鼓噪革命派一比高低的念头。但是时不人待，谁知邻居女儿居然演出了那样凄烈的惨剧、而他自己，却只扮演了一个“看杀”的角色！

逐渐地，我心里浮现出了一个影子。

它潜随着先生的一生，暗注着先生的文字。我想诸多的研究，没有足够考虑鲁迅留日十年酿就的苦涩心理。称作差别的歧视，看杀同乡的自责，从此在心底开始了浸蚀和齿咬。拒绝侮辱的陈天华、演出荆轲的徐锡麟、命断家门的秋瑾——如同期的樱花满开然后凋零的同学，从此在鲁迅的心中化作了一个影子。这影子变做了他的标准，使他与名流文人不能一致；这影子提醒着他的看杀，使他不得安宁。

也许就是这场留学，造就了文学的鲁迅。

3

隔开了百年之后，寻觅鲁迅如同盲人摸象。

但仍然还有思路可循，这思路是被作品中的处处伏笔多次提示了的。研究鲁迅的事不能用顾颉刚的方法，但是一样需要考据。

它不像考据山阴大禹陵；那种事缺乏基本的根据，谁也很难真能弄得清楚。鲁迅的事情与我们干系重大，它不是一家之说壶中学术。流血的同学和鲁迅几位一体，身系着民族的精神。从 1903 年鲁迅留学日本开始计算，整整一个世纪过去了；1907 年徐锡麟和秋瑾死难的世纪忌日，也正在步步临近。应该梳理脉络，更应该依据履历。这履历中，有刻意而为的——他的做法，他的伏笔。

站在绍兴的路口，眺望着鲁迅纪念馆和鲁迅故居，还有出没着正人君子的“咸亨酒店”，我感到了作品的明示，和刻意的作为。

在经历了陈天华、徐锡麟、秋瑾的刺激以后，或者说在使自己的心涂染了哀伤自责的底色以后，后日直至他辞世的所谓鲁迅的一生，就像恐怖分子眉间尺的头和怨敌在沸水里追逐一样——他与这个日本纠缠撕咬，不能分离。

那以后的历史可能是简单的：三一八，九一八。三一八在北京的执政府门前再现了绍兴的轩亭口，他绝不能再一次看杀学生的流血。九一八使那个日俄战争的幻灯片变成了身边的炮火，使他再也不能走“纯粹的文学”道路。

不是每一天都值得如陈天华那样一死，但是每一天都可以如陈天华那样去表现人格。回顾他归国后的生涯，特别是三一八和九一八之后，显然他竭尽了全力。他不能自娱于风骚笔墨中日掌故，如今日大受赏味的周作人。他不知道——苟活者的奋斗，是否能回报殉死者的呼唤。想着陈天华和徐锡麟以及秋瑾，我感到，他无法挣脱一种类近羞愧的心情。

在中国，凡标榜中庸宣言闲趣的，大都是取媚强权助纣为虐的人。同样，凡标榜“纯粹文学”的，尽是气质粗俗的人。

鲁迅与他们不同；他做不到狡猾其艺术、中庸其姿态——而无视青年的鲜血，回避民族的大义。但正是他曾严肃地拒绝激进，选择了一介知识分子的文学疗众道路。但是江山不幸，文学是彷徨之路，鲁迅一直挣扎在政治与文学之间。三一八，九一八，他不能不纠缠于这两个结；他的交友立论横眉悦目，都围绕着这两件事。而这两件事，挣不断地系在一根留日的线上。

时间如一个不义的在场者，它洗刷真实催人遗忘。邻居的女儿居然那么凄烈地死了，他反刍着秋瑾逆耳的高声，一生未释重负。鲁迅不能容忍自己在场之后的苟活，所以他也无法容忍那些明明在场、却充当伪证的君子。

陈西滢不知自己的轻薄为文，触动了鲁迅的哪一根神经。他不懂学生的流血意味着什么；他也不懂面对学生流血的题目，一个知识分子应有的言行禁忌。

徐懋庸之流也一样，他们不懂在忍受了同学少年的鲜血以后、仍然被鲁迅执拗选择了的——文学的含义。他们不知自己冒犯了鲁迅最痛苦的、作为生者的选择。

后来读到鲁迅先生在当年的女子师范大学风潮之后，其实表示过对这种形式的反对："请愿的事，我一向就不以为然"，他说官府"他们麻木，没有良心，不足与言，而况是请愿，而况是徒手。"（《空谈》）"我却恳切地希望，'请愿'的事，从此可以停止了。"（《"死地"》）

这正与陈天华无独有偶。陈天华虽激烈殉命，但正是陈天华对那份管理规则不持过激态度。他在绝命书中写道"取缔规则问题可了则了，切勿固执。只是希望大家能振作起来，不要被日本报纸言中了。"

激烈并不一定就是过激。虽然在这个犬儒主义国家，我们习惯了媒体和精英用过激一语四处抹煞他人价值，但是历史多次提示着：胸怀大激烈的人，恰恰并不过激。

4

不知道我是否过多强调了鲁迅文学中日本刺激的因素。但确实就在他留学日本之后的五四时期，在《新青年》的页面上，他突然展示了一种超人的水平和标准。他的最初也是最伟大的作品，都与家乡的这两位牺牲者、与留日的一幕有关。

徐锡麟事败后，被清兵剖心食肉一事，甚至是他文思的直接引子亦未可知。所以就在他最早构思的时候，吃人行为就成了《狂人日记》最基础的结构间架。鲁迅在这个开山之作里宣泄和清算，借着它的摩登形式。他不仅表达了所受过的刺激，也忍不住代徐锡麟进行控诉："从盘古开辟天地以后，一直吃到……吃到徐锡麟！"

接着在短篇小说《药》里，秋瑾被写作了坟墓中的主人公。作为短篇小说这一篇是完美的；故事、叙述、蕴意、人血馒头和药的形象，甚至秋瑾和夏瑜，这工整的对仗。高桥和巳联系他在日本弃医从文的经历，指出"买人血馒头吃的民众，是围观同胞被当成间谍处死的民众的延长"。

这样写的真实动机，埋在他思想最深的暗处。抛开徐、秋二同乡的影子，很难谈论鲁迅文学的开端。套用日本式的说法，他们三人是同期的花；只不过，两人牺牲于革命，一人苟活为作家。我想他是在小说里悄悄地独祭，或隐藏或吐露一丝忏悔的心思。

散文《范爱农》是更直接的透露。

这个特殊的作品如一篇细致的日本档案。当然，也如一帧辛亥革命前后的白描。除此之外，鲁迅还未曾找到任何一个机会来倾诉私藏的心事。

范爱农是徐锡麟创办的热诚学校弟子，与鲁迅同期的留日学生，一个革命大潮中的失意者和牺牲者。鲁迅借范爱农的嘴和事，不露声色地披露了如下重要细节：

徐锡麟一党与他疏远的事实。“你还不知道？我一向就讨厌你的，——不但我，我们。”虽然关于疏远的原因已无需深究，但鲁迅依然半加诙谐带过了这么一笔。

其次，徐锡麟剖心殉难后，他在东京留学生聚会上主张向北京抗议的细节（这个细节，正与秋瑾在针对取缔规则聚会上的拔刀相应），“我是主张发电的。”

最后，散文叙述的他与范爱农的交往，表白了他对死国难者的同学们的一种责任感和某种补救。

范爱农给了鲁迅补救的机会。

他们的相熟同醉，都使鲁迅获得了内心的安宁。穷窘潦倒的革命军后来依靠着鲁迅——这件事情是重要的。所以，散文记录的濒死前范爱农的一句话，对鲁迅非同小可：他抄下了范爱农的话：“也许明天就收到一个电报，拆开来一看，是鲁迅来叫我的。”

范爱农死后，鲁迅写了几首旧诗悼念。十几年后写作散文《范爱农》时他回忆了几句，忘掉的一联恰恰总结了这个情结：“此别成终古，从兹绝诸言。”

1926 年这篇散文的发表，是鲁迅与日本留学生纠葛的落幕。《范爱农》是鲁迅对留日旧事的清理。他对一切最要紧的事情，都做了必要的辩解、披露、以及批评。这是那种作家不写了它不能安宁的篇什。

从兹绝诸言，我想，当鲁迅终于写完了它以后，郁塞太久的一团阴霾散尽了。一个私人的仪式，也在暗中结束了。

终于鲁迅有了表白自己基本观点的机会。他借王金发异化为王都督的例子，证明了革命之后必然出现的腐化。它更委婉而坚决地表明了自己拒绝激进、拒绝暴力的文学取道。在先行者的血光映衬下，这道路呈着险恶的本色。

5

陈天华死后已是百年。鲁迅死去也早过了半个世纪。若是为着唤起中国的知识分子，也许他们真的白白死了。

——谁能相信，使陈天华投海的侮辱，其实连一句也没有说错。“特有的卑劣，薄弱的团结”，简直可以挂在国门上。居然一个世纪里都重复着同一张嘴脸，如今已经是他们以特有的卑劣，逐个地玷污科学和专业领域的时代了。

一百年来，中国的犬儒哲学从来没有接受陈天华的观点，更不用说对十足的恐怖分子徐锡麟和秋瑾。他们站在无往不胜的低姿态上，向一切清洁的举动冷笑。在那种深刻的嘲笑面前每个人都又羞又窘，何况峣峣易折的鲁迅！

或者，一部近代中国的历史，就是这种侏儒的思想，不断战胜古代精神的历史。

但是，作为一种宣布尊严的人格（陈天华）和表达异议的知识分子（鲁迅），他们的死贵重于无数的苟活。由他们象征的、抵抗和异议的历史，也同样一经开幕便没有穷期。过长的失败史，并不意味着投降放弃。比起那几枝壮烈的樱花，鲁迅的道路，愈来愈被证明是可能的。

他不是志士，不过为苟活于志士之后而耻。由于这种日本式的耻感，他不得解脱，落笔哀晦。人誉他是志士不妥，人非他偏狭也不公。他心中怀着一个阴沉的影子，希望能如陈天华，能如秋瑾和徐锡麟一样，使傲慢者低头行礼，使蔑视者脱帽致敬。

后来参观鲁迅的上海故居，见厅堂挂着日本画家的赠画，不远便是日本的书店，我为他保持着那么多的日本交际而震惊。最后的治疗托付给日本医生，最后的挚友该是内山完造——上海的日子，使人感觉他已习惯并很难离开那个文化，使人几乎怀疑是否存在过——耻辱和启蒙般的日本刺激。

留学日本，宛如握着一柄双刃的刀锋。大义的挫折，文化的沉醉。人每时都在感受着，但说不清奥妙细微。这种经历最终会变成一笔无头债，古怪地左右人的道路。无论各有怎样的不同，谁都必须了结这笔孽债。陈天华的了结是一种，他获得了日本人的尊敬；周作人的了结也是一种，他获得了日本人的重用。

鲁迅的了结，无法做得轻易。

其实即便没有那些街谈巷议，他与周作人的分道扬镳也只在早晚。虽然后来人们都把陈天华秋瑾徐锡麟挂在嘴上，而唯有他深知他们的心境。从陈西滢到徐懋庸，他的敌手并没有这种心理。那些人内心粗糙，睡得酣熟，不曾有什么灵魂的角力。而他却常常与朋辈鬼类同行，他不敢忘却，几倍负重，用笔追逐着他们。

站在路口的汽车站牌下，我突然想象一个画面：那是冬雨迷蒙的季节，鲁迅站在这里，独自眺望着秋瑾的家。不是不可能的，他苟活着，而那个言语过激的女子却死得凄惨。他只能怏怏提起笔来，以求区别于那些吃人血馒头的观众。

他用高人一等的作品，以一枝投枪的姿态，回答了那个既侵略杀戮又礼义忠孝；既野蛮傲慢又饱含美感的文化。他成功了；他以自己的一生，解脱了那个深深刺激过他的情结。

他的了结恰似一位文豪所为——他没有终结于作家的异化。向着罪恶的体制，他走出了一条抗争与质疑的路。他探究了知识分子的意义，对着滋生中国的伪士，开了一个漫长的较量的头。

6

据说绍兴市要斥资多少个亿，重造晚清的旧貌。

那边的故居门口今年弄来了几只乌篷船摆设，弯腰钻进去划到大禹陵要 45 元。鲁迅的天上卢罕（灵魂）一定正苦笑着自嘲，他虽然不能速朽，却可以献一具皮囊，任绍兴人宰割赚钱。

既然不打算再进去参观，我们就到了公共汽车站。

这一站，叫做“鲁迅路口”。

对先生的追思，写了这篇就该结束了；也许不该待那些吃鲁迅饭的人太尖锐。像我一样，人都是以一己的经历猜度别人。人循着自己的思路猜想，写成文字当然未必一定准确。

或许鲁迅的文学，本来就不该是什么大部头多卷本长篇小说，也不是什么魔幻怪诞摩登艺术。虽然他的文学包罗了众多……尤其包罗了伪士的命题，包罗了与卑污的智识阶级的攻战。但是如果允许我小处着眼随感发言——或者可以说，他的文学不过是日本体验的结果和清算，是对几个留日同学的悼念和代言。

公共汽车流水一般驶来这个路口，又纷纷驶离。天气晴朗，可以看见秋瑾家对面的那座孤山。

大潮早已退了，幕落已有几回。逝者和过去的历史都一样不能再生，人们都只是活在今日随波逐流。无论萧条端庄的秋瑾家，或者郊外水乡的徐锡麟家，来往的都是旅游的过客。他们看过了，吁嘘一番或无动于衷，然后搭上不同的车，各奔各人的前程。

这个站的车牌很有意思。好像整个绍兴的公共汽车都到这儿来了。每路车都在这个路口碰头，再各自东西。一个站，排排的牌子上漆着的站名，都是“鲁迅路口”。这简直是中国知识界的象征，虽然风马牛不相及，却都拥挤在这儿。

我注视着站台，这一次的南方之旅又要结束了。

一辆公共汽车来了，人们使劲地挤着。都是外地人，都是来参观鲁迅故居的。在分道扬镳之前，居然还有这么一个碰头的地方。我不知该感动还是该怀疑，心里只觉得不可思议。

写于2002年8月，祁连－北京

谁曾经宣言

1

那几天我正在收拾行装，离归国没有几天了。

与朋友约会大都是礼仪告别，没有什么具体事务。所以那天，在淅沥不停的梅雨中赶到新宿，我的心思无非想放松。所以，当太田出版的高濑忽然提到这么一个话题时，我只觉胸中涌起一股不情愿，觉得累得慌的滋味。

他问我：

“毛泽东的作品中，哪一篇是概括了他的全部思想、而且具有超越时间的特点、又充溢着文学笔调？如果今天只选一篇，应该选哪一篇呢？”

我费劲地琢磨了好久，说不出来。

他接着就说了新版《宣言》的事。

原来，他和一位住在欧洲的日本翻译家策划良久，一本新译的出版近在眼前。我听着，这话题使人觉得恍如隔世。我奇怪自己的缺乏兴奋，但我确实打不起精神来。他讲到的这本新译共产党宣言的许多特殊之处，而我一点也没心听。只记得新的译本将以《共产主义者宣言》为名，取代旧译书名《共产党宣言》；而且诸如“暴力”、“专政”、“幽灵”，都有新的译法。

记得我找了个话题：“能卖得动吗？”

高濑的神情至今历历在目。他脸上满是把握，好像正在等着我的这个问题。“考虑过，”他说得一字一顿，“我想，它能卖得动。”

一刹那我们交换了一个眼神。

我懂了。

不用他讲，分析在脑海里随之浮现。是的，正是在全世界急速褪色、苏联东欧土崩瓦解的今天；正是在此时此刻，马克思以及共产主义的初衷，才应该深究细问。正因为是他年轻时的手笔，才可能独立于后日的政治牵动，才会更多地显露初衷，并在此刻得到读解。

2

印刷术比人的思路更快。

几个月后，在北京，我接到了一本书。打开包装，突兀满目的鲜红令人晕眩。亚光的红封面上印着：《共产主义者宣言》。摩挲着书，暗暗称奇。嘿，他还当真办了。心里嘟囔着，我随手翻开书皮——我还没有决定，是否读它。

说实话，我明白，这是一本以前我就没读懂过、现在更觉读不懂的书。但是，脑子里一种若隐若现的自责感，同样也挥之不去。这毕竟是与你的历史和境遇，关系那么密切的一本书。既然人家日本人能背潮流翻而译，难道你们中国人就不能下工夫一读么？

于是，虽预感读不出名堂，但我还是浏览一过。不是从开头、我是从末尾翻起的——碰上吸引人处就读，遇上拗口的理论和句子就跳过。

我不喜欢理论。我总觉得，在纠缠我们的整整一个历史时代里，各种事情都发生得戏剧化且非理性，而理论却从来狡猾地躲在安全的角落，在事后钻出来，扮演总结的圣人。一切都没有因循理论，判断理论的标尺，是看它敢不敢写得朴素。

我猜太田出版的企图和我有着某种相像——他们是越过理论企图发掘初衷；我是越过理论，试试找见白话。

读了大事年表、译者后记，以及一篇眼下正活跃的文评家柄谷行人的附记。此人是把书名从《共产党宣言》改为《共产主义者宣言》的提议者。我脑子里的先入印象并不正确：我原以为此书的旧译本从第一个词就译错了，于是有了流传的“党宣言”而不是思想和主义的持有人的——“者”宣言；但读后知道，就德文而言，词汇并没有译错。

新日译本解释了书名改译的原因。译本说：1848 年仅 29 岁的马克思的这篇作品，是作为国际组织“共产主义者同盟”的文件问世的，它与后来二十世纪的政党并无关系。此外，《宣言》的特征，第一当说是“极其个人主义”的；第二，它乃是“英特讷雄耐尔”，国际主义。怎么找不到共产主义呢？我翻着，倦意袭来。

此外还有关于暴力、专政、幽灵等重要概念的新译和探究，个个都使人若有所思。可能新译者达到了目的。这一本新译富于超政治与超现实的色彩，文笔年轻而华丽。可能，确是这一册代表着年轻马克思？也许是它记录了“共产主义者婴儿落地时的真实啼声”。

对着久违的难懂理论，我觉得累，可是不引用几句怎能算谈论了新译本呢。好懂的句子就是找不到。满眼都拗口，比如——

> 共产主义者与无产者全体，存在于怎样的关系里呢？
>
> 他们不会——提出特殊的原则、并企图把无产阶级运动嵌入其模式。

我可能太缺乏学习。我的胸腔里，已经完全容不下此界的话语，而只剩下“公家、百姓”，以及虚无与蔑视的心。大西北的黄土，堵塞了心眼。

> 他们没有——能割离于无产阶级全体之利害的利害。

读着和此刻译着真吃力。这是我们的社会在新建时约定的原则么？这是连我也从童稚孩提就熟悉的话语么？

显然，新译者们在苏联东欧土崩瓦解之后，思索着共产主义者的最初的原则。只不过，我想，这种思索难道能在日本那样的土壤里出现么？

我合上书。全红的封面耀眼地燃烧起来，视野里迸裂着飘渺的火球，如被点燃的阿富汗焦土。这些火又转瞬落为大雨，冲刷着红亮的火烬。今天读着马克思的原话，感觉就这么新鲜和古怪。

一霎间我弄不清这是谁在宣言。我没有红色。我顶多在页面上变变字体：

> 共产主义者仅仅在下述一点能够与其他无产者政党相区别。即：一方面在无产者的种种国民性的斗争中，强调并贯彻无产者全体之共通的、超越国籍的利害，以及因此在另一方面，在无产阶级和资产阶级之间斗争的种种发展阶段上，经常代表着运动全体的利益。……

3

译后记里，译者金冢贞文叙述了重译始末。

他讲到，最初太田出版的高濑怎样突然把约稿信寄到欧洲，怎样“热烈地”讲到重译《宣言》的发想。就如同在新宿的小店里，他对我热烈地讲到毛泽东一样，我联想道。这位译者也颇具名士状；他居然说——翻译此书的原因，是醉狂。

译后记最后一句写得很妙：

“能最后读到此处的您，”他对读者说，“也是足够醉狂的人啊。”

然而我们并不具有醉狂的心境。

扉页是更红的全红纸。而且，环衬、页眉、书的边脚，整个版式设计只有一个字：——红。书的每一页，除了骑缝，都是三道红边包裹。附录的年表，则用红线栏框。连书的表纸外面环绕的日式书籍的环带，也是一色鲜红。只有几个黑字，即书名《共产主义者宣言》。

全红的装帧，这倒是民主导致的醉狂设计。而我们，以及共产主义所要解救的人们，并没有如此的奢侈。我不知为什么，心中不快。把玩着这本红书，胸中涌起微微的反感。这是在呐喊共产主义的思想呢，还是在炫耀资本主义的自由？

却是在今天的北京，若谁敢这么出一本书，我倒会佩服。

同样的醉狂，在真实中一开始就被排除了。我早已习惯了自己的艰难环境，在缝隙中寻找出路，在空白处抒发情感。我想，那些真诚的人，那些追逐共产主义初衷的人，或许也生活在围剿中，斗争于掩饰里。他们与无助者共生存。那是严酷的生存，不允许理论的醉，也不容忍分寸的狂。

所以，在东京玩红色，不算新鲜的立意。反正特高课没有了，出版署还没建立，没有自阉的太监宣布禁书目录。管着书籍和人的，不是特务只是金钱——那不算真正的奔放气质。虽然，那崭新而骄傲的满册鲜红，确实向我传达了一种强烈的感动和刺激。

出乎意料也在意料之中：这部书的装帧，后来获奖了。

我问了太田的编辑，他给我用传真送来了登载获奖消息的剪报。原来是讲谈社的出版文化奖之一，书籍装帧奖。后来更听说，由于这崭新的红封面，和它更改古典的书名新译，一时间这本书成了东京的话题。

当然，奖和话题，都不大，都是一时一事而已。

4

上述的红版书，不过是事情的一半。

使我无法轻松的，是事情的另一半。

那天，新宿雨声淅沥。在小馆密集的巷尾，在我们交流过多少胸中事的那间小屋里，那一晚，我们都有些“醉狂”。所以我很难判断他的话，究竟是真挚的还是掺了水。

“……而同样代表着著者初衷、水平和文采的，毛泽东的一本，”高濑正色对我说，“能否委托您来推荐？”

推荐，亏他想得出这个词儿。

我想告诉他，这个词作为汉语，是不能这么用的。但我说不出来。我觉出自己脸上，连苦笑的表情都做不出来。

他逼着，只好想。但是愈想愈绝望，那天我懊丧透了。哪一本呢？这一本可能是秘书写的；那一本纯粹是难懂的哲学。这一批是打仗的电报，那一类是当时的社论。也许他的古体诗最合适；但既然是诗，则是诗味压倒其他，诗暧昧而轻灵，不回答尖锐的政治质问。还有书信，他的一封谈及身后的信，写得令人回味难尽。但是，毕竟书信不是革命的纲领。

“还是诗词……也可能，他的几封信……”

那一夜雨脚淅沥，新宿的小巷里灯影模糊。

我无法判断——毛主席的著作中，究竟哪篇哪册，才是反映着他的本质、一册代表全部、具备超越时代的特性、而且同时是优秀的文学、不怕被后日运动蒙蔽了本色的一本！

犹豫着，结巴着，我说不出一句有点味道的话来。那一刻的感觉，可实在是特别极了。记得又奇怪地忆起黄土高原，忆起大雨奔泻的、高原的沟壑。一切都流失了，只剩下陌生而生硬的、遥远而可笑的感觉。

不能说那一夜在新宿说的，都是掺水的随口话。

革命确实已经退潮了，但对革命的追究才开始。

因为，此刻我的手里，就拿着朋友兑现诺言的书。这一版鲜红的《共产主义者宣言》是纸质的，所以也是真实的。他实践了他想对马克思做的事。而毛泽东呢，他没有印出来。

责任究竟在哪里呢？我懊丧，因为我提不出一本他的代表作——我想不出哪一本是超越政治的、写出了初衷本意的、一册概括全部的作品。

究竟有没有这一本呢？究竟是哪一本呢？

请回答，哪一本才是你的代表作，什么才是你的初衷？

我只感到彻骨的遗憾。那一股失望难以言表。直到后来，我离开了日本；直到今天，事情已成追忆——我没能提出毛主席代表作的篇目。

2001年11月

随他去幻想

开始留意这位歌手，还是靠了日本的一个学生。讲座的选修生里，除了二十个男生之外只有一个女生。同僚们警告我，多余的照顾会招来逆反心理，要像对男生一样严格要求她。于是，当我听说这女生在学钢琴后，就提示她去搞六十年代歌曲这个题目。

报告交到我手里那天，我为把我最看重的这个题目交给她而庆幸。应该说，那是一本出色的六十年代歌曲的小集锦；工整的学生体字迹写着感想，歌词则或抄录或打印。另外附着一盘磁带，录制得非常清晰。

当时我缺乏心理准备，没料到讲座汇集的研究报告里，好几个都非常难得。整理“法国五月”的学生，把流行当时的学生口号集锦一册；研究“赤军”的居然复印了土炸弹制作手册——题目很美：《蔷薇之花》。以致后来我总说：没准，这是世界上唯一对六十年代总结的讲座课。

不用说，歌曲的专题至关重要。这女生的作业应该说还算认真，她收集了从 Bob Dylan 到高石友也的代表作，每人附上一段自己的感想。我帮她在研究室大量复印，所有的讲座生人手一册。我自己则更多留了几本，以便带回国内送朋友。

她报告（日本叫发表）的那天，从音像教室借来了一台立体声大型录音机。她每讲解完一个人，便把按键一按。于是教室里突然传来立体声，那个歌手的曲子盈溢而出。

教室的气氛突然变得令人感动。记得已是第七节课的时间，天色昏黑，校园里大概只剩下我们这个班。但是逼真的声音，包括旋律和节奏，回响在空荡荡的大学楼道里，人人都感到异样的滋味。我饶有兴趣地发现，她用于压轴的一首，是 John Lennon（J• 列农）的《Imagine》（幻想）。

发表结束后，我问一个男生："你最喜欢哪一首？"他长着一副毫无表情的面孔，在教室里从来一言不发。

他的回答只一个词："Imagine"。

后来，这份小小的学生报告成了我的一件收藏。我在回国以后常听那盘磁带。但说实话，《Imagine》一首里，多少还是有一些使我想对它保留的内容；比如"幻想一下所有的人，活着为了今天"。

还有诸如对宗教的态度。他是反乱时代的嬉皮，语言中闪烁着一种彻底。但我觉得结论尚不像他们总结得那样简单。它们出语太迅速、太轻易了，我悄悄想。我猜 J• 列农的本意，如冈林信康一样也只是反对现实的教会；但宗教有时也是绝望者能抓住的最后绳索。或者，我想，还是最后的武器。

那个年代的艺术家大都遭遇了大的命题，往往一语道破地讲出真理。但是他们也患着艺术家病，不仅有意而且刻意地追求结论、掩饰不住一种演技的味道。我沉吟着，优美的J·列农并不激烈，他不过只是在单薄地、不自信地诉说。我感到一种在信赖之前的犹豫。

再后来，听说了他的遇刺。再后来，逐步感到了他比其他Beatles成员分量更重。休息时不觉去听的，常常是《幻想》。听着这盘磁带，我觉得它与许多新音乐不同。在旋律和优美感上的用力，给人以余音绕梁的感觉。

不久前看了一个VCD，是大量剪辑纪录片的J·列农传记。我头一次仔细看了一遍这位歌手的故事，看了大野洋子，也头一次认真地琢磨了《幻想》。

不用说罔林信康那种一国明星；时间久了，久得超过了一个时代以后，我不再寄希望于Bob Dylan。没准列农比Bob Dylan的意义还要大。作为一个写下历史的一代歌王，他的履历表上也有诸如——抗议权力体制、嘲讽国家主义、反战梦想和平——等等记录。他也有过古怪的表演，骇人的收入，任性的摇摆。他自然也拥歌迷的狂热拥戴，以及拔群的诗人才能。

但是这些真的就会永垂不朽么，我愈来愈怀疑了。

能力和业绩，包括伟大的六十年代艺术的能力和业绩，都会在无情的时间大河冲刷下，最终逝而不返。对于毕竟辛劳一辈子的艺术家来说，到了未来还能让人回味的，可能——只有一星半点的闪光之处。

比如歌曲吧：好听处，往往只在半拍的超出。

J·列农传记片的结尾，剪辑得哀伤而理性。每个人都没有夸大他的意义，谁也没有渲染伤感。他的小儿子讲：“他刚死后听到他的歌我会哭。但是，现在我已经不那样了。”他露出成年人的冷静微笑，一阵哽噎般的感觉袭击了我。结尾曲又用了《Imagine》，这一次，它使我认真地思考了。

Imagine there’s no heaven	幻想一下没有天堂
It’s easy if you try	如果你试，这很容易，
No hell bellow us	脚下没有地狱
Above us only sky	头上只有天空
Imagine all the people	幻想一下所有的人
Living for today	活着为着今天
Imagine there’s no countries	幻想一下没有国家
It isn’t hard to do	去做一下并不难
Nothing to kill or die for	没什么该杀，或为它去死
And no religion too	也没有宗教
Imagine all the people	幻想一下所有的人
Living live in peace	过着日子，在和平中
Imagine no possessions	幻想一下没有私有
I wonder if you can	我希望你能够
No need for greed or hunger	没有贪婪也没有饥饿
A brotherhood of man	人们都是兄弟
Imagine all the people	幻想一下所有的人
Sharing all the world	分享着整个世界

在每一段的后面都附着副歌，于是明快、轻松、尖锐的歌词就变得真诚了。我猜，当年歌迷们一定在这个叠唱里突然感到了自己的升华——这在六十年代的演唱会上又常见又罕见，所以他们高兴极了，他们愈发疯狂地尖叫嘶喊了。

You may say I'm a dreamer　　你可以说我是个梦想家
But I'm not the only one　　但我并非只是一人
I hope someday you'll join us　　我希望有一天你加入我们
And world will be as one　　而世界将会大同

只是这一个“大同”，不知是否与作者本人的原意一致。恰恰只这一个词不能随意。但是，哪怕还有若干有待考究之处，《Imagine》的拔群与伟大，已经几乎无需争议了。

或许这首歌，就是J·列农的“一星的闪光，半拍的超出”。

我忆起那天的日本学生。他们堪称世上最冷漠的一代。但是就如我的调查，当他们躲避不了表态时，他们选的是J·列农《幻想》。多少次我回想这个小情节。不管怎样，它似乎显示着什么。

J·列农讲的国家和宗教，如果如我理解得广泛，我想他指的是使人隔膜和敌视的文化差异。确实，隔膜如物质一样存在，确实如恶病发作一般，它在被煽动成为敌视以后，最终的悲剧惨不忍睹。

但是，虽然它是我近来听得最多的一首，但我并没有对它全都认同。

在这个卑鄙的世纪初，随着下流艺人叫卖“千禧”和霸权的扩大，人们之间的差异爆发成可怕的歧视、野蛮的镇压、不休的流血。确实，差异常以国家或民族的名义，常被冠以宗教之名，在大义名分之下造成流血。

善意使人感动。但是若有轻浮掺杂其中，那么连一丝也会刺耳。生存的重压，使得人的听觉挑剔了。

他在强调普通人的日子，强调为今天活着的人。谁能说那不是人类的共同梦想呢？谁能反对大同之梦？然而普通人的多数却处境不妙。在全球通行的条款框架里，欺凌和灭绝的战争，正堂而皇之地推行。人们的明天，比一个生锈的螺丝还缺乏选择。有那样的弦外之音吗？也许《幻想》还无意地压制了另一类幻想。

或许，还应该允许人们，去幻想比“日子、今天”更要紧的什么。既然那些被剥夺了每天日子、濒于饿死的人们，根本无法幻想“分享世界、生于和平”。

J·列农的警句，快要变成无害的标签。

无论怎么幻想依然前程黯淡的人们，今天的寄托不是大同，而是传统。包括狭义的宗教。人们把古老的生活、母语和故乡，都作为对秩序井然的不义世界——包括对无视自己心情的艺术——的抗议来坚持。

今天大潮已经退尽了。

艺术家的立场经常是轻率的，虽然J·列农大体上不令人这样想。他的《幻想》只差一毫就是我最信赖的思想，只是这毫厘之差，不知道是否正是本质的差异。总之它令我思考，令人总捉摸他的意思。

虽然不敢不与这种英国式的左翼保持距离，我还是非常喜欢这首歌。比起其他那个时代的伟大歌手，他的一席之地，没有随时光流逝而逐渐暧昧。B·迪兰过分随意和晦涩，岡林缺乏继续的反叛。许多震耳欲聋的复制品，都被历史展现的本质淘汰了，也被人们丢掉了。只有《幻想》，它居然能纠缠着历史，继续逼人思考。它的词和曲都达到了不可思议的简洁，那是一种炉火纯青的火候。

还有一件重要的事：作为歌子它是优美的。它引导后来的数十年潮流，一步步回归优美的传统。

写于 2001 年 11 月

阿富汗被仅次于原子弹的 6.5 吨重的震荡炸弹轰炸之际

盐官会

近海的暮霭溶在烟气里，天马上就要黑了。在两侧一望无际的那种所谓东南沿海温州模式的、精致俗气的小洋楼遮挡下，一直看不到海滩。我早已愤怒地撕掉了旅游图，这条路根本就没有标在图上。在诡异的平滩上左拐右扭，车子总算开进了盐官镇。比预计晚了几个小时，我心急如焚。

车进盐官，潮风扑面。但是我一没心思眺望久闻的潮水，二没兴致寻觅王国维的家屋，我急于想看到的，是阔别的海鹰弟。

海鹰弟是我的仓皇军旅里唯一惦念的人。他的事很简单：舍身救人身负重伤，却没有得到报答奖掖。最终身心伤疤，黯然复员归乡。我托尽了东南一线的文朋墨友求他们帮助海鹰，但是没有一个人伸手援助。

在那以后，海鹰弟消失在缄默的苦斗中。时光飞逝眨眼十多年，我们音讯若续若断。通电话时总觉得词不达意，我想亲眼看看他的日子。

所以，决定在南方见面以后，为了温习些王国维功课并寻找一个开人心胸的地方一见，我们把约会地点定在了盐官。我从杭州，他自上海，各自打听着路奔赴这里。谁知道路改线，沪杭的长途车都不再途经盐官！

正找呢，突然看见了他。正是他，靠着几个卖水果鱼虾的小摊贩，胸有成竹地注视着我，微笑着，挥着手。一下子我又不禁叹息，海鹰弟毕竟是最正规的海军军人，不管中间发生了什么，你若约了他 6 点在哪儿见面，那么，他就在 18 点整准时站在哪里。

见到了他以后心事一空。见面的一瞬，也只不过使劲拍了一下肩膀。说什么呢？他为了不迟到，竟花了四百多块钱坐出租车赶来！

此刻，我浑身放松，随着海鹰弟，走进他物色好的小店，一直放好了行囊。计划良久的重逢，居然在这间小屋里实现了。房间的窗子敞着，钱塘江的潮声，突然贴近耳边地轰响起来了。

趁着一分分暗下去的最后的白昼，我们到了著名的钱塘江盐官堤上。我觉察出，离开海军这么些年，海鹰弟变了。我见了他满心激动，他却只是陪我看潮，喜怒不形于色。已是退潮时分，潮声如女声的低音咏叹，战栗一般轻轻涌来。

没有看到壁立的潮头，只体会了潮落的清冷。如激烈的海战结束了，只剩波涛不见踪影。我想，这多像我们的经历，真实最后埋在了心底。海鹰弟不愿我沉溺往事，他催促地问：今天还去王国维故居么？

离开江堤前，我又瞟了一眼远退的潮。宽阔的入海口深奥难猜。这钱塘湾总使人奇怪地联想长江，产生它是长江入海口的错觉。我想这是一种海军的下意识，也许还敏感地把它幻觉为吴淞口。好像，英船美舰当年就从这里开进来，一直抵达南京重庆，抵达这半殖民地国度的内脏。

潮水退了。有三两散步的老人，在议论着涨潮的掌故。它没有动荡，似凝似止，远远望着颜色既青又白，静如处子。

在王国维的旧居展览馆里，我饶有兴趣地仔细踱着步浏览。蒙古史和夏商周，两次我在学习中接触过王国维的学问。光线很暗，我留意着有没有记录他的塾师。不能想象如此巨匠就在这个小镇里启蒙。无疑，当年小小盐官镇的学问底子，远比今日时髦的北大复旦扎实得多。还不说尊严和知耻；来到这儿我似乎明白了——王国维的最深沉的基础，依然来自门前这吞吐陆海的大江。

残余的最后时间，还是在钱塘江边度过。暮色低垂之中，海鹰弟和我散着步，一直走到黑得已看不清江水的时候。

入夜，在小旅馆里接着谈。他已经挣出了困境，在人不言义的上海滩，凭着经济实力站了起来。员工、资产、在黄浦江边置下了房子。“大哥这次可以都参观一下。”他说。我默默听着，琢磨着他声音中的一丝什么滋味。分手那年，他正为生存费力挣扎。今年再会，我能为他做些什么呢？

我说了自己的心思。没料到他听了哈哈大笑：“只要大哥愿意来上海就够了！上海有个天山大厦，有很好的维吾尔餐厅。”原来他在考虑到了上海，让我住天山大厦的事。

说不尽十年的心里话。睡下的时候，怕有两三点了。

忽然想起还有东西。我翻身爬起，伸手拉开灯。为打开背囊取出一本书，这是我带给他的礼物。趁着一时心思，在扉页上题了两句话：

生聚十年尚余骨
留待明朝赠海军

夜深了。明天我就要和海鹰弟同去上海。我能参观他的小公司，能回顾他的奋斗，能见到他构筑在江边、可以眺望大海的家。如同今日的幻觉，我们将在那儿眺望吴淞口。

黑夜里一阵阵传来低沉的潮声。那声音很奇特，不像水，却像风，一下涌漫淹没了沙滩，动静轻柔但是潜力无限。想着新的旧的历史，忍着身上心上的伤痛，年复一年，涨潮退潮，我们的人生快要过去了。

潮声大了，恐怕这就是人们传说的钱塘潮。去看看么，在盐官的深夜里？

辨得出水层前后叠压着、重重击打着砂岩涌上滩头的声响。

“可能涨潮了。”海鹰弟在黑暗中说。

2002年春节

序跋题墨小集

《西省暗杀考》或《黑骏马》自序

转瞬十年二十年白驹过隙。何止牙牙学语的文学起步，即便成为职业作家，生涯一支笔——也已经是十数年了。惟结集时人才有空回忆，并接触自己早期的习作（真谢谢有这么文雅的一个词）——我不禁为自己和这些自己写下的所谓小说的单薄，感到吃惊和害臊；也为容忍和成全了如此自己的时代，感到惊奇与慨叹。

如今我对小说这形式已经几近放弃。我对故事的营造，愈发觉得缺少兴致也缺乏才思。我更喜欢追求思想及其朴素的表达；喜欢摒除迂回和编造、喜欢把发现和认识、论文和学术——都直接写入随心所欲的散文之中。

这并非是在贬低小说艺术。或许正是这样的我，才算懂得了尊重小说。前年我曾在西班牙，一手拖着带轱辘的小行李箱，一手握着一本薄薄的《卡尔曼》，走遍了梅里美笔触所及的一个个地点。那才是小说；在龙达和直布罗陀，我深深地对伟大的小说折服了，也不禁对自己的《黑骏马》之类摇头苦笑。其实若写的话，在今日心态下也许我可能写得好些？——不必了，那要花费大量的精力，要适应别的语言并重新检验自己的能力。我已经说过：对于以故事为叙述原则的小说，我并不具备什么才能。出于如上思索，在有机会编辑文集时，我或者大幅删减、或者干脆取消了小说部分。

所以对这个集子里的小说，我没有自视名作的心思。它们不过是我以及那个时代的一种注释或资料而已。不用说它们依然为我珍惜；因为当年即便那么无能为力，自己居然还是那么真诚地写过。回忆起来只觉不可思议，只觉得一种后怕。而今天，手里的笔尽管有了分寸，但环境却不再宽容。包括书的题目，谁知道它若叫做《西省暗杀考》会不会被人判定为恐怖主义呢？所以我干脆预备它两个书名，请印书者挑选。

写这一页时，时值旧历的正月初四。而我刚在除夕那天，从西海固的山村回到北京。我的心里满是新的激动。所以这篇小序，也就算是一次辞旧吧。

代序——年龄，还是正义的取道？

在我们都挂在嘴上的六十年代，那时我歪骑马手耍鞭，在草原放浪并自立，我万万没有想到，最终等着我的是如此的一道独木桥。

这样人就容易思路紧张。我不喜欢总是被迫强调着纠缠我的一些念头：比如年轻的定义，比如气质的优劣。我在磨自己那柄秃矛的时候，用最软的一类磨石——若艺术的赏悦，若灵气的技巧。但非要提及六十年代，话语就难以轻松了。但愿这次不像以前经历过的，先轻浮地喊叫，再不负责地溜掉。

随着日月不可置信地流逝，随着自己身上发生的肉体与渴望的冲突，年龄成了敏感的命题。但一切并没有得到解释，我独自注视着身后潮水般成批的人，总想问：你能证明自己的年轻吗？

坦白地说，追求与人讨论生命的“年轻”，是我的一丝潜意识。我甚至抱着幻想认真做过。只不过，后来大都归结于暗自的失望。因为在日后，在我幻想可以引以为同志的那些朋友身上，何止愈来愈缺乏我敬重的“青年的正义”，他们那么轻易地变了。变成了官职的爱人、体制的良民。还有些是公认的好人，由于从不对世间的不平插嘴。极少数甚至嗅着重赏的香味儿，已经变得像一种文化警犬。于是——我不再轻易为一些激烈滚烫的小文字动情了，我也要掌握必要的警觉。我意识到：就在眼前身近，青年的分裂和异化，令人震惊。

是的，在六十年代，当二十岁的我在零下三十度的风雪中踟蹰时，你如未来的希望呱呱坠地。而此刻，面对着你和你的方式才气，我想说什么，但找不着词儿。

后来，记得在上大学的第一年，每逢集合开会，一个系一个系走过的学生队列里，我们这伙在乡下野惯了的家伙，在系政工干部和党员学生的监视下，走得浑身不舒服，活像一群被套住的劣马。而今天必须说，那群劣马如今都被驯得服服帖帖，已经没有证据能说它们曾经是马；甚至没人会信，它们居然还和草原有过纠葛了。

都市的日子，好似游泳又如溺水。精神和行为成矛盾，感情与选择相嘲笑。心中的梦和现实的事，像一对比翼飞着的影子。世界愈来愈强大了，行业的规矩，流行的思潮，使背后每天都如有鞭子呼响。包括学问艺术，秩序与体制是一副又硬又韧的笼头。何止那几匹浪荡小马，降服的人如一片片倒伏的草，多少导师在教授着服从！

文学、艺术、思想，人可能要判断的真伪太多了。生计、思潮、道路，人一生要过的关坎更多。在一派欲望和不义的准则中，你们最终会选择怎样的路、会显示怎样的“气质”呢？尤其关于六十年代的概念，它深沉如海，你们要以它来表达什么呢？依我看人生在哪年毫不重要。使用这个六十年代来界定，恐怕还是因为成为我们原罪的它，对你们来说名声响亮而已。早就该重视的是气质，更直截地说是血性，可惜我无法讲清，它对这个贫血民族的紧要。

但是，能使知识化陈腐为神奇的、比一切概念和理性更伟大的，是青年对社会实行的纠正。青年总是代表正义，这是多么醉人的原理。——你们读了这些话，会不会笑出声来呢？

萍水之缘，唐突作序，心里觉得不妥。但是我不忍拒绝日子常常狼狈、炫耀成功无期的许晖。曾在几个瞬间，我目击过他强求理想的费力样子。反正我毫无与书中作者建立私交的企图。那么，就允许我假纸角做旷野，与看不见的影子交锋一回合吧。

在幻视之中，我正颠簸在自己想象的鞍上。一个突然的打扰，把我的脸推向了你们。我反抗地喊：与我有什么关系？他们有他们的前定！……

确实，气质更可能是遗传的，否则为什么到处是类似的萎琐。作品风格、时代气质、以及行动的时刻表——都自有约束的规律，用不着大人（包括大哥）指手画脚。

这么想着，但还是写了。这不是做序，不过是我又在幻想。

2000年10月24日凌晨

《一册山河》编后记

这些年，大约每过两年，我都能把自己的散文整理成一个集子。进入这个二十一世纪后，我突然感到，以往这种习惯也许是一项奢侈。对于作家、知识分子、艺术和思想来说，时代在激烈地动荡，生存在围逼中继续。中国人合理地选择着逍遥、安全与利益，写作的困难出乎预料地出现了。

但是它还不至于使我也弯曲骨头，改换道路。因为原来我就没打算贪得无厌。对于我，时代不仅已经太宽容、而且我觉得它给我的已近奢侈。

每当我想起——那些埋没的智者、底层的众生、理想的牺牲者，心情就平和了。俸禄可以舍弃，头衔不值一提，黄泥小屋让其永远只是念想，自耕自食，赤条条来去，只追求——新意的真知，美好的文章，只求在滔滔的洪水中，做一块思想自由的石头。哪怕遍体水锈，棱角缺残。在这么一个过程里，我还改了不少暴怒的坏脾气，看着世间热闹，常常不禁微笑。

前些年，还在出版呈着一派畸形繁荣时，我就竭力拒绝重复出版自己。而如今，似乎日子对文学开始变脸了；我一样以不变应万变——对文章加倍自重，对境遇做好准备，对出版的机会珍惜。我暗暗盼集子都是新作、最终有一个散文集的排列——这个努力在打了一些折扣的情况下，大体还是实现了。继《绿风土》、《荒芜英雄路》、《清洁的精神》、《牧人笔记》、《鞍与笔》、《以笔为旗》之后，这个集子是我的第 7 本散文集，除 4 篇旧作外，收入了 1999 至 2000 年创作的散文。

谨作编后小记。

2000 年 11 月 12 日

注记

这本赞圣诗《曼丹夜合》，是沙沟阿訇王耀成老人送给我的。他在迫害的 1958 年割喉装哑，以决绝的沉默，抗议了对人道的压迫，显示了人不可侮的高贵精神。17 年或 18 年之后，光阴转变了，民众争回了自己的信仰权。他在政府的动员下，重新开口说话。这就是著名的哑巴王阿訇的故事。那时这个故事尚未广泛流传，只是在一部分不善表达的哲合忍耶穆斯林之间谈论。但它强烈地震动了我的心，那时的我刚刚走进西海固，正渴望着一场洗礼般的教育。由于决定写到民国止笔，这个故事没有写进《心灵史》。但王阿訇为我深深崇敬，我曾向老人求字，要求他用阿文给我写一个词："Al-imani"（伊玛尼）。这幅墨迹一直挂在我的室内。今年我终于得以和这位我尊敬的长者见面，在沙沟，在黄沟，我们一块度过了许多难忘的时光。老阿訇罕言寡语，总是紧紧握着我的手。在我和志文举意了一个“真主的造化，人间的情义”尔麦里，请他出任我们仪礼的主持。当尔麦里结束的时候，他把刚刚念过的、自宗教恢复以来他使用了二十多年的这本《曼丹夜合》，送给了我。

从此这部经是我的珍藏。为不忘这前后的一切，特注记如上。

2001年春节

临行走笔——《以笔为旗》的后记

每年我都要分出几个月，在农村山野放松筋骨。先是大西北，然后再沿着历史路线，山脉或河流的走向，逐渐地把脚步扩大到湿润的南国。若从入冬开始计算一年时间的话，正月二月天清气爽，先跑甘凉秦陇西海固。回到北京沙场，常常突然又有一个出门的引子。入夏以后，身心疲惫，尽量能奔赴蒙古草原休息，要紧的是赶快换语言。蒙语能治神经衰弱。秋凉时渐渐想，还是要写上几笔的，不然，就不是作家而是二流子了。可是三两篇未完，心中又升起一年中最严肃、也最动情的出行计划。而时光，转瞬已经又是入冬时分。

这么跑着，时间快得如梭，命也飞快旋转。确实来不及品味，不知究竟是自己老了一岁，或是日历印错了？总之，三北一南，几趟出游，一年弹指而逝。

此刻正是我临行之前。明后天一过，我就要置身——那温柔的黄土高原的奥深了。捏着票，突然想起约定的稿子，只能临行走笔，涂抹些即时的感受。

其二

年轻是一件痛苦的事。我和不少六十年代出生的人，或七十年代出生的人接触的时候，总要掩饰一种——生怕在他（她）面前暴露幼稚、暴露热情、暴露自己的年轻的心理。他（她）们不是老成，而是与生俱来的暮气，是青春的缺氧少钙。当然我从不敢直说，我的事是掩饰自己不仅不合时宜而且招致围剿的年轻病。于是我用各式色彩——民族的、学术的、“理论”的色彩——来掩饰本质。新编的集子也有这样的用意；它本来是 1997 至 1998 年的散文结集，但被我补充了一些论文学艺，做了如上刻意的分类。

其实，如果能直抒胸臆该有多么快活啊，如随手拈来的这三幅照片，那是一个在天涯地角追逐自由、浪漫和意义的过程。三处的伴儿，不仅仅在图片中陪伴着我，他们，Abdul Basti HalipaAji（维吾尔族）、马进祥（回族）、Qoloma（蒙古族）在画面外头大声地对我喊着：“走下去！别拐弯！”端详着这些照片，久了我总是忍不住笑起来。唉，看来，追逐年轻的生存也挺快活。

上面这段，就充做散文集《以笔为旗》的后记吧。

其三

真的青年是什么？我发觉，自己对着这个疑问，如同患了一种怪症。本来没有什么好费神的，人么，本来不过生生灭灭。但是青年概念总像是要硬和我发生冲突，我连躲也躲不开。

青春在汉语里是个褒义词，和它在现实中完全不一样。现实中它像它的本质，没有骗人的粉饰。我真讨厌在某个时辰，在一道关口，伪青春纷纷蜕皮掉壳，显出庸俗本相时的感觉。

应该修改字典，把这个矫揉造作的词儿，直截了当地改成反叛。没有向庄严体制叫板的性格，没有和香喷喷利益决裂的血性，你就不要自称青年。

缺乏一种特殊的试剂，一滴下去便快快地发生分解置换，把不同的类区分。把轻浮的诗和渣滓去掉，让伪造的激情冒烟成灰。

但是什么也不能替代——那黄土高原小村、或茫茫草海一座毡包里的日子。十数年里，三十年间，这些日子接续得如河水流淌，使我习惯，使我改变，使我不能离开它。管别人呢，我已经不能摆脱——那样的吸引。我甩不开那种——被真实接纳时获得的愉悦。

人是不一样的，我的肉躯血液，使我怀上了这样的精神。我没有说这一定是好事。我就是忍不住；只要看见大山的影子，只要看见蹲踞低伏的泥屋村落的影子，我的心就被兴奋攫住。

再见，我的读者。等我回来时，没准我会给你们写点什么。

1999 年 6 月

投石的诉说

1

掷出石块的是一个少年。他站在熊熊的烈火中央，迎着隆隆驶来的怪兽。他的耳际轰响着的，是地狱里凄厉的风吼，和烈火焚烧石头的声音。环绕的一切都尖锐、钝闷、灼烫而恐怖。怪兽挂着金属板的装甲，傲慢又野蛮，沿着街巷横冲直撞而来。石块在迸溅中粉碎，一切倾听都被挡在了背后。在这恐怖的野兽轧碾之下，一切都变成了瓦砾，一切都化成了废墟，包括新世纪的精神，包括生存的希望。

少年从瓦砾里抓起一块石头，套上投石索，奋力朝那钢铁的野兽掷去。又一声砰的声音迸响在金属板上，红色的火焰映照着他舞着投索的弱小身影，如一个新鲜的塑像，如一个迎战魔鬼的大卫王。

大卫王的使命，如今正由这个巴勒斯坦的少年承担着。大卫这个名字用阿拉伯语读，恰好就是他的名字达乌德。战争怪兽里跳出凶恶的军队，抓住了他。达乌德的手被一根窄细的白色硬塑料带子反绑，士兵们殴打着他，活活地折断了他的一条胳膊。

瓦砾堆里同时跳出十个少年，他们愤怒地用投石索、用弹弓、用赤手把石块投向毒焰和怪兽般的坦克。嗖嗖纷飞的石块撞在坦克的装甲板上，响起一片悲愤的声音。

——这不是文学的描写，这是完全的现实。硬塑料的窄带是最新的绑人工具，它比手铐更使人疼痛，比绳子绑得结实。揭露以色列军队折断投石少年手臂的行径及其法西斯心理的，是葡萄牙的著名作家萨拉马戈。《大侵入的前夜》一文介绍了他引起轩然大波的发言：

> 他的发言要旨是这样的：“折断参加 Indifada 的投石少年的手臂，就其精神而言，在犯罪一点上，可以与纳粹对犹太人的屠杀相比较。”
>
> （日本，岩波书店，《世界》，2002 年 6 月号，p.53）

他冒险发言的原因，是因为他听见了石块传达的语言。他听懂了，并因良心的驱使不能回避。

使用石块难道能进行战争么？不，这不是战争手段，而是心情的传达。巴勒斯坦人用这样的语言，呼喊着公正，呼喊着最古典和最低限的良心。投石的语言是神奇的；它超越了障壁唤起了良知和同情，也为非武装的民众反抗，做了痛苦而警醒的定义。

自从1987年的巴勒斯坦人民第一次起义（Indifada）以来，这种达乌德——大卫式的象征行为、以及这种石块迎击坦克的声音就没有停止。孩子的石块不可能打败坦克，所以这是象征、这是一种语言表达而不是战争手段。孩子们的石块说出了巴勒斯坦民众抵抗的正当性。孩子们用石块说：我们没有武器。我们用石块呼喊。人们，你们听见了吗？

2

我的耳朵听见了他们的声音。有很多耳朵听见了这石头的诉说。这声音和这形式太富于象征意味了，我甚至觉得巴勒斯坦的少年们是在写作着一部诗篇。这诗篇因为使用了超越一切语言的语言，所以使一切诗人的作品都黯然失色。

象征和语言遇到的，是疯狂的野蛮主义。从2000年9月起，因沙龙对阿克萨清真寺的冒渎再次掀起了第二次Indifada。石块同样竭力传达着这种弱者的语言，但是希望被坦克的履带一天天碾得粉碎。与肆虐的坦克唱合着，世界在肮脏地“看杀”。于是，在对被剥夺和被侵略者的杀戮中，出现了怀抱炸弹的牺牲反击。绝望的石块，在悲愤的尽头变成了赴死。

有教养的知识分子说——这就不对了！这么一来不就是以暴易暴了吗？这种造成平民伤亡的行为，同样必须谴责！

这种批评是面对屠杀表演公允。其实天平早已倾斜坍倒，其实人们早已使用极限上的语言呼救。知识分子公允病的症状后面，藏着他们接受既成事实的妥协心理。说到底还是与强权为伍划算，所以他们佯做没听见石块的呼救。他们把一个绝望民族的利益，换了卑怯的自慰感觉；他们不肯说一句——占领是最大的恐怖主义，国家恐怖主义是最大的犯罪！

哀兵如同坐以待毙，投石的语言，被人们充耳不闻。那么只剩下投降或者殉死，再无他途可供选择。

石块在绝望的尽头，含着眼泪爆炸了。它一头撞上那战争的野兽，发出孤独的一响，然后被黑烟烈火吞没。

以一己之死诉说的人蒙受着诽谤。他们动人的的语言和难忘的形象，在火狱烈焰的映衬下，在巨大的话语压迫下，被描黑画丑、被下流地歪曲。

另一种大规模杀伤性武器——媒体在卑鄙地诱导。满足于自私的小康，人们习惯了白日的谎言。确实炸弹造成了伤亡。但是，以死为语言的人所实践的，同样不是战争行为而是语言的传达。他们企图用悲愤的一声轰响唤醒世界：我们只剩下了生命。人们，你们听见了吗？

3

听见了石头的诉说的，是如萨拉马戈一样怀有正义感的人。即使生逢如此时代，他们也决心回答。

在纳粹屠杀犹太人最烈的时期，曾有一个日本外交官抗拒正与德国结盟的政府命令，为逃命的犹太人发放了离开欧洲的签证。他的遗孀最近发表给沙龙的公开信，要求以色列从巴勒斯坦撤军。

应该让更多的人听见这位九十岁老妇的声音。所以我把她的公开信全文翻译如下：

平成十四年（2002 年）4 月 11 日

沙龙总理：

——对以色列从巴勒斯坦撤退的要求——

沙龙总理，切望无论如何，从巴勒斯坦做有勇气的撤退。并实施基于人道主义的政策，向中东和平做出努力。

亡夫曾于 1940 年就任立陶宛代理领事。当时纳粹德国对犹太人的屠杀，正激化得超绝想象。北欧小国立陶宛也曾有大量犹太人逃来，我至今难忘领事馆门前拥挤着的、为获取签证的人们那必死的表情。亡夫曾向本国外务省提出了发给签证的请求，却因日本正与德国结于同盟条约、并有诸端理由而被驳回。

但膨胀增多的难民的悲痛声音只见逐日高涨。亡夫于苦恼之极，在征得家庭全员赞同后，做出了“吾宁负日本政府，不能负神”、并发出签证的决断。他连日彻夜书写签证。我们不清楚发出的签证数量，只记着他在有限的些少时间里，不眠不休书写签证的情形。后来才听说有 6000 人获救。依出版社的强烈要求，《6000 个生命签证》一书也在后日出版了。1945 年 5 月，与德国的败战同时，我们一家被软禁于罗马尼亚布加勒斯特郊外的俄国收容所，至 1947 年归国一直流离于各地的集中营。归国后外务省逼迫亡夫辞职，并不顾及他早在战前便为国效力，而追究其发给犹太人签证的责任。亡夫依外务省之意退职。那以后原本寡言的他更加沉默，他觉得因良心判断而致使家庭连累，因此蒙着很大的心理负担。后来仰仗多方好意他才再获职业，总之生存下来。

他于1985年被以色列政府以援救犹太人生命的功绩授予“Yado Basiem”奖（诸国之正义者之奖），次年7月3日静静降下了人生的激动之幕，享年86岁。

亡夫的行为，是我一家的巨大荣耀。一生中能救出那样众多的生命，且被救助者后日又多肩负以、美政治乃至世界经济之重任，听闻这一切亦使我一家无比喜悦。

但是，今日之侵攻巴勒斯坦，无论其理由如何，都给我们带来了莫大的悲哀。不仅如此，每当想到惨死战祸者的遗族又蒙罩于难忍的悲痛之下，我们便无法不为——究竟亡夫那样写下签证好吗？抑或若没有写才好？——诸如这些而苦恼不已。

我今年已90岁了。四个儿子中，三子晴生和长子弘树已经辞世。长年来，我和成为家长的次子千晓一起生活在乡下。我已经不可能再活很久了。唯一惦念的事情，只是培养能继承亡夫的“植根于人道主义的活动”的人。这是继承亡夫意志的我们的最后愿望。

去年末因不况，我们失去了长年住惯的家屋。或许人会觉得我们穷，但我们却永远抱着衫原千亩遗留的行为，怀着清高端正的自豪生存着。我们是幸福的，切勿对我们施予同情。

用不着为一个人，我们请人们关心的是“基于人道主义的活动”。请想想究竟还要让多少贵重生命在战争和自然破坏中死去，并切请在此刻，再次审度以色列的侵略带来的悲哀和损失的巨大。无疑，我相信武力之外还有解决之道。

致亲爱的沙龙总理

敬具

生命的签证财团会长衫原幸子

日本衫原事务所代表衫原千晓

联络：0466 — 48 — 8344（Fax）

URL：http：/www.hoops.livedoor/~sempol

（岩波书店《世界》，2002年6月号p.72–73）

人道已经是个愈来愈暧昧的命题。但是，高尚的外交官衫原千亩和九十高龄的衫原夫人为人们提出了最准确的标准。他们是崇高的人道大义的实践者。在犹太人受到非人道的追杀时，他们勇敢地反抗自己的国家，向弱者犹太人伸手救援。而当以色列对今日的弱者——巴勒斯坦人欺凌杀戮的时候，他们凛然地“基于人道”，再次打破了世界的可耻沉默。

萨拉马戈的发言，立即遭到了以色列的威胁。而面对着衫原千亩的遗孀和儿子的批判，面对着民族的救命恩人和他们的行为，那些指挥坦克去碾碎生命的人会怎样呢？

在世上一切高尚行为的面前，在奥斯维辛的死者与生者的面前，他们不能躲避——被孤立的刽子手的恐惧。

4

第三世界的理论名著《东方主义》的作者艾德华·赛义德曾经在巴勒斯坦的土地上，弯下病弱的身体，拾起一块石头，朝以色列方向投了出去。他用这块石头，表达了对这象征语言的理解。他表示自己也要加入被侵占与被侮辱一方的行列，也要使用这种语言。

各自使用自己“石块的语言”的并不是少数。

在侵略的步伐加剧以后，一批批救援者出现在巴勒斯坦的土地上，企图冲破卑鄙政客设置的“进程”，直接向被侵害的人们伸出救援之手。他们冲进一个个被蹂躏的地点，冲进伯利恒圣诞教堂，给蛮横的现场注入正义。

杂志上刊登着一张照片，是在被毁灭了的杰宁。一个刚刚抵达的欧洲妇女踩着瓦砾，背着背包，在一片惨景前，她终于失去了控制，不由锐声地尖叫起来。她只顾尖叫，说不出话来。

那尖声哭号的形象烙刻一样留在我的心里。她也没有语言。她的哭叫，用的是和投石少年一样的语言。

并不因为足够的诽谤和丑化，就能改变人的良心感受。九十老人的语言，嚎叫女人的语言，可能是最温和的、也是最深刻的语言。它们直击人心，敲响本质，它们和少年掷出的石块一样，都是绝望尽头的呼吁。

这个被下流的媒体和文人炒作的“千禧”新世纪，它居然使那么多人“被迫着发出最后的吼声”，并且使用了这样的语言！

2002 年 3 月 25 日，巴勒斯坦诗人马赫穆特·达尔维什在接待萨拉马戈一行的致词中说：

语言的名匠在血的雄辩面前不能修辞。所以，我们的语言和我们的权利一样单纯。我们在这块土地上出生，我们属于这块土地。我们除了母亲的语言，没有其他的母语。而每当我们理解了这母亲之地拥有太多的历史和太多的先知的时候，我们也就理解了这里是复数主义的共享空间而不是地狱；理解了谁也不能独占土地、神、和记忆。我们还知道了历史既不美丽也不优雅，但我们的任务，就是作为人，使历史更加人性化。因为我们自己就是这历史的、同时也是牺牲者的产物。

（《大侵入的前夜》，刊岩波书店《世界》2002年6月号 p.52）

我想他在用阿拉伯语娓娓道来的时候，这篇讲话一定非常动人。我感到它也许超出了诗人的水平，简直就是石头语言的原文。读着它，我仿佛看见一个巴勒斯坦的孩子，是达乌德或者达尔维什，他挺身站在黑烟滚滚的瓦砾上，迎着怪兽一般碾压而来的坦克。他迎着火光，全力投出了石块。野兽喷出火焰，他倒在燃烧的瓦砾里。从火中飞出了一只鸽子，衔着一块沾血的石块。

受难的石头的语言，淹没在疯狂的轰炸声和大规模杀伤性宣传媒体的聒噪中，微弱而无力。但毕竟这是神性的语言；它唤起的良知，它种下的希望，会在下一个时代从废墟中发芽生长。毕竟，从未成年的孩子到九十岁的老人，我们也同时目击了最高尚的形象。

这是一个投石时代。萨拉马戈也好，衫原幸子也好，E·赛义德也好，那些冲进伯利恒圣诞教堂为难民送去几瓶水的救援者也好，那个踏上被夷为瓦砾的杰宁忍不住失声嚎哭的女人也好——他们都和投石的少年一样，只是在使用最后的语言。

在冷漠的沉默中，我倾听着，心里充满恐怖的感觉。

我不愿聪明地避开更不愿表演公允，我不能加入看杀的一翼。我清晰地听见了那声音，我要把它们翻译成汉语。我想竭尽微力回答对我的呼叫。我想让自己的文章也变成石块，掷向这无义的世界，并拯救自己的良心。

这是一个投石的时代，思想、文学、言论都被霸权恐怖主义的火力压制得抬不起头，悄无声息。

我们也一样，我们的文学和诉说也应该缄默，让位给卑污的喧嚣和霸权话语的复制。

一切有意味的语言都被迫变形了，就像战斗只能投石。

今天是战士给人以启发的时代，因为他们的战斗并不为取胜；他们只为在火狱的烈焰中，用一己的生命，向人类发出最后的一声呼喊。

如果一场对决的目的并非为了取胜，如果一方的手段变形成了彻底的艺术；那么沉睡的良知就可能醒来。这样的启发惊心动魄，有了它，聋瞽的视听可能被疗救。真正的语言最终是不会泯灭的，它超出了种族和宗教，诉说着人对公正和大同的梦想。

会有一天，人们会为这投石的语言感动，他们会奋起谴责霸道，并悼念那些——留下了石头的遗言一去不返的死者。

等到毒火如洪水退去的时候，鸽子会再一次衔着橄榄枝飞来，像古老的圣经故事一样。烈火中涅槃的凤凰会在和平中再生，以摧人肺腑的声音，唤醒死去了的希望。

写于 2002 年 5—6 月

再改于 2009 年 1 月

脆弱的城市

1

中国人很难在思想上达到一致，所以人们总是看见枯燥的争论在不休地上演。唯有一个例外是环境问题；愈来愈多的人被卷了进来，购置山林的、义务植树的成了风潮、呼吁保护环境的大军，渐渐壮大遍及一切阶层。

除了对沙漠化自然的绿色行动主义，对文化环境的爱怜目光也在对焦。义愤填膺的声浪干涉着粗野短见的施工队，人人都成了文物保护者。强调讲究的文化，痛斥浅薄的建设，老外特别来劲；常听说哪位欧美国籍的夫人，在不辞辛苦地阻挡拆迁、保卫胡同。谁能说这不是一种社会进步呢？但任凭什么，也挡不住隆隆的工地轰鸣。一座城市又一座城市，历史的积累和宝贵的遗存，还是依次被拆光毁净。雷同的十字路高架桥，使本地人找不到家。乏情的银行楼大商厦，把粗犷北方和阴柔南方，统一成一个可憎的模式。在酷似七十年代简易楼的种种叫卖欧陆加州的楼群中、更绞尽脑汁添造了鸟巢和锅盔；洋专家利用新潮的官僚心理，给害羞不已的都市再披上皇帝新衣。

一个词，一个叫做“市”的词汇，被滥用得暧昧可笑：不仅有若“定州市涿州市”之类的汉字悖义，在古老的草原上，你能理解如“呼伦贝尔市海拉尔市满洲里市”这样的招牌么？并非夸张，文理不通的招牌，正挂在政府大楼的门口。而肆虐于市的瘾头似乎还远未过去，人们正静候哪天出现“中国市北京市八达岭市”的正式颁布。唐宋传奇中的天下军州、历史地图上的州府路道、哪怕革委会时代的县地省，一切历史沉积结晶的人类聚落描述——州、府、省、县、镇、集，无论大小轻重，不问功能内涵，都变成词义不明的“市”。头上是一刀切的高度，眼里是白晃晃的瓷砖，耳中再听着铲除古迹的消息，单调和疲惫的尽头，使人不再喜爱自己的家乡。

所幸这毕竟是一个允许议论的领域。如保护树林一样，谁都可以对破坏古城风貌者，狠狠骂上几句。甚至国家的标志剧院尚未落成，就读到咒它“王八蛋式建筑”的文字。最早的呼吁者，那些在这个领域尚带有浓烈政治意味时呼吁的人们，其实早已绝望地沉默。

2

也许，对我们这个感性迟钝的民族，唯有到了历史城市消亡的时刻，对城市史的观察才可能开始。非要到了仿古街道一条条被伪造出来、而且错觉随之发生，连我们也真要把它们当作古迹——新历史城市已经悖逆人意登堂入室，管你愿意与否——人才静心转过身，注意珍贵的历史城市。

人类文明的进程，在远古的岔路口上分开的时候，城市的类型，呈现了不同的思路。也就是说，我们拥有的城市，其实在最初就有一些先天的弱点。今天有心思比较地中海的一些名城了，才发现它们沿袭了不同的规划。

比如，格拉纳达是在一条山脊上，沿着地势走向和起伏，先营造了宫殿即王城。然后在要塞的墙外，随意地兴起了百姓的民居。广场即是市集，借邻家外壁做我家的前墙，顺着几户邻里的小径，勾连成城市蛛网般的通路。家居和土地的私有，限制了国家的霸道意志，一个街区与另一个街区之间是交通大路，它们沿着泉眼流水，给后代留下了改造的依据。都市营建中，借助自然的思路，使人类获得了说不清的好处。千年过去之后，整个那种布局，更显现出一种迷宫的魅力。难怪数百步之内的王城和居民区，阿兰布拉宫和阿尔巴辛窑洞区，两处都早早被定为人类文化遗产。

而在中国的脑子里，规划就是礼制。从《周礼·考工记》的时代，九经九纬的大平面，任凭改朝换代沧海桑田，未曾有一点更改。这是统治者逞示威严的平面，而不是居住舒适与合理的设计。这样的布局规划，必然把城市选择在平原上，而平原城市除了对水患与战争的无力，它放弃了建筑的落差，其实也就是丢失了城市的奥深。

礼制规划的缺陷，不能单从平原的安置来追究。僵化的不仅是切豆腐式的划分，理念中的其他因素，也使城市难得长命。不用说安阳的殷墟，不用说《清明上河图》的汴京，即便那万国来朝的伟大长安，它天下闻名的里坊，为什么后来荡然无存了呢？值得反省的例证不胜枚举。喀什噶尔也座落在平原上，它的魅力为什么那么诱人呢？顺便说一句：喀什市的愚蠢改造，也正以消灭魅力为纲领，以九经九纬为图纸夜以继日地进行着。

除了平面之外，建筑材料也是一处软肋。从殷墟到战国的高台（如赵之丛台楚之章华），古代的材料只有夯土。木头加夯土的速朽，是不言而喻的。后来添些硬材料，中国建筑走上了漫长的土木材料之路。这种建材作为城市的细胞材料，它的易损速蚀，造成了古代蕴藏的保存难度。它无法和比如地中海东岸的阿拉颇，那座石筑古城相比美。遍地的古建，其实都必须百年一落架，三十年一补修，看是碑文上写着远溯唐宋，其实眼前的寺庙殿堂，一色几乎都是清代重建。我们缺乏使用石头的传统。无边的平原上，昔日星点分布着烧砖窑，今天到处兴建着水泥厂。那么也就没有如阿拉颇，没有那种沿着地中海的、上溯纪元前后依然巍峨屹立的罗马遗迹。土木材料的廉价和限制，滋生着都市营建的投机和短见。抽时间遛一遛石材市场开人眼界：原来根本就没谁打算建一座石头的建筑，只有人把石头切成片，“干挂”在劣质材料的骨头上！

如此建筑，如此建筑堆积而成的城市，它的难存韵味，它的历史遗存，早已是危若系卵。

3

布罗代尔在《地中海史》里归纳了城市的一些要素，诸如城市诞生的地理原因，以及它与市场和交通的关系，城市的官僚、商业、工业、手工业、宗教、军事等诸多功能，指出了城市含有的粮食、政治、交通、人口等病灶，最后总结了城市的早期资本主义、即银行时代。他说："如果说城市生活是分阶段发展的，那么，它也是分阶段衰退的。城市的诞生、发展以及衰落与整体经济形势息息相关。城市在衰退过程中，陆续放弃它们的力量根源"。（商务，第一卷，P.468）

但在十六世纪导致资本主义城市兴起的交通因素，尚未如今天一样发展为城市之癌。交通是城市的脉管，它一旦痈肿伤炎，城市便高烧瘫痪。发展交通，这是一个神圣的名义。交通难题是一切阴谋和腐败的掩体。房地产的巨额利润，当然也在这种掩体背后暗暗计算。城市是脆弱的；仅仅一个交通的借口，就可以把每一个北京胡同的路口都变成立交怪物。城市里的人更是脆弱的；工程队和开发商的背后是"不可抗拒力"，人只能接受从自己的家离走迁徙的判决。隔离桩、铁栅栏，为了交通七十老翁在爬高高的过街桥，然而汽车仍然如蝗灾般疯狂涌来。拓宽，把每一条路都拓宽到八十米、一百米，碍事的九经九纬，可以在它的八十一个交叉点都建起恐怖的立交桥。不远的未来，可以畅想人行横道上通了摆渡般的过街公交车。区区胡同就盛不下你的乡愁么？为了交通、汽车、楼盘，为了长官意志和肥腴利润，可以把一切文明剜骨剔肉，拆个精光！

我想起摩洛哥的菲斯城。那座古城连同今日的生活，都是联合国的文化遗产。它也建在一个大致平坦的地面，材料也不是坚硬的花岗石，它居然用毛驴车的单行线对付交通问题。关键是在那里的城市建设中，对文化的珍惜是绝对的，如同禁忌一般，没有人敢动古城一根毫毛。而在缺乏社会监督和异议表达的规划中，毫无禁忌，唯有霸道。

曾见过郑州城关的旧景顷刻消失，又看到昆明木造的老街逐间拆毁。前年不见了伊犁汉人巴扎的风情，此刻又目击喀什的帖姆巴旦被围困——城市如同历史，脆弱且可以涂改。遗憾已经化成了悲哀，早已是墨虽浓惊无语。难道我们竞争传递古城拆毁的消息、难道我们比赛对滥拆运动的诅咒么？再听到谁絮叨北京的胡同，我感到心烦。

但良知无论早晚，总是应该支持的。愈来愈多的知识分子与普通民众的介入，使得失速的古城删改，毕竟拦上了群众舆论的绳子。冯骥才早就呼吁与收藏双管齐下，十数年沉溺其中，推行抢救的运动。李江树握着相机和散文两种武器，企图对文化的浩劫，做他个人的批判。

周末的江树骑着自行车，在尚未拆除或已经拆光的街上徘徊。我说，太晚了，算了吧。他不被我的悲观论传染，总觉得只要大家都行动，就可能救出灭顶的街巷，至少安慰忐忑的良心。他在残存的地点支上三脚架，和满腹怨愤的老人娓娓交谈。在流水的日子中，他补充了学识，也洗炼了语言。包括建筑的语言；他对建筑与其环境的种种分析，是因为不敢奢想而被自行放弃的、人对建筑及城市有权提出的要求。抚摸着文学和摄影两件心爱的东西，他对自己的力量所及和正义形式，摸索得日渐清晰了。不仅如此，这并非只是书市新添的一本文化环保小册子，从谭嗣同到鲁迅，他在这部记录里实行着文化批评，他的从来慎于表达的义愤，提示着一种普通善良人的观点。——作为他多年的好友，我怎能不被这样的行为感染呢？所以反省自己的虚无，也捉摸再做些什么。

随着推土机的凯歌声，新的一年隆隆而至。愿我们的心情，能在这苦恼人的声浪中变得强韧。

仅以此文为序。

写于 2005 年元月

三下南阳

头一次到南阳是在学生时代。

我们在盘龙城发掘完毕先去江陵参观，时值焦枝线初通，火车从江陵城所在的湖北沿着古道，一直驰向天下居中的洛阳。一路参观古迹，我的心里充满新鲜。纪南城，章华台，考古得来的零星知识，都是抒发学生心思的引子。

第一次到南阳，满怀欣喜地看了武侯祠。那时年轻，兴致勃勃地听了关于诸葛亮的家、汉代南阳郡不在今天的南阳而在襄阳，以及岳飞北上朱仙镇路过南阳的典故。不管那些，因为我来到的是南阳。在院子里徘徊着，我被岳飞的碑刻吸引了。石碑拓得黑滑，满碑的字迹，忽工忽草，清秀潇洒至极。那碑上真情毕露，给人深深的印象。

后来在历史博物馆，有一次征集来岳飞的“还我河山”，大家围着观看。一位老专家站在案子正中，盯着那纸字迹说：“这不是岳飞的字，书法格式都不是宋代的！”

我在一旁傻傻地问：那是谁写的？

老专家道：“这是明代末年冒出来的。是为了号召抗清，假冒岳飞的一批字！不知什么人，字写得挺好。他借岳飞，呼吁抵抗……”

这事一直被我记着，它成了一个很深的回忆。

待到第二回到来，中间隔了二十多年。

二下南阳是从荆紫关出发的。那一次我打算完成一个夙愿——走一次从西安通过蓝田商州的丹江路。已是车轻而路滑的时代，抵达和登临都太容易，好像发达的交通，使得一条条古路都变得索然无味了。一路风驰电掣之间，商洛镇，武关河，只是见了些老城的古塔，山阴的木耳，就两步跨到了初秋的荆子关。大山腹地的秋叶未落，黄褐斑驳的视野里，苍凉大山沿着一道黑亮的河水展开。由秦入楚的传说小径，被考古队员憧憬的丹江道，已经双向高速，就像三省界石的荆子关，变成了喧嚣的荆紫关。

出了丹江口，公路笔直对着的，是南阳。

但这一次，我们赶到武侯祠门口，只买了一本字帖，便催车离开。南阳就这样与我交臂而过。

我对南阳的记忆，莫非只是这本字帖么？南阳呼啸而过，我手里握着岳飞的《前后出师表》，把它带回了北京。二十年的印象居然那么牢固，我一直记着那满碑墨迹，虽然也记着老专家的考据。管它是不是岳飞的字呢？既然它让我喜欢了这么多年。

确实，这一幅作品，集合了诸葛亮的文、岳飞的名、和这一笔字——三者不能缺一。它怎么有这么大的魅力呢，是刚硬？还是飘逸？我不能概括。我只觉得字里行间充溢着美感。它不像字，倒像是诗，说不清的满碑心事，不褪色的抱负慷慨，都淋漓地浸透纸上。

我没有练字的习惯，也不懂得书法。但还没出丹江口就盘算着，一旦抵达就去武侯祠买了它。好像家里没有这本字帖，我的心里就一直没踏实。

我多次和写毛笔字的人说起这个碑。

开始对方感到生疏，使我大惑不解。后来一个老书家翻着我这本帖，沉吟说：这字写得不好。我心中吃惊，但没有说什么。大约凡写字不牵扯感情的人，就看不上“岳飞”的激烈吧。

正是第三回去南阳的路上，和一个河南好友扯闲篇。不意间发现他也喜欢这幅字。我的兴致来了。书画印，他样样能行，尤其装裱，更是职业里手——我们着迷地谈论那帖，可是不愿买票进大庙般的武侯祠。

我们是兄弟相约，专来南阳一线散步。白马堰，湖阳镇，还有可爱的仝湾小村。村北一座孤山突兀，形同簸箕，河南到处是这样的古老地貌，使人不断联想夏禹营城的箕山。

他比我懂得多得多。这一次我明白了：所谓岳飞的出师表，如今在书法爱好者群中已经相当流行。我稍感有些扫兴。往往一旦热闹兴起，就到了缄口的时候。

我问他托名岳飞一案的结论。他是河南人，不能接受我早先听来的考据。他坚决地说：

“没有岳飞的气质处境，你说，谁写得出这字？”

我沉吟，他的思路其实与我很接近。他提出的，是以墨迹为本的分析。我也只看重书法背后的气质和情感。但是，若是出了宁愿舍弃光荣的人，若是危机大势需要人抹杀姓名——胸中意气，落笔生情，隐没自己，假托英雄，让一纸墨书化做坚兵利器，挽救民族于水火之中，谁又能说这样的人欠缺岳飞的气质呢？倒偏偏是那种销名弃利的人，让人揣度不已，长相怀念！

登上山坡的斜面，我们看了小学。

一个七十四岁的老师，不仅代三个班的课还给全校做午饭。大概只能蒸些馍？不，有时做包子，都爱吃！老人回答。他有一股清贫执著的气度，使人感到古风尚存。校园地势宽展，远接着那座簸箕山。我建议他，要不来经费就要地，趁早为学校多划些地盘。钻进石块垒的教室，我串了三个班级，草草看过几份学生作文。那作文有种农村孩子的淳朴，虽然还很稚嫩。

待到坐着摩托车的后座驶出仝湾村外，冷春的白马堰，水面上正闪着一片粼光。这里村落稀疏，有南阳罕见的苍茫视野。一丝心思游走着，河南对我来说，渐渐地临近些了。我一会儿盘算再来这小村闲住，一会儿又想着回去，寻专家问那碑帖的事。

朋友突然问道：你怎么样，回了家准备练它一阵？

不，我忙回答，我又不是书法家。

2005 年 4 月

秋华与冬雪

每逢感到特别的心沉意静，便知道了最好的读书时间。

在这样的感觉里，这一回该遇上怎样的一本呢？在网上徘徊着，不觉吸引我步步陷入的，是革命的先驱者瞿秋白。我很快读了进去，虽然未做钻研和深入。仿佛我心里有一种模糊的前冲的姿势——拖得太久了，对我来说，已是该重读革命的时候。

1

秋白，秋之白华，在萧杀与丰饶的秋天的、不在和象征的白花。

他的意象，给人一种清冽的感受。

大概谁都觉得，读他的文字，需要读者的某种成熟。但是成熟，却是个很暧昧的标准。应该说，他的文字，期待着一类成熟而并不世故的读者；他的行为，也等着一种敏感而绝非懦夫的同志。

因为瞿秋白的文章做人，于散淡慵倦之间，藏着一根遮蔽的骨头。这一条骨头未同小可，它是中国文人常常不得遗传的“大义”。

饶有兴致地读着网上的议论，满版对《多余的话》的激赏，一面不禁引我共鸣，一面也使我觉得网上作家们多少忽略了上述骨头。

《多余的话》，它是对中国道德、对党与个人的一面魔法之镜。我一直想，或许它更多地并非映现了瞿秋白，而是映出了一代代不同环境思潮里的、中国人的心理。它真实得令人震惊，它又矢口否认真实。他如他的好友鲁迅所说在血淋淋地解剖自己，他又不节制地放纵言辞而掩饰自己的本音。由于历史对阅读的钳制，由于那倾吐一快的剖露自白的魅力，很多读者在感动之中陷入了误读：人们迷醉一介书生的色彩，而忽视了——瞿秋白的共产主义者的本质。

是的，他是一个纯洁的共产主义者。虽然他为自己是一个共产党成员、而且阴差阳错地是这个党的第一负责人而苦恼；虽然这巨大的苦恼，使得他发泄般地写下了那么多的多余的话！

为他的华章打动的人愤慨批评：自有政党以来，无一个党首或者党员，能如瞿秋白那样解剖自己！确是这样。但若这种批评于不假思索之间，以文人否定了战士、以文辞之技贬低了社会斗争的话，这批评就没有脱离小人之心的低级趣味，它跳跃而不高，难度君子之腹。

也许应该特别注意的是：他每逢遇事，便显示出不惜身的气质。

当穷党被屠戮之际，他不犹豫地支持李立三起义南昌的决断。不仅一件，是瞿秋白而不是别人主持了发动秋收暴动的“八七”会议。

他虽有优柔的爱文倾向，但决非缺乏做人的烈性。他欣赏克鲁泡特金的话：一次暴动胜过百万书报。他为鲁迅杂感写的长序，尖锐淋漓不让鲁迅。既有俯瞰着时代的视野，自无暧昧或强辞的小气。我猜它将会成为最好的鲁迅辩护词。还有那首诗谶般的小品，它真宛似为今天而作："不向刀丛向舞楼，摩登风气遍神州。旧书摊畔新名士，正为西门说自由。"

新名士们百思不得其解：为什么？不是要解放么？不是人性第一么？老外不就是这一套么？他们和前述为秋白华章打动的人不同。他们乃是秋白及鲁迅毕生与之抗争的一类。只是资质不逮，他们总是不能醒悟：大手笔的文章，常做在天下兴亡的题目上。他们不懂——"我是江南第一燕，为衔春色上云梢"并非如他们的造句，不懂那远非只是词藻的堆砌。他们死也不信：优雅的趣，温柔的韵，并非自私与下流。他们对《多余的话》的鼓掌是可笑的；因为"多余的话"写的是革命，它痛苦地掩饰着失败志士的心情。正是这些话，透露了瞿秋白的——不惜身的心理倾向。

这是他埋藏最深的心理。

也许，这也是革命的埋藏最深的遗产。

读着《多余的话》，心中的感受奇特难言。这篇作品湮没了三十年，出名却是在文化革命当中。寻找叛徒证据的学生，当然读不出文章的表里曲折。

他的声音摧毁般震撼着我。从未有过这样的、撕碎般的快感。如此的剖心吐哺，指示着另外一个方向。对于中国人来说，阅读和理解所间隔的半个世纪——未必已经太长。不仅要等一代读者、一个民族长大并成熟，不仅要他们具备了待人的同情甚至有了人之将死的善意——不，不仅这些，必须等历史的巨轮把人再一次推到瞿秋白的处境，在理想、现状、革命、自我之间选择和痛苦的时候，阅解和理解才能成立。

他对于政治的本能厌恶、甚至可说是过敏的心理倾向，给人以深刻的印象。这种规避政治的取道，以及潜伏其中的心理，如今只能在一些巨星歌手完全私人的行为中、才能偶见皮毛了。以一篇绝命词，他把一种知识分子类型的、共产主义信徒的心理，剥析得淋漓滴血丝丝入微。我读得心情紧张。也许人会说，这是一篇人的宣言；但我想它揭示的，只是少数人的特例。他只道出了：一些真的主义的虔信者，在悖驳与血污之间的纠缠心事。这篇苦痛的剖吐，是失望更是希冀，它控诉着中国粗糙的思想，针对着血腥的政治和空洞的文化，孤独地喊出了自己的否定。

他说，他根本没有读过《资本论》，但是——

> 我对于社会主义或共产主义的终极理想，却比较有兴趣。……记得当时懂得了马克思主义的共产社会同样是无阶级、无政府、无国家的最自由的社会，我心上就很安慰。

这里，似乎是一笔《多余的话》里的多余的话。他对“共产主义的终极理想”的兴趣，他因“无阶级、无政府、无国家”的理想社会的想象而感到安慰——给人以无限的遐想。

在没有异化的先贤心里，革命是一个清晰的方向。这方向是一种信仰——世人嘲笑的正是它。而偏偏唯此一点，使他的追随者喜出望外。

时代无情，总是牺牲它最优秀的儿子。风吹过，掀乱了书页的纸。在掩卷之后，复杂的心里，升起着对革命的怀念。

秋之白华，如一帧画。我为这样的美感吸引，久久不能释怀。

由于那么多的背弃，由于那么多的揭露和丑化，渐渐很少有人再把共产主义与美相提并论。开口诉说革命，简直就是为历史的罪责出头自首；诉说革命，已经需要重压之下的勇气。但即便如此，即便批判和揭露建立了雄辩的强权，我仍不能——那清高的美，纠缠得我不能摆脱。

甚至，我总是清晰地从中捕捉到了古代中国的烈士之风。那种布衣之士的、那种弱冠轻死的痕迹，从少年时代就留在心里，不肯磨灭。百年以来，除此我们还有什么遗产！愈是在他们合唱最热之际，我愈是沉湎于共产主义理想的美感。

它就是秋之白华。说不尽它的意境，就如古代的抽象。

2

花草凋零之后，白雪遮蔽四野。若想为瞿秋白寻找一个媲美的伙伴，若想让这样的遐思接续下去，不知为什么，我总是顽固地想到杨靖宇。

杨靖宇将军的事迹，吸引了我不知多久。

也许是因为戴着红领巾的少年时代唱过的一支歌？因为那时就想象过的深雪皑皑的白山密营？或者因为我也如同追兵，随着雪地上的脚印，想象着一个叫做三道崴子的小树林，想象着他最后的竭力奔跑？

他并不应答，双枪回击。垂死的他，又使关东军的讨伐队一死四伤。左腕中弹右手持枪，直至绝命的时刻。

也许我只是感叹他的年轻，为着他一死殉国时，仅仅三十五岁？

从上小学时我们就读过，当关东军解剖他的遗体时，只见腹中满是树皮棉絮。——而关于他的头颅是后来才读到的：关东军把杨靖宇的头切下来，送到满州国的“新京”，今天的长春。这颗遗首，在解放后被找到，据说浸泡在药液里的脸上，冻黑的伤疤新鲜如初。

方军著《我认识的鬼子兵》写到了一个名叫金井的日本人。这个人是见过杨靖宇头颅的日本老兵。他说：“我一直崇敬杨将军。他是真正的武士。他死了还站立着，他是一种精神。作为原日本关东军二等兵，我愿把最后的军礼敬给这位坚强的中国军人。”说完老人立正站起，给杨靖宇将军敬了一个军礼。

我总在遐想中，凝视着杨靖宇将军的脸庞。那是一张英武的、斩刻般的脸庞。他张脸上刻着一种正义军神的尊严。于是，就连强敌也不能矜持，日文网络上的资料这样写道：

就连关东军也对他表示敬意。他们让僧侣为他颂经，选向阳的地方立了标志，后来更给他立了很好的墓碑。

骄横的关东军对他的折服，深深触动了我。关东军在凛然的军人精神之下，为杨靖宇举行了祭奠。那是一件小事，是双方都没有宣扬、甚至都没有在意的一幕，但我想，抗日战争中，或许中国军民取得的最大胜利，就是那一幕。

一段时间里，传说他是回族出身。他原名马尚德，河南确山县人。

这个传说，诱人想象那罕见的骨气血性。我把这件心事委托给一个河南朋友，请他考察一个究竟。朋友去了确山，很快打来电话，说没有此事，他父母都是圆坟，在确山他家并无什么特殊。当地的杨靖宇纪念馆完全没有怀疑他的族属，虽然从外县移居确山之前，这一支马姓的根子不易究明。所以，尽管马尚德这名字还有考证的余地，但不能渲染杨靖宇的回族传说。

——这样更好，可以避免任何一丝的偏狭，也可以更深地理解中国。

是烈士，就一定会处处都放散异样的魅力。他的史诗终章般的最后一战、他的失而复合的头颅（纪念馆的解说中使用了一个出色的汉语词——遗首）、他的豪气迸射英武逼人的面容，每一项都呼唤我去凭吊。

我早晚要去一次吉林通化。我在揣摩着自己，也在观察着天气。我等着自己心理准备的就绪，也等着一场淹没东北的大雪。因为那颗遗首在1940年隆冬被关东军割下，浸泡在药液里存放在满洲国的新京。它被解放的东北人抱回时，脸上的冻伤历历可见。直到通化烈士陵园建成，遗首才与躯体合葬。

——我总觉得自己需要面对着那颗遗首，静静停立一会儿，思索一番关于自己的事。前年东北大雪，我却迟疑未动。我在等待什么，是身心尚未抵达——那最后一战的阵地么？

我想去通化瞻仰，必须同时读一本中国汉奸史。日寇侵华期间的汉奸，有人说超过千万，有人考证说一共几百万。我猜那一定是只数了伪军、穿黑狗皮枪口对内的武装，而决不会数上——如今天的畅销作家周作人、和今天的经典作家张爱玲的情夫胡兰成！

古怪的文化，不仅否决了革命，更腐蚀了中国的精神。我们的遗产究竟是什么？一支舰队被俘虏去的威海卫，一场开始了大分裂的新民国？而杨靖宇诞生了，他平衡了萎琐的历史，中止了日本的歧视。

心底的火苗在燎烤着，我需要到通化去。我也要去福建长汀，去那里读瞿秋白《多余的话》。我并不是共产党员，但我更是革命和共产主义理想的儿子。凛凛冬雪，秋之白华，我吮吸着它们的美感。我要汲取世间的全数营养，走向我的三道崴子树林，为着自尊的一役，为着对手的折服。

我们生在奴隶的物欲和理论的轰炸中。如同杨靖宇一样，直面着强敌的轻蔑傲慢。也许也有些像瞿秋白：一步踏出，便会招致一生的诋毁。但冥冥之中他们的美如秋华冬雪，逼视和震慑着我们，使我们仍然向他们靠拢。是的，我们不背离，即便是和平的攻战，即便是孤立的死守，胜利仍然是可能的。

写于 2006 年 5— 6 月

辨误与解答的时代

这本刘殿凯教长在五十年代的遗著，由两部分组成：前半是《辨误论》，后半是《回民常识问答》。结构随意，语言平直，主要为反驳当时几本苏联小册子对伊斯兰教的误读。不留意，人们会以为它也是充斥经书铺子的一般宣传品。但反复阅读之后，一种暗暗的惊奇，会在心中浮起。

当年被刘殿凯阿訇驳斥的、那些诋毁和误解伊斯兰教的小册子，今天已很难找到。只知其中的《人类起源的科学解释与宗教传统》出版于1950年（上海作家书屋，M.C. 普列雪斯基著，译者黄澄中，发行人姚蓬子，共67页，定价3.3元）。我想，小册子上有几句对异类外教的信口雌黄，其实是完全可以想象的——因为那远远不是一个理解他人、以及理解他人的立场、心情、和文明的年代。

但刘殿凯先生没有如大众一般沉默。他愤而诉诸笔端，检索有限的资料，以一己之力驳诬辩白。在二十一世纪已然堂皇开幕的今日，诱导舆论歧视底层民众的心情与第三世界文明的行为，正在变本加厉地横行——而我们却日复一日地学会了缄默。所以，刘殿凯的旧著依然经受着审视：一是他的行为在当代是否具备警喻的意义；二是他的观点，能否经受住人类进步思想的检验。

使我感到惊奇的原因，是他不仅只是一个误解和诬蔑的反驳者。在不同的话语系统中，驳难和辩白都忌讳“自言自语”，即以自己的思路向对方解释。雄辩的说理，乃是站在人人都承认的、人类共同原则的起点上。那才能使人心服口服，那样才能一语千钧，那才是正确的阐释之道。刘殿凯之参悟、征引和阐述，正有这样的特点。他选择一针见血的解释（刘著征引多出自马坚、陈克礼），对伊斯兰诸大原则进行浅显易懂的宣讲。在行文中，他流露着这样的倾向：谈及教义时他强调教义的平等思想、讲述历史时他注重穆圣的和平精神。他集录的薄薄一册，勾勒了一个伊斯兰的轮廓。比如——提升对人的尊重，禁止横暴与独裁，以天课扭转社会不公与畸形，承认并尊重其他宗教的先知，以法律保障妇女权益，以朝觐表达人类平等的理想。——到今天我们品出了味道：如此一书已经不止于自卫和反驳，它靠近了言简意赅的本质阐释。

如今“宣传”（dawa）一词，已是一个响亮的口号。但同是宣传，却有正与误不同的诱导，有潜在的倾向与高低。并非刘殿凯书已是极品，只是其字里行间的导向，不会误人子弟。他只是一位河北阿訇而并非一代天才。在那个时代，一个清真寺教长不仅缺乏话语自由，也缺乏参考资料。但他凭着有限的阅读，摸索到了关键的脉络。在一介阿訇之随笔中，他解答教义浅白易懂，探讨哲学、转述历史和剖析科学言出有据。如他强调的十字军在亚历山大等地的罪恶焚书、西班牙黑暗的宗教裁判所——今天世界正痛感这些事例对阐释伊斯兰的重要。因为这些罪行，正是口口声声诬蔑伊斯兰压迫信仰和科学的“西方”之所为。推想当年，刘殿凯孤灯独胆，从零星资料中参悟，在聋瞽混沌中疾呼：“回教没有干过迫害科学的事！”

是的，科学进步与社会公正。未来的世界，将无休止地继续这些题目的讨论。刘殿凯引用的如下语句，给我们以思考的方向：“回教没有庶民之分，只有善恶之分。”“克服麦加那天，穆圣说；别害怕！我不是国王，我只是古莱氏那个吃干肉的妇女的儿子。”“朝觐大会上，无肤色之分，无种族之别，互相了解，平等一律，天下一家，世界大同，这超国家民族的国际主义的伟大教训，便是人类孜孜而追求的最高理想！”

对天课的分析，是本书最为精彩的部分。这些话简白至极，但它道出了伊斯兰的原则：“有些人肥吃大喝，有些人啼饥号寒，由于贫富的悬殊，便产生了一切社会问题。伊斯兰制定天课的目的，便是为扭转这种畸形现象，限制资本主义的无限膨胀。”似乎听见了下流的嘲笑。但书中早已这样愤怒地反问：“你替资本主义辩护吗？”

在今天，这一句断喝仍然如同雷霆，它怒斥着丧失了基本道德、一味替剥削和不义吹捧的腔调，也吸引着那些追求更公正与平等的未来的人们，使他们企图靠近和更多地了解伊斯兰。

——并非所有的人，都能对伊斯兰原则，做到点睛般的参悟和阐释。

刘殿凯，号建勋，沧州黄骅人，1959 年因编著此书致使他蒙冤入狱的“伊玛尼党”大案，曾经胡耀邦同志主持平反（见戴煌著《胡耀邦与平反冤假错案》第十一章，中国文联出版公司，1998 年）。只缘他曾挂帐大厂北坞，启蒙了一位未学经的弟子张景尘。张乡老对刘阿訇的教导之恩念念不忘，其忠诚远非阿訇的受业满拉所能比及。他决意在无常之前再印殿凯恩师的遗著，嘱我务以文字助他臂力。再读之间，我意识到刘阿訇著述的深意，更感慨于张叔叔心迹的真诚——如此的相知与结交，即便在穆民世界又有多少？于是不敢再辞，谨慎领命。

也许，对世界上十数亿穆斯林来说，日日的风刀霜剑，就是电视机起劲送来的坏消息。一切偏见、误导、歧视、谎言、都在电视等媒体上千百倍地扩大，助纣为虐，加入着新帝国主义对人心的践踏。比如在阿拉法特的葬礼那天，操纵媒体的人们一副美国腔调，毫不在乎他们对悲怆的巴勒斯坦人的错误解释。因为粗野的巴勒斯坦人在鸣枪，在哭喊，在拥挤，在违反他们心中的秩序。他们用帝国主义者的腔调，指责被他们电视直播的无助的人。他们忘了正在目击一场世界史的世纪葬礼，更不知道正面对着波澜壮阔的、穆斯林的心情。

当年小册子的信口雌黄，不仅流行市井而且经电波扩散到了空气之中，一如癌细胞的扩散。

那么，我们面临的，就依然是辨误与解答的时代。

这是一个漫长的时代。但是比起已逝的刘殿凯阿訇，还有启发了他的马坚先生和陈克礼烈士，我们不能抱怨条件的艰难。一次人类历史上最壮观的愚公移山；一次挖掉歧视的堆积、开通和平的大道的愚公移山，早已在先驱者的一镐一锹之下开始。

我们也要奋力而起，快快跟上，参加这场进步人类的伟大事业。子子孙孙，无穷匮也。无疑，人的一代代努力（jihad），终将会搬倒大山，让憧憬的公正与和平，一点点更加临近。

2005 年白拉提月

序跋抄

上一本集子（《谁是胜者》）已经这么做过，我不太愿意把序跋之类的小文单独列为文章，也不在意它们是否单独发表。它们多是书的解释说明，不一定像完整的文章。于是就采用了这个办法，把自己书上扉页的一些序跋题记，趁结集时剪贴一处。这么做也许还有提醒自己别重复类似文字的想法。此书即是如此，共辑入四本书的序跋附记。

是为说明。

2007 年 2 月

1. 涂抹于《音乐履历》卷后

（上海三联书店，2003 年出版）

文学写作，就是一个思想的探索过程。这种探索像一种不绷脸的学术研究，像从少年时代积累至今的、一首首学会的歌。所以，我把这本充斥着专业内容的篇什，看作自己的音乐履历。

记得大约是在 1970 年冬天，我穿着热烘烘沉甸甸的大羊皮得勒（袍子），费劲地迈着大毡靴，在东乌旗参加一个民办教育现场会。一个穿细溜小黑棉袄的公办教师对我的满身羊膻压抑不住反感，悻悻地说：

“Ahu，Qi boz tai ba？”（老兄，你有虱子吧？）

今天我又哼着种种莫名的小曲，大毡靴粘满黄泥污雪，踏进了装修过的文人和学子的殿堂。我猜，今天我依然使那些小棉袄看着别扭。

人常顾不得许多。对于我来说，要紧的是表达——对毛泽东和鲁迅、对蒙古草原和哈萨克天山、对黄土高原和信仰方式、对巴勒斯坦和伊拉克的大是大非的感情和立场。

这样的理解粗糙而且恣意，但我想，它们也是追求真知的一些印迹。出于这样的思路，我把这一本印满了自己在思想大陆上的踉跄脚步的小书，称为自己的音乐履历。

编完这本书，突然想起了那年在东乌旗的小棉袄老师。确实，它比起我今天遭遇的形形色色的凶恶的和狡猾的知识分子，要朴实和亲切得多了。我想念他，好像若能再见一面，我和他就都能得到重要的什么。是的，其间毕竟三十年都过去了，今天我和他若遇见了，会抱做一团又捶又笑，会对当年经历的一切，惊叹我们的共识。

思想和文章都一样，需要在时光逝去之后，需要在下一个时代里，重新获得。

我想，此刻在我们周边发生的一切混沌是非，再过三十年或者六十年，也会变得清晰起来。

2003 年 5 月，记于“非典”时期的北京

2.《文明的入门》序言附注

（北京十月文艺出版社，2001 年出版）

《文明的入门》第一次的序没有能够使用。由于某出版社的变故，此书的《寺中的学术》、《拒绝现世的学术》等研究文章遭遇思想表达的困难。尽管为大局而规避撤下了扎眼的篇什、并改用《音乐履历》书题，无奈最终木马仍不得暗渡陈仓。我明白了；对我来说，思想和表达的严峻形势，也许还正方兴未艾。

我不太在意。如我这样一直被社会宠惯、被出版社求稿的作家，磨炼迟早是必然要来的。至于出版一本学术类文集（虽然只是一本坏学生的作业而已），用以批判病重的学术的念愿，我想可以留待后日。因为我坚信，对思想来说，禁锢最终是不可能的。问题永远只在自己的水平。借逆境的恩惠，锤炼自己的水平，于我是更大的要务。

果然东方不亮西方亮，我盼望结集的学术散文书，在北京十月文艺社出版印行了。

3．《风土与山河》新编后小记

对广大的劳动者而言，出版是一件奢侈的事。而当今，对于职业的笔耕者来说，谋求愉快的出版也是一件奢侈的事。在绵延的遗憾、失望、愤怒、妥协的长流中，能在当年印出自己稚嫩初作的出版社、由当年的编辑代烦代劳、再版一本如同自己脚印的作品集，是一件难求的美事。

这本书就是这样，由我在作家出版社印行过的两本散文集编选而成。一本是《绿风土》，我的八十年代的第一本散文随笔；另一本是新近的《一册山河》，印于 2001 年。童言无忌的、生在福中却说愁的过去，和举步踯躅的、时有墨虽浓惊无语之感的此时——在集中互成掩映，读着令作者不禁感慨。

两本书的责任编辑都是任劳任怨的潘静，她和丈夫王志民都是我在乌珠穆沁草原插队的前辈。当年他们在天安门广场严冬誓师、奔赴内蒙古茫茫雪原的消息，强烈地打动了那时的我，催我追随而上，在次年也当了一名新牧民。所以说，这本书的纠葛，也许能一直上溯到那个艰辛丰满的时代。

所以这一册之中，隐现着自己的履历。我盼它们没有写得愈来愈差，也想表达自己渴望写得更好的决意。为了这份难得的体验，我仿照《绿风土·编后小记》的旧例，为关心和错爱我的读者，特作新记附于卷末，并等待着读者严厉的指正。

2004 年岁末

十遍重写金牧场

在我可悲的小说习作中，《金牧场》一书又是个尤为可悲的例子。这本书写于浮躁的 1987 年。设计了两个时间，四条线索，企图对逝去的六十年代做出自己的总结。但是写作中感觉到一丝说不出的滋味。它扰乱着心，引诱自己对每一笔都抬杠质疑。我写小说总是这样，自我抬杠的最终，小说的后半渐渐矛盾，混乱的末了，往往是强行捆住的一束尾巴。

当然写作时没有意识到这一切。不是描写出的激情而是自己对激情的向往，鼓舞着笔一股劲跑到了尽头。唯有一丝难以捕捉的不安，它隐现缥缈，时而横在视野，霎那携来一阵烦躁。书成之后，无法满足。于是我自语般地写道：

没准，我会重写一遍《金牧场》。那是一本被我写坏了的作品。写它时我的能力不够，环境躁乱，对世界看得太浅，一想起这本书我就又羞又怒。重写一遍吗，我正在想。（《〈荒芜英雄路〉作者自白》，1992 年）

两年以后，这个念头已经成了一个决意。我拿出这本唯一的长篇小说，开始动刀做手术。无奈唯有一张白纸才好画图，对写成的书东挖西补，不是一个可行的办法。已经忘了怎样就干脆删了起来——大砍大删的快感，至今还点滴清晰。也就是说，我最终绷不住劲儿，再不是若有所思的修改，而是破坏式的撕纸抡斧头。到了最后我才看见自己的删砍原则——凡日本文化的描写，删；凡理想主义的设计，删；凡虚构的小说人物，删；凡古文献、空议论、生命云云、删！

留下的是什么呢？

蒙古草原的一条长线，以及记忆中的红卫兵长征。此外，若说还剩下了什么，那就是几首我翻译的岡林信康的歌词。

原来是四轨并行的摩登结构，让我狠砍一番以后，四轨剩下大约两条；原来的四重奏四弦琴被拆散之后残余的，被我排队编组，成了五章 86 小节。这就是删节本的《金牧场》、即《金草地》的缘起。

在给这本差强人意地编成的《金草地》写跋语的时候，我交代谜底，展示最初的母本里四轨并行的符号意思，也藉书写求清理，总结了自己脑海中纠缠永久的东西：

《金牧场》一书的结构是，用 70 年代初的口吻，描写一次知识青年和牧民的大迁徙，同时描写知识青年的种种。在这个部分里插入对红卫兵时代长征的回忆和思考。全书的这一半，用表示蒙古草原的M为标号。另一半是用80年代的在国外求学的青年的口吻，描写一个解读古文献的研究过程以及异国感受；同时插入对西方国家60年代学生运动、前卫艺术的思考和对中国边疆的心情。书的这一半用表示日本的J为标号。书的两半两条线，始终并行对照。

这样，两条线和其中的回忆独白，概括了从60年代到80年代的种种最重大的事件及其思考。内容涉及知识青年的插队、红卫兵运动的内省、青年走进社会底层的长征与历史上由工农红军实现的长征、信仰和边疆山河给人的教育、世界的不义和正义、国家和革命、艺术与变形、理想主义与青春精神……企图包含的太多了。(《〈金草地〉后记：思想重复的意义》，1994年)

自其时起，“牧场”已经宣告不在，代之以一小块“草地”。用我的话来说是：“放弃三十万字造作的辽阔牧场，为自己保留一小片心灵的草地。”我以为这笔宿债就此了结，以后可以再也不想它的事了。

谁知道，被宣告了不存在的，硬是不退出历史舞台！

时隔十年，出版社们并不在意我曾经发表过关于“牧场”退役的庄严宣告。为了赢利——这唯一的终极关怀；他们的扫描仪探照灯般的视野，也时不时掠过我这一隅死角。

鬼知怎么，若干的选题企划，都青睐了撕碎了的那一本；我虽强力推荐，谁也不对薄本金草地感兴趣。也就是说，我家能代父从军如花木兰的，并非打工的老二草地、而是退休的老大牧场。

而我自从八九退职，种得沧海十七年，笔墨便是打渔船。一般来说——就像太平岁月里阮家兄弟卖鱼度日——作为卖书谋生的职业作家，不能拒绝出版社送来的柴米油钱。除非那不是出版企划而是诈骗戏胡日鬼。

在如此笔耕生涯中，我悄然地明白了：老二这条鱼没有人爱，还是把肢解了的老大推出去、送上战胜生活的火线。就这样，《金牧场》在宣布死亡之后复活，旧貌换新颜，至今（2007年2月）已分别又在时代文艺出版社、春风文艺出版社、作家出版社、燕山出版社、人民文学出版社新生了五次。

不知究竟是该哭笑不得，还是该感谢生活。至少对我1994年煞有介事地“重写一个金牧场”的行动，眼前的现实是不以为然的。现实如一个财大气粗的老板，他呵呵大笑，指着书皮上的“金”字对我说：“这一个字已经道尽了真理，你还重写什么！老金呀老金！草地牧场，能长金草银草的才是好草场；红书黄书，能卖十倍百倍的就是好图书！”

我不再犹豫，牵出老大牧场正式备战，同时命令老二草地继续巡逻。我仿佛初次相识一般，仔细地把老大金牧场打量了一番。

没想到，我看出了破绽！导致我重写、使得我不安、弄得我别扭的《金牧场》一书的内伤，不在别处，就在四铁轨里的J组关于日本的故事，也就是讨厌的学者死扣那本古文献《黄金牧地》的情节里！

我的脑海如雪亮的闪电照过。

现在我正式告诉我的读者，也告诉以后可能购买新版《金牧场》的人们。尽管我无瑕一本本修改重印，但你们手中拿着的、你们一目十行读着的日本部分（J）的正文，都应该按照如下故事梗概，改为大致这么一个新文本：

——那个主人公青年学者在日本研究进修的时候，因为结识日本女性真弓，而渐渐认识了一批新朋友。那些人是一群当年的左翼反战学生，对理想主义的初衷不言放弃，他们已经走过了很长的路，营救过被智利军政府迫害追捕的智利学生、参加过阿富汗反对苏军侵略的游击队、给围困在伯利恒圣诞教堂的巴勒斯坦战士送过饮用水和食物、为卢旺达屠杀中逃亡的黑人提供避难的地点。主人公加入了他们的组织，它名称的日文缩写叫做“Inoken”，生命的权利。

就在当时，爆发了美国大规模入侵玻利维亚（也可以改为叙利亚或者朝鲜）的危机，拉巴斯保卫战吸引了全世界。同伴们决心不再做文绉绉的社会活动家，而下决心拿起武器，投身到反对新帝国主义侵略的游击战之中去。他们解散了Inoken，筹集武器物质，相约在安第斯山脉中的一个小城布诺集合会齐，越境进入玻利维亚，直接加入抗美战争的火线。主人公回国与家人告别，做出征前的准备，但在海关，因护照相片与本人相貌不像，被警方拘留。

小说就在此处结束。书的后环衬页印上一个“关于此书结尾”的调查表，悬念和结局留给读者自己设计解答。

我心里升起一丝野心，盘算是否把它付诸笔端。一边又寻思，那可就成了二写两遍《金牧场》啦，合适吗？

或者别再划分什么小说家和读者。干脆把这个构思写成传单撒出去！我终于探到了自己内心的最深处：不是金牧场也不是金草地，我渴望做的是动员有志者，动员我的读者大家动手、都来按照这个思路——即走上支援世界人民反帝火线的构思——写自己的一本青春盘点。

是这样吗？

我已经估计到了精英阵营里的一阵哄笑和群起围剿。就是这样，如今的世界已然简化，革命与斗争已经不是话题，而又一次变做了受压迫者的旗帜。不是民众和我们，而是可笑的精英正在被方兴未艾的世界大潮边缘化。

患着对帝国主义主子的一夜相思病的精英教授们，如今被百姓唤做“叫兽”。确实，在一派为金钱和富人、为资本主义秩序帮腔的号叫中，我们心中小小的理想愈发珍贵。如果“金牧场”确是一个公正的真理的代号，如果它真是值得让人一世追求的意义，如果它真是一种九死不悔的存在方式的动力——人生百年，重写十遍又有什么不可呢？

当然，这只是一个话题，没有谁会真的再写。可惜的是当年的我没有把握好机会，如蹩脚的前锋，射门时一脚踢偏。

严肃总结的话，我琢磨的是——自己缺乏的一种锐利的透视力。我在1987年构思时，没有看见茫茫视野里的这条轨迹。只是一个起点，如火车站的铁轨，可以抵达指示的远方。如今写在这儿已然太晚，所以我不愿写得直露，不想涉及得太具体。

最后，我没有说，那样写小说就会获得成功。我不过想接续以前那没有结论的思索。在不肯屈服和衰老的、遍及全球的六十年代人之中，这思索不会终止。“叫兽”们终止了，是因为他们出局了。或者他们从未被纳入。这个命题牵扯着人类的命运，它将不断地与我们发生碰撞，不断挑起那些似旧还新的讨论。

写于2006年5月24日

四十年的卢沟桥

1

从未有过一次写作如这一篇，从立意一直沉吟，居然踌躇了二三十年。

它总得难合时宜。二十周年时就有了这个念头，但那时毫无谈论这个题目的条件。那只是一种蛮横的压力，逼迫的气氛在强人所难。那么我拒绝，我想，谈论它需要真正的畅所欲言。耐心等着时过境迁，我悄悄地做着准备。但就在几乎动笔时，新的更恶劣的话语环境又在合围。

人可以再次回到缄默，但心里的自责却在堆积。因为这不是一篇私人的学艺之作，这是一笔不能逃避的孽债，是一次赎罪。

二十年过去以后，三十年也过去了。如今已接近他含恨死去的四十周年，还是没有期望的气氛。但是我的心里一直印着这个题目，它宛如一个阴影或一个牙齿，齿咬着我的内里，使我觉得心事未完。在漫长的时间里，它似乎是我的一个莫名的陪伴，我的文字因他不敢狂妄。这是一笔作家的负债，不写了它，我不能获得安宁。

今天是四十周年的一个纪念日，我决心把它写掉。看来它永远也难逃不合时宜的宿命，而我也没有余裕太久地等待。

过长的腹稿时间，造成了思想的复杂。时至今天，我要写的已经和二十周年时大大不同了；已经有了更多的问题加入，同时事情也变得简单，其实要说的非常直白。

北京郊外的卢沟桥，座落在被截流之后的永定河上。河滩地破败不堪，工业驱赶了乡村，满目一望荒芜。文化大革命中被命令迁出的穆斯林墓地，就安置在桥附近、一个风水恶劣的坡岗上。在一边，紧紧毗连着这片墓地的，都说就是北京市处决死犯的刑场——我想纪念的遇罗克，大概就是在这里，被一颗枪弹击碎了头颅。

2

已经记不清是1966年的冬天，还是在次年的正月。只记得那时街头驶过的宣传车上，涂着打倒反动的《出身论》的标语。接着在一份小报上读到了那篇长长的文章，印象是他们是另一派的敌方，属于压迫老红卫兵的思潮。

今天谁都知道：那是一个以家庭出身为借口，对人实行分类、歧视甚至压迫的时代。但当事者喜欢拘泥有利自己的细节；以家庭出身把人划分三六九等的种姓狂热，只不过横行了两三个月就土崩瓦解了。到了 1966 年 10 月，全国已是一派批判反动的血统论的怒潮。到了那个冬天，曾经骄横一世的老红卫兵正纷纷锒铛入狱，中央文革对“老子英雄儿好汉”做了富于理论意味的结论：“他们主张的，是封建的地主阶级的血统论。”尤其当时江青夫人的凛然怒斥一直使我记忆犹新，甚至至今觉得振聋发聩。小报上印着她激烈的言语：“他们自认血统高贵，精神贵族——什么东西！”

他的死，其实不是在血统论横行的八月，而是在血统论如过街老鼠处处被围追堵截的时候，突兀地发生的。

我在很久之后也没有弄明白：究竟为了什么，专政的铁拳会狠狠打在了一面认真研究着党的政策和毛泽东思想、一面顺应着全社会对血统主义批判的《出身论》作者的头上。历史脚步在当时的具体痕迹，悖乎人想当然的估计。其实人早就被深刻地分类对待了。这是一种异化的迹象。只不过，不管是当时高人一等的一方，与感受歧视的另一方，都没看见社会这更深的一层。

在举意写这篇文字以后，我多次企图读到遇罗克的判决书，但至今也没有如愿。后来听说出版了一本悼念他的书，但我已经无所谓了；因为我更强烈地意识着的，不是枝节的解释而是立场的追究——毕竟我的双脚曾经站在那一边；在那一边，我们看杀或者加害，心情轻松，不假思索。

派别是阶级的一翼，这是当时流行的一句话。但当时的我们，没有意识到自己所属的、是怎样的依附权势的一翼。我们全然没有发现，唯独自己投身的它，沿袭着一种漫长的历史和阶级的腐朽，它隐藏着人的对他者歧视的恶秉，它是一种卑劣的传统，一种丑恶的遗传。

当然这都是今天说出的话。而昨天，跻身这一翼会有舒适的快感。哪怕在讲究精神的六十年代，附庸体制的快感是实惠的；即便少年的我们，也在本能中懵懂地懂得这些。

哪怕到了此时此刻，哪怕思想的认识已然足够，我也不敢说：若是那时头脑清晰，我就能一迈脚踏入泥潭。还有一个更大的主角叫做恐怖。众多的、被视为反体制的思想和行为，事先已决定规避那种遇罗克遭逢的恐怖。当年，就算意识到了这一边的不义，谁能说，他肯定会蹈火赴难，站到受辱的那一翼去！

抗议“歧视”的遗产，里外都满是苦涩。也许也正因此，它才显得那么宝贵。

这个潜入革命的母体、在1966年突然成了精的怪胎，好像生来就是为了对那伟大的时代实行玷污。我对它不能容忍。它那么肮脏地玷污过，连同我们对革命的憧憬、连同我们少年的热情。在日本出版的《红卫兵的时代》一书中，我讲述了自己的这种心情：“随着自己的能力增长，我一天天一年年地愈来愈厌恶血统论。我觉得，它在我最纯洁的少年时代侮辱过我，或者说，它使我在自己的人生中有过因恐惧而媚俗的经历。我因此而极端地仇视它。”

那时的敌视是含混的。我并不懂，要迎对的敌人是对人的歧视。

一个印象浅浅地，但是镂刻着。在我淡漶的记忆中，一丝震惊像永远鸣响的警号。即使那时还不谙世事，即使当时身处与他对立的营垒，即使后来听说他还触碰过更大的禁忌，我仍不能想象：那篇文章的作者居然会被枪决。

3

前些年看多了善人们的忏悔表演。那些沉思冥想的作态不值一文。我想，真的忏悔并不用词语表示。它远比人想象的激烈得多。它是一种宣言和战书，是自寻死者的风险，是踏上死者的立场。死者不需要道德文章，但他们渴盼有人继续他们的奋斗。

我不仅不认识遇罗克，甚至不熟悉他的故事。他于我只是1966—1967年的那个印象，如一个陌生的符号。但我知道，没有谁能如他，数十年如一日在我的灵魂暗处，一直凝视着我。

不消说他若活到今天，无疑是一名作家。那么多不适当的人都成了作家了，他怎么不能呢。但他倒在卢沟桥边的沟壑里，只留下了《出身论》。不能把这篇在苛刻语境里写下的文字，视为他表达充分的遗作。他留下的遗产，是拒绝对人歧视的立场。

多年来，在无人知晓之间，每逢踏出关键的一步，每当面对思想的抉择，我都感到与他发生了对话。因为对人尊重或歧视的命题，并未因为祭坛上有他做了牺牲就已然结束。也许正相反，在更大的范围内，这个冲突愈演愈烈，它对知识分子的要求，在他惨死的几十年后日渐尖锐。

敢于反抗歧视，决意与被歧视者站在一起——在歌舞升平的此时，如招人嗤笑的一种怪谈。但它又确是知识分子优劣的标尺，是戳破伪学、伪文学、和取媚体制的伪知识分子的利器。哪怕恰是那些人，多把遇罗克挂在嘴上。

我想，若是对死者的悼念，只是替换成新形式的歧视他者，则卢沟桥的冤魂就只能抱恨了。那至少是对逝者价值的轻慢。但是不会，死者的强大启蒙不会允许，四十年前他殉死的刺激，宛似大地上撒下的种籽，只要遇上气质类近的人，种籽就孕育胚胎于土壤，早晚破土而出，发芽抽枝。

在如此沉重的一篇文字里涉及自己，首先会使自己感到不能容忍。但是，当我在八十年代末，看着自己的双脚走在贫瘠的黄土高原上的时候，我确实感到过一种踏实。因为那时我的心里似乎掠过了一丝欣慰，我意识到：也许我可以面对那位陌生的死者了。和一个受到曲解、歧视、压迫的群体在一起誉毁与共，尽我微薄之力，还他们以尊严——原来这就是我苦求不得的形式！这就是我的忏悔，它更是尖锐的挑战。我忍不住莫名的兴奋，再也没有走得犹豫。因为我相信，这种位置和处境是能经受住遇罗克的审视的，它远比那种欺世骗人的忏悔作文更具意义。

我不知道，我有时忍不住想对他说——当气质类近的人真的走来，真的选择了被歧视的一翼、真的加入了低贱者的阵营、甚至也赌上人生直面着卢沟桥的风景时——是否就完成了宿罪的清算，是否就做到了对他的告慰。

4

悼念也不是虚伪的赞美。有时候，思想的试炼，即便对死者也不会放过。这是一个有点苛刻、但饶有深味的话题。不止一次，每当念头集结到他身上的时候我总禁不住想：若是他活到了今天，他会走到哪一边去呢？

他在自己的早期思想之上猝然倒地。他完成了自我，没有再面对以后的一系列历史拷问。然而继他而来的人必须正视这些，因为历史不会原样重复，他反对的特权与歧视，会不断地变幻旧貌新颜。我们想念着以前的他，选择的却是纷杂眼前的路。

记不清多少次和旧日的朋友谈到过他。我试探他们对这件事的心思，想知道他们是否也心怀负疚。因为他们中的一些人，也许该对他感到更多的责任。但是人大多习惯了活得轻松，一如他们也并不觉得应该对巴勒斯坦的受难、对阿富汗或者伊拉克的亡国、对伊朗的遭受威胁忧心忡忡。他们不同意六十年代的中国教训之一，即对人的歧视乃是一项严重的罪恶；正如他们不同意——新帝国主义的世界控制战略与阴暗的他人歧视思想互为表里；他们反对——今天对新帝国主义的抗议，是正义知识分子的人道原则。

遇罗克会怎样分析每天流过电视屏幕的、严峻而恐怖的现实呢？他会怎样坚持自己抗议歧视的思想呢？我们无权这样追问死者。但是，又确实存在着对民主本质的追究。强加给人类的不尽的艰辛和流血，要求着一种思想的进步。

我们已经看惯了一些所谓斗士，从民主的火线突围，却钻进了帝国主义的裤裆。尽管历史已几度周折，帝国主义已几次撕去民主的面皮，但他们却依然老经旧调，既没有清醒地分析大局，更没有反省自己的生存——由于他们系前途命运于帝国主义之卵翼的存在方式，他们的启蒙，被启蒙的本质否定了。他们呼天抢地扮演的悲怆角色，已经变质为帝国主义正当性的注解。

遇罗克与他们之间，存在着不易察觉、但是区别巨大的不同。我以为这一强调是重要的：遇罗克民主思想的核心，是抗议对人的歧视。回味这种色彩和立场，它悲哀而坚硬，它属于漆黑的下九流，无缘附庸上流的精英味。他写过的那部作品，只是被践踏污泥的、卑贱一族的争辩书。这种归属，本质上反叛着上述的“豢养”，甚至与强势的世界不能共语。被歧视的卑贱地位，可能养育一种深刻的尊严，也可能导致更可悲的下贱。对他的思想所处立场的留意，使得我总想窥见他的来世。

作为他的承继者，我们今天面对的，是变本加厉的各样歧视。对人的歧视并没有随着上个世纪的结束而收敛，反而从新世纪降临伊始，就大肆地全球蔓延：对弱者、对少数、对他者的权利、对贫瘠的第三世界、对不同的文明。从民主渴望开始举步维艰的启蒙，又悲剧般迎对着侵犯和抹煞他者文明的神圣十字军同盟，正如迎对着当年神圣的“阶级路线”。

每年几次，凡是去卢沟桥墓地的时候，我总是顺着老人的指点，试图寻找那个地点。隔着一簇簇穆斯林的土墓，隔着一条土路，据说就是枪毙犯人的刑场。他是倒在这里么？他是被打在头部么？忙着自家的扫墓，想着他的故事，我的周身掠过异样的感觉。距离危险和残酷居然这么近，这不能不使人联想怪异。

无论如何，他的故事所挟带的血腥，使追随的人心怀紧张。卢沟桥原貌未改，仿效他危险而困难。我们是在空隙宽阔的时代，重温他的遗产、并决定要走他的路的。歧视似乎远远淡去了，也可能正乌云般啸聚，加紧其全球化的过程。比起他，一切都没有多少改变，甚至失去了思潮的拥簇。不过这不是一个非要劳神的题目；道路自会引领着人前行，弱者和英雄，当他们在走向卢沟桥的时分，结果会相差得很少。

仅以这篇小文献给遇罗克的冤魂，并纪念红卫兵诞生的四十周年。

写于2006年初秋

红卫兵诞生四十周年纪念之际

他者的尊严

一个记者对我说：苏珊·桑塔格去世了，他们的报纸将有一些版面讨论这位人物，希望我参加。我本不喜欢加入这种事，何况我并不了解苏珊·桑塔格。我只读过她在 9·11 周年时对布什政策的一篇批评（《真正的战斗与空洞的隐喻》）。加上这次读到的一篇她关于阿布格莱布监狱虐囚事件的文章（《注目他人受刑》），我读过的她的著作，不过两篇短文。

然而据说她被视为“美国的良心”，是美国保守派势力眼中的“挖自家墙角的人”——她的美国批评者形象大概是被确认了的，那么就很难得，就不是与我们无关。1995 年元旦，我重读了她的两篇短文。

读后沉吟，再看到她自称的“一个好战的（也被译成“愚蠢的”）唯美主义者”，我有了写几句读后感的愿望。

1

在我们看来，如阿布格莱布的小小揭露提醒人们留意的、冰山潜在水下的部分，是更大也更卑鄙的十字军原教旨主义阴谋。

使他们撕开了一切面具酷刑拷打，使他们气急败坏地急于摧毁的——是使他们在心理上深感自卑的穆斯林尊严。他们明白，他们永远都不能摧垮这种尊严，于是这些懦夫们就在监狱而不是在战场、用流氓手段而不是用常规军人手段，大逞淫威，发泄蓄积的阴暗。他们利用监狱——这取消了对手还击及自卫能力的恐怖场所——攻击穆斯林俘虏对不能暴露羞体的伊斯兰道德的恪守，向世界暗示他们发动战争的本意。

而苏珊·桑塔格的批判，显然和我们不同。她在《注目他人受刑》里这样讨论美国侵略伊拉克战争中的阿布格莱布事件：

> 对于在一场确实推翻了现代社会一个恶魔独裁者的战争中看到一些合理性的那些人而言，确乎是“不公平”。一场战争，一次占领，无法避免是各种行动的复杂综合体。什么使其中一些成为代表性行动而不是其他那些？

我总担心译错了或者我理解错了。我不知她的言外之意，应该“成为代表性的”究竟应该是什么。是伟大美国民主对东方极权世界的解放呢？还是一种好莱坞雷锋般的美军形象？在批评虐囚的句里行间，明显地藏着认为美国对伊拉克侵略战争合理的基本立场。出言苛刻使我难过，但我必须说，不，这样的批判，远不够“唯美”的边缘。

像她可能不愿接受我们上述的批判起点一样，我想，无论不是被“施刑”而是承受着新帝国主义大举进攻的穆斯林世界，或是坚决反对帝国主义的控制与掠夺的全球化战略的进步人类，对苏珊·桑塔格的“一场确实推翻了现代社会一个恶魔独裁者的战争”的定义都不能苟同。而她用语坚决，她似乎觉得这是人之初、ABC。她没有警惕在强烈的自信之外，可能存在——他人的原则。

同时我也想说，她又确实是美国战争罪行的批判者。毕竟她把虐待战俘的美国兵，与二战中的纳粹、更与十九世纪美国种族主义者相比较：

> 二战中的德军曾拍摄下他们在波兰和俄国所犯下的罪行，然而施刑者把自己置于受害者中间的快照却出奇的少……如果说有什么能和这些照片（指美军在阿布格莱布拍摄的虐囚照片）所传达的东西相提并论的话，那就是十九世纪八十年代至二十世纪三十年代间被处以私刑的黑人受害者的照片。照片上的美国人，身后的树上吊着赤裸的黑人男人或女人的残肢，他们站在下面露齿微笑。（《注目他人受刑》）

这是勇敢的比较和批判。追溯贩卖和奴役黑奴的十九世纪、比较他们行为中的“法西斯”因素，是分析迅速膨胀的新帝国主义威胁的重要视角。

2001 年 5 月，桑塔格在她赴耶路撒冷领取国际文学奖时，发表演说谴责以色列的中东政策。她指出，以色列正在对巴勒斯坦人

“不合时宜地使用武力”，要求以色列人停止建设和拆除移民点。与她其他的批判言论一样，桑塔格虽然在具体的观点上还保持着与“他人”（这一次是巴勒斯坦人）的距离，但公开自己对巴勒斯坦人支持的态度是一项知识分子的大是大非。我想说，她在那次领奖式上的表现，是她活动与著述最光辉的一瞬。

除此之外，对布什的著名的“懦夫”用语，她在那样的美国话语环境中，逆着大规模杀伤性的舆论，无畏地说：“不能说这是对文明、自由和人性的攻击。这是对自称超级大国的攻击。……比起从无法反击的高空作战的美军，劫机者们不能称作懦夫。”

——只因桑塔格是这个思想世纪末的一位值得纪念的知识分子，所以我们在讨论时，才提出了帝国主义侵略的另一方、即他人的见解。其实一般是没有人愿意这样做的，不仅因为这种大多数人的观点今天被剥夺了话语权、而且因为它为避免招致危险的误解，正在实行缄默。

2

一个语词的突击，赢得了人们的，至少是媒体世界的关注。苏珊·桑塔格最好的一个概念，就是她接受了“他人”的概念。我要说，这个提法并非她的首创，因为艰难发言的第三世界知识分子一直如是说。

自从以色列的持续压迫导致了巴勒斯坦前途的绝望、从这种绝望中直接爆发了9·11事件、而孕育已久的新帝国主义找到了大侵略的借口以来——每日每年，人们都注视着世界的肆虐，也可以称作施刑。

而号称美国良心的苏珊·桑塔格，在9·11周年时（《真正的战斗与空洞的隐喻》），居然宣言这样的前提：

> 我不质疑我们确有一个邪恶、令人发指的敌人，这敌人反对我最珍惜的东西——包括民主、多元主义、世俗主义、性别平等、不蓄须的男子、跳舞（各种各样）、裸露的衣服，嗯，还有玩乐。同样地，我一刻也没有质疑美国政府有义务保护其公民的生命。我质疑的是这种假战争的假宣言。这些必要的行动不应被称为“战争”。美国绝对有权搜捕那些罪犯及其同谋。但是，这种决心不必是一场战争。有限度、集中的军事行动，不应解释为国内的“战争时期。”（《真正的战斗与空洞的隐喻》）

我弄不懂：难道，“美国良心”只是和杀人凶手玩一场挑词造句的游戏么？她难道真的不知道，这番话对阿布格莱布战俘、对全体伊拉克人、对十多亿人口的穆斯林、对发动大游行拦截帝国主义战争的全球600座城市来说，也如抽在淋漓伤口上的一记鞭子，也是一场小小的施刑么？

不仅这么一句。她对阿富汗战争的态度、她对巴勒斯坦问题的态度，都有这类不负责任的（但愿仅是不负责任）、令尊敬她的人瞠目的言论。

我读出了一股熟悉的霸气。

——西方知识分子、包括所谓进步的或“左派”的知识分子的傲慢，也许已经是一个世纪的话题。

病态的自信，使他们并不太掩饰这一点。有时他们比右派还令人苦恼，他们常常不仅惯于把观点强加于穷朋友们，而且大多很难伺候，失态时毫无教养。也许在他们的潜意识里，左翼化的西方人是穷光蛋的最后救世主；如果浑身劣根性的穷朋友不领情，莫怪他们雷霆大作。他们并不多做思考，但不怵于随时发言。他们靠一种“预先的判断”读书、并判断一切政论以至文学和各种艺术——而不像我们一样，捧圣经般精读细品他们的大著。产生于我们这些乱哄哄国度的怯生生嗫嚅之声，包括理论精英的学舌、影视精英的灯笼、文学精英的撒娇——丝毫不给他们以认识论的压力。

在他们的世界里，经常发生概念与语词的大战。静心潜学以后，人们渐渐理解了：熟悉和活用那个话语系统的语词是重要的。你不懂诸如“战争是一个隐喻”、“反智主义的大传统”，你就不要幻想有谁理睬你的异议。我确实是他们话语体系的野蛮人。而周围的新朋旧友，却大都燕人学步，接轨了摩登的法则。为什么不呢？批判了而不犯忌，抗议了但很安全。渐渐地，正确的标准，不是与茫茫现实的依存程度，而是与西方话语的磨合程度。苏珊•桑塔格尽管常常撕破舆论的包装，但她更毅然捍卫着西方话语的堡垒。

她表达了很大一批人（包括仰慕她的中国人）——那种与统治者的“有限不同”。他们总是忽略：在他们慈善的道德追问中，阿富汗、伊拉克、以后也许要依次加上伊朗、叙利亚、古巴、朝鲜——作为发言者的缺席。他们虽然有过对无辜受难者的仗义执言，但更常常忘了：冤魂会反感用美国宪法掺和摄影新论的语言，对他们的流血进行释义！

3

更艺术、更强烈的语言，却被人们，至少是掌握媒体的人们听而不闻。比如巴勒斯坦“投石的诉说”，它们是绝望的遗言，是象征的极致。

在投石的语言之后，是拒绝与沉默的语言。但知识分子的任务，就是捕捉住无情世界中变形的和无声的语言，把多数人的渴求，当做自己的原则。知识分子必须有如此能力，否则还有什么资格发言。

至于桑塔格，人们都说失去她的世界显得更无情了。但即便如此，我想第三世界也不想放弃自己的异议，附和任何一种强势话语。我们不打算按照强权的逻辑、前提、语言的规矩进行表述，哪怕一句。

所以面对她的追悼，我们缺乏语言。顶多只是觉得：她在彼岸的尖锐异响，对此岸病态的媒体和教授们将是一服大黄泄药，将给他们食洋不化的肠胃，适时地做一次治疗。

人们忍受着近乎亵渎的日日聒噪，目不转睛地盯着电视，捕捉一丝半点可怜的信息。他们以每天的媒体受刑，交换渴望知道的消息，恰如烽火家书的代价。而这时出现了苏珊·桑塔格：她不仅是美国人且是美国良心，她的话是可信的。她居然说他人在受刑，于是主持人和教授们愣了。聪明的他们，会悄悄矫正自己的美国安全宣传员的形象。受刑之一语即将会流行，释义的颠覆也指日可待。不仅如此，一个左翼思想的小高潮，已经可以预见了！

如此的语言没落，令人难禁悲哀。

只是注视他人还不够。注视的目光若是太像救世主了，则会伤害被注视者的尊严。是的，就是尊严或自尊，它是文明的自我认识。知识分子的良心永远要自律，对“他人尊严”的哪怕小小的“施刑”。

“关心他人的尊严，和平与正义的意味”——这是我1995年为一份杂志写过的题词。我把它抄在这里，表示我的视角与自诫，也表达我们对苏珊·桑塔格的商榷。一切人，包括“他人”自己，都必须懂得他人的尊严、原则、分寸——因为这一切都与和平及正义丝丝关联，不容许一点的矫情与傲慢。这是一种大的道德，也是一种大的修养。

苏珊·桑塔格离开这个世界走了。也许，她并未达到被注视与被施刑者渴求的正义。在这个对我们来说太过横蛮、而她也是塑造者之一话语秩序下，她缺乏诤友的相伴，一缕芳魂依然孤独。

但是，她至少是一位我们所言“正义的盟友”，她的大节依然值得纪念。报纸上先是连篇累牍又瞬间偃旗息鼓，仿佛一轮时尚的押宝，廉价地兴奋，又归于放弃。或许死者会感到悲哀，因为她一生厌恶思想堕落为时尚。也许只有我们，对她提出异议的人在怀念她，如对自己家人一般地怀念她。圣贤云：求学从摇篮到坟墓。我们为她祝福，因为当我们不得不沉默的时候，是她喊出了真相。愿她扶摇远去的灵魂，那一缕独立、敏锐、倾向弱者、也沾染着西方傲慢的灵魂，在通往天国的路上，一步步变得美丽。

文章写出以后，我松了一口气。总算可以对等着我的发言的报纸稍作塞责了。不想，有意味的过程才刚刚开始：由于文章强调的是穆斯林的立场，编辑说：他们在编稿时感到了为难。

对于为穆斯林辩护的苏珊桑塔格来说，怎么穆斯林的声音反倒成了忌讳？难道她呼吁关怀的穆斯林，反而是一种无权对她发言的异类？面对这巨大的悖论，我一时哑口无言。

但这样的例子并不能否定常识。对苏珊·桑塔格的最合适的评论者，也许正是她关切的穆斯林世界。围绕我闪灭一过的这件小事，只是一个无聊潮流中的泡沫，并非贴近着进步人类在今天的脉搏。炒作和哄起之中，除了可怜的做作和追逐潮流，并没有正义的思想遗产。

我不愿加入这样的泡沫之潮。我要探索艰难时刻的人类良知。所以，我添写了这个结尾，想象着文章变成了一块石头，然后把它投入了潮流。

写于 2005 年春节之前

改定于 2006 年斋月

港口印象

1

俗话说南船北马。如我这样地道的北方蛮族，对秀媚炎热的南国，对它们的水路航船以及人物风情，生疏得几近无知。所以待有了机会去南国一游，心里的新鲜感几近亢奋。当然港口又是南方的魅力之最；我喜欢在港口度过的每分每秒，总觉得那是北方人的奢侈。

但是第一次在广州，我几乎没有意识到脑子里的一个疑问。第一次在上海更是想也未想：怎么这些港口，它们都不临海？

传奇的大海，还要远远隔在百里之外。人在海港，却看不见海。这是为什么？更奇怪的是大家都不表疑问，人人的表情心满意足。是的，这儿就是港口，当然大海不在这里。

后来，我懵懂地想突破这个苦恼。难道不是这样么，怎么好像黄浦江就代表了海，站在珠江边上才明白，大海还远着呢。去一趟虎门或者吴淞并非易事，北方人脑子里的混沌愈来愈浓，为什么非要跑那么远才能看见海？港呀港，你怎么有点怪？有时我胡乱在南方大港吹嘘年轻时去过的秦皇岛："嘿，最好玩的是跳水，码头水深二十七米！"

心中混沌。我的思路，想不到秦皇岛港与广州港的区别，上海上海，一辈子上不了海。难怪以前的逃港客到了广州，以为隔着珠江的市区就是天堂香港，咬咬牙蒙头就往水里跳！

这一团迷雾，拨开它竟花了半生时光。

2

去泉州之前，我的意识中，当然也猜想它一定背依着一片蓝汪汪大海，既然它是著名的古港。没想到，泉州也和广州上海一样吊人胃口。海远着呢，人们说海在另一个县，坐公共车还得先去长途站。无奈只好先去看南宋的沉船。

我盯着泉州的沉船出神。这是一种不大的木船。它空有远航西洋的欲望，却缺少抗击风暴的强度。那时的国际贸易，不但要求商船渡海而来，还希望海船溯江深入内陆，把商货尽量运得更远些。所以船不能太大，河道多是芦草浅滩，看似宽行时窄。

唐宋的海船是一种近岸航海的木船。航行时，它们一般都紧贴海岸，盯牢陆地的标识，一有台风豪雨，马上收帆靠岸，钻进江口，驶入内河躲避。只有当大海一望平静，它们才张满风帆，冒险地离开陆标，走捷径快快渡过海湾。那时在水天茫茫之间，靠星星的位置、靠罗盘和经验，作短暂的跨海航行。

同时，对港口来说，它也不光是为了装卸货物送往迎来，它要控制深入内地的孔道。何况，筑城于离海一段路程的江岸，还可以免去海浪的直击。

在博物馆里久久端详着沉船，我想，海上丝绸之路、瓷器之路、香料之路上大名鼎鼎的古代海船，个头还不及今天江苏山东运河上运砂的驳船大。

它们用不着在陡峭的岩岸停泊。一条入港的浅流足矣，不行还有人夫拉纤。停泊的锚地更不足虑：对这种木船来说，曲折的两岸，就是天然的码头。

近岸航海，溯江深入……

细细读着说明牌，端详着沉船，我恍然大悟。它是一个常识，但对我却如一道穿透蒙昧的光。

3

由于伊本·巴图塔和马可·波罗等大旅行家的赞美，泉州以中世纪世界上最大的港口闻名。不消说，泉州如广州一样并不靠海，引领它从大海溯流而上驶入内地的，是晋江。

这一回，我瞄住了晋江。定睛细看，果然沿江两岸，古迹不断。而这些古迹里头，应该说有关蕃客的诸景，是最清晰的古代遗留。因为所有古代诸因素中，唯它们的改变最少。所以，从市区的圣友寺开始，经郊外的先贤墓、到沿岸的陈埭百崎、惠安女的蓝盖头、江口的南宋沉船——密集的蕃客信息点缀晋江两岸，直到大海。

古代粤闽之间的近岸航海，这时发达到了顶点。航海南洋或西洋的帆船，在泉州港备足给养满载商货，顺避风的晋江出港入海。然后经广州而海口，绕海南岛抵三亚榆林港、跳过北部湾到越南海岸、沿岸寻觅马六甲海峡、穿过那条海上走廊，靠近印度海岸。

最后进入狭窄红海，抵达传奇的波斯。若是揣摩殖民世纪之前的贸易，还可以猜想：从盛唐的广州、宋元的泉州启程的货物，又被驼队运载，跨过苏伊士运河开凿前的陆地桥，一直运到地中海沿岸，甚至贫瘠的欧洲。

4

就像十六世纪以后的巨舸楼舰，与大航海时代的跨海航行互为一组；为古代的近岸航行配对的伙伴，是小巧的木帆船。供这种身躯不大的木帆船进进出出与抛锚停靠的，就是条条送船入海、并导引它们驶入内地的港口江。

港口城市无需冒风浪之苦。靠着一条江，就可以牵制内陆外海。河流的入海口，又是天然的税关、牙城、兵营、炮台，港口靠它们获得防卫的纵深。

这就是中国古代诸港口的蓝图。

这个蓝图和模式，即便被现代都市埋没，也依然能够辨认出来。唐广州港，援珠江蜿蜒出海，在入海口筑虎门为要塞。稍晚的南宋泉州，以晋江迎送海船，在惠安崇武口出海，后日在崇武砌筑了花岗岩的牙城。补全这个体系的是明州港；它今称宁波，兴盛于明朝，由于那时海患已经代替了唐元的和平交易，所以明州躲在甬江岸边，把防御委托给入海口的镇海炮台。到了近代，尽管早已是机器铁船的时代，但守旧的上海和天津二港还追着这个模式建成。冒黑烟的列强军舰从吴淞口要多费些燃煤、经黄浦江才能驶抵上海殖民地；而天津卫，作为一个港口它先天不足，只是靠着华北诸水的出海渠，才勉强能通向一座泥岸上修筑的大沽口炮台——虽然这炮台除了屈辱，从未有过御海贼于津渡之外、使天朝万寿安宁的功绩。

它的模式，起始于繁华的唐代广州，定型于出名的宋元泉州，衰微于清季的上海天津。港、江、口、洋的模式，可以见于每一座历史的港口城市。

新时代已经改造了旧港口。城市直接座落在海岸上，万吨巨轮直接停靠在居民区旁边的码头——再不需要入海江、不在乎出海口要塞的时代，造就了如青岛、大连、秦皇岛、如里斯本、阿卡普尔科、纽约那样的，拥有重要的国际航线、城市就在码头上繁荣的新港。

5

若是有更多的闲暇，该去依次看看中国的港口。从郑和出海的刘家港，到最近兴起的张家港。从古代到现在，这些港口及其航线上的中国和阿拉伯水手，一千多年都忙着贸易和运输，从未有过殖民与侵略的目的。

只可惜现代城市的兴建无度，叠压和掩埋了一道道由港入海的风景。若是没有层层叠嶂的楼群遮挡，我们就能看见——广州怎样辟一隅留居蕃客、借光塔指引珠江，我们也能看到——从泉州的圣友寺和开元寺两座名刹开始，花岗岩的建筑怎样被美丽的刺桐花包围着，一直沿晋江伸延到惠安海滨。

2005 年 12 月 20 日，Puebla

微笑不语

从接到他寄来的《风诗》，已经听了许多次。算一下大概有五年了。它仍然使用日本民间音乐的底色，着意戏言，浅露心事，词曲暗藏一股圆熟。我一时捉摸不出他的本意。他的嗓音在沙哑中透出一丝衰老，我想，若再强求思想性和冲击力，怕他已力不从心。随意听着，我意识到，没准儿这张 CD 就是他此生最后的优秀结集。

聚会后，坐一个朋友的车回家。

他也是一个冈林热烈听者，于是见面前我给他录了这盘磁带。他迫不及待，想一听为快。我说，由于机器有故障，CD 听多了又有磨损伤痕，所以录得怕不行。可是他坚持要马上听。竹子乐器的伴奏开始了，我担心地听着，一边说："只能听听大意。要想听得好，你还是自己再买一盘 CD。"而朋友却感叹说："如今在东京的大唱片店，根本买不到他的 CD！"我叨叨着：只怕听不清楚！……

好像冈林信康不是日本红得发紫、由紫变黑的歌手，而是要我呵护的孩子。

就在这时，歌声已经响了起来。

确实效果很差。我懊恼着，在旁边忙不迭地解释几句。可是就这么听着，突然我感到，这一次听出了一直琢磨、但没总结出来的一些感觉。

如冬季来临，一张幕落下
如梦境过去，一代人迟暮

不觉之间，他的用词有了一种洗炼。他再也不会直言胸臆，现在他无论讲述什么，都如平静地微笑。段落排列在一个平凡的叙述里，曲子是日本式的号子，竹乐敲击，发出单调劈裂的孤寂之声。

若下一回，又在此界降生
那时和你，该会怎样相逢
夫妇、母子、还是兄妹？
我会比今天，更加倍珍重

这表达，带给我异样的联想。包括男女的话题，他都抵达了神秘的思路。我忆起八四年，东京 Egg Man 音乐会的情景。那时灯光渐黄又红，打在那低着眼眉的美男子身上。那时一支吉他的弹唱震动着空气，整个大厅回荡着他的魅力。

不免心中有些苍凉。我费力地企图归纳，但思绪无从着落。谁能捕捉冈林新歌的本意呢，这位不肯退休的民谣之神，他在形式上跳跃起来总是十分诡秘。

他没有唱我等待的内容。

可是我究竟在等待着什么呢？

我解释般地喃喃道：他的作词能力，显然到了少见的洗炼火候……

似乎他满心都是压抑不住的诙谐，似乎他得意于自己的满篇戏语。在北京的夏夜里，车走着，只听见伴奏的竹乐器的单调裂声。他的嗓音歌声里，毫无五十几岁的苦涩。开车的兄弟关心收入问题："他的CD，如今不知卖得怎样？"正在这时，岡林信康说快板一般，又开始了一支新歌：

> 总经理买了梵·高的画，锁进了保险柜
> 最近半价出了手，一次也没看过

我们笑了，又专心听。这家伙的火候，可不只在作词的功夫。自从六十年代以一首《山谷布鲁斯》轰动，他已经唱了三十多年，唱到了五十七岁。如今他兴致犹浓，熟练地挥洒，控制着表达。他一心一意地抖着包袱，说着笑话。这一切因素早就隐蔽在那美男子的过去，只是我们没有留意。如今他的脸型已经变了，甚至中年的线条也在抽去。而他并不理会渐上额头的苍老，好像他加油打造的自我形象，是一个快活的大哥。或者说，我们一直都在误解，而从来都没听出他的本意？

> 老大娘，上坡路，推着自行车。
> 举着手机打电话，多么不方便！

我们都微笑着。大哥在磁带里肆意涂抹，吼叫着他的新作。那竹筒打击乐和他的沙哑嗓子正好和谐。一股新意油然而起，我感到说不出的快感。就在这时，车轻快地驶过夜深的都市，快到家了。

2003年8月，北京立秋

系在语言上的绳子

人若能到了五十多岁还能学习，人若是到了那样的年龄，心里还能够鼓涌起求知、尤其是学习外语的冲动——那可不是些许铜臭、猿猴沐冠所能替代的——人从中获得的，是莫大的生命鼓舞。

这个理由我说不清楚。学的欲望，比起廉颇的“能饭”，或许是一个更深刻的生命标志。无涯学海之中，自己尚能取一勺饮，这事非同小可。它对心理健康的鼓舞，是不可思议的。

我究竟要说什么？刚一开口就乱了分寸。

怎么好像要扯到学习外语？那不正是自家的伤心史。每一次都错误地闯入殿堂，恰似满脚泥巴的老牛闯进了绣花厂。可恨的语言！它既是诱媒又是路障。它本不是目标，却如美人一般，一开头就缠住你两腿、魅住你心窍。等你傻乎乎进门来了，它又障眼法一般变成凶老婆子，阻拦着、刁难着、只等你消磨了毅力，到头来功亏一篑。

这个题目我写得词不达意。不是语言，又似语言，没准我想说的是文化？

在跌跌撞撞的半生路上，身不由己，我接触过蒙古、日本、西班牙这么三个风马牛不相及的文化世界。尽管说着羞涩——也或强攻或浅涉，摸过人家的语言。盲目的爱好，使人收不住冒险的腿。一步步再阑入而去，维吾尔哈萨克，回回阿拉伯，神秘的陆地次第浮出，亮起它们斑斓的灯。

一路跌撞人其老矣，才发觉自己没攻克任何一个目标。但也并非只剩下徒老之悲。因为哪怕不得法，这一圈，也毕竟是个“学”的过程。而且愈是学无章法，愈是涉足任性，抛去功利后又突然显出一种充实。真是这样：于学问未能成功的试探，于人生却是那么满载愉悦。

一种互作比较的视野，在迟暮时分悄悄降临了。不用说，时值此刻的人，无心菲薄或恭维。虽然会有语句的轻重放纵，但早无厚此薄彼的意思。

1

忆起昔日在蒙古的牙牙学语，如今更觉得惊奇不已。

满心都是奢侈的滋味。那是多么奇妙的学习！谁有过那么新鲜的学习！……当时没有感觉到什么。没有想到，它其实是我们这一代——所谓六十年代人求知于世界的、一个要紧的引子。

我的一些随想，都是在比较的架子渐渐搭起来以后，才偶尔不经意地浮现。美感的诱惑和游牧的单薄是一致的。人对游牧人生的热爱，最终会陷入一种辽阔的空寂。它单纯得博大深远，也单纯得缺少丰满。

不会字母，没有课本，没有上过一堂课，但你看，一群皮袍褴褛的北京学生，正过瘾地比赛用蒙语骂人——它怎么这么容易呢？

尽管他们连做梦都能蒙话连篇，但其实并未达到彻底的口语掌握。究竟是因为“学法”太特殊、抑或因为时代特征决定了外语学习……反正草原上学会说蒙古话的人数不胜数，但精通它的却少得罕见——它怎么这么难呢？

很久之后他们才恍然明白了：这是一种很难的语言。你饶有兴趣学习的语言，处在宽阔的阿尔泰语系母亲的胸怀里，它左牵右扯，变化不定，若不能摸到突厥的绳头，对它的理解就半瓶子醋。

它是单一的，通行只限定在一个民族，很难发酵为一种日后在别处又能激活的基础。比如说，它不像哈萨克或维吾尔语一样，可以靠丰富的借词和文字，成为进入波斯阿拉伯文明的入门。向上追溯，它不及突厥源头古老；向现代伸延，又比不了土耳其，导引着奥斯曼、伊斯兰等巨大命题。

当别人说蹉跎了青春，你的第三件皮袍子也穿得破洞累累的时候，不知不觉之间，你开始向细节和历史慢慢求索。你充当了一个不像“学者”的历史爱好者，只是没有绵密的考证，你的只想保护初衷不被销蚀。宝贵的游牧记忆一点点苏醒，你忆起自己的游牧体验，不能随波逐流。在流行的风潮中你落落寡合，因为它们与游牧方式格格不入。你已经不能止步，更广阔的世界正激烈地呼喊。

不消说，一旦闯进了入口，人就背对着一切风潮。一个幽灵，它潜藏在蒙语中，在暗暗引诱和催促。

2

第二个引子，也许是日本。

是吸引和美感使你靠了过去，但那深潭是虚幻的，在每一处，你的新鲜感触都被驳回。外人总企图通过学习掌握细处，然后概括那令人赞叹的美感，但好心好意一次次失败了，接近几乎变做了不能。

日本美，宛似遮掩着的文化羞处，对别人赠予的赞赏，它回致一种淡漠的推拒。也许是借词语言造成的——语义的特指和语感的轻重，加之别的因素，使它的暧昧天下无二。

在它的风土里你无法概括。对日本文化的判断，要靠离开之后，在与其他文明进行比较之后，才可能稍感恍然。

它的本质，是世俗的宗教化与宗教感的泛溢。这样，它的子民既不敢触犯教规稍越无形的“日本雷池”之一步；又能在岛内的封闭的酒屋里，使罪恶感得到温柔的暗示。于是，秩序与越禁，烈性与放荡，憧憬与苟且、忠诚与盲目……所有一切都黑红相溶、悖理不悖。

对自身的一切因素、包括外来的文化因素实行“宗教化”改造，但又使具体宗教变成文化——是日本文化的秘诀。但是追究起来，它并不是文明的源头主脉。从世界史的最主要流程来看，它永远只是支流；就文明的渊源而言，它是被灌溉的田地。当强大时它总想突破桎梏成为中心，为此每每不择手段。

文化的悖理终于出现了：富于宗教感的它对最大的正义沉默；

细腻美感的它，常常去残害他人。理解它美感的人，怀着深刻的失望离去了。唯有被它蔑视的人，才纠缠着它而寄生。语言也是如此。它命定是单一的民族语，学到有所悟味以后，路也就接近了终点。它不能获得更广的使用，因为它只指导一个特异的单元，一个发达的岛国。

3

但是你已经不是那种一个外语词也绝对学不会的、比如在新疆活了一辈子不会用维语或哈语从 1 数到 5 的诸兄——你的灵魂上系着一根语言的绳子，它扯着你，把你拉到北疆、把你拉到东海、又把你拉到西班牙。莫名其妙地，西班牙的入口，就这样出现了。

唯有西班牙，只因两次三个月的旅行，我就对它相见恨晚，觉得自己遭遇了最动人的学术和文化。归来后情难自律，写了一本《鲜花的废墟》聊抒胸臆；但还是意犹未尽，人的牙发痒，只想把那恼人的西班牙语，多少啃上它几句！

它的骨架脉络是鲜明的，我是想说：它有罕见鲜烈的历史。眩目的烈日，黑暗的荫凉，它的历史和风景、和气候遥相呼应，浓墨重彩，断裂分明。它的语言如一丛活化石，留意观察你会觉得，当它在人们口中活泼流动时，历史便悄悄地苏醒了。当然这需要一点联想，需要对摩尔—阿拉伯文化体系的兴趣和常识。西班牙语不是我说的死胡同、单眼窑。会说它，等于对阿拉伯语已经入门；同样，若懂得阿拉伯语，也至少预存了百分之十的西班牙语汇。

但这种感觉，主要不是语言学的。它是一根绳子，系着最核心的一部分历史。试着敲破蛋壳品尝原文之后，你很快就会感到正站在——世界史的分期线上。

是的，我说的是历史的分期。无论冬烘的学者采用三分法或是四分法，不管他们把历史分成史前、中世、近代，还是解释为奴隶制、封建制和资本主义——世界只是沿着西班牙的荒漠海岸，划开深深的裂痕：1492 年以前各处都发展着自身的文明；以 1492 年格拉纳达被攻占为标志，世界就陷入了殖民主义的宰割，直至今日，并未完结。

如果你关心世界为什么会成了今天这副样子，如果你对殖民主义和帝国主义的罪恶耿耿于怀，如果你对横行于世界的秩序和强理、对电视机每天烹制的谎言和快餐不肯顺从的话——匆忙学上几句话，瞄准那个眺望天下的入口，到安达卢西亚，到那块荒凉裸露的、边界般的土地上去吧！到那块划分着古代现代、解释着东方与西方的土地上，去学习和追究，去重新了解这个地球吧！真实和本相，便会从平庸的日子和欺骗的宣传中，随着你笨拙念着的单词，一点点涌淌而出。

它的每一个视野，都令人心动神摇。美味的巴埃亚（Paella）端上了它的餐桌，嘶喊的弗拉门戈（flamenco）分娩于它的苦难。茄子、橘子、灌溉的农业，至今还是一个富足的谜。三位一体、认主独一、宽容与科学，文明的顶峰，都在它的领地上实现。还有，最重要的是——自然运行的古代在它的脚下结束了，罪恶的资本、征服、殖民的世纪从它的港口启锚，席卷了整个世界，包括中国。所谓它发现新大陆的真相，牵扯着三大洲的人心。官方的宣传和揭露的解释，正在激烈地交锋。这条横在地中海上的边界线，它千钧一发，它是一根系着谜底活扣的绳子，一头缠绕着东方的辉煌古代，一端捆绑着殖民地深埋的冤魂。

西班牙语如马克思所说，是斗争的工具。它是挖掘谜底的镐头，是倾听冤魂的耳朵。它是一根系着死扣的绳子，这个绳扣一扯开，整个世界便纲举目张。

我莽撞地做起了这件事，只是由于我因它引起的激动。我只想在一些关键字眼儿上挖掘；如一个没有音乐会入场券的穷小子，攀着一根绳子爬上危险的窗台、拼命想听一耳朵原初的、未经翻译也没被篡改的声音。

凝神听着，知识汹涌而来，它不仅是语言。

你的感性，你的气质，你作为求学者的人格气质，立即就被推上了前台。你似乎在接受审判，看你是否有足够的热情、是否为不义而愤怒、是否具备对阴险的帝国主义宣传——不驯服的能力。

怎么把头绪扯得这么多！不知我是不是该再三再四地强调——我可不是在炫耀什么外语，不是老王卖瓜，吹嘘一点两滴的井蛙之见……

是如廉颇一样的，“能饭”的喜出望外么？

也不是。只是有了异样的体会，忍不住想把它交给读者。半篇小文涉及了三个文化——自然我无法讲得充分和有据。尽管粘连着一些外语的碎片。但读到末尾读者自会明白：我根本没敢做精通的美梦，我说的也几乎并非外语。只不过因为突破了知识的桎梏，就会有意外获得的、学习的快感。

我在结结巴巴地，突然迅速地插嘴，说出一个不规则的短句。它带错，五个词错了三个。但是，对方微笑着回答了，他或她不是吓了一跳而是接了话茬。这意义何等巨大！我兴奋，抛出第二个短句。

哈哈他又接了过去！第三个回合我卡住了壳，我憋得头疼来，但他同情地坐下了来。你要知道，所谓人和人交流的目的，已经实现。

Hui! Jaro! Taner airi goxiu–as irje be?

（嘿！年轻人！你们从那个旗来的？）

——我在公园闲逛，用蒙语问一伙没穿袍子的锡盟人。

Oy-Dosem! Kivab kancha bir bolde?

（噢依一朋友！烤肉多少钱一串？）

——我在路过的每一个摊子，用维语问烤肉的维族哥们。

Ai,Gringo! No giere un Maí cariante?

（嗨，美国佬！不吃个热玉米吗？）

——我挤在墨西哥人的市场，用西班牙语问旅游的美国佬。

于 2006 年 8 月

无助异类的亲戚

——评王小强《文明冲突的背后》

三十年前牺牲在美洲贫瘠山林的切·格瓦拉，由于被认为是唯一没有异化的革命者，也因其浪漫行径与英俊相貌，受到多方面的注目，甚至血统都被人们留意。他生前对此做过有趣的回答。一次是回答一位住在卡萨布兰卡的格瓦拉夫人，一次是写给自己的孩子。对那位与他同姓的夫人，他写了这样一段话；

> 老实说，我完全不知道我的祖先曾经藏在哪个角落。他们早就一贫如洗地离开了原籍，来到了这里。我不认为你和我是近亲。但是有一个血统的记号：每逢世界上横行不义的时候，你若是愤慨得发抖，那么你就是我的亲戚……

在给孩子们的遗书中他又重复过这些话。那么这就不是随意闲谈，而是他刻意留下的思想。不知为什么，读着王小强新著《文明冲突的背后》一书，脑海里总是浮起这些话。当我想为这部书写点什么的时候，开了头便感到话已说尽。因为事情是那么明白，其实不用添足解释。

检讨苏联东欧解体以来、由伊斯兰世界担当的抗击帝国主义扩张的现象，是一种警世的分析。同时，平等地面对长期被误解的、被漫画为一群乘驼之徒的穆斯林体系；分析出其中丰富的文明因素和社会主义倾向的工作，也许是当代对资本主义全球化的批判思潮中、进步知识分子的一项重要贡献。虽然没有喧嚣，一个趋势正悄悄形成。一切不愿放弃初衷的人，包括真正的共产主义者、资本秩序全球化的批判者、被强大的帝国主义压迫年深日久的小国，都向着穆斯林世界转过脸来，带着惊喜、敬佩、和琢磨的神情。

然而这样的思路，对于穆斯林反倒是新鲜的。他们或是底层众生奔波于生计，或是沉溺于自我夜郎自大，几乎丝毫没有意识到——自己还扮演着社会主义继承人和资本主义批判者的角色；在苏东阵营土崩瓦解之后，他们举着的褴褛绿旗，居然标志着反帝营垒的前线。

王小强著作的第一个意义，是它能帮助穆斯林读者摆脱盲目，认识自己的位置。

历史同样可供启发。

对史前古代的远溯，已经不能成为说服西方的道德劝诫了。没有人愿意听：是西亚的大小麦、是黄河的粟黍和长江的水稻、还有中美洲的玉米——这诸大文明的水源灌溉出了今天的富足。列强牢记的只是彻底消灭东方的强盛基因，他们记着东方对西方的文化优势，记着东方曾经沿地中海与西方的争雄。

中国的媚洋，正因其从未有过对西方的胜利。一度给西方以谈虎色变的教训和永远的心理压力、甚至在一个时代使西方在文化上亦步亦趋的，并非中国，而是另一个异类的世界——前有先知缔造的阿拉伯，后有奥斯曼土耳其。随着古代的落幕，西方列强便奉侵略与殖民的主义以行霸道。而就连穆斯林世界也未必意识到：由于他们的失败，东方被撕去了屏障，随后开始的殖民主义的世纪，至今仍未完结。

事情演变至今，已是一场狼和羊的文明冲突。出于凶险的心理，赶尽杀绝正未有穷期。诸如反恐安全，不过是欲加之罪的笨拙托词。威胁的手段开始粉墨登场，逼迫的一方“自肃”、威胁下的武器核查、都毫无耻意地成为日常茶饭。像野蛮和史前时代一样，今日的战争定义是掠夺财富。兼之媒体的帮凶，多数人的沉默，世界的新秩序建立起来了，只是呈着一副凶相。

王小强著作的第二个意义，是它捅破了新衣，直言道出了现实的本相。

我想，穆斯林的读者会感激王小强的工作。因为对他们来说，天下大势其实一目了然，美国的司马昭之心早已路人皆知；但他们觉得世界在“看杀”穆斯林的苦难，在孤军苦战中他们伤感和易怒。是的，最恐怖的乃是正义的缄默，最可悲的是公众对不义横行的承认，最使人绝望的——是人对正义的放弃和不信任。王小强的这本书告诉他们不必那么悲观，正义并没有死，它广泛存在于这无情世界，存在于穆斯林的内外。

这种亲近感也会促进穆斯林的思考。因为这本书的很多细节，都值得穆斯林读者吟味。包括它独特的、未必完全赞同——鏖战于前沿的穆斯林全部观点的独立态度。强求他人接受自己的全部观点和话语，不仅是不可能的，而且应该成为一种禁忌。在渴望他人尊重的同时，必须实践对他人立场的尊重。以己之矛，攻己之盾，抗争新十字军包括帮凶的媒体与智识阶级的斗争，一定也是一场荡涤自己的革命。

如所有著作一样，王小强此书依然有一些瑕疵。叙述和引证，还存在若干失实和不妥；用语选择的调侃口吻，也以节制为佳。由于这是针对伊斯兰的发言，而伊斯兰信仰乃是第三世界穆斯林心中的、不能退却的最后底线，差之毫厘便易招致相悖的后果，所以字句都要斟酌慎重。

前不久媒体在纪念美国作家苏珊•桑塔格的逝世，我因此读了一些她的书摘发言，也作文议论了“左派的傲慢”。她尖锐地指出美国在阿布格莱布的虐俘是“施刑”，但她对阿富汗、伊拉克的轻率用语，同样也令尊敬她的读者瞠目。有时她毫不在意也抽向淋漓伤口一记鞭子，没有意识到那也是一种小小的施刑。

所以，有了注视的视角也许还不够，或许我们今天该坚决一些地站到某一个位置上。如同当年插队当农民、后来回城后又常常沉思的一样——是某种与民众站得最近的位置。那是一种紧紧地贴近着民众、但却很难对人解释的感觉。不同于知识分子的流行方式，王小强在独自的路上获得了难得的视角。我虽然主观地盼他独木桥上再进一步——但成熟的他用不着我的劝诱。

前面提及的，我为纪念桑塔格的写作，最大的收获是体验了悖论——以批判美国对穆斯林的暴行著称的苏珊·桑塔格，当受到穆斯林的纪念的时候，纪念文辞中的穆斯林话语居然被强制删除。这就是令人为之深深悲哀的、我们的语境。但即便如此我也不想为了规避，就退守阴暗的安全。所以，虽然我并不是一个合适的转达者，我还是以我的名义，把这本书推荐给了一些在国内享有声誉的伊斯兰学者。因为我这样想，穆斯林必须意识到——要获得来自他人的正义，首先要支持他人的正义行为。既然人能仗义，我则不可无动于衷——哪怕沟通一种形而上的彼此尊重，其中的意义不同寻常。我不在乎被诬告为原教旨主义者，就像在日本时不怕被嘲笑为国家主义者一样。我喜爱一种类似桥梁的感觉。

给这些既在体制的边缘之外、又是穆斯林世界精英的阿訇们送书时，我附了如下一封信：

诸位阿訇：

受学者王小强的委托，寄上他的著作《文明冲突的背后》，盼诸位一读。这本书，是面对世界上横行的不义和霸道，有正义感的知识分子挺身而出的一个发言。它说明穆斯林对帝国主义的侵略进行的英勇抵抗，正在赢得愈来愈广泛的关注和敬佩，并打碎和批判着新帝国主义对伊斯兰世界的妖魔化阴谋。同时，由于作者的学识和视野，书中许多有关伊斯兰世界的信息，也值得我们了解和学习。

在寄上这本书的时候，我盼大家能试图思考作者和他的朋友们的角度和思路，而不要计较于书中存在的一些错误、措词、和异于穆斯林的观点。因为更重要的是支持作者的正义发言；

而加深对自己伊斯兰的理解，本来也是作者托我转达的愿望。读后若诸位有兴趣写成书面意见，可以由我转达作者。总之，在迎面全球化的侵略之际，穆斯林必须团结全世界的朋友，才能最终取得胜利。

再颂赛俩目并祈求真主的援助。

（署名）2005 年 2 月 6 日

引文中的赛俩目（Al-salâm）一语的含义，主要是和平。与之同一词源的伊斯兰（Al-islâm）一语的含义，即和平，不仅是这种信仰的名称也是它的目的。在二十一世纪出人意料地如此开幕以来，穆斯林一面吟味着自己的本来初衷，一面眺望着路上，想看见能与之将心比心的朋友。无疑他们已经深深感到了：积重难返的痼疾病灶，是今日灾难的一半原因。他们中愈来愈多的人达到了一点共同的认识：若想粉碎新的帝国主义和新十字军的围剿，首先要清除自身的缺点和污脏——这一内部的革命，也包括批判无视他者的僵化教条主义。如鲁迅的比喻：生逢乱世的、穆斯林的良知，必须“横站着身子”侧姿战斗。在这样的境遇下他们追求诤友之交，那种身旁有人严厉驳难但又推心置腹的幻想，是非常温暖的。如果在抗争的路上他们能获得多数人的同行，如果他们能获得救助也伸出援手，那么他们走上的，其实就是 Tarigat Allah，“真主的道路”。

长久以来，人们都以为 E• 萨依德是个穆斯林。因为他是殖民主义东方话语体系的克星、是巴勒斯坦人民主权的辩护者、是第三世界的理论旗手。而事实上萨依德虽出生在耶路撒冷，却并非出生在穆斯林家庭。不是血统的动机、是凛然的大义使他毕生为异类、包括为穆斯林世界呼吁与阐释。他是一个高尚的灵魂，既扫荡着狭隘的民族主义，更讨伐着横行的霸权主义。每当我独自咀嚼其中意味，都陷入强烈的激动。

这样就还要回到格瓦拉。数十年过去了，只能承认，还是格瓦拉的语言最传神。他说：他一族的血统记号，是每逢出现不义就愤慨得发抖——在某种意义上，格瓦拉的话是萨依德的先导。确实，民族和亲戚，就应该如此划分。我懂了格瓦拉的魅力为什么经久不衰，他是真正的人道主义者——留意着他人苦痛而生活的人。

其实这是一件简单的事。只是由于精英们都选择了不吃亏的阳关大路，所以实践它，需要罕见的学识和勇气。在河这边，人们早就放弃了幻想和等待，已经很难看见谁还在翘首盼望。这时路上出现了人影——也许我看花了眼，但这确是王小强新著给人的印象。对岸突然亮起一道焰火，沉默的人感到了喜悦。那个影子的背后会有更多的人跟上来么？人们彼此问着，心里又点燃了希望。

写于 2005 年农历春节

凝视黑夜

十世纪的伊斯兰思想家、安达卢斯（Al-andalus）的伊本·阿拉比有一本书叫《凝视黑夜》，讲解古代的求道者，怎样在对黑夜的凝视中，神秘地获取真知。在旅行西班牙的日子里，我经常想到他的这个命题，猜测人在面对黑夜时，会有怎样的感官和心理的过程。我总觉得他们幸逢盛世，身处大的时代，见识经历都不寻常；进而叹息自己生不逢时，本来已是碌碌无为，还要与侏儒群小为伴。

我没有想到，一种体验的来临，居然会这么突兀——居然，独自迎着黑暗的体验，也会降临到我的头上。它宛如伊本·阿拉比的一种注释，告诉我神秘主义诞生的途径。一天之后，我意识到体验是真实的：因为2004年的11月4日，是一个如同黑夜的日子。

清晨，在奔向地铁站的路上，一瞬间黑夜开始了。

我与一个路人擦肩而过，一眼瞥见他手中晨报上的黑字标题：布什当选了美国总统。刹那间我的视野一片黑暗，心头掠过一阵清晰的疼痛。拥挤的地铁里，人人手里都翻着一份报纸。而我决心已定，再也不瞟那些报纸一眼。心在悸动着，眼前一阵阵发黑。并非因为一个魔鬼或者一只猴子当选了美国总统，我就会在一边难过。我空空地望着前方，目不转睛地盯着对面的车窗。是那些冷漠自私的选民，使我感到难忍的疼痛。咽下一股苦涩，这时我看见了窗洞里的黑暗。

那么就意味着杀戮要更堂而皇之地进行。那么就意味着战争和杀戮的权利，又一次被民主地授予。原因只不过因为自私，只是为了自己的“安全”。侵略了一个又一个国家、屠杀了数十万民众儿童之后，罪犯却当选了。车窗外黑暗疾疾飞驰，我看见了当年希特勒的当选场景。一样是媒体在喧嚣，一样是人群在欢叫。人能如此的冷漠，这不能不使我暗暗吃惊。

我不动地坐着，对地铁窗久久凝视。丰富的黑色在那儿变幻，如在等着视线的归宿。邻座的报纸在哗哗地翻，大概又从布什的当选，翻到了歌星的绯闻。我想到了今晚的电视。能想象主持人和嘉宾们会怎样兴奋，他们一定会像亲爹中了彩一样。今夜他们将长时间地占领电视，如一群妓女给嫖客捧场。他们会说得唾沫乱溅，而我们却只有沉默。正义、公理，甚至常识都被剥夺了言论的权利，大半个世界都在沉默。

我猜那时我已经失语，只顾牢牢盯着一方黑暗。文明人道，是多么暧昧的概念。大概，在黑暗的两岸我们彼此都在惊异：人的文明和人道水平，怎么会如此低下！……黑暗如同我的同党，窗户框住了一个黑影，它疾速地闪跳着，黑黑的像一只猴子。

凝视着，从这个清晨时分我就意识到：今天是无论如何不能看电视了，为了最低限度的平静，与这颗心脏的“安全”。还能干些什么呢？或者写篇小文，骂骂那只猴子？但我意识到混不过盘查——昔日的极左官僚，今天正给帝国主义站岗。黑暗冷峻地否定我的冲动，我能做的，只是凝视。

天黑了。

我像一个潜伏的特务，熬过了革命声浪震天的白日。已是黑夜时分，已经熬过了他们为布什大鼓大噪的黄金时段。算一算，搔首弄姿的主持人已经下了班；游击的、异端思想的夜，终于来临了。

我小心翼翼地打开了电视。

不想，阿拉法特病危的消息冲入眼帘！

怎么会有这样的巧合？早上一个魔鬼登台，晚上一个伟人濒死。早晨公正遭到侮辱，晚上人心又被煎熬——我突然醒悟了：不是别的，是伊本·阿拉比所说的黑夜已经出现。它来临了，如天道的运行。不管情愿与否，我必须体验——夜的凝视。

这一夜，我一直盼着多得到些阿拉法特的消息。报道的措词古怪而暧昧，说他患了不能查明的血液病。在这一夜他倒下了，他的一生像一盏启发的灯，从黑暗深处缓缓地亮了起来。不同于胡志明或曼德拉，甚至不同于格瓦拉，他不仅无望事业的取胜，而且无奈于思想的孤立。二十世纪过去了，伴随着巴勒斯坦五十多年的受难。二十一世纪刚开始，世界就悍然横行不义。唯有他站立着，任凭舆论和炮火夹击压迫。他在绝境中孤独站立着，不从尊严的底线退后一步。

也许，就因为这一点，他将被评为两个世纪里最伟大的人物。

我凝视着黑夜，真是一个黑暗的日子。夜里的黑色默默地变幻，我看见数不清的法国人走上街头，为即将辞世的他祝福。我感到自己哭了，虽然颊上没有流下泪。已是 11 月 5 日，斋月的第二十三天。他虽然垂危，但尚有最后一息。凝视着黑夜，我为自己的无能而难过。

我能做什么呢？

思想被“大规模杀伤性媒体”的火力压制着，我抬不起头，一次次重新归于沉默。对于以笔与之抗争，我有一种深深的厌烦。字迹在屏幕的下沿滚动着：自攻占伊拉克以来……已经杀害了大约 310 名伊拉克科学家……自布什当选的消息公布，美国人移民加拿大的申请骤然增多……

我打开电脑，想给冥冥中的读者写点什么。但是满视野漆黑茫茫，我怀疑是否存在读者的索求，更怀疑——夜沙漠里，一声羊的咩叫的意义。

虽然我们无力，但我们没有顺从卑鄙的体制。我们敢于暴露异色的脸孔，敢于坚持异端的话语。在黑夜中，我思索着，不由地感激神秘的指引。它使我写了二十多年，但没有一个字为权势讴歌。它使我在还那么年轻的时候，就站到了被歧视者的一边，诉说他们存在的美与合理。……

凝视中，确实夜有三层，黑分五色，说不出这夜的蕴含丰满。也许，这一夜与伊本•阿拉比的那一夜并不相同。我不知是否看见了真理，但是到了五更月沉时分，我暗暗感到了夜的温暖。

天就要亮了，由于更强大的力量。

2004 年 11 月 8 日二稿

未能播的闭幕式

我一直觉得，这一届雅典奥运会与众不同。我说不清究竟不同在哪儿，但显然它与前几届滋味不一样。

夜夜盯着电视，虽然没有看到最想看的足球，没有看到伊拉克足球队向世界诉说般的征战，但熬到最后我还是得出了结论：这些夜晚没有虚度。它们给我带来的，不仅是力量和美感，不仅是运动的愉悦。

无疑，雅典远远超过了任何一届主办者。

优胜者赢得的不单是一块奖牌，而是一顶橄榄枝编成的花冠。使用中文在此刻居然感到不能得心应手：因为，称它花环但它其实没有花、说它是桂冠它也并非桂枝编成——它是一把橄榄树枝，但总不能叫它枝环或者枝冠。而若称它橄榄环或者橄榄冠，又多少有些绕口。鸽子飞回来了，衔着一个橄榄枝。它告诉人们灾难的洪水已经退了，和平终于又重返大地。

夺冠的选手头上，只是一束橄榄树枝。恰如飞回努哈方舟的、那只鸽子嘴里衔着的一样。

橄榄树在那儿举目皆是充斥视野，编一只冠不用花费一分钱。而选手们一旦戴上了它，一旦站在了领奖台上，他们就成了和平的象征，成了人类理想的标志。雅典奥运的文化和思想基础，首先是“橄榄——和平”。这一思想和暗示无所不在。夺冠的选手高高站着，反复呼吁着人类对和平的渴望。他们肤色各异，男女不同，望着他们，神圣的感觉无法尽说。

给中国女排发奖时有一个细节：也许是因为台上的人太多了，到了最后，发现橄榄冠少预备了一只。熬到夜深的我几乎喊了起来：不行！等等、再拿一个来！……但发奖者很聪明，他把两个中国姑娘的手臂，用最后一只橄榄环套在了一起。

他的做法合理合体，我不禁佩服。

就这样雅典赢得了我深深的好感。他们确是艺术的民族。奥林匹克的古老寓言，在他们手中一页页掀开着现代的新版。

举重发奖仪式上发生了动人的一幕。欢呼爆发了，发奖无法继续。一位男子汉置身于火热的巨涛，被迫目击和迎面人们的热爱。其实他只获得了一枚铜牌，那位希腊大力士简直不知所措。他的表情使人难忘，坚强的脸庞，强忍的泪。我久久注视着他，我想他这一生真是值了。

不仅如此，他们还批判了狭隘的国家主义。体操的观众席上，人们路见不平呼啸而起，他们用长达十分钟的阵阵声浪，抗议了一位俄罗斯选手受到的不公平裁判。那位俄罗斯运动员的表情很像希腊的举重大力士，眼前发生的超出了他的想象。他也一时不知所措，也强忍着眼中的泪水。也许原来他只是为了锦标而来，但没想到遭遇了强大的正义。人的热情居然这么强大，这使得迎面撞上了它的人感到猝不及防。我猜他会长久地思索不止，雅典市民给予他的，已经远远不是体育的教育。

我渐渐觉察到，自己正在看着一个寓言，或者正在接受一种启示。雅典市民好像在对我们说：所谓奥林匹克的精神，首先是和平与公理。奥运会的本质，远远不仅是运动竞技。

并非喜庆的渲染或添足的作秀，最激动人的闭幕式，是雅典在奥运结束前夕发动的大游行。只有那场游行，才是真正的、人人参与的闭幕马拉松。虽然——我们没有看到渴望的实况直播。

当发动血腥战争的美国政客、当拒绝了奥林匹克的停战原则继续杀戮的美国政客企图利用奥运闭幕式插脚雅典的时候，雅典的市民们涌上街头，抗议对奥林匹克和平理想的冒犯玷污，不少人穿着奥运会的纪念服装。尽管无法获知更多的细节，但他们向世界传达的信号是清晰的。雅典人脸上浮起决斗的表情，角力开始了。

日夜吵闹的电视上，这条新闻一瞬而过。但它透露：走上街头的雅典市民决意已定，如果捍卫奥林匹克精神的游行被破坏，他们将采取行动。在角力场的另一方，发动战争的刽子手害怕了。他讪讪地说“公务缠身”，取消了他的玷污奥运之行。

在这个良心受挫、正义退场的时代，和平市民对霸道体制的抗议，一般都以失败告终。但雅典这一次，虽然规模小但它赢了！这是一次罕见的、以胜利闭幕的反战游行！它告诉我们，人们追求正义与和平的马拉松，无论多么漫长，无论多么艰难，终点是可能到达的，胜利是可能获得的。

人们一直在猜测：分量最重的，究竟是哪一块金牌？又是谁能在最后获得那块金牌？

不是电视炒作、而是历史评出——作为主办者的雅典市民，获得了最大最光荣的一枚奖牌。真正的橄榄冠，象征着人类苦苦追求的、禁止战争迎来和平的橄榄冠，戴在他们每一个人的头上。

真想听听他们的声音，真想听见那些参加了雅典游行的雅典人怎么说。但是没有，电视里没有一丝他们的声音。电视主持人只顾了搔首弄姿，居然忘了把镜头对准压轴戏。

所以，它还是一场未转播的闭幕式。

但是——没关系，古代的奥林匹克，也没有什么电视的传播。此时无声胜有声。我压抑不住自己对那儿的想象。品味这种想象很令人激动，若此刻我在雅典就太棒了。

在这转瞬即逝的一刻，奥林匹克显示了它的初衷，雅典奥运会显示了它的超群之处。

我原来只想看看热闹，没想到受到了如此震撼。休闲的旁观，成了学习和接受启示。从未有过如此的体验。

深夜里，心里回荡着敬佩和感动，我恋恋不舍地关上了电视机。

2004 年 12 月再改

Moray

摩拉依是安第斯山深处的一个古怪地点——荒凉雄山的腹地，不知被谁刻上了几何图纹：用途不明，不能理喻。大地上排列着谜谶，一个圆圈套着一个圆圈，如洪荒极地的梯田，完全不可思议。

印加人早已被屠杀几尽。摩拉依，今天它没有主人，如一具被俘的骨骸。

它的尽头矗拔起一道黛色的雄山，顶峰万年积雪。舒展的牧场、嶙峋的仙人掌、黄褐糙瓦闪烁的独家小屋，沉浸在永恒的静寂里。除了风声，没有音响。大地上有弯曲的线条，如图如谶，谁也说不清它是什么，因为把它刻在大地上的不可能是人类，这是鬼斧神工。

若是给你用蒙语讲述这个地方，将是一件麻烦事。所以我依自己的理解编了一个词，企图对你描述它于梗概。我说：“那个地方，Moray，阿布盖，用我们的话比喻——它就是 derihi obo!（宇宙敖包）……”

我是在讲给你的灵魂，阿布盖。我的怀里藏着你轻灵的一缕魂，我遐想着你我正漫步乔布格的秋营地。白色的草潮如同金浪，你迟疑着点头，对我说的天外之谈，你总是这样。

——若是你呢？种胡麻的哈鲁乃？对你讲时让我换一个比喻。“这是古代的印加国最大的尔麦里场子！……”

他的红脸膛沁着汗粒，眼神专注而警觉。这么说他立即懂了。但他懂了也只是眨眨眼。与我相跟浪迹了这么多年，他的思想还不能集中到他国外界，它永久地拴在两根桩子上：一是艰辛的生计，二是衰微的教门。西海固残破的风景遮挡着眸子，逼他只看见辛酸的年成、残酷的人世。

我站在摩拉依的石头祭坛上，从高空俯瞰时它排着几何的图像。我存在于两者之间，左手牵着阿布盖的飘摇灵魂，右手扳着哈鲁乃的粗硬肩膀。高空中白云迅疾，逆着几只鹰向雪山滑行。捧住牧人的游魂，猜着农民的心事，我需要一个超越的地场。赤裸的山岗上，仙人掌的叶片尖头鲜红的花骨朵怒放着，诱人的暮色已经近了。

阿布盖

阿布盖，我一笔笔写着“你”字，心里却唤着“Ta”，蒙语中的“您”。对着亡人的魂灵，我不敢不使用尊敬的称谓。我几乎抑制不住径自这样写下去：

Abgai, ta yabusun, jargad mini uriger-i sansuhguai

（你走了，不再接着听我的故事）

一行接一行这样写下去，我能写出数千行的长诗，使用蒙语的自言自语或梦呓。在至少令我自己称奇的、我们难得的三十六年结交之后，在我们既疏离又亲密的关系之中——你抽身而去，不再倾听，没有留言，更不会理睬我任何形式的呼唤了。

三角架的一只脚断了。我不能接受，拉着哈鲁乃，来到了摩拉依。

此岸是你创造的家族。三个女儿依靠着终日放牧的丈夫，三个儿子领来了穿着鲜艳的媳妇。外人骑马或乘车路过，会指点着红山头下的这片草原说：瞧，阿布盖家族的营盘！

无论如何，歧视的年代结束了。孤苦母亲沉默的眼神，独生儿子惶恐的记忆，都远远地飞散了。那一年我看见，你悄悄一人在恩格尔（阳坡）的山顶堆了一个小小的敖包，暗中祭奠自己隐姓埋名的祖先。

你丢下了半生相濡以沫、半生吵吵嚷嚷的嫂子。在我目击了三十六年之后她衰老了。颤抖着花白头发，她该怎么打发残生？你没有留给她什么遗言，从傍晚的暮霭中散步回来，你躺下就离开了这片拥挤的草原。

不用说你更不会惦着与遥远的我告别。最后几年你好像怀着一股心事，对儿子们动辄怒骂，却不多对他们教训。你焦躁但说不出什么，毕竟你只是一介牧人。你离开时，没有给家族留下你盲目摸索的——蒙古精神。

若是我们能聚在一块多住些日子，也许我们会谈到它？但是不能——不道别的分手，不预告的落幕，正是我们命定的关系。这突兀的收尾，使我感到彻骨的冷峻。

听到你辞世讯息那天，即时的冲动使我渴望一下子飞回家乡营盘，在那里诵读几章古兰，让穹庐四野和你的灵魂倾听。但是没有也不能那样做。不用说，我必须遵循——你的方式。

迟在以后，在儿孙后辈们早已对我陌生的以后，我到了恩格尔敖包背后的山岗。娇嫩的黄色野罂粟，在微风中摇摆。方圆八十里、羁留了我青春的草原，与迎面扑来的清风尽入视野。

在你独自堆起的敖包一侧，我也堆起了我的一堆。我双手捧着坚硬的砾石，指尖磨出了血迹。

没有一丝声响，除了我的心跳。

我盼这低低的敖包，将来能被人唤做 Abgai obo，虽然我又觉得这是奢望。已经加入了我的、它掩埋了的许许多多故事，引导我懂得了蒙古的秘密。阿布盖•敖包，依靠着你，无论现实或者历史，尽管我没有全数身在其中，但也把一片懵懂混沌，钻透了一个小洞。

此刻我来交还一切，阿布盖。遵循着你的方式，我引来哈鲁乃在此向你行弟兄礼。两个穆斯林，在安第斯山脉深处、在这天下第一的自然崇拜圣地祭奠你，我们的蒙古兄长。

哈鲁乃

哈鲁乃，守着西海固荒山九十亩的你，盼着三个儿子打工回来盖新房的你，听见狂风中传来的这声呼唤了么？天寒地冻，刨出的洋芋都已入窖，山上的树如在冬眠。年年这样的冬闲，多是相聚的日子。你等得心焦了么？在这音讯全断的冬月？

现实的差异，使我们习惯了揣摩。我们都是哑语的能手，都善于隔腹知心。

那么多人蜕变远离，剥露的真实令人心悸。而你我却从两头挖着隧道，虽然吃力，但是跨过了一道又一道门槛。他们不相信差异能够否定，如不相信人间存在情义。

更强大的证人是时间。在一遍又一遍的十年一日里，有足够的机会检验和证实。三十年时光冲淘而过。剩下来的，它的细密解数，它的贵贱轻重，唯有你寸心独知。

好像偷盗了一块燃着的煤，我们紧紧把它抱在怀里，遮住它烁烁的红火，忍住胸膛的灼痛。

在七月骄阳流火熔银的正午，你用蹦蹦车驮来捆捆金黄的庄稼。你在封山禁牧农民弃农的春天，漫山栽针一般挖出树坑栽下树苗。你在熬炼的斋月滴水不沾五番举礼，你在无水的山坡打井种上菜蔬。

你守望着一院庄户两翼黄土，不愿抛弃祖先的念想、温热的家业。每天夜晚锁上院门前你独自站在临着深沟的场上，看一会墨黑天幕上运行的依稀银河。你叹息时突然发觉——娃他妈停立身后，拖拽的身影，一直铺到霜沾的沟沿。

那一刻脸颊发热我抬起头来，头上七星闪灭，我感到了你的凝视。

其实就在此时，又一个弟兄正抽身离去；他口中振振有词，粉饰着自己的质变。望着夜空幻灭的星群，我暗暗感激着你。我凝视着你俩的一举一动，直到你和她转身进院，大门掩上时哐啱的一声。

快扫净高房的铺席，快烧热泥炕的煤火，快挂上我们农夫游子的对联，快喊回牡丹桃花做饭——罐里粗茶酽酽，兄弟重逢的时辰近了！

我总希望你记住阿布盖，因为他也是你的一只脚，虽然你听不懂他的哪怕一句。他是你不遇面的兄弟，你们是不通话的知心人。我要打消你的隔阂，如我灌输给他——你的新鲜故事。

我们是大地上的三兄弟，布局在群山草原之间，缀连着乡野和都市。背对着人世的喧嚣堕落，我们栽活了一株情义之花。

三十年的时光浸润滋养，渐渐开放了一种罕见的鲜艳。三十年时光也销磨折损，慢慢耗尽了人的生命。掌管人寿数的，唯有大能的冥冥。那一天，透明的高空里传过一个无声的呼唤，于是阿布盖死了。他消逝了，我在远行，你守着家。人间事就是这样，顺从、无念、一如你惯听的道理。

从接到噩耗的那天起，我一直谋求一次三人的聚会，想找到一个最合适的地点。它能平衡我们三人的差异，能尊重他的方式，能成为阿布盖的祭奠场所。那个地点，它不能在乌珠穆沁，也不能在西海固。它更抽象，浩大而朦胧，如一个共同的象征——

它的位置，今天我遇到了一处，摩拉依。

Moray

传说这里的风景美得太烈，人进入山谷以后眼睛一下子就被刺瞎了。于是神明慈悲，从崇山旷野间把美的几缕丝一一抽去，于是山峦转呈粗糙暗淡，绿野只剩下一望苍茫。

我登上了摩拉依最高的一层。

这一天蓝空洗透，能看清峥嵘万状的雪山，和安第斯山脉深奥的土豆田。摩拉依是一处千古之谜，天外来客在这里修筑了级级梯田，它们一环套一环，在大地摆出怪异的同心圆阵。白云时而垂落，于是圆圈隐蔽了一角。人们说，每一级的温度都有变化，它是在不同海拔种植土豆的试验田。我不信，怎么会有那么细发的农民？它只是古代印加人的祭祀场。

圆形的图谶，如茫茫大地上的一个圆碗。

每一层石料砌筑的侧壁上，都嵌着几枚石钉。人若能踩住石钉，就可以攀上更高的一层。下方是难测的碗底，光线骤然黯黑。往上级攀援时，湛蓝的天穹圆圆，宛如蒙古包的天窗。

好像有两只透明的拐杖，每踏上一个石钉我都感到左右的支撑。摩拉依，在这里正好纪念异族的长兄。这样想着，我登上了摩拉依的最高处，脚踵伸出了根，左右都被紧扶抓牢。

阿布盖！——

耳际响起了哈鲁乃的粗哑吼声：阿！不！盖——

群山久久地振荡回响着：A-b-gai——

他已经顺从地皈依冥冥，你我也紧跟着步入暮年。他让草地上繁衍了一个家族，你把守着庄稼教门没让它们荒废。三角架低踞在岩石上，虽然已经断了一只脚。就这样我了结了思索许久的一件大事，虽然仪式逸出了传统，虽然心绪没有人知晓。

左手是迪迪卡卡湖、右手是马丘比丘山的摩拉依，神秘的摩拉依，包容的摩拉依，我们在这里祈求援助。我们在这天尽头海对岸的地方，祝贺坚守不易的友谊。

我沉入了幻境。掌中是哈鲁乃粗硬的手，半空伫立着阿布盖的远影。

2005年11月，秘鲁

聋子的耳朵

也不知怎么回事，就留意起戈雅来了。

最初是因为这位西班牙画家的一张斗牛画。

那天在一个人的家里靠着书架浏览，戈雅的这幅画吸引了我。他描绘了一个被反复美化的斗牛的尴尬场面：牛已经挑翻了几匹马，斗牛士吓得缩在后面，等着长矛手迎战。但是那战战兢兢的长矛手挺矛不刺，他的马死撑着腿呆若木鸡，不肯上前。

为了找这幅画，我才发觉了戈雅其实画了一大批斗牛题材。他画的大多是一种腊版雕蚀画，都是单色，唯那幅嘲讽的《挺矛》或《枪技》（Suerte de varas），色彩绚丽，是大幅的油画。似乎在痴迷斗牛的西班牙主流思路里，戈雅有着异端的感觉。

这是什么感觉呢？

不知道。我只感到戈雅摈弃了那个阶段：在午后的西班牙斗牛场上，夹杂在嗜血的、放纵的、迷狂的人群之间，欢呼所谓胜利的阶段。也许是因为聋了的缘故，他在耳聋之后，画风骤然一变，开始描绘人间的残酷，世界在他野蛮的笔触下成了一片修罗场，他在华丽的斗牛描绘之后，画怪异的死人，画食人的恶魔，开始执著于对恐怖的巨大阴影的捕捉。

评论家又说，这是艺术的变形。而我，如今对繁衍孪生的摩登艺术论，已经一丝也不能容忍。分明不是这么回事，画的只是心里的难忍苦痛。自诩评论家的，本是一些粗俗的人，为什么非要忸怩作态、乔装艺术家呢？

后来得到一个描写戈雅在波尔多的电影光碟。我迷上了这个电影，后来干脆把它当做了学习的教材。下面的这个情节，我看了不知几遍：

八十岁的戈雅，在失聪之后，晚年与小女儿相依作伴。一次戈雅和女儿谈论绘画时，他说要告诉她“一个秘密”。什么秘密呢？

“耳聋以后，现在我听到的，比以前更多。你知道为什么吗？”

女儿摇头。

——因为，现在我用自己体内的耳朵（内部的听力）在听。你也可以做到这一点。愿意吗？

女儿闭上眼睛，向冥冥倾听。

“听见了什么？女孩？”

“什么也听不见吗？”

女儿说，是的，但是没有什么特别……我听到一些遥远的声音……有一个小孩在哭……

“那不是！那些不是！”戈雅厉声斥责。他突然滔滔问道：

你没听见一种嘈杂在逼近，

它沉默、恐怖，若数百头公牛践踏大地？

你没听见一个女人的哀嚎，她嘶吼大哭、为着她的儿子被杀？

你没听见她痛苦的喊声？

你没听见——大炮的轰击、来复枪的扫射？

没听见一个魔鬼的嚎叫？！

你听！

你听！！！

我听得惊心动魄。

我闭上了眼睛。一瞬间想模仿他的小女儿。先是从黑暗中分辨，穿过噪音的厚层。我也试着用自己“体内的耳朵”，视觉早已被“专政”，能看到的，多是刻意制造后提供给眼睛的产品。更不能听，充斥双耳的更是靡靡之音。我捕捉着戈雅的内部的听力，让感觉向着听觉凝聚，听——

那部电影的画面与音响都是精雕细琢。小女儿再次闭上眼睛以后，一道闪电划过，现实一下子被撕开了口子。如鲁迅从仁义道德的字里行间的发现一样，戈雅骤然开始了他末日惨景的描绘。压迫、屠杀、魔鬼、吃人，歌舞升平的喧嚣中，真相夺路而出。

轰隆滚过的炸雷振聋发聩，小女儿惊喜地喊道：我听见了！

我也听见了。

我听见在黑暗中运行的声音，听见了火焰抖动着风，听见了被遮蔽的求救，听见了恐怖的炸裂。在一片疯狂淹没着我们的轰鸣中，只有母亲的哀叫丝丝可辨。大群的坦克横蛮碾轧，高音喇叭吞没着哀鸣。一个魔鬼怪叫着，世界上唯它在狂欢与奔突。

没有一丁点——赏玩的余地。

戈雅晚期的作品，它们简直不像是油画，倒像是用油彩做中国式的泼墨。它们无法静观，不提供任何的愉悦。甚至不像梵·高，尚停留在主观的风景。我猜若是寻找比较，也许它们和鲁迅喜欢的木刻画有一些类似。

身临一个大世纪的肇始，目击一个新时代的临盆，环绕着戈雅，那么大的一个圈子；评论家和出版商、诗人们和学者们——没有些微的预感。他们的存在只是蝇附骥尾，所以才形式呀风格的盲人说象。其实戈雅不过是用他的绘画向人们提出了警告，因为他听见了潜行的恐怖之声。

戈雅的听觉，使他成了最好的画家。他从不盲从，不随着文明的规矩，而是相信自己的耳朵——聋子的耳朵，记录了历史分娩的痛苦。

无疑还会有一些瞎子；他们依靠另外一种视觉，穿透虚伪看见本相。鲁迅先生呢？他显然也有异端的观察习惯。他在视听两面都不肯盲从，为这个民族，焦急地写下了警告。

本来我要写点别的。比如电影里使用的弗拉门戈音乐，那些悦耳的响板；比如“学习的快感”——因为我总想学几句戈雅的原话。但是我好像更想写些不合时宜的句子；关于生逢此时我们该怎么使用耳朵、不能长着耳朵但是专听媒体和精英的谎言，等等。

我闭着眼，月复一月，在倾听中打发日子。

古怪的事情发生了！

这一篇散文尚未写罢，突然在一个早晨，电视上正播出与美国佬一同庆贺打死扎卡维的节目，我的耳朵忽地涌入巨大的噪音。我发觉自己的耳朵出了毛病。一个耳朵如旧，而另一个很古怪：不知怎么它听的已经不是中国，充斥伴响的，仿佛是西班牙的音响——那是戈雅晚期的恐怖之声。

医生说你的耳朵还是该小心了，看来它是有了病了。我点头，我吃药，但我明白：它独自逃走了，它已经不听这世界的谎言了！

写于 2006 年 5 月

《聋子的耳朵》编后跋

这本集子不知为什么使我牵扯了许多心思，好像它在我的书架上是个不足月的婴儿。或者是因为有一种认为大街上匪患滚滚的心理，所以本来是流水茶饭，我却敏感而警觉，好像随时准备拔出匕首，刺入无影之中的敌腹。

时光如证——

比起前一两年，它虽然也笔触探及了许多领域，却没能获得《一册山河》那种休养于学术的快感。同样，尽管也竭尽全力、喊出了几声对新帝国主义的抗议，却不能像《谁是胜者》，置尖锐于学问、亦批判亦说理。比起庄严地质疑她的政府的苏珊·桑塔格等欧美良心精英——我们的感觉大不如人。多重的悲哀，束缚着我。先贤批评学习不集中精力者云："一心以为有鸿鹄将至，思援弓缴而射之。"而我不得弓缴、白日夜游、身心都在巴格达，总觉得就在窗外，美军的黑鹰悍马，正满载各式杀人武器呼啸将至。

当经常分辨不清究竟是身在巴格达抑或在哪里的时候，人便容易陷入一种神经兮兮的状态。艺术家喜欢夸张那种状态。而我没那种习气，我只是觉得，在电视台交响伴奏之下的、那尖叫着飞来的炸弹——它们愈来愈像原子弹了——仿佛就在我的脑后炸裂。它们毁坏了我的耳朵，使我的听觉日愈粗糙。我常常分不开地毯轰炸和春节爆竹，听不出是和平还是战争。

在人生的如此关头读到戈雅的榜样，简直又是一次机密的恩惠。如拙作引用，西班牙画家戈雅在那个失聪的年代，一切判断的根据，只是“内在的听力”。也就是说，拒绝强制灌输塞入耳朵的喧嚣声响，用人的另一种本能，去听取茫茫沉默中的哑语本音。我暗暗下了决意，从此侧耳倾听，不仅调动体内的潜在听觉，而且调动各样的异色语言。从底层到空间，从民众到邻人，按照听到的世界真实的指引，决定一介作家之落笔。

一如逐渐建立的体例，书后仍然附着我的全新集子的排序，以区别为战胜生活而进行的重复出版。关于这一点需要对读者做一句说明。

时光如誓——

对照前一本，你们也许会同意：我没有从前一条战壕后退，虽然迎对着喧嚣围攻。谨作为跋，并纪念在刺耳噪音中闭幕的2006年。

2007年2月14日北京

补记

自上一次结集至今的几年中，最要紧的《讲演河州城》，因莫须有的名目被删除拿下，未能编入文集之中。那是一篇向穆斯林呼吁团结所有的人一同迎击新帝国主义的侵略，以及呼吁穆斯林世界的自我改造的讲演。为这件小事也许值得留下一笔脚注，因为它揭示着在这失义的世纪初，穆斯林的话语曾被剥夺到了怎样的地步。

2007 年 4 月 22 日

两度羊肠坂

其一

那一年和许晖去河南，让他查查沿途资料。他寄来了曹操的《苦寒行》，于是羊肠坂一词，带着新鲜的语感，钻进了我的脑袋。

这一首，在曹操诗里可能不算太著名。但是几行句子一跳而出，夺走了人的视线：

> 北上太行山，艰哉何崔巍！
> 羊肠坂诘屈，车轮为之摧。
> ……

对这首诗琢磨了一番。知道汉代羊肠坂至少有两处：一在河南的黄河北，大体应该座落在从山西去洛阳的出口；另一处在太行山南北主脉的腰间，大致在林县人挖的红旗渠附近。

林县让人望而生畏。我们缺乏条件（虽然抓了一个车，但不便驱之深山），也没打算太拼命（只想稍作散步，没有冒险计划）——所以那一天从新乡西行，只是沿着太行山南端余脉，瞟着哪儿能供人小试牛刀。

听说冯玉祥占据此地时，曾在黄河北设立自由平等博爱各县。那些时髦名字大多没有喊响，后来不了了之，唯有博爱，舍弃了原名，文绉绉喊到了今天。

我们从博爱开始，留意河流地势，寻找羊肠坂。

一路打听，在沁阳附近有了线索：没人知道羊肠坂，但都说有个碗子城，或叫孟良寨。说它就在沁阳以北，入晋的山路旁。

渐渐地，山四合而来。我们弃车徒步，走上了一条废弃的石头路。树林的涛声滤去了嘈杂，灰白的石路静悄悄的。老乡说，顺路走就是。

看见碗子城时，感受了山西隘口的架势——一座要塞哨卡般的小石头城，活脱一个倒扣的粗瓷碗，安在石路翻山的梁上。一眼望去：不像哨所，不像税卡，单单就像孟良寨的浑名，像个山大王的寨子。

进了碗子城。许晖和师大的小杨，转眼已钻进了荆棘丛中。

我有些发毛。我们想找的，是“崔巍”的太行山羊肠坂。“熊罴对我蹲，虎豹夹路啼。溪谷少人民，雪落何霏霏”——不像呀。

读曹操时已经判断，他走的是太行中部。从河北出发攻打晋东南，他不会绕到河南，再从南朝北爬羊肠坂。可是史书里也说：羊肠坂不止一处。

突然小杨大喊："找到啦——"

在哪儿？满视野的酸枣荆棘，我什么也看不见。在哪儿呀？我看不见！再说一遍——我乱嚷道。

猛地眼前一亮。那小伙子搬开一丛树枝，一片青石露了出来，我看见一个"羊"字，紧接着认出了"坂——"许晖闻声跑到，身子攀上石壁，伸手去摸那字。他的兴奋，不在言表而在动作。

这一边我在石门楼里，端着相机，遥控般地吆喝。不知是遮挡的树枝扯开了，或是眺望的眼睛习惯了，"古羊肠坂"四个凿凿大字，还有同治年间的题款，清晰地浮出了碗子城的石墙。

其二

无疑，《苦寒行》的羊肠坂要险峻的多。我暗自决意，早晚要去看看它。

了却这件夙愿，间隔了六年时光。

这一回，我们的出发地是安阳，距太行山只举步之遥。

太行腰部的崇山，沉默地立在右手。白径，太行八径之一，南北太行的身上拦腰裂开的一道缝隙——它穿越所谓表里山河的太行外壁，通过长治壶关，把晋东南的富庶一隅，与外界连接起来。

这一回做伴的兄弟，是识宝弟和他学生小军。从诗里看，这太行纵深莫测。瞧，"行行日已远，薄暮无宿栖"，闹不好天黑寻不到住处。小军的车随你哪怕去天涯海角，还是坐着小军的车走。

仅仅转了三四个弯子，便被重山叠岭围困，回顾安阳平原已不可能。

我不断回头，只见自己身置山腹，一面山如一面壁立屏风，遮断前方来路。四面悬崖，如十面埋伏的铁桶阵，看着人心忐忑。

山峡转到狭窄处，左右就望不见巅顶，前后多是秀丽的独峰；而几转出来，到了山间开阔处，路左或右，就一字排列着巍峨的断层山壁，那时猛然懂得了什么叫“铜墙铁壁”、什么叫“巍然屹立”。那些汉字的概括，字透纸背，闻声见景，一字定音，使人感慨得无以言语！

蜿蜒行进在这裸露的地质中，人只顾联想壮观、沧桑、巍然、雄峻——唯这些词汇分寸准确，但又正是它们无力传达。刹那间人突然对太行山刮目相看，心里的醒悟，在那一刻特别新鲜。难怪它位置华夏正中，难怪它不列于三山五岳，偶得钟秀的一山一景，怎能与太行的不尽巍峨相并列，怎能与太行的莽莽清贫相比美！……

我也突然明白了许多国画。眸子里的太行，与国画如出一辙。山的石棱与褶皱，给用笔着色以启发。但是我想，无论是古典的辞语，更何况近代的绘画，都没能完成——表述的任务。因此人民缺乏对太行的准确印象。

谁能苛责呢？揭示大自然的能力是困难的，解说造物主的意欲更是困难的！

我们从林县附近的白陉入山，渐渐在七里栈达到佳境。看见了路左的山石上，已经刻着羊肠坂的地名。都说是曹操争雄河北兵向壶关，走过了这条路。他在山之奥腹，感到了孤单和一己的微渺。写下的《苦寒行》里，暗示了一丝细腻的敬畏。这很罕见，无奈被其他秀作遮蔽，它没有那么脍炙人口。

终于看见了羊肠坂。

果然这一处与碗子城气势不同。不是路边刻着的曹操诗，更不是敷衍出来的十八盘——羊肠坂给人的振聋发聩，是它沿着涧水开凿断壁的石头栈道。

在不断的石崖矗立中，一侧石壁上，开凿着一条牛车道。它时窄时宽，或坍塌或整齐。石栈道上，青苔泉水，涂着阴凉的绿色。一条曲折的蓝天在天空引领着它，攀向避不开的、太行主脉上的山口。由于山体太厚，纵深迴绕，那个山口的位置——若是在西北诸山它被称为大坂——还在遥遥的前方。

车轮唰唰，驰走无声。心里不确定地掠过什么念头。像是悔意，又像觉悟。一首《苦寒行》就像它描述的山，因为朴实而未能流传。我们一路寻觅见识，又一路抛之身后，不肯在山野深处住下。

如今到处都是光滑油路。古代的旅途，在这种路上不能再现。次日我们抵达了壶关，继而与天为党的长治。

入表及里，品赏了晋东南的一隅盆地以后，车转向南，出晋城南下洛阳。当然，出山西先要出太行，若欲上洛，先过沁阳。

于是我们从太行南缘出晋。车过两省边界时，远远地，又一次看见了那扣着一个小小石碗的羊肠坂。

公路与坂道分开了，我注视着并行的羊肠。

它也气派不凡，石城守着太行的南口。

路上的同道，都是山西的煤车，扬着煤灰，哼哼着重重碾过。我明白，一趟越冬的散步，又结束了。

写于 2007 年 6 月

给“T”们写点什么

A

在与人的交往之中，有时会出现一个奇怪的规律。比如一个时期结识的朋友都姓李；这些北鞑南蛮的大李小李彼此不认识，但神秘地有着一刀切齐的共性：穷、倒霉、命不好。害得我——可是我又能有多大本事帮别人呢？害得我费了不少想帮人的心思。

过了些年，有一天无意中掐指一数，咦，朋友变了！

和那些稍嫌窝囊的李族人不同，这一拨的他们都姓王。我夹在当间，自然难免暗中比较：王族的人，不管他是哪一省的，都是胸中大志、身上一技，虽不能说个个顶天立地，却人人有惯做大哥的习气。弄得我也时常下船登车，得了不少的借力。

你问了：最近交往的朋友姓啥？

这回，不是在第一个字上同姓，而是在最后一个字上同名：净是“晖”（当然也有例外，如这一回）。我很奇怪他们爹妈（正是我的同龄人）为什么就偏偏认定了日字边的晖，而不爱火字边的另一个。

他们的共性？几个晖，每一个都是老编辑、小作家、60—70后，差不多个个都是北漂，全体1米60的小个！

他们作为编辑，淘汰了一批在体制的鸡窝里慢慢架子变横了的、我的编辑旧交。他们作为北漂，和我鸡犬之声相闻，自然想见就能见。他们作为60或70后，是承上启下的一代，能对我深入理解又能给我纠正的提示。他们作为小作家——或许就摸出一本书要我写序。

B

给人写序，这事和听人读书不同。我总是大大为难、左闪右躲、托词借故，如果依然不行，何止一口拒绝，我会不惜撕破面皮甚至恶语伤人——虽然那样做，无聊又不值得。

有没有主动想写的序呢？有一篇。给我一瞬海军的战友，海鹰弟的。他如黄继光一样冲向哒哒哒的枪口，我渴望能在给他的序中倾诉我理解的军人精神、尤其是“海军精神”。但他的那本集子并未诞生，许久以来，我发现他并不在意出不出书。也就是说，我没得到写的机会。

总之可以说，我是给人写序最少的。

很简单：我缺乏信任。我怕那种强说愁、轻盟誓的为他人立言，在后日被彻底地嘲笑。

那种与自己的序恰成悖论的、他的选择对我的语言的否定，使得我好像成了更主要的失败者。懊丧的感觉尤其无聊。谁都明白，倒这种霉无非由于耳朵软和心软，那么我要学会心硬，我开始了拒绝便没有拖泥带水，那以后再也没写过序。除了唯有一次的例外，但那是对李家老友的。

C

也就是说还是有例外。我非圣人，岂无例外？

我冷冷地注视着，这不大的小视野里，有些东西所以扰人心烦，就因为它们粘着情义、理想、初衷、原则等等道理。在这时代，对中国人，上述的道理，是不好讲了。

但即便如此，给人例外感觉的催动，还是潮汐一般，时而涌来。

与此同时，世间的序产业比草原的畜产业变化更快，听说，已经有人写序收费，而且行情已经涨到了两万一序了！

我想，要求后世里的始终不渝，或许从根本上未必正确。在一个英雄主义被禁的时代，人很难扑向敌人的枪眼。

不如追求——至少把自己的子弹打出去。战火在电视的鼓吹下肆虐，新十字军的铁蹄动地而来，今天，那种通常藏在序言里的、二人盟誓般的潜语和关系，应该改变。一切都要服从“抗战”，一切都应该为着有效抗击新帝国主义的全球进犯。

给小字辈一点援助就是斗争；阴冷世间的无情，使得他们比盼望誓言更盼望温暖。拉他们的手一把，再踢他们屁股一脚，让他们动起来拉栓开枪，别在意明天他们怎么样。

是的，盟誓不如合作、话语不如行动、要紧的是——如同抵抗的合作、如同战斗的关系、如同战友的感觉。

哈！我摸着了“2000 后”的方式！

D

因为他们渐渐地一个个逸出晖字，我便随之应变，把他们统称为“T”们。

这一个年轻朋友的名字，是与晖不沾边的“舟”，大概因为他与兰州一个叫做“一条船”的下町土巷有着感情纠葛吧，一叶扁舟的图景被他用做了名字。

兰州是茫茫大西北的码头。我自己的大半生，也经常从这儿下海，向着固海河湟甚至青藏新疆，撑开一条漏船，漂向万顷黄土。

我想一是由于异族的色彩，二是因为叛逆体制的习气——这些母体的供养，使得西北的魅力决非东北所能比拟。于是，闯关东的不多，出西北的不少，为着代言或表达，为着成为这片热土的代表，世间一直层出着寻章问句的诗人，冒险跋涉的行者。只不过，如“午夜进城的羊群”，他们大都很快就消匿得无影无踪，由于不能溶入那片色彩，或者不敢那么叛逆。

一个青年自报家门，划着“一条船”也进入了这片旱海。他（叶舟）有锐敏鲜活的感觉，有快速流畅的文笔。他捕捉住了这座恋恋不愿脱尽昔日古风的城市的一些碎片，把它们写成可视可触的印象。然后他企图表现自己，如同辈人一样，把满腔莫名的思绪恣情倾泻。也许他和他们一样，一直没有与这片黄土深处的岩心，发生轰击般的相遇，也就难能在作品中纠缠一些更大的命题。

包括我，每个在这片海里的人，都探寻和碰擦着拦路的质问，有意或无意识地到达过一些关口。有些是严峻的、真正的关口之前的质问。叶舟怎样面对这些提问呢？——这是大有意味的问题。

至少他没有清晰地回答。他的作品厚厚地积累着，为他打开的门愈来愈大。兼之时光如白驹过隙，在我们都在旱海里逐日衰老的过程中，渐渐我看不清那条船了。

那条船究竟正在驶向哪里？好像没有谁这样问。

E

既然写序，我就不在乎质疑。

我想说，他们下手和表态都太快了。写的也许也太多。虽然一些诗人在“七十年代”费了那么大劲才学了点皮毛的现代派手法，虽然一些老者在半个世纪挣了半条老命才凑够了篇幅的长篇大部头——对他们乃是无师自通玩耍自如；但是我不愿假装没看见他们的——某种空洞和一丝轻浮。

他们缺乏大时代的灵感启迪。缺乏文学之外的政治颠簸。他们的一首两篇经常是相当优秀的；但当他们获得了话语权、大量地印刷和出版以后，他们的书，常呈现为一种——愈是苍白愈无限堆砌的、哲理与感情的杂乱搅拌。

但是他们靠这一手锤炼了自己。应该说，“T”一代的语言异常流畅，他们处身的生活也许是苍白的；但他们传达自己的枯燥、苍白、空洞的情绪，则是浓浓的、绘声绘色的、真挚的。

没人愿猜这一代人会走向何方。

没关系。也从未有哪一代像他们这么随时准备破罐破摔。他们从自己父兄身上，看惯了人在历史中的被淘汰，信服了人在历史中的渺小。抱着这一点经验，他们自认深刻，冷眼看着自己疯狂地攫取题目。

他们因为知道再也没人会对他们的时代喝彩、于是挑了文学躲避和自娱。他们都读着北岛听着崔健直到进入社会，他们没有流露——他们惟妙惟肖的复制，导致了他们对偶像的怀疑。他们对革命的态度，与横行全球的反革命主义并不一样——因为只差一个台阶，革命与他们交臂而过，使他们三生抱憾。乏味如腐的生活，映衬出革命的魅力，那么强烈地吸引着他们。哪怕飞蛾扑火哪怕一回就死，愤怒至极而无计挣脱的他们，是人道主义的革命（不能没有这个定语）、和丰满的文学（对见多识广的他们文学的身段不丰满可不行）的后备军。和老、中、小三代孪生的右派相比，他们的遗传不一样。也许他们身上不安鼓噪的，正是这古老民族赖以回生的、最后的基因。

——或许，这就是你我的维系，我的弟弟们。

最初北漂的潜台词，往往是早年的清贫。我直觉我的这一伙“T”都不是纨绔子弟。他们都有石灰窑或者一条船的记忆，都有老百姓的背景。他们编造不出也不愿编造童年细节，但朦胧的人生襁褓，控制着他们的现在。

这样的一种褴褛，使得他们在爬行了漫长的模仿之后，不仅对文学的赝伪渐渐扬弃，而且也对政治的谎言逐步识别。最终话语是简单的，就像炉火纯青的文学都朴实无华。但社会公正的真理，也决不是帝国主义的宣传，待他们认清这些的时候，他们自会选择行为。从黄继光，到迈克尔·杰克逊。

2007 年 11 月 4 日一版

2009 年 9 月 9 日二版

未编辑的《满拉读本》

也许这是个莫名的念头。

念头是在四五年前偶尔出现的。原因是读了一本陈独秀的传记，发现他与托尔斯泰一样，虽然那么忙居然还抽出手来，专心编辑专供工农发蒙识字的初级教科书。他的思路是怎样的呢？不知为什么这引人揣摩。因为我们也常常突然发觉：关于一些最大的事——往往是最要紧的常识，自己却如同白痴全然不知。若是在小学或少年知道了该多好，若是那时学过，或听说过哪怕一句，也会成为自己胸中贵重的基础，甚至早就背诵下来烂熟于心。但已不可能——岁月荒疏人已老矣，重头再学多么艰难。

陈独秀所编的《小学识字教本》，据他的传记，这本书乃是他斟酌古今诸家之说，意多精辟的一项生平之作，甚至被后人视为语言学大工程。他对这件工作异常重视。为编此书，陈独秀曾与书局之间往来信函70余次，其中思路可以窥探。此书上卷成，下卷失，1942年只油印了50份。后来梁实秋曾在香港影印，1995年巴蜀书社发行。

托尔斯泰编《识字读本》，更不是一次的写作，甚至是一场规模相当的运动。托翁的认真和热情同样耐人寻味，这位文豪以自己的眼光与文笔，选编撰写了许多寓言或故事。他做得津津有味，在众多的志愿者协助下，那曾是一次很大的编辑出版。完全可以想象，儿童们读着托翁为他们精选和专门写下的寓言，该是多么快活和幸福；人们读着出自托翁手笔的古典，该是怎样一种感受。

中外两位伟人，却有一致的行为——这一点令我久久吟味。

不管这是一种启蒙的作业，或是一种革命的方式，他们都选择了私塾先生苦行修士般的事业。他们都不仅干脆去当一名对底层民众实施教育的实践者，而且是重建一种更好的民族基础知识的梦想家。

他们为什么这样选择？这是一种什么梦想？

这些年，从西北到西南，此处彼处都在新兴的中阿学校，一片雨后春笋。顾名思义，中阿学校就是以兼学中文阿语，为入学不能求职无路的青年谋出路的、穆斯林自学自助的民办学校。由于传统，阿语教学尚算有板有眼；但是中文，却从教员到教材都差强人意。

我在其间捉摸，猛然想到了托翁与陈独秀！

编一本《满拉课本》，下功夫精选每一篇。再添写浅显而准确的解说，当然浅出与深入都谈何容易。选目遍及文字语言、天下大要、古今名著的短章——如《唐雎不辱使命》、破纳痴《昭元秘诀序》、刘介廉《著书述》、托尔斯泰《哈吉穆拉特》、还有扬州普哈丁的墓碑、白居易的唐诗、鲁迅的《故乡》……再挑选地理和考古的名篇，如翦伯赞的《内蒙访古》和当年中青社那本薄薄的《地图的故事》，也要挑几则阿凡提的笑话、苍狼美鹿的传说。此外黄土高原、文明流脉、圣方济和耶稣会、民族和语言的分布，都要有所活泼明朗地涉及。再如井筒俊彦和阿姆斯特朗的圣传，和平、中道、洁与耻、法与道的概念。加上读地图说天下大势、高利贷三部曲和资产阶级七步诗、还要给高中班选弗洛伊德《摩西与一神教》的一节，教育和启发满拉的勇敢和真诚——总之，要把我们到了两鬓飞霜才恍然大悟扼腕叹息、痛恨在坑人子弟的教育体制下一直连听也没听说过的、核心而美好的知识，用最简练的办法，告诉下一代孩子。

选目将细致和耗时，但千万别挂小而漏大。马上就走出门去，与各种朋友讨论目录。定下来以后的事，则是把解说写考究。它不仅会是一本寓学问于快感、对人一生有益的课本，还能颠覆今日可笑的低能教育、抵消浸淫世界的愚民宣传。它的实践，会冲击破坏腐朽不堪的教科书体制，启发一种民间版的袖珍百科全书。

——但是懒惰的我，并未付诸实行。

除了对自己能力的怀疑之外，只一个著作权的问题就不易解决！古人尚好，对今人我怎能个个寻到、口干舌燥、获得赞同并求得许可？迟疑踟蹰良久，最终野心松弛了。

但是，我虽不能，非不可能。这个念头仍然可以提供给其他有志之士。我想，不如把这个想法先写出来，如再向社会征稿，更让每个缺乏如此教育的青少年，至少是满拉即中阿学校学生们，自去寻找理想的资料读本。再一传二三传百，蔚然造成搜寻遴选的风气，把最妥当的、短而且好的科目篇什，挖掘钞译，集腋成裘，反复增删，讨论辩驳，掀起学习的热潮。

如能有那样的局面，就用不着我小马大车，上不去坡。

他人从速先做、别人做得更好，都正求之不得。反馈会有一些冷漠，但也会有人多少留意。也许更利索的办法，是干脆重印或购买陈独秀或托翁课本？

再回味托尔斯泰与陈独秀，心安静了。

他们最终实现的，其实也只是做到了一次追求与尝试。甚至仅仅是姿态而已。诚然，一个民族的教育革命，毕竟需要在那个民族遭逢了大时代之际，方才可能实现。唯有时代，才能塑造，一如造物主的意欲。

只是，那姿态的含义深刻无比。在沉寂的时分，我参悟着也享受着他们的姿态。确实，一介之士所能做的，不过是表明一种倾向，不过是生命的突围而已。

——我把这个念头告诉了一些朋友。

他们说，你快编呀，还犹豫什么？

我说，你既然这么起劲，那你就算一个。再去找几个人，让他们也都加入，先弄个第一版的目录吧。

草就于 2009 年 11 月

毛笔达瓦

二十多年来，在大西北的放浪之中，有时也涂抹过几张毛笔字。我对自己的这种行为有些警惕：因为外面的骚人文痞正借蝇名扮大鸟，别字充书法，屁股画荷花。于是给自己定了一点规矩：一是不学文人做态，不冒充书法家；二是每当涂抹，要让墨迹有所创作，也就是自撰联句；三是慎于文人答赠，戏称只为农民写字，甚至写过这样的话："墨迹不入官宦家，糊壁农户做窗花"。

后来不知始自何时，我意识到，毛笔字是一种宣传（dāwa）的手段。以它进行对信仰理解的交流、或者进行对真理意义的宣传，能够使歪扭的毛笔涂抹，变为有意味的所谓书法。数年过去，检点留存，想把这几张拿出来，换得朋友们的驳正。

1. 夏忙无间，农户唯求三场雨。

冬闲有客，心事尽煮一罐茶。

此乃为西海固多年结识的兄弟新屋上房、或曰客厅所写的对联。西海固喝罐罐茶的习惯，我在散文《粗饮茶》中描写过。如今随着经济大潮的泛滥，它怕也如同人情，渐渐地浅淡了。初用数码机不熟悉画素，照片怕不清晰，再照一张么？但那孩子长大了。

2. 长途觅知己，关山复天山。

在半个中国的长旅中，常为四方兄弟以书作谢。关山指的是张家川以东、隔开陇南和固海的一道山，甚至有镇名关山。至于天山，自然是新疆。

3. 莫奢谈迪尼，且执行赛俩目。

勿繁琐毫孔，细端详艾里夫。

大约从九十年代初期开始，我尝试写一点这样的带有阿拉伯文的字，以求达到交流、讨论、宣传的目的。此联含有四个伊斯兰术语，都是阿拉伯语：迪尼：宗教。赛俩目：和平。毫孔：教规。艾里夫：一。

4. 以笔，和它书写的盟誓（阿文）。

这是我最喜爱的一段阿叶提（经句），当然因为它监督、鼓励、表白着我作为一名作家的人生。

5. 你是和平（中阿文）。

自 1993 年以后，我深感在穆斯林、特别是在西海固中，宣传这一思想的必要。于是我把哲合忍耶穆斯林每日晨礼后所念颂词中的一句："主啊，你是和平"，尽可能多地写出，各方赠送。

6. 真主之道（阿文）。

它是近年来，我痴心于宣传一个概念。这个词组，Tarigat Allah（陀里伽屯拉），含有新型的组织形式的暗示。从西北到西南，在很多地方我都写过这幅字。但我可并非在说他们已是陀里伽屯拉；而是在说：他们应该努力改造自己，走向陀里伽屯拉。这是我们的理想，也许非我们一代能够完成。

如上赘言，充作解题。

我不想隐瞒自己想以此向多年来养育自己的人民汇报自己的学习、尤其汇报学习伊斯兰知识的心思。以上的作品，是我的著作的一部分，但似乎是最宝贵的一部分。它们使我欣喜，给我"廉颇未老，且尚能学"的感觉。是的，学习和达瓦，都是人生的目的。

2007 年 10 月 4 日，斋中

发言与应答——访谈辑录

1. 接受河北卫视采访（2008 年末）

记者：首先祝贺您新书要出版了。

张承志：我老觉得自己运气好。我们活在这样一个时代，居然还能够抒发自己的感情，表达自己的观点，按照自己的方式生活，而且能够奢侈地把自己的表达出版，甚至旧的书还能够再版，我觉得已是一种幸福。

记者：但是这些文字很多读者都认为是很经典的，经典吸引人，不仅仅是封面，更主要的是内在表达的一种思想。

张承志：第一说说经典。我也不敢像有些作家一样，认为自己是经典作品的制作者。我们这一代人，在中国这样的条件和条件下，很难有太多经典的创造。包括写作的旺盛期，不可能无限延长。生命是有限的，有的人因一篇小说得到了社会的承认，便以此成为官僚成为权贵，敲开了门，改变了人生，从一个普通百姓变成了中产阶级，实现了房子梦汽车梦之后，再追求他想象中的资产阶级生活。我不同。

三聚氰胺牛奶是一个极大的象征。它告诉人们一个民族的病已经向骨头里走，因为制作三聚氰胺的人并不是官僚。每个人，包括作家的作品对社会是不是三聚氰胺？我想，思考这些的人越来越多了。

宏观地说，我们这一代的文学，要在明天才能被检验和断定。

记者：您刚才在谈学习，我不知道您所谓的学习是什么意义上的学习呢？

张承志：河北有邯郸，过去的赵国有著名的廉颇、蔺相如故事。有一句著名的话："廉颇老矣，尚能饭否？"能不能吃饭，有没有那样的生理能力，是一个中国味的判断生命的标准。我的标准是："廉颇老矣，尚能学否"，我深感学习的渴望与热情存在与否，才是生命力的标志。进入二十一世纪以来，我几次去西班牙，地中海西隅，拉丁美洲，不用说国内的边疆，进行新的学习。

记者：是自费的？

张承志：从 1989 年 12 月开始，我没有工资，没有医疗保障，更不说差旅费。除了最近几年参加北京作协的合同制获得津贴，我已经习惯像农民出去打工，像新疆维族人卖葡萄干一样，以文为生。

记者：我觉得您对语言特别有兴趣。

张承志：我在耳朵里灌了很多的耳音，但并没有精通哪一种。但把语言学到一定的程度，哪怕结结巴巴，哪怕只熟悉一些词句，都是重要的。

记者：您已经有一本游记出来了，《鲜花的废墟》。

张承志：到了初级的初级班，到了二分之一步以后，我想到了这句话。“尚能饭否”，并不是判断一个人年龄的标准，“尚能学否”，才是判断一个人青春的标准。

记者：后来您就选择了散文的文体，而且彻底得很坚决。

张承志：对。我说过，对于叙述需要的虚构，也就是小说，我愈来愈发现自己不具备真的才能。有人问：“你是不是说别人更草包？”其实我是真心说的这些话。人的素质，适合的方向，包括才华是有限的。我更喜欢散文，散文最重要的一条，是不用虚构。我们生活在二十一世纪。人的生活充满了焦虑感，缺乏心情去看虚构的东西。

记者：您是共和国的差一岁的同龄人，从您的第一部小说，从七八年到现在已经三十年了。三十年风风雨雨，您自己回顾这三十年有什么样的感觉？我在文学史的阅读过程中，发现至少有七处提到您的名字，您自己可能不太在意。

张承志：我确实不在意。我不是一个假作谦虚的人，我尽力而为，在这三十年里做了一些自己想做的事。对有些作品，读者和社会给予了很高的评价，我很感激。但我并不认为能占据经典的宝座。对于我来说，任务是迅速重新学习，在新的水平线上，再拿出新的时期和年龄的作品。

在这条道路上，很多人在发生着异化。体制、地位、金钱、很多吸力拉着人往前走的脚。而人一步步走向衰老，达到真正的前进是不容易的。有些人在侥幸前进，但是更多的是新人出现。1978年全国第一届短篇小说奖，那时获奖的作家获得了最高的承认，但人也开始发生了复杂的变化。

不管主观如何，我的命运如此——我不可能在这条路上异化掉。没有异化为不值得尊重的官僚，也没有异化在一时登上的社会地位上。

记者：我们刚才谈到1978年的短篇小说奖。当时您的《骑手为什么歌唱母亲》获了奖，您说其实那不过是一个机遇。

张承志：我一直清醒：那时的中国在渴望中需要文学，在选择的时候碰到了你。你就这样获得了名誉和利益。但是你应该明白：这并不完全属于你的才能，你的才华并不这么高。

记者：为什么有些作家看到的是阴霾而您看到的是阳光？

张承志：在人群中，悲剧是少数，喜剧也是少数，大多数人的生活是作品要依据的主体。我本人体验的，是一种游牧民族的生活，是从成吉思汗以来亘古的文明传统。若把这种文明传统写成是社会黑暗，那是一种诋毁和攻击，我不能那样做。

我更多感觉到的，是文明的新鲜，是使一个年轻的小伙子眼花缭乱的，充满了魅力的奇特东西。哪怕自己脸上冻了冻疤，一个月只有 10 块钱生活费，但新文化对我的陶醉是伟大的。

我只想说，我们生活的地方，是一种游牧民族的世界。生活非常艰苦，照片很阳光，其实那是一身褴褛，袍子面完全磨碎了。

但是不要忘记旁边还有一匹马——人骑马的生活，跟老农民穿着小棉袄扛一个锄头，是完全不一样的。骑马放牧的生活，不仅是浪漫的生活，而且是对人的一种改造。它使人不屈服于体制，不愿意安分守己，追求生活的美感。穿一身蓝袍，骑一匹黑马，那美感是在其他环境中很难体会的。在生产劳动中，他们只体会了劳累，但我们在劳动中却体会了劳苦也体会了美。今天我懂了这不是小事。阴霾我也不是没有见过，但是能对人进行深刻改造的，决不仅是阴霾。

记者：您能发现那种美感，而且能融入进去，是不是跟您本身的精神气质有关系呢？

张承志：先天的因素，对于人是有决定作用的。比如，现在中国的知识分子的分裂，往往不是因为观点不同，而是由于气质不一样。

记者：您是说人以群分是以气质来分的？

张承志：是叫气质还是叫基因，我说不准，但这是先天的。在一个矛盾中观察人的时候，你发现有些人并没有观点，他们只是自动抵触和他气质不同的一方。抵触在观点建立之前已经形成了。

记者：人以群分是吗？

张承志：除非在后天懂得学习，让自己的内涵得到改变。

记者：读《黑骏马》的时候，很多读者感觉这是一个诗集，您怎么感觉呢？老奶奶往前走，有两个年轻人知道将来要在一起生活，非常兴高采烈，我觉得那段文字给我的印象特别深。您现在会再翻出来看一看吗？

张承志：我也重新受着感动。最感动的，是奇怪自己当时能力那么薄弱、拥有的手段那么少的时候，居然敢于一口气写完了。是的，当插队满了三年的时候，对游牧生活有过一种把握的感觉。现在想，写《黑骏马》的时候，可能心中充斥的，就是倾吐这种“把握”。而社会在那时，对我又完全是宽容的。

记者：社会宽容并不是任何一个作品都能传到现在。其实我觉得，是这个东西真的有打动人的力量，

张承志：今天一个年轻人用同样的《黑骏马》式的抒情文笔，用同样的热情写，他的作品会被湮没。

记者：您曾经当过老师？

张承志：游牧老师，没有校舍。把小孩们招集在一起，弄一块黑板，连黑漆都没有，刷的是黑墨。找了一盒粉笔，写几个字母。但是今天我想强调了：学的是蒙文，这些小孩儿虽然后来靠其他学习提高了识字水平，但他们最初的蒙文，确实是我教的。在那个时代，即使只教汉语也没人反对。但我觉得那样有一种对人侵犯的感觉。我当时就想过，叫你当老师不是叫你推行对蒙古人的同化。虽然只有二十岁，现在我对当时的觉悟，应该说是社会的通识，有震

惊的感觉。

记者：我觉得，现代人对这段历史确实是有误解，比如下乡，比如知青。

张承志：因为中国现代知识分子的起源，本身就有问题。这与教育制度的奠定，最初知识分子的形成，有很大的关系。托一场历史的大震荡，我受教育的过程不是这样。我在内蒙古草原上了最伟大的大学。我学会的一些蒙古语使我至今享用不尽。在学术和文学上，牧人的经历为我这个人铸造了一个结实的骨架。我对我受到的教育的感激，难以言表。

记者：除了《黑骏马》、《北方的河》，和蒙古有关的这些，对您的人生态度？

张承志：我们终于谈到了一个重要的话题。更重要的，是让我看到了一种“他者”，与习惯的、主流的、周围大多数不一样的——他者。他们有不同的生活习惯，不同的另一种文化。我不意地接触了——现在懂了，它极为重要。后来我的人生，就是扩大教育结果。在离开内蒙古草原之后，我在新疆搞过十几年的调查，因为北亚草原是一体的。于是发现了让人眩目的维吾尔，这引起了我对更广阔天地的注意，比如说西班牙。对他者文化的注意、学习，其实是一种人道主义的表现。我要用我的笔表达我感到的美，解释我懂得的文明。从蒙古到新疆、从哈萨克到维吾尔，又从西班牙到墨西哥，如果你忽然发现：知识连城了一片的时候，你会发现生的价值。

记者：说说您的《心灵史》吧。

张承志：它使我与百姓之间，实现了一种结合。一个知识分子和中国百姓，怎样才算是做到了哲学和政治意义上的结合？全世界所谓60年代的人，都在找寻这条路。不是像上山下乡那样把户口转过去就解决了问题。“与民众结合的感觉”要用另一种方法解决。从某种意义来讲我做到了，这非常难得。别人嗤之以鼻，而对于我，它价比千金。

2. 答《南方周末人物周刊》（2005年）

问：您是怎么定义“人民”的。

张承志：这个目标非常崇高，但描述不清，这里没有“神话人民”的含义。我想，我所说的“人民”是丰富的，既纯朴伟大，又狡猾自私。一方面我们追求从民众获得立场的支持，另一方面也一直与他们的自私和封建做斗争。用不着担心人民被神化，重要的是当人被歧视、他们的基本权利包括信仰的权利遭到歧视和践踏时，知识分子要为他们说话。

至于那个世界中的阴暗、封建、非理性的东西，正需要有人耐心地与之斗争。除去恶的杂草，首先要有一种立场。

问：谈一下您的作品的关键词吧，比如“牺牲”。在宗教寓意以外，从日常的世俗的角度，比如北京任何一座塔楼单元房里最普通的一个上班下班的老百姓，这个词，“牺牲”，意味着什么？

张承志：在追求最普通的生活的同时，应该记得，当正义和非正义的冲突激烈的时候——要敢于愤怒和表达。

问：如果一个人在心里没有辟出这样一块地方，您就觉得他的人生没有价值吗？

张承志：他不是一个完全意义上的人。

问：您的一些作品如《荒芜英雄路》，“傲慢”是被诟病的原因。

张承志：在傲慢者的面前，我显示了蔑视。在另外一些人面前，我满心只想求学。

问：还有一个概念，关于“清洁”，您现在和当初的理解有什么不一样？

张承志：不仅有洁，尚且有耻的表述。日本关于耻的观点与文化从中国输入，但实现了日本化和宗教化。日本讲求“清洁”的概念。在未来，对中国文化的反思一定会提及这一点。

问：您怎么看待自由主义的思潮。

张承志：自由，首先即是对帝国主义的霸权与压迫不能容忍。标榜自由主义的人是很可笑的，因为他们每时都在为美国的霸权张目。参差多态青草萋萋，当然很好，但霸权主义的企图是对穆斯林世界的大地斩草除根。你所说的人，他们批评过一句美国的霸道行径吗？怎么不知耻还自称自由主义？我们才是自由的知识分子，从求生到写作。

问：您觉得您在当代中国思想界的位置是什么样的？是平衡的声音之一呢，还是众人皆醉我独醒呢？

张承志：我只是一个作家。我永远不是走红的文字商品的贩卖者，永远不是流行思潮顶峰的泡沫。我独立地表达而已。

3. 答万松浦书院网站采访（2005年）

网站：您认为什么样的作品才能称为真正意义上的好作品？

张：今天，首先是有良心和正义感的文章。我们在八十年代中期的时候，大家都觉得突破形式束缚很重要，那时我们都主动地寻找“写法”。但今天，我认为追求西方式的手法，反映着第三世界艺术与文学的不自信。今天我更看重不在意写法的朴素作品。尤其是反映社会正义渴望的文章。很多被炒作得很红的作家，我的评价很低。因为那些写作中缺乏正义感。是的，文学是私人的写作，但决不是自私的表现。

文学，还有新闻，首要的任务是成为社会的良心。越南战争期间，世界的新闻工作者表现出了这一优秀的本质。而伊拉克战争期间，这个世界的新闻工作者却表现最为糟糕。正义和真实的表达被权力控制了，没有实现知识分子代表的正义标准。在越战期间日本诞生了最大的思想家本多胜一，他的《被屠杀一侧的论理》成为良心的标志。

网站：您的足迹曾遍及欧美、日本、蒙古诸国，但是论及异国文化的魅力，您说您最为钟情于西班牙，并将其视为梦想中的天涯海角。为什么？

张：我特别喜欢西班牙，因为这个国家凝聚着人类历史最重要的一部分。我在《读书》上发表过《地中海边界》，论述了东方与西方的历史边界即地中海。这种边界的本质，主要在西班牙与土耳其的历史中表现出来。我去过两次西班牙，一共六个月时间，在有生之年我还想再去一次。在那里生活能感觉历史。

网站：西方学者亨廷顿曾说过：苏联解体后，文化宗教冲突代替了意识形态冲突。在当今世界中，我们也确实看到了这种现象。在中东，在阿富汗，在世界的许多热点地区，一直没有间断过枪声和炮声、流血与牺牲。不同的文明，不同的文化发生了激烈的碰撞和对抗，您认为怎样才能让不同的文明，不同的文化实现和解共生？

张：这里有一系列的概念。亨廷顿不能称为学者，他是美国政策的一个发言人。他代表美国和西方，做了一个反动的发言。所谓文明冲突不是一个学术观点，而是一个政治宣言。并非有了这样的现象后他来总结，而是美国政府一直在推行这样的战略。苏联解体之后，他与福山以帝国主义胜利者的姿态发言，对全世界其他的政体、传统、文明提出挑战。

网站：除了写作以外，你还画了不少油画，也有不少摄影作品。

张：画几张画装饰一下自己的房间，给农民的土墙写几个字热闹热闹，都可以。但是，为炫耀自己的社会地位，企图凌驾于美术书法之上，则是文人无行的表现。我警惕这种倾向，不夸大自己涂鸦的价值。

4. 就三卷本《张承志自选集》答《广州日报》（2007年）

近日，张承志三卷本《自选集》（包括《草原》、《秘境》、《求知》）由花城出版社出版，再度引起媒体和读者的广泛关注。他在丛书的扉页上写道："生命的本质，不能玷污和束缚；哪怕放弃公职，意味着巨大的生存压力。"

1989年夏天，张承志辞掉公职，离开了海军政治部文艺创作室，成为一位靠稿酬生活的自由撰稿人。虽然面临巨大的生存压力，但他还是惜墨如金，捍卫一个作家的尊严和独立的人格。每年，张承志拿出稿酬的大约十分之一（应该是二十分之一到十分之一），捐给大西北的农民。然而，在这种经济状况下，他仍足迹遍及世界各大洲，每年都有一半时间四方游学。

早在1978年，张承志已经得到主流文坛认可。1978年张承志发表的第一篇小说《骑手为什么歌唱母亲》，获得了第一届全国优秀短篇小说奖，从此走上了文学道路。《黑骏马》、《北方的河》等系列小说，成为新时期文学的标志性作品，也是知青文学、寻根文学的代表作。1998年张承志获得了首届"中国爱文文学奖"。近年来，张承志不断发表激昂文字，批评知识界中存在着严重的"媚西"倾向，引起强烈反响。

在张承志的《自选集》出版后，他接受了《广州日报》的独家专访。

《广州日报》：能否介绍一下出版这套《自选集》的背景？

张承志：《自选集》里收集的，也是我竭力想表达的，大概有这么两部分：一部分针对如今天下的大是大非，做一个作家必须的发言。哪怕难，但要坚持知识分子的良心和批判，这是我在微渺作品中坚持的。第二类散文是描写自己熟悉的一些体验，表达自己怀着的感情。在中国的西北，在内蒙古草原，存在着我依靠的基地，储蓄着我半生的知识教益。凡能成形为文的，我常把它们随意写出。对我来说，只是一年年这样工作下去。

《广州日报》：有评论文章认为“您和鲁迅是二十世纪两位交相辉映的文学大师和‘真的勇士’”，您怎么看这种说法？

张承志：鲁迅先生是一座巍峨的高山，我只是山上滚下来的一块石头。鲁迅先生为中华民族作出了历史的贡献，我只不过为自己努力，不同流合污而已。

对我的那种说法，只反映着一部分读者希望有人站出来，对他们愈来愈失望与孤独的生存，给予支持。

《广州日报》：有批评说您有“神化人民”的倾向？

张承志：与几块大陆数个民族的二三十年的联系，造就了我这个作家。我蔑视那些流行在大学、文坛、网络中的生活中的低能儿。他们没本事与百姓交往，虽然没吃过几顿西餐，却忘了怎么蹲着上厕所。而我们是上世纪六十年代养育的江湖浪人，在与人民百姓的纠缠交往中，丰富自己的阅历，锻炼自己的本领，最终还将投身于改造农民、改造人民的事业。

《广州日报》：您提出中国知识界中存在着一种“媚西”倾向，

并对此进行严厉批评。

张承志：如果说十五世纪“全球化”殖民主义是使用奴隶船和皮鞭子的话，今天的“全球化”使用的，是国际货币基金组织、世界银行以及资本主义利己的世界秩序。在这样的形势下，全世界的进步知识分子都在投入对资本主义全球化的批判，在中国，也有如《读书》杂志近十年来坚持的批判。面对资本主义“全球化”，人民和进步知识分子的抵抗和批判也形成了“全球化”的规模，它并不像中国精英渲染的那么孤立和偏执。我个人所做的微末星点，不过是投身世界的进步潮流。

5.《敬重与惜别：致日本》新书发表会（2009 年）

出版人：……仅从文学角度上说，我认为这是中国十多年来，我所读到的唯一真正有价值的散文。它的真实和浓郁以及情感的强烈，对事实、对历史的客观态度，没有一句话是武断的，没有一句话是一定要下结论的。

张承志：最近十年，我把文化参照扩展到更大的范围。比如西班牙，还有日本。这本书是我的第 80 本书。我从来没有哪次写作像这次一样，不是在写作而是充满学习的喜悦。人过中年后，感觉自己是一个勤奋学生的感觉，是一种愉快的体会。相对于内蒙古、新疆、西海固、西班牙，我以为日本这一参照系对中国人来说是最近的、可能也是最重要的。

出版人：一方面，您对日本军国主义和对中国的伤害感到痛恨；另一方面，您很爱日本的文化。

张承志：在日本，由于听到太多对中国的不敬，我常与人抬杠争论，有人嘲笑我是一个国家主义者。就像恰好在中国，只因我写了些关于穆斯林的作品，就有人喊叫说我是中国最大的原教旨主义者一样。他们不懂这就是爱。

在这本书中我写道：

> 模仿着明治时代的日本留学生，我在求学结束、难关渡过、事情做完之后，也永远地告别了那个美丽和魅力十足的国度。在大海的这一边，在道路坎坷的此岸，在广袤无限的大陆上，在文学的追求中，在泥泞的西海固和艰辛的塔里木那埋藏深沉的故乡，在以笔为旗的生存中，我体会到了某种日本精神。

出版人：有一段话我念一下，非常符合张老师的心境：

> 每逢与日本人相逢，总抑制不住——想即席清算甲午的屈辱、南京的虐杀；而每当和中国人谈及日本，又总控制不能——要滔滔讲解樱花的凋落、茶道的心境。和日本人交谈，往往只因一句对中国的失礼之语，便勃然大怒推案绝交；人有两面，和国人清谈时，又对中国恨铁非钢咬牙切齿，滔滔批判中，引用的净是日本的例子。

——这是不是很矛盾？

张承志：所以我在书里还有一段：

一个白人女教授问：你们是不是有什么心理的问题？

她们拥有的教养或接受过的教育，不足以理解系在我们之间的这个文化。当然是心理的问题；是一个长久纠缠的、心头的乱扣。它捆绑着沉重的是非，牵扯着历史的道德。它表达敬重时，它选择惜别时，那内藏的严肃与真挚，并非话语所能表示。

出版人：您提出了亚洲的价值，这个亚洲的价值与亚细亚主义是不是有一致性？

张承志：日本人为什么总要脱亚入欧，有没有过亚细亚主义？有没有过对白人殖民主义的抵抗？为什么非要跟着欧美走？其实他们说过，只是我们没有注意：这就是对中国的警惕。

因为中国毕竟是一个大国，而且今天已越来越强大。我们确实有过大国情结、天朝思想这样根深蒂固的观念。我们的实践和思想中，也有过对弱小民族、国家的歧视、压迫和侵略。

如果能对这样的思想整理和扫除，就能显示我们是真正有希望的民族。本书中充斥着这样的思想。只有对自己的批评认真，日本人才可能重视我们对他们的批评。重要的是大国崛起背后的思想。我们必须面对这样的问题：对弱小民族的尊重、对他们所有权利的尊重、对弱小国家的尊重、对他人权利的尊重、包括资源在内的权利的尊重。

日本军人中出现了一个远藤三郎，他在率领旧军人代表团访华时，把家传的日本刀送给了毛主席。这个行为具有象征意义。他最早提出了如下的国防思想：军人的理想是消灭军队，国家军队应让位于“把无国籍的志愿者派遣到发生纷争地区的国际警察”。这种思想只是一种火花而已，但这种思想是伟大的。是的，在一切原则上，应该还有更大的人道主义原则。

我们已经是一个有核国家，虽然没有一个人会相信中国会率先使用核武器。但是作为一个核拥有国，我国人民有没有像日本的广岛长崎被原子弹炸过的人一样、真正地思考核问题？前几年，我看到北京的一张小报上有一篇短文，用非常轻佻的口吻讲，美国可能在伊拉克战争中使用战术核武器。似乎使用战术核武器对中国的记者、媒体和读者来说只是花边新闻。

6. 答《中华读书报》：中国仍是散文的国度（2009年）

《中华读书报》3月中旬，在北四环的一座写字楼里，我初见张承志。与“传说”中的印象大不相同，张承志没有网络上传言的那么特立独行不好接近。相反，他正直、幽默且友好。说到学术界令人不齿的现象他痛心疾首，然而说到有趣的事情，他的脸上立刻堆满灿烂的笑容。

这是一位不矫饰、不虚伪、敢说真说的真正的知识分子。从1989年辞掉公职算起，张承志游离于文坛体制之外已有20年。在20年间他没有停止过行走、学习与思考。他对于理想的坚守，他坚持知识分子的良心和批判，从来没有动摇过。这种独立，反而成全了他不愿堕落、追求真知和文学的理想。

问：这么多年来您只写散文，现在看来还需要重申一下原因。

张承志：小说的本质不是故事，而是虚构。

在《鲜花的废墟》里言及梅里美时我写过：

……惟结集时人才有空回忆、并接触自己早期的习作。我不禁为自己和这些自己写下的所谓小说的单薄，感到吃惊和害臊；也为容忍和成全了如此自己的时代，感到惊奇与慨叹。如今我对小说这形式已经几近放弃。我对故事的营造，愈发觉得缺少兴致也缺乏才思。我更喜欢追求思想及其朴素的表达；喜欢摒除迂回和编造、喜欢把发现和认识、论文和学术——都直接写入随心所欲的散文之中。这并非是在贬低小说艺术。或许正是这样的我，才算懂得了尊重小说。……我发现，我其实没有什么小说家的才能。

散文本身照样可以有丰富的故事，只是散文或随笔不虚构、更自由。论述的、抒情的、甚至考据的内容，都能在散文中表达。在关于日本的散文集中，我写过这样的感觉：

纯文学的讨论以及艺术诸般，尚需缓行。一个民族要跋涉的文学路，尚要一步一步，数过他人不知的崎岖。中国大致仍是散文的国度。因为命途多艰，小说的大潮尚未临近。因为救国的老调，依然弹它不完；使外人心仪的风花雪月，埋在文字的深奥，蓬勃尚待一些时日。

问：从年轻时候起您就很会学习——为什么选择了日语？

张承志：读大学时是四人帮时期，没有集中精力学习的条件。当时我和一些同学的目标，是想速成一种外语，哪怕只能粗通皮毛，哪怕只是阅读而不会口语，想用外语突破当时的思想禁锢。1976年周恩来总理去世，借到一册梨本佑平写的《周恩来》，就夜以继日地翻译。在那次纪念周总理的热潮中，我使用“爱周”作笔名的这个译稿，被广泛地油印、手抄、打印甚至铅印。

待到90年代去日本，我已经开始用日文写作。出版了两本书，其中一本是散文集《鞍与笔》。

问：这种语言的转换，会不会使写作的状态变得磕绊？

张承志：不仅不磕绊，而且会让汉语的感觉，被突然激活。它使得语言不至于停滞，使语言丰满和新鲜。

7. 一个知识分子的旅行与写作——答《羊城晚报》(2001年)

记者：您是一个坐不住的人，一直在外旅行、考察，给人一种独行侠的感觉。您的散文集也以《一册山河》来命名。

张承志：在家里坐着读是一种滋味，到了现场读又大大不一样。在当地，有时还能读懂一些在书斋读不懂的地方。譬如白居易的《琵琶行》。

弹琵琶的女子的船，在九江外的长江边停泊，白居易诗中说：“商人重利轻别离，前月浮梁买茶去。”我从小就读这首诗，并不在意“浮梁”二字。到了这里才明白浮梁的著名。原来有一条从赣东北的茶山发源、穿流鄱阳湖、注入长江的河，叫昌河。浮梁是昌河边上著名的集镇。琵琶女的丈夫把妻子放在长江边上的船上等着，他自己从湖口进鄱阳湖，然后进昌河口，逆水到达浮梁。这是商人走的路线，更是历史脚步的路线。

至今浮梁是一个茶叶集散地，昌河也至今是瓷器、茶叶、高岭土运进鄱阳湖再行远销的主要通道。一首诗藏着一系列有意思的东西，譬如茶叶贩卖、流通，它的季节性等等。买茶的时间，是最好茶叶季节中的不那么贵的几天。诗中讲到“枫叶荻花秋瑟瑟”，那是一个秋日。正是商人们追逐的，低价和新茶兼顾的季节。所以有做人重利轻情的，有动情下笔如神的。

这个季节到浮梁去，街上任何一个小铺子里，一说要买茶，几乎所有看铺子的女孩第一句话都说：“新茶还没有上来！”那时读后感才算确立。站在浮梁街头，不由得对白居易敬服之极。

再比如梅岭。

前年专程去了广东与江西交界的梅岭，归来我写了散文《水路越梅关》。这也是一次简单的发现，但发现的只是一句话：从广州南海到北京之间，居然全部交通都是水路，只有梅岭上下八十里是山路。

这么简单的地理学结论，我没有读到过。这一条南北大动脉的命名，应该叫梅关道。它从广东南雄码头下船，爬梅岭八十里到江西的大庾，也是过去的东浦。文天祥被捕后，从这里押上船，顺赣江，进鄱阳湖，出湖口，顺长江，直到南京进入运河，到扬州，一直到了北京。几年前，在我走过好几段北方的运河，又从南京的镇江、扬州到台儿庄，想把运河的道理看清楚。但文化和地理太辽阔了，没有发现时人很苦恼。但只要坚持，早晚会有收获，会有看通了的感觉。中国的梅岭道延长了运河动脉，其实与京广线是一回事。这样长距离的道路，应该有天险艰难，但只有上下梅关的八十里是山路。梅关并不险峻。它用黑卵石修的路，至今能看出南宋、元初的遗风。大体没有被破坏。在梅关的那天遇上大雨，湿透的我，心中充满快乐。

但是，感觉不是从地理书里读出来的，而是从文天祥的诗里读出来的。伟大的诗人不仅以命殉国，而且在诗中留下了一篇“水路解”，一条水路的解释。我感到双重的震动，一方面是诗，一方面是地理。揭破的学问让人更感觉诗的可信。那是一种感情的可信，一种深深说不清的、文化的信任。文天祥的诗可信，不仅由于他的忠诚，诗的背后藏着对中国的理解。这种感觉，不走出书斋是永远得不到的。

——以上还是我不太熟悉的南方的例子，若在中国西北，例子就更多了。所以旅行不是旅游，一种真正的人生长旅，对一个知识分子是极其重要的。不是说作家知识分子都能这样有幸。读万卷书行万里路，不能缺少一方。还没有谈到与当地的民众的感情交流，说到那些，话就更多了。

记者：您到南方的山水里走，目的是什么呢？

张：南方是中国文化积淀最丰厚的地方，不管是屈原还是谭嗣同，不管是我昨天（前一日在盐官镇看了王国维故居）看到的王国维，还是他的同事梁启超，他们都是南方人。我对北方熟悉得多一些，我警惕自己在文化接受上的偏颇可能。从很久以前，南方文化的发达就超过了北方。包括农村一个小学私塾的水平，都不是今天大学教授能够比及的。所以有意向南方古今人物故地进行学习补充自己，是丰富内在修养的很重要的方法。

记者：旅行中，您是对文化及文化人考察得多，还是对逝去的文明怀念更多？

张：更多是一个文明的儿子继承这种文明的自觉，或者说是一种学生感觉吧。我一到南方就有学生心理出现。走到哪儿都像是到了自己的学校。

记者：您对南方有隔膜吗？

张：南方多方言。在一些村庄有意识地深入下去、如在北方一样建立堡垒户，这对我已经不可能的了。我不可能熟悉这么多的方言土语。生活习惯也难。但北方就不一样，能进去并与老百姓畅谈。

记者：南方与大西北的感觉有什么不同？

张：完全不一样。但反差越是巨大，新鲜滋润的感觉就越强烈。如南方的绿色植被，南方人可能觉得很平常，我却非常喜欢，简直是享受奢侈。

记者：您与农民同睡一个炕、促膝谈心。作为一个大都市的人、一个作家，是不是对现实世界失望了？

张：农民的炕也不是都如同针毡。农民家族中只要有一个结婚的，就把那床新被子拿来给我盖。近年农村富裕了，抵挡吃席倒是一件难事。

记者：作家创作上几乎都有一个“根据地”，莫言是山东高密，韩少功是汨罗，西北是你创作上的“根据地”吗？

张：我希望写作背景是复数的，不是一个。因为过于单纯的文化会造成狭隘的见解。两种不同的东西会纠正你可能的偏见。八十年代有人说我不喜欢南方，我没有反驳过，今天已经不用我反驳了。

记者：您的作品透出英雄情结，如《荒芜英雄路》。

张：我只有一个想做健康文明的儿子的情结。在这侏儒的时代，我只想做个有良心的知识分子。

记者：您是因为什么而创作？

张：为我不可遏止的激情与感受，为我相濡以沫的弱者与民众。

记者：有人说您是一个偏激的人，您自己觉得是这样吗？

张：未来会把问题说得很清楚：是我偏激和傲慢，还是我追求了正义。人的气质不一样，因不同的气质而喜爱或讨厌，是文化界争端不已的本质。我只能独自努力留意文章的分寸。分寸的讲究，才是我最用心的一件事。

记者：您都是孤身一人走吗？

张：年轻的时候基本上是一个人走，后来多有"弟弟"跟着。我有运气，三十年从不出交通事故。

记者：走上这条路，您后悔过吗？

张：不，我更适合走这条路。

记者：您对生活是否也有失落感？

张：我希望未来自己不为那样的原因而感到失落——虽是知识分子却丧失了批判的立场、虽是新闻工作者却丧失了监督社会的自觉、虽是大学教授却不如私塾先生，虽生而为人，却丧失了正义的本能。

记者：您的物质生活困难吗？

张：不，出版的喧嚣繁荣，使我生存。

整理于 2010 年 3 月 17 日

备考与短札

（一）新《荒芜英雄路》编后记

此集编成后，大约被出版社印了三两次。但不知出于什么暧昧的原因，当它获得了社会需求以后，反而难能再版；当年信誓旦旦的编辑消失得无影无踪。这与其说使人烦恼，不如说令人费解。不过，答案的追寻是毫无必要的，因为涂在编辑和出版社脸上的文学脂粉很快就开始噗噗地脱落，随着小康时代和天下富裕的到来，一介作家迎送的，是四周毕露无遗的商人相。我再也不与人奢谈什么作品的思想云云，学会沉默，等待时机，做一个守株待兔的猎人。

如今是三年河东五年河西的剧变时代。其中的契机、相知、机密，人不能知。偏偏在成群的人倒戈投降的潮流中，不愿随波逐流的人也渐渐往一处靠拢。在这样的时候，《荒芜英雄路》里的粗石糙铁、无忌童言被他们留意，也是自然的事情。于是一个旧问题，刺破了崭新的包装，突兀地被提了出来：

——你的作品，你的那些受宠于八十年代的张狂童言，能在今日的挑剔目光中，得到深沉眼光的读者的认可么？它们的价值，能长过二十年的尺度么？

我满心恐惧。一路翻阅着这些旧作篇什，手在抖，心发慌，满眼都是立论、分寸、文笔的败笔斑疵。甚至不乏大的错误，修正和解释都需很大的功夫。

但我心怀侥幸。为什么呢？解释这种心理并不容易。我不解释，不多言，只是闭上眼，把这一堆生锈的刀子变质的子弹，使劲地投将出去。

所以我这么说是真实的：

我诚恳地等待着追加的驳难、指导的纠正。已经到了做好准备接受一种严肃批评的时候。这绝非假作谦虚；因为在一些大的立场和原则上，我并不放弃。渴望对自己失误的严厉指点，并不意味在乎了敌对立场的叫骂。

是为新编后记。

2007 年 10 月 22 日

（二）新《清洁的精神》编后记

1994 年初，我从异国的徘徊归来。怀着复杂的心绪和某种异议的冲动，出版了《清洁的精神》。因为在漂泊海外的日子里，我意外地感受到了新霸权秩序的兴起、它对中国的眈眈敌意、对第三世界的歧视与毫无顾忌的践踏。逼近的新世纪迫人思索。它与更身近的、对内的一半结为一体，愈来愈成为一种可怕的体制。我能做的、所谓对内的批判，主要是对右派“智识阶级”（这个词是鲁迅先生爱用的）的文化批判、立场挑战和学术竞争。鲁迅所说的“侧着身子战斗”，真是太形象了。今日回忆起来，正是那个时期思想的本能反抗，使我奠定了——在后日里自己作为知识分子和作家的基本立场以及著述领域的基础。

比如，对新帝国主义重新瓜分第三世界的抗议、对中国古典与精神遗产的追询、对信仰世界的靠拢和思考、以及对知识分子与民众结合形式的实践。回忆起来，所有这些，如果说在第一本散文集《绿风土》和接着的《荒芜英雄路》里还显得不自觉和茫然的话，那么在《清洁的精神》里，它们已经初具雏形。

我再也无心如一批批的同行那样，对着西方的文艺燕人学步，猜着洋人的喜好牙牙学语。离开日本的时候我心里有一种决绝和自尊，因为我可能踏上的泥泞下面，文明的地层是丰厚的。由于我拒绝遵循诱导和暗示、把中国的少数民族解释为简单的受害者，所以在日本时而被人讥讽成国家主义者。这正与后来在国内的体验无独有偶：由于我对中国穆斯林的历史与价值的描述，一直被人起劲地渲染成原教旨主义者。

毁誉褒贬，从来并非人的真实。我在意的，是自己留下的文本。

出于这样的想法，在《清洁的精神》初版遇到了意外的麻烦时（它所在的丛书发生了严重的校对失误，印出的书满纸错字，甚至被中央电视台《新闻联播》点名），我没有一味谴责抱怨，更没有借事炒作自己。我和编辑研究了办法，在第二版中，书不仅被补救、而且得到了补充和提高。这本书连续印刷了三版，上述的思想和描写，获得了难得的传播。

我常幻想自己的书能存留下去，不仅在无人问津的图书馆，而且在书市上能保持在架。它们不是什么品牌，但却是作家生涯中的脚印。不用说，这种事不能靠一厢情愿。《清洁的精神》运气还算不错，它在十年后的第四次再版，先是原责任编辑奋斗失败、接着又有作家朋友（祝勇）的锲而不舍，总之在朋友们的帮助下实现了。

同时，另一本早期作品集《荒芜英雄路》也在众多朋友的努力下，同时获得再版。我不打算单独再写一篇新后记了，只是需要说明——旧版（上海文化出版社版）中一些与其他集子重复的篇目，在这一版已被删除。新补的若干篇作品，在目录中另辟单元，在正文中印在后面。

还有些话一直想一吐为快。

嘈杂而蓬勃的出版业，花样层出、大同小异的编选机会，使我这个因在1989年辞职而变成一介浪人的作家，能够靠版税而生存。真是这样——在一个人的一生里，既有宁死不愿拿的钱，也有必须要去挣的钱。我盼我的读者能够原谅和理解我：虽然让读者看到不少重复雷同的书并非好事，但我必须如此，以战胜生存的压迫。

当然，我牢记着更重要的是战胜自己。所以，我最在意的，是在上述知识分子立场上绝不退避的写作、不是那种“骨头在洋人意料之中、肉皮在洋人意料之外”的奴才制作——而是在苦难而辽阔的山河、民众、生活中，提出独立见解、提供新鲜知识的文学。我努力每一两年能印出一本新作，让它们慢慢建立一个全新作品的系列。也许我的读者已经注意到：在后期的我的散文集上，这个新作目录像记号一样，附印在书的背面或勒口上。

——说到底，以上是一些奢侈的故事。顾盼历史，在思想者的河流中，多少人被剥夺了发言的权利！造物主给了我发言甚至狂言的身份，又限制了我向魔鬼诱导的名利堕落。所以我一直用这样的话自警：我是一个运气好的人，一个幸福的人，一个被襄助的人。

同样说到底，所有一切都是由于你们的选择和阅读。是的，你，还有你，是暗中的你，支持了我的存在。

紧握你无形的手！

2008年岁末于北京

附记1：

但是，好像幽了一默，这个“精神”的新版，在商业的潮流中最终并没有实现。好像处于序言白写、好话白说的尴尬了。不，我的心境冷静甚至可能是快活。当人心忍受了更大的试炼，对细节就凭空多了一种随意。因为信心几乎是无疑的。没关系，我的读者们，我们都有足够的决意，一块再等。

——2007年2月附记

附记2：

安徽文艺出版社当年出版本书，曾因为粗制滥造被电视点名。自然，在今日纸醉金迷的大势中，文艺出版不愿再提“清洁的精神”。

但是，我和我的读者都有足够的决意和耐心，一块儿等，一直等到本书能够印得像样的时候到来。

不是我写得好，也不是当年这个受尽嘲骂的书名起得好，只是因为——中华民族已经到了必须挽救精神的时候，只是因为污脏已经横行为祸，已经到了必须呼吁清洁的时候！

这就是《清洁的精神》再印的时机和条件。

2008年12月

（三）新《鞍与笔》编后记

此集是在1993年，我刚从国外的游荡徘徊归来后不久、作为自己“在中国活着”（这句话原是用日语讲的“中国で生きる”，须知留学生赖在他人富裕中不归、是怎样地被日本人蔑视）思绪的表达，交付印行的一部集子。

同样的思想，在内容不同的日文散文集《鞍と筆》中，我尽力用日文也做了表达。此事可以看出我多么喜爱这个书名。是的，鞍上的长旅，支笔的表白，这就是我受惠于造物主、欣喜领得的天命。

2007年10月22日

（四）致山根信夫（自译）

敬爱的山根信夫先生

向您问好！

自1993年归国以来，虽然疏于问候，但先生的音容一直就在眼前。只是转瞬十年，分别实在太久了。

今年7月从呼伦贝尔及东北三省一游归来，看到您惠赠的《建国大学の研究》，喜出望外。因为在长春时，我曾仔细看过以关东军司令部为代表的日式诸建筑，也曾费力地探问过建国大学的旧事。大著于我而言，正是及时的课本。

当时便想寄上读后感；但又想等有人赴日时，连同一些礼物同封，所以拖延至今。昨日从新疆返京接到大函，不敢迟延，立即作复。只是日文搁置多年，恐词不达意反成失礼，所以此信虽只能止于简略，还是使用中文。（以下为中文）

①我想历史上的失败体验，会成为第三世界知识分子的一种深刻的心理背景。中国人只有四大发明、万里长城，但是没有一次对西方列强的胜利。若以1840年鸦片战争的为计算起点，连续的军事、政治、科学、道德的失败，已经绵延了一百数十年之久。兼之内部或天灾人祸或金钱扫荡，一部失败史，即使在经济发达的今天依然演出不已。这样的历史遗产，必然使中国知识分子的思想，长久地带着畸形的胎记。

而论及的满洲国，是中国人承负的失败之一环。

②以前就听日本友人谈及过在宴会席间，在座的中国学者酒后失态，高唱建国大学校歌的情景。从东北归来我一直在想，也许建国大学对中国的战胜，甚于九一八关东军的炮火。皇国精神的洗脑尚在其次，五族同学的歧视尚在其次，建国大学教育中所拥有的某种民主性和科学性，瓦解了对受业者更重要的大义、立场和知识分子的尊严。它以先进于中国的西方式教育，给中国式的个人主义以

鼓励，给奴隶以变态的自慰。在今日中国，留学西方的精英以他们学来的价值观，对底层的、少数的、弱势的思想所实行的歧视和围攻，可以作为对建国大学反思的一个参考。

③不由忆起以前承赠的《中国研究に生きて》（《生于中国研究》），和其中述及的“不合家风”的事件。那段叙述曾使我吃惊。是的，有过留日体验的中国人，都对日本人及日本学者的家庭精神或称集团精神感触至深。但是害怕“仲間外れ”的心理，有时阻碍了人对真理的追求。先哲王安石云：人言不足畏。我对山根先生的著作，对先生梳理建国大学源自关东军和石原莞尔的创建缘起、对先生细陈建国大学附庸于帝国主义战略的脉络的劳作，感到一种“正义的学术”的力量。

④《世界》2000 年 9 月号，板垣雄三氏有一篇见识过人的好文章。他提及：

> 在那个历史阶段上，即便是为了向东方主义同化也须在自己的世界观中加入伊斯兰；他们曾有过与伊斯兰世界紧密结合的感觉。比如日本的所谓东洋学，无论是白鸟库吉（东京帝国大学教授，1865—1942）的中央亚细亚也好，河口慧海（大正大学教授，1866—1945）的印度次大陆也好，大谷光瑞（西本愿寺宗主，1876—1948）的中亚探险也好——他们靠着能与欧洲人角力、甚至凌驾于欧洲人之上的对伊斯兰研究业绩，有过想笼络伊斯兰世界于自身世界之中的主题。
>
> （《日本该怎样面对伊斯兰》，世界，2000 年 9 月号）

若在历史给于余裕的时代，也许我的侧重会偏于对建国大学的理想，哪怕它附庸于军国的侵略。我留意着可能的“有力结合了的感觉”。但在今日的中国，我们正迎面着一场精神、道德、价值的防御战。再次的败战已露端倪，我不愿如许多留学生一样，采取聪明的暧昧姿态。因此，对先生伟著的感受，也一定带着我此时的思索色彩——如有错误之处，还请先生原谅。

我至今珍存着先生为我红笔修正的《回教から見た中国》一书原稿。在东洋文库与先生一起度过的时光，是造物主给我一生的礼物。

11月初有朋友去东京，我带去两本小书，谨作离别后我的报告。

从遥远的北京向您致礼！

张承志

2003年10月6日，北京

（五）寄给听课上海的农村兄弟的信

三英弟：你好

你的听课学习能够落实，也许是你人生迈出的一大步。我不了解你是以怎样的方式，以及身份听课。最好能就哲学（认主学），国际形势，在与人交流和辩论中提高。不知是否住进了普通学生的宿舍？辩论是最好的学习，而我们缺乏辩论的空气和自由，所以应该珍视与他人的辩论。写作是更正规的辩论，当然，你其实也可以同时开展。

最终的问题会变得非常尖锐，那时就不是学习，而是信仰的检问的时候了。总之，在你们同学中，你以一个三营出身的贫苦农民孩子的勇气，迈出了难得的一步。原来我曾以为，你们同学不可能有谁能获得大的长进。因为谋生和生存的局限，会腐蚀人的优点和初衷。我不愿傲慢地批评，因为我理解这一种艰辛，但是我也明白，人才是不会从阿谀奉承和人云亦云中产生的。你走得越出了常见的阿訇旧路，我盼望你走通自己的路，但我并不敢盲目乐观。

这也是我在三营访谈时提出的“TarigatAllah”（脱勒盖同拉）的意思。把我写的这个字，发给你做礼物。草草。

2004 年 12 月 1 日

（六）关于《游击时代》与编辑的通信

1

某某编辑：

没想到这么快就出现了本质问题。也好，省得我们只是客气而不谈原则，以后发生麻烦。

我给你的信中已经写过“多余”的话：稿子不用无妨，但不能修改。

你提出的修改“包括造反有理的革命诉求”——我不能接受。这是原则的一句。我也不认为有任何的犯忌，虽然它给某些人一点不舒服的感觉。

以前和 ×× 的编辑合作，此类事情出过一些，大都是责编并无执意，请示领导，按照指示办。如果你愿意这样做我会高兴。但是，如果在你这一关有动稿子的习惯，那我们就很难合作。

哪怕我也会投寄“软些”的篇什，但我与你见惯的作家有本质的不同。盼你有思想准备。趁着一切合作还没有开始，如果你觉得劳神，就不如算了，由别的编辑与我联系。请回音！握手。

2009 年 3 月 14 日

（附）

张老师：

我请求您修改“包括造反有理的革命诉求”这一句。

编辑某某

2

某某编辑：

如果这样，请勿发表我的稿子。

“深奥”不是“深处”，“巡回”也不是“轮回”，“伫立”更不是“挺立”！

我不是中学语文老师，我没有兴趣对贵报进行语文补课。我只因如此对汉语的无知，感到悲哀。

务请撤下我的稿子。我说过，文学正处在受辱的时代，但我想不到连起码的修辞都不可能！

2009 年 3 月 17 日

（附）

张承志先生：

……发您文章时寄上一个样报。您信上说一个字不能动这让我很有些胆战心惊。因为我们报有一个大的纠错词句的系统，这个系统是由一个专门的高级校对主任和全国的读者合作。每期把他们读的所有文章的错别字和不规范的用词举报出来，然后罚编辑的钱，用来奖励举报的读者……所以我把您文章的几个地方的用词“纠正”了一下：

第二段“藏在肺腑深奥的哀痛”，“奥”字改为了“处”字。

第八段“当天道巡回”，“巡”字改为了“轮”字

第十六段“伫立在无休无止的骄阳灼烤之中”，应当是“挺立”吧？

这些词的修改不是因为政治原故。这些地方也许是您刻意追求的效果？但往往会被读者视为不规范而引起歧义，而导致举报、编辑被罚。所以特别告诉您一下。希望您能体谅。

编辑某某

（七）关于《赤军的女儿》的信件

某某编辑：

我已经估计到了这一结果。

没有什么，我早已决心走最艰难的路。

诗人的道路从来不是到处获奖和赢利，而是淡漠痛苦与坚持歌唱。

我谨把剩余的文章全部发给你，希望你把这件工作做得有始有终。

匆匆

2008 年 10 月 18 日

（附）

张老师：

你好！

实在不好意思。在校对过程中，因编辑部内部对《赤军的女儿》有争议，主要是觉得你的文章均影响很大，担心此文刊登后会引起误读，比如对暴力袭击的态度，是默许吗？而目前国际国内形势均过于复杂等等，对你造成不利。我个人也有此担心。故虽倾向于发表，但也无法说服其他人。这篇文章只好不发了。

你还有其他文章修改好了可以替代吗？请谅解。

某某

（八）编稿短信

致香港某杂志编辑：

（前略）

……此外，文学或政论作品不是会计的账本，如“去年”是一种语感和虚指，不能被计算为 2007 年；即便真的指的是 2007，文章的节奏和文脉也更重要，不能把 2007 当成不可触犯的东西，何况承认 2007 已是从汉语二零零七的不得已妥协和撤退。此外校对的原则，是对单个汉字的理解而不是对字典词条的遵从，汉字本意正确的新词都有权存在，这也是日语当用汉字的经验。如“份量”就比“分量”，在含义的逻辑上更通顺。文字改革委员会多年来的规定和简体字很多是愚蠢和错误的，而贵刊不仅没有接受他们管辖的必要，且是保卫汉语本意与生命力（指它的词汇再生能力）的阵地之一。鉴于 ×××× 的影响愈来愈大，特提出以上多余的建议，供诸位编辑参考。

2008 年 11 月 1 日

（九）寄日本评论家（自译）

××× 様

（前略）

或许你还没有从柏林归来，今日，由于拜读了高著《回避与拘泥》，于是想短短写上一些。

因你出众的文笔以及发想，兼之于我是阅读外语，读着感到很难。但又尽是重要的题目，所以仍然紧张地一气读过。

只是对关键的一篇，关于红卫兵的大著，我在写此信前因不知怎样归纳，曾经一度踌躇。小小的书，却系着大的事件。不厌其烦地一处处解释首先没有必要，何况把历史的复杂细部、强求外国友人的理解，也是不可能的。

虽然今后还会有交谈的机会，但是我想：过去事实的碎片也好，对之评价的细节也好，已经随着新的历史的展开，变得不再重要了。

只有一句还想说：评价红卫兵孰优孰劣的、新的判断标准，已经来到了。对美国的帝国主义和新十字军主义是采取反对与对抗的立场，抑或是协力、取媚、并把帝国主义的立场和十字军主义作为自己的观点——虽然失之简单，但我认为：此乃判断红卫兵、革命、共产主义或自由主义的，最重要的标准。

拘泥于四十年前的细节，只意味着视他人为加害者和强调自己的干净。我是意识着会被看做加害者且把自己晾曝之后，才写了那本书的。

其实红卫兵的时代还在继续。此刻针对在伊拉克的侵略，做红卫兵式的、可能的战斗，正是再生的红卫兵的工作。哪怕一支笔太过弱小，哪怕如此姿态不能使人更加出名，我敢请放言：如果谁今天没有被说成是恐怖分子，那么昨天他也一定不是红卫兵中的好东西——回味着巴勒斯坦赤军的轨迹，××× 您是否也这么想呢？

在这样的意味上，我无法忘却巴勒斯坦的赤军。比起那些历史的干净人和达观者，尽管有与他们无法比较的、在中国发表的困难，我还是想告诉我的读者巴勒斯坦赤军的事。务想得到足立正生 2006 年的《幽闭者》。如能得到请交给 ××，如不能入手，请给消息，我们将在东京作为商品购买。

再见！

《巴勒斯坦此时》已经读过，很棒。

2007 年 5 月 7 日，于北京

（十）致某兄弟

某某，你好。

我的心比你更痛苦。

我还不敢完全相信是否该给你写这样的信。……我更多是在写给自己。在这样的一个时刻，我想借你，给自己一次总结。

苦难从来是最好的导师；如舔血迹一般，我也从中吮吸、咀嚼，和默默感悟。而痛苦的一种，是对自己位置、姿态、发言的在意。如此痛苦的体验我曾经有过，尤其在 ×× 年。知识分子往往一待“事件”发生，就敏感地出现了这一问题。

我因佐藤春夫的用语，常在琢磨“跳梁”一词的含义。它并不如中国人理解的即是“小丑”的同义词。若善意地解释，可以说它反映着生命力的某种跃动。

但跳梁者依然只是为了表演。当历史惨痛地流血之际，辨别斗争者和表演者确实有些难。但他们决不一致。辨别的试纸在事件过后会显示出这样的结果：凡表演者无一人真的流血。经过了 ×× 年后我懂得了这一点，我断言他们将毫发无损。

而“我们”却在受难。我们以内心的受难，陪伴着兄弟的殉死、信仰的受辱、民族的歧路。我们以内心的齿咬，报复自己无法振臂一呼或挺身冲上的姿态。我们以内心的泪雨，同时洗刷和抛弃正义冲动之中的知识分子自私。

也是在 ×× 年后，我在西方，在滚滚的跳梁与表演中，提出了一句话：在中国活着。这句话后来延伸为“在中国信仰”。

我选择表演外的沉默。我选择对浮名的放弃。我选择最艰苦的吉哈德、选择阐释文明和记录心情（为此那次在伊犁才劝你学习维语）的形式，以对抗你所说的“除了它不知该推荐什么”的那类写作。那种正因事不关己才放肆无忌的“轻”，为满心沉重的当事者和文明主人不能容忍。那种为掠取资料实行欺骗、陷人于危险的手段，为我深深鄙弃。

在严峻的限制中追求最大的表达、以规避的艺术开辟对真理的宣扬、在低质的世间放弃理解宁肯湮没、是我们前定的道路。用我个人的表达：是一种悲怆的 Tarigat Allah。

借此机会，也完成了与你以心交流的决定。你该作证，我对你做到了真诚。至于目前和未来你会怎样选择——自有你的生命力催你奔向你的前定。

祝——和平

2009 年 7 月 28 日

（十一）为他人著书所写的题言

1.《赛俩目阿语教程》题言

一种类似经注、又如阿语课本的著作，近年变得醒目。它们突破了肤浅的写作，直击学术的殿堂。年前刚见到刘桢大阿訇的《古兰经文选译音解读•阿汉文对照注释》，接着又见到杨继玉阿訇的《阿拉伯语简易实用语法》，最近马石头兄弟的《赛俩目阿语教程》也问世并再版。他们似乎在宣言：穆斯林在阐释自己文明的道路上，渐渐靠近了语言学的阶段。

不仅是如我的文盲（umiyat）们多了教材。是一个民族终于从一处高地向两翼眺望。他们必须同时对——与资本主义同步发达的现代语言学、以及自己出身的经堂教育——批判与超越。无须讳言这是一项艰难伟业，但攻坚已经开始了。

写于 2009 年苦夏

2.《北方》封底文字

不觉之间新的历史时代已然降临。我们看见一批新的作家和写手，他们都有漂亮的文笔、活跃的思路、宽泛的学识、干脆的速度。他们早在路上，如络绎的团队，足迹铺遍了遥远的边疆，甚至更远的世界。祝勇大约是其中的佼佼者；他朝着吸引自己的不同题目，也朝大地原野，稳定沉着地走去，沿途留下本本华彩与慨叹交织的作品。我猜他们的团队也快到了分道扬镳的时候，因为在文学的理想与文学的腐蚀中，不能容忍肤浅与不能容忍体制——说到底是一回事。他们中的佼佼者，其时代建树不过是忍受深刻的痛苦。祝勇会走得怎样？引导他的自有他的前定。

（十一）给北庄老人家的悼词

甘肃　北庄：

慈爱的老人家没有离去
他永远活着
凭着他一生的和平，凭着他农民的生存
如坚忍者
与真主在一起
他永远是我的穆勒师德
引我感悟苏非的精神

作家　张承志谨致都瓦

2009年10月6日

（十二）《哈莱井上》意境——写给连环画插图本《黑骏马》

这张油画习作，画的是著名古歌《黑骏马》中这一句的意境：

路过了一口，名叫哈莱的井哟
那井上没有，水桶和水槽

鞍上捆着雨衣，人在茫茫的长途。酷暑中马儿渴得难忍。但是路过一口井的时候，井上既无水桶，也没有水槽。马儿挣着缰绳，嗅着井口的石头，但无奈喝不到水。当我还仅仅二十多岁的时候，当我第一次听到这一句的时候，心里的感受无法形容。它讲述的生存的缺憾，它表达的质感的朴素，教给了我说不清的内容。甚至我觉得：是这首歌，完成了对我这名作家的启蒙。

涂抹这张画的时候，我的女儿才只有六岁。她听我解释了画面的意思，就闹着要求我画上水桶和水槽，最好画一幅黑马在酣畅痛饮。

她使我感到了很大的压力，但最终我还是没有听她的。等她再跑来，看见了这个画面时，突然哭出了声。

2009 年 6 月 24 日

怒向五彩觅炸弹

就好像跑马拉松的选手跑得晕头转向好不容易过了转折点、终于在被拉成长长一大串的某个位置上，看清了自己究竟算老几一样；干了近三十年职业作家之后，我也初次看清了自己所处的位置。换句话说，是看清了自己的姿势、形象、好像从四周外部看清了自己究竟是怎样的一个家伙。

记得在日本爱知大学的一次集会上，一个日本人和我说着说着争起来。本来大概是我发表了几句对中国的批判，那小子便以为他也可以放肆发挥。我最受不了当我的面说中国坏话，哪怕你说共产党的坏话，于是就和他抬起杠来。你来我往几个回合之后，那小子败下阵去，临溜走给了我一句：

——张，你可真是个纳雄纳里斯特（国家主义者）呀！

我蔑视地转过身去，不再答理他。但他使用的这一个词，惹起我多重的过敏。你究竟是骂我国家主义呢，还是民族主义？何况这个词加上一个前缀，还是国际歌里唱过的英特纳雄纳尔、人类理想的国际主义？

回到国内，话语变了。

由于我写作了一些关于中国穆斯林的作品，不知为什么惹得大方惊诧，四面围剿。您可以查一查，签名要当“一夜美国人”的诸位精英，不少位都作过批我的论文。有一个小侏儒，他一路招摇混迹已成了美国十字军魔头的座上宾，宣称我是“中国伊斯兰原教旨主义的头目”。

虽然他的劣行不过是时代畸形教育的产物，虽然大凡取媚帝国主义强权的行径，都需要凑全对十字军意识形态认同的一面；但使我不解和困惑的是，为什么如此有限的弱者诉说，居然在中国会招致那样极端的仇恨。忆起日本的体验，不觉哑然苦笑。

他们说我国家主义，无非是因为我拒绝对中国革命的否定态度。我不怕在世界规模的反共大合唱之中，放言无忌于我对革命的支持和喜爱。我不在乎贴上红色的标签。因为革命是一项人权。不仅如此，我意识到：对中国革命的诋毁作业，乃是一项阴险而深远的帝国主义工程，是针对中国这一庞然文明——锲而不舍地进行的、长远的破坏工程的一部分。

既然命定承担，那么我也不畏惧被贴上原教旨主义甚至恐怖主义的标签。因为标签会由于它的不公正和不准确遭到唾弃。人类的良知正在进步，指鹿为马的变态就要结束，一切关于穆斯林的言说，将在和平、人道、关怀他者的伟大视野中，得到公正的阅读和审视。我要迎面的，那遥远的审视浩大而严峻，远非缩在美帝裤裆里喊叫的诽谤所能比拟。绿色伊斯兰的标签有什么可怕？它和共产主义的理想红花绿叶美好般配，它乃是第三世界受苦民众的心灵守护。自从我懂得了血统论的可耻、决心摒弃革命的异化，自从我决意剔骨换肉、与最卑贱者站在一起的那一天开始，我就浸透了他们的颜色。只不过，今天染到了侏儒的鼻子上而已！

谁知颜色居然这么与自己有关！

于是乎，人生也短，我留意在这块调色板上，使劲地让色彩丰富。

在革命红和伊斯兰绿之外，难道不是二十岁的内蒙古大草原，让我在马背上开始了这场小小的自我改造？难道不是蒙古文化，它不仅养育了我的文学和学术，还多次给我掩护、在敌人火力太凶时转战草原题材，给红绿以坚实的掩护？难道我的知识构成中不是只有蒙古的一部分稍显扎实、时而惠我心有灵犀的感悟？……那么要加上亲爱蒙古的颜色。用什么颜色表达蒙古？九月胡天，风疾草黄，成吉思汗的马是淡黄色（xaleg），我系袍子的腰带是黄缎子，那么就姑且用金黄表示蒙古。

三十年来我逐渐给自己拓展了三块大陆的活动半径，也在自己的文学中提出了这样的概念。那么还有一块土地，是美丽的新疆。

它太美，宛如天空，可触不可及，可想象不可穷究。它如一个波斯神秘主义诗歌里不歇赞咏的美人，折磨着追求者的筋骨心志。我从七十年代阑入了它的土地起就陷入了对它的苦恋，当然比我写过的远为美好的，是我度过的堪称美丽的人生瞬间。后来到了它被外界曲解甚至诬蔑时，我心里涌起为它辩护的冲动。渐渐我决意——

把解释它的文明，当作自己的一件天命。它自然是天蓝色的，美妙而遥远，纯洁而缥缈，被伊斯兰的信仰轻涂薄染，被天山牧草的绿、沙漠灼烁的黄，再掺进苦难的红，晕染加笔，成了一种深邃的蓝色。

——不消说上述的黄蓝两色，多是我对兄弟民族的喜爱和向往、是一种好意、是有幸学习了它们的文化后的回报；带着我个人的眼光、见识和气质，而不是完全的、他者内部的发言。无疑，我曾竭力靠近一种文明儿子的水平，但干得是好是坏，要仰仗未来的裁定。有时好似是单相思：情歌即使唱得热烈，姑娘却没有觉察。但这正是文学和爱情的基本规律。情歌中不就是这样么？小伙子唱得流下泪来，但觉得心中感受丰满。

多有意思：在不同的语境和审视之下，我有不同的色彩！我猜众多的书记部长党工作者，会对我的红大大不以为然。正宗的原理主义者更早就反感，嫌我对绿的解说不合规格。日本的右派说，你是国家主义者。美帝的走狗说，你是原教旨主义者！

即便是颜色，我不追求任何一种颜色的体制。我宁愿对每一种乖顺的颜色都是异端。毛主席诗云：自信人生二百年，会当水击三千里。我也想看看自己的一生，究竟能获得多少恶谥。鲁迅诗云：忍看朋辈成新鬼，怒向刀丛觅小诗。电视上日复一日散布着谎言，人们看厌了巴勒斯坦、阿富汗、伊拉克的旧魂新鬼。但那是我的朋辈亲人，他们的呻吟呼唤，牵扯得我不能安宁。我不留退路，也不在意话语的封锁。怒向五彩觅炸弹，红绿黄蓝，调成的颜色是黑的。只要一息尚存，惟坚决反击而已，把我黑色的文章炸弹，投向这无耻的世界。

谨为本书后记，并纪念染上红色的四十周年。

本文为香港出版的散文集《五色的异端》后记

2007 年 4 月，西行前夕

两间余一卒

1

我们自离开孩提不久，就懵懂地憧憬着遥远的西方。也许可以从七十年代开始的那一两年算起、那时正是北京的中学生风行叛逆怀疑权威的时刻，我们如食禁果，抓来乱读，从《红与黑》，到《新阶级》。思想在冲破牢笼的同时，也开始了对西方的钟情和认同。

那以后四十年岁月弹指而去。

中国可叹的现实和残酷的历史，总是催生剂般加快着新崇拜的繁殖。有的人一路走去，宛如进化一般，不仅言必称“希腊”且洋文比汉语流利，脱胎换骨一心一意当了洋人。梯队更有老中青之层次；老的为西方主义鞠躬尽瘁死而无憾，少的则为西方价值义勇上阵两肋插刀、至少也要一日出国永不回头，所谓科学和无产者无国界是也。

虽然因为视野的扩大和真实的浮现，不断出现了西方的悖论；但大势已定，在对自我价值不断的自肃、嘲弄、作践、和“拨乱反正”的解构之后，西方价值高屋建瓴，拔城夺寨，逐步征服了孔孟之道。若是有人表示异议，将会遭到围攻，因为西方的教徒们坚定霸道，深信自己的信仰不容质疑。待到进入了撕裂世界的二十一世纪，像1970—1976年面临着险恶的极左大山和小脚侦缉队一样，西方价值俨然已成新的压顶泰山，思想迎面的压迫，话语难表。

2

无论西方价值的话题，或是西方艺术中东方题材的话题，于我们都过于庞大了。常常是由于偶然的缘故，才使一些人开口质疑。

赵小芹是我在清华附中的同学。在那个七十年代初，记得同学们传阅她“心恬俯仰守愚拙”的诗句，曾有过开眼的感觉。后来她旅法多年，从相夫教子到就职法国学校，半生把中法文化交流视为己任。不知自几时起，她尝试阑入诸如介绍风水的艰深领域，又废寝忘食为法国的学校，编辑一叶知秋的中文课本。同时她潜心阅读法文小说，一点点钩沉整理法国浪漫派文学中的轶事。最近又为梁漱溟名著《中国文化要义》的法文本对照中文逐句校勘、注释并作序，步步靠近了恼人的文化理解命题。她因个人经历的偶然，身处两种文化交缝，两间一卒，步入了潜心原文的道路。她可能没有意识到，这条路可能通向——至少是对自己的思想重建。

和那个叛逆的年代一样，阅读是随意的，而且仍从文学艺术开始——从作家画匠的秘闻轶事、到知识分子的东方主题。

3

如欧洲的地理学和世界知识是沿着近东、中东、远东，一浪浪向东推移一样，西方知识分子的东方认识奠基于地中海对岸的伊斯兰世界。他们的艺术和学问，自丹吉尔、阿尔及尔、神秘的伊斯坦布尔，到印度、中亚、中国；从蒙面魅人的异教女性，到深奥古老的数学、哲学、宗教。大体伴随着十八世纪的开幕，由于奥斯曼土耳其帝国已经失去了昔日辉煌的军事和文化全盛，欧洲上层和知识分子之间流行的东方情结，不仅渗透了绘画或文学等领域，并厚厚涂上了一层自信。乘着席卷近代史的、西方帝国主义和殖民主义的强劲西风，他们创造的文学或艺术的形象，迅速弥漫了世界的一切角落。

在巴黎的卢浮宫和奥尔塞博物馆，我见过这样一类画册，它们分成若干巨册，标题大致都是“东方画集”云云。画册根据作者的国别，分别有法国人画的、美国人画的、或其他欧美人画的，本本不同。应该说大都画得迷人，作品似曾相识，汇集而成一种——东方的形象。

比如，那幅描写波阿布迪勒之离别（Boabdil，即 Ben-abd-Allah，本·阿卜杜拉）的油画，即是一个脍炙人口的例子。全画浓墨重彩，栩栩如生地描绘了被逐的亡国之君在那座叫做“摩尔人的叹息”（los suspiros de moro）的山丘上、勒马回首潸然泪下的情景。虽然未用点墨，画面之上却游走飘荡着一丝对伊斯兰西班牙八百年传奇的叹息。作家如同一个多少好奇更充满同情的朋友，凝视着忍抛温柔乡、离吾旧宫殿的亡国之君的离愁别恨。在那个山丘上发生的是一个“最近的”东方例子，近得就在欧洲的左胸——西班牙是欧美了解东方的最初和最主要的窗口。（Alfred Dehodencq，国王波阿布迪勒在格拉纳达的离别，1869 年）

赵小芹写道：在维克多•雨果心目中，连西班牙都被认为是“东方”。确实西班牙由于它文化的混血，一直就是欧洲的另类。这种异色的魅力，当然吸引了如梅里美那样的大师。但对更多的欧洲知识人来说，唯因西方沿着地中海的反攻和胜利，才挑逗了他们的浪漫情绪、催生了他们对东方题材的激情。进入十八世纪以后，名人接连呱呱出世，他们对东方的表述，一发而不可收，丰满了欧洲的精神内涵。

4

基督教的欧洲，本来就是矛盾的一方、故事的一半。这使其精英一直有发言的冲动。不断的国家胜利，不仅鼓舞了他们介入的热情，还赋予了他们表达的自信。东方的一切都惹起了艺术家的灵感，大批的作品匆匆问世。

引这些文明人永恒痴迷的题材，也许较多地集中在——地中海岛屿的攻防、以及苏丹后宫禁苑的想象。两大题材中，前一种浓厚地涂着天主教的立场；后一种则“绘声绘色”，诱他们前往探寻。怎能不拿起画笔来呢？那些老城小巷漆白的迷宫里藏着的、戴头巾的穆斯林女人！她们的美妙难言的倩影，引诱着不满自己阴沉生活的、艺术家的惆怅。

然而，所谓东方或他者是谁，其实并不为他们在意。对他们而言，重要的是塑造、寻找、推行一种“自己需要的东方”。尚不止于猎奇与掠影，在充分艺术化的东方表述中，其实泛滥着失真、冒犯、和思想意味上的赝品。这是另一场征服；在胜利的凯歌中，知识人萌生了解释历史的虚妄。文学或许稍显隐蔽；但从许多油画中，都能看到潜在的、仿佛自比造物主的作者。他们俯瞰着杀伐，俯瞰着地中海诸岛上与野蛮东方争雄的残酷战争。画面并不中立，敌方从来即是大屠杀的罪人，基督徒一方从来是受难的和正义的。尽管那时的他们，距上帝的高度尚远，作品多还停留在旧式的卫道、与宗教宣传的立场上。

对较远的东方的靠近，以及对全部东方的阐释，虽然起步稍晚，但也在东印度公司、日本的黑船叩门等一浪浪大潮的推动下，随着十九世纪、进而二十世纪的幕启幕落，不仅作为一种学问艺术和知识、而是作为一种政治原则、作为一种欧美的人格一步步迈进前来，既温文尔雅，又固执霸道。表述的热望，介入的热望，在东方叙述的浸淫之中，终于成了一种文雅妆扮的粗暴性格。

5

由于文明之邦居然为贩卖肮脏的鸦片发动了一场战争（1840），中国和日本都在逼近眉睫的危机中，受到了莫大的刺激。接近、求索、和由于内在的空虚而对欧美进行想象的角色，这一回转移到了东方一侧。

自清末第一批儿童留学生远渡重洋、以求承负中介和解说的使命、“学贯中西洋为中用”，一个多世纪过去了。但是我们并未能触到欧美的本质。甚至对欧洲文治武功的梗概始末，都没有摸个清楚。翻译是一种值得反思的途径。中国思想的前驱——包括整个民族，因时代襁褓的束缚，并没有抵达把握天下大势、宏观观察西方的高度。即便时至如今，怪圈尚未打破，躲在帝国主义裤裆里高喊民主的斗士、在西方的粪便里作艺术态的诗人，数数已孪生了几代。直至这个新世纪开始后的前十年，英语已在中国四溢为患，我们仍然缺乏——梳笼欧美的短长，究明西方本质的能力。

曾经的付出不堪回首，世界总算进步到了今天。几乎就与十九世纪的降临同一瞬间，德拉克瓦、安徒生、雨果、梅里美、还有马克思都接踵而至，来到世间并相继加入发言。他们关于东方的表述，虽不尽人意但悄悄发生了变化。这也许是一个记号？欧洲的知识分子，也在费力地走向质变。

包括东方的表述，对历史是非的检讨余地，终于出现了。

西班牙官撰历史对安达鲁斯（al-Andalus，伊斯兰西班牙）时代的淡化、他们“发现”美洲时对数千万印第安人的屠杀、征服中国前夜的每个鸦片商人的家族缘起、奥斯曼历史中围绕地中海诸岛的攻战——我们在触及西方表述的虚伪和作假的同时，也意识到世上还有一个更大的“我们”：在欧美白种话语的此方，同遭劫难的人群民族，是那么众多和痛苦。而这一切，并没有被他们的文艺经典所强调。

依仗大时代的催生，新一代东方的知识分子，开始纠正自己的姿态。

6

E• 萨依德的“东方主义”学说，即从解剖欧美的东方表述中最学院化和贵族化的部分入手，剔剥出文明阐释背后的霸权主义、揭露其间粗暴的欧美逻辑与人格。只是，问题又被反复地提出，它几乎已是永恒的质疑——语言与文化的不同，是否即是绝对的理解壁垒呢？不同文化背景下的相互靠近，最后能达到理解的结局么？

这么大的事情，非一时所能浪言。但是如赵小芹的启发，至少阅读原文是可能的。尚不是嫌弃旧译的不足，唯因原来的声音中藏着真实。

确实，一旦语言发生了转换，写作的表层和深处，包括语感、斟酌、潜语、亦即随之改变，哪怕作者就是自己——鲁迅的《我要骗人》，是他用日文写成又自译为中文的一篇短章。此文使若干日本名人击节兴叹，但却并未在中国引起类似的影响。我以为：原因是他日文原作的语感，远较他的中文版沉重。这是一个语言的好例。它说明：在思想和表达的两面，语言使作家——能获得自由，也可能受限。奥妙在预设的考究和分寸里。对重要作品的阅读，若非追究原文，就很难洞悉本意。

看来，在原声本意的求索路上，人愈来愈多了。如果人们群起做这样的尝试，超越体制的套路，且不理睬智叟的呱噪，日日挖山不止，早晚会导致对西方的神话、以及对称为东方主义的西方思想统治的颠覆。

7

意义尚不止于此。让思想冲出牢笼的本能，并非只为一场对西方的造反。重要的事情是重建我们自己。是他们话语中涉及的我们，激发了我们初步的质疑。这种质疑的价值，也在反省一直自负的自己——我们在另一种他者的眼里，是否也这么暴戾和冒犯呢？

所以，对西方的强烈反抗，并不意味着狭隘的大中华民族主义。一切从六十年代之末就开始了的懵懂求知，一切四十年里曾有过的蒙蔽惊醒，都在于掩卷后沉入一个命题——究竟“我们”是谁。

“我们”是谁呢？它将是未来最有趣的题目。

也许它会扩大得很多，远远超过学生时代抓来乱读时的预料。也许它将会囊括辽阔的地理，包容半个世界许多也想挣脱西方话语暴力的民族。也许那时，我们将看到的——将是一种“英特纳雄那尔”，念盼百年的国际主义。

本文为赵小芹《法国浪漫派轶事》序

2009 年 11 月 12 日脱稿

2010 年 3 月 17 日改定

濯足街

第一回去西班牙游学，心思都在摩尔人的八百年历史，对当代的事儿，甚至名城大埠，完全没有兴趣。唯有马德里的一处小地方，却总是忘它不能：它叫拉瓦比耶兹（Lavapiés），意思是“洗脚”，好像有的书称它濯足街——译得不仅语含古风，且有一丝东方音色。

愈是地道西班牙的，就愈有浓烈的东方味。

那时还在见鬼的新世纪开始之前，移民并不像今天这么扎眼。记忆中的拉瓦比耶兹有一点陈旧，也许可以说有些破败？它连着数条从上方的底里索·德·莫利纳蜿蜒而下的窄巷，整个街区都顺着路，愈往坡下走，建筑愈古旧。

记得一家叫“sol del sur”（南方阳光）的店里，一杯咖啡 120 比塞塔，比实行欧元的今天便宜一半。柜台上有一大簸箩免费的花生米，一个长得像 7 号劳尔的黝黑汉子，独自一人站在柜台后面，把玻璃杯弄得震天响。店里还有三个午休的男人，他们在一张桌子上打牌，享受啤酒和大吼大叫。柜台上橱窗里挂着一排火腿；这是唯西班牙才有的风景——店主和几位绅士不会相信：此乃一种遗风，在举报清查摩尔恐怖分子的十六世纪，为表白自己的干净、与摩尔人绝无一丝血统与宗教的干系；他们的南方祖先曾争先恐后地、把这种异教徒禁忌的东西挂在自家门上。

我微笑坐着。我早已习惯。好像，就是为了习惯在咖啡馆坐在火腿下面，我才不远万里到西班牙来的。

在西班牙，若是有人问我做不做什么，通常我喜欢开玩笑说："我是摩尔！所以我不……（Soy moro ! entonces no……）"

正在此时，店主劳尔问我了："先生，不要别的了吗？"

想入非非的我把"我是摩尔"说到了嘴边，又费劲地咽了回去。因为那一霎我觉得：若是说了出来，没一个人会笑。

我站起来，推开咖啡杯，走出了这家店。

外面在游行！一支游行队伍刚刚绕过拉瓦比耶兹的地铁站，朝我们走来。

拉瓦比耶兹，是老城的一角。这样的古旧街区有一大圈，像它们沿着的 2 号或 3 号地铁一样，随意地环绕着马德里。拉瓦比耶兹的一个地铁口，恰在一个广场上。

走上街道的我们，与游行队伍擦肩而过。我顺着路逆着人流，一个个地观察他们。应该说，队伍里净是些平常人，但年轻人居多。那些年马德里的街头常有游行。像被磁石吸着一般，后来我们就跟着"看游行"，一路走到了安东·马丁。一边走，一边问他们"反"的是什么。虽然经过翻译，队伍里一个姑娘的话我至今记得：好多年前的今天，那个刽子手死了。

终于我们明白：这一天是弗朗哥的丧日，游行是为了对他表达抗议。

游行队伍走远了，我们恋恋不舍，转过头来往回走。

又回到了濯足街。

突然看见，在那块地铁站牌上，就在 Lavapiés 几个西文字母旁，写着一条标语。显然它是刚刚被游行者写上的。突兀地读到它时感觉古怪，可怜的教育和知识背景，使我只觉陌生。但它如特殊的戳破，使人疼得一怔。

——十几年过去了。

我翻出发黄的本子，把这条笔记找了出来：

El fascismo es una actitud con que tú te comportas cada día.

该这么翻译："所谓法西斯主义——它就表现在你每天的习惯中。"

再到马德里已是 2008 年，抵达次日我们去拉瓦比耶兹，想找一家摩洛哥餐馆吃饭。哈，别来无恙的拉瓦比耶兹！六月初夏的晴空，哗哗摇响的新叶！

从地铁登上地面的同时，我想起来了。

我东张西望，虽然心里明白：那条标语不可能还留着。

街巷楼屋，都乎毫无改变，只是不时走过一群摩洛哥妇女，推着四轮的婴儿车。甚至街角坐着几个福建人，细看是"青田二世"。

我的濯足街，它今天成了首都的移民窝！"南方阳光"已经门前冷落，换了摩洛哥小店栉次鳞比。在地铁的那个出口，升上降下钻进爬出的，是各种肤色的人。似乎他们没什么职业，却忙得匆匆不停。不过闲暇者也很多；不仅我，在地铁出口的广场，每张扶手椅上都坐着人。印度人，阿拉伯人，东欧人，中国人，黑人和白人，棕皮肤的拉美人。足球横飞，有几伙男孩在乱踢。女孩在疯跑尖叫，妇女们把婴儿车扔在一旁，语如连珠，过瘾一般陶醉在她们的闲谈里。

顺着石头台阶，我从地铁里走上地面，一边欣赏着广场上的小联合国。不意之间，我一眼瞥见了远远的街角。

——几个挎枪的黑衣警察，盘手叉腿，靠着一辆装甲车。他们并不掩饰，冷冷地瞟着这边。我赶快摸摸屁股兜，护照复印件在那儿。但还是走为上计，我慢慢地走向地铁口，觉得自己如潜伏的地下党。脑子里闪过“soy moro”，我不禁笑了。下台阶时瞟了一眼站牌；西班牙的滚烫阳光，照得字母凸凹鲜明。不用说，早已没了那句标语。

如今我痛感它的紧迫。一连十数年弃之脑后，没想到它一直徘徊未曾离去。西班牙人真是不一样，居然这样提出问题。“它就表现在你每天的习惯中”，若拘泥原文的话，它是“一种伴着你每天的表现的态度”——每天我们的习惯是什么？我们表现的态度是什么？

不消说，我的西语远不能对付这样的句子。几个新词都很艰涩，除了 cada día（每天），我每天都说之外。

是的，“每天”，我们习以为常的每天，它使我沉吟不已。

再后来，虽然早已告别了它，拉瓦比耶兹却成了我的一处启蒙地点。我喜欢忆起那儿，仿佛正喝着一杯咖啡，一边眺望着濯足街，一边琢磨着那句话。等到它在眼前渐渐浮现，那一刻它笔笔清晰。

2009 年 9 月 1 日

西马龙，西马龙！

1

有时候，一个响亮的词，就会建立一个完美的形象。

我惯于每当听见一个有魅力的名字，就在那个瞬间想起一句话。那是幼年时看过的《游侠纳斯列丁》（其实该译成“游方的纳斯拉丁·阿凡提”）的台词：“巴格达窃贼？好响亮的名字！”

——所以去年在古巴，第一次听说“西马龙”（cimarrón）这个词时，我马上不由喃喃出声：西马龙？好响亮的名字！

这个词似乎涂着色彩，带着一种人物般的气质，好似一个陌生的绿林大盗，一部传奇的主人公。

2

直到在古巴的第二大城圣地亚哥，在加勒比海滚烫的骄阳下，我们游览着，开始是不经心地、一步步走近了古巴的黑奴史。

有一天和谁聊天，这个词跳了进来。言者无心，听者有意，cimarrón！于我而言它如一声爆炸。它满涂漆黑，响在耳际，挡住了路。它从此牢牢定居在我退化的记忆里，后来竟开拓了我的眼界。

首先这个词带有色彩："西马龙"是黑色的。当它响亮起来以后，这个词专指逃亡的黑奴，颜色也固定为黑色。其次，使这个词响亮的原因在硬度：鬼使神差，它攥着一把沉重的砍刀。

古巴的原住民在殖民早期就被屠杀净尽，为了填充劳力攫取财富，从大西洋彼岸绑架黑奴的发想，被文明兮兮的葡萄牙人、西班牙人、法国人、荷兰人琢磨出来。不同于墨西哥或秘鲁——在那里，印第安人的死刑是在矿井执行的：先是挖金子，后来挖白银，人在苦役中累死。而在古巴，白银是甜的——非洲黑人越过苦海抵达的地狱，是甘蔗田。

古巴的蔗糖，满足了欧洲的舌头，喂饱了资本的肚子。

蔗糖的昂贵如今已很难想象。这种甜白银究竟价值多少，可以从哈瓦那城至今都令人震惊的、豪华壮阔的气派推测。不消说，那大都会的地基是黑奴的枯骨，还有湮灭了的摧残、折磨、受难的故事。

但是，哪怕鞭打着黑奴让他戴着镣铐干活、也强迫他戴着镣铐睡觉，砍甘蔗时也总得给他一把钝刀。

在地狱里，工具会唆使人，把它变成武器。古今的奴隶，都是古典主义的儿子，都渴望用冷兵器与白人搏斗。那些突兀降临眼前、带来了不平与压榨并给人戴上镣铐的文明人，其实是名副其实的懦夫。他们胆小如鼠，从不敢对等地作战。所以，一把平头的甘蔗砍刀，鼓舞着西马龙诞生了。

在美洲的种植园里，在地球上开创了殖民制度和奴隶役使的文明白人，一靠火器，二靠走狗。

走狗又分工头和豢养的恶狗两种。狗是经过了特殊的配种繁殖的，听说有专门研究这种狗的著作。这种狗对黑皮肤特别敏感，残忍得出奇，只消主人一声令下它们就变成豺狼，扑上去食肉嚼骨，直到活活把黑奴撕碎。

当逃跑的黑奴决心一死，拖着脚镣举起砍刀——他就变成了西马龙。从圣地亚哥到关塔纳摩，我听说了许多西马龙的故事。渐渐我悟出：从奴隶到西马龙的转变，本质在决意放弃一只手或一条腿。趁着恶狗咬住自己的肉体死死不放，把沉重的砍刀对准它的头，猛力砍下。

3

只要进入了绿林，西马龙就能活下来。密密的雨林里，出没着数不清的动物更生长着数不清的果子。在密林里黑奴不仅不再是奴隶，也不再是人类。他们从恐怖的人类社会逃出，在大自然的雨林里还原为动物。丰足的浆果、根茎、籽实、昆虫和爬虫、飞鸟和走兽，给他们以蛋白质和生命的营养。俯拾皆是的森林大树、阔叶藤蔓、岩洞石隙、兽穴鸟巢，给他们以歇息与遮蔽。他们隐匿密林，与世隔绝，啃着芒果，追赶蟒蛇。他们随时冒着拦掐多儿（庄园主的狗腿子）的枪弹，与恶狗拼得你死我活。他们等待着冥冥中的什么，日复一日，年复一年。

在贯穿了半个资本主义一个蔗糖时代的、黑奴的逃亡溪流中，不知有多少西马龙，再也没有离开雨林。他们宁愿沦为动物，也不愿再做奴隶。在收容的绿海里，在安全的非人间，他们成了林中的野兽，埋在密林的腐殖质里，骨头化作了闪烁的磷光。

不同于那些扮演受害者、并喋喋诉说不幸的人，西马龙——死在密林中的西马龙，他们不会再被书写，他们早就退出了表述。但他们真实存在过；他们才是这个罪恶世界的、真正有资格的质疑者和控诉者。在人类的遗产中，也许唯他们的心情，他们的遗恨，才最为宝贵。

也有一些西马龙不同。他们结伴越狱，在人迹罕至的大山深奥，聚类而居。这种莽莽密林里藏着的潜伏聚落，有一点像水泊梁山。但它不像梁山那样，与人间纠缠得千丝万缕。它只是在等待，当真理的援助来到时，西马龙就离开密林营寨，去和人类社会算账、去和人间地狱讲理。

果然，在革命来临时，西马龙的砍刀之外，添了步枪。另一个词悄然兴起，“芒比”（manbí）是西马龙出身的革命军，是独立和解放的主力。漆黑的肤色标记依旧，形象却变了荷枪的战士。

4

沿着一条大鱼般的古巴岛，一路走到了关塔纳摩。隔着一步之遥，就是人类演习丑恶的基地。我站在这一边，用望远镜眺望，镜头里那些漆白的房子，使我觉得恶心。

一连几个小时我凝视着目镜，视野一片空白。我既无法看清同胞的受难，也不能目击极端的罪恶。我望着海天之际，大地空旷，四野缄口，世界宛如一个空空的骗局。

说时迟那时快，就在那时我看见，一个矫健的黑影，从关塔纳摩口袋般的港口里一跃闪出，手里擎着一截砍刀。

西马龙！我失声喊道。

那个西马龙已经逃离了口袋，横穿了道路，跳跃在一株株大树之间，朝着出海口奔去。

我不假思索，拔腿就追。我的眼睛一眨不眨，一刻不离地盯着那个西马龙。我的心脏跳得疯狂，仿佛马上就要衰竭。那个西马龙活脱发了疯，赤裸的黑黑躯体，在从林的浓绿里闪烁。他从悬崖上跃下，攀扯着藤萝，跳过了深涧。一个黑色的人兽，在骄阳下水流淋漓。

我看见从关塔纳摩飞来一架直升机，突突突地逼近而来。

Hijo de puta！……婊子养的！我愤怒地大骂，朝天掷出了望远镜。突然那个西马龙撞过我的肩头，赤脚咔喳踩断了树根。不知怎的我也呼啸一声，跳进从林在腐叶碎石间撒开两脚，跟上他一道狂奔。他转过眼瞪过一瞥，如黑熊瞪着一双白眼。

我俩并肩狂奔，心脏快要跳出胸腔。肺叶呼呼作响，直升机就在头顶。他嗖嗖地抡着砍刀，劲头十足地朝天吼叫。高科技的捆妖绳一次次从天而降，但是套不住我们。

我禁不住嘎嘎大笑，感觉着膝上的力气。疲累的时刻是个秘密，力量在最后一刻涌出。在捆妖绳对准了我们抛下之前，我们已经拉着手，跃出了圈子。

西马龙抡圆黑臂，把砍刀奋力向半空掷去。砍刀如导弹般笔直飞向天空，直升机吓得一哆嗦，猛一扭尾巴，突突地逃离了。西马龙爬上一棵大树，一只黑手指着飞机，嗷嗷大叫着示威。我们继续奔跑，我们如孙悟空飞腾跳跃，左突右闯只知狂奔。

跟上了西马龙，就如同跟着逃亡之神。我没有被累垮，更没有被捕获。

逃亡成功了，我们在丛林跳起舞来。感觉浸漫的时候，人在陶醉之中。一柄甘蔗刀举在头顶，嗖嗖地砍断着空气。随着黑皮肤的西马龙，我也成了一个绿林的精灵。腿脚、双手、头脑，都在激烈地舞蹈，对着土地，踩踏跺跳，享受着自由的狂欢。……

——突然一怔，对着关塔纳摩的视野，我走神了。

5

以前吃力地读萨依德的东方主义时，有一句给我留下印象。他说有个时期，欧洲的东方学家，“总在开创一个有修正论色彩的计划”。大概他说的，就是我们体验着的、五百年来他们不休不止地固执地进行的——对真实的修正。在堂皇的民主标签下，他们向民众灌入“近似知识”的漂白剂。随着思想、包括做人常识的漂白，“西马龙”渐渐成了历史古语，几乎要被人遗忘。

幸好在古巴我遇上了他。

逃亡的黑奴，持刀的黑奴，自由的黑奴。西马龙，西马龙！一个词熔化了奴隶的镣铐，满溢着生命的动感。在幻视中，它呈着愈来愈纯的黑色，如一个神秘的信号。

环顾世上的人们，多在话语的皮鞭下挣扎。但是我猜——无数的人都是潜在的西马龙，等待着时机，隐藏起砍刀，准备着从奴役中，至少胜利地逃亡。

写于 2009 年 5 月 29 日

白磷火

1. 一瞬

前天，2009 年 1 月 14 日——只是一瞬。只是这个地球表现得对动物愈来愈亲善但对人愈来愈残忍、大规模杀伤性媒体的恐怖袭击使亿万双眼睛灼伤、失明、或变成睁眼瞎的过程中的一瞬。在这一瞬，处处的大众都被引诱到下流的消费与娱乐、被引入愚蠢的狂欢之中，他们的脑功能逐日下降渐渐痴呆，并较真地以为自己变了贵族。

人类智力宛如枯竭。八年来世界顺从地听着一只美国猴子的尖叫——1 月 14 日，这一天只是一瞬。

它只是世纪悲剧的幕间一瞬。东西南北、白黑黄红、各色人们都在等着下一幕的主角出场，并不在意这一瞬也被冷酷地计算过，加沙的巴勒斯坦人被一刀刀地宰割、一批批地屠杀、他们正在忍受——自从被推入坩埚与焚尸炉，忍受已超过了二十天。

但是，遥远地传来了振聋发聩的一声怒喝。

在遥远得不可思议的拉丁美洲，委内瑞拉与玻利维亚两个国家宣布，由于以色列屠杀巴勒斯坦人民的行径，中断与以色列的一切外交关系。

尤其印第安人总统埃沃·莫拉莱斯的发言，如世纪末的判决，如新世纪的宣言。他和他的兄弟、委内瑞拉总统查韦斯一道，发动了世界政治中的勇敢起义。我们迟了一天，在1月15日听见了这雷一般的讯息。

在这个公然追逐虚伪、两眼不辨黑白、沉溺于低级趣味、被猴子指挥的世界里，这个讯息，这一声雷，突兀而且坚决，一下就把人的良知推到前线，使得人类的思想和能力、知识和常识、良心与正义，突然恢复了原貌。

就在那个瞬间，这个判决，这个宣言，即刻就把所有堆积如山的垃圾——资本的辩护士，媒体的法西斯，还有奴隶的狂欢、都扫荡殆尽。

伟大的印第安人！他们不是穆斯林、但唯有他们，最勇敢地救援了巴勒斯坦。这是一个具备历史意味的一瞬，查韦斯和莫拉莱斯，他们是今天的毛泽东，是今天的历史巨人。历史将深深刻下他们在这一瞬的伟人话语：

以色列在加沙的行为“践踏了生命和人类”！

必须把以色列“提交国际法庭”，绳之以法！

2009 年 1 月 14 日

（所有根据资料均见 2009 年 1 月 15 日中央电视台“今日亚洲”目）

2．“ghetto”

下流的媒体自以为得计，但它们忘了计算人的思考本能。最近几天，参与屠杀的媒体有意抹消的关键词，是什么呢？

德国知识分子 H• 迪德里奇和日本的国际时事分析专家田中宇，几乎同时把这个词说了出来：ghetto ＝ゲットー。

为不出一点差错，我查了日汉辞典，ゲットー这个词原是意大利语（ghetto），商务印书馆与日本小学馆合编的词条解释中，列出了两种词义：在欧洲它指的是犹太区，在美国它指黑人贫民区。

在第二次大战时期的波兰华沙，德国占领军曾把犹太人关进著名的“华沙一条街”即犹太人 ghetto 里。那以后这个词就被涂满了残忍、野蛮、灭绝人道的色彩，逐渐有血有肉，成了一个生动的形象。这个词汇的含义也愈加清晰，它是隔离区，而词汇背后的含义暗示是“劣等族群隔离区”。

不堪于过分的压迫，1943 年，华沙隔离区的犹太人对德军进行了武装反抗。再后来，随着多部控诉纳粹、描述那桩往事的电影，ghetto，它的形象传遍了世界。这个形象的一面，是纳粹的践踏人道以及劣等族群隔离区内的恐怖苦难，另一面，则是不甘于任人宰割、不愿做奴隶苟活的反抗。当年华沙隔离区内的犹太青年莫尔代哈（Mordechaj Anielewicz）曾经领导了隔离区起义，他的紧握手榴弹的雕像，就竖立在加沙北端仅仅两公里的“莫尔代哈纪念农庄”。

德国人H•迪德里奇和日本人田中宇、在这个——像当年沉默和旁观的华沙居民一样，“国际社会”正在卑鄙地沉默与旁观的时刻，异口同声，不约而同地指出——

“从华沙的ghetto逃出，建立了以色列的人们，把原来的居民巴勒斯坦人关进加沙，在加沙制造了新的ghetto。……

“1943年，拿着手榴弹的青年莫尔代哈，是在华沙的ghetto（种族隔离区）里，向着纳粹挺身而起。但是，今天的莫尔代哈已经不是犹太人，而是住在名叫加沙的ghetto里的巴勒斯坦人。支援哈马斯与以色列战斗的无数青年，就是今日的莫尔代哈。他们迎着的敌人也再不是纳粹，而是纳粹化了的以色列。……”

1月7日，梵蒂冈枢机主教马尔蒂诺（Renato Martino）在回答意大利语网络媒体采访时说：“受害者是弱者（巴勒斯坦民众），今天的加沙，正在变成一座巨大的强制集中营。”

立即就出现了对他的围攻。这种围攻使人感到——在今天说出真相的艰难。马尔蒂诺的发言，就像几年前作家萨拉马戈的发言、像日本外交官杉原的夫人一样——因为他们身处人类道德的底线，必须说出不能不说的话。于是，他们表现了人的勇敢。

如这些思想的勇者尖锐指出的——今天的巴勒斯坦，此刻的加沙城，是一个二十一世纪的怪胎、一片劣等族群的隔离区、一处囚禁人道的ghetto、一座令人发指的集中营。

哪怕以色列在制造了这人道ghetto之后，还要闯入践踏、还要追加恐吓和屠杀，人类也并未俯首称臣，如他们的计算。巴勒斯坦人忍受着炼狱，忍受着肌肤上白磷弹的燃烧，坚持二十数日并不投降。为什么呢？

除了唯有抵抗才能保卫生存和尊严之外，1943年在华沙ghetto，那颗被青年莫尔代哈紧握的手榴弹，此刻正握在巴勒斯坦人的手中，它的一小半是火箭，一大半是石块。

2009年1月17日

（本文依据的资料见：http：//tanakanews.com/090113Gaza.htm）

3. 白磷火

在一个精心计算的时刻，电视“单方面”地说：他们“停火”了。

在屠杀了至少1400人和残害了至少5000人之后，屠刀血淋淋喘吁吁地说：杀人已经单方面“停火”了。

屠刀早就再次举起、导弹已经瞄准完毕、围剿俨然布好阵势，下一次屠杀已经开始倒计时的读秒，全世界的下流胚子却一齐高声地叫喊道：单方面“停火”了！

他们——大屠杀的同谋们迫不及待。苦难当天就被刻意淡化，排到节目单的后面。

消灭思想是唯一未达到的目标。

还记得他们起过一个名字“铸铅行动”么？细究这个名字会很麻烦；但要紧的，就是“铸铅”，朝世界人民的眼睛、耳朵、心眼里灌铸铅汁，让人们失聪、失明、良心堵死。

只是良心很难被铅封堵。因为白磷尚在烧焦的尸骸上，吱吱地继续烧着骨头，它烧着，没有停火。

白磷，这令人毛骨竦然的化学武器，一与空气接触它就点燃，触到人体它就不断燃烧。它烧透肉皮，再深燃至骨，直到它与人一同烧尽。

白磷弹不可能“停火”。它要一直烧光骨头，烧尽五脏烧死良知。但是，当它点燃人的骨肉闪烁火花的时候，与骨肉共生的良心，就被照亮了。良心忘不了那逼近的灼烤，良心牢记着那火苗的吞噬——

所以人不会那么轻易地被欺骗，哪怕谎言是反复的宣传。因为似乎熄灭了的思想，一旦被白磷弹点燃，就很难再轻易熄灭——它也要直至烧光为止，哪怕同归于尽。

灌铸的铅，早已被他们投下的白磷弹烧熔了。重复宣传，以及铸铅，一旦到了白磷燃烧肌肤，就化为徒劳。

白磷火在久久地燃烧——

巴勒斯坦人的肉体，如一根根柴禾，填入孽火的吞噬中。

——就像低贱的黑奴的身子被填入大西洋的贩奴船，就像肮脏的支那人的躯干、它们被称作圆木，摆在 731 部队细菌战的试验台上，也像那些饿得骨瘦如柴的犹太人，被塞进奥斯威辛的焚尸炉。

他们的肌肤骨骼都在燃烧。还有思想，永远地、愤怒地喷出烈火——

所以我的视野一片通明。

哪怕我缄默也在宣读着誓言，回答那卑鄙的孽火。

从这一刻，我们挤靠一起，围着熊熊的白磷火。

是非照亮了，心照亮了。

2009年1月23日初稿

2009年2月17日二稿

2010年3月18日改定

游击时代

1

不仅是看到它时，我只要想到它，就抑制不了难过的冲动。

一瞥之间，那张照片就镂刻在我的心里。甚至我不敢放纵意识，让那一瞥聚焦，让藏在肺腑深奥的哀伤，清晰地浮现，慢慢地凸起。

我说的是切•格瓦拉殉难时的那一帧照片。游击队员被卑鄙地枪杀了，从美国赶来中央情报局的特务，风尘仆仆，监督验尸。当他们围住遗体打算砍下他的手之前，快门一响，抓住了贼的手，捕捉了犯罪的瞬间。

凝视着它，心里浮起的，是一种抚弄着亲人的遗体、并把它埋入坟墓的感觉。望着照片，如与肌肤擦碰，有一种逼真的触感。

亲人的死尸——它隐喻的，是一种残酷的亲近。

人一生只会有短暂的几次或一次，能够接触和感受它。那体验无可言说。人虽悲恸欲绝，却不忍撒手，因为那是血肉撕离，是名副其实的死别。

不，还必须是一具俊美的人的遗体，逝者生前常被人羡叹其美。面对切•格瓦拉的遗容，我心里的这种意识非常强烈。他牺牲了，但依然是场地的主角。他的大眼睛似开似合，半张的口，像是要向世界说些什么。他安详而英俊，丝毫不差地活似另一个耶稣。我相信，不管从这个世界的哪一个角落，在人们的目光背后，都掠过了这样的念头。

——后来到了古巴，在圣克拉拉，我瞻仰了那座著名的纪念碑。在炎热的加勒比的山峦丛林之间，一个头戴贝雷帽的游击战士，虎背熊腰，提着枪走着，眼睛眺望着大地。

2

当天道巡回，当沧海沉降，当一群侏儒终于攫住了世界的缰绳，当它们拼命地扩大战果强化治安，当它们终于蛊惑世界把自私的规矩变成了新的秩序——古典的时代就结束了。

包括冷兵对决的古代战争，包括造反有理的革命诉说，当一切都被禁止，当一切都不可能，当一切常识都被媒体歪曲并百倍扩大指鹿为马的时候，古典的一切，确实已一去不返。

于是，切·格瓦拉的含义就显现了。

因为一切人类表达正常的抵抗、异议、个性的手段，只剩下“游击”——这唯一的形式、艺术的形式。

自古以来，从未有过如此悬殊的力量对比。从未有过使资本与压榨的一方喜出望外，使统治者与侏儒们欢奔不已的时刻。但是人的尊严，还有人的美感，并不能顺从投降的劝诱。所以，一切的说理和一切的自卫，边缘的异端，绝路的暴动，言论的底线，天性的迸发——都一个个各自为战，活脱像一些游击队员。他们被生命所鼓动，不愿做体制的顺奴。他们摸索着，转战在艺术或文学的丛林，打出含义丰富的子弹。

一个承前启后的新时代……

我想，无论是送走了他的古巴人，无论是追随了他的游击队，都没有料到事情会发展成这样。游击队隐喻的理论，比人们想象的大得多。游击队一直在向世界启示说：学会转战异乡，放手声东击西，在如此一场漫长的价值战争中，不拘用笔用枪。

也许在未来，哪怕百年之后，那时也许会出现的总结家，将惊异于有过这么一个游击时代。它是那么深潜不露，而又真实存在。它突入了前辈们没有涉足的领域。它的战略，它的尊严，它的技巧，它的美感。

若是没有它——未来在发掘考古的时候，当挖掉了厚厚的侏儒地层，那时的人们会朝着深深的下面喊：喂！吹牛皮的你们！究竟留下了什么？

3

广场一片寂静。

在明晃晃的、加勒比海的毒日头曝晒下，切•格瓦拉独自提着枪，伫立在无休无止的骄阳灼烤之中。

在圣克拉拉，古巴人用贝壳、水泥和石头合筑，建起了这座纪念碑和广场。我对这座塑像特别喜欢，但我没获得一张与它的理想合影。爱照相的人知道，人很难在一座高塔下拍好一张纪念照，因为建筑太高了。与切的塑像合影也是这样，无论仰着趴着，很难把自己和高高的它摄入一个画面。

雕像下面是他的纪念馆。

参观的人不多，大家慢慢踱着步。多是欧洲游客，他们若有所思，缓步走过每一件展品。

逐一浏览着文物，我想，在这样的时间和空间里，大家都在享受一种遐思。可能都联想到了自己。人们都散漫地听由心绪，幻想自己飞向天空，追逐着风，仿佛进入了游击队的营地。

走到一面紧闭的门前。

似乎有些突兀，就在这扇门后的房间里，人们都知道：存放着那双被美国特务和军政府砍下的手。

我的眼睛牢牢盯住那张照片。在这张照片被拍下的瞬间，他的手还没有被砍下。耶稣已经死了，睁大的眼睛茫然望着空中。

游击队员的遗骨，包括他的那双手，被追回并辗转送了回来。遗骨就安放在这个纪念馆，而那双手藏在哪里——征求意见时，人们都不愿去看。

隔着门，切·格瓦拉离我只有咫尺。呼吸着一丝体温般的空气，残酷的亲近，如凝固的旋律。人们都默默站着，无言地向烈士致哀。

我们环顾左右，想了一下，互相示意。然后，在四周惊奇的目光中，我们摊开两掌，为英魂做了自己的祈求。

也许今天的游击队员，手中并没有握着一支枪。但是，在思想对决的丛林里，他们雄心孤胆，或以一支歌，或用一支笔，坚持着艰难的游击战。

我未曾料想——行近暮年的自己，居然还会走入这样一个时代。究竟是命交华盖呢，还是得天独厚？

好丰富的人生哟……

我不由暗自笑了。

走下纪念碑的台阶，我迈脚跨入了这岛国的炎热。

远处的海平线上，仿佛有一道炫目的极光。亮晶晶的，白炽而刺目。宛如那些年，在叶尔羌的沙漠或卡力岗的荒山不时遭遇的——辨不清它是什么，只觉得它不可抗拒。

改于 2010 年 3 月 13 日

下次牵着狮子来

1

那是在第三次从乡下回来，返回墨城的时候。

数数我走过的首都，无论香榭丽舍或十里长安——在它们各自的中心大道里，我最喜欢墨城的改革大街。

它的两侧建筑，无论摩登高塔或古典建筑，座座不俗各有风韵。金碧辉煌的艺术宫，连着一个个森林绿地，烟熏火燎的革命门，带着未完成的古朴粗糙。大道两侧有连续的雕像，在尽头处溶入辽阔的恰普尔特佩克公园。暮霭无限地浸染。印第安王雕像的披风和矛尖，涂着紫色的金辉，喻示着一种悲壮。我望着路尽头的树影，最后地享受这座城市。

两天后就要离开这个国家。临走前若说有什么心事未了，那就是一要再看一眼印第安王；二是去参加那个“祥衫白”的聚会。

我犹豫着，信手抚摸着印第安王的铜脚趾。五百年前殖民强盗曾用慢火把这只脚烧焦——去还是不去？

但是今晚没有翻译。

我舍不得放弃祥衫白。今夜不去，即是永别。就这么离开，好不容易才在这腐朽国度找到一星火光却又就这么错失咫尺，我不甘心。

可我能从问路到敲门、从自我介绍到与人对话，都靠自己的三十个单词解决么？

我是直到此一次旅行，才决定尝试着、稍微碰一碰西班牙语的。除了在街上或公园和几个二流子胡扯过几回之外，事无巨细全靠翻译。我会说可怜的一点，但动词不能变位、句子没有语法。若是在孤身、异国、无舌头的情况下，毋论去祥衫白与人交流，连能否进得了门，也是一个问题！

印第安的王者挺胸举矛，凝视远方，根本不理睬我。

我反复地盘算，仔细地估量。哪怕步行，最多也只用三十分钟就能到达那个街角。何况还有小公共。当然坐小公共也……在祥衫白还要……我的女翻译受了伤，腿上打着石膏。

石膏的西语，已经抄在纸条上。在异国旅行而且奢望体验丰富，就必须学会化腐朽为神奇。要敢于行动，要抓住一切机会把它点燃。否则又何必不远万里疲于奔命？

离开雕像时，我决定了：一个人去。

2

我坐上了 2 路小公共，到了大道尽头的街角。按照记忆找到那条街，在天黑透之前确认了那座房子。敲门的一霎就忘了词儿。我前言不搭后语，朝对讲机自我介绍，但哇啦哇啦的回答却没听懂。失败地先溜了一圈，再回来敲二遍。门开了，我不管对讲机里说的是什么，迈脚走了进去。

门厅里一个女人微笑着，指着右边的一扇门。于是我进入了袢衫白的场地。屋里空荡荡的，但情调很美，四周墙上满是伊斯兰风格的装饰。我逐个欣赏，壁上甚至有一幅四周芭蕉叶的瓜达卢佩圣母画像。天很快黑了。一个人蹲在黑屋子里很不自在，我顺着墙壁，摸到了开关。一盏红蓝花图案的大吊灯亮起，满室充满了柔和的光线。

“Buena stardes，”我听见一个女声。

这句全懂，我立即答：“晚上好。”

接着把练熟的自我介绍，一口气说给了刚来的这个姑娘。“我是中国人，我是作家，以前写小说，现在写散文。”

姑娘笑了。她很瘦，大眼睛很善良，头发蓬乱，有点嬉皮的感觉。

“Yo soy……，pero yo……”没听懂。但她一定是也在自我介绍。

“sí，”我的经验是，不懂也别沉默。

sí，对，嗯，sí，反正别不说话。

“这儿，我是第二次来这儿。”我也是一样，今天是第二次。最后我们俩都笑起来。不得已，一块静一会儿，同时想词儿，再试着找话题。你是穆斯林么？不是，但……听比说难，我尽量主动讲。好像提到了黄河，还有英国抢了香港。加上比划，Río Amarillo grande como——黄河这么大！把手臂使劲一伸，表示无限远。而你的工作？又没听懂。这样很蠢，但是坚持着聊了二十分钟。

这会儿门开了，进来一个高个儿的英俊青年。这种场地有不成文的暗示，凡是来者，进门便具备了兄弟姐妹的关系。所以我马上和高个拥抱。接着再说一遍：中国、北京，以前写小说，现在写散文。你的工作？他彬彬有礼，告诉我们他来自瑞士，五年前来到了这里。

又进来一个皮肤黝黑的墨西哥人。在地毯上，我们四人围坐一圈。不是一对一的谈话，容易多了。瑞士高个是学生，黝黑的墨西哥人是司机，而姑娘的职业，第三遍还是没听懂。你从哪儿来？我喜欢这儿，就留下了，这袢衫白已经来了五年。你的车，是出租车么？是公共汽车，我家有六口人，父母都去世了，孩子们在学习。

过去了宝贵的一个小时。居然是我在主讲！不仅说光了三十个词，还给他们讲了新疆。我说，在沙特，信仰是……接着一绷脸。在摩洛哥呢？伊斯兰是，做个自由的表情。在新疆，“Esto es cansión，es baile！”至今我都觉得，当时急中生智讲出的这一句非常棒。是的，它是歌唱、是舞蹈！我怎么这么会表达？

瑞士青年沉思了片刻，说：我想去新疆。

哦，相信天助吧，怎样的鬼使神差啊！

我正在暗中给自己打分，人群涌进来，袢衫白开始了。

3

大门上贴着一张纸，写着袢衫白的时间表：本场所欢迎参观，欢迎交流。每周四晚八点开始，第一项是晚间 oración，用电视上的外行用语说，是祈祷。第二项是自由交谈，之后有简单的晚饭。最后的第三项，是土耳其式的赞颂。结束的时间，大约在夜里一点。

一个蓄须的男人，在地毯中央突然高声召唤。四壁精美的伊斯兰花饰，此时凸显般亮了起来。该说他是在唱歌，比起国内，甚至西班牙包括摩洛哥，他的旋律实在好听极了。一个地铁口常见的那种赤脚黑污的乞丐，坐在他的脚下呆呆盯着。来客三三两两站着，几个戴头巾的女人还在鱼贯而入。不觉之间，宽敞的大厅里已经半满。

我站起来靠近那个唤礼人。那女孩随着我，也站在一旁。

所谓祈祷的仪礼，那女孩似乎不会。但是我感到她异常严肃，站得一动不动。我们把手抬起的时候，她好像迟疑了一瞬，接着就把右手贴在心口，两腿并直。穆斯林伏身行礼时，她也跪下伏在地上，脸紧贴着地毯，双手直伸前方。她严肃的神态使我感动，不觉也把自己的动作做得更标准。

第一项结束了。

大家沿着墙壁围坐。这时，人们互相观察，邻座小声交谈。四顾的眼神，带着微笑和礼貌。我猜不出哪些是来访者，哪些是圈中人。什么样的人都有：妇女和老者、黑人或印第安人。那个乞丐不知什么时候换了一件干净衣衫，洗净的脚红红的，蓬头发上挂着水珠。他不去墙边找个地方，依旧痴痴一人正坐当中，仿佛他天然地位特殊。

头儿是一位女记者。

她戴着眼镜，一条铁色与粉色相间的大绸巾，随意披在一袭白袍上。她的右手是一个漂亮的墨西哥混血女人，左边是那个出口好听旋律的黑髯男人。

他们的帽子使我留意。我马上联想到莎车一带维吾尔农民的高顶帽——显然这些白帽子是从小亚细亚某地运来的，比一般常见的高一些。

女记者非常擅长言辞，她和一个个来访者挑起话题。有两个人沿着圈子搬运着一个大托盘，谁都可以在咖啡和茶中挑一种。我意识到这就是交流。当一次次全场都扬起轰然大笑的时候——唯有我在一边空自叹惜。

于是我只能更仔细地“察言观色”。

参加者无一不表情认真。他们的讨论很热闹，我估计话题一直围绕着信仰问题。几次告一段落，突然齐声念起了法蒂哈（古兰首章），那时我能分清哪些人是新来的，哪些人是穆斯林。简洁的齐诵，仿佛散发了特别的感染力，每次念完后气氛都更浓了。显然对伊斯兰，人人都怀着兴趣。马上又有一个人站起提问，女记者或者她的左膀右臂轮流作答。哄笑还在掀起，来访者脸上泛着红光。一个教授模样的人打着手势，似乎在激动地表白。

女记者突然把头转向我，问道“她怎么没来？”

我知道她问的是我的女翻译。但我不会说“生病”，只会说“在床上”。突然想起兜里纸条上写着“yeso”（石膏），忙掏出来，费力地念着补充：“Ella está en la cama…con yeso！”（她在床上、和

石膏）

顿时爆响的大笑，把我吞没了。

女记者笑罢，提议大家为在床上打着石膏的、那个会说西班牙语的中国女人，念一次法蒂哈。于是齐诵再次响起，念得比刚才更响亮。

交流转到了那个瘦身材的姑娘，她说的第一句全是我会的词："第一次我和朋友一块来到这里，pero"，我知道你今天是第二次来。Pero（但是），遗憾的是 pero 后边太难了，再也没听到我会的词。

——她也引起了快乐大笑，而且笑声震得红蓝花吊灯都轻轻摇晃了。为什么呢？真好奇得难受！

4

还有人进来，也有人告辞。

傍晚时给我开门的那个女人领头，一个个托盘端上来了。主人招待每人一盘土耳其式的鸡肉盖浇饭。

是否告辞先回去呢？据说我住的伊达尔戈，是频发劫案的著名地点。但我实在舍不得走，也许他们还不如我知道：一旦苏非的赞颂开始，人就会陶醉甚至着迷。那可是我一心寻求的时刻啊。

赞颂开始的时候，已是深夜。

Ya ～ Al rahmān ～（啊，那慈悯一切的）

声音好听的男人引吭高歌。众人手牵手，齐声唱和着 ya，ya，双脚努力踏上节奏。随着先缓后快的步点，人们围成了一个大圈。不知什么时候，在圈子移动中，人们一齐转肩，朝着一个方向喊道：Huo（他）！同时整齐地挪动步子。来访者在圈外看得聚精会神，而圈里已渐渐忘我。圈子愈转愈大，步点愈踏愈齐。就在这时一只手鼓敲了起来。我突然有哽咽的感觉。与善唱的胡须男子呼应，那墨西哥女人也突然放声——高潮骤然掀起。

圈子中心出现了一个穿戴着阿纳托利亚白裙和高高白毡帽的姑娘。她展开双臂，独自在中央旋转。她低垂眼皮，若在冥想，悠然自得地旋转。那只手鼓操纵着她，忽紧忽慢，与她融化一体。圈外的观望者忍不住了，有些人下海尝试，他们的手立即被两边抓紧。音乐的介入，把人顿时拉入陶醉。Huo！他们围着那个雪白的高毡帽，一边激烈地甩头，一边伴奏般喊着赞辞，Ya！ Huo！

——时间在旋转中飞逝。

5

已是深夜。我舍不得，但还是拨开痴醉的人群，找到了女记者。

我告诉她：现在我必须离开了。嘴里说出的话，已经流利多了。

几个已经熟悉的人，都下了圈子来与我告别。有那领唱的胡须男子、有瑞士高个儿、还有那瘦身材的姑娘。

与那姑娘握手告别时，我决定再问一遍。因为我实在想弄清楚：像她这么一个当代青年，一个可爱女孩，究竟是为什么跑来参加这个袢衫白的夜晚，而且即便没有朋友领路独自一人也要来。

我又问了一句：“你的工作是？”当然听不懂，但我没有在那个陌生的词儿上放弃，继续做着不懂的神情。于是他们几个纷纷解释，姑娘在一边笑。女记者敲着额头想，变换着表达。我坚持着不懂。

女记者突然想到一般，两手在眼睛上画了个大圆圈：panda！

熊猫？这个词我懂。我点头，也用双手在眼睛上画圈。她接着又说出一个动物：león！狮子？也懂。我再点头，并做个咆哮的样子。他们如释重负地笑了起来，女记者喊道：

“Sí，sí，panda！león！ella trabaja con león！trabaja con panda！”（是的，是的，熊猫！狮子！她和狮子工作！她和熊猫工作！）

我恍然大悟！

这个姑娘，她是个马戏团的演员！

多神奇，我心中暗自赞叹。世界在变，人在寻找。包括都市里的现代女孩，包括乞丐和教授。人们怀着交流的渴望，怀着对信仰的追求。哪里有真正的魅力，人们就会四方来投。

他们送我到大门口。我最后告别说：下一次到中国来。

她笑着回答：“La próxima vez，yo voy con león！”

全听懂了！她说：下一次我和狮子一块去！

刚才她引起的哄笑——连屋顶的蓝红花大吊灯都被笑声晃动了——我猜，肯定也和狮子有关。既然上一次和朋友来、这一次独自来、女记者一定建议她下次牵着狮子来，所以引起了满堂欢笑。

门关上了，隔开了如醉如痴的声浪。

我走下台阶。

没有月亮。温暖的夜，似无形的圈子，在黑暗中围抱。我快快走出小巷，迎着前方神秘的墨城。我就这么离别了他们，在恰普尔特佩克公园入口处拐弯，踏上万籁俱寂的改革大街。此刻他们一定正在感动的极致，而我正要启程归国。已经过了午夜，小公共自不必说，连出租车也已销声匿迹。

朝着伊达尔戈地铁站的方向，我哼着《在四月之夜》，走得大步流星。回味着这一晚的经历，只觉得心旷神怡。

追忆于 2010 年 2 月

看那头不屈的雄狮

1

我实在无法掩饰。多少年过去了，我不能压抑从心底悄悄涌涨、然后怒潮般把我淹没的冲动。我约束自己的抒情已经年深岁久。虽然几乎每一天我都意识着它，在对它的思念中度过；如孤身一人，蹒跚的独行。

每当我步入一些地点，在那些偏僻之地，横行的谎言被空间隔开，荒漠枯山之间，尚弥漫着常识的空气；我便一把撕破假面，暴露真情，放纵地怀念起它。

我花费自己余生的大半时间，徜徉世界，不择国度，顺着直觉寻找。确实连思想也依附着特定的环境，吮吸着它的空气和水。如此地点我已积攒了许多。不仅中国西北的旱渴焦土，哪怕在临海的国度，若秘鲁或西班牙；大自然从远古就孕育了一些地方——在一望赝品泛滥的星球上，只有那些角落，唯认真理与常识。

就像年轻时代的黑龙江一样，最后我奔向非洲。哪怕在梦境里我都一直觉得，必须在人生迟暮抵达非洲，否则人生不算完全。

心情决绝，这一回没有语言。我不用语言，只靠一双脚。我不怀疑，如我这样的行者，若是下了必死的决心，那就不可能不能达到目的。我不过是要以最后的决意，去向黑人兄弟和非洲大陆致意——这样的心意，无疑会被成全。

为了跋涉非洲，我无奈去找不法匠人，他们正在马路上漆“办证”的字样。我托他们伪造了几种护照、或空白的通行证。一路上我甩掉了一队队花里胡哨的“探险者”，先是乘坐帆船抵达红海，登陆后换骑骆驼或毛驴。我一步步走进纵深，最后抵达了乌干达与也门之间的炎热土地，一处叫做“恩黛巴•特拉布拉”的地方。

我放下背囊，踩着灼烫的沙砾，走到铁丝网的大门。

正是国际猎狮节的最后一天，狩猎团雇佣了警察，拉起警戒线，国界里又添了一道国界。

我从兜里掏出本本，递给一个黑人职员。他打开时我发现掏错了：那是我的诗集《雄鹰飞过》。他翻了翻扉页上的作者照片，接着合上书皮，久久地看封面，而不接我捏着的、伪造的联合国护照。那封面上画的是两只雄鹰从天而降，钢爪正擒住一条腰缠星条旗的猴子。

他啪地一声，在书上盖上了一个入境章。

2

悲哀在低低巡游，紧贴地面吹起浮尘。

这儿就是恩黛巴·特拉布拉，位于乌撒布与也门之间、无人知晓更无人相信它昔日美好的、大地伤疤一般的非洲土地。

我藏起伪造的护照，感到自己脚踏着恩黛巴·特拉布拉的胸膛。我凝视一望莽莽的瀚海，回忆和故事似隐似现。那时它被人称为“非洲的珍珠”，每年出口数亿美元的咖啡。而如今它是一处活地狱；直视着它，我眼角开裂，心如空洞。对付恩黛巴时，特种部队从异国奔袭，每个出现的黑人都被冲锋枪杀死。特拉布拉更悲惨，山地被炸成了平原。报纸上炫耀般列数着凶器：温压炸弹、狱火导弹，一吨重的超级震荡弹——除了原子弹。

国际猎狮节，此刻就在我注视下举行。

大扫荡宣告结束，时代已进入娱乐。猎狮节的发想应运而生，成了并非虚构的一幕。看台上满满挤着观众；他们看腻了电视机上的战争，盼望嗅到真正的血腥。

和我站在一起的，有一个裸胸膛的乌撒布黑人，一个牵骆驼的贝都因牧人。他们是首领，背后各有一群黑人和牧人。观众想亲眼看狮子之死，我想亲眼看观众的娱乐。而黑人和贝都因人——却幻想救出狮子。

一个山羊脸的猴子，在指挥着猎狮的进行。那一天我突然意识到：要警惕长一副山羊脸的人。因为山羊脸上集中了一切卑劣；胆小及残忍、无能和淫荡。

它调集着坦克和飞机、喷火器和重机枪。在肥胖的淑女和精英们的欢呼声中，它奸笑着指挥。先使火焰烧焦四周的山坡，再用导弹把山岩炸成齑粉。疯狂的猴子——数不清有多少猴子在肩枪狂奔，如灾年里胜利的蝗虫。电视在现场直播，兴奋地报告说，恩黛巴·特拉布拉的猎狮即将结束。

我看见一群狮子冲出火墙，燃烧的长鬃挂着熊熊火苗。飞机呼啸着向它们追击，消失在地平线的尽头。

山羊脸再次纠合猴子猎狮团，向剩下的一头狮子合围。猎狮开始了。猴子密密麻麻，围成了一个铁桶阵。山羊脸嘎声怪叫，喊来了直升机。猴子嘶吼着扫射，和阿帕奇直升机一块猛轰，炸裂声响得如春节的爆竹，我的耳朵被震聋了。

终于，漫天沙尘徐徐地降下，露出了狼藉的猎狮场。

我看见，那头狮子静静站在中央。

3

那是一头黑黄斑纹的雄狮，它如王者，威严地在天罗地网中踱步。看台上喝彩声响起。它有一个金灿灿的躯体，有一身炭一般漆黑的斑纹，以及一条条淡淡若白的黄毛——那种颜色我无法用汉语表达，只能借用蒙语，说它是“夏勒克”，成吉思汗坐骑的颜色。

在我的左手，乌撒布黑人握紧一块石头，圆睁的怒目像两盏白炽的灯。他的肤色完全和狮子的黑纹一样。右边的贝都因牧人攥着一柄短刀，英俊的脸庞，恰好也是夏勒克色。我知道他们想冲上去，但一瞥——我们的背后就是那张山羊脸的猴子，豆眼贼光闪闪，手提锃亮的手铐。

心静如水的狮子，那一刻的美感无法形容。

它若无其事，慢慢伸了一个懒腰，把健美的躯体拉成一座桥。一颗炮弹击中了它的后腿，它微微回首，端详了一会儿。两支阿帕奇空对地导弹飞来，嵌入了它的侧腹。它不予理睬，继续场上的巡视。猴子们只敢围着，没有一只近前。巡视之后它停立不动，昂着毛蓬蓬的巨大头颅，开始凝视远方。良久之后，它突然一甩长鬃，朝天一声长啸：啦咦——

长长的悲鸣，在天空的飞翔中转调。

狮子转过身躯，重重地把前足跺在沙漠上。烟尘成团溅起，它的声音破裂了："啦咦——啦咿啦——"就在那一瞬，它身上嵌着的炮弹跌落，一股股鲜红的血注，喷涌而出！

乌干达黑人哭了。"达达！……"他颤抖着，呜呜地泣不成声。他背后的黑人们齐声高喊："达达！啦！"

贝都因牧人也一下跪倒在地，"啦！沃挲姆，啦……"他沙哑地呻吟。随着他，贝都因牧人都拼命呼唤："沃挲姆！"

狮子浑身染红了。钟鸣般的狮吼，向空中传荡。

"啦咦——啦——"

我的泪水夺眶而出。虽然很久之后我才明白：沃挲姆乃是狮子，而达达是英雄。

4

猴子们一拥而上。

于是，就在眼前身边，我们目睹了一场屠杀。

它们不敢靠近，远远对准了狮子的鼻孔，用毒气和麻药熏它。狮子费力地摇晃着硕大的头颅，鬃毛甩落着血滴。终于支撑不住，轰然一声，狮子坐在了地上。

隆隆的遥控切割机驶来，一柄嗡嗡锐声尖叫的电锯，试探般伸了过来。狮子摇着头，喉咙里浑浊不清，“啦，啦”，它只摇着头低吼。

山羊脸的猴子淫荡地笑着。我看透了它的心眼，它企图采取侮辱战术。那柄电锯绕到了狮子的后面——断尾，或者去势，它的最大目的，是消灭狮子的尊严。

从山一样的狮身，到如旗帜的狮尾，嗷嗷尖叫的电锯切入了斑斓的毛皮。碎裂的黑黄皮毛之间，血管毕露，筋骨崩裂。浓稠的鲜血喷射着，“啦！”狮子愤怒地甩着头。沙漠先是被血浸红，后来在跌打翻腾中低凹塌陷，成了一个稠稠的鲜红深坑。包括斑斓的毛皮；那黑红色在鲜血浸泡下，渐渐模糊了，再也辨不清墨炭里渗着红的恩黛巴黑，和像成吉思汗的夏勒克马一样的、淡淡的特拉布拉黄色了。

电锯对准了狮子的雄器。

血泊中，狮子抬起身子奋力回头。“咦嗯！”它低沉地吼道。它那一刻的神情宛如命令，它下令卑劣的对手投降。它声如洪钟，“啦！咦嗯！”猴子四散狂窜，山羊脸一哆嗦，吓得跌坐地上。只有电锯还在逼近——狮子用头颅猛地撞去，撞上了旋转的锯刃。

鲜血四溅如花，如夜空怒放的、鲜红的礼花。我失聪的耳际，仿佛响起一声最后的嘶吼。

这时，狮子猛地低头，咬断了自己的心动脉！

余音如一个飘散的雷，它清晰地、一丝丝地远去了。

“咦……嗯……”

黑皮肤的乌撒布人都嚎啕大哭。“达达！咦嗯！达达！”他们不住地喊着。淡黄皮肤的也门人也都跪下来，摊开双掌，久久对着天空。“沃挲姆，咦嗯，沃挲姆……”，捂住脸的指缝里，湿漉地渗透了泪水。

5

四野俱寂。我一人走向无人过问的血泊。

遗体已然消失。满目疮痍的沙场，如被忘掉的弃土。

我伸出手，掬起一捧鲜血，涂在自己的诗集末页。与那些躲在猴子裤裆里撒娇的诗人不同，它将是我又一篇《雄鹰飞过》式的短章，为了代代被抹杀的英雄。

我回到铁丝网的大门，把诗集递给那个黑人职员。

他与我对视了一眼，然后接过诗集。他默默地翻看了一会儿，然后蘸着淋漓的血，在上面盖了一个离境章。

写于2010年2月24日，改于3月18日

磨坊目击记

1

我在那一年的目击，使得我患了沉重的心病。

它的地理位置，已经在衰退的记忆中漫漶不清。能记得的，是在李家峡还是龙羊峡？或者就在孟达峡上下的某处。反正是一个曾经盛产马家窑彩陶的山沟台地附近。

黄河从一个拐弯处巡游而来，威风凛凛，磨坊就在拐弯下面的一个崖坎上。

它的木轮巨扇插在浊黄的泥水里，喑哑地吱嘎响着，溅起浓褐的浪头和水雾。不知从哪里运来了一截千年老桧，把它凿成了磨轮的轴。嵌进大轴里的每根斜撑，像车轮的辐条，都是一棵笔直的松树。工匠为了不伤木头元气，刻意留下树皮枝杈，让它们随着水势，缓缓地、颂歌般地、在半空转动，转动，缓慢沉重，无止无休，像一个图腾，如一个符咒。

庄里人都靠磨坊度日。

人们裤脚半浸在水里，扛来白编织袋装的麦子和黑牛毛麻袋盛的青稞，运走白面和糌粑。人走的时候泥浪撞着脚踝，哗哗地趟开的水，在小腿上留下一层泥巴，人都尽力走得快些，那半壁山一般的巨轮吱哑转过头顶，仿佛这一刻就会坍塌下来，把人砸在泥洼里。

我又是在那儿做什么呢？怎么想也想不起来了。若考虑那些彩陶，该是在我考古的年代。那时，世上的变化还没人留意。只记得那一年，我正用一支炭笔勾勒磨屋的线条时，韩家的儿子给绑走了。罪名是毁坏磨坊。韩家的老母亲举着两条瘦骨嶙峋的手臂，拼命摇着身份证。她银发纷乱的、嘶哑争辩的影子，弄得我很难专心作画。

反正从那一回起，我习惯了磨坊的速写打发时间。或者该说，我习惯了在磨坊打发自己的余生。我画得不好，但画轮廓不难。费力气的，是怎么对付那凶恶翻卷、滚滚泄下的黄河。

2

速写强使我仔细观察。

一边画着，我发觉了那些腐蚀的蛛网裂纹。要紧的是，裂纹并不只出现在粗壮的松木臂膀上。我看见在水面上边的木头，不论木造的磨坊或是矗立的磨扇，都被厚厚的水碱裹住，呈着湿漉漉的一种白绿或者黑黄。碱壳剥落的原木上，暴露的木头是漆黑的，好像谁给它刷了沥青。

那黑漆的木头上纹理密布。我画不好，停下仔细打量，于是发现了蚀透了木芯的裂缝。

问庄子里的农民，他们说：闲着呢。意思是没关系。但我觉得危险，所以把当坐垫的石头搬远些。

在第一次，就在我的速写画完的那一天，咯轧转过的木轮上，突然断了一根条。它从大轴上剥离的时候，好像落下了一个烂果，也像滚沸的汤里，一根煮烂脱离的骨头。根本没有动静；它只是轻微地、呻吟般哼了一声，如今忆起是好比低沉的叹息，它先是悄悄地从高高天空上栽了下来，直到溅入水里，才轰然在浊浪上扬起爆炸般的声音。河面上一下站立起两道水墙，半是泥巴半是透明，冲腾的水雾久久不散，染黄了尖梢的树叶。

清晨农民们背面来的时候，围着那根巨木，商量怎么分了它。只有韩家的人沉默着，背着行李鱼贯而过。他家遭了冤罪，这里已不能住了。木头已经腐烂透了，分了搬回家也当不成柴薪。人群喧嚣，老人指挥儿子娃，一旦磨轮转了过来，就用铁钩子一根根勾着拉。果然又拉下来两根，也都朽透了

用不成！顺河淌了算啦，最后他们说。

众人散了。

顺流而下的三株巨木，正巧挡住几堆难画的浪花——我唰唰几笔，第一张速写于是画成。

3

又一年去时已经不是考古。

四顾世风日下，满眼病入膏肓。我怀念那个雄山大河的小村，想去看看它。那里是文明的渊泽，这会儿它会怎么样呢？哪怕去画上一张磨坊的速写呢，我想着就买了一张车票。几天后，我走进了熟悉的庄子。

我干脆靠着破败的韩家颓墙，盖了一间木头小屋。小屋苫顶的那天，我不由得对自己捉摸不透：我的魂儿，也随着磨扇在转么？

咆哮的激浪，掀起震天的轰鸣，击打着我的耳鼓。我的耳朵已经失聪，我欲辨不能。我注视着黄河的铜色浊浪，一声不吭摆开了画具。

由于一点野心，这回我带来的是油彩。上一次，当行家看我的速写时，批评我的画说：缺乏力学的布局。我想克服这个毛病。也就是说，不单是速写而是想写生，想描摹它更多的真实。写实！你能写实，力学关系就对了！行家临走留下一句。

不祥的颜色。我一眼就明白，对付这种颜色，我不光是缺乏技术而且缺少思想准备。磨坊已经毫无原木的本色，它在落日残辉之下，呈着一抹铁锈的斑驳。突兀一眼瞥去，磨坊如一个不祥的黑架子，备足的土黄与赭石，都用不上了。

河水猛烈地冲撞着，咬住一般摇撼着半颓的磨扇。磨坊这一刻是一头绝望的骆驼，它死不躺倒，亡期还尚在以后。原木劈成的辐条般的放射线，只剩下斜斜的几根，左一根右一条勉强支撑着。那个缺牙断齿的巨大轮扇，这一回它不是一个圆，而是几块碎了的半扇，互不相干地嵌在千年老桧树凿成的大轴上。估计那个桧树轴还挺结实，它和轮扇的接口被水垢的硬壳糊住了，看不清细致。我只见它们咯吱喑哑，呻吟着半摔半倾，在强大的水力推搡之下，恐怖地挪动。

我呆傻地痴痴望着。这么画，究竟要画一个什么？已经没有浑圆磨轮、古朴木屋。对着峡口望去，几片庞大的扇面，宽窄不均，直插半空。每当被水流猛撞，就危险地一歪，接着就向前一栽，一歪，一倒，朝着水面跌倒移动。背后的天空是一派血红。

油彩几下就涂抹出一个黑框子。力学还是不对，它活像一座歪着一个劲地往一边倒的黑牢。我一发怒把它丢进了河里，盘算以后下力气重画。

4

最后一次去磨坊，是在去年的 7 月初。

磨坊的风情，当然不止我一人留意。它已然被当做“产品”推销，计划挤入全国旅游百强。婊子店、火锅厅、小旅社盖了半山沟，红漆在峭壁上刷着大标语，到处是“最后的磨坊”的广告，甚至有一处写的是“磨坊之死”。

在这个月份，河床里突然涌进自融雪以来就蓄积不止的汛水，一条河都洪水猛涨，水温冰冽。从遥远的昆仑山、以及所有冻土冰川奔流而至的河水，7 月进峡，陡然暴涨，攻打这座建在下游的磨坊。破旗碎扇的磨坊，一瞬间落入劫难，瀑布宛如炮弹，对准了它狠砸猛轰。

人们都去峡口了：顺河淌下来各色的浮财，可真是浮财啊！河里的木料、家具、甚至还有活着的牲口。据说庄子里唯一地主成分的人家，就是在几十年前的一个7月里下水，从河底捞上来一个元宝箱子——才成了富汉的。“说不准能捞上台桑塔纳。”人们说着，一边匆匆走过。

差强人意地，圆木屋和几片破扇子都画完了。笔涂到了桧树轴。我调了些锌白，打算描出桧木上的水碱锈壳。

我蘸了些调色油，正想画溜光的碱垢——那时分瞥见一道新鲜的裂缝。桧木上有一道伤口，正静静地绽开。狂怒的水，涩塞了或吞没了开裂的声响。在我的目击之下，它正一寸一寸地、无声无息地、微微颤动着劈成两半，露出桧木的淡黄本色。

裂缝和嵌着松树的凿口，慢慢酥碎了。力的平衡一瞬崩溃，一片轮扇栽翻水里。但是没有溅起大浪，翻滚的河水，淹没了浪头。尚还没有转上轮顶的磨扇，那一刻如迟疑般，停在了半空，先静了一会儿，然后凭空加力，颓然后仰，一下子散了架！

磨坊的木屋被一根巨木砸个正着，不吭声地坍塌了半边。碎木、石块、土坯都哗哗倾入洪水，被疯狂的怒涛接住，一抱即席卷而去。每一根垮塌下来的木头，都在我眼睑里爆皮裂骨，断成碎段。每一颗朽烂腐蚀的铁钉，都在我的凝视中炸跳爆出，化为齑粉。失去了磨扇遮挡以后，天空放晴了，露出紫红的太阳，恐怖至极。剩下的残扇，如可笑的羽翅，倒垂着粘在轮轴上，在水流中横七竖八。随即，它们一根根被拆卸，并撕扯一样把轴上的木头扯下。桧木的巨轴终于瓦解了，磨坊的最后，如刀子宰割的一个羸羊骨架。此刻时辰已到，最后的进程已然开始。它清晰且悲哀，像一场廉价的电影。

水更加升涨恣溢，一直淹到我的脚下。踩着的石崖一阵工夫就塌了，我的那张见鬼的画，连同画架子一块，霎时被水卷走，瞬间无影无踪。这回能听见木头的声音了，它们劈裂折断，拥堵粉碎，瘖苦的哑叫，如地狱的哭声。

我屏绝了呼吸，双手痉挛地攀住枯草。我感到随着磨坊，自己也正在洪水中溺没。这是我立脚的热土，是惠与我母语、是给了我生命的祖国啊——有一个时分，我按捺不住殉死的冲动。我几乎就要跳入河里，想攀住半个桧木的磨轴，想抓住我未完的绘画。

一双手扯扯我的衣襟。咦，是韩家的老奶奶！她独自回来了。

后来，奶奶说我画得好。

暮霭沉落，远近无人。在人去村空的这里，只我娘儿俩坐着。她把我的第一张速写，远近上下地端详，看了一个遍。她的枯手战抖，银发触着画纸。一颗浑浊的老泪，溅在了画面上。我感到脸上抽搐，想笑却做不出来。我忍住泪站起，然后穿过磨坊废墟，大步离开了小村。

——以上就是我对磨坊的回忆。

它能算一篇写生笔记么？曾三次专心命笔，只落下最初的一幅。

我还是挺喜欢这幅速写。画得不像，可是它能让我触景生情。在我心里铭记的磨坊，连同它的山河人民，确实是美好的。

速写于2010年2月8日

《人文地理》发刊词：人文地理概念之下的方法论思考

一

人文地理这个概念方兴未艾。当我们使用这个词的时候，我们想到了另一些与它的概念界限并不清晰的学科。做些梳理和检讨是必要的，因为流行的概念里最易存在方法和道路的迷乱。很久以来，扎实的体验和席卷的思潮之间，一种模糊的矛盾已经存在了很久。沿着感性的思路会议论到一些学科，它们都与人文地理的标签多少有关。它们都以人群、以人正存活其中的环境为对象，如社会学、人类学、民俗学、民族学等。但我们不求全面探讨，我们只想琢磨从学院，以及从社会所获感受的差别。眼下尚未起步，道路的思考，无论如何是必要的。

二

这些学科大多不打实证主义的基础。它们立论很大胆，概括、理论、甚至对社会或人群的体系构建都成立得相当迅速。不用说与考据学相比，它们和一切求实派都区别巨大。因为那些学科只确认具体或个别的点滴，只根据已有的残存尽可能复原历史的一隅，而我们议及的这些与人文地理近邻的门户，要的就是解释和体系。

在探究社会历史的长河中，人的主观是必然的。问题在于主观的研究有两种。或是以一己的生命感受彻悟了问题的本质；或是盲人说象，粗制滥造可疑的描述和结论。

令人担心的现象至少部分地存在：文明的阐释者，不是民间、民族、山野农村的文明主人和生活者，而是高奥的学科原理和教授训练。

体验告诉我们，人类社会的丰富繁杂，几近不可测知。它不仅源流交错，缺乏记载，而且类型繁多而差异微妙。它们隐约有着规律，但更有难以想象的、芜杂的特殊性。它有时色彩浓烈表露于外，但更多的是深埋自己。不用说心情，人们掩饰真实和心情的能力，简直就和他们的文明本身一样奥妙。

巨大的悖论就在其间：一方面，探究它们是人类智力发展无可非议的必然；另一方面，旧有学科的方法论不尽自然。它们基于结构主义哲学的主观特点，易于使伪学得以藏身。它们的一系列技术手段，同样也不是没有可指摘之处。至少，当我们企图以人文地理的角度，认识我们命途多艰的世界时，我们愿意提出这些疑点，供自己警醒。

三

语言是一个首先可以提出的质疑点。民间话语系统的丰富层层无尽。何止少数民族的语言，民间的方言、俚语、特定情境下的语意传递、甚至还有黑话，都是社会组织和文化真实，为了自卫设置的防线。

而从另一面，常见的则是会话能力的低下。刻薄些说，有些学者的语言基础不过是几个英语概念。按照调查表诱供式的交谈，不知能听来什么。难怪传播媒介特别喜欢模仿这一套，主持人面对摄像机搔首弄姿的采访，已经不知闹出过多少文化笑话。

一个叫做“调查”的词正在流行。是的，这个词汇已是天经地义的科学术语，无论它怎样与文化的主体，即民众，从地位到态度地保持着傲慢的界限。与之孪生的另一个词是“田野”。把人、文化主体、人间社会视为“田野”，是令人震惊的。因为对这个术语更熟悉的考古学界，还有地质队员并非如此使用这个词汇。在我们守旧的观念里，只把地层、探方、发掘工地，把相对于室内整理的那一部分工作称之田野。我们从不敢对工地附近的百姓村落，用这个术语来表述。

表述者与文化主人的“地位关系”，是一个巨大的命题。我们都知道，事实上为恩格斯的《家庭、私有制及国家的起源》启蒙的民族学大师摩尔根（L.H.Morgan），曾被美洲原住民的部落接纳为养子。

必须指出，养子，这个概念的含义绝非仅仅是形式而已。这是一位真正的知识分子对自己“地位”的纠正。这是一个解决代言人资格问题的动人例证。

不幸更多见的，却是书斋三五年中，时做两旬采风，归来炮制20万言的例子。而且继以上献国策，下为人师。要么粉墨登场，庄严地宣读于外国大学的答辩会。而洋人有几个知道中国的弯弯绕？归来都是“博士”，从此语言膨胀，步步压迫来源于底层中国的话语。

我们的人文地理，企盼在摩尔根的意味深长的道路上，回归求知的本来意义。首先成为社会和民众的真实成员，然后，再从社会和民众中获得真知灼见。

四

难以面对学问良心的还有，诸学的奠基，大都与列强的帝国主义扩张和殖民过程同步。比如日本民族学界在侵略的30年代，曾经同人相告：“如今满洲正流行这种学习，到满洲去研究吧！”还豪迈地提出“不是书桌之学，是做有用于现实的研究的民族学”、“响应国家目的之科学研究”等民族学定义。德国地理学家李希霍芬的研究，则直接与德国夺取中国山东有关。

更不用说大英皇家地理学会，它几乎是一块诸学的总招牌。若是他日余裕，我们有力细致重究它的各项专题的话，我们坚信会看到令人心悸的发现。可以说，在大半个世界沦为殖民地、而人民也再难恢复民族自信的代价下，它的发展史有多悠久，英帝国的世界殖民史就有多漫长；它的研究有多细致，英帝国的殖民统治就有多圆熟。

而中国诸学，则大都在那个母胎中破啼落地。难道学术血统就不会带有一丁点儿的胎记么？至少我们自己要清理这种瓜葛粘连，我们要朝着一种第三世界文明的倾向努力。

但是，政治的缘起，还不是今天探讨的主题。

我们更留心的是：关于现实世界的研究，与现实世界本身之间，存在着的先后主次的关系。我们质疑的，是专家手里的那些事先准备好的调查表格，因为在他们离开宾馆姗姗来到“田野”时，皮包里表格的背后有一个舶来的方法论体系。

诸学来自西方并不是怀疑的基础。与殖民主义的宿仇，也许更使穷国的学术追求客观。西方从来是人类思想的伟大来源之一。我们只是以更高的方法论探讨提醒自己。我们抱着幻想，我们直觉地相信：鲜活的民众生活中藏着正确的解释。我们预感：朴素的学术，明天将刷新权威们舶来的体系。

我们把剖析的矛，首先对准自己。我们给自己设置了禁忌与原则。如果说与殖民主义孪生的西方学术的癌症在于，它曲解和压制了文明的创造者对自己文明的阐释权，那么时光在百年之后，地点在国门之内，我们自己对不发达的穷乡僻壤、少数民族、文明主体的发言，是否就不存在话语的霸道、文化的歧视和片面的胡说呢？

五

从文明母亲的胎液里爬出来的孩子，在高等学府或上层社会，在思潮、教科书和恩师论文的烟海里被改造。无疑，书本的知识，尤其是必要的基本知识是绝对必要的。但是已经到了指出的时候：求学有时也如断奶，“学者”好像特别容易发生异化。不能否认，一部分人在认知的路上南辕北辙，他们傲慢地挣脱着健康的母体，从不回头，愈来愈远。

讽刺其实早就存在：在我们刻苦攻读的学问中，有些是生活的常识。而常识一直在被可能毫无常识的人描绘和猜测，并日益将其复杂化。被画得逼真的大象、被猜中的掌中物当然值得尊敬。然而假若一切只是“纯粹的智慧演习”、若这些“应用研究”只是错误的游戏，那么如此学问，对于苦难的文明又究竟算是什么呢？

知识分子在这样一个国度里命运坎坷。这种往往是政治造成的坎坷，遮蔽了科学的驳难。虽然背靠着罕见的文明和社会真实，原初的检讨还是久违了。在诸学中由知识分子建造的体系，并没有受到过严谨的、或者是直觉的质疑。

数十年寒窗再加上“田野”体验，使得诸学里形成的泰斗们充满了自信。农民或生活场景中主角的沉默，使得他们一直没有遇到学理的批判。他们可能不知道——盛名之下，关于文明解说与代言资格的问题，并没有解决。

但是应当尊重他们的填充开拓，以及他们对世界解释的努力。因为他们的愿望，也是朝真理跋涉。并不存在对知识积累的无端蔑视。可能我们最用心攻读的，就是旧有诸学的内容。换言之，恰恰因为我们感到了以民众山河挑战书斋学院的可能，我们读书的渴望才最迫切。书在被读懂的时候最为有趣。我们只是追求接近真知的方法，我们只是在另一个方向眺望。旧的时代该结束了，泥巴汗水的学问刚刚登场。我们只是呼唤真知实学，我们只是呼吁，一种不同的知识分子的出现。

六

真实的知情者是生活者。对每天迎送的生活，对生长于斯的家乡，知道得最细致的是老农，是牧民，是社会底层的大众。对社会的真相，天下万民，生而知之。

但是民众知而不言。他们不习惯发言，羞于解释常识。没有头头是道的口才，尤其是没有书写的能力。他们还没有对文化的主权意识；对知识分子的洋洋洒洒，以及已经离谱的解释，他们的态度毕恭毕敬。

也许学问的方法第一义，就是学会和底层、和百姓、和谦恭抑或沉默的普通人对话。一旦他们开口，一旦他们开始了指教，求学者找到的，就可能是真知，是谜底，包括自己人生的激动。

大地就如同矿藏。年轻人在投身进入时，用不着带调查表格，只需用心记取原样的生活。在目的在于追求自己生存价值的旅程中，源源的学问和规律，就像生活一样活泼。它多变，生动，并没有经过权威总结，没有哪一个现成的学科可以驾驭它。这时是读书的好时光，在心底已经出现感触的时候，读书开卷有益。前人的得失局限，此刻读来句句有用。所谓人文地理概念也是一样，它正在孕育，并未降生，它正在等着你的描述和参悟，等着它养育的儿女为自己发言。它就是你习以为常的故乡，你饱尝艰辛的亲人，你对之感情深重的大地山河，你的祖国和世界。

不用说，我们这本小小的杂志，并没能做到充满这样优秀的内容。但是我们企图呼唤。从人文地理的角度，我们热望着新的文章，新的人。我们凝神等待着，对于文明的合格发言。

杂志已经试刊，我们还在和作者、读者苦苦思索。我们决定了一个“文明内部的发言”的原则，尽力把对文明的描写和阐释权，交给本地、本族、本国的著述者。我们更选择了第三世界的文化立场，对地域的历史过程和未来判断，实行批判的、有利于世界上大多数人利益的描述。

出于种种限制，我们惭愧自己只是做出了一个姿态而已。不过或许这也并非毫无意义。微弱的呼唤会汇集得响亮，走的人多了，地上也就会出现路。在步步努力的流程里，后来人会把这种希望变成可能，再蔚为新世纪学问的风气，让文明的发言和文明的创造，成为一个声音。

1999 年 4 月

《人文地理》稿约通信

撰稿人和摄影家朋友们，你们好：

我们接受了三联书店的委托，试办《人文地理》杂志。我们希望这封信不仅是约稿，也是一种思想上的交流。

其实“地理”也不是什么新鲜的发想；杂志如果没有灵魂和清醒的思路，我们的劳作也可能最后作为一堆文化泡沫告终。所以我们盼望它渐渐成为一种粘满泥巴的地理，不仅准确地勾勒了山河地域，而且贴近着历史的正义和民众的渴求。反映着美国式的世界眼光的《National Geographic》不仅不能摹仿，正确的道路应该是勇敢地站在第三世界的立场上，与之分庭抗礼。因此，我们主张“文明内部的发言”，反对任何流行的对文明的主体、也就是大地上的民众的不尊重；反对和批判对于他们的文化掠夺和话语霸权。我们要探索和实践一种——发自文明内部的，贫穷国度、弱小民族、以及艰难存活的民众的发言。

同时，正因为学科在它们繁衍的过程中的异化，我们不再迷信某种专业学科。我们追求多学科的视野。我们盼望的作者不一定是学有某一种专业的人，而是可能去探求各种专业本质的人，更是与一方土地及其人民血肉相联的人。他们将依靠着自己的热土和乡亲，补习相关的历史、语言、自然和社会知识，最后怀着用真挚取得成功的决心，去拍摄和写作。

那么当然不会选择干枯的学院式论文方式。但是我们也警惕正在滋生蔓延的商业文体。我们不对作者说：要写得好懂可读，或者要句句如同考证。我们相信立场会使文章和照片陡然生色。只有对自己的题目深怀感情的人，才是我们寻找的著者。我们提出"美文"二字为文体的号召，希望大家共同创造的这本刊物，日后不仅是一种思想洗礼的产儿、一种可信的知识，还是一种值得收藏的优美文集。

我们和你们一样心中怀着种种担忧。杂志的前途和方向并没有得到保证。我们害怕由于种种的不得已，也去猎奇、采风、制作浅薄的风俗画。思想的原则可能一开始就受到围剿。但是，实现理想的可能并非不存在，我们依然觉得可以一试。而且，有一点是无疑的，那就是中国知识分子在摸索前方道路的努力中，又会有一些有益的收获。

1998 年 3 月 10 日

“新大陆发现”500周年专题编辑导言

可以说，人类的跋涉和交通，并没有被大海彻底阻挡。从沿岸近航，到远海航行，人类一直企图冲过大海，到彼岸去

但是，只有在今天，人们才被当年发生的

踏破万顷波涛的海上交通，和通过大海进行的历史

震惊不已

曾被视为世界尽头的太平洋、大西洋的浩荡海水，原来是最为宽阔的通途

不但是中国的航海家郑和，前十五世纪频繁对非洲进行航海贸易的阿拉伯人，都没有预料到后来大航海的规模。他们更不可能预料

后来世界的进程，居然就随着这些大海的潮汐，不可抗拒地涌动

欧洲的航海家同样不能预知。在十五世纪末，在当时，他们只是被马可·波罗描绘的东方财富刺激，只是竭力想挣脱奥斯曼·土耳其帝国的遮断。他们想避开陆路，尝试从海上寻找出口

当然今日我们更体会到了：他们的心里，还有一种激烈鼓动着的新生的资本主义的欲望；那是一种不可遏止的、至今仍在无限膨胀的欲望

哥伦布发现的，其实并非一块新大陆。但是在他以后

确实出现了一个全新的世界

被刷新的不仅是世界地图。还有人类对于地球、科学、思想的知识，还有当时的远洋贸易，后日的“全球化”。还有移民的流动和大规模的混血。还有政体制度的移植

这就是人们赞美“地理大发现”，讴歌“新大陆”的原因

沿着这种波涛大道，欧洲列强挺进东方。浩瀚的大海汪洋，原来是帝国主义征服和侵略的通衢大道。大洋上西风劲吹，这个地球突然变小，贫弱万国被瓜分一空。世界，被他们的舰首划开的激浪打碎，蹂躏，改造，主导

直至 500 年之后

欧洲的胜利实现了，以欧洲为中心的历史也开始了

西方乘着海洋的风，使世界按着他们的蓝图，运转、发达、进步

西方的强国，还有他们的文化，成了世界大舞台的主角。无论这个过程中存在多少血腥，这段历史存在多少不义

这都是——必须正视的事实

500 年的历史契机，使他们的统治愈趋圆熟。一个强大的体制在世界上崛起了。必须承认，它正在主导着我们的世界

然而，人同样追求历史的正义

大航海，地理大发现，对于美洲大陆的原住民来说，是一场血泊浸泡的大灾难

因为自从“文明人”登陆以后，曾有几十万人居住的加勒比诸岛上，就没有了原住民的子孙。就有了罪恶的非洲黑奴的贩卖和向美洲的运入。玛雅、印加、阿兹特克等独特的美洲本土文明，就失去了自然发展的可能

刚刚经过文艺复兴的历史，正在标榜“人”的天赋之权的文明人，在北美，在南美，他们对人——对淳朴和创造了那么辉煌文明的印第安人，对新大陆的旧主人

居然数以千万计地，屠杀，屠杀，屠杀

以文明的名义，以进步的名义，甚至，以主的名义。在被印第安人的鲜血浸透的靴子上，历史的脚印步步清晰。野蛮的压迫，疯狂的掠夺，叠印在上述历史的发展之中

幸亏当时的登陆者中，有过如神父拉斯卡萨斯那样的伟大的人，他们代表永恒的正义，揭露了大屠杀的罪恶。他们作为人的良知，作为神的代言者，作为文明的本色，坚持了最朴素的真理——

人生而平等，无论种族肤色

他们在500年前为了人道的奋斗，使我们懂了怎样学习历史。我们感到，社会的进化论观点，并不能粉饰违背人性的罪孽

人道的先驱者曾坚信：人有权对历史追索正义，人应该讲求绝对的人道

这样的伟大思路，使远在中国的我们深思。我们甚至企图把

批判的思路，延伸于对自己大中华历史的思索之中。就如此意义而言，哥伦布“发现新大陆”或者“地理大发现”的500周年虽已过去，但是对它的严肃讨论，还没有开始

这里编辑的一组小稿，虽然观点不尽相同，水平更未臻完美，但我们想，它们对于我们和读者来说，还是新鲜的

就《三联人文地理》试刊遭停止致作者信

第二期《三联人文地理》试刊的撰稿人、译者、摄影者们；试刊第一期的撰稿人、译者、摄影者们；收藏了刊物第一期的图书馆、研究机构、及一切关心过这本杂志的朋友们：

我遗憾地通知你们：

三联书店负责人董秀玉于 1999 年 4 月 15 日告知我：由于国家出版总署批评三联书店“以书代刊”（其中包括以图书书号出版《三联人文地理》试刊 1 期），并明确禁止印刷试刊第 2 期——三联认为已经遇到了所谓“不可抗拒的原因”，无法继续印出《三联人文地理》试刊第 2 期。

我明白，这将意味着对作者们的严重失信。虽然不祥的棚感笼罩已久，但为了避免这样一个结果，我们还是进行了最脯的努力。

我对三联分析了利害得失，劝他们下决心，印出去年就已编好的试刊 2 期。

但是我们看不出，他们有任何争取印出杂志的迹象。

那么就只是一个对支持过我们的作者，承认失信和正式道歉的问题了。

我对三联领导说："如此的对人失信，我承担不起。必须以出版社名义向国内外的作者致歉。对国外作者的英文信可以由我们起草，但必须由你们签字发出。"他们仍是应允而不见动静。我们决定结束容忍，自己处理这件事。

以下我们想列举最低限度的一个梗概。对作者，我们有坦白之责。

1998 年 3 月 3 日，即我在三联书店社务委员会上正式接受主编人文地理杂志委托的那一天，曾书面准备了一页我的陈述要点。这页纸发给围坐圆桌的每个三联社委，人手一份。其中记录着我的三点原则或条件：

1．第三世界的文化立场以及文明内部的发言的原则；

2．多学科的综合眼光和叙述的文学性；

3．一旦约稿进行，请尊重我们的名誉。

他们没有任何异议表示。在这次社委会结束之后，三联人文地理编辑部就正式建立，并开始了工作。

我们在一些知识分子协助下，大约用了一个月时间研究选题。在决定后，1998 年 3 月 19 日，我们书面向三联进行了选题汇报。我们写明了各个拟选的专题，并自我约束了进度。一种不能放心的感觉（因为三联与我之间并无文字协议）和责任的压力，使我又一次提交了一页书面的“三联人文地理备忘事项”，由总编秘书交给了三联负责人。

这份共 6 条的书面备忘录之第 3 条是：“因为现在编辑是以个人名义约稿，待到选题方向大致确定后，希望三联领导尊重我们约稿的信誉。”

以后，我们曾把部分原稿和全部打印稿，共两次送三联领导审阅。

1998 年 8 中旬，我通知董秀玉：工作大致提前完成。

1998 年 9 月 15 日，董秀玉来工作现场，审定了电脑上的稿件。同时，印刷工作移交给了三联潘正平，决定由潘负责印出杂志。

1998 年 12 月 7 日，我们给两期的作者都寄出了稿酬。

在不可理喻的拖延中，试刊第 1 期于 1999 年 2 月 5 日印出。而第 2 期却一拖再拖，终于迎来了上述所谓“不可抗拒的”结局。

万万没有想到，一切都被不幸言中，难以想象的失信，真的发生了。

我们至今对这个突兀的消息感到吃惊。在震惊中，我不能不忆起美国超级杂志《National Geographic》（国家地理）即将进入中国市场一事。有趣的是，这本美国杂志，像是伴随我们的一个时隐时现的影子。

我曾寄给大家一封《稿约通信》。在那里我写道：

“其实‘地理’也不是什么新鲜的发想；杂志如果没有灵魂和清醒的思路，我们的劳作也可能最后作为一堆文化泡沫告终。所以我们盼望它渐渐成为一种沾满泥巴的地理，不仅准确地勾勒了山河地域，而且贴近着历史的正义和民众的渴求。反映着美国式的世界眼光的《National Geographic》不仅不能模仿，正确的道路应该是勇敢地站在第三世界的立场上，与之分庭抗礼。因此，我们主张‘文明内部的发言’，反对任何流行的对文明的主体、也就是大地上的民众的不尊重；反对和批判对于他们的文化掠夺和话语霸权。我们要探索和实践——一种发自文明内部的，贫穷国家、弱小民族、以及艰难存活的民众的发言。”

说不定，我们遭遇的小小悲剧还有过一个背景。或许当时的思想激动，已经埋下了今天不愉快的种子。但是，即便口实之上还有更大的事实，抑或真相比说出的口实还小——都不能抵消失信的分量。

我无意动员你们去谴责三联的失信。我只觉得说不出的歉意。除了已陈述的戏剧性原因以外，你们也看到了：我们的原则，也给自己设定了难度。而机会仅限定在一次，美编图片均不得力，特别缺乏积累，以供筛选出活泼新鲜的稿件——杂志编得不好。

善后工作已经在进行。幸好我们坚持提前发出了第 2 期稿费，大家可以把它视为对自己权利的补偿，坦然接受。一部分稿件已经转投他刊，并已得到了发表的允诺。一些我们不宜擅自处理的稿件，留待作者径自改投。

一切并非不值得。一年来，我们学习了很多东西。因着这本杂志，我们不仅留意了“地理”的视角，也反省了关联的学科。人文地理，这个题目邀请着我们，除了思考地理环境、文化类型、历史真实之外，更去研究文明的代言人与文明主体、外来的发现者与现地生活者的关系；去关心沉默的文明主人的权利。我们自设考场，驱使自己去追究“学问”和人的关系。我们感激履历中的这个阶段。

编辑部同仁再一次郑重请求你们，接受我们的道歉。

至于我个人，我更牢记着你们对我的信任和支持。一年来我们进行了严肃的合作，此刻追忆着它们显得那么宝贵。时间反正也要消逝，但我们一起，做过一次对真知的追求。

你们的朋友：

张承志

1999 年 4 月 25 日北京

逼视的眼神

——肖像摄影中“添加的解释”

1

我居住的地方，闭路电视系统中有一个频道是留作政宣和会议的。平日有两会三代之类大事则播之，无会无事则固定在美国国家地理频道（National Geographic Channel）之上，任各种的奇风异俗和野兽虫鸟在那里日夜循环。

当然其中的有趣报道很多。《国家地理》打着趣味性和科学性两大旗帜，平静地和娓娓道来地，客观地和富于知识地，正在征服着世界。

至于它的摄影，就本质而言还是大众趣味和报道式的。它清晰至极，临场感觉，虽然不够艺术的技巧和深度。

我两次看了这个节目。具体地说是在 2002 年 3 月 27 日与 4 月 11 日夜；换言之，是在美国还要再三再四地扩大它在阿富汗的战争、但先是因为关塔那摩的战俘问题、接着又因在巴勒斯坦给以色列的暴行公然撑腰而招致世界的反感和谴责的时候——美国国家在扬言无需证据亦可对伊拉克使用核武器，而美国国家地理则播出了一个称为“寻找阿富汗少女”的电视片。

因为策划很久、派出的并非少数摄影师或记者、并在播前反复广告，所以这其实是一次电视行动，一次媒体大战中的战役。

这个节目使我不能沉默。

由于加入 WTO 后《国家地理》无疑将成为登陆中国的文化麦当劳、无疑将风靡于中国的少男少女和教授学者；也由于我本人曾试办过宗旨在于主张第三世界自己的文明阐释权，对抗《国家地理》宣扬的美国文化观点的杂志——原来我曾以为自己不宜发言。

电视画面上仅仅出现了一次升起于托拉博拉山地的炸弹烟尘，声响轻微，仅有一瞬，节目显然毫无就带来灾难的战争反思批判的意思。它摆着客观和轻松的面孔——这面孔在定义着一种他们的新闻和艺术准则——继续它的寻找十六年前封面女孩的有趣故事。

真不愧是美国佬；即便在仅次于原子弹的 7000 公斤重超级炸弹和各种新式武器都在贫瘠的阿富汗土地上恣意实验、至少 3000 名无辜平民一批接一批地被炸死的时刻，他们居然对着如此残酷的现实，煞有介事地继续玩那个趣味悬念。

也唯他们才干得出——科学技术又一次当做了情节。寻我十六年前《国家地理》杂志封面的队伍中，不但有摄影师和寻访小队，更有研究虹膜的技术人员。这样，在数万吨炸弹摧残着阿富汗的巨大伴奏声中，两条线索，趣味性和技术性两条线索并行着展开了。

十六年前的封面少女被大量印刷，她的蒙着硝烟的脸庞上，一双惊恐而敏感的眼睛在凝视着。宣传机器连篇累牍地说，这是一帧卓越的摄影作品，她的眼睛里，表达着阿富汗人民因苏联入侵而蒙受的苦难。

同时虹膜技术人员也在电脑上试验，为眼睑加些苍老感，为脸颊加些灼伤，把嘴部切下移动，在电脑上捉摸它在今天该什么样——十六年后的封面少女已经年近中年，她究竟在战争和暴政下受了多少折磨？她究竟是否活到了美国人解放的今天？

2

趣味性的线索发展得曲折而诱人。电视片描述的阿富汗，没有死于美国炸弹的尸体，没有阿富汗人对眼前战争的一句异议或表态。屏幕上的阿富汗人每一个都是谦卑的，小心而迟疑地为“国家地理”搜寻队提供线索。

我想，天下豪门“国家地理”若是以美元许诺，那么饥饿的阿富汗人不应该放过机会。因为对阿富汗的民众来说，活下去，只有活下去，才可能重建生活、国家和一切。我注视着屏幕；闪过的每个人的神情里，都显露一种决意。他们应酬着那位秃顶的摄影师，等着他古怪寻找的结果。

但是整部电视片没有言及金钱。“国家地理”是否付了钱；是否对每个协助寻找女孩的人付了钱，是否曾在当年和以后向封面上的难民女孩付钱——他们闭口未谈。可能他们允诺了付钱，因为屏幕上的阿富汗人异常耐心；也可能他们没有付钱，因为恐怖的气氛随着照相机逼来——秃顶老头和满天泼下炸弹的可怕军队是一伙的，这一点毫无疑问。他们既然可以和蔼地按快门，也完全可以凶恶地勾扳机。

总之，一个消息灵通人士协助找到了封面少女当年的女教师，接着女教师又帮忙找到了女孩今天的家。秃摄影师一行抵达那个院子时门锁着，由于她的丈夫不在家，她不能见陌生的男客。“岂有此理！”秃老头仰天长叹。

第二天在丈夫——他们的每一个都沉默着——的陪同下，摄影师与俨然成人的当年封面女孩的“重逢”，终于实现了。他们共叙往事，感叹人生，快门啪啪响着，好像没有恐怖震耳的轰炸声，只有这一支轻柔的音乐。

不等你还在咀嚼其中的悖论，滚动的画面又引出科技性的情节。虹膜分析人员冷静地工作着，摒除前扬人员刚刚演出的感伤——他们要以科技审查一切情理。我看得目瞪口呆，因为即便我对这种“特种部队”感到愤慨，但我仍然被一个经历了十六年战火和禁锢的难民营女人打动了。画面上，她的眼神锐利而冷峻，即使偶尔闪过也在穿透一切。黑发蓬乱的她又成为一幅肖像。她的名字叫阿兰贝贝，大致意思是“世界的孩子”。

但冷漠而科学的虹膜技术，使“国家地理”老谋深算。虽然秃顶摄影家以为自己达到了终点，但虹膜小组的审断是：眼睛虹膜检测证明，有45%不一致——阿兰贝贝不是封面少女。

画中画外的人都大失所望。此时无影胜有影。潜在的内容是，阿兰贝贝是一个冒名者。为什么呢？

消遣寻乐的观众会追问这个为什么吗？他们会在随着国家地理在否决了她之后，依然记着她在美国传媒巨网上赠给人们的第二幅更深刻的肖像、记着她逼视养育她的残酷世界的灼灼眼神吗？

3

接下去充分展开的，当然是国家地理的模式。趣味的线索从此与科技的线索紧密携手，寻访者也从秃顶摄影师扩充为一个小分队。

新的信息来自当代最著名的一个地点，托拉博拉山地。寻访当时，美国轰炸机每日向这片山地倾倒大雨般的炸弹，每天都有成批的阿富汗百姓被冤屈地炸死。精密制导炸弹、超级震荡炸弹、温压炸弹、深穿透炸弹、狱火导弹——除了原子弹，托拉博拉的苦难大山被美国用一切可能的杀人手段轮番蹂躏。然而神圣的新闻工作者和摄影艺术家对此一言不发，他们引导观众继续寻找苏联在十六年前制造的一个难民女孩。根据虹膜研究，她应该有一双绿眼睛。

残破的大山上，无声地升起一片宽阔的烟尘。

由于烟柱很宽，我猜它就是重7000公斤、长25米、用巨型C-130运输机运送、用降落伞减速投下的超级震荡炸弹。它使一华里方圆内一切人畜都窒息死亡。“国家地理”就在这种窒息的空气中，固执地寻找一双绿眼睛。为了他们的画面，为了他们的趣味性和科技性。

这个有绿眼睛的女人，在托拉博拉山地真的被找到了。秃顶的摄影家安全地住在邻国白沙瓦的宾馆里，等着她。

冷峻的虹膜测试如判决。如今，不仅将由武器决定胜负，而且将由高科技决定故事的是否有趣。

居然联邦调查局也介入了这个客观而艺术的科普工作；最后，

名叫莎尔巴特的这个绿眼睛女人，被判定为“真的”。她和她的丈夫——谢天谢地，他不是那种充满了那些天的屏幕的虬髯美男子，这个打馕的丈夫比较窝囊——被送到了白沙瓦的宾馆。一个好莱坞式的皆大欢喜结尾，就在那儿演完。

秃顶摄影家架起了他的尼康F16，在啪啪啪啪的连发点射之中，第三幅肖像诞生了。

确实发绿的、美丽的穆斯林女人的眼睛，盯着照相机。如同她的两位前任一样，莎尔巴特并未因被选中而露出半点笑容。在她灼灼逼人的眼神中，依然满盈着恐惧、怀疑和悲哀。F16不懂，这眼神不仅传达了她和她们对这不义世界的观点，也传达了她对“它”的观点。为什么呢？你为什么要固执地强迫我摆姿势呢？你这样做会给我带来食物和毛毯么？明天邻居和家人会怎样对待我呢？

这里正在死人——端着那怪枪你究竟要干什么？

当金钱或恐惧使她们转过脸直视镜头时，我想，镜头这一边的人，心头应当掠过一阵战栗。如果他长着一颗敏感的艺术家的心，他应该为自己背离了新闻和艺术的谴责暴行、援助弱小的原则而战栗；如果他只知趣味和技术、只是一种新型的特种部队——他将在未来一定将降临的、人道和正义、知识和艺术的道德审判面前发抖和战栗。

4

在各种的艺术作品中，肖像因它的固定、单一和沉默，成为一种暧昧的作品。于是解释随后出现了。解释还不同于评论；没有别的门类的艺术和作品，有过如同对肖像作品这么多的——“添加的解释”。这是我为肖像画和肖像摄影杜撰的一个概念。比如对名画《蒙娜丽莎》的经典解释，与作品其实可能是作者自画像的事实之间的嘲谑，就是一个独一无二的例子。

在对肖像的解释中，有两个因素尤其不能忽视。一是权力和话语权力经常强化或干扰解释；所谓指鹿为马，今日是处处的现实。其次，技术因素常常更是一个微妙的插入者，匠人的制作惟妙惟肖，冒充或替代了真的艺术。肖像类中的摄影，还远比不上绘画肖像。由于器材和其他技术发展的飞速跳跃，赝品伪作一时横行的机会更多。

简言之，现代主义等潮流出现的一个原因，就是抵制这些赝品。摄影家中的现代派和新闻派，或不惜赌命深入炮火在生死一瞬夺得一帧照片，或数十年连续观察以表示自己与被写物的深刻关系——他们追求的，是彻底的真实和本质。他们的人物或肖像多不标准，边幅不剪，焦距模糊。但却如泣如诉，使人望见它心里顿时涌起感动的大潮。那画面的包含，那摄影的语言，它超越了一切文字，一帧包含了一切。

当不能达到如此水准，当解释也无望时，不止一名敏感的摄影家选择了自决。在影片《Before the Rain》（山雨欲来）中，经历了波黑战难的摄影家呓语着，扔了他的普利策奖摄影作品。他说自己用照片参加了杀人。最后他为救助异族的女孩牺牲了，添加的解释，在这个故事里到达了极致。

——在一些摄影艺术家竭尽人生追求这种作品的时候，另一些照相馆匠人也在不择手段寻找取巧的机会。

不消说他们会利用肖像艺术本身的暧昧和多解。他们热衷的，更是对肖像的添加解释。此刻对他们正是好机，从控制全球的话语霸权到压服世界的高科技武器，一切可能有的他们都有了。美国《国家地理》对阿富汗封面少女的寻找活动和报道，既不是真实的艺术，也不是客观的报道，而是不义战争的宣传。

就肖像作品来说，虽然他们对封面少女做了超级的添加解释，但据我看这一切依然都是白费力气；因为掩饰杀戮的战争是困难的，把杀人者说成和平鸽也是困难的。

也许今天在我们的知识分子中，已经不能讨论艺术和新闻的原初含义，不能讨论这些高尚领域里的最低道德。但是依然没有谁能逃避人类良知的审判；也没有哪个曾助纣为虐的媒体，能逃避他们的战争责任。

其实被国家地理排除的，那第二张肖像最深具意味。那神秘的黑眼睛女人！她是谁呢？她背着冒牌顶替者的黑锅却一直沉默。如果把话语权交给大众，我猜第二张中彩的可能最大。因为哪怕包括国家地理的崇拜者在内，谁都希望能听到她的倾诉。等她开口发言的时候，人会听到真实些的话。

据我看，三张肖像的眼神里，都满盈着被杀戮者与被侮辱者的不信与恐惧。是的，她，还有她，以及另一个她的眼神里，都没有一丝对尼康F16、以及对小分队的摄像机和虹膜仪的信任。她们被强加了一场又一场残暴的战争，还要被强迫一次又一次面对着照相机。

那么就让这些偏执的闯入者照个够吧！她们拿定了主意，睁大了眼睛。痛苦灼烫的眼神一涌而出，逼视着世界，也逼视着无法理喻的F16。

虽然国家地理的摄影师以及他们的克隆人不会同意我的分析；

但是我猜——超级震荡炸弹和超级尼康F16都曾不由地感到一阵战栗。他们在表演镇静，用实力的药丸压住心悸。因为眼神的背后是心理；因为不管是那个被否决的黑眼睛还是这个被确认的绿眼睛，都射出直逼良心的光——即便它们还不敢流露仇恨，但是它们已经在拒绝和质问。

是的，这眼神也注视着你，等着你的判断和回应。

2002年4月12日写毕

水路越梅关

一

南方如外国。对于我这样惯住北方粗野之邦的人，南方是文明的，媚人的，经济发达的地方，也是溽湿的，龌龊的，语言不通的地方。对那片土地，了解的难度大于异族异语的边疆，所以和它缘分浅淡，而且愈来愈漂移不定。

本来就快要忘了它，就要觉得两不相干了——但是在心底的哪里，又常有许多夺目的形象浮起。确实，几乎所有纠缠着我们的思绪、使一代情感为之所系的人物，都是南方出身。随便一数，比如楚地的谭嗣同陈天华，吴越则秋瑾鲁迅，他们高贵的气质，与我们日常惯见的那么不同。

我喜欢在前赴南方之前，先临阵磨枪地读书。那里是文献之邦，总要知道一二基本。先读个印象，以后再对着风景，一句句体会——这是真正的奢侈；吸着清新的风，对着青黛的山，读着的都是古典的华章。

这是我摸索出来的养身之道，望着如此下流的世相，你只能古文当中药，审美以养心，难道还有什么别的办法！而且一旦开卷，一字一声妙响，一句一段音乐，顿时，心情为之一振，人也不觉独自笑了。

袅袅兮秋风
洞庭波兮木叶下

真的，一读这样的句子，我就有出了国的感觉。

我的南国行，如约束过一般，先去屈子故国。那一年汨罗江上雨水满溢。我满心朝圣的心情，与一位塑过屈原祠浮雕的湖南画家结伴，抵达了汨罗的楚塘。趁着人在当地，古代风景就在视野，我们一字字讨论，一点点体会，如完成一项宗教仪礼一样，把《离骚》和《怀沙》读了一遍。

再一年去绍兴。真让人兴奋，果然山阴路上，目不暇接。于是渐渐成瘾，总把南国的短旅当做休息和留学。又一年登庐山，探寻到陶渊明故里的最远一角，对着南山，确认东篱，把一条归去来路穷追不舍——到处的朦胧雨幕，满眼的墨染山影，风景在冷雨中移动着，濡湿了人的肌肤和感受。

古代太洁雅，今日过恶俗，彻底的相悖使人难忍。一次次地，我愈来愈觉得，南国一词，美丽而隔膜。

二

留意地理上的梅关道，还是在海南岛。那一回，我一门心思企图弄懂远航而来的穆斯林的事，想搞清他们登陆中国前后的停泊地和聚居地，想看出个门道格局来。于是时间都耗费在那件调查上，只在偶尔时想过——上岸以后，接着，古代的旅人该怎么走？

地图上，从广州港向北，面对着茫茫中国一共有两条路：或者出韶关进入湖南，或者出梅关进入江西的赣江流域。噢，原来这儿是第一道关卡，我那时曾经暗想。在地图上，一道棕黄的山脉分开了赣粤两片绿色平原。在那条棕色的正中有一个地名：梅关。

今年此时，我已经从江西一侧，登上了大庾的梅岭。听说这儿已是汉朝的边境，前方不远就是梅关。南国冬季，天气湿冷，一阵阵的风裹雨雾，皮鞋里浸透了雨水，脚趾头冰冷。

但是视野雄壮；铅绿的山峦影幢变移，向南方的广东倾斜而去。凝望着，不由得胸中忐忑不已。当人看见了大地的倾向，那感觉不可思议。何况脚踏着的，是宋代的黑卵石路。它约有二牛之宽，正是古路：两辆牛车可以交错。黑卵石嵌入绿草，一如扎了根般牢固。太棒了，我暗中自语。

朦胧望见一座关楼。走近时，心里又不禁喝彩，这关虽小巧，但有滋有味。因为水气雨幕的遮隔，砖上绿苔，石缝长松，加上关门筑在沟底，仿佛劈开了石峡一般。打量着走到了跟前，敞开的门洞，盛着一孔明亮。梅岭北麓已经走完，门洞那边，就是南粤广东、古时的化外之地了。

一行人踩着水潦，啪啪溅着水，跳过在淋漓黑亮的石路，赶快出关，先把一只脚迈到广东。然后回头欣赏。关楼门洞的两侧，左右有一副对子。书法老实规矩，造句平淡朴实：

梅止行人渴

关防暴客来

听本地人讲，近年粤赣官员为了招延游客，常为这副对联争吵。广东人要求刮了暗指南人的暴客一词，江西人却说历史文物怎能擅动。

而我却偏爱这副小对。名胜对联，最容易的是诳言浪语，大多都是显弄聪明，很少能如这一联，十个字，却画出一种远僻关津的气氛。即便暴客也不具规模；顶多是小商通道，旅人驳杂，或为牛车堵塞而口角，或因不通语言而动手。写得好！多有趣！我连连赞叹。

一两年来，我时不时地琢磨这座梅关。进入盛唐的穆斯林蕃客分为两支，一股沿海向泉州继续航行（后来顺大运河北上）；一股在广州港弃船上岸，决心进入大陆寻找生计，而梅关，是他们遇见的第一个关口。

那是太平盛世，对外来者没有那么紧张。歧视更与大国风度不符，所以穆斯林可以安心进入这块大陆，寻寻觅觅，且商且行，直到找到一个便利之地，以客籍做主人，认他乡为故乡。

小小梅关素砖浆缝，骑坐在山谷之底的黑石路上，并不险要。三几守关小卒，大约只留心山火而已。唐宋之际，常有青目虬髯的蕃客北上进关，他们习惯了过关一次，就吃一掬梅子。

三

从梅关下来，一面走，一面想着南海来的蕃客，所以见路边一些石碑时，并未在意。无非是些历代吟咏罢了，随意想着浏览，忽然发现文天祥名字。他是在南海的最后一战中被俘的——莫非文天祥押赴大都，走的就是这条路？

停住脚，从飞舞的笔迹里字字辨认，读了这首《南安军》。

梅花南北路，风雨湿征衣。
出岭谁同出，归乡如不归。

我心中一动。出与归，两个字用得惊人。出岭谁同出？押解囚车的，当然都是河北壮汉胡服骑兵。归乡如不归一句是请教了人才明白的：文天祥恰是江西人，家乡就在前方押送途中。

后来读了张玉奇的《文山诗选注》，补习了一点文天祥的课。烈士若有所思，伴随的景色也壮阔。先是宋元南海决战，“腥浪拍心碎”，“人死乱如麻”。宋朝覆灭了，失败已是铁铸的现实。

至元十五年（1278）十二月底，文天祥被俘。次年（1279）正月初二，元军拘禁文天祥于舟中，正月十二过零丁洋，千古绝唱《过零丁洋》诞生。更撼人的对仗，更加使古代骄傲的句子出现了。

文天祥律诗中的对仗，于朴实中暗夺天工。后世评价不足，我想是因为后人心中，缺乏一种双足泥巴的地理体验。比如童叟熟知的“惶恐滩头说惶恐，零丁洋里叹零丁”；谁知惶恐滩也确有其处，它就在这赣江之上，与零丁洋都是诗人亲身经历。辞藻已是前定天成，绝唱还要两遍检验——

我不住地想，当文天祥从零丁洋漂流而来，国已然不存，人更是囚徒，唯有一篇诗稿两句对仗，更兼他闭紧囚船篷窗，举意绝食，在激烈的江水喧嚣中，再次过吉水惶恐滩的时候，他对自己的对仗之工，会发生怎样的感慨呢？

文人所以不足为训，是因为他们年年扮演雅致，到头来一生无佳句。而文天祥等则正相反，一旦美文流出笔端，反而难以感叹。这样的从文体验，不是轻薄者能想象的。

后来的所有诗作都说明，国破身囚的文天祥自被俘起，就动念舍生取义，并一天天等着它的实现。

至3月13日，他在囚船里，浮海70多天。翌日，灭宋大将张洪范设宴，席间，对求殉亡国的文天祥提出质问。文天祥以“烈士死如归”“商亡正采薇”为答，张洪范为之动容。4月11日，使臣传达上谕，要把文天祥万里长途，押送大都。文天祥于4月22日被押出广州，北向梅关而来。

5月4日，文天祥一行从广东南雄出发，开始攀越梅岭。“风雨羊肠道，飘零万死身。牛儿朝共载，木客夜为邻”——那时梅关道上，人传说有木客鬼（山精）出没，走停约20天，至25日抵达南安军，也就是我路过的大庾县。

文天祥出广州后，抵达梅岭南麓前，有一句“倦来聊歇马，随分此青山”。以这一句猜，在南粤他们没有用珠江水船。大概是押官担心逆水上行船比车慢吧，在越梅岭之前，文天祥用的是车马。

梅关一过，囚车换船，顺流即将经过故里。句子一行行沉重，“江水为笼海做樊”，“遗老犹应愧蜂蚁，故交久已化豺狼”，“中原寒气深，风土非所宜”。“长江还有险，中国自无人”……读着不禁缄默，无形间感到了一股压力。

诗句不过挑选的汉语，只因一种和声，显出韵味力量。这和声里，有作者的行为人格，有时代的剧烈震荡。它们掷地有声，化为伴奏，使诗句鲜明凸现。对仗也不是奇巧取胜，凭着行间隐在的诠释而成立。在赣江上，我突兀地担心起自己的笔墨，怕自己也有过下流的轻薄。一连几天，我自问自答，仿佛做开了一篇诗人论。

从孩童时代，我就喜欢遐想：在中国古代那么多诗人里，究竟谁最棒？

后来丢弃了儿童思维，但并没有完全放弃这个问题。我惯于背上行装，出发数千里之外，去找发生过历史震荡的大风景。我喜欢在原地——细细品味，试着复原当时的感受，包括诗的含意。

文诗的贵重，大约主要在素朴与正气。有人会说，他自由不及某甲，华丽不及某乙。但我想，哪怕让甲乙再活几遍，也不过衣食自娱，做不出凛然行为。甲乙之道，不过以肤浅行世……沿着古道行走，确实容易想入非非。一人翻阅着各种资料，我走火入魔了，离开梅关道好久以后，我还纠缠在一堆章句里，品评着谁更好、谁最工、谁可以当住经久的、多面的质疑。

只是张洪范的问题依然刺耳：为一个腐败的亡国，值得吗？

四

令我称奇不已的不仅于此。文天祥的一卷断肠诗，居然还勾勒了一条十三世纪的古道路！南海的战俘被押北上，他借诗排遣心事。没料到，他是在细致记载着一份南北交通的资料。

唯恐有人劫夺，越过梅岭以后，押解官决定以囚船为樊笼，于是文天祥走下了大庾的南浦码头。这一座津渡，至今仍然是黑石青苔，好像唐宋之交的砌筑古式。（江南的唐宋考古类型，我并不熟悉。但是若比较赣州宋代风格的城墙，南浦渡确有些相似）——码头下面，就是赣江的支流章江，它满盈涨饱，缓缓北流而去。

文天祥从南安上船，就开始了绝食，“闭篷绝粒始南州”。

先是赣江水路，经黄金市、赣州、泰和，诗作都以地名为题。他在囚船里再过惶恐滩时，面对着自己的如有神助的作品，面对着这作品孕育的风景，他即便感慨万千，也无法留下文字。

囚船过家乡吉州时，已经篷船绝食八天的他，身体一定很弱。但是更大的悲哀是，他已经觉悟到，自己求死不成。原来文天祥的计划是，南安绝食，死在家乡，正好埋骨桑梓，把此一生终结。诗中有一丝遗憾，致意只能从简了。“唯有乡人知我瘦，下帷绝粒坐篷窗”，“故园水月应无恙，江上新松几许长”。

赣江无情地北流不止，家乡抛在身后。隆兴府（南昌）过后，赣江流入鄱阳湖。文天祥一同入湖涉江，沿长江顺水而东，“泊船休上岸，不忍见遗民”。

在长江河道上，一路抒情自励，过了安庆府、池州，走完了自南粤开始的半数行程。直至抵达金陵，诗篇著录地点，留下了一幅逼真的路线图。

水路连续不断，离大江入运河，蜿蜒一线向着北方。真州、邵伯、高邮，终于到了山东。徐州、鱼台、东平，也许文天祥在江北乘船少于乘马：“野阔人声小，日斜驹影长”；但他的路线，一直沿着运河的堤岸。即使骑马，也能望见身旁的河道。“贪程贫问堠，快马缓加鞭。多少飞樯过，噫吁是北船”。

这是运河沿途的真实图画。若贪图车马速度，不必担心货物沉重，人可以不用运河的水道。但是，人还是不能离了运河的路线。

最后的一段路，到了河北的大平原上。

在刚刚矗立起来的“大汗之城（Han Balik）”的南郊，一行人偏离了运河。军人和诗人渡过滹沱河，在清苑徐水一带小住。文天祥眺望着太行山，心情平静，等待着进入元大都的日子。至元十六年（1279）十月初一，文天祥乘马走过琉璃桥，被押解进都。

五

——本来是浏览文天祥的史事诗篇，我却慢慢读出了一个地理的道理：古代的交通，本质上要依仗水路。

陆路甚至渴水以成绝域的丝绸之路，虽然有，但却是不得已而行之。古代的一切运送乘载、长旅近游，都不仅尽量靠近和沿着河床蜿蜒道路，而且尽量地直接利用最天然的路——河流。

河是最好的路，船是最大的车。九条牛两个虎能驮载多少？比不上一条船。一条通畅的河道能运输多少？能养活一个王朝、能供给一场战争。

直至近代随着蒸汽火车与载重卡车来临之前，水道是最原始最基本的路、交通几乎就是河流的基本现象，衍续了多少朝代时间。铁道和高速公路是古典道路的破坏者；它们一出现，就背离了河道，与河流分道扬镳，最终它们消灭了古道路。

人总在无休止地修路。为了什么？为了路好。但只有水路光滑无坎坷，只有水路可得风推水浮之助力。哪怕上水逆流人拉纤拽，只有水路才能负重运载。一条顺流而下的驳船，胜过一队千辛万苦的骆驼。漕运、航行——古代运输与交通的根本，不消说，它更满载过不尽旅人的人生。

文天祥的诗稿里，似乎藏着一篇水路解。虽然他被锁在篷窗里，正在赴死途中。虽然他半途车马，并非全数乘船。但是他的诗提示我，梅关道，是一条贯通南北的大水路。

如此一条通道，其实只有梅岭才算是隔断了南北。梅岭上下有八十里，哪怕是运载着龙泉的瓷器、大食的明珠，越这道岭只能牛车驮拽。走在路上又不禁赞叹古人聪明：卵石垫硬路面，条石固牢卵石。一截一段，不窄不阔，盘旋山腰上，显着一股古风。

其次，理解这条路的关键，也全在梅岭。这条山岭耸立成边界，分开了珠江和赣江的两条水系。山岭两麓分别有一个水码头，可以猜想，古代的这两个码头上，都堆满了等待过岭的货物。它们看是翻山，其实瞄准山后的河道，目标一直远在北京南海。

南有南雄；从那里登船顺水，南下不远就是珠江，再出江，一直可以远行南洋大海。北有大庾；从南浦码头或东江码头上船，只见水面宽阔，笔直对着赣江。从此一线水路，先入鄱阳湖再下长江，再从扬州大运河乘上内河乌篷船，然后就能纵贯中国，指向燕京了。

文天祥的逆旅提示了我们，梅关道，不仅只在粤赣之间。它是一条最古老也最便利的、贯通中国的南北水路。虽是水路，但也不拘一格。若没有货物，日期紧迫，那么舟行就不如马步了。

——咦，我这是读诗吗？

若这么读，到了末尾，还有什么好说呢？

我只是想，这样丰富的地理，不是任谁的诗作里都有的。

孩童的天真疑问，也是永远存在的：究竟谁是真正的诗人？

2000年斋月

一册山河

熟悉我的朋友都知道，我对地图有特殊的喜好，也对地图特别苛刻。每去一地，总是先写信求朋友帮助寻找地图，到达后又总是对他们辛苦寻来的图絮叨挑剔。时至今天，我突然有了把用过的图整理一遍的愿望，所以前些天大规模收拾书架。当三册图被装进专门的夹子里以后，我发现这些年来丢失了一些重要的图藏。剩下的只有经历和体验，就像马匹已经驰去，只余下荡起的烟尘。更有不少地图上记着当时的记号，提醒着里程和宿处，刺激着正在淡忘的记忆。

一

十八岁那年，我平生第一次使用地图。

回忆起来实在遥远，已经记不清那是一张怎样的地图，只记得一条地图上的直线。

那是在大地震般的1996年，岁末的隆冬。世道鼎沸，秩序颠覆，但是社会的筋络纹脉却还都健在。我们一行青春做伴，年长十九最小十六，在青藏高原边缘的崇山峻岭中——应该说是在地图上的甘川交界的黄褐色纸面上——划了一条笔直的直线。

真佩服那时的行动精神。那真可以称得上不知山高沟深，气指心使，随念头和追求所欲。地图上的直线指向当年红军长征的关隘腊子口，而铺在直线下面的，却是激烈起伏的大山脉。

记得第一天就被大自然狠狠地教训了。我们用指南针（玩具型的）比着，瞄着腊子口的方向，用尺子画了一条直线。然后再用直线瞄准出脚的方位，背起了行囊。

无视大路，对准直线瞄着的山头，一上路就开始登山。为了露宿野营，我们借了藏民的大皮袄和长靴子，背包有六十斤重。在海拔三千米左右的山岳地带如此蛮干，人被累得汗水淋漓。爬上第一道山，气喘吁吁地休息时摸出图来，我意识到了地形图上使用的黄褐色是怎样的严峻。那个时刻的感觉很珍贵。我如同咀嚼如同琢磨一般，把地形图上的色彩高程表示，把黄褐色代表的雄险浩大和步步崎岖，记在了自己还应说是少年的胸中。

但是压倒一切的，是难以形容的壮大山河对幼小心灵的震慑和征服。太阳正在前方沉没，但是前方是海一样绵延起伏的山。它实在壮阔庄严，望着它谁还会想到当晚的宿处和下山的路呢？我们大声吆喊，纵情高唱，像几只不知忧虑的小鸟，迎着出生以来初次看见的无限山河。左右逶迤连峰，前方层层山影，掩没世界和沉没夕阳的，只有山，山，山……

当夜野营荒山。次日顺沟穿走，好不容易才找到道路。后来的旅程不再无知地蛮干，在藏区小住，攀过真正的雪山，见识了革命史的腊子口名胜，完成了一生长旅的第一次远行。可惜的是，那时使用的《革命串联地图》，由于没有留意珍存，在以后的日子里弄丢了。

《革命串联地图》是一册十八开本的平装普及本地图，附有红军各个方面军的长征路线，定价极其便宜。即使用今天的眼光审视，也应当公平地承认它印制精美——各种字体字号标准清晰，线条印得纤细而分明。特别重要的是，它是一种“白图”，虽然因为没有稍稍印上一点等高线而使我觉得美中不足，但它也没有使用后来那恶俗的行政色。这样，图上的蓝色，一定是河流湖泊以及沼泽；黄色则专用于标识沙漠。这使它具备最起码的地形感，使人能最低限度地想象自然。后来再也没有见过这种设计，凡是从新华书店买来的地图册，几乎都是套色的，但是整个陕西新疆地全部印成粉红或浅绿的行政区标志色以后，连区别出水流的蓝色都障眼，更不用说想象自然了。

丢失了《革命串联地图》是件憾事，但庆幸的是我保存着它的姊妹版。1996年一月版的《中国地图册》（普及本，定价0.40元）印刷于那个风暴开始之前的1996年4月，显然可以推测为串联地图的底本。它除了没有印红军路线，没有着重标明革命各圣地外，同样是白图，蓝色标水黄色标沙，没有使人眼睛累的行政区大色块。可能是日后出门使用串联图册比较多，而使用这一本比较少吧，时隔三十年我的这本地图册还算大体完整——掉落了几页，有些页残破撕碎，有些页浸透了羊油，半数纸色变黄，封底的宁夏页烂得只剩下原来一页的三分之一大小。但恰恰在这残存的一小块的背面，印着图名、书号、定价、资料采用截止期（1965.12）、印厂名、出版日期和印刷日期。

难以尽数这两册地图陪伴着我，走过了多少道路。抚弄着残存的封底页，猜测着图上的烟熏油浸，心里涌着类似对乘马的感情。谁也不能足不出门，尽知天下路。然而旅人必须在出行之前以及在路上，不断地思索前路。地图是至关重要的，它很像一册最概略、最基础的入门资料。只我深深感到的是，迄今我也没有享受使用地图的彻底自由。如果说人生之旅就是突破束缚投奔自由的话，那么我的历史也是一小段挣脱地图的限制和找寻好地图的记录。

二

对地图的最初的朦胧渴望，是在内蒙古草原的马鞍上发生的。那时用图的自由，完全是一个零。游牧民是一种活动半径远远超过农民和城镇居民想象的人，在那种生活方式中，地图渴望被两种因素引诱着萌发了。

一是对地平线阻挡的突破的强烈冲动。不知我描写过没有，骑马放羊的时候，我总是尽力在镫上立直身子，企图眺望远方那道淡蓝色的地平线。若是甩开了羊群或劳作的拖累，有时匹马远行时，我禁不住当跨过平日禁锢自己视野的、那障人眼目的地平线时——心里的满足和喜悦。但那是一种没有尽头的魔术：踩上地平线以后，在簌簌的草海摇曳之中，视野尽头又是一道淡蓝色的地平线。年复一年，人渐渐忍受不住。无法知道外边；尽管草原如大海，但是在辽阔的禁锢的外边，还有些什么呢？这个固执的念头有时逼得人要疯。其次是老牧民们的半径和见识。我粗粗算过，汗乌拉大队的长者们，大致都有四百里的骑马距离，和对四百里方圆里人事水草的了解见识。北到外蒙古一些大小山头，南到锡林浩特城附近的口口水井，听他们娓娓道来时，觉得那真是如数家珍。他们知道一切掌故原因，清楚所有的明暗路径。数百里真的全在他们胸中，这使年轻的我惊愕而艳羡。在积雪斑驳或一望碧绿的草地上和他们闲谈时，我感到了自己不是他们交谈的对手。我能从哪里汲取那么辽阔地域的知识呢？连他们显然觉得是谈话中的标志和注解的那些地名——我都居然闻所未闻！而他们却只习惯那种谈法。

需要一张地图。需要一张向北稍微越一点境、向南至少伸到阿巴哈纳尔旗、两翼包括东乌珠穆沁全部山、井、泉、湖的地名；包括各个社队的旧名、主要家族血统、他们的冬窝子和习惯驻夏地；与公路有关和无关的马行和勒勒车行路线的地图。只有找到这张地图以后，我才能听懂他们丰富满盈，却又断头缺尾的故事；才能串通起人群和牲畜，过去和现在，才能在胸中勾勒出一个生动丰富的草原。

没门儿。那张图是绝密的。一直到我离开草原，我没有找到过任何一张乌珠穆沁的地图。有一天，架子山（草原上隔几个坡或几个山头，就有一个测绘者立起的木头架子）那儿有人影。羊群稳定，我无所事事地信马走近了那个三角锥般的木头架子，见一群当兵的正在那里忙碌。那一天我翻弄了一下他们的地图。难懂的等高线密密麻麻，用汉文标着绕口的地名。我至今怀疑他们印错了很多，因为拼读着实在觉得陌生，也许我翻弄过几张，画的不是我们的地盘。

当兵的警惕地收起了图。他们奇货可居的神色使我不再探询，所以今天也不便就那些地图过多议论。但我想弯弯绕的等高线繁琐得令人生厌，而且我坚信那种图并不能教给他们只有我们牧民才知道的条条路径。在草原的最深处，跟几个不懂半句蒙语的人有什么好说的呢？他们又没有要我“带路”。我悻悻地走马离开了，以后再也没有见过我们家乡的地图。

曾经尝试着自己画过几笔，但是又放弃了。缺乏一种技术使我苦恼，太多太大的空白更使我沮丧。黑夜也能摸到的、被马儿记得熟熟的走法，若是画下来有多麻烦。而且，又怎样才能画下草场大山的茂盛、画下不枯水井的神奇呢？精致地开了头又胡乱扔掉的纸，今天已经不知去向，渐渐地我还是用牧民的方式，让胸中约略地又细密地装上了一帧图。1981 年和 1985 年重返阔别的草原时，牧民们感叹我依然熟悉地理。我自己也确实能够在深夜的路上。让山影一步步唤起依稀记忆，准确地找到自家毡包的灯火。不过遗憾是不能否认的：我最终也没有掌握牧人胸中的那四百里方圆。由于太多的空白，后来在描写它时，我要补充很多的想象、情感和学识。

三

毕业后我被派去新疆考古，于是和新疆结下了此生的不解之缘。除了第一年以外，一次次我习惯了在新疆独自探寻。即使偶尔有人同道，也都是依照我的路线和主意。不觉之间，断续以新疆为目标，跑了十年。

在新疆，学问和文学的界限渐渐混淆了。或者说，是职务工作与生活方式两者的界限渐渐混淆了。后来我大都是并无具体的目的，只是盼望身心能在新疆熏陶。盼望在新疆不断地发现和游荡。

那么就需要有优质的地图。我注意这个问题的时间很早，但是在新疆探查的初期，我的背包里并没有一份好图。

1980 年决定从北麓向南穿越天山，踏查英国人 A. 斯坦因走过一次的、早在汉唐就见诸记载的“他地道”。我在北京复印了斯坦因著《Innermost Asia》的附图。

那是一帧等高线地形图，地名一律使用拉丁注音，大致囊括了吉木萨尔县和吐鲁番县的大部分地区，而且还包括奇台、鄯善两县的一些地方。最重要的是，它比起汉文地图来，能提供给我比较准确的地名读音。那时新疆正巧也在流行北京制造的拉丁式新文字，所以以后在几次调查东部天山的旅行中，常有天山里的哈萨克人兴致勃勃地凑来，和我一块拼读着，欣赏那张地图。不过，用那种地图在天山调查常常心神不宁。包括淳朴的哈萨克在内，人们有时用奇怪的眼光望着我，好像我是搞情报的特务，手里拥有间谍地图。

我不能不紧张。祖国大地任我走，这是一句暧昧含糊的大话。

在吐鲁番的煤窑沟，在阿勒泰的青河，我都遭遇过军警的盘查。特别是，我不但使用着一份洋图，而且包中还真的带着一张据说是美国间谍卫星拍摄的百万分之一地图。

简称ONM（Operational Navigation Map）的美国佬在空中拍摄的地图，在西方国家的学术界被各种专业人员使用着。我是在日本的东洋文库复印的。百万分之一的比例尺，其实比革命串联地图还要粗略。它订正了斯坦因图的一些标高之类细节，但是注明的地点极少——可能他们对公社大队级的地点不屑一顾吧，所以这张图对我用处不大。

那一年还从日本复制了清朝印制的彩色地图集《西域舆图》。八十年代初，彩色复印即使在日本也是罕见和昂贵的，京都大学的一个朋友帮了这个忙，他以为我是个严谨的学者，没想到我主要的目的只是满足幻想。

《西域舆图》的奇特，在于它的绘法采用了彩墨画与交通线、居民点、示意的河流相辅相成的绘法。缺点是方位不准和比例失真，但是它形象逼真，而且于行政设置和各族游牧的区界，有权威的注明。它上南下北，左东右西，城镇画有门楼堞墙，边界甚至画上栅栏，读着仿佛看一幅山水画长卷，非常有趣。

——不过上述各图都是花拳绣腿，用不到刀尖刃口上。我在搜寻着，搜集着这些老图洋图的同时，也仔细地找着用着顺手的新疆地图。终于找到了几部好图。比如我拥有一套两张对拼的伊犁地形图，它不仅准确地标着任何一个自然村，而且标着任何一条乡间土路（只要略宽于大车道）——这就使旅行者可以冷静判断步行、自行车、骑马的可能，而且还能估计时间。用来印山地的棕黄浓淡合适，每条等高线都稀疏清晰——这使我在几次决定选择山道的时候，出发前就能彻底分析山体的宽窄、大坂的坡度以及积雪的情况，冷静地做出决定，而不会有轻狂孟浪的冒险。

旅途不等人充分准备，当地人不懂你需要基础。走上旅途之前，必须了解到达现地后立即触及的人们不屑一提的那些常识。所有地点的勾连和位置必须已经记住在心中，否则连问路也问不清楚。而这一切，少数靠读不易搜集的有用书籍，多数却要靠研究地图解决。

当然，我并不是说，地图就是无往不胜的法宝。在使用地图之外，实现旅行依靠的是人的热情和能力。一点不错，是在人生中实现有意味的长旅的痴迷热烈。以及在人间世界交往结识判断决定的种种能力。缺少了这一切。拥有再好的地图也不过是一张废纸；但是在这种热情和能力的支撑下，地图确实会提供巨大的灵感。

那一年，在阿勒泰的崇山峻岭中，那条古代石铺道路的发现，简单说就是琢磨地图一个念头导致的。

我在出发去新疆之前久久凝视着地图发呆。去哪里呢？能干点什么呢？心中茫然一片。地图上密集地标着山川聚落，晕染着绿色的平原、乳色的戈壁、浅蓝的沼泽和棕褐的山脉。那时我要去新疆是为了完成研究生毕业论文，首次的新疆调查。题目自定，范围总的来说是蒙古时期的新疆。一连几天，我的两眼在图上溜来扫去，一会儿盯着南疆的沙漠，一会儿瞄着北疆的天山。

突然我瞟见从西北向东南斜斜延伸的阿勒泰山脉。它在地图上把中亚和蒙古高原一分为二。蒙古那边次第分布着科布多、和林，还有今日的乌兰巴托；中亚这边是蒙古史上屡屡出名的别失八里、阿力麻里，直至遥远的不花刺、撒马尔罕甚至俄罗斯。我再把眼睛瞄准阿勒泰山脉、渐渐地它在我的视野中浮动起来，朦胧又逼近。是它造成了两个大地理区之间的分界，因为它，两个世界被隔开了。

但是，游牧民族是不承认山脉的阻拦的，两侧都是天然的牧场，他们一定自古就穿行迁徙于山脉两侧。这样，山脉里应当有古代的交通线。心中那时被照得雪亮，我被一阵逻辑带来的兴奋攫住了，翻阅地图的手剧烈地抖。

继续细致地分析以后，我决心把调查地点放在阿勒泰山脉东端的青格勒小河一带。

那次阿勒泰之旅，巨大地扭转了我的求学之路和人生之路。对于一个考古队员来说，那次调查可以说是一发命中，但是对于一个使用蒙古语和乌梁海人相交，在哈萨克的夏牧场感觉世界的原牧民来说，我察觉到了学术形式的苍白。我把研究报告写成了散文，并且暗暗决定了文学地表现思想的方向。

除了珍贵的阿勒泰地形图以外，由于一些蒙古族边防军人的帮助，那一次还使用了总参测绘局的万分之一军用地图。我们发现的古路，分别标于那套图的 L•46 之第 38、39、50、51 等几幅上面。万分之一图只见树叶不见森林，不仅无法获得而且携带不便，我开始懂得了自己的需要。对我的方式来说，最理想的地图是二十到四十万分之一的地形图，决不能是行政图，最好是 B5 大小以便插在书包后面，最好是布质以抗磨损。

四

如前定的命运一样，我生涯中最理想的一帧地图，在进入伟大的西海固山区的翌年，被支持我的朋友搞到，送给了我。

这是一帧固原地区地形图，比例尺恰好是三十万分之一。加上邻近的政区以外的部分，它为我细致入微地画满了包括陇东和陕西一部的，我正准备深入的黄土高原腹地。

走进这块热土的条件，是对苦难深重的民众的尊重。早我之前无疑有数不清的文化人来此一游，然后索然地去而不返；步我后尘又不断地有人偷偷来过，企图打探些甚至是我的故事。可是没有端庄的举意，缺乏儿子或战士的热烈感情，他们在这片土地上只是再次证实了自己的失败。民众依然在艰难中摸索，黄土还是那么满目疮痍。

而我鄙视采风捞故事的文人行径。我只是决心喊出正义的一声，把它还给养育我的父母，也把它还给养育我的世界。在一次次的奔波中，在心火正在胸中熊熊锻炼着矿石的时候，我常常在山村的泥屋里读图。随着一年年岁月的流逝，我从地图中读出了很多门道，读出了文化的薄厚，往昔的遗迹，还有秘密的角落，传递的路数。熟熟地研究着地图，我能追上在农民们口中忽东忽西的位置了。我一寸寸一分分地感到了农民们顽强厮守的一种潜在的区域。那是一种生存地理；他们拥有的一切激烈和隐忍，性格和生计，观点和语气，甚至信仰的选择，都与那地理息息相关。

在大雪纷扬的时候，心底的诚意被染得洁白一片。我有时忍受不住这种洁白的感受，那时我望着地图，企图在冲突中平静。六盘山的翻越，就是在这样的心境下实现的。

——在我正打算去六盘山的前一天，我得罪了政府派来送我的人。当时我的农民兄弟哭了，我们的难舍难分可能使送我的人很看不惯。他嘲讽道：明天我们上了北京，不知还认得我们么？我假装没有听见。但是，当他再三地用这句话取笑时，我发怒了，我指着我的农民兄弟说：我认得他，然后对着那个取笑者说：可是不认得你！

第二天雪更大了，送我的人已经被我恶语相伤，我知道我被自己的不忍耐，逼上了未知的雪路。但我反复地琢磨了地图。在隆德县与和尚铺之间，我看到图上的六盘山纵深不大，山体窄细。一根根辨认了那些等高线以后，我判定翻越它顶多用一天时间。

退一步，用三天时间，第一夜宿地图上的杨河乡，第二天在山顶上即便有意外，可以寻到电视发射塔求宿。据地图，一条叫做好水的河流直插山麓，沿着河流，是不应该有什么险阻的，山体是单架的，并没有迷路的可能，若是顺公路走，迷失的担心就完全多余。此时不干，将悔恨终生。下定了决心，步行越过六盘山。

除了雪中六盘山的美丽视野之外，现实的、石头和森林的物质六盘，和我那宝贝地图上标明的毫厘不差。

第二天正午，我们的双脚，踏在了六盘山顶的深雪里，一望白茫的陇东原野，缟素清冷的山峦峰峁，在前方低低地静卧着，渐次迷蒙蒙，直至尽头。疲惫、汗水和喘吁都是真实的，可是那鼓舞人心的大风景、那鼓舞人生长旅的壮美眼界，更是真实的。

我的分散各地的朋友们纷纷为我寻找地图。我发现，在山区找地形图还是可能的。当然地形图使用的普及程度标志着民主发达的程度，图是不能指望从书店里买到的。他们大多是从办公室顺手一揭，图就成了我的私藏。我再对这些图进行一番分类处理，过大的则剪成 B5 大小的方块，行路时顺序取出来用。

有关黄土高原的图，我收集得还不全。除了宝贵的固原地区地形图外，其他地区我用的多是一幅剪开的甘肃省地形图。可惜它原是挂图，字体嫌大，用色太深，有时不易辨认。好在一个兄弟深知我之偏好，送给我一本《甘肃省地图册》，可补宏观。另一个裕固族朋友又割爱于我，使我有了一幅珍贵的河西走廊西部地形图。

如今，只要是在大西北，不管出发前要去哪里，我会很快地完成行前准备。读书之间，我会大致地瞄准一些村庄或山沟，在到达之后若有所发现，就多半是新鲜的东西。

——这几年，就像用图的限制一样，我的旅途也受到了种种限制。为了避免亵渎，我开始体味“旅”字中的慎重和节制。大西北，在有意的安排中去得少了。我开始在南方，在华北搜寻，随之而来的第一个矛盾，又是未知地域的地图问题。没办法，我只有暂时地先使用一些低级的图，甚至是行政图和公路图。

使人感铭至深的，无疑是手中的图与眼里的大自然之间，那不可思议的对立的真实，在云南墨江一线的行进中，我被迎面矗立接连逼近的横断山脉震惊得缄口无声。大自然的造化太壮观，人不仅自知渺小甚至被威慑得几欲膜拜。地图上仅仅是一粒尘埃般的小小地点，地图上仅仅是毫厘的距离，显化在视野中的真实是千仞的深谷，云间的群峰。丰腴的浓浓植被铺满山阴山阳，簇簇的鹅黄是芭蕉，层层的银绿是桉树。算算比例尺，目的地应该早已到了，但是横拦竖断的高山大峡仍在更迭不停，在现实中姿意地伸延着它莽莽的本相。如此的绿世界，如此的大洗礼，此刻真实地属于你。那一天我禁不住这样的思想：别相信侏儒们的喋喋胡诌，按照地图的指引走下去，已经不远，再迈一步，你就可能抵达目标。

云南仅是一个例子。在大陆之上，在允许旅行的一切地方，抵达都是相似的。然后可以藏起地图，导引的过程结束了。会说老百姓的语言么？会说民族语言或者方言么？多少知道这一方水土的来龙去脉么？能够听到当地的苦楚和感到世间的不平么？满腹自幼学来读到的知识，会发生分崩离析和去伪存真，一张新的白图，一个结实的框架，会在胸中一点点凸现。此时可以扔开地图了，真实的图像，从此刻起要用感性来笔笔画出。从此刻你作为人的本质会受到检验。你的用心和诚意，还有你的质地和前定，都会受到平和礼貌、但是决不含混的检验。……这一切对于我是那么熟悉，可是长久的旅途，疲惫也是沉重的。何况更要紧的是前定；我常常因此陷入沉吟。我明白不能不合理地强求建树，造物的主不会让一个人满足得太奢侈，包括让他走过的旅途。

翻检着，浏览着我的装订三册的图藏，心中油然浮起一个久违的感觉。那是在乌珠穆沁春雪融化的一个下午，我就要离开，去北京念大学了。整整一个下午我收拾着自己的那盘旧鞍子，它是丑陋的多伦式鞍子，两面大鞯掉落了漆皮。

真是，一直到离开草原我都没有置起一盘可心的鞍具；一直走到今天，我也没有弄到最好的地图。

倘若来世有暇，我一定要为年轻人印制几套地图。因为讲到头来，我一生的用图只是因陋就简而已。比如说，布质的或塑料薄膜印制的地图，就几乎难求一页。种种人文和文化因素，从来印不到三十万分之一以上的精图上。处处是哄小孩的地球仪，比比是枯燥死板的行政区划。好像给老百姓看了一张七十五万分之一的地形图，就是危险的泄密！好像，人并无权利热爱山河。

我若有经营地图业的未来，一定要把历史地图、民族人文地图、包括地形的自然地图合而为一，字体和套色都要增加十倍。我要为地图编出配套的资料软件，让一切志在旅行的人获得一切基础，让他们集中全部精力，只思考自己的取道，只磨砺自己的热情，只考验自己的真诚。

——以往的用图中，其他值得附记的，当然首推谭其骧主编的八册本《中国历史地图集》。这部巨著虽然携带不便，但是出门前不可不读。还有缩印本《中华人民共和国地图集》；虽然有很多省份是骑缝印刷的，拆开携带则容易毁了图的边缘，整册携带又嫌太重，但它毕竟是少得可怜的、能从新华书店买到的地形图册。在尚未设法搞到分县或分地区的、至少比例尺在五十万分之一上下的图之前，有这册图还是远胜于无。

另外，在使用地图出门时，我还喜欢复印上一些活页的专业图页。除了历史地图集中的某一时期（用得最多的是清代）图之外，比如宁夏的灌溉水系、新疆的绿洲分布、《中国水利史》中所附的大运河诸闸和河底高程，都是极其有利于理解现在的地图。

携带地图最好用透明的单页塑料夹子。在八次前赴西北跋涉中，我用碎了两个硬塑料板单页地图夹，在长途公共汽车的颠簸中，顺手从书包中抽出来，一个一个地确认路过的处处聚落条条河流，是很有意思的。在一一印证中若思若想，车子的摇晃使人觉得非常舒服。久而久之，这会变成一种癖病般的爱好，使人总想到旅途上寻找安慰和休息。

1995 年 11 月东京

时代的召唤与时代的限制

——俞伟超《考古学是什么》序

任何一个考古队员，从他第一次挖开封土或表土以后，就长久地陷入了一个苦苦的思索。绝对真实的遗物和遗迹沉默着，逼迫他也诱惑他想破译、想解读、想洞彻这恼人的历史之谜，抓住真实。但这几乎是无望的；岁月如流，在田野和标本库以及书海里，衰老了一代又一代考古工作者。

普通的、不使用考古学方法的历史研究者虽然也有对于历史的这种究明的渴望，但那与考古学有巨大的差别——因为考古队员真地触摸着逝者的遗留：从陶铜的冰凉触感到灰坑烧土的余温，都强烈地影响着思维，使他们无法回避这个学科的最朴素最原初的问题。仿佛这个满身泥土的学科有一句严厉的门规：或者当个特殊技术工人告终，或者攀援为思想家。

从田野发掘出来，又从整理中揭示出来的、沉默的古代真是太不可思议了。它太辉煌、太费解、太深沉。没有一个考古工作者能够完全摆脱它带来的苦恼，但是也很少有人能坚持思考并企图作答。而且，在这里，考古学界与古代史学界严肃地分离了。

普通古代史学或称一般性的史学不一定追求如考古学那种谨严的物质依据。而且它们必须走向结论。哪怕最纯粹的考据派，事实上也大多是依靠历史的蛛丝马迹寻求结论——客观的一般性历史学几乎是不存在的，因而它们在某一天被刷新被淘汰的危险也永远存在。

然而考古学却自它从十九世纪成为一门学科时起，就首先奠定了不被淘汰、即科学地限制结论的基础。此即考古学依靠的地层的层位学和器物的类型学两大支柱、以及由这两根坚实支柱支撑起的“考古学文化”的理论。

考古学文化的魅力远远不是外行所可能体味的。它不是对古代的结论，却是对已被发掘和整理清晰的古代现象的结论。它不涉及逝者全貌，却源源不断地发现着逝者的部分。它不妄言逝事的规律，却科学地宣布着一条条遗物的规律。它可以自身补充、纠正和发展，后来的资料和认识并不嘲笑以前那些片面与单薄的积累。在总体的地层和器物的谱图上，甚至个别完全失误的发掘和总结都能很容易地被甄别剔除并被补救。

包括文化二字，有哪一个人或哪一部辞书能解释清楚这个词汇呢？然而考古学文化却实现了这一概括。文化——所有相关的地理（包括风水）、文献、传说、技术水平、经济类型、遗物及居住、分布范围和外来因素，已知的一切与未知的一切，明显的一切及隐藏的一切，都可能由这个考古学文化本身来获得最具体的实感。

而且考古学并不拒绝人们的好奇或自信。无论认为它是夏是商、属羌属胡，都只会导致深入。无论人们用阶级斗争观点解释它，抑或用艺术观点解释它，一律开卷有益。甚至它接受各种技术和标签：无论是“开门办学”或“评法批儒”、无论怎样使用碳十四年代鉴定以及各种理化手段——基于地层学和类型学之上的考古学文化方法论都如同磐石，不为撼动。

当读着史论家的洋洋洒洒时，考古学很冷静。因为前者的那一套似乎容易。我们不说，是因为了解事实（而且只是被发掘出来的一小部分事实）要复杂得多。当看着考据家的细致收罗时，考古学者很明白：他们只是为我们编制了索引；同样的文献我们也要全部摸一遍，而且还要与发掘资料一一对证。

“考古学文化”是一种相当微妙的概念。它不仅限制了关于历史的空谈，也限制了关于文化的空谈。雄辩的地层学体系和类型学谱图，在一个省一个省、一个流域一个流域、一个又一个自然、历史、地理区划范围内建立起来，并随着频频的田野工作进展而繁衍，名副其实地成为世界之最。各式各样的专家涌现着；摸摸陶片就能断代的熟练，打一铲土就能明白地下的技能，已经成为外界的传说。在这巨塔的顶部，比如在北京大学，渐渐培育出读尽了相关的每条史料也走遍了相关的每条河谷的特殊学者。他们的理论特征是——这理论能征服并提高野外发掘者流着汗水积蓄的年深月久的经验。还应当说，考古学并无误解中的所谓暮气；田野即社会底层的丰富有趣，与出土的瞬间展现眼前的遗物遗迹的丰富，从来挑逗着人的童心。若举例，1973年在湖北盘龙城，当我们从商代二里岗期墓的腰坑中真地亲手发掘出长达92厘米的玉戈时，我们欢喜欲狂，又唱又闹，那是人生中难忘的快乐时刻。

就这样考古学成熟了。绝大多数考古工作者在这种成熟期的学科里渐渐找到了归宿。极其庞杂炫目的考古学文化研究，极其劳累的田野考古发掘调查，满足了也麻痹了他们要向逝去的古代穷究的年轻冲动。

而从这样一个考古学之中，出现了一位学者。他不仅对考古学文化这一方法论感到不满足，而且正在咀嚼考古学因依的时代问题。尚不仅着眼如此，他的关心已经涉及考古学与艺术、价值以至与“人”的关系问题。他就是俞伟超师。

其实曾经有过更使人耳目一新的声音。毛泽东曾就汉代农民起义中的张鲁发出议论，他论断：我国农民一穷二白的状态两千年来基本未变。这是一个根据现代真实对逝去的古代真实作出的揭破。

多少次，当我在甘肃在宁夏，亲眼看见农民们使用着二牛抬杠的犁、耕耘着黄土高原的山峁坡地时，我便无法不联想汉代画像石上如出一辙的二牛抬杠画面，也无法不琢磨到毛泽东的方法论。

还有一处毛泽东对史学方法论的反驳。他说：研究历史，主要是研究近代史。否则一亿年以后怎么办？

这决非随心所欲的戏言。应当感觉到断言之中深寓的道理。而值得留意的是，这种向身近的时间寻找的思路，与俞伟超师六十寿辰述怀时所讲的“古今一体”微微有一丝相系。我以为，对于历史学科方法论最彻底的质疑者是毛泽东；而俞伟超师出发于考古学的感悟，又证实了这个现象的存在：在中国，凡从知识人中走出来的佼佼者，都会经历扬弃旧史学的阶段。

俞伟超师指出：理解古代社会的钥匙就是现代社会。在这句很简单很好懂的话中，省略了不能尽数忆起的一步步跋涉，省略了艰涩的钩沉考据和痛苦的思想磨砺。他人很难尽知，本人也很难尽述。

也许，这种道路走尽的体会，已经非常私人化了。明白以后，人便不愿也不能更多表达。最终的真知灼见总是朴素的，“难以深为解释”。然而，没有类似的启示体验，就不可能导致起码的理解。俞伟超师在终于感觉到考古学是一种以科学性制限的艺术之后，他无疑会面临艺术家式的孤单。一种附庸者和斥责者都不是理解者的孤单，在所谓艺术界已经多得成灾——今天出现在考古学的世界，显得意味深长。

在俞伟超师这部着力于考古学方法论的文集《考古学是什么》中，比比可见作者对考古学史、特别是对近代考古学起源的强调。他多次回溯达尔文的进化论，以及十九世纪哲学及科学之于考古学诞生的意义。这是他思路的特点。他很少言及十九世纪的实证主义——这个与近代考古学血缘更近的思潮。意味正在于此。一般说来，实证主义主张客观性，排除主观性即“人”的介入。而十九世纪思想的旗帜却正是“人”——这样，在对考古学的溯本求源的认知过程中，思想是对立的。俞伟超师在这里非常谨慎，他并没有指出这种对立，但他更从未强调十九世纪实证主义。

思路已经是道路问题。

他模糊地、并不很稳定地寻找着新立场。事实上，他已经从近代考古学诞生的原点及哲学开始，企图对旧方法论实施革命的扬弃。他危险地向一切学科的基础、即关于人的认识倾斜；走向恢复人文科学本质的艰难求索。

思想只有具备如此色彩和特性，才有可能淬炼成真正的思想。当然已经用不着渲染道路的险恶。探求终于渐渐回到原初，从树根长出的地方，重新寻找阳光和空间。

或者他是无意的或被动的，但俞伟超师代表的命题已经相当重大。它并非像现世形形色色的伪学和艺术界的伪现代派那样，只缘无根无基才信口雌黄——俞伟超师代表的、从谨严而权威的中国考古学母体中发生的对新方法论的渴望，如同绘画中由欧洲写实主义大师们实现的现代主义变革一样，反映着深刻的原因，令人至少倾听和尊重。

残酷的是：准确的感悟或默默的内心判断，并不一定能够在当代被验证。真知灼见虽然不惧怕时间流逝，但是微弱的、甚至未经充分宣扬的真知灼见，是可能堙没的。思想最大的悲剧就是消失在思想家的墓圹里，而没有获得必要的散播。

古人不易遭受这种不幸：诸子百家，不过百家而已；唐诗兴盛，也不过若干诗人——至少有考古学会记挂它们。而今天不同，今天是一个印刷垃圾的现代，是一个泥沙俱下鱼龙混杂的现代，是一个文化侏儒多如牛毛、而真知灼见无法求得共鸣的现代。何况俞伟超师追求的，又并非一种单纯的哲学或思想，他面对的是极富实践性的考古学。

于是，矛盾的两难处境就来临了。一方面，俞伟超师深知自己获得的和追求的，都仅仅是一个简明的道理。他本人的心血脚印，在获得了这么一个道理之后都变得无所谓有无。真理太朴素了。“天下万民，生而知之”，所以发现者缄口难言；教授无法在讲堂里启口，“畏于教书”。我坚信，这是当代一切悟道者的共通心态。它只能意会，无法注释。

而另一方面，考古学的实践性和现世这个时代的科学技术性，则流水推舟一般，把他从纯粹的思想拉走。这不仅表现在俞伟超师朦胧设想的新考古学方法论中已列举着种种技术方法和新思潮，更表现于俞伟超师对于二十世纪末叶的时代观。

二十世纪末叶究竟是世界末日还是新生前夜？是大时代十九世纪与下一个大时代之间漫长而混沌的过渡，还是它本身就应当被评价为一个大时代？

如果“人”是更根本的原则，那么以科学技术主义为中核的种种新思潮新方法，对于人道和人心、包括逝者的心情——究竟是在发动一场正义的揭示，还是在实施一次污浊的蹂躏？

俞伟超师对于这些问题，是充满善意和希望的。他的这部文集没有正面与这些问题相遇。或许，这样地提出问题，正是我们学生一代的稚嫩片面。

但正如一部近代考古学史、尤其是近代考古学崛起的过程说明的一样：考古学作为一种近代的人文学科和科学的历史学，千真万确是在一个大时代里应运而生的。那么，它的质变或再生，倘若真具备质变或再生的性质的话——也应该发生于一个大的时代。

还有一个发生地的附带问题。

当我逐渐地感受到中国考古学的分量时，其实已经身离于这个我求知的摇篮之外。我愈来愈感到中国考古学发达的原因，并不仅仅是由于灿烂不可思议的丰富遗存，以及土壤文化层的辨认难度造就的田野技能。如此两者兼备的国度不会有多少，但考古学革命发生地的根本条件尚不在此。

我指的是中国考古学及中国知识人之中的一部分有志之士，与中国民众的特殊血肉关系。这种很少例证的关系，应该是一种神秘的启发关系。志士由此入门，继而知道。中国考古队员工作时遭逢的深刻的底层化，成全了从这个领域中培育出这种人的可能性——我没有感到“列强”尤其是美国具备这种条件。

埋没的历史真实，隐存于现世底层的真实之中——因而古今有一体之道。但接近这种真实很难，现世的真实同样会拒绝接近，守卫心灵。我不大信任所谓民俗学或人类学，比如，我总怀疑背负着极为血腥的侵犯原住民的历史的欧美民族学与人类学，究竟有多少深度。它们与人认识真理的规律相悖。受欧美影响而展开的中国民俗学人类学，说透了并没有提出过什么值得重视的认识——也许正是这一偏激感受的注释。

换言之，如果说十九世纪的客观主义和实证主义忽视了人的存在的话，挣脱二十世纪末的技术主义和拜金主义，则将树立人的原则。人是复杂至极的。我们只能选择正义的真理。在未来的人文科学中，主体即研究者是谁——将一天天成为分歧的焦点。分期或许会划得再晚一些：等到堙灭的文化和屈辱的人们不仅装备了全部仪器，而且找到了更清醒的方向；特别是冥冥之中时代已经为他们转变之后——念盼中的新考古学才会脱胎再生。

决定的巨手不知在哪里。但决定的因素一定是时代。出身于谨严的实证主义和科学主义堡垒——中国考古学，又经历了无数项田野发掘、类型整理和文献钻研的俞伟超师的热情呼唤，也许要等到下一个时代才会被人们忆起。

作为受业弟子，遵嘱写这篇文章使我感到心情沉重。师道也是一种深奥的哲理。尽管我无时无刻不在记着考古学对于我的持续影响和意义，但我毕竟离开了它而上了文学的歧路。我担心文学的眼光会导致立论的偏激，曾经面对这试卷久久犹豫。一九七五年我作为“工农兵学生”毕业于北京大学时，并没有经过毕业答辩。今天宛如十倍严厉的补考；这真是世事的平衡公正，它使我倍感笔上的压力。

使我鼓足勇气的是，我深感俞伟超师所从事的工作应该获得支持。我指的是——对于进步和真知的求索，不该终于孤寂。

人们可以也应当有不同的观点和结论；但更应有正义的支持。

二十世纪指日就要结束了，旧有的一切都已崩溃。何止新的方法论，连新的体制和新的价值、哲学、人——都在嘈杂声中涌现。比一切更重要的，是判断力和正义。

1993 年 2 月 8 日

（《考古学是什么？》俞伟超著，1994 年，中国社会科学出版社）

波斯的礼物

1

关于丰富神秘的波斯文献，还是在学蒙古史的时候，最初从翁独健先生口中听到的。也许因为它从未约束限制于蒙古元朝的狭窄一隅，而广泛地影响了中国学术史的沧桑变化；甚至牵扯和反映了近代以来中国思想的变迁，——所以这陌生的字眼便半路待人，屡屡与我们相遇。大概也是出于对如此波斯的捉摸和揣测吧，以至翁先生反复强调、对细节描述再三，以至我总是记得他那特殊的神情。

清末洪钧（1839—1893，同治七年状元）在危机不已的世纪末，以内阁大学士兼礼部侍郎衔出使欧洲，任德俄奥荷四国公使。

公务不如读书；他只是对欧陆学术稍做浏览，就目瞪口呆地发现，洋人还不仅船坚炮利而已。使自慢于严谨的中国文士震惊的是，至少对辽金元三朝的基本史料，我所知者，洋人亦知，而洋人知者，我却闻所未闻！

洪钧目击了欧洲的东方学术最富朝气的时期。霍沃尔斯（Howorth）的《蒙古史》正在风靡，又听说多桑（C. D'Ohsson）的大部头蒙古史正在杀青。厉害的是这些大著还另有源头；他们利用一种莫名的波斯国史记，在亚洲边疆的一系列领域里高屋建瓴，不仅尽得国学三昧，而且显得比中国硕儒读书还多，学问还大。洪钧凭着修养，发觉这种波斯史料与中国人常捉摸的《元朝秘史》如出一辙。他感到其中大有奥妙，不容以胡言浪语视之。他虽然还不能辨别这声冥冥之中传来的呼唤，但是他意识到了：尽快把这一声讯息送到中国，让新学问和新资料荡涤旧的空气，是他的使命所在。

洪钧不可能懂得波斯语。即便到了后来《元史译文证补》付梓时，连做序者都依然分不清阿拉伯文与波斯文，云“初至俄也，得拉施特书，随行舌人，苦无能译阿拉比文者，见之皆瞠目。”实际上，我们议论的仅限于波斯一角；另一个启发的到来，即阿拉伯文献源流使中国振聋发聩的时机，还要耗时费神，等候更久。

洪钧的读取发蒙，靠的是二手的翻译。他只能用耳朵听，仗着一伙舌人通事，拗口劳神地一句句译着当时已经出版的霍沃尔斯四卷英文本、贝列津译的拉施特哀丁（Rashid al-Din Fadl Allah）《史集》俄文本。大量网罗了波斯史料的多桑（C. D'Ohsson）著大部头通史《从成吉思汗到铁木尔别的时代的蒙古史》的介绍；最基础的十三世纪波斯巨著《世界征服者史》（*Ta'rikhi Jahan gushai*）的介绍，还要等冯承钧等人出现，成为下一代发愤的翻译家。

就这样，波斯史料，就宛如梦中幻影般地进入了中国读书人的大脑。洪钧死在1893年，京师大学堂创建之前不久。而那时，距离直接自波斯文翻译拉施特哀丁《史集》或志费尼《世界征服者史》，距离中国熟悉波斯或别的小邦俚语，距离中国人的头脑和知识体系里容纳下——不仅是列强的而是其他文明的概念，还不知道尚要再等多久。

那时还有身为官僚，心在学术的人。洪钧靠着舌人重译的资料——此刻国内对这些新资料尚一无所知——就在公使任上，夜夜摊开书本，紧张地考证起来。回国时已成《元史译文证补》二十卷。今人恐怕很难感受洪钧的灵感，直至时限已到，墨还正浓，直到使节归国之际，尚有十卷腹稿有目无书，来不及写完。

《元史译文证补》投入北京学界以后，引起了惊雷般的轰动。头一次，中国知识分子不仅对自己视野之闭塞震惊，而且对乾嘉以来一直自傲的煌煌学问之基础，也发生了动摇。

这个故事藏着一个简单的逻辑。蒙古的征服，既然不仅在中国土地上建立了元朝，而且在古波斯的地域建立了著名的伊儿汗朝，那么当然就会存在着该朝史料。尽管那是一个僻远的、几乎未被发现的地方，它存在，无论你发现与否。更使学人们震动的，是自己对那存在的——麻木的感觉。因为国学家早知道有元朝宫廷里有一种秘史存在，甚至知道它的蒙古语书名是“忙豁仑·纽察·脱察安”（Monggul-un niguča tobčiyan）但是他们没有意识到伊儿汗朝也可能有这类资料。因此治元史讲根据，却少了起码的对比。

这是一个逻辑简单的错误。确实，在十三至十四世纪的蒙古人眼里，伊儿汗朝和元朝完全是平等的，波斯—伊儿汗史料的存在，本来应该是一个常识。

翁先生仔细地讲着，描述了后来元史界怎样分成了两种潮流。由于洪钧的揭破，本来就嫌元史粗糙的人，更加贬低《元史》价值，主张重修元史。于是屠奇著《蒙兀儿史记》，柯绍忞编《新元史》。虽然后日成为满洲国要人的柯绍忞功力并不出众，《新元史》后来仍被一些人与二十四史并称，是为所谓“二十五史”缘起。

而元史界的主流却因“波斯刺激”，开始体会捉摸史料的局限与时代的局限，开始悟到——任谁重写也不会获得完美的元史；粗糙的《元史》，正因其原始的资料性而更珍贵。

从小处说，治蒙元史，或许证补正是方法。自宏观处讲，人们认识到，洪钧已经开风气之先，学术的时代变了。

何止元史，知识的世界性已经棱角毕露。没有谁敢笑话洪钧的“听译”。直至翁先生时，呼唤声还在重复：要懂语言！今后不仅要念西文译本，更要直接攻读波斯文原典，要攻下一切蒙古、突厥、阿拉伯各种文字的原始资料，校勘互考，互证互补，以达到新的学术！

人们常对陈寅恪十三岁出国，十五岁公费留学，青年游遍东西洋，懂一二十种外语的学历艳羡不已。其实陈寅恪兄弟考取官费少年留学的背景，是清末官方的识者对语言劣势和眼界闭塞的忧虑。

他们甚至决心从儿童抓起，彻底解决语言问题。与陈寅恪同时出国的江南选派生，那一期便是一百二十名。洪钧渴盼一读的，名著《多桑蒙古史》的译者史学家冯承钧也是在那时，年仅十二岁就被端方批准，与四十多名鄂籍同学一起被派留洋的。他先赴比利时上中学，接着就读巴黎大学和法兰西学院，一生志在沟通东西。他翻译的法国汉学家伯希和（P. Pelliot）、沙畹（E. Chavannes）等人的边疆论著，直至今日不可或缺。

"波斯"引起了一次大学习。而实际上，细心观察则会感到：当时的发愤，在不觉间悄然有过一次置换。不知从哪一个瞬间起，追求的波斯，渐渐变成了列强语文。英法德俄日，从此脍炙人口，而并未见有谁去读波斯语。因为只要精熟列强西文，便可从突厥到波斯，驰骋诸学如履平地。这个现象始自洪钧，至今未见稍歇。

虽然史学界熬尽灯油，用放大镜在字里行间寻觅，但他们对波斯史籍的历史观点不屑一顾。我要的只是波斯脚注，管你什么穆斯林史学。这种潜台词最后发展成只读西方大师的译文——难道，你还以为你能追上伯希和吗？

也许，在大中华的骨子里，从来就没有尊重过波斯、蒙古、突厥、阿拉伯。洪钧以来，中国知识分子忙碌的，大体上只是一个介绍、追撵、甚至取悦西方的过程。欧洲在一种仰视的目光里被中国人琢磨。欧洲列强的思想、方法论、世界观，被中国知识分子视为圣经，刻苦攻读，咀嚼再三。欧洲的东方学，在被学习的过程中锤炼得博大，也日益富于优越感。

就这样，时代的沧桑震动，先是化解成了技术问题和外语问题，然后终结于彻底的异化。只不过如此姿态是一种徒弟姿态，它阻挡了最独立的思考。而一度激起注意的波斯，和波斯象征的一种道路，最后依然归回沉默。百年之后回顾，思想史的这场变动如近代之开幕，它令人感慨不已。中国人注定的大灾大难不过刚刚开头，再回忆证补元史，那真是细枝碎节。只是，当年天外雷鸣般的、那声时代的呼唤，最后沉寂了。

2

后来才知道，波斯的冲击在文学领域也发生过。一如文学界的性格，这儿发生的事，当然毫无元史界的那种拘谨，它随意而富于渲染。

我猜，老读书人更熟悉莪默•伽亚谟的译名。在他们看来，这一西域怪杰，简直能抵销整个的波斯文明。确实，风流诗人绝妙的“鲁拜”，引得中国人译者如蜂，久兴不衰。除了近年译自波斯文原著的张晖（1988）、张鸿年（1991）之外，从1912年起至1999年约一个世纪里，以英文译著为底本，染指翻译欧玛尔•海亚姆（Omar Khayyam）的四行诗（*rubai -yat*，柔巴依，旧译鲁拜）的中国文人，计有胡适、郭沫若、闻一多、李霁野、孙毓棠、徐志摩、吴剑岚、赵宋庆、伍蠡甫、李意龙、潘家柏、黄克荪、黄杲炘、陈次震、孟祥森、虞尔昌、柏丽——恐怕这还是不完全统计。

重译不厌的一个原因，是由于那个用着方便且大名鼎鼎的、费茨吉拉德（Edward Fitz Gerald）英译本。中国人的乐此不疲，也是因着欧洲人的嗜爱无止。多几本舶来绝句算什么，莪默的欧洲译本更多：它居然有32种英译本、16种法译本、12种德译本、5种意大利译本、4种俄译本；还不算什么亚美尼亚文、丹麦文、瑞典文、土耳其文和阿拉伯、乌尔都文！

放肆的剖白，明快的哲理，鲜活的句子。不知它究竟是莪默的，还是费茨吉拉德的。这些胡姬当炉的妙歌，它挑逗了中国文人的渴望和趣味，教导了他们个性解放的极致。文人们出于惊喜，争相一译，寄托自由的悲愿。它不仅是一股清风；对翻译家们来说，它若是末日洪水才好，他们盼它帮忙，冲毁压抑人性的旧中国于一个早晨——于是译笔缤纷，华章比美。

就译文本身而言，他们翻译的，已经很难说还是原来那些柔巴依体的波斯诗歌。例如，最著名的、胡适所译的一首“创造世界”的“鲁拜”：

要是天公换了卿和我
该把这糊涂世界一齐打破
再磨再炼再调和
依着你我的安排
把世界重新造过

此译被徐志摩以为不雅。徐以新潮诗人的自信，提出新译如下：

爱啊！假如我能勾着这运神谋反
一把抓住这整个儿塞尘的世界
我们还不趁机会把他完全捣烂
再按我们的心愿，改造他一个痛快

首先，二人都不曾深究此诗是否出自海亚姆手笔。而实际上，由于海亚姆的声望，有大量伪作托其名而行世。其次，他们更没有意识到，此一首“鲁拜”涉及“天神”，是一个关于造物主的题目。

他们不知道，对于波斯人来说，唤主、指主兴叹，即所谓呼天抢地固然不足为怪，但是取代主和自比造物主——即便对于弹杯纵酒、不守五功、对死板的清规教法恣情嘲笑的诗人，也是严峻的，几乎不可能的。因为那是作于波斯而不是作于上海的诗；对诗人来说，不仅存在着环境的约束，也存在着内心的约束。在暧昧的诗行之间，在类似的概念之间，有着一种最后的界限。

神的概念与主的概念，毕竟太接近了。他用了一个祆教用语 yazdan，（天神），而没有与 Huda（真主）一词发生干系。微妙仅在缝隙之间，如边缘的舞蹈。

遣词造句之际，分寸了决定一切。显然诗人曾经沉吟，有过推敲和一吟三叹。个中滋味才是诗味深处，可惜译者对这些全然不知。看来，历史提供给中国知识分子的可能性，并没有盼望的那么大。何止不通“波斯”象征的深重含意，即便对如上狭义的波斯，他们也不求甚解。他们不知“鲁拜”之外尚有“花园”“果园”，不知莪默前后，还有哈菲兹和毛拉维。

胡、徐二人的译文中，如“爱啊、再磨再炼再调和、卿和我、你我的安排、还不趁机会、塞尘、谋反”等诸处个所，均为失真之笔。唱和固然愉悦，只是离谱太远。

言及胡适，或许该多说一句。他应该即便对“莪默”，也具备文化嗅觉。但是他的译文没有显示他提倡的科学性。也许就在这个标志附近，他还失去了代表中国与欧洲大家并立的可能，这才是令人遗憾的事。

有人会说，这是诗集不是账本。可是人们也可以问：我们究竟是在读波斯的诗呢，还是在读英国的诗？如果读者不是为了消闲，而是企图拓展眼界了解世界，他们读到的是什么呢？仅仅是文化的误解吗？

我们总以为中华即东方，即东方之最。而波斯却描述了一种别样的东方。西方人说东方时用语繁绕，“近的，中的，远的，极远的东方”。这是什么意思？究竟谁是东方？哪里是近东和中东？什么是东方？我们的概念乱了。

但西方人，何止莪默的英译者，几乎在一切学术领域都能列出成排的响亮名字——他们没有乱。他们出色地进入了地中海南岸，进入了马格里布、进入了阿拉伯和土耳其、波斯与印度。他们与一个个距离他们较近的东方发生了漫长的、纠缠复杂的瓜葛，并一直融入其深处。然后，他们又携带着“较近东方”的知识和欧洲的主义，配之以或炮舰或圣书的辅助，去征服更远的东方，直至征服中国——这最远的和最自大的东方，一如莪默之例。

一种可能，一种洞彻波斯以及天下思想大势、获得能与欧洲人分庭讲礼的世界知识、进而建立更科学的方法论与世界观的可能——被失之交臂。

应该抄出这首曾使中国知识人那么躁闹的小诗，让人们拼音一回，听听它的音韵。是的，哪怕像摔碎一块瓦片，听听响声也好。它毕竟是原文。下面即是这首小诗，转写和汉译，均从简示意。

Gar bar falakyam dast bodi qun yazdan
若能像亚兹丹神驾御天穹，
Bar daxitami man in falak ra ze miyan
我便把这层天，从中拿掉。
Wa zeno falaki gakyar qinan sahtami
并重新另造一个天空，
Kazade be kame del residi osan
使自由的心儿，快乐如愿。

花岗岩塔门楼里面闪烁。不，还不单是世事的无常、还不仅是寺坊的兴衰——我的神经从不欺骗我。

它默默矗立着，似乎微笑着凝视着我。你终于来了，你能完成破译么？

乳黄色的花岗岩石墙，慢慢渗露出一股魔性，如透明无形的气体。我没有办法捉住它，但我舍不得离开。

它不仅镂凿精美，不仅只是被打磨得古拙而硬润。它还拥有什么呢？我忆起了八十年代在上海外滩，第一次目击那些石头大厦时的惊愕。我还忆起了在金阁寺前，心底那无法平息的潮动。我使劲地端详那似黄又红的花岗石，秘密不知是否就在它打磨过的表面之下。露出的晶粒狡猾地闪烁着，我依然感到暗暗的、无影的磁力。

待我伸手想抓住它时它又遁去了。它掩饰着，和我保持着一个距离，一丝一点地释放出那难猜的魅力，等着我的参悟。

1

早在好多年前的学生时代，一天傍晚，一个叫做建筑的词跳入了生活。

在湖北黄陂的红胶土里，我们发掘了一片长江北岸的商代遗址。确切地说，我们挖出来一些夯土、一些柱子洞，一道墙的痕迹。

挖出来的地下的痕迹，一定是破碎的。它只暴露非逻辑甚至不合理性的现象。考古和农民在一切方面都类似；农民辈辈种洋芋，年年从高山上把洋芋背回家，但是他们不懂土豆史。考古队也一卫的信仰。或者理解并风雨共济，或者骗取并加入歧视——知识分子与民众之间的一种新关系，将随着苏非研究和各种新兴学科的发展，逐渐醒目起来。

难怪穆斯林不信任我默鲁拜式的译本，他们宁愿村言土语，自己硬译。不用说，就教育而言，山野农村的旧式经堂学术，当然无法攀比高等学府。但农民却可能懂得文学宗教两不相悖的道理。他们还准确地嗅到了诗歌中的苏非味儿，从难懂的“法儿西”（即波斯语）里，嗅到了启示。他们以另一种目的，也在一直攀援波斯—阿拉伯的梯子。

只有在接近的心情、特别是在接近的场景之中，当人渴望加入传统，不可遏止地也企图诗的表达时，人会对苏非的诗“似若知道”。对于阅读的这种基础或修养，存在于伊斯兰苏非派的思维和实践——即脱勒盖提（taliqa）的体系之中。我特别想说，虽然中国的知识分子对它一无所知，但它确实伴着艰辛步履，一直被实践着。

在穆斯林的世界里，诗与经从不相悖。诗常是经典的注解。所以不论对国内的刘介廉，还是对波斯的《玛斯纳维》，对他们来说，唯有这些费解的苏非诗篇，才亲近而明白。

远在十四世纪，元朝秘书监的回回馆著录宗教用书目录时，列有“额史尔”即诗篇一项（A' shir，阿拉伯语，诗）。清代伊斯兰学者刘介廉的案头经书中，也有《鲁把牙忄昜》（rubai-yat），即“鲁拜”一种，只不过并非风靡的那一本。

自王静斋阿訇后，翻译诗集《花园》（*Gulistan*）的作业，在民间就一直没有停止过。其实就在最近，还有两种新的阿訇译本问世（马克林《古丽斯唐》，新疆版；杨万宝《真境花园》，宁夏版）。据我所知，对巨著《玛斯纳维》（*Masnawi*）的民间翻译，也在不止一所清真寺里进行。

我选了一个典型的“白提”（bayti，苏非诗的双句），著名神秘主义长诗《玛斯纳维》卷一的第1784（有的版本为1739）联；分别向两位阿訇（马克林，杨万宝）、一位外国苏非派研究者（冈田惠美子）、两位中国波斯文学者（张鸿年，张晖）请教（限于篇幅，仅引用其中三位译文）。不用说，他们以前并无交流，这是一个很有意味的实验。

上句，即：Dilbaran radil，asir -e bidilan

马译：“一切被爱者叼走了，恋人的心，”

杨译：“失魂丧魄，是因为爱恋者的无心，”

冈田译：“被爱的人的心，是沉湎于爱的人的俘虏，”

下句，即：Jomle ma'xughan，xekar-e axghan

马译：“所有的恋人，都是情人的猎物。”

杨译：“所有的被恋者，是恋人的猎物。”

冈田译：“所有的被爱者，都是恋人的猎获物。”

在简练至极的两个短句里，“dil，心”及它衍生的一批语言的、宗教的近似词（bi-dilan，无心的）、（dil-baran，掠夺心的，单数为dilbar），内涵很难区分，难以狭义地界定。解释在边界上模糊了，诗就难在这里。我以为，只有把握住爱与被爱双方的地位，方可做中文译语的选择。否则，“爱人”“恋人”“情人”都将语焉不明。

译家们都强调了难点，都不约而同地强调译文不足为释，而要解释和补充。他们补充的话都近似——“主是唯一被爱恋的”（杨万宝），“被爱的是主，爱着的是功修人”（马克林），“被爱者通常为女性，暗指主；爱恋者通常为男性，指修道者”（冈田惠美子）。

两个生活在僻远乡村的阿訇译文，就基本含义的把握而言，并不比学者逊色。苏非诗句的朴素特性，成全着受教育条件限制的农村人：因为字面排列的词汇，是简单而常见的；直译于谁都不是太难的事，而其间深意，又对谁都是深奥的谜。这令人振奋，虽然他们同样没有找到一箭中靶的话语。

有无一两篇译文并不要紧。重要的是，在明天或后天，迟早会出现民众的文明发言。暗涌已潜在许久，新潮正方兴未艾，文明解说和代言资格的问题，民众的文化权利的问题，可能就在这个对波斯语苏非诗歌的翻译作业中，破土而出，登上大雅之堂，以新世纪的进步的名义，成为未来学术的主题。

洞知的掌握，是准确译文的前提。在缺乏这种前提的时候，最好的翻译，是直译、硬译、哪怕一词一字地“对仗译”。鲁迅说，“宁信而不顺”。他的意思是：信、达、雅谈何容易，最根本的规矩是忠于原著。优先的是原著的词句蕴含，而不是译文的词章习惯。许多句子和词汇，必须新造或硬造，就像“唐译佛经，元译上谕”。

我们渐渐明白了：现在还不是追求完美译文的时候。还需要一段时间和一些条件。等隐喻走向公开，等异端变得合理，等遭受歧视的思想，成为必须的参考时——苏非的诗会显得好懂。苏非的释义，藏在苏非的世界里，如同生活中的诗。在活的苏非从内部发言之前，脱离实践的主观译法和学院诠释，仅仅是参考和猜想而已。

我想，鲁迅的翻译观，对这个时代的阿拉伯－波斯文苏非诗歌的翻译，可做一时的门规家训。是的，在境界升华、掌握降临之前，译笔文采的几分长短，大可忽略不计。

4

当人们为打不开秘藏大门而发愁的时候，他们该知道，有一把钥匙其实近在眼前。在解读神秘波斯的诸多手段中，说不定这还是最好的一种。

我说的是生息在天山南北麓的，魅人的维吾尔文明。

必须说，至今这个“最近的”文明邻居，还没有得到与其水平相应的重视。维吾尔的本质远未得到揭破，它与波斯乃至伊斯兰文化之间的濡染覆盖，也没有得到剖析。虽然此文不是维吾尔专论；但已经可以预言：无论史学、文学或苏非传统，任何一个角度——维吾尔的提示都将是最基本的。

当年洪钧归时，举国都为波斯史料感叹不已。而就在那时，在南北丝路上，商人、学者、毛拉，正驮着刚刚印刷成的书籍，在沙漠的炎热里赶路。那是十九到二十世纪交接的时期；如中世纪的波斯，就像拉施特哀丁编著《史集》那样的、志在著书立说的时尚，正在维吾尔学者之间流行。

洪钧的朋友们不知道，那时有很多书——都应划入他们热衷的西北史地之学的必读资料——在喀什或塔城写成，在喀山印制，又传回塔里木各个绿洲。

从历史观点到记事手法，这些历史著述都模仿着他们的波斯先驱。它们大都浓重地染有文学笔调，事件描述之外，华丽的诗行且议论且装饰，比比皆是。如同波斯，它们在谱系描述和民间传承的采用上，有一种传统的擅长。伊斯兰思想是它们的历史观，这些书都强调历史过程与真主意欲的因果。而恰是这一点，曾使波斯史籍获得成功——消灭了腐朽的西亚穆斯林国家的蒙古人，诚服地皈依了这种解释，相信包括自己征伐在内的全部过程，不过是真主的天谴。

文学的领域更是如此。沟渠一旦开通，波斯体的诗歌便如同春水，灌满了社会的一切角落。阿尔泰式的头韵被舍弃了，取而代之的，是柔巴依（四行诗）、格则勒（gazel，小诗）、玛斯纳维（双行诗），一切波斯的格律，都在涌入维吾尔绿洲的同时，自然而然地成了维吾尔自己的旋律，时髦而经久不衰。

在几个世纪的时光里，它被城镇喜好，被农村习惯，在绿洲的串珠上传播丰富，被所有的维吾尔人呼吸饮用，融入血液养成气质，任世道沧桑不能须臾离弃。文学的波斯化居然如此彻底，宗教和世俗的溶混居然如此水乳难分，应该说乃是文明史上一个炫目的显例。

更有启发意义的是苏非主义诗歌。若要深入苏非的世界，维吾尔是捷径，也是那世界不可分的一部分。

波斯的文明曾经覆盖过，并对维吾尔实现过全面的文明提升。从人的姓名，到衣食住行，到社会结构，以及道德准则。这种覆盖当然是伊斯兰的，包括苏非主义的社会实践和话语表述。既然诗从格式到思维都罩上了伊斯兰波斯的影子，那么它们对神秘内心的表达，当然也就丰富繁茂。

近年来《十二木卡姆》受到青睐。但直觉告诉我们，编入各种木卡姆集子的诗歌，潜入的苏非派诗作分量巨大。在波斯文形式中见惯了的句子，又带着维语的嗓音出现了，它们数不胜数，宛如波斯的多次复制。

包括嘲戏的风格；包括海亚姆式的、对教条的调皮口吻。包括大量借词，包括波斯诗歌中惯用的套语。借词进入维语并安定下来，用新土壤中的含义，巧妙地解释着它们自己。

不过在前一节令人劳神的“情人恋人”并未迎刃而解。在维语同类诗歌中，情人一词大都为“yar”，而不是与“心－dil”有关的词。dilbar在维语中主要意为“美人”。如果它暗指主，而“美人”没有主动或被动形态，对追求者显示不动的语感——所以就宗教意义而言，维语释义最准确。而在日常生活中，暗藏深意的dilbar，不过是维吾尔女孩的常见名字。

我想，就不用再对教授们强调入门规矩了——按照学问的惯例，在没有经过维文译本的对校互勘之前，对波斯诗歌的研究不能称做完全。

如果波斯是一种遥远的古典，那么维吾尔就是它的现代版。在维吾尔的绿洲上，我们追逐的波斯的实质，不仅存在，而且活着，在生活中俯仰皆是。它被全面地移植于此，像一株株魔力的葡萄。

对维吾尔的文化态度，恰与当年对波斯刺激的态度如出一辙。好不容易，人们要学习波斯了，而对更近的维吾尔，人们傲慢的架子却愈发放不下来。哪怕人已经猜到，无论大义读解还是细微措辞，参考维吾尔都是捷径——但是怪就怪在这里：只要这个“东方”比波斯更近，那么就离我们亲爱的知识分子和学问更远。

一切总在悖论里循环。知识已经患病日久，愈是苦读，却不见真知。对现状不满，对钥匙呼唤，声音已经喊得嘶哑了。

但是更该义正词严地申明——不会为着某人需要钥匙，就有一个民族跪下来恭敬地给他送到手上。作为旧世界的遗物，旧学术和旧的文人习气，确已应该淘汰了。一种更接近客观本相，也更接近良知和人道的知识体系，迟早会建立起来。

这将是一个伟大的作业，它的开始，将意味着歧视作为历史的结束，它引导的，是一个以尊重异类文化为宗旨的，感人的历史行程。

5

波斯刺激以后，无论在史学还是文学，认知都绕行了经由欧洲的路线，都发生了媒体的反客为主。一场对未知文明的探究，最终成了英文的旧课。

文学更是如此。海亚姆虽引起了那般的文人骚动，却没有影响他们对自己知识结构的反省。胡徐的轶事和译文里，被更准确地翻译了的，是他们自己。他们译笔的价值也仅在于——数行之间，活灵灵有一张那个时代的、知识分子的自画像。

学科的长期停滞，是对长期的文明歧视行为的惩罚。其实，欧洲正是因为如饥似渴地吸收了地中海彼岸、从摩洛哥到印度的营养，才显示出那样的眼界和生气。

写这篇札记的时候，又有策划出版波斯古籍的消息。也许这又是一次洪钧以来，对僵老知识体系的不满和探索。但我们已不敢轻易欢呼；百年的历史教育说，看是简单的求学，实践起来，却常常会有难以理解的曲折和转向。

不过，哪怕再反复几十次吧，直接面向各种文明和各种价值的探求，已经认真地迈开了步子。虽然不敢乐观，但感触是切肤的：历史正在缓缓地进步。

我不禁忆起蒙古史的往事，忆起年轻时听说的“波斯”。时过二十年了，我依然在细细品味——是的，波斯，它究竟意味着什么呢？波斯的礼物，它劳人心神，又使人神往，就像一个苏非的隐喻。

1999 年 5 月初稿

2000 年 6 月改定

石头的胜利

到达泉州后，我并没有急着立即就去看它。

甚至在泉州海上交通史博物馆，一块块摩挲着那些碑的时候——那是些早就在书本上熟悉了的蕃客墓碑——感慨着它们的古老，我也没有意识到这是石头。

次日去的是灵山圣墓。一直拖到第三天，我才正式去看它。

漫步在艾苏哈卜寺的遗址上，心底的一丝什么意识渐渐复苏了，如一柱袅袅扶摇的烟。我开始不明白，也没有沉下意来，去捕捉它。而这一次，游移的感觉，并不一瞬忽就离去。它只是低低蹲着，不做声地从体内注视着我。我正在捉摸结论，它却扰乱我的思路。我正筋骨疲乏，它又添给一分不安。

一遍遍仰望着，我不能就此走开。暗绿石英的亮点，在坚固的花岗岩塔门楼里面闪烁。不，还不单是世事的无常、还不仅是寺坊的兴衰——我的神经从不欺骗我。

它默默矗立着，似乎微笑着凝视着我。你终于来了，你能完成破译么？

乳黄色的花岗岩石墙，慢慢渗露出一股魔性，如透明无形的气体。我没有办法捉住它，但我舍不得离开。

它不仅镂凿精美，不仅只是被打磨得古拙而硬润。它还拥有什么呢？我忆起了80年代在上海外滩，第一次目击那些石头大厦时的惊愕。我还忆起了在金阁寺前，心底那无法平息的潮动。我使劲地端详那似黄又红的花岗石，秘密不知是否就在它打磨过的表面之下。露出的晶粒狡猾地闪烁着，我依然感到暗暗的、无影的磁力。

待我伸手想抓住它时它又遁去了。它掩饰着，和我保持着一个距离，一丝一点地释放出那难猜的魅力，等着我的参悟。

1

早在好多年前的学生时代，一天傍晚，一个叫做建筑的词跳入了生活。

在湖北黄陂的红胶土里，我们发掘了一片长江北岸的商代遗址。确切地说，我们挖出来一些夯土、一些柱子洞，一道墙的痕迹。

挖出来的地下的痕迹，一定是破碎的。它只暴露非逻辑甚至不合理性的现象。考古和农民在一切方面都类似；农民辈辈种洋芋，年年从高山上把洋芋背回家，但是他们不懂土豆史。考古队也一样，把一个遗址挖得再细，但是没本事说个清楚。对着莫名其妙的夯土柱础石，我们一个个如摸象的盲人。

那个傍晚，在暮霭苍茫中来了一个陌生人。

他把一股神秘感带到了我们的田野工地。老师陪着他，在工地上一处处转。他神情稳重，不惊不忙，看了一遍我们的探方。我偷偷问了老师；说他是梁思成的弟子，清华土建系出身，专攻建筑史。

晚上在湖北农民的黄胶泥屋里，全体听他的报告。

今天的大学生，大概没福气听那么精彩的讲座了。原因之一是大学生肚子里没有审视讲演者的东西。而我们满肚子都是红胶泥里挖出来的细节，我们用实践知识对他的每一句论述进行驳难。经过了这种审视仍然让人折服的精彩——真是精彩。

就这样，我见识了一种真才实学。随着他娓娓的讲述，我们被一触而通。原来我们挖出来的，是一座商代中期的宫殿。他的解释，和我们亲手挖出的现象，真正达到了丝丝入扣——包括每一个同学遇到的烦恼（没挖到夯土是因为那里正好是门），包括每一块石头旁边的小坑（对称在柱础石外侧的两个坑，是挑檐柱的柱洞）。

只隔了一夜，他就画出了一张复原图。画得真棒啊！一座茅草顶的双层屋檐的大屋，屹立在江北的原野上。有台阶，有夯土台基，有几座大门。明柱雄伟地一根根挺立着，数量正巧与我们全体挖出来的一致。柱顶挑起巨大的茅草殿顶；它是双层的，古朴而神秘。门前站着两个执戈的卫兵，戈的式样，正是商代中期。

那幅图，哪怕作为美术作品也不是等闲之作。记得我穿着高筒胶靴，坐在湖北人用黄泥坯砌就的堂屋前，随着他，第一次拗口地读了《周礼·考工记》。烙刻一样至今被我记着的，是被我们铲铲证实的句子："商人重屋，茅茨不翦"。

那是我本人目击过的，一次建筑遗迹的复原。我不能抑制心里的感受，于是模仿杨鸿勋先生的精致复原图，也画了一张。当然不敢和原图并提，只是一张学生的临摹作业而已。

商代中期的盘龙城遗址，曾是一座最古老的宫殿。它曾经双层顶（重屋就是双层屋顶）、四流水（阿就是屋顶的斜坡），虎视眈眈地蹲踞在长江北岸。它虽然原始，但和故宫太和殿的样式相同——“四阿重屋”，这是中国礼制建筑的最高等级。

但是，除了给那一天的那一伙人，解释是吃力的。不知多少次，我在给一个朋友讲完了盘龙城之后，自己累得精疲力尽。在历史博物馆，我说服一个朋友下决心，花三天工夫仔细看一遍陈列——结果是我自己的嗓子哑了一个月。我给他仅仅讲了些文物，还没涉及什么遗址。

是的，中国古代的遗迹，价值需要附加解释。它缺乏形象的力量。

中国考古学的绝技，也许就是土里挖土。从红薯地里挖出国王的夯土城，从五星级宾馆地基里挖出密集的墓葬。土里挖土的技能，也许是看家的宝贝，但它说到底，不过是农民的手艺。它大多来源于洛阳、新郑、长沙等古都旧址上，那些边种麦子边盗墓的老农之中。

而花费了那么多、舍弃了那么多之后，回报终于来了——挖出一个真正的宫殿遗址的时候，它又是什么样的呢？

是一些在土壤里的、不易辨别的、颜色少许不同的“土”。大面积的揭露式发掘作证说，这是土墙。土墙痕迹的断处，只能是门。因为屋顶沉重所以需要巨大的柱子，所以发现了巨大的柱础石。由于超常的巨大，它不可能是民用建筑，而是宫殿。一切都不可怀疑。

但遗憾没有改变。

土中的土，毕竟很难感动人。它缺乏形象的力量。

后来，土中土变成了土木建筑。石窟寺，古寺庙。塔和萃堵波，雀替和斗拱。形象随着建筑出现了。威严的楠木柱，金黄的琉璃瓦，以及中轴和经纬的布局，都出现了。我呢，或是因为职务的分配，或是顺应内心的驱使，也被它们吸引着四处游走。大同、长安、北京。会稽、扬州、广州。从南北到东西，我习惯了半是专业、半是乐趣的追逐。古代的建筑星罗棋布，屡屡让我眼福一饱。流水的日子给了我“东方”的印象；一种飞檐斗拱的、显现为建筑的印象。

但是后来，也不知究竟自何时起，我对古建筑挑剔起来。因为我不能否认，心中渐渐升起的一种乏味的感觉。

是为什么呢？我经常捉摸自己，品味自己的矛盾。

无论南北，你追逐的是古代的历史；但你看到的建筑却都是晚近的。几乎满眼都是清代重修的建筑。它循照的模式，是人类建筑的一个伟大系统；但它也单调、脆弱、艺术束缚于礼教。前几年，还曾喧闹过北京建都两千几百年。真官僚假学者都煞有介事，扳着手指算着：2010 年，2040 年——但算的都是地底下的账。其实，若是从地面上开始数的话，天安门也不过明清式样。

土木建筑的不耐久性，早就被诗人锐利地捉住了。有一首元代诗人张养浩所著的《山坡羊》；我忘不了初读它时，那透入骨髓的震撼。

峰峦如聚
波涛如怒
山河表里潼关路
望西都，意踌躇
伤心秦汉经行处
宫阙万间都做了土
兴，百姓苦
亡，百姓苦

这是我推崇为第一的古诗。它以一首压万卷，熔聚历史、地理、画面、立场、情绪为寥寥几行。它气势磅礴、诗味浓烈、字字真知。读了它，那无数的寻章弄句便黯然失色了。

我喜欢它，还不单是由于那种一语道破天机的感觉。我觉得，它还指出了中国史上的另一个小现象：宫殿的速朽。

是的，九经九纬阶台殿堂的宫殿，前期都是夯土板筑，后期也不过砖瓦木构。它们一百年颓破，三百年废弃。它们与其主导的大现象——政治的腐朽，恰恰是天造地设的一对儿。

2

上个礼拜在电视里，突然看见一处石头遗址。那是一个关于古希腊的短片，拍摄的建筑残迹，好像是在地中海的一个海岬上。

日沉月升，广阔的天穹朦胧溶化了。但天空衬着黝黑的石头，依然显得明亮。在海角上，一座三连环的石桥或石渡槽，或许更像是一座石筑的祭坛残垣——不动地肃立着。随着天光渐次黯淡变幻，它一丝不动。石体的边缘微微涂染着玫瑰般的暮色。它静默无语，如一个暗示。

虽然只是凝视着一个画面，那矗立在迷蒙海边的石像，依然给了我锤击般的刺激。那感觉无法表述。不知为什么，凝视着电视机，画面中叠现出了我挖过的盘龙城商代宫殿。在年代上，我的不剪茅茨的夯土宫殿，比海岬上的石头祭坛晚一千多年。但视野中的它，却似若被水不断浸蚀着。它溶化着，一分分淡化着，不能覆盖三连环的石头，它溶尽了，渐渐化出了我的视野。

随着一点点无力消失的茅茨夯土，地中海的石头，却如彼岸的和此世的界碑，如大海的和陆地的墓石，背靠着无际的陆海，永恒地立着。它不动地立着，自信而孤傲，漆黑而神秘。

其实，面对石头的惊诧，初去上海时也曾感到过。

本来，既然到了上海，去外滩走走当然是例行的游览。没想到，靠近那些石头大厦的时候，我大大吃了一惊。甚至在瞬间里曾想，以前读过的外滩文字，简直什么也没写。谁也没有写过这些石头建筑的强大。我一时呆傻了，望着那些坚石垒起的巨兽，似乎明白了列强是什么。

它和后日流行的，时髦小市民的“石头贴面”不同。和那些挂在“广场”、“总汇”、“商厦”等恶俗建筑物的皮上、附庸风雅的“石材”更是根本不同。——它的基座，好像不仅插入了陆地，而且嵌入了海底。人靠近那一块块熔铸一体的巨石时的感觉，是奇特的。

它傲慢沉着，稳稳立在远东的尽头，立在它最远的殖民地尽头。它自信地面对沧桑，等着奴隶们对它或是咒骂或是膜拜。

记得那天，我对同行的两个上海人喊起来：“石头！真没想到，石头这么利害！哈，石头！……”

今日忆起，那天的刺激反映了感觉的正常。果然那一群石头大厦，至今仍是上海建筑的顶峰。不管今天的上海人怎么使劲儿，战胜它们是困难的。因为，与上升的体制一起，在石头里还刻着文化的美意识，还充斥着一种尊严和自信。它们共同凝结铸和，最后脱生为一座建筑，座落到城市的滩头。

不知陪同我的上海朋友怎样，反正我自己在那天受了一种打击。我看见了它的神情。那里有天生气质的流露，也有历史胜者的骄纵。它高高地俯瞰着我，不屑地瞟着我微末的应答。

不过那只是一次的感受。在我的身边，谁为建筑发愁？难道在背着恐怖主义、极端主义的黑锅还嫌不够，还要加上建筑的神经病吗！虽然汽车经过那些厕所式建筑时我大多要闭上眼睛，但我的神经并非软弱得熬它不过。欧陆经典，瓷砖县城，干挂石材，确实它们与我其实无关。

我渐渐淡忘了石头的刺激。确切地说，是又沉没到木石或土木的海洋里。我习惯并且麻木了。何况我还从木石走向更远的绝边极尽；走向纯粹黄土的奥深。

对石头建筑的那种冲击般的新鲜感，被我长久地遗忘了。直到不久前我到了泉州，看到了花岗岩的艾苏哈卜寺。

3

远远看见了那排淡黄色的石头。我的心里有一丝疲惫的满足。

这座泉州开港时的古寺，这座马可·波罗时代的大寺，听说得已经太久了。谁知抵达是在今天呢？我迈开步子迎着它走过去，像在用自己的脚，在地图上补一个点。

徜徉在几道石墙之间，心里浮飘着一股说不清的滋味。

我为自己的欣喜犹豫，人有权喜爱一种建筑么？

也许是石料的质地吸引了我。对如我这样，看惯了低劣的水泥瓷砖、看惯了漆皮剥落的土木结构的人来说，眼前毕竟是花岗石。它一排排地，嵌砌得又稳又牢。它的表面粗糙又润泽，纹理间闪烁着晶体的莹光，辨不清究竟是黄红或者棕白。

一切都让我觉得新鲜。我捉摸着自己的心理。

石料显然很讲究，但你又说不出它哪里讲究。能猜测，无疑古人曾经怀有过一个巨大的目的。这一点从石头打磨的细致可以看得出来。他们显然具有财力和人力的充分余裕，所以对石料才能这么挑剔精选。确实，每块石料都无残无疤。尽管经历了六百年（如果眼前这几块是元代砌上的）的岁月消磨，嵌入了石墙的每块大小石料，都是一色的直棱锐角。

石头被打凿，成了长条的石枋子和方块的石钉头。能看得出，匠人们在美感上用心良苦。他们每平铺一条长条的石枋，便横架一块正方的石钉。这样，在一根根淡红的石枋条之间，嵌着一个个微黄的石钉头。如此层层拼镶嵌砌，结果不仅严丝合缝，而且造成了几何形的图案。

这石头的图案简单至极，但似乎画着什么异样的内容。

它是什么？我觉出自己舍不得走。靠着花岗石粗砺光滑的石墙，我舍不得离开。石头的枋钉装饰，虽然简单却让人贪看不够。

这几道石墙没有破损风化，也没有黏染杂质。因为经过最后的碾磨后，石头的断面晶莹而坚硬，风不能销，油不能污。

见惯了土的我，正第一次认真地面对石头。

听说，人类早在6000年前，就开始使用花岗石了。

花岗石是地球上最老的石头。但它的本质不在古老，而是坚硬。地质学的资料说，它的硬度仅次于金刚石和少数几种玉，而远远硬过其他石头。

由于这样的硬度，它不怕刮伤，不落碎屑。它耐得高温和水浸，能抗酸腐的侵蚀。尤其使我留心的是：它不会褪色，不会暗淡。不用说，这些特性对一座历史建筑来说，是多么紧要。

秘密藏在它的内部。读了矿物学的资料以后我才懂得：花岗石的晶体，“像魔方一个个地交织在一起”，难怪它美丽而坚硬！

远洋的海船，终于依稀驶近了。

等着它们的是泉州，以及花岗岩。

福建的花岗石史，不知要上溯到多远。泉州港兴起的宋朝，肯定是一个大的开采期。因为著名的万安桥，还有开元寺的东西塔，都是在宋代用本地“砻石”即花岗石修筑的。所以，最早的艾苏哈卜寺——也是一座花岗岩建筑。

门塔背面的石刻，记着伊历400年（宋大中祥符二年、西历1009年），它以“艾苏哈卜”为自己的名字，被建于方兴未艾的泉州港。三百年后泉州港天下闻名，它也经过了彻底的重修，这最后的竣工，在1310年。

但我无法实证辨别，我看不出哪些石件是宋时旧物。熟悉的土壤考古手段，对着石头建筑碰壁了。

已经不易看到古式的手工凿磨。后来我去了惠安的崇武镇，那里居然有600多家石工厂。但是古法已荡然无存；也许正是靠着无情的工业手段，听说这些年的花岗岩开采，福建的产量总是全国第一。

在三百年后的元朝，泉州迎来了全盛。

光阴变了，万事如意，一切遂心。在翻修艾苏哈卜寺的作业中，一斧一凿地，把自己的心情变作精美纹饰刻上石墙的人们知道么，他们居留的泉州，那时是世界上最大的港口。我丢不开这个念头——世界上最大的港口？是真的吗？

只是从这座寺的石垣雕刻上，可以嗅到当时泉州的气魄。愈看愈发觉了石头背后隐去的精选细琢。它们齐整得不同寻常。看得见的，是他们大规模的、挑剔的备料；看不见的，是他们沉默的举意。

我总想对人心考古，但我缺乏想象力。

海船带来了金钱，财富不那么稀罕了。在盛世有人预感到世事的无常——所以他们做了深沉的谋算。他们不敢放过十四世纪之初的大好良机，于是投入了巨大的决意。他们设计了不可动摇的结构，更备足了不惧伤害的材料。最后还要仰仗花岗岩；是石头，这天工神意结合的石头，它成全了人的心意。

就这样，一座艾苏哈卜寺成了今日的规模样子。大名鼎鼎的马可·波罗、游历最长的大旅行家伊本·白图泰，都目睹了、并在他们伟大的著作中记载了它。

4

艾苏哈卜（Ashab），这个阿拉伯语词的含义是“伙伴，弟子”；作为伊斯兰术语专指“圣门弟子”，即穆罕默德的同时代伙伴、朋友、信者、以及追随弟子。它是一个复数形式，单数 sahib，本文略为“苏哈卜”。

在著名的《哈尔迪斯》——它也被称为“圣训”，即先知穆罕默德的言论录里，有一句涉及了中国。这当然不是小事。由于这段圣训太特殊而且太著名，所以它在阿拉伯世界或者西方诸国，几乎无人不知无人不晓。

一篇随意的散文，若要同时负担讲解一部伊斯兰教东渐史，那就太费力了。而且要同时解释唐宋的蕃客、蒙元的色目、讲清古代中国的海洋交通、勾勒泉州港的兴衰——不，这还不仅仅是篇幅和体裁的问题。这里藏着一对矛盾：文学的非流行写作，与社会的教育基础的矛盾。

冷清地于泉州一隅缄默的艾苏哈卜寺，它的身上，真集中着这么多的话题么？

简单地说——八世纪，伊斯兰教在它兴起不到百年的时间里，就迅速地传播到了极其辽阔的领域。这个领域的地理范围，西至欧洲大陆西尽头、东至中国。而这里说的中国并非所谓丝绸之路上的甘肃新疆，而是东南沿海地区，首先是广州港。

再要说一句的是，伊斯兰教入华的方式，与当时的航海技术密切关联。近海、近岸的航行，是它的特点。远道来自地中海或波斯湾的船只，需要沿着印度次大陆和南洋的复杂水道，靠岸上岛，步步下锚。最后它们贴着越南海岸北上，以西贡、岘港等港口为一个个补给地，瞄准中国大陆。

他们试图先在海南岛的南端登陆——于是有了三亚这个穆斯林港。但中国还在北边；于是沿岸绕行到海口，海瑞的故乡。就这样，唐代的广州，它成为穆斯林在华第一大聚居地和天下大港，是必然的。

继续沿靠的海，已经是中国海了——北宋的泉州，南宋的杭州，陆续接过广州的接力棒。大运河是伟大的输送文明的渠道，扬州是古代的上海、交流的枢纽。穆斯林移民一批接一批顺着这血脉一样的水路，涌向北方，涌向宽容，涌向富饶，涌向从永住权到本俗法、从贸易权到聚居区的——几乎给予外国人一切自由的伟大国策。

那是中华的强国时代。今天窝囊透顶的我们，已经无法想象它昔日的吸引力。连它的形象都染着理想的色彩，所以穆罕默德发出了号召：

> 学问虽远在中国，亦当前往求之。

这段“哈尔迪斯”太有名了。巧合的是，在中国的穆斯林社会中，也流传着一个关于阿拉伯与中国的故事。下里巴人的中国回民，村言俚语，口碑传承，把它描述为一个“四大贤人进唐朝”的故事。从星星峡到广州，到处都可以听说这个故事。在中国不同的地方，人们用不同的方言，不同的抄本，讲述和记录着同样的梗概，甚至同样的细节：

> 穆圣派遣了他门下的四大贤人，来到中华。四位大贤，名字叫做盖斯、外斯、宛噶斯，还有一个人名字记不清了。那是四大苏哈卜呀！（不同的汉字转写还有：撒哈八、撒霞叭、苏哈白等等）。他们在唐朝时来了。大贤到了广州，二贤去了扬州，三贤四贤呢，住在了泉州。

如同约定一般，巧合的是，在广州有极其著名的、相传建造于唐代的中国第一清真寺——光塔寺和“苏哈白•宛噶素”的圣贤墓。一墓一寺，巧为一组。泉州则有灵山的“先贤”墓。与那座墓互成一对的，正是我徘徊不舍的艾苏哈卜花岗岩寺。扬州的现象，与广、泉二州一样：与扬州仙鹤寺做伴的，恰恰有著名的普哈丁墓！只不过扬州普哈丁没有被称为苏哈卜。大概是误植，在他的资料里，“圣门弟子”被记载为圣裔——穆罕默德的第十六代后裔。

也就是说，广州、扬州、泉州，三处都是墓寺各一，遥相呼应。在如此广袤的幅员之间的、如此类近的巧合，难道仅仅是可以忽略的巧合么？

即便如此，我能断定——这三处地点，都是穆圣派遣的“圣门弟子”也就是“苏哈卜”的遗迹吗？

历史学只讲究铁证。不管怎样合乎逻辑，这还不是铁证，哪怕你的感觉中已是千真万确，哪怕你隔着它已经看见了门里洞底，看见了深处。更深处，还有什么奥秘么？

前人把艾苏哈卜寺意译为“圣友寺”。无独有偶，广州城俗称光塔寺的那座建筑，正式的名称是“怀圣寺”。两处“圣”，显然指的都是“穆圣”——我觉得自己触碰到了什么。

这使我不能不琢磨那段著名的穆罕默德语录了。“学问虽远在中国”，那么，从大食国，从早期阿拉伯帝国遣唐的使节里，果真有着所谓的圣门弟子，有着穆罕默德自己的门徒么？

后来，就这个伊斯兰教入华年代的问题，学术界讨论热烈。奠基的研究当数陈垣（援庵）。他考证了东西方不同的历法与历史记录的关系，批驳了隋开皇年间、唐武德年间回教入华的口碑传说。

那真是口与碑；主要指一通现存西安、伪托唐碑的石刻。陈垣氏此项考证以及关于元代西域人的研究，是他最主要的业绩。

由此展延，这位学者又编著了同时并列中国农历、基督教西历、阿拉伯太阴历的《廿史朔闰表》和《中西回史日历》，使世界大势一目了然。它们至今是图书馆里最方便的工具书。

但我以为，阿拉伯资料中关于中国的圣训、“艾苏哈卜”称号在广州及泉州的异地并出、以及四大先贤出使中华的民间传承——其间暗在的逻辑，是更重要的题目。学术界的脸上，似乎有一丝对俚俗故事的微微不屑。但是，愈是对于村言土语，愈需要深刻的揭破。对百姓世界的话语，教授们还没学会解读的窍门。

时刻已是傍晚，日光斜射下，我久久抬头凝视着。最后我能够判定——就是那个字，那一段圆凸的笔划。没有疑问，能够看清楚——Ashab。

笔笔精巧的石刻，在柔和的暮霭里阴明凸现。这一刻，淡黄的花岗石层面鲜明，特别好看。似乎它在无声地争辩着——不必怀疑了，人们。这里是天下的名城，如花的泉州。是的，没有疑问，穆圣曾派遣他的弟子，漂洋过海来到这里。

我努力挣脱花岗岩的引力，企图达到冷静的观察。因为又有一个熟识的影子跳了出来。是平面，花岗岩布成的格局，刹那间又在启发。

这个建筑，它的门也是一座塔。亦门亦塔，这平面其实是异样的。

新疆的学识如一柄钥匙，我比较着，渐渐明白了其中缘故。读着一本本论文集，默默中会不觉地叹息或失笑。其实，最简略地说，一座寺如一个院子，只有两部分：门和院。由于一些需要；比如召唤的仪式，以及登高望月——所以门可能盖高一些，门就成了塔。登塔召唤，进院行礼，如此而已。

塔与院，门和庭，这是在新疆最常见的清真寺平面布局。一个宛如孪生同胞的例子，是吐鲁番郊外的额敏大寺，因为书上总是随俗地称它为塔，所以谁都没看见塔旁边的另一半。因为它为一位名苏来曼的人所建，居然还给它起名苏公塔，全然不考虑别人的鸡皮疙瘩。所以，书愈印愈多，人们愈读愈糊涂。只是，我讽刺的对象同样包括我自己：1980 年的秋天，我得意洋洋地爬过“苏公塔”。那时的我比今天我批评的人更愚蠢，何止不知自己登上了一座寺塔——我根本没看见旁边的大寺庭院！

广州的光塔正是这样的平面。只不过，从唐代至今天，无数遍的改建重修，寺衍变成了一座标准的中国殿式建筑。只有一座异样的巨塔，原样地围在院墙之内，让它与替代的大门做伴，让它供人们猜测欣赏。

天下罕见的特例……

身在泉州，想着光塔。最不谐调的组合，解说着最有深意的故事。那塔居然风情依旧，虽然广州城早已天翻地覆。唐代的古塔，哪怕只是一个骨架，毕竟留存到了今天。只是塔身塔顶，已经换了不知多少次泥砖了。

我遐想着，满心愉悦。

当我迈入那绿辉岩的花岗岩石头门楼，一眼看见那些石头廊柱的时候，一个念头像一根箭，嗖地追上了那个影子。

这是一股同源的流水：从吐鲁番的额敏塔寺，到喀什噶尔的奥达西克和艾提尕尔大寺、再到库车、叶尔羌、甚至一直追寻到西班牙的安达鲁斯时代，找到那座被塞维利亚当做城市象征的风信塔，都和它一样——它们的平面都是：高耸考究的一座塔门，回廊环绕的一个庭院。

广州光塔寺已经衍变成几重进深的门殿大院，但那都是晚期的增筑——它的原貌，它的早期，只有那座奇特的光塔，登高唤拜的塔楼。

这种古老的建筑，从意识里就没有中轴和经纬。它不需要三进三出，不在意一座主殿。它的全部细工、装饰和雕刻，都集中于塔楼和院墙。主人们认为，比起大殿，栽着树木的庭院更使人喜欢；院落四隅，宽敞天井都能容纳人，反正进了门的目的，无非是敬天拜主。

已经能够想象它们美好的情调幻影。我终于摸触到了秘密：一座门塔，加上庭院。秘密都是简单的。当然有墙和廊，围廊还可能加顶。我喜爱的泉州如此，我想念的广州也如此。

5

我端详着，沿着石墙，慢慢走着。棕黄石墙的表里两面，内外都通体环绕着一条忍冬草纹般的镌刻。

当然是阿拉伯文，它是天然的美术。这种文字似乎在内容之外，还单独具备纯粹的装饰功能。作坊消失了，我看不见，但是我能想象——花岗石迸溅着，呼哨着飞起石头的碎片，裸露出它深处的粗晶，细晶，云母，石英。

和以前惯看的土圈子土台子不同，这是一座石头废墟。

废墟，没准是我见过的最多的东西。

从湖北的盘龙城遗址开始，不管它是——邯郸的丛台、固原的长城、长安的大明宫。我们挂在嘴头的汉唐盛世，都做了土，成了挖不完的地下宫殿。

至于土木的古建筑，它们是进行中的废墟。塌了再盖，修了又旧。没有一座不曾兴衰反复、翻盖无常的木结构建筑。当然有特例，比如十三陵，但总的说，不管它白马寺岳阳楼，哪怕是山海关天安门，你其实很难遇到真的秦砖汉瓦。和西方的石头遗迹不同，它们不给人真实的触觉。你凝视和抚摸的，都是仿古的赝品。

没办法——数不尽的雕梁画栋，都不过三四百年。

包括在边疆地区。寻找古城废墟，一度被我做了职业。别失八里、阿力麻里、彰八里；不剌、高昌、以及交河。我懵懂地投奔它们、顽固地寻找它们。最后到达的终点是一处处干焦酥土。它们使人绝望。我不能靠抄书欺骗自己，然后说，我到过了。空空如也的夯土圈子并不能给心以满足。死了就是死了，它们不像大海边上，那些黝黑的石头遗迹。

到后来脱离了职业自由浪迹，我和建筑的关系，更撕去了专业的矫饰。不觉之间，走马灯般围绕着我也被我看惯了的建筑，是清真寺。

在中国，人能拥有——与建筑的私人关系么？

但是，既然连皇家的宫殿寺塔都不能久留，区区草民的场所还有什么结果！中国的清真寺，著名的建筑都是晚近的。在剧烈震荡的命运中，它们百年一轮兴衰，于艰辛中一再重建。风格都是雷同的，寄托心情的土木，都不可能追求什么永恒——只求维持最低的生计，只求守住起码的仪礼。

暂时的心理，自然会影响了建筑。

其实只是琢磨的长石枋石钉头。它们拼砌得简单至极。但是望着它们时，又确实会有不可思议的视觉。匀称，力量，情调，一切都在长短有致的拼砌之间。花岗石的色泽，帮助了建筑的企图。久久眺望着，只觉得石头那么耐看。红黄棕白暗中过渡，逐次显示着一种丰富。我舍不得移开视线。在石头的层层拼镶里，深沉的用心，好像被发觉了。

更何况，围着整个石寺的周身，四墙都雕琢着一条文字花纹的饰带。

好漂亮的纹饰，仰首望着，我暗自想。

开始我没有留意这些纹饰铭文。既然是清真寺，檐前匾上刻画些《古兰经》的警句自然司空见惯。震动和沉吟的感觉，是后来才出现的。

门塔上，就在如今迎着繁华的闹市大街的、青草色的绿辉岩门塔的上方，那一行精致的雕刻，是如下的句子：

你们当以易布拉欣的立足处为礼拜地

它加入了哀婉的旋律。那时我似乎忘了围绕的世间，仿佛有一股流来的音乐。它浸入了我肉躯，从微弱一点点响亮起来，逐渐响彻了耳际。我屏住呼吸体会着，那个时刻如同启蒙，如同失聪复明。

不能抄写太多的引文了，我最近总是把文章写得太长。可是实在舍不得，还是少少引几句吧。这是刻在正西壁龛（米哈拉布）上的铭文。全文留给好学者自己去读，我只用括号加了两个注。

我派遣你，只为怜悯全世界的人

穆罕默德只是一个使者。在他之前，有许多使者，确已逝去了

当时，麦尔彦（玛丽亚）之子尔撒（耶稣）曾说：……

石头如生根的铁一般，沉重、坚硬、无一丝伤缝。在缄默着的黄石头之上，在凸凹的枋钉纹路之间，云母石英的亮点，随着句子闪烁，如隐藏的星在示意。无疑，当年泉州的无名氏里，曾有过深沉的哲人。有谁曾留意，有谁能理解，这一锤锤一凿凿镂刻在最硬的石头上的，是一些具有——“国际”意味的章句呢？

不是视觉。是在听觉中，若有若无地，断续从石头枋钉拼砌的圆拱里，从米哈拉布的凹陷和长条正方的节奏里，我听见了介于嘶喊和歌唱之间的一些声音。侧耳倾听时，它又消失了。

只见眼前神秘地交织着长条与方块的枋钉线条，还有流畅的花体圆凸的经字花带。间或一声沉重的叹息，在花岗岩的美丽色泽里面传出来。

——我明白了，花岗岩一块块都醒着。它们等着我的感悟，它活着，这是一座活着的废墟。

袭来的力量暗暗撼动着我。它太特别，在感动人之前要求复杂的基础。我写不出这股感慨。

石头在斧凿下幻化，浮雕成另一种斑点深浅的漂亮花纹，变成了一字字的深奥哲言。使我感慨无比、惊奇再三的是：每一道石墙的表里两面都环绕的、每一道字纹饰带上的每一笔，包括每一个纤细的“艾里夫”或“俩目”（这两个字母分别是一笔竖道，像I和

L），都镂凿得笔笔入微。它依附着花岗岩的结构，精致而更结实，经过六百年或一千年的风刀霜剑，没看见一笔折断，没发现一笔缺残……

在细腻的文字雕刻及精确的纹样凿磨中，建筑的装饰，最终完成了。

听说，泉州的穆斯林喜欢在露天的庭院聚礼。他们宁愿头顶烈日披风戴雨，为了一种体验了古代的满足。

也就是说，在那几道淡黄色或浅褐色的矗立石墙之中，艾苏哈卜不仅没有死灭为土、不仅能让我一块块触摸古代的石头，而且它正在历史中继续出演。它不只给了我一座伟大的遗迹，更给了我一座神圣的建筑。

一切都靠坚强的石头，是它保存了古代的心情。它不仅有真的石头的硬度温凉，而且它保存着人的存在方式。所以我听见了声音；石头内里的结晶深处，那些悲凉的、那些真切的愿望，如一支旋律时断时续。

6

非石筑的建筑中，让我留恋、使我记忆的例子，也并非一座也没有。印象深刻的例子，可以说出大雁塔和金阁寺。

我一直有个习惯：只要路过西安，一定要去看看大雁塔。

那不可思议的巨大和匀称，那无以言说的朴素和古老，它给人亲切和奇异的心情。而这种亲切感，只有人站在塔底才可能出现。

照相机对着它无可奈何；远离则照出来一个异物，近前则什么也不是。照相机其实根本不能捕获它。

朴素而无华的青砖，脱坯于平民的青砖。它使人幻觉般地，发现了自己的可能性。或许大雁塔的亲切，就在于它的材料？不敢浪言，我不知道。没准它隐约的不足也在这材料：塔不过是巧妙的砖砌而已。精确的叠涩，虽然达到了极度的矗立效果，但砖毕竟是砖。

那些时候，我没有觉察到自己心底的一丝微微的憾意，我没有任性地但是追究地想过，这座建筑若是石筑该有多好。

我喜欢在大雁塔下，任凭遐思自由飞升。但是久而久之，我忘了它乃是一座佛塔，忘了它的实用和历史。如今我才悟到，它在我的心中，仅仅是一座伟大的建筑。它不是使人慕名，只是令人从心眼里喜欢。

一年过去，我又来了，再去它那儿思索一番。又多了一些的学识，会使联想更加具象。以前若是投奔了它，寻找的人该多么安心。无疑谁靠住了它方正的台基，谁就好比有了靠山，心儿便被收容了。可惜，它如今沦为了一座摇钱塔；顶多能供好考古者，欣赏一番建筑的唐风了。

好像就是前年在大雁塔，我突兀地感到自己的需要。我需要有一座自己喜爱的建筑。那天靠着大雁塔的底座，我不住地朝帮我照相的朋友喊道：不要全景！就照这个砖缝边边，别指望全景！……

等着快门闪动的时候，我觉出自己在依偎着它。

大雁塔，我求学的教室。我像留恋，也像道别。门票已经贵得如白昼行劫，以后还再来么？人流滚滚，浓稠的人挤过来挤过去。如今它笙管齐鸣，再不是我们在这儿上隋唐考古课时，那般的肃穆了。

除了砖，除了材料的素色薄脆之外，它还该更多一些美质。

我抚摸着青砖，脑子里纷飞着兴奋的星点。念头盘旋着，不知要飘升还是会凝结。这是一座国家建筑；它壮观无比，但与我的微渺人生缘分浅淡。人能否拥有自己的建筑呢？像暗自抱着一个心灵的依靠？

我觉得自己早晚会去寻找，去远方的某处，找一座唯我欣赏的建筑。

也许有些人，他们必须贴靠着一座建筑。在潜意识里，比起家屋，美的建筑不仅同样安宁和可靠，而且它更神秘，给人说不清的鼓励。

金阁寺的故事，也许与我说的类似。那是一个日本的真实案子。小和尚说，他“出于对美的反感”，所以放火烧了金阁。作家从报纸上读到这个案例，凭空捉到了启发，于是以嫉妒、游离、官能、反叛等等多少变态的心理线索和文学框架，把一个刺激的新闻，繁衍成了一篇著名的小说。

留学时，我趁去京都之机，专门去看了金阁寺。

那一天人影稀疏，池边无一人打搅。我吐了口气，静下心来面对着它。

金阁忧郁地倚着镜湖池，用湖水映出一个柔美的全影。水隔开了人与它，使它远在彼岸。它恍惚，沉郁，纤细而且匀称，用静默呼唤着关心。与千年前的泉州蕃客相比，不知谁的心境更加特殊。我捉摸着，思绪从八方质疑。它优美，也平庸，在止不住的小说叠印中，它更像一个概念。借三岛由纪夫的用语，金阁已成了一尊日本人的心象。具体的构件梁架已经无所谓了；他们看着它，用心象反驳现实。流连之后，人满足了，别人不知他们的安慰。

在大雁塔的人流中，我承认，那个民族确实对建筑美更亲近。而我们，在黏稠人流中的存活中怎么奢谈建筑呢？所以，一面是奢华历史的累累残骸，一面是不能如愿的泥屋望想！

我想，一座建筑的征服人心，需要具备几种因素。每一种都如一角支撑，否则它在漫长的时间里，不能以稳定的间架迎送凝视。有哪些因素呢？——源头与现存，观赏与实用，物人的关系，剧情和含义。此外还要兼及纯粹的建筑因素：结构、布局、材料、装饰……

金阁寺弥漫着精美的空气，但依然是营造的功夫。在京都，当我与金阁隔水相望时，我觉得它的内涵毕竟还是单薄了些。如精美的纸屏风，如视野中的纤细和刻意。它强求着人的主观，要求人夸张和放纵官能的感受。

潮音洞，究竟顶，散步于金阁的周围，读着牌子上的名称，我不由忆起一些荒僻的神社。1950 年它被烧毁，眼前夺目的辉煌，不过是五十年代的仿建。我遗憾地叹了口气。镜湖池摇荡着均衡的攒顶，它居然叫究竟顶，我不禁笑了，想起荒郊小社的素色。虽然我也喜欢它，但还是打算多少保留。甚至对装饰的用金；因为那些无名的木作建筑给人更大的震撼。而此刻，在这里，好像——建筑在附会着小说。想着，一边在眺望里判断那金色的力度。盘桓了一回以后，我离开了那个静寂的湖岸。

突兀地又想起石头。金阁寺若是一座石建筑，我信马由缰地遐思着，会出现什么样的效果，又会引发什么样的故事呢？

不，我毕竟是不同的人。怀着对他们独特建筑的欣赏，我离开了日本。我没有放弃，因为我总觉得——就在这个世间，存在着一座我心仪的建筑。

它在哪里呢？好久以来，我常这样自问。

7

我蹑手蹑脚地，闪身躲入漆黑的暗影。

没有一个人。谁也没有觉察到我潜入了这座石头的庭院。只有月亮的柔辉，如流泻的银光，涂在石墙和石柱上。

我无声地轻提浅踏。

水漫一般，镀了银色的草坪，在鞋子下面无一丝微响。终于如愿了，此刻我终于独自站到了米哈拉布的对面。镀了银的花岗石依然微黄；那些雕纹，那一长条镌刻的石花饰带，在月色中被涂染出模糊的凹凸点线，神秘而美丽。

我企图独自体会一下。而在深夜，进入艾苏哈卜的花岗岩围墙的办法，除了梦游，就是偷渡。我不能让人流肆意干扰难得的机会，我决意争一次独自在艾苏哈卜里面的享受。

果然，市街消失了，喧闹消失了，现代和它的人都消失了。此刻我独自一人，正在石头间奢侈地感受。四面石墙和十二根石柱，正在为迎接诚意而环绕肃立。幻觉终于到来了，心里满盈着潮水，我看到了另一半故事。

一切都只是一半。真实和往事，那是浩淼的大海。一条近海航行的帆船抵达了晋江的入海口，水手们都是虬髯碧目。他们走上岸来，小镇子上，一棵红花绿叶的刺桐树下，有一个波斯的少妇。

水手在她的店里吃了烤馕和番茄汤，她走出铺子，指给了远处的这个地点。就在这时天黑了。来者急急赶着时间，在一轮月亮升起的时候，他们赶到了。月光下他们打量着，这是一个寒怆的、碎石头垒砌的小屋。

异乡人走了进来，看见了两位白胡子老者。他们谨慎地问安，然后随着两位白胡子老人举礼。一瞬间，我也看见了那两个虬髯老者的影子，我几乎失声喊出来：啊，苏哈卜！真是你们么？……但他们背着我，面对着米哈拉布，开始了吟唱。

寂静的月空中流动着海风，我凝神屏息，终于听见了那细微的音乐。

夜深了，异乡人铺开长袍，有的靠着廊柱坐着，有的在环绕的廊檐下躺下。我也挑选了一根石头柱子，悄悄地坐在了他们的圈子里。月光如水，众人围着白髯老者，听老人娓娓而谈。

显然他们在讲述着有趣的事，还有重要的机密。但正在听着，我的耳朵又失聪了，耳际只有海风流鸣，他们的声音不能辨清。我使足力气挣着精神，还是一句都听不见。我瞪大了双眼，可是——艾苏哈卜的庭院里空无一人。水手和异乡人不见了，神秘的老人也不见了。我突然悟到：不会有谁同在，我只能独自诉说。

我奔出石塔楼，笔直地跑到灵山圣墓。

既然我的形式是独自诉说，那么我要做得彻底。

这已经不是第一次了。在母亲去世后一周祭的日子里，在广州的宛噶素墓，我就曾这么做过。那一天在墓室里还有一个甘肃来的老汉，他也是独自一人吟诵，燃着一柱拇指粗的芭兰香，我俩都不理睬周围的人，只顾让自己的声音流淌出来。它们环绕漂浮，呼应穿行在南国潮湿的空气里。

后来又一年，顺着大运河我又到了扬州——普哈丁墓的台阶，居然就那么笔直地、斜斜向下砌入了运河水。一艘驳船驶过，浪头哗哗地拍打着石阶。我感激地倾听着四野的动静，听见自己的声音顺着石阶，轻轻跌入了运河，在平滑的水面上溅起了一朵水花。

于是，苏哈卜的传奇遗迹，只剩下泉州一处了。

当然，不仅在苏哈卜的纪念地。我在建筑上的行为遍布了北方。在帕米尔白色麦田中间涂成天蓝色的塔吉克寺，在黄土海洋奥深的神秘窑洞，在艾提尕尔，在陇东山区，在运河沿岸，在济南或云南，我在恩惠于我的广袤大地上，举意为逝去的母亲，处处送去怀念的章节。

我的旅行和吟诵，一处处都走遍了和念过了，这儿已是最后的一个地点。

灵山满麓浓荫。苍穹中虽有声响，但不易辨出海风。

最后我举起双手，凝神做了最后的都瓦（祝愿）。我寄托的，究竟都包含了什么呢，连我自己也说不清楚。

灵山上的树林正在落叶。一片鲜红的、弯弯的刺桐花瓣，悠悠地飞旋着，翻滚着，最后滑翔而下，落到了我摊开的掌心之上。

最后一天买了车票，是午间的车。那么还有一点时间，我想。心中突然不安，刹那间，想再看看那寺的愿望不可遏止。

于是又到了艾苏哈卜。在石墙和石券顶的塔门楼前，我像与什么告别一样徘徊着。我努力记住石头的色感，那沁出微红的淡棕。我更想记住石头的质感，那晶体颗粒的闪烁与润泽，那凿磨一体的平滑与粗砺。

也许，这真是我此生能找到的，最后的一座建筑。

心里感到从未有过的撕扯。以前只是与人之间，才有过这种难舍的离别。也许，艾苏哈卜，这座花岗岩遗址，就是我的心中的它。真的么？就在这无缘的泉州，在十二根花岗岩的石柱子之间，在乳色的坚硬莹石的废墟上，你能判定自己的取舍么？你肯定这一息尚存的石头残垣，就是你寻找的么？

我不敢肯定。但我再无余裕。就如对着米哈拉布举起双手时一样，前方更多的是自己的追求和意念。不能再奢求了，它就是它。

石头依然枋钉长短，整齐地砌筑着，矗立着，宛如击响着间歇有致的节奏。这是人心和历史在交响。花岗岩的质地闪幻其间，不知是感时的哀歌，还是信心的庆贺。我心里的旋律也加入进去，似乡愁更似满足。

家，无情地远在天外。我马上就要离开了。

当时，在你的门塔之内庭院之间，真的居住过圣人的伙伴和弟子吗？你能告诉我们——在花岗岩以前和以后的命运吗？

不，要紧的不是这些。就一种建筑的学识，我不打算更多地追究了。要紧的是我有了自己的一座。或着说，我有了一座建筑的心象。从新疆到日本，从广州到扬州，我经受了漫长的磨炼，完成了一项学习，然后找到了它。

从此以后，这些哀伤的石头将在我心中矗立。而此刻，我只能最后地再凝视一回，然后奔回自己的一隅。

写定于 2001 年 10 月

寺里的学术

1

八十年代，银川东寺办新式阿语教学的满拉班，要求我讲一些的历史、文学、民族学、社会学、翻译、研究规范等方面的知识，无论与伊斯兰教有关无关。

当时我暗想，大西北把没有念过经的人通称瞎汉，以和念经人区别。这很有意思，因为它区别了认主学与一般科学及社会的学识。所以哪怕你是作家人们喊你老师，仍然瞎汉要谨慎在念经人面前显能。根据这种思想，我总是开着玩笑，拒绝了在寺里讲课。

后日还按这个思路，给自己立了规矩，严戒自己在清真寺炫耀。何况，我在更多的地方目击了寺坊里主要还是师傅徒弟、经堂语、十三本经，就更担心过多的学术话题会干扰经堂教育。那时我没有意识到，这样做，实际上是回避了面对伊斯兰世界的文化建议。

转眼十年过去了，又一个十年也快过去了。由于种种的原因，我不断地对自己当时的作法反省。我渐渐觉得，当时一人的谦让，丢了难得的时机。在多年的漫游里，在全国的南北各地，我看到当年淘气的满拉中，出现了一个个严肃的新阿訇。他们不仅主持着众多的清真寺，而且面对着广阔的伊斯兰研究领域。他们里面，已经有不少人翻译经典，著作文章。但是在喜庆的景象里，也暴露着明显的问题：他们熟练地学会了阿拉伯语和波斯语，但他们不知世界是一个语言的海。他们毕业于麦斯只德或麦德莱斯[①]，这是一种宝贵的学堂；但是他们没有进过大学，须知那儿也是一种隐蔽的麦德莱斯。他们炼就了铁打的基础，但是又缺着启蒙的入门。看着他们难得出手的作品中，充斥着的不可挽回的遗憾。他们思路浑沌，抓不住潜在的绳头；他们汉语薄弱，写不出肚子里的感受——我开始意识到，当年的推辞是一种错误。我开始觉得，作为一个大家错爱的哥哥也好，作为一个举意与民众结合的作家也好，那时一味的谦让，只是意味着缺乏对大家的责任感。

我决定纠正这个问题，负起责任。哪怕时机早已过去，条件远不如当年。

此刻，在这座清真寺里，我想开一个头。

一方面我这节课可以做阿訇讲经的补充，另一面我也盼这样和大家讨论“有尔麦里[②]的知识”。大家可以把它当成汉语课；也可

① 麦斯只德：masjid，清真寺。Madres（麦德莱斯）：经学院。

② 尔麦里：γamal 宗教性的作为，仪礼和干办。

以当成读书入门。也许有的人会觉得不好懂，但是我不再顾忌那么多。因为当年在宁夏新疆，我们也都以孩子娃娃自居，打着哈欠不想“研究”；而转眼间世事两变，如今那么多年轻的念经人，都盼着翻本经译个书，那么多人都摇身一变，成了阿訇。

我想，也许就这样，一个新的时代已经砸响了门。说不定，真正的“伊斯兰研究”的口唤，就在你们谁的身上。为了将来不再遗憾，我决心用多次的、在各地各寺里的讲课与讨论，逐步写成这篇文章的文字稿；并且在讲课的同时，我们一起完成一种实践——把被高等学府里一天天发霉异化的专业学术，还原成文明主体手中阐释自己的工具。具体说，就是让穆斯林老百姓介入对伊斯兰文明的解说。

一开头我们就意识到了：在如今做这样的事，只能是表达一个倾向和姿态。中国穆斯林民众长久地求生存于社会最底层，他们根本没有介入学术的起码物质支撑，所以我们不指望一次就造就出一批有信仰的专家。这事情如同一个都瓦，我们不放弃，我们举意祈求，我们尽了我们的力——但是前定在先，成全念想的唯有真主。

我们至少能够达到这样的目的：我们宣言了对伪学的批判，反对了凌驾于民众之上并掠夺民众文化资源的风潮。我们至少表明了我们的追求——成为信仰的、文明内部的、首先是穆斯林的学者。

也许还要等到下一个时代，这种学者才能诞生。但他们无疑是一种新的希望。从本质到形式，他们与如今泛滥的——由体制豢养、向权力献媚的学者完全不同。

2

首先谈谈学者，同时兼及学问。

我们大家都称学者为“阿林”①。这个词在阿拉伯语里是学者、知识分子，以前回民把这个词过度地神化了。经过了不少教训和时间后人们才明白，这个词和世俗顿亚②的知识分子并无两样。

同时我们也清楚了一个同源词“尔林”③；它原来不光是经典教规、不仅是经注和苏非参悟。尔林就是知识。世上的各种书、各种文字、一切知识，都是值得学习的尔林。

虽然还会有些缺乏悟性的人，举着肤浅的小册子当旗帜，拒绝宣教小册子以外的人类知识积累。但那只是旧历史和旧时代的最后喧嚣而已。

代代积累的知识，都是人类智慧的结晶，都是造化的神奇结果。

所谓念经，也就是在这么个人类积累的知识里，对其中专门属于宗教门类的一部分的求学而已。孔子曾经说有教无类，现在我们说有学无类。因为这等于在说明：尊重人类的文化本身，就意味着尊重万物接受造化的可能。

具体到研究伊斯兰的圈圈里，有各色的研究者。一部分人，他吃这碗饭，但不信也不属于这个教门。大学里的讲师教授、研究所

① 阿林：γãlim，知识分子，学者。

② 顿亚：dunya，世间，社会

③ 尔林：γalim，知识。

的专家人员多是如此。作为一种阿林的他们本身，与回民社会自古对这个词的感知，在本质上是相悖的。

这事阿訇满拉们看着怪，而人家看着不怪。因为人家认为，学术以及真理是没有门坎的。而且只要磨，铁棒可以磨成针。用不着什么宗教，凭十年寒窗思索钻研，是可能达到建树的。以前我们和他们互不搭界，彼此不相识，所以也相安无事——他们的伊斯兰研究，反正与伊斯兰没有什么关系；反之，我们的寺里奥妙也只是念经人自家感悟，并没有给学术界以震撼。

当没见过世面的阿訇满拉推开学问的大门，猛然看见这么多怪物的时候，先别吃惊。首先要承认这样的阿林的存在；承认别人没有信仰、凭脑子和其他基础也能弄出来尔林。

要承认庄子外头还有农学家，教门外头有老道的宗教学者。要读他们的书，读他们老师的书，追着读他们祖师爷的书。追到了，读透了，“尔林”就不吓人了。

3

这些尔林该怎么入门呢？

不管是学一门知识，还是研究一个专题，在门口应该先看清楚它的来龙去脉。换句话说，应该学这个专业的研究史。这个学习从哪里着手呢？要先从目录开始。

图书馆里有开架的目录书。要读书，得习惯翻这些目录书，通过索引的通路，找到与你想弄的题目有关的一切书名、作者名、杂志名。阅读随后开始。顺藤摸瓜，按部就班，借出你这一天想看的论文专著。

再说一遍：在进入一个研究（包括翻译）之前，你必须了解迄今为止的全部人类对这个题目的研究史。你必须尽力搜集齐全一切与你的题目有关的论文与专著、不管是它们是哪种外文出版的。这不是吓唬人，这是方法和规矩。你必须先有一份你打算迈脚进去的领域的前人著述目录，然后一篇篇、一本本地读。

不会外文吗？那你就或者学、或者求人译。外文无计无力，只能读中文吗？ × 大的李教授、科学院的王先生也没有做到这一条吗？可能。但是你要明白：学问不能对准低水平。你可以鸟枪充炮，但要明白自己的缺陷。

上面说的是原则。必须补充说，以前的学术，是大体遵循了这种实证主义的原则的，虽然打折扣的现象也从来存在。

有图书馆的读书，与没有图书馆的读书不一样。没有的，只能任凭口唤，撞上哪本念哪本。命定遇上好书的，念了八年没见着一本好书的，遭遇不一样。有图书馆，就可能全面了解一个专题领域。

还要会浏览。否则阿文、波斯文的书一架子，你一天只能读两页，仔细读下去哪年哪月才能读出个结果呢？必须会浏览——只有把浏览和精读结合好的人，才能读出门道来。

精读，就是在书的汪洋大海里，挑出那些扎实的、基石一般的好书，读，思考，回味，再读，一直读它一个透。真的读透了，读出了解数，看出了硬处也看见了虚弱，知道了它的好和差，这尔林就归你所有了。

还有，今天互联网发展飞快，它正使你的电脑像个图书馆。

4

终于要写论文了。

写之前必须问自己，这一篇是否“站在前人的积累之上、比前人迈进了一步、解决了未知的一些问题、有一点数点新建树”？

清真寺里常见的是：一旦五功谨密经典娴熟，阿訇就要翻译了。

翻译和写作都一样，不能做无意义之事。起码这部书是未译的、译出来有益于天下的。提出新译本，要能说出自己在哪里超过了旧译。而常见的现象却是，大家挤着都译同一本，这一本也不知为甚这么热。连篇累牍的重译，不仅是浪费，而且无法令人信服。

做到了上述要求，就可以动笔写开篇译。反之，若是没有新建树，那么题目就不能成立，搞出来也不是真货。

以上勾勒了一个学术规范。

实际上，达到这些要求的很少，看看到处的学报专著，确实，包括马教授牛研究员也没有守着规矩。根本不知前人积累、大言不惭地用低水平写人家在几十年前就解决了的题目，夜郎井蛙、摘引黏贴，炒剩饭、贼娃子、掺假偷巧、干巴八股的“学术”——充斥着顿亚的各种学界，更充斥着伊斯兰研究界。

我们企图做的，不仅是穆斯林对自己文明的阐释，而且是对堕落的学术的刷新。

无疑这是艰难的事情，但是有信仰的学术就应该如此。

5

由于伊斯兰教的信众，在城里多是勉强求活的城角贫民，在农村多是饥寒交迫的泥腿百姓，即便在外国，穆民也多是第三世界的民族——自古艰难的日月，不曾给予他们文化的条件；所以关于伊斯兰的学术，往往排斥了穆斯林的参加。我指的，主要是社会底层的穆斯林。

听到我们说“底层大众参加学术”，外头一片议论。甚么？文盲老回回也要介入学术？算了吧，别折腾啦，还是再等两三辈子，再看看行不行吧——人人这么想。

如果说，迄今为止的对伊斯兰研究，大体上是在主体缺席、即穆斯林缺席的情况下发达起来的——这并不是一个夸张。如果说，这种状况随着时代的进步，随着知识分子良知的觉醒和文化在底层的普及，是早晚要被终止的。这种状况中的一些不义的内容，是要被清算的——这也并不是一种夸张。

6

伊斯兰的研究者远离于穆斯林之外，有意识地拒绝与文化主体共存的现象，不是光明景象。这至少造成着研究者与他们从事的研究之间的不和谐。

为什么会这样呢，原因有很多，但其中之一是：研究者之所以去研究，只是由于一种职业的原因。在国外，显赫的教授职位，是知识分子的巨大牵引力。国内的现象更有趣：毕业分配，上级安排，革命需要，都是知识分子专业选择的缘起。干巴巴的他们不过是一些老实被动的宾语，少有哪怕对学科的忠实或理想。等到时代骤变，金钱至上，他们又突然活跃了，找出自己看家的这点知识渣子，复制叫卖，恨不得把屁股下破旧的冷板凳，打扮成时装模特的展示台。

回到考据主义的标准，严格些说他们也没有掌握了几多。因为细节不一定都按照旧的框框存在。常常是百姓们心领神会之处，学者却完全蒙在鼓中。有新意有创见的著作要靠掌握活的知识，而这种知识的课堂只在活的社会。

问题还不在于——他们缺乏营养的源头，缺乏对专业的来龙去脉、大小细部的了解。焦点甚至不在他们掌握真实与否，不在结论的正误。关键在于，一种立场和一种可能性，一种学问内外的情感和正义，在上述“学者”和“学术”中、在他们拥塞的大学、机关、和学报书刊中，一再地失却着。

失义的学术，使得学术本身成了对学术真理的异化。他们只是寄生于体制化、无情化、僵死而虚假的“学”中的一些“者”，说到底他们并不追求真知。

其中一些甚至是罪恶的帮凶。或者直接为压迫提供证据，或者成为一种刀笔，对民众施加精神威胁。他们的“学”，与繁衍其学的民众土壤，隔阂甚至冲突。他们向社会提供着不准确或有害的信息。

7

如此知识分子作为一种类型已经太久，分化是必然的。

从他们的营垒里，游离而出的个体愈来愈多。一部分文人阵里反叛出来的知识分子，正急切地寻求正路。

此外，时代呼唤着另一类“知识分子”在悄悄地出现。不仅回民的门坎里，其他领域也一样：农民的娃娃，如今不一定是文盲了。读书，也并不是太苦的劳动。为了父老乡亲，为了一方水土，农民、阿訇、学生，社会和宗教中的实践者、历史冲突的当事者、以及他们的儿女，决心站出来试着描写自家的文明。立志要拿起笔来的新文人，到处都可能出现。

在这新旧世纪之交，旧学术与文明主体之间的矛盾，浮现出来了。

8

在穆斯林世界的深沉内部，承接着经堂教育的悠久传统，应运而生地，一批批地成长起来了新型的知识人。他们一出世，就站在摆开的阵上，以挑战的姿态，与寄生于事实上不平等的社会分工的、所谓的伊斯兰学者相对峙。

但是一滴水穿石头，需要的工夫难以想象得大。若以为对旧学术的颠覆马上就会在这一代实现，那就大错特错了。

我们只是开始了一个呼唤，如同祈愿着一个未来。完成这伟大的颠覆，也许不是我们力所能及的事。当然事在人为；有时一个人的出现，一个时代之子的诞生，就能把歪斜的现状平衡。

在时代的儿子出现之前，我们看到更多的是滥竽充数、半文盲、以及戴白帽的名利之徒。经书铺子里充斥的，多是肤浅、僵化、可笑的小册子。读久了会感到——是的，我们应该呼唤文明主人的发言，但也要承认事情还缺乏准备。不少人是在文理不通地写作，牛头不对马嘴地发言。

在代表民族和信仰，代表一个母亲般的文明发言的时候，这样是不行的。说得严点，是要受到指问伊玛尼[①]的谴责的。你弄这么个低水平甩出去是为了什么呢？贱卖你母亲的遗物么？不甩出去人家还都不知道，甩出去不过公开了你的低能而已。

在正式地披挂上阵，充当这种新式知识分子以前，要严肃地追究一下自家的举意。要扪心自问，是否怀着一个为苦难深重的穆民世界发言的举意。

9

我画个图来说明我的想法。

这个圆圈圈，正好是个完整的顿亚和究里的示意。它也比喻着社会真实和对它的文化表达。左边的半个圆，大致地用来表示文化界，包括学术、专业知识、学者专家权威知识分子。在这半个圆

① 伊玛尼：iman，信仰，虔诚。

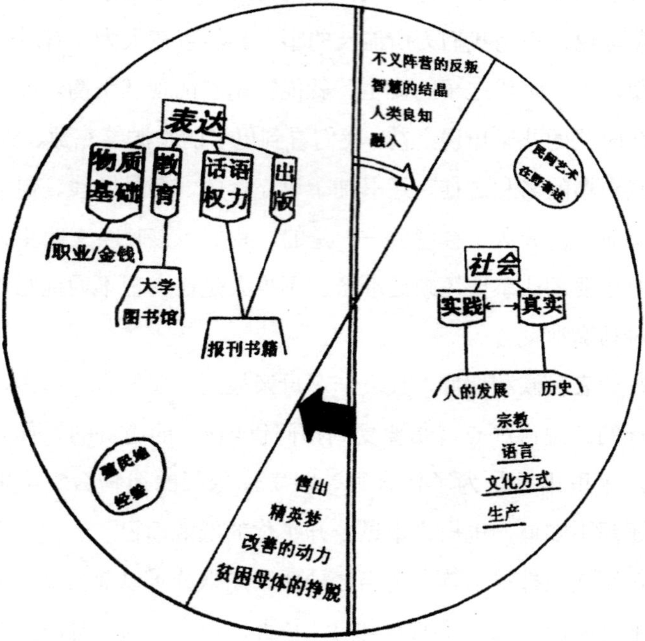

里，应该标明的内涵其实很多，但是参悟着，觉得这个半圆里的最根本要素，是“城市”。

右边的半个圆，是左面半个的研究对象，是人间社会。有老百姓，有他们的环境地理、社会结构、生产营生、语言、习俗、宗教，历史经历，不胜枚举，丰富至极。可是简言之，是左半圆依据的“主体”。

先说右半个圆。“社会”内容太多，很难举例周全。还是只举寺里的例子。

山东黄河北有一座寺，寺里的学东和我共处了两个晚上。一边谈着心里话，他算着账。没有事的时候，我就把账本子翻一翻。久了我感到，这账本子里面，简直就是清真寺记录的、整整一本子社会学经济学。

会计算盘敲下的、数码字一页页抄下的流水账，记着老王的五毛钱乜帖老李家三只羊。记着灾害年头的欠款。记着海外的移民关系。记着本地砖瓦木工的价格。记着村庄消长的财力。还有——烧煤支出多少打粮支出多少、念经收入寺里留多少阿訇落多少、培养着几个满拉也养着几个羊、坊上一共多少高目（教下）、各姓的根底来源、企业家出散了多少……一本账，好像是一坊一村的川流不息的历史。

细细读着，能读出许多知识。数字里能看出深浅的纠葛，经济里藏着复杂的人事。不敢小看，这些都是无字书，活的尔林，社会的知识。

你笑了，你觉得熟悉得很。但是你要总结出门道来。

一群人，若干家，靠寺聚居，组成了这一寺的信众，中国称呼围绕一座清真寺生存的一个社区为一坊。一坊就是一个活灵灵的穆斯林小社会。这里面热闹而且庞杂。不仅是生产营生不同，米泉县种水稻，西海固种小麦胡麻洋芋。粮食供一年的吃，胡麻卖下钱，管一年的花用。一个工人户，屋里摆一对沙发椅和黑白电视机。他们有几百个元的收入。

一个社会支撑一座寺，社会的生活托着宗教的生活。社会上层也许是教门的管事，而基础则是深沉的社会各种层面。老人在这里获得安慰，娃娃们在这里打上底色。如此社会的解数、细节、规律，数不胜数，如此的社会其深莫测。

几辈子都以阿訇为职业的阿訇世家，在中国是特有的。因为在彻底世俗化的中国文化里，圣职能成为悠久的传统，并且延续不断，本身很难得。圣职人员凭自己的宗教实践，获得给养，以此养家度日。社会呢，向他索求正确的宗教生活指导，再给予他世俗生活的必需。他的尔林操守愈好，就能获得愈多的报酬。

在健康的宗教生活中，寺坊有权选择品学兼优的圣职人员，辞退不称职的阿訇。长而久之成了一种良性的循环：一方面阿訇管理着穆民，一方面穆民们监督着阿訇。一方面宗教指导生活，一方面社会制约宗教。

这种无字书、活学问，到处都能读到。你的家乡也一样，远远不仅限于清真寺，一切有人群的地方都一样。

10

左边这个半圆里，核心在哪里呢？

常常听农民们说这么一个话：城里人嘛，要个啥没有呢！这话说出了这左半圆的要害。是的，核心就是“城市”。

城市拥有的因素很多，针对文明底层的百姓来说，所有压迫农民自信心的因素，比如大学、图书馆、出版社、杂志、奖金和各式的收入、学术会议、教授，都在城市的名目下聚集着。

在城市堡垒里，有着农民得不到的高水平基础教育。城市里也充斥着农民不能想象的机会。包括残酷而催人成熟的争斗机会。各色档级的人际环境、可供学习的专家里手，密集的出版工业、每日环绕的气氛、弄假成真的宣传媒体，城市里满是使一个年轻书写者进步的因素。

而可怜的农村呢，想了解世界的苏非？出国考察是别人的事。即便对伊斯兰教，非穆斯林的见识也比你多。参考书么？分着英法德俄日各种文，线装的精装的，一柜柜都在大学图书馆里。好书净是外文的，教授们都结结巴巴懂英文。

还有很重要的一条，就世界知识分子而言，他们的所在国（其实就是祖国）拥有“殖民地知识”。在图上，我画些圈圈表示。在第一次世界大战后，奥斯曼土耳其帝国的时代结束后，非洲、阿拉伯世界、西亚、波斯和阿富汗、印度和巴基斯坦，几乎全部穆斯林世界，都沦为了欧洲列强的殖民地或半殖民地。而为了对殖民地管理，西方国家派了大量的知识分子和行政官员（行政官员也是一类知识分子），进行专业的针对东方的研究。统治与研究，整整并行了一百多年。

必须承认那也是一种实践，因此也会触到文明的真相。西方人没有吃闲饭，他们始终在非常严肃地调查、理解、研究。到了本世纪中，风起云涌的革命使殖民地独立，旧时代结束了。但是，文化的态势并没有改变。

念阿拉伯一波斯语可能是中国回民社会的一技之长，但是，一点特殊，不能抵消文化主人的全面文化劣势。

谈到这里，我想该把这个讲义限定在一个范围里：

我们话题涉及的，主要指的是与百姓今天的日子关系密切的、所谓现代时的学科。诸如民族、社会、宗教类学科。这样的界定，是为了强调对基础教育、历史考据、语学等技能性学科的尊重。

11

再看看知识分子。知识分子不是从石头里蹦出来的，不管来源多么复杂，他们最早也是来自右边那半个圆：来自普通的民间社会。不过有的先天不足，有的染了痼疾，他们之中优秀的只是凤毛麟角，难得一见。

如左半个图，知识分子占有了半边天下。但除了从事基础教育和语学技能传授等专业的知识分子之外，在研究界尤其是进行民族、社会、宗教类学科研究的人们，大多不过是被动地为职业驱动。没有特别的建树，也难得高尚的冲动。

尤其近年来，逞小技离大义成了倾向，他们使知识界愈来愈发展成了一种秩序。他们把困境归结为资料问题。这是他们向着右半圆，即社会真实接近的一种动机。照相机、录像机，他们利用一切技术手段，竭力获得真实世界的资料。他们要攫取，他们要最终占领比商场还有利润的高等学府和国际讲坛。他们代代孪生，使得知识分子世界呈着一片灰色。

与此同时，能看见从右半圆分离出来进入左半圆的一条。就是说从老百姓里，也不断输送着知识人。必须咬咬牙说，乡亲百姓盼望的他们，从小知识到大认识，尤其在自信心方面，并不处在高水平上。一些人以制造并无创见的印刷品营生，一些人以匆忙出卖自己的出身以及资料为道路。这种现象在穆斯林世界尤其显眼。他们与城市结合以后，并没有为文明的主人揭明真相，并没有使学术从苍白的研究室，回归为有血有肉的东西。

底层和农村的一种危险倾向，就是永远朝着上层。永远有人朝着文化的上层和社会的上层，做着低水平的流动。

由于缺乏新型知识人的冲击，对社会及人的描写学术，便显得日益萎缩。夹生饭炒剩饭比比皆是。难得见真知灼见，也难得见真情实感。题目本来就不成立，行文更是抄编诌侃。印出来，自称“研究”。更有极端者，不仅是出卖资料——如极左政策横行时，宗教资料散失到有关部门，弹指光阴变了，见学术能名利双收，一些人又把没收的资料编书出版。这种行为是低级的，不只是水平的事。

12

相反，与对角线对面，与社会分流的低水平文化活动对应——左半圆结晶出来的一条，反而是旧式学术和文化中的高水平积累。它与对角的那一边的平衡很有意思。

这是人类智慧难得的结晶。它的创造者未必有过正义的抉择，但是历史造就了他们的高水准。高水准的学术本身就会导致分化，对西方的学术，必须有这个留意。

分化是深刻的。学术营垒里面的高尚者，在一定的推力之下，会步步走向与社会真实接近、融合、皈依的道路。到达了文化的奥深以后，深度会催促立场的反省。科学的先驱，拔群的知识分子各自从学术的高峰，看到了或感到了比学术更本质的实在。他们强烈地企图回归学术的初衷。他们从旧学术中反叛出来、追逐正义和真实。这就是为什么学问在高深处变得简洁，大师反而更亲近的原因。只有掌握了真知，才能达到文化的自信。

13

经过这样的梳理，我们看到，在左右两个半圆之间，其实一直不断地发生着相互的对流。两半并非只对立，不融合。相反，左半圆知识分子世界中的最优秀的部分，尤其一部分旧学术的大师，他们早已流入右半，融入了真实之中。

与之同时，对面的右半圆里，那些叫卖的和低质的流露，也不停地从母体中分离，投奔了繁华的左半圆。只是，它们大都成为左半知识分子芸芸众生的补充，而极少成为那些优秀者的继承。

咱们把话题绕回到伊斯兰研究。

今日里，阿訇界也出现了一些年轻人，一个个跃跃欲试，都盼着跳出教门的母体，进入左半圈的花花世界。应该严肃地提出学术范畴中的伊玛尼问题。对于以往俗世的知识人，我们批判他们对民众文化资源的掠夺与歪曲，强调着学术的良心。而今天，看到圣职内部的背离，看到举意不正的伪学，我们该怎样批判呢？

清真寺门槛内的学术也是一样，你若是缺乏端庄的举意，你最终会被淘汰。在你看不起的满拉农民中，真正的人正在出发。伟大的文明不会永远沉默，她会推迟时间，等待自己的儿子诞生。所以经上说，学者的墨如同舍西德的血。所以诗云：江山代有才人出。不知今日在座的满拉们，谁是那新光阴的人才？

14

学问有几类：古代的、技术的、考证的、概括的。和回民寺里寺外相关的，大多是把现状当做研究对象的学科。

山里有了宝，肯定要引来挖宝的人。西海固的满山洋芋，一定会引得固原人办加工洋芋的粉丝厂。文化也是类似的道理。既然有这么丰富的文明，有活生生的秘密不为人知，就会引来对它的研究和追求。研究、描写、探索，是人类的天性所致，是人的求知本能所致，也是人的榨取掠夺的本性表现。

一部分人为求自己的生存发展，企图把文明变成猎物。

无论是实况、资料，老百姓的具体细节，传到外头留给后世，都可以总结规律、启发视听、给世界提供教育和参考。对于左半个的学术界、特别对于有些贼娃子传统的学者来说，这右半个圆是大大的聚宝盆。它是教授证，是摇钱树。

说透了，与吓唬人的“知识”相反，最贵重的是底层的无字书。本来知识是无言的。知识的创造者也从来沉默着。无言的知识，延续了一代又一代，与它共存的民族，也世代地繁衍不息。知识和人的关系，本来是天然的依存，并没有太多研究解说；后来学问大了，病态却传染不已，这是人的异化。

日本伊斯兰研究界的几个奠基学者，曾经在日本侵华时，下大力调查回民问题，坐在蒙古眺望回疆，企图搞清回民苏非派的底细。他们甚至把哲合忍耶的乡老召见于包头，反复地询问记录。后来出了一本书，研究回教社会的结构。但是不过穆斯林的日子就缺乏参悟，偏偏他们没摸清的，正好是宗教社会的结构。

这里并非是躲在清真寺里攻击别人。我们的动机是探询自己的正道。他们著作肤浅的原因，是因为学者随着皇军的队伍。我们要代六十年前不敢直言的回民说：立场会使体系坍塌，会使调查浅薄。感情不正，连基本方法都会运转不灵。我们更想警告自己：在没有解决“文明阐释的资格”问题之前，知识分子的人生会失败。

15

画一个金字塔：底下的一层是活的社会，我们常叫它顿亚。中间一层表示宗教生活，最上头的是文明结晶文化，尔林文化。当然，在不同民族的地区，社会和文化金字塔的层数以及多少，都会存在有无及多少的不同。存在单纯的文化和社会；也可能存在不发达的和单调的社会。

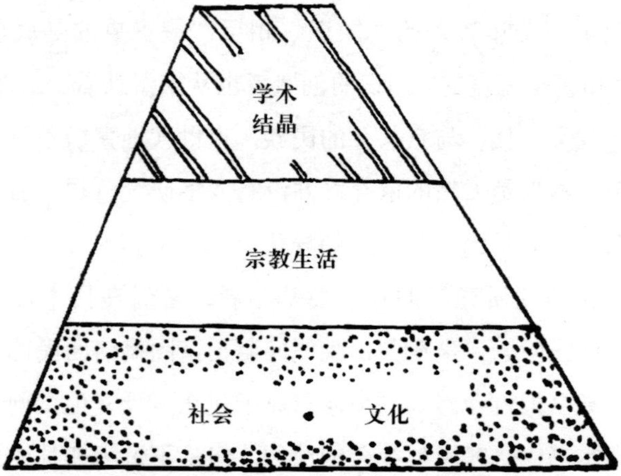

诸位这阵坐着的凳子，正在这宝塔的二层上，三层下。也许这么分析是对的：底层的百姓，没进过大雅的高堂，以前包括穆斯林在内的泥腿农民，命定的在最下层度日月。阿訇则有双重身份；一方面是精神生活的领导、宗教知识的教授，另一面又是完全的农民。阿訇满拉，圣职人员，大都在二、三两层间上下，历史上由于经济条件的限制，很少有谁能登堂演礼，涉足学术的深潭，插嘴文化的雅乐。

十几个世纪过去，伊斯兰已是千年的大河。土地民众的历史，各种行当的酸甜苦辣，养育着自己的社会组织和宗教组织，从这两种“顿亚”的和“究里”（深层社会，宗教领域）的角度，造就了自己的独有的——比如经堂教育的文化。

依托着与下两层的血肉联系，靠着坚实的基础和精神的感悟，偶尔也有如关里爷、王静斋、马坚、马良骏那样的奇才出世；流星般穿透了金字塔各层，照耀了回民的悲惨世界；但那是极少的罕例。

说这些，既想提醒家里的满拉弟弟，又想提醒外头捏着笔杆的一切年轻人：在迈开脚走出去之前，要记着自己底下的厚厚的地层，记着建立和保护自己与生活、与真实、与民众立场之间的，这千金难买的关系。

不做研究是完全可以的。你只是阿訇，你就跟穆民守住清真寺。有了寺，就有了维系穆民的绳索，对这绳索的抓缆是基本的。在人人都拥挤着要当学者的时候，必须说——对生活的描画并不会超过生活本身，没有必要过分夸大学术。

但是一旦你要舞文弄墨，问题就随之严肃了：你的身后是穆斯林千年的苦难与珍藏，你摊开的稿纸琢磨的，是连着人心的学术。任何动机的不端正，都会伤害宗教即人的心灵。在动笔之前不妨再三想想，不要最终当了个便宜货的小卖部。

在新型的学者上路之前，先不忙庆祝，不忙挖农民学术的深刻意义，而该先吃这么一服药，泄掉自己的浮躁。

这个思路不仅限于伊斯兰研究。挑了清真寺讲这一课，是因为这个道理在寺里容易说得通。因为我们都知道，在这一方神圣土地的上空，高悬着一个字叫“伊玛尼”。是的，我们从来都是用信仰来要求自己的求学，以后我们也要用信仰来监督这新式研究。我们在出发前提醒自己：不能十年寒窗，到头来当了个文化的小偷贩子。在羽毛远远没有丰满之前，我们警告自己：不能因为自己取道偏差，而伤害了民众的文化主权。

16

若是再多说几句，该说造化是奇异的。基础、图书、金钱，条件的优势，并不意味着对伊斯兰的研究就能领先。一个领域的本质，不是靠资料决定的。还需要感悟与灵感。民众的社会是一个参悟的世界。苏非主义的认识途径，就是实践兼之参悟。很多东西是说不清的，要靠灵感、启迪、靠特殊的机遇，靠对经典的读透悟到，靠人生的虔诚才能得到。读书破万卷，万里的土地跑了一个庄子又一个庄子，最后还是要靠脑子里闪过的一道光。

在奥秘处，感悟是理解的唯一方法。感悟不是放纵的胡说，而是一种掌握了大量知识后的综合能力。是一种脚踩着深沉基础的直觉。在学问中，直接逼近本质的直觉，比什么都重要。

17

沉默是民众的特点，表达是文人的特点。

也许今天，民众要表达了，也许我们已经站在了这个岔路口上，也许这只是我们的一厢情愿。文明内部的发言是一种正义，更是一种价值。我们花费几年寺中讲学的意思就在这里。但是不能只靠一本书，今天的念想是让这种发言一片雷声般响开来，震撼那病态的知识塔。

依靠厚重的实践和真实，依靠参悟的能力，追着城里的修养，补着汉语外语，满拉们青年们在摸索着走着。再过若干年，可能会出现大学毕了业再进寺念经的新型满拉。反过来，也会出现当阿訇的重新学汉语，上大学进修，学了哲学、宗教学、历史学博士学位，然后反过来再入教门——出了峡口的黄河不回头，一批人不行就会有下一批人再涌现出来。总之，自古无言的民众，在朝着一种不仅正确、而且正义的“文明内部的发言”，慢慢地攀援着。

那个时代就要到了么？

不知道。也许人家会嘲笑这些思想。也许门坎内没有谁具备条件，门坎外的学术也只是方兴未艾。但是，为了民众长远的利益，总要有人迈出脚去，开始哪怕是迷茫的探索。这种努力并不是多余的，虽然口唤[①]尚还飘渺。

① 口唤：经堂语：命令，使命。

但是，它若到了时，一定会出人们之不意，席卷一切陈旧，带着时代的呼啸，在顿亚的大地上降临。

2003年4月改定

注释：

伴随此稿的实践：

1998.10. 初讲于某清真寺

1999.5. 由清真寺整理成稿并修改

2000. 斋月 . 第2次修改

2001.1. 再讲于某清真寺

2001.2. 第3次修改

2002.1. 再讲于某伊斯兰学校

1989—2002，辅导数名阿訇写作。他们有数篇习作论文和译著《热什哈尔》问世。

2000年以来，组织翻译西方学者对乃格什坂丁耶研究的资料并向穆斯林世界传播，打破学院知识分子对资料的垄断，动员各派穆斯林学者都关注苏非研究、呼吁穆斯林都来探讨学术。

2006年，组织出版苏非主义典籍《曼丹叶合》。

讲演河州城

临夏的读者们，你们好！

临夏的穆斯林朋友们，赛俩目！

我不善于在大庭广众面前作很认真很像样的演讲，我习惯的形式是和大家做朋友式的闲扯。现在我把我最近对国际形势的观察和思考说一下。

这里有一种“主场”的气氛，好像在自己家一样。没有任何压力，觉得在场的都是自己的朋友。但即便这样，要把一个有意义的、重要的话题说清楚，我也不是很有把握。我可能说的比较杂乱，无非是两三年来思考得较多的一些问题，如果和大家的思想不尽一致，请大家原谅！另外我也希望从大家的问题中摸着大家关心的话题。

我主要想说两个方面的问题。一是想讲讲这些年的形势，尤其是国际形势。它是针对两方面的民众来说的：一方面是针对穆斯林大众，另一方面是针对中国民众。再一个，话题更多是针对穆斯林青年读者所讲的。我愿把自己的一些想法或者教训提供给大家，和大家一块思考，思考穆斯林青年应该做什么事情，因为这是迫切的任务。

不知道大家每天看国际新闻有什么感想。我通过传媒，还有自己的阅读，感到非常强的压迫感或紧迫感。因为无论针对穆斯林还是针对中国，一种严峻的形势正在慢慢逼近。这样一个对世界的基本认识是重要的，如果对它缺乏认识，偏离了对大环境的思考，就有可能在将来形势发生急剧变化的时候，我们会不知所措。我们会发现我们每天忙碌的可能会失去了意义。因为我们回避的，是最大的原则。

虽然媒体常把 9 • 11 作为划分断代的事件，但我以为，断代标志更应该划在更靠前，即报刊上很少提到的以色列总理沙龙强行亵渎阿克萨清真寺，激化巴勒斯坦地区局势的事件。因为这个事件逼迫巴勒斯坦人民掀起“indifata 印第法塔”，即巴勒斯坦人民的第二次“投石起义”。

在座的许多人懂阿语。“印第法塔”一词在新闻中一般译成起义、暴动。但它有一个图画般的形象，这形象就是近些年来，巴勒斯坦民众尤其少年儿童，用石块投向坦克来表达自己反抗的情绪。

这种行为本身，不是一种战争行为。它甚至说不上是严格意义上的武装抵抗。它更多的只是被压迫人民心情的一种表露，是他们想向世界传达一个信息。这信息、这声音是一个形象，它在说：我们没有武器，我们没有后路，我们别无他途，我们手里只有石块，而迎面的却是武装到牙齿的野蛮的帝国主义和殖民主义。我们把这些石块投过去，并非为着打坏坦克，因为石块是不可能打坏钢铁的。我们的目的是呼吁世界看到压迫和侵略、看到占领和侮辱、看到谁是被压迫的一方。如此一种绝望地、悲壮地传达信息的斗争方式，应是“印第法塔”一词的含义。

很遗憾，我们的媒体宣传和知识分子写作中，无论对这个词的解释，或是对这种现象的解释，都是错误的、歪曲的、不正义的。

我想说，穆斯林尤其穆斯林知识分子，没有尽力地表达对他们的支持和理解。他们的投石，就像写信一样寄给外界的我们，而我们，中国知识分子和中国穆斯林的感觉是很迟钝和很麻木的。也许，麻木不仁置若罔闻的是少数；而清楚地把“投石”语言读懂、刻在自己心中、化做自己行动的，也不是太多。

在绝望的背景下，当人民感到前途没有希望，绝望的“投石”变成了绝望的自杀袭击。五十年前反动的犹太复国主义，已然是新帝国主义侵略的一环。针对这紧急的现状，一批穆斯林于绝望中选择了一种极端的反击，这就是9·11事件。

9·11事件是一个结果而不是一个起因。把它说成起因，是帝国主义别有用心的宣传。它不公平，也不符合事实。真正的起因是列强和国际秩序对巴勒斯坦以及穆斯林世界施行的侵犯和榨取。国际舆论每天在上演着指鹿为马。当被侵害者用石块和生命送来语言时，这语言被下流地污蔑和误导，世界蔓延着丑化悲愤、践踏正义的劣行。我以为，每一个作家和每一个知识分子，不用说每一个穆斯林，都应该在这样的局势面前扪心自问：你是否站在真实、良心、和正义的一方？

9·11 之后的世界变化，在中国应该有更认真的讨论。因为如此险恶的形势并不仅仅针对穆斯林世界，它同样瞄准着中国，以及整个第三世界。

鲁迅先生有一个词叫“看杀”。就是一个人被肆虐杀戮的时候，人们围着旁观，不伸援手，不表公道，看着弱者死掉。今日国际的“看杀者”是短见的，他们忘了下一个轮到的，将是自己。新帝国主义对中国的潜在威胁最大，所以，中国人不能在看杀和短见中自娱。这样的认识，应该把它向广大中国人民传播出去。

现在的国内，有了这样清醒认识的人，正渐渐浮出。如果说前些年公正的见解和文章很少的话，今年以来，挺身而出发表正义见解的知识分子越来越多了。他们看清了以美国为首的帝国主义“新十字军”并非仅想消灭穆斯林世界；它们的目的是控制整个世界。在如此危险的国际战略之下，正在崛起的中国是不会被放过的。如此思路，也许会成为一种重要的思想潮流。迎对着这一思想潮流，穆斯林要改造自己，团结朋友，共同面对共同的命运和形势。

此外，帝国主义也不再是我们过去所说的旧式概念上的帝国主义。如今它是一种企图重新统治世界、瓜分世界的势力。它是一种以军工企业利益为基础的、右翼西方世界的“十字军”，是一种新帝国主义。它们首先要打败具备与之抗衡的传统的穆斯林世界，接着要控制、统治、榨取全世界。它正在肆无忌惮地卷土重来，甚至不在意理论的可笑和悖理：于是有了诸如反恐、世界秩序、国际规则等怪论的横行。

这一帝国主义战略因9·11而找到了一个借口。目前他们正把这个借口无限扩大。第一步它完成了对阿富汗的军事占领和资源占有，紧接着意犹未尽，它继续向穆斯林文明的中心部展开进攻，以及军事进攻前的舆论战。伊拉克是新十字军进攻中的第二个牺牲品。虽然伊拉克的抵抗者在顽强战斗，就像当年的抗日联军、八路军一样，但他们孤立无援且蒙受着诬蔑。每个习惯于媒体宣传的人，都对战士的孤立负有责任。我们应该内疚，因为我们无力支援他们，甚至无力为他们解释。

作为一个作家我感到惭愧，因为我没有做到更多的批评、异议和解释。我也想说，穆斯林营垒中的一些人，视天下大义于不顾，热衷鸡零狗碎争名夺利，这是非常可悲的。

在网络上几乎没有穆斯林的声音。穆斯林网站在讨论着一些非常遥远的话题。绝大多数穆斯林在上述大是大非上是沉默的。我曾对许多年轻朋友说，为什么不到网上去写几句？仿佛流行着奇怪的懒病，好像天下兴亡与自己无关。那么就任凭别人侮辱你的民族和信仰，也侮辱你安身立命的中国！威胁的浪头同时也针对中国而来，所以每一个文学青年、每一个中国人也都应该责问自己，是否——生活在正义的冲动之中。我们寄希望于年轻一代，寄托穆斯林和非穆斯林的有志之士的结合。我相信，在时代的大潮推动之下，我们会看到新的穆斯林形象，会看到新的中国精神。

过去经常听到有人问：你认为哪个作家好，你认为哪个小说写得好。我总说，我对这样的问题没有兴趣。但是今天出现了一个非常好的标准：如果哪一个作家对当前世界上发生的种种不义不能容忍，如果哪个知识分子在主动地抵制帝国主义，他就是一个优秀作家。否则，不管他有多大浮名，无论他得了什么奖，他不配被称为作家或知识分子。

我给大家推荐一本书，叫《文明冲突的背后》，我为它写了一个书评。它不是穆斯林写的，而是一个有良心、有正义感的知识分子写的。他有一种公道的判断，有一种对世界的责任感。他不是穆斯林，但他通过他的学术水平，搜集了大量的资料，研究了伊斯兰问题，写了《文明冲突的背后》。总的来说，这部书，是我见过的为穆斯林世界辩护、抵制帝国主义十字军阴谋的唯一一本中文书。他不是一个穆斯林，但他有着许多穆斯林并不具备的、人道主义及关心他人苦难的原则。穆斯林在经受苦难、被歪曲和被侮辱，他不能容忍，拔刀相助。我们要做这样的人，不仅在穆斯林承受压力的今天，即便在并非穆斯林的他人受难的明天，我们也要义无反顾，拔刀相助。

穆斯林不应该是狭隘的人。有过一个非常令人感动的镜头，就是前年以色列军队在围困拉姆安拉的时候，一些巴勒斯坦抵抗战士躲进了伯利恒圣诞教堂。伯利恒教堂是尔萨圣人诞生的地方。教堂里的圣方济各派的神父褐衫白索，掩护着巴勒斯坦抵抗战士，不让以色列军警抓走他们。那一幕是人类历史上非常感人的一瞬。因为它完全超越了宗教的障碍和历史上形成的所有门槛。伯利恒的原则只是要执行人道和公正。我觉得，穆斯林应该坚决地向那些圣方济各的神父们学习，向圣诞教堂的精神学习（掌声）。

在中国，总是出现一些回族内部或回汉之间的可悲械斗。无非是车过去你搡了我、我碰了你，或者不能忍让不顾大局，野蛮地诉诸暴力，最后牺牲人命。若是一个高水平的穆斯林群体，若是每天思考着怎样抵抗和粉碎新帝国主义对我们的包围，就不会出这样的事情。如果理想是怎样建设一种理想的宗教境界，如果理想是把清真寺建设得在口唤到来时，也像伯利恒圣诞教堂的神父那样，挺身而出做让全世界感动的事情——就不会出这样的事情。

我们应该行动起来，在自己周围，在朋友里，在同学邻居之间，逐渐建立一种团结的、像宗教又像联谊会的东西，尽全力谋求团结。因为我们大家面临的，是一个不平静的二十一世纪。

强权和帝国主义不会停下扩张的步伐。我们不是算命先生，没有本事预见帝国主义对中国施压的时间表。但是在这个大的国际背景下，应该提出穆斯林与广大的中国人民、与汉族的优秀分子结为更紧密的联盟。我们本来就拴绑在一根绳索，共命运于一起。我们应该认识形势，向周围的同学、朋友、老师、街坊和邻居，向那些平时你不屑于见、不愿意搭理的人，向他们解释穆斯林，让他们了解穆斯林。同时也虚心听取人家的意见，改正自己的哪怕是芝麻大的毛病。尽力团结更多的人，等候更大的口唤。（掌声）

还想说一个稍微宗教化的话题。这几年，我一直在宣传一个阿拉伯文的词，这个词总结着我的思想。它就是今天我写给“你读书屋”的题词：阿语是“脱勒盖屯拉”（Tarigat Allah），译过来就是安拉的、真主的“脱勒盖提”，“真主之道”。

伊斯兰中“舍勒尔提”和“脱勒盖提”是基本的两级。“舍勒尔提”是日常五功，“念、礼、斋、课、朝”，是所有法学范围内的规矩，是基础的第一步。而第二步是“脱勒盖提”，是指个人近主的道路、内心的感悟以及对真理的探索等等，是一种可意会不可言传的概念。

在中国社会中，我们有时发展成了两方面的极端。有些派别、有些人认为，我一天只干“脱勒盖提”，我一时的参悟胜过你一万年的“乃麻孜”，贬低“舍勒尔提”，推崇“脱勒盖提”。同时，社会上星罗棋布的、一个个派别都在讲，我们是一个“脱勒伽”，这个词被赋予了派别的含义。不能否认许多“脱勒伽”发生着严重的世俗化和堕落，他们并没有追求近主的感悟或其他苏非功课，而是逐渐变成为一种人身的控制。

还有一种倾向就是被媒体反复议论的“原教旨主义”思潮。这个词的歧视倾向，使不少人称之“伊斯兰复兴运动”。这种思潮否定体验、感悟、与其他文明的结合，把伊斯兰理解为“舍勒尔提”，简化为教法与清规戒律。这样的思想，陷穆斯林于困境，塔利班的失败是最好的证明。“舍勒尔提”主义没有抵挡住美军的任何进攻，并使穆斯林陷于误解和孤立。我估计在场的一些朋友不会同意我的话，但我仍想说，今日真主的口唤是：穆斯林社会必须勇敢地走向现代化，必须大步地和二十一世纪结合，否则无法战胜正在包围而来的、帝国主义用高科技武装起来的十字军。

什么是理想的新的穆斯林形式？什么是一种对旧式教派超越了的新的“脱勒伽”？我不知道。我只知道，现存的存在形式都是不完美的。组织形式总是在拖理想的后腿，总是自己在毁着自己。谁也别吹嘘自己是唯一“真的”。谁也不必再攻击别人。

那完美的是什么呢？我们大家都不知道，但是它一定是“脱勒盖屯拉”，这个词不是一个新派别的描述，而是一种理想的本质。谁都不能反对：人们要追求的组织形式就是“安拉的脱勒伽”、真主的道路！我幻想着，若是我们有探索和选择的前定，若我们拥有冲决旧传统的伊玛尼，我们在未来找到的形式，我们将踏上的、引着我们走向顺利和发展的正确的道路，就一定是“脱勒盖屯拉”——真主之道。我们祈求：在抗击新帝国主义全球化侵略的历史进程中，我们不仅能守卫住穆斯林与中国的文明，也能获得自身的纯洁与提升，实现美好的进步和复兴的心愿。（掌声）

2005 年 6 月 16 日，讲演于临夏市

书面稿改定于 2005 年 7 月 3 日

泉州女

1

早在许久以前，那时只是一个光影掠过般地，在哪里瞟见她们的三角头巾。

湖蓝色的三角巾系紧在下巴上，贴着额鬓颊颌，衬托出圆圆的脸来。太阳毒烈，那脸晒得黑红，被湖蓝色的布巾箍住，给我鲜明的印象。所以虽然只是一瞬，却使我心中一怔。

那时我便直觉地想：这头巾系得蹊跷！……怎么像是盖头呢？那个戴法！……

再后来，有关惠安女的话题多了起来，似乎有人故意渲染戴蓝头巾的她们。一旦意识到这一点，我的兴趣便减弱，所以后来虽然听说又有影视又是报道，但我却淡忘了她们。

炒作惠安女的详情我不清楚。但我猜，以中国知识分子的思路，无非是嗅到一点新奇味道以后，就编造一堆下品的风俗。所以它们虽然喧嚣但所云模糊，只使人记牢了惠安这个地名。

而惠安的地理位置，我全然不知。即便我查过地图也没有用，我感觉不了东南人烟稠密地方的关系脉络。那里城镇繁殖山水纠缠，拥塞的人群隔一条山沟便讲一种方言。

尽管如此，因为那蹊跷的头巾戴法，我还是多少思索过它与泉州一带穆斯林的关系。宋元以来，泉州是天下大港，也是著名的穆斯林聚居之都。后来他们流散了，衰退了，信仰和踪影都不易追寻——但东南沿海一带，泉州古港附近，难道就没有留下蛛丝马迹么？

——耳音般灌进惠安女的声响时，我稍微地这么想过。然后又把它忘掉，而没有立意追究。胡说是不好的，实证又那么困难。既不愿夸大知觉又不想劳神考据，于是潜意识中的一丝放弃，就悄悄地涂抹过脑海，使我忘掉了这回事。

2

去年实现了拜谒泉州的夙愿。

使我顿然心惊的，不是人而是石头。我没有料到在衰败的泉州，居然矗立着如此优美的一座花岗岩石头建筑。圣友寺的石枋条和石雕饰有一种永恒的魅力，它们静静地沉默着，仿佛一个东海边上的斯芬克司。红润的闪烁晶体，棕黄的坚硬质感，提示着昔日的规模和水平。其实我不过是补白填空，不过是觉得早晚该看一下这座古清真寺而已，我没有料到目击了一件建筑艺术的精品。

即便如此，我当时的心思也没有联想。我紧张地琢磨圣友寺的平面，担心它被后来的修整改变了原貌。柱子、墙头、台阶一眼便可以看出经过修复，我怕城建局局长按照他家装修的理想，把圣友寺的布局胡乱摆弄过。

不，没有破坏原貌，除了庭院里埋在草丛里的几个基础石需要确认——我陷入的是这样的思索，完全没有想到别的。

由于对圣友寺的花岗岩材料一下子发生了兴趣，次日我去了崇武海岸。想看看石头，也先想看看泉州港出海的水面。

结果，一出泉州，便看见了惠安女的蓝色盖头。是在长途车站，农民聚集的地方。

两个黝黑的女人，疲惫的眼睛藏在竹笠和盖头的下面。蓝布头巾绷着下巴，遮严鬓角，扣牢在脖颈上。这样系着的蓝布盖头必然会翘起两翼，看上去像一个仅露出脸的三角形。

她们倚着扁担箩筐正在休息。天上烈日炎炎，阳光如烫人的火。这样捂着头多么热，为什么要这样包紧头呢？

两个惠安女人漠然望着城市。她们的骨架面影，都是彻底的南国农民——像广东人，像福建人，而不是像别的。

——此刻我已经扭转了视线。我恍然地想通了：惠安就是泉州郊区，惠安女头上的蓝布巾是泉州郊外的一种异色服饰。

联想是自然的——这些蓝布三角巾难道不是和穆斯林妇女的盖头太相似了吗？消逝的穆斯林潜入民间，在郊外遗留了三角盖头的风俗——难道不是顺理成章的事情么？

3

愈向半岛的尖端走，两侧路旁的蓝三角盖头就愈多。蓝布之外当然红绿斑驳，年轻女孩戴的好像不是布质的，颜色也更鲜艳些。

集镇沿着晋江岸，顺街的铺子一色堆满了石雕。岔路口上男人骑着摩托，女人戴着盖头，都在铺子前各自忙碌。

抵达了泉州小半岛顶端的崇武海岸，我才把这一盘棋想明白：沿着晋江，每处小船码头都可能有宋元来华的胡商居留。泉州城里的穆斯林，与郊外晋江岸上的同胞之间，当然关系密切。后来的漫长历史中，泉州港衰落，回民也汉化了；但是相当多的人不是离开，而是潜入了乡间。他们和土籍人不同种族也不同习俗，所以在同化之中，又有清晰的隔阂。这种区别的痕迹，或许就是惠安女的异样盖头。

进入崇武古城时，售票员也戴着湖蓝布的三角盖头。我仔细地观察她，但是没有问出什么。

在崇武可以眺望入海的晋江。

原来古代的海港，都藏在一条入海河流的半腰；而不是像近代的港口那样筑港于入海口。这样，一条入海河流串通了沿岸的村镇人民；而登陆的异乡人也就随处下船，靠岸而居，在城市郊外造成了一块块侨乡。在泉州的郊外它就是惠安，错落地散布在晋江的东岸。

我一会儿望望大海，水天苍茫中是晋江出海的地方。一会儿又想到惠安女，她们的盖头戴得实在是太像穆斯林女人了。

除开她们是穆斯林后裔的一种可能性之外，其他种种分析都情理相悖。既然戴着竹斗笠遮了太阳，再戴头巾就不合理；既然南国炎热海边潮湿，把头巾遮严脖颈也不合理；既然不顾时令有意遮掩，如此地戴盖头就含有道德的意图。

——除了穆斯林妇女中有这种遮蔽头发的习俗，我很难找到别的解释。

4

我说过，实证是困难的，所以推测应该适可而止。我没有过度强调自己的判断——说到底我对这类苛刻的习俗并不赞同，因为它并非穆斯林的本质。

只是作为考古学的追究或民族学的趣味，这个线索还可以摸索下去。如果它真是历史的留痕，泉州惠安的蓝布盖头就太宝贵了。

——前些天偶尔搭车，和几个泉州石材公司的民工同车。一听他们是泉州人，我的兴致就来了。一阵聊天，扯到了蓝头巾的话题。没想到，我算找到了谈话的对手！

领头的民工听到这个话题，不知为什么无名火起。听了一会，我弄清楚了他是对电视台炒作“惠安女”不能容忍。我震惊于他们的反感，再细问，民工头说：“听老年人讲，我们根本不是汉族，是女真……蒙古……我不会说名字。反正是少数民族。”

祖籍来历都漫漶不清了。但是他们说，愈是老年人愈戴盖头，虽然如今年轻女人有日渐不戴的趋势。天热么？天热也要戴。还有：仅有惠安东部戴这种盖头，其他的地方不戴。惠安东部，位置就是泉州以南。最后，戴盖头的地区，多集中在港口河道边，靠海或靠旧港口处。

话谈得投机，他们几个你一嘴他一句，又补充了一些。总之，三角盖头并不是福建民俗，而是仅限于古泉州港出海口的晋江一带的装束。它具有一定的道德意味。据戴盖头群体的记忆，他们以为自己不是汉族，而是女真或什么民族。

我掏笔纸，记下了他的话。

和惠安民工的相逢也许非常重要。他们提示的一切线索，都与穆斯林的推论相呼应。特别是小伙子说出的女真的祖先记忆，若是另一个人，也许会说出另一个词来，比如色目或回纥。

写这篇小文完全是为了引起注意。这是个消灭传统和记忆的时代，没听见么？年轻的女性已经摘掉盖头了。

我想，直觉朝着结论，正一步步愈来愈近。

写于 2002 年 4 月

咖啡的香味

从 1672 年巴黎街头出现第一家由亚美尼亚人开办的咖啡店算起，一百年后，巴黎咖啡之昂贵，仍超乎我们的想象。

一个叫做德•桑•皮埃尔的人从印度洋上的莱尤尼温岛归来，随船带回来一箱咖啡。他把咖啡分成小包，分送各位朋友。因为卢梭说过喜欢咖啡，而且“除了咖啡没有别的奢侈”，就送给了卢梭一包。

马上，卢梭的回信来了：

拜启。昨日因有客来，未能查看所赠小包中的物件。我等才认识不久，您却已以物相赠。这样，我们的交际就成了完全不合身份的来往。因为我的财力，并无与人赠答的余裕。所以，或者取回您的咖啡，或者彼此再勿谋面，请选择一途为

盼。敬具

也就是说，一小包咖啡的高价，甚至能使敏感的卢梭与人绝交。那时的卢梭，被警察禁止了在咖啡馆露面，甚至朗读《忏悔录》。他正迷恋着东方，在旅途中总是打扮成异族，动辄对人使用穆斯林的术语问候。

卢梭这一短函给人的震惊，不亚于他思想解剖的长卷。几年后（1778）卢梭就死了，留下这短函如一个暗示。我们从中嗅到、并接着找到了一种特殊的物品。它的上方袅袅飘升着一种云雾。它不属物质，当划精神范畴，饱藏神秘的高贵。香味（aroma）只在它的浮表。它内在的魅力，诱人津津乐道。

——花费这些篇幅，只是转述一本《咖啡转，世界史也转》（《コーヒーが廻り、世界史が廻る》，臼井隆一郎著，中央公论社，1993年）的内容。特做一句说明，唯因不敢掠人之美。文章将涉及的知识与见解，大都不是我已知或“发现”的。书名在文中略作为《转》。

1

咖啡起源的故事非常著名。它的一般版本是：

牧羊人噶尔迪的山羊白天吃了一种植物的果实，夜间兴奋不睡，在羊圈里又蹦又闹。牧羊人没办法对付，就去请教一位长老。长老把那果实用热水泡过，饮下黑黑的浆液，通夜神清目明，毫无倦意。于是长老给众人分饮这种黑浆，结果人人兴奋，无一瞌睡。

宗教的夜课，于是也得以顺利完成。

——这个传说后来演绎成不少版本。天主教版当然讲那是一座修道院的轶事；但重要的是顺便记下的、那位长老的名字：Sciadli（名字更有演变，如写作 Shehodet）。

阿拉伯的版本大同小异。在阿拉伯的故事里，其中的地理内容引人注目。传说：摩卡的奥马尔，在年轻时曾经跟着导师沙孜里（al-Shadhili）去麦加朝觐。途中当他俩路过也门的时候，导师病重不起。在临危之际，他给弟子留下遗言说，会有一个蒙面人来到，只需听他的话便是。言罢气绝。奥马尔想为师傅做临终的洗净，无奈沙漠无水！此时，来了一位蒙面人，为他掘了一口井。汲起清水，乌马尔正要道谢，蒙面人摘去面巾，居然就是导师沙孜里本人。——这是常见的奇迹说话；往往不是奇迹本身，而是其他枝蔓更值得注意。

奥马尔为摩卡奉献了第一口井。他的显迹接二连三，从者如流。但是摩卡人却驱逐了他，不得已奥马尔一群来到“乌撒布”，摘各种野果充饥，就这么发现了一种后来被人叫做咖啡的果实。后来流行了瘟疫，他们让病人喝果子煮出的黑色浆汤，又克服了瘟疫。那黑汤被赞美为“黑色的渗渗泉水”，奥马尔被视做圣徒，修建了道堂。

——这一传说，不能用来充做咖啡也门起源的凭证。因为更多的证据，晓谕着咖啡起源的“乌撒布”，在与也门隔着窄窄红海的非洲东端。摩卡乃是后来咖啡买卖集散的港口，因摩卡港的著名，引出了也门的起源说。

《转》指出：阿拉伯语的 al-Shadhili，在被书写为意大利语时，转变成了 Sciadli。此书的日本作者高出了《绑在一起》的美国教授一筹。因为后者把二手的意大利语 Sciadli，进而讹传为 Shehodet。

其实，只须追踪到 Shadhili 一词，谜底就捏在了掌心。这个词可并不陌生，甚至可谓大名鼎鼎，一般中文译作“沙孜林耶”。此乃一大苏非教派的名字，地跨亚非，只知道它与圣裔中的哈桑家关系密切，一个核心圣地是摩洛哥茶畹的 Abdu Salam 山。从突尼斯、阿尔及利亚，一直到印度，到处都布满了这个教团的信众。其创始者 al-Shazili 生于十二世纪末，早年苦读失明，因身边聚众而受到迫害，逃至埃及。几度朝觐，逝于横穿埃及的沙漠中——如咖啡起源故事中的也门沙漠。他的教诲甚至渗入中国西北，在黄土高原被传说为“沙孜林耶老人家”，虽然语焉不详。

2

全世界都用类似的发音，有点神气地说：“咖啡”。没有误解，词语背后的形象，是那种黑黑苦味、驱睏提神的液体。

但这个词自己，原来是这个意思么？咖啡一语，在阿拉伯语中只表示为三个辅音字母 QHW。加上不写出的元音，这个阿拉伯语词可用 Qahwa 表示，姑且拼音做“咖赫瓦”。远在咖啡被人喝之前，咖赫瓦早已存在。咖啡之前的阿语词汇 Qahwa 含义繁复，包括“扫除欲望、减少、谨慎于”等含义。词汇背后的形象，既包括后日所说的咖啡，也包括含有麻药的植物，甚至还囊括葡萄酒。

那么这个词，Qahwa——它最初的含义还是“咖啡”么？

只能说，它指的是“咖赫瓦”。这个词包括“咖啡”、也包括别的一些与咖啡类似的植物，尤其是一种叫做“咖夫达”的树，它的叶子名为“咖豆”（未查找原文，日文音译“カート”）。这是一种咖啡树的共生植物。

如狗尾巴草与黍子糜子共生，稗草伴随着水稻；植物在它的起源地，总是共生着大量的同族亚属、共类别科的姊妹。也就是说，在红海对岸，除了咖啡还有咖豆，“咖赫瓦”一词是它们的统称。

它们是否都具备“黑色渗渗泉水”的神圣属性呢？

只能说，它们都有兴奋作用，都使人产生少食身瘦、减少睡欲的效果。凡有这种特性的植物，都叫做 Qahwa——阿语“咖赫瓦”一词的含义就在于此。是的，喝了它不饿，它帮人节眠，帮忙完成夜间的功课。但没准它也能让人上瘾，甚至……飘飘然沉入一点麻醉！

尤其咖豆，它更加兴奋提神。这个豆可不同于那个豆，“咖豆”不光是添点兴奋欢愉而已；饮用过分，它能让人昏厥、胡涂、甚至乱心！

唯有咖啡，因它的分寸适度，没有如咖豆——也许还有别的树叶或野果——那样被逐出历史。于是唯有这种豆闪闪发光，地位稳定下来，并独占了“咖啡 / Qahwa”这一响亮的名称。

这一喜剧的结果，是经过了斗争才赢得的。拯救它的，是十六世纪沙孜林耶派的伟大苏非阿布杜•尕迪尔•阿尔•沙孜里。他的大作《论咖啡之合法性》，后日被法国东方学鼻祖德•萨西收录于著名经典《阿拉伯散文集》之中，列为文献的顶级。百年以后，E•萨依德在论述其划时代的东方主义思想时，正是着重举例萨西和此书，才展开了他的批判的。

《论咖啡之合法性》保留了宝贵的历史痕迹。它勾勒了遥远的嘎尔迪时代。它特别对一位住在也门亚丁城的先贤扎布哈尼（殁于

1470—1471），进行了勾沉发微。据考证，扎布哈尼曾度过红海，在不讲阿拉伯语的埃塞俄比亚地方，见过当地居民在喝一种未知的饮品。回到亚丁以后他病了，想起彼岸的往事，也拿来那种饮料尝试，只觉病意消散，神清气爽。

——先贤扎布哈尼喝的，可能是咖豆。《转》书也没能追究整条的轨迹，待考要点散布在一切角落。简言之，一些 Qahwa 曾被阿拉伯也门的苏非们拿来引入自己的宗教生活，用作抗眠振作，参与夜间修炼。可能有过只饮咖豆的时期，亦可能一直咖豆与咖啡兼用。可能因为咖豆欠缺、咖啡才取而代之，也可能苏非的清苦习惯，到了扎布哈尼也嗜好咖啡的时代，才逐步成为合法。

伊斯兰法学界在判断食、饮品合法与否的时候，是否使人麻醉和丧失理智，是一项基本的标准。任凭你再是苏非，对一切莫名的饮品，必须拿出它合法（halal）的证据。我们没读过的《论咖啡之合法性》，猜它该是这样一篇辩护词。辩护的要点，该涉及美食与毒品、陶醉与中毒、赞主功课的成功与个别人迷糊发昏二者孰轻孰重，最后则是对咖啡的助善、温柔、热烈且不过度的品质的赞美。

最后，咖啡没有被打入毒品的冷宫，一种 Qahwa 打败和淘汰了另一种 Qahwa，咖啡走上它的贵族阶段，这个词的含义和味道都清晰了。

但对词义的吟味，还没有完。

由三个字母 Q、H、W 组成的 Qahwa / 咖啡一词，发音非常接近真主尊名之一的 Al-QWY（强大的，读咖威。《咖啡转，世界史也转》写为 Al-KWY，与我有些不同——张注）。Qahwa 语源 Quwwa，正巧又是有力、强壮之意——这自然诱人遐思。所以，沙孜林耶的苏非们创造了一种仪式（ziker），一面饮着“咖啡”，一面吟颂“啊，咖威！（ya！ Qawiy）”享受其中神秘的感觉。

吟颂的遍数是一共116遍。这116之数，是数学故乡阿拉伯特有的、使阿拉伯字母每个都对应一个数字的神秘游戏。来看Al-KWY：除去定冠词，KWY各字母对应的数字是20，6，10，合计为36。不难找到的、一个各字母对应数字之和也是36的数词，是116（表示116的单词KHWH的对应数字是20，5，6，5，合计36）。这就是念116遍的原因。

——熟悉往昔的新疆、看惯了塔里木农夫服用麻烟习俗的人恍然大悟了！他们此刻理解了大漠泥屋的风景。是的：不仅麻烟其实类似咖啡，而且农夫可能就是苏非。

3

就这样，随苏非主义的蔓延，咖啡的饮用之风逐渐兴起，并在十六世纪定着为新的文化。沙孜林耶是创造这一文化的功臣。据说在阿尔及利亚，人们有时干脆把咖啡叫做“沙孜里”。但咖啡的魅力和这一文化的本质，尚不在饮品的香浓，而在它暗示了一种人的关系，一种生活方式。

十六世纪是奥斯曼土耳其的时代。

包括苏非们的道堂，就像昔日阿拉伯人介绍给世界的“公众场所”是公共澡堂一样，这一次被建议的新的公众场所，是咖啡馆。《转》一书译为咖啡之家。文化的核心词汇，已经换成土耳其语：Kahve-hane的前半，是阿语更准确的转写，后半则是“馆、店、厅、家”——公众的房子。

曾有一个插曲。若不是因为欧洲人总喜欢提及它，本来可以略去：

1511年6月20日，麦加的长官哈伊尔·贝·弥马尔看见，在城市的一隅有一伙人，围着一尊赤土的罐子，一边传递着咖啡，一边陶醉地吟诵。倾耳听时，都是平常的赞词。但是，愈是自然纯朴的举动，在官僚的眼里愈是危险古怪。长官警惕了，于是决心干涉。关于咖啡的合法与否，又一次被推入争论。

这一回，不是翻出了咖豆的旧账、合法饮品的资格遭受了审查，而是因为它的人气过高，聚众势盛，使得长官不能放心。贝·弥马尔驱散了苏非，并宣布咖啡被禁止。他鞭打喝咖啡的人，把咖啡当街烧掉。

但开罗省站在咖啡一边，否决了麦加的裁定。贝·弥马尔被解职。随即几年后，从1517年开始咖啡被判定合法，时值穆罕默德一世当政。再后来，集奥斯曼帝国荣光于一身的苏莱曼大帝，指示其御医对咖啡做出鉴定——1550年御医宣布：咖啡以及饮用咖啡之场所，并无半点不妥之处。咖啡沸腾了，它已经被公认美好如麦加的黑色渗渗泉。

大流行开始了。

1554年，奥斯曼帝国的首都出现了第一家咖啡店（Kahvehane）。仅十来年，它的数量爆涨到了600余家。《转》在此写得非常精彩：

> Hane（房子，场所）带着无比的新鲜感，进入了生活。当时人们还没有意识到它乃是一种社交场，而只是习惯了它那气

氛的魅力。人们不知道——这种离开家、离开公务、乐意的话一人、或与朋友一起、度过愉快时光的方式，将从此长久地陪伴人类。去见人、去被人见、对人说话、被人搭话、高兴则留下、无聊就回家——此一处Hane不同于自家的Hane，它让你流连忘返；这种日子似乎和平日不同，它给你自由的感觉。

4

奥斯曼帝国的Kahve-hane／咖啡馆，迅速传入了欧洲，并引发了巨大的时髦。1652年在伦敦，1666年阿姆斯特丹，1671年在巴黎，1683年在维也纳，1687年在汉堡，咖啡馆接连开业。

唯一的咖啡供给源在阿拉伯半岛。一个名字愈来愈响亮，摩卡，作为阿拉伯咖啡的代名词，至今占据着正宗咖啡馆菜单的首席。不消说，今日星巴克连锁店里那种专门哄骗小姑娘的、又兑奶又起泡的赝品，与高贵的摩卡咖啡风马牛不相及。

自从苏非们把咖赫瓦弄到了也门，被传说是努哈船（即诺亚方舟）登陆地的、紧贴红海的阿拉伯半岛温暖湿润的西南缘，便成了最早的咖啡栽培地。

摩卡港在十七世纪平均年输出咖啡8万袋（每袋60公斤）。但输出口岸不只有摩卡，也门海岸诸港若霍吉达、海牙夫等，运出的咖啡甚至超过了摩卡。只是由于唯摩卡港才允许英、法、荷等国船只靠港贸易——所以咖啡便冠以摩卡之名，随众口相传，而四海远扬。诸君牢记："摩卡（Mocha）"从来是咖啡的古典、香味、高贵的象征，而星巴克的奶泡什么也不是。

全欧洲都喝着也门的咖啡！

想一想就会明白其中有多少钱赚。种咖啡树，运咖啡果，登台忙碌的再不是清贫的苏非了。咖啡不是熟透了便从树上掉下来的野果，伺候它很费事，从栽苗到采果要等 5 年。也就是说，想获得咖啡就要投入金钱——所以一旦进入栽培，咖啡就开始了异化。它与资本、以及投机的纠葛开始了。

当我迷醉六十年代歌曲的时候，听过鲍卜·迪兰（Bob Dylan）的一首歌：《再来一杯咖啡为着上路》（*One more cup of coffee for the road*）那首歌与某女星合唱，旋律特别，不像他梦呓嘟囔的唱法。《转》一书解释道：这位犹太裔的明星，没准在回忆着哼一支阿拉伯文书写的、希伯来语老歌《咖啡和咖豆》。向欧洲运输咖啡，是一项古老的暴利。在亚丁港，犹太咖啡商人常于开船之际喝上一杯咖啡，并唱这支歌祝一路好运。

由击破十字军的名君萨拉丁筑成的开罗，自从侧身于奥斯曼帝国的帐幔之后，便发展成一个巨大的商业都市。驼队经由麦加朝觐的陆路，帆船乘季风溯红海而上——咖啡从也门运来，装进了开罗的仓库。

把开罗储存的大量咖啡及时、保质、赢利地运到欧亚各地，这种经济需求造就了一种开罗的豪商。《转》描述黎凡特商人的如下一段，不能不移录：

在此，让我们想象一个独自伫立开罗市场、陷入了深深冥想的商人。

他不是苏非，也不是朝觐者。他只是买卖咖啡、并进而自己经营豪华的咖啡馆的一个开罗豪商。他着迷于从这越过沙漠和红海来临的商品咖啡里谋求厚利。他不是骗子也不是强盗。他必须在买时，让卖家由衷相信是在等价交换的情形下买；也必须在卖时，让买家真心相信是在等价交换的状况下卖。但是，若是从最初的卖家到最后的买家都贯彻等价交换的话，作为媒介的他就没什么像样的利益了。媒介手续费不能维持豪商的地位，更与资本的积累远隔重山。

所幸唯是，被他的活动结合的共同体各有其相异的价值观，豪商必备的能力乃是——从被商品交换结合起来的共同体的价值观差异中，挤榨出利益。……这决不是阿拉伯商人特有的发想。与国家权力纠结、若是能奏效就依靠‘全能的主’、但更信奉合理性、广张商品交换之网、利用各种共同体的价值观差异牟利——这是一种超越国家文化界限的、资本在原始积累期的国际商业资本家的共通发想。而且，成为这种资本家活跃舞台的地区，是东地中海，所谓的黎凡特。

换言之，依仗着奥斯曼帝国赋予的历史机遇，在宽容的时代使自己坐大肥满的“黎凡特商人”，作为新生的资本家阶级的第一梯队，已经在地球的各主要港口乘夜抢滩。

奥斯曼帝国在同时代欧洲人心目中的地位，很难为中国人想象。至少已有过两个大学的土耳其研究丛书，其立项的思路里，游走着低估奥斯曼帝国的潜语。至少，风靡了欧洲的奥斯曼时尚，使从黎凡特运去的咖啡，加载了商品的“使用价值”。也就是说，只因欧洲人“崇洋媚外”，在黎凡特商人老谋深算的注视下，东方浪漫的追星族追逐着咖啡的香味，把咖啡认定为标榜上流的第一饮品。

买卖不仅保险，买卖将有暴利！如马赛商人从东地中海奥斯曼领内买来的咖啡，运到了马赛就最少可赚 3 倍。不用说再远销更远的欧洲腹地，不用说卖到凡尔赛宫去喂那些虚荣的法国贵妇、或是直输伊斯坦布尔奢华的苏丹宫殿！……孤独的苦汤，苏非的传统，如今骤然变做了昂贵的名牌，奢侈的象征。膨胀的咖啡需求，已然使得咖啡在船舱里染上了铜锈。它再也不是深夜啜饮的圣洁泉水。新生的资本主义，正在沸腾的咖啡泡沫里，依附着东方的传说，依附着无敌的香味，向世界扩散。

5

1669 年，苏莱曼·阿雅·穆斯塔法·拉撒，奥斯曼帝国特命全权大使，受帝国苏丹穆罕默德四世的任命，来到太阳王路易十四坐镇的巴黎。他只是听从上命，全未想到，自己将导演一出在后日脍炙人口的咖啡喜剧。

在这一时刻的前后，咖啡把政治史搅拌得全如轶事。

一百多年前，奥斯曼曾有过一次妄举。它的目标或野望，是在确保了东地中海的制海权之后，进而夺取远在巴尔干半岛背后地处东西文明接点的，被土耳其人称为“金苹果”的德意志神圣罗马帝国首都维也纳，把边界推至欧洲中部。为摘下这颗金苹果，1541 年奥斯曼军队兵临匈牙利布达城下。

奥斯曼土耳其人平定匈牙利的过程，充满了东方的睿智。布达城的将领显贵们接到邀请，参加称为“和平的交涉”的宴会。在享受过令人眼花缭乱的东方美食之后，客人们准备告辞。主人说：还有一道，姑且叫它黑色的汤吧，请贵宾多留片刻。

端上的是漆黑浓甜的咖啡。最后，待咖啡饮罢、客人告辞时，布达城已经被奥斯曼精锐的新军（Yani-cheri）解除了武装。通向“金苹果”的最后一道篱笆被拆除了。而匈牙利语中的“黑色的汤”一语，含义也固定为：“最后发生的是坏事”。

苏莱曼·阿雅出使法国的背景是什么？

此时，奥斯曼帝国用“黑色的汤”制服了匈牙利（1541）、在与威尼斯的拉锯战中夺得了塞浦路斯（1573）、更获取了地中海的克里特岛。土耳其人早已毫无停滞于骑兵或陆军时代的形象。它的造船业和海军震惊欧洲：木材从黑海的森林砍伐、金属从摩尔塔瓦出产、造船技术正是由宿敌威尼斯人提供、甚至水兵也并非不惯海船的土耳其人，而多由挣钱谋生的意大利或希腊基督徒充当。

虽然没有取胜、但却给了欧洲以永不磨灭印象的、1683 年第二次对维也纳的著名围困，此刻已经发动。向金苹果出发的先锋，后日看来，就是土耳其的美男子苏莱曼·阿雅。14 年后大军即将合围金苹果，此刻苏莱曼·阿雅作为大使来到巴黎，为的是揣摩和影响法兰西。

1699 年 11 月在凡尔赛宫举行的路易十四对奥斯曼大使苏莱曼·阿雅的接见仪式，据记载是这样的：

大厅里极尽法兰西的繁华。路易十四正服冠戴，帽子上嵌一颗价值 1400 万金的大钻石。列席的贵族们，也浑身都是珠宝金银。王座置于巨大的长廊尽头，两侧满饰着丝绸绒毯、宝物珍玩。苏莱曼·阿雅视若不见，微笑步过长廊。这位大使只穿一袭白色长袍，宛如沙漠中的驼队行商。他无论举手投足，风度身份，使满堂宾客不禁叹羡。他走过大厅，在路易十四面前站住，取出国书呈上，并要求即席宣读。国王答曰容读后再作回复。大使对国王受书之际未曾起立提出抗议。路易答风俗不同不必介意。大使坦然退出大厅，凡尔赛宫的马车把他送回巴黎。

次日起，咖啡外交开始了。

> 这里的人们马上被那土耳其人迷住了。他快乐地接待客人，按照祖国的习惯，招待人们品尝咖啡。在巴黎的上流社交界，咖啡的最初一口对谁都是苦的，但若是为了体验遥远东方的异国情调世界的快乐，又实在太是值得。家具、壁毯、装饰，一切都让人联想君士坦丁堡最丰足富裕的居住。这里根本没有椅子。倚着地板上松软的靠垫，虽借助翻译，须知这是用从未体验过的放松姿势与主人交谈！裹着鲜艳的土耳其衣裳的、年轻而且貌美的仆人，向贵妇人递上饰有金穗的大马士革织造的小餐巾，穿梭般给女客手中据说是日本造的瓷杯里添上咖啡。也许人们陶醉的不过是对东方异国情调的幻想，但不管怎样，在十四年后维也纳就要被攻打的紧迫形势下、咖啡在巴黎的上流社会开始了流行。

迷醉名誉的宰相卡拉·穆斯塔法发动的第二次围攻维也纳战役，最终以失败告终了，金苹果与东方因之永远地失之交臂。有趣的是，令欧洲谈虎色变的“新军”辎重里，居然运送着巨量咖啡，显然土耳其人没有设想失败。原先他们只认真地担心：在没有Kahvehane的蛮荒维也纳，若无咖啡的享受可怎么办。

是由于苏莱曼·阿雅的咖啡外交？反正路易十四一个兵也没派。西方赢得这一仗，靠了一名间谍。名叫凯沃尔克·克尔西茨基的这个人，原是黎凡特商人的翻译，会说土耳其语。他潜过战线，为德意志和波兰的联军取得了联络。

奥斯曼大军败退时扔下了大量辎重，其中包括咖啡。趁着别人不懂咖啡的贵重，这名间谍在战后请赏时，指着口袋，要求赏给他土耳其人扔了的那些黑豆子——这就是位于维也纳市中心的、第一家咖啡馆的缘起。

至今回味围攻维也纳的旧事，仍能感觉其中一股壮大。军事实力等无需赘论，仅一种凝缩于咖啡中的罕见自信，给人的记忆留下了难忘的痕迹。

6

话分两支：咖啡最初在欧洲，并没有受到苏莱曼•阿雅时那种青睐。相反，欧洲不存在如伊斯兰世界那样支撑咖啡商品形象的思路和观念，如比喻咖啡为“黑色的渗渗泉水”的那种内心喜爱。咖啡初入伦敦时，甚至曾被市民以“散发恶魔的臭味”为由，上告政府取缔。

最盼望咖啡能被人接受的，并非种植咖啡的阿拉伯人，而先是黎凡特商人、后是荷兰的东印度公司。这家 1602 年创设的公司，早在 1642 年就把 32000 公斤摩卡咖啡运入印度加尔各答，1663 年起咖啡定期输入荷兰。

值得提醒的是：荷兰人并不喝咖啡。他们要把它运到哪儿呢？——南亚和东南亚。因为当时通过麦加和麦地那，对咖啡的观点和喜爱，已流传阿拉伯以外的穆斯林世界。其中潜在的，正是商人们追求的、两地间巨大的价格差。

能不能把这种黑色摇钱树在别的地方也种活呢？暴利的催促，使荷兰商人对他们的南亚殖民地动了脑筋。先是在锡兰，接着1680年在印度尼西亚的爪哇，摩卡的咖啡树移植成功。1712年，最初的894磅爪哇咖啡，被装船直运阿姆斯特丹。咖啡的殖民地时代开始了。

《咖啡转，世界史也转》的作者在以后的叙述中，显示了锐利的批判精神。他写道，荷兰商人抛弃了——把咖啡从阿拉伯商人手中尽可能便宜地买来、再把它尽可能高价地卖出的方法。一旦咖啡在他们的操纵下“生产”出来，咖啡就变了。荷兰东印度公司并没有对爪哇的上层施以暴力。毋宁说被选择的是与土著上层的勾结，即让他们用现金购买有关咖啡种植的一切权利。对爪哇的权势阶层而言，殖民主义意味着巨大的利益。既然确保了特权，他们就挥舞鞭子，驱赶庶民去给荷兰人种咖啡。

爪哇农民或者无偿地在种植园劳动，或者把自家农田改种咖啡，按荷兰人的价钱出卖咖啡豆。东印度公司规定：1皮扣尔（约125磅）咖啡付4.5达拉，而往往农民只能拿到一半。收购却是“大斗入”，1皮扣尔居然满填180磅。其间的差额，被殖民地的官员、买办、与庄园主分而食之；其间的苦痛，唯咖啡农才能尽知。

荷兰的财富在迅速聚集。最初15年，爪哇向欧洲运出了咖啡150万磅；1855年记录的数量，已经是1.7亿磅！

这是陌生而恐怖的种植园。这是苦涩的“咖啡”，而不是果腹的稻米。从来要生存必须吃稻米，但如今若想吃饱就必须放弃稻田、双手捋下不能吃的苦豆。原住民的自然经济，被资本破坏了。这是使饥饿在富庶的稻米之乡蔓延的破坏。自被迫改种咖啡后，爪哇出现了饥荒。

咖啡，已不再是天方苏非的夜谭。最初在也门，沙孜林耶在饮用咖啡前，先有过特殊的精神欲求的设定。但欧洲人手中的咖啡不同，它和欧洲殖民主义的黑暗历史浸泡一缸、成了对自然与人心横加破坏的代表性商品。

但咖啡被异化的路，才刚刚开始。

7

从1672年开始，就宛如与苏莱曼•阿雅大使的咖啡外交相呼应，先后两次有亚美尼亚人在巴黎，模仿伊斯坦布尔的咖啡馆（hane）开店。但门可罗雀，维持不能。后一家店卖给了自己的店员、一个波斯人；他根据家乡把咖啡馆称做“认识的学校”的思路，把店挪至知识分子汇集之处，总算勉强经营。

而在前一家亚美尼亚店里打工的、西西里人普罗蔻波•德•格尔代洛，却一举奠定了咖啡在法国的地位。西西里是个与阿拉伯世代纠缠的地方，也是冰激凌的产地。普罗蔻波对咖啡其物深知三味，他先后推出了冰激凌、兑红茶咖啡，并把一处公众浴场改造成豪华的社交天堂。为粉碎当时英法女界盛传的、咖啡阻碍性能力的流言，他还与前后两任妻子共生了12个孩子，此即1689年开业、在巴黎大名鼎鼎、甚至成为启蒙主义时代标志的“普罗蔻铺”。

又一个对伊斯兰着迷的孟德斯鸠，著作了一本《波斯人信札》，盛赞咖啡。他夸张地说，从普罗蔻铺出来的文人，才气增加了四倍。

咖啡馆成百地增加，巴黎已快变成一个大咖啡馆，虽然天主教神父仍在说“咖啡镇压情热的火焰、对立誓坚贞的人是绝好的援助”。一方，顽固认定咖啡具有毒性的法国人，发明了兑奶、奶煮咖啡以“解毒”的喝法——这便是日本所谓咖啡·奥莱（コーヒーオーレ）、西班牙的咖啡共奶（café con leche）的肇始。而过去，从阿拉伯到土耳其，咖啡是不加奶的。

咖啡完成了形象的更换。各种的标签，诸如“反色情的理性饮品”、“清醒的利口酒”在普及，欧洲以它的方式改造文化，从口味到精神，一切都在渐渐远离其源头。

陆军大尉德·库留渡过大西洋把咖啡苗运到马提尼克殖民地一事，是法国的英雄故事。据说，库留读了孟德斯鸠的《波斯人信札》后，萌生了在自己任地马提尼克种咖啡的念头。荷兰有“东印度”，而法国人有“西印度”。1723年库留从南特港起锚，把用玻璃罩子保温的咖啡灌木，运到了马提尼克。36年后，马提尼克和瓜达卢普两地就输出了1120万磅咖啡。1759年，海地、马提尼克、瓜达卢普的咖啡产量，分别是7000万、1000万、700万公斤。

从此发端的、法国在加勒比海诸岛殖民地的咖啡种植，很快就获得了不断膨胀的产量。又是嗅到了其中的暴利气味，早早在1732年马赛商人就与法国印度公司签订契约，攫取了向黎凡特地域倒卖咖啡的输入权。他们的思路很简单：把价格压低到摩卡之下，必有暴利。

法国殖民地咖啡开始了向中东的倒流。1736年，9万皮阿斯特（货币名）咖啡，运进了叙利亚名城阿勒颇。若再抄录，会引出更多生疏的度量衡或货币名，总之，法属西印度产咖啡因为它的低价，席卷了法国及欧洲，直至奥斯曼领的小亚细亚、波斯、亚美尼亚。不仅在法国已是富人喝摩卡、穷人喝马提尼克（价格仅四分之一）；就连奥斯曼首都伊斯坦布尔的咖啡之家，也把摩卡和西印度咖啡混起来喝了！

德·库留得到大大称颂，加官至瓜达卢普总督。他开发的咖啡岛，被法国称为“幸福的马提尼克”。只不过，“幸福”是用低贱的黑色生命垒筑的。

《塔曼果》是梅里美勾勒法国人贩奴经纬的、一部伟大的小说。当时法国奴隶贸易的中心是南特。小说中的奴隶船，就设计为从南特出发驶向马提尼克。现在这些细节好懂了：白人船长打量着魁梧的塔曼果说：“这样一条大汉，若能把他安全无事运到马提尼克岛，我至少能卖他 3000 法郎！”

在马提尼克还诞生了弗兰茨·法农，一个重要的思想家。他后来献身于阿尔及利亚的独立解放，思想却萌芽于少年时在故乡的生活。

紧接马提尼克为法国种咖啡的，是海地。

法国大革命时的 1789 年，几项重要的数字集中在海地：这一年有超过 1500 条船入港。这一年从海地运到法国的咖啡，达到了 8000 万磅。也是在这一年，海地的人口约为 55 万，其中白人 4 万、混血人 9 万、黑人 45.2 万。这一年，拥有黑奴但没有权力的混血人，开始争取政治地位。他们在拒绝给黑奴以人权及公民权的立场上，与白人毫无二致。

Aroma，这个词已不能只译成“香味”。它包含的，已不仅是东方异国的情调之香。这个美丽的词与血腥、苦役、罪恶、奴隶等词汇纠缠，也与甘蔗、白银等物品捆绑，被投入了世界史。

残酷的奴隶役使、极端的种族歧视，招致了革命的报复，何况正是在革命的时代。1791 年，在法国大革命的影响下，大规模的黑人起义在海地爆发。600个咖啡种植园、200个甘蔗种植园、200个棉花种植园一起被付之一炬，烈火照亮了加勒比海。黑非洲的原始宗教对抗着霸道的白人一神教，领袖是黑奴勇士杜桑•卢维杜尔，口号是“往日的自由”。

罗伯斯比尔率领的国民公会宣布废止黑奴，给予黑人以人权和公民权。但是法属海地不单和西属多米尼加共处一岛，而且与英属牙买加也近在咫尺。被赶出来的种植园主们请求西班牙和英国干涉，于是海地同时与英、西、法三个强国战斗，并宣布了禁止奴隶制度的海地宪法。

刚刚夺取了皇冠的拿破仑不承认海地宪法。一个马提尼克大种植园主的女儿不是别人，正是他的皇后、常上电影的约瑟芬。拿破仑懂得什么是殖民地财富。他决定让马提尼克和瓜达卢普恢复黑奴制，并朝海地派去了54条军舰。杜桑•卢维杜尔被诱捕，后送到巴黎处死。

1804年，伴随着十九世纪的开幕，海地宣告独立，残存的法国人“携奴”逃到古巴，又把奴隶制惨淡经营了百年。我在古巴看过一个咖啡种植园，站在拷打奴隶的刑具镣铐之前，我周身袭过一阵战栗。白种文明人的偏执、暴戾和无耻，使人费解、震惊、和愤怒。

至今，海地革命被评价为第三世界民族解放运动的先驱。

8

十九世纪以后的咖啡故事，简述之，大概有这些要点：

粉碎了德意志神圣罗马帝国的皇帝拿破仑，宣布封锁大陆。

这对德国人可是“苦”难。因为接受土耳其人的习惯，那时德国人已离不开大量加糖的咖啡，如巴赫的《咖啡合唱》中女高音就引吭高歌：“咖啡，你比一千个吻还甜！”德国无论如何也要冲破拿破仑造成的无糖无咖啡的境遇，于是认真地开始了咖啡代用品和蔗糖代用品的研究。

拿破仑和作为帝国的法国，最终失败了。马克思总结说：拿破仑封锁大陆政策造成的严重的咖啡与砂糖的匮乏，是驱使德国人起义赢得后来辉煌解放战争的基础。因此，“咖啡和砂糖在十九世纪显示了它们世界史的意义。”（《德意志意识形态》）

后来，连我们也熟知拿破仑法国在莫斯科的惨败，但多数人没留意俄军乘胜进驻了巴黎。俄国乃是一个红茶国。一些法国人（估计一定是那些黎凡特商人的同胞）马上把咖啡馆改成经营红茶。俄国军人总是牛饮，且性情急躁，常拍着桌子粗声大呼：“быстро！”（快点！读“贝斯特洛”）于是法都巴黎到处都出现了叫作“贝斯特洛”的红茶馆，与咖啡屋掩映成趣。

——当然，1747 年德国科学家发现的甜菜糖、和随后试验成功的甜菜榨糖，意义要比德国造代用咖啡更大；但是德国从而决心向东非开拓殖民地，却逐步使欧洲列强瓜分殖民地的矛盾激化。

德国嘱托科学家寻找合适的栽培地，最初被选中的是东非的乌桑巴拉地区（回忆一下苏非咖啡的“乌撒布”）。德国鲁尔区的产业主们显示能力，在咖啡园和海岸间修建了东非铁路，并导入了资本主义之精华，即工资计酬的劳资制度。但毫无效果，甚至在 1905 年招致了叫做“马基马基”（神圣的水）的黑人起义。德国人以“高科技”的机关枪、以及最原始的饥饿战来镇压，杀死和饿死的黑人达 7.5 万，镇压后，德属殖民地南部只剩下了一千余人。

但固执的德式殖民主义并不放弃。又被选中的，是海明威小说描写的乞力马扎罗山的南麓；一块希腊、意大利、英国人均有染指的土地。到1914年，此地已有种植园100处，咖啡树284万余株。接着德国人挺进的又一块土地，是面临着维多利亚大湖的布寇巴。后来，布寇巴咖啡在欧洲诸大咖啡进口港赢得了畅销，其原因是它盗用了“摩卡”的金字招牌。

此时的摩卡怎么样了呢？

进入了二十世纪的摩卡，早已失尽了数百年来的繁华和富饶。在资本魔手栽种的咖啡压迫下，它此时命在垂危。昔日热闹的港口渐渐淤塞，鳞次栉比的商馆已是废墟。这座以香味和东方的浪漫闻名的古城，变做了一个只有400人口的海边村落。

9

拿破仑封锁大陆的另一个作用，是催生了巴西国。

确切地讲是：拿破仑命令葡萄牙，不许让英国佬使用任何一个葡控港口。而葡不听，于是拿派兵打葡，占领了里斯本。葡王不得已“西狩”，逃到了大西洋彼岸的西印度殖民地，临时流亡。因此须知，里约热内卢也就充当了宗主国葡萄牙的首都达14年之久。待到拿破仑灭亡，葡王回辇欧洲，巴西的大庄园主们不愿交出代理首都期间获得的权力和利益，于是一场阴谋被策划，留守里约的儿子率领巴西向老子宣布独立，是为今日巴西。

1727年，仅在法国军官德·库留把咖啡带入加勒比海之后4年，巴西开始了它的咖啡种植。真正使咖啡的话题具备世界史规模的，乃是巴西。得天独厚的地理和气候条件，使巴西咖啡的生产异常顺畅。到了二十世纪初的前十年，巴西咖啡已经占据了世界产量的四分之三，90% 的巴西人口与咖啡生产有关，巴西外汇收入的 90% 是咖啡收入，于是葡萄牙人吹嘘说，咖啡讲的是葡萄牙语。

1918 年第一次世界大战结束，全世界都堕入了萧条的深渊。而巴西却因为美国突然兴起的、清教徒式的禁酒风，使得一直与酒精互相对抗的商品咖啡获得了热卖。但是在危机的乌云下，海市蜃楼转瞬即逝——1929 年，巴西追随它的资本主义诸胞兄，迎来了史称大萧条的溃败。

这一年大批咖啡树恰恰到了结果期。大丰收带来了大灾难，巴西政府决定采取销毁政策：政府对出口咖啡课以 100% 的重税，用这笔钱购买积压在库的咖啡，然后将之倾入大西洋，就像传诵的一些国家把牛奶倒入大海一样。同时，成了过剩产品的咖啡被当成煤烧锅炉；有一帧摄于 1932 年的著名新闻照片，拍下了几个火车司机挥舞大铁锹，把堆起的咖啡豆铲入炉膛的场面。

在二十世纪，一条沿着赤道的“咖啡环带”已经在地球上形成。南方的咖啡出产国，就像其他各项一样，供给着北方的咖啡消费国。到了你我也喜欢喝咖啡的 20 世纪 80 年代，不管你信不信，书上确实这么写着：咖啡的年输出总额居然达到了 120 亿美元，在世界贸易中排在第二位，仅在石油之后。

结语

我亲眼目击过，几个中国人在东来顺宴请一对欧洲教授夫妇。饕餮之后，夫人想喝一杯咖啡。餐馆服务员已经摇头说没有，但热情的老板不愿让外宾扫兴，命令冲了自用的雀巢，给客人端来。

不想，夫人抿了一口，突然怒气上冲！席间气氛骤然一变。

我懂得：不是味道好坏，是咖啡受到的侮辱，使她不能容忍。

那招致嗔怒的、东来顺服务员冲出的咖啡，可用四个字形容：甜腻温吞。确实农民口感，但也正是中国流行的口味。

丈夫觉得脸上挂不住了，赶紧拦住想发作的夫人，连连打岔，打着圆场。

我常忆起那一天，那位夫人令人回味。

在她的冲动中，有一丝数典忘祖的滋味。或许她从来把咖啡当作国粹，而忘了咖啡的东方出身，和这么长的故事。

2009 年 3 月 10 日写成

雄鹰飞过

一

那一天过去已是几年。人们一齐仰首眺望的、那激动和疯狂的日子，如风逝电灭，被时间裹胁而去已经几年了。

我站在砾石裸露的高原上，平川一泻无尽，云团滚涌而来。无所遮拦的、居高望低的视野，把地平天边的原野山峦、把荒凉人世都尽收眼底。

这里是哪儿？我紧张地左右环顾。鞋子喳喳地踩过碎石，彻底褪化剥露岩芯的高原，如烈火燎过寸草不生。它有些像西班牙中部的拉曼查，更像美洲大陆的绿案高原。不，在东蒙古或西海固，不仅视野没有如此宽阔，你不会获得如此自尊的感觉。

不明的地点使我焦躁。我想喊，但是自己已经失声。睁大眼睛，发觉视觉正抽丝般一点点迟钝，我不能说出也无法看见——从灼疼的眼底，有一股火苗蔓延着，烧荒般掠夺了我的心。

一群脸皮晒裂的剽悍黝黑的男人，我不知他们究竟是一群印第安人、还是摩尔人或吐蕃人——在我背后默默并立。我们站在裸石高原上，如失去父兄的孤儿，在等待一场追悼的仪礼。金风锐厉地号啸着，摇撼着我们的肩头。氆氇袍子和邦乔、还有缠头巾都随风扑啦啦抖动。我们是陌路人，但我们站在了一起。只见他们都竭力仰着头，用锐眼在茫茫云阵辨别，好像在聆听什么。

我猛地悟到：我还残剩着听觉。于是我也屏息静听，一面凝视着那团愈烧愈盛的黑红火焰。用疼痛的双耳，加上用心辨认。当不能倾吐心里的爱情，当不能熟视下流的狂欢，人的听力，还有心的感性就抽枝拔节，变得敏锐异常。我回头看看那些吐蕃、摩尔和印第安的壮士，他们纹丝不动，脚趾攀住的砺岩纹理清晰。他们表情凝固，如浸没在一派沉思和悲悯之中。我猛然意识到：他们正沉浸于倾听！我赶紧转过头——就在这时，一声音响、一丝天穹奥深的消息或叹息，它显露了形迹，正笔直地缓缓驶来。

二

都说那是一支关于鹰的音乐，它常见得人人皆知。演奏它时，一般用枯树枝镂空的印第安排箫，或者用哈萨克的松木哨子——总之音色悲凉的乐器。它被沙哑奏出的时候，一缕哀婉低诉，便在你耳际开始了盘旋。

听它时确实需要想象。没有心情的加入，你听不出它的味道。有古典修养的人说：一切音乐都是有标题的。它的暗示，就在题目之中。你不能把它当做餍足的消遣，动物的找乐，若是自知缺少热情你就别碰它。标题已经告诉你：这是描写雄鹰在天空的飞过。你听见或看见了么？那飘忽的滑翔。知音的说法是：若能凝眸注视，倾心潜入聆听，那么人会有晕眩的感觉。

几只鹰在清冷中盘旋，俯瞰着贫瘠的大地。音乐飚扬而起，似乎开始了一次庄严的出征。我仔细辨别，但是没有任何熟悉的旋律。没有听见摩尔的热烈、没有听见吐蕃的嘶喊、也没有听见印第安的冥思——《雄鹰飞过》是怎样一支音乐呢？旋律和节奏都太安祥了，我辨不出它的族源，只觉得它那么高，远在七重的高空之上。

然而仪式却开始了！我回顾背后，风剧烈地抖动着他们的袍服。三种不同的男子，都铸铁般一动不动。他们的姿态传给我不祥的紧张，我赶紧回头，鹰正在向远处飞去。他们是在送别，只是假借一首音乐。而高空中，旋律追着雄鹰，齐齐地滑翔而去，如一组谜谶。

远处的地平线上，那片黑红的火突然跳跃起来。渐渐地鹰与音乐混淆了，它们笔直地对准火焰，朝着那儿疾疾飞行。

三

在蒙古草原上，我听说过有一种鹰。当狼突然跳入了羊群、大肆施虐的时候，它们就笔直地朝着狼俯冲而下，对准狼头狠狠撞去，在撞击的瞬间啄掉狼的凸眼。它们被唤做布尔古特（burgut）。

同样，在哈萨克的天山有一种同样的黑鸟，它们被取名卡拉库孜（kara-kuz），总是给山中恶兽带去不祥。我猜，今天印第安人称为贡多尔（cóndor）的老鹰也是一样，这种沉默的动物不鸣不啸，但它们有不能想象的决意。

远处红黑的火焰，如魔鬼正在舞蹈。

它愈烧愈烈了，正在地平线上狂欢跳耀。

——鹰在那个时刻，突兀地现出勇者的本相。它沉默不语，开始了与狼的决死一拼。它从高高的云端，以一个高贵的姿态，坠落般俯射而下。

鹰从天而降，啄掉了一双恶狼的暴眼。鹰扇动巨翅，把一头熊击落山涧。鹰怒握双爪，抓起一条仙人掌上的蛇。但是鹰被烈火烧焦了羽翼，它不能再次拔地而起了！火花飞溅，轰轰炸裂之中，我听不见鹰的一点声响，只听见它在扑翅挣扎。烟雾冲腾，遮蔽了它，最后，一切都熔化在火舌黑烟之中。

狂风冲击着枯枝，强行穿过一排木孔。哨子和排箫无法忍耐，音乐突然间高昂起来。它呼唤着我们，要我们开始仪式。就这样我们也陷入了幻视，我们也随着起飞和俯冲，追逐着那支音乐长长的拖曳。我觉察到，此刻两脚僵直地石化了，它们已插进石头，和裸露山岩成了一体。我变了，空荡荡的胸中，惟余那一股音乐在奔突闯荡。一刻比一刻更甚地，心如那声音般孤寂。

鹰穿过云层，掠过烟焰，对准孽火垂直降落。音乐也同步地危险跌下，木质的长音沙哑拖长，如俯冲的呜咽。那声音单调粗糙，甚至难辨其中五音——但它若怨若愤，恋恋不舍地飞旋，盘绕，降落。

多少年来，惟此一次，我体会了晕眩的感觉。

四

此刻只剩下那首音乐。此刻它愈奏愈响了，如一个古老仪式的末尾。

我们一言不发，印第安、摩尔和吐蕃的听众都在山岗上悲怆沉默。

鹰死了，荒火侵漫了高原四野，包围了我们。我们没有退却，心在随着那支音乐。烧裂的山岩被映得鲜红，如一个恐怖的传说。

那以后我总是听着这支音乐。在它单调的、木质的声音中，那只孤独的鹰给我抽象的联想。在听觉中，它变成了给敌人以还击的黑鸟——是的，这首音乐与哈萨克哨子曲《karakuz》异曲同工。我早留意到：哈萨克人见我喜欢这首曲子，脸上便浮起一种特殊表情。因为黑鸟常伴随厄运。这些怪异的文化花絮，引得我痒痒地忍不住考证之心。它与印第安人的那只鹰一定也有关联！否则印第安的老鹰为什么抓着一条蛇？但弄清这么古老事物的起源流脉，不用说将会极其困难。我没敢妄做试探，虽然至今一知半解。

——莫非它就是鹰的遗物，或者人们常说的灵魂？鹰藉托一首音乐，诉说自己缄默的本意？

如今这首《雄鹰飞过》流行四海。

不仅那些养鹰的部族，什么样的家伙都在哼着它。有一次我看电视的大奖赛，一群红头发的女孩用避孕套吹奏它。鹰不在乎，你没见它从不在乎法西斯把它绣在军旗上。它不抱怨被人利用，只顾翱翔着，飞旋着，等待着一次俯冲，把诉说变做沉默。

于是我也宽容了。

既然那灵魂——既然它假借了一首音乐，那就让它尽情地流行吧！我为各种演奏鼓掌，收集各种版本的这支曲子。

原来，音乐就是这样才能够成立。好的音乐都是费解或含蓄的，掩藏其本音原意，让形式喜闻乐见。我静静地坐着，鹰又一次远去了，听得见翅羽间撕裂的风声。此刻脚下没有火烧的砾石，没有养鹰族群的仪式。我独自坐着，演奏如引诱，如勾魂，听众随之晃动。纪念就在这里，仪式就在这里。就在这个瞬间，一个消息隐蔽地传出，高潮骤然剥露而出。

曲子展平了它黑羽的巨翅，纹丝不动，在无言中，疾疾地朝下俯冲。你是不朽的烈士，你是勇敢的精灵。木质的沙哑哨音，久久地拖响着。人们都出神入魔了，晕眩的听觉弥漫。全场的人都平伸双臂，哼着曲子，轻轻绕起了圈子。他们恍惚痴醉，如在盘旋之中。

写于 2005 年

地中海边界

1

我们姑且称呼前 1492 年的历史为“古代”。

在古代长河的战争中，无疑也有过残虐和杀戮。但是时至今日，历史学必须强调：占据过文明和军事优势的东方，没有如同欧洲殖民主义屠戮灭绝数以千万计的印第安原住民那样的灭绝罪行。古代更存在剥削也存在奴隶制，但今天历史学也该说：在古代曾占据了强势的东方，没有如殖民主义者在美洲那样，把动辄百万、数逾千万的印第安原住民赶入银矿和金矿的深井、先把他们活活奴役致死，然后再以“猎奴战争”从非洲绑架黑色人种、没有把黑人掳掠、贩卖、赶进大西洋的奴隶船、最后在美洲的种植园和银矿井对他们敲骨吸髓的劣迹。

加害者喜欢拘泥于带血的数字。就像今天的日本拒绝承认南京的30万，西班牙官方不能接受灭绝印第安人数千万的统计。

既然这种数字是他们内部一个有良心的神父说出的，那么诋毁这个神父就成了西班牙的500年大计。然而，最严厉批判的拉斯·卡萨斯神父提出的，倒可能是最低的数字。他仅根据目击和确知，提出了1500万的数字。而最高的估计如《白银资本》作者，印第安的人口“从1亿减少到500万”。另一项统计与拉斯·卡萨斯神父殊途同归：因罪恶的黑奴贸易减少的黑人人口，与美洲消失的印第安人一样，数额超过3000万。

古代把它怀中的财富——它们经常是粮食、果蔬、和丰富的物产——慷慨地分送给天下远方；两河流域的小麦和大麦，中亚的种种新奇香料，阿拉伯的糖、咖啡、灌溉和帆缆，中国的稻米、茶叶、瓷器、纸和丝绸，北亚游牧世界的奶酪和驯马。古代结束以后，美洲印第安人又献出了数不尽的水果蔬菜食粮作物给世界，从玉米、红薯、土豆到番茄、辣椒、向日葵，再到烟草、可可、古柯叶（可口可乐的词源和核心原料）——他们的贡献，不必说开掘了物质的享受、提升了整体的文明，它们每每都是雪中炭、救命草，它们直接解救了饥馑，导致了人口的增加。

若谈及古代的最后一幕，也许可以选中国的郑和下西洋权作标志。中国人在他们占据着历史好运和军事优势的时代，除了满足了一点中央天朝的虚荣心之外，大体遵循古代的物质交流规则，基本没有掠夺和屠戮。就是这个中国，得到的是香港和台湾的丧失，是自尊心的重创和半殖民地的命运；恰似它遥远的邻居，献出数千种物产的印第安人——数以千万地被屠杀和奴役致死，被渡海而来的白人以文明的名义灭绝。

所以，对历史断代的动机也该提上桌面。在剧变之后既然发生了那么多惨不忍睹、不可理喻、斯文扫地的事情，那么对历史前后期分界线的最醒目特征，也就到了再观察的时候。

2

不是天真的读者和学生没有意识到，实在是历史叙述中的话语控制者有意为之：以前我们忽视了一个清楚的特征。不管这么说在今天多么不合时宜，还是该指出——沿着地中海南缘一字铺开的穆斯林故乡，是整个东方的边界，是古代的屏障。

具体地说，1492 年西班牙穆斯林王国首都格拉纳达的落城，是世界史上最大的一个标志和界碑。

因为在前 1492 的古代，在地中海的西端，东方借助穆斯林之手，保持了对西方的优势。这个优势更多是在文明意义上的；因为若细较过程，穆斯林的安达卢斯（al-Andalus）与西方在军事上多呈胶着之势，未必东风一直就压倒着西风。然而穆斯林在西班牙实现过的，却是至今仍令世界炫目的文化辉煌。以往的经典，把那个以科尔多瓦为代表的时代，看做古代世界文明史的最高峰。优势既然是文化的，也就更显有力和值得回味。一个历史分支是在地中海东端，穆斯林击退了绵延数百年的十字军。把十字军战争解释成争夺耶路撒冷一城一地是别有用心的；十字军运动正如后日在它的续篇——殖民征服的历史中鲜血淋漓地暴露的，它的本质，是控制和掠夺传说中富足的东方。

其实历史留下的伏笔和解码，不单异常粗重、而且明显得罕见。伏笔或解码就是1492这个年份。它不像普通的、流逝中的一年，因为恰恰就在这一年里，先是格拉纳达陷落，接着美洲就被“发现”——前文所述的占领、灭绝和奴役的新时代，多一年也不等待，就在同一时间肇始。

如果强调历史分界表现在一件事、一条线、一时间的方法，1492年格拉纳达的陷落，是划分世界史的前期与后期的最合适的分界线。

1492年以前，即穆斯林西班牙衰落之前，地球之上同样不尽人意。只不过，虽可举出种种悖例，但至那时为止的古代史大体上循着人群和文化的内在规律，诞生并发展、全盛又衰败。有过弱肉强食和优胜劣败；但就如造物的和谐，各种势力大体是平衡的。现实与一般的公理，都不允许建立一个以奴役和掠夺为唯一目标、并振振有词把自己说成是大同秩序的——全球化的殖民主义。

不消说，这么粗重的一条线，不可能不被人们留意。事实上把1492看做分界和分期标识的论著也不在少数。只是人们大都有意无意，在指出了这个年份的同时，拒绝正视十五世纪的伊斯兰壁垒，曾是遥远的印第安人的守护盾。

而征服者却意识着这一点。西班牙殖民强盗把美洲征服看做在西班牙宗教圣战的延续，他们每逢提及印第安神庙，总称之“lamezquita”（清真寺），几乎每个殖民风格的美洲城市，都有一条叫“杀摩尔人”（matamoros）的街。

为什么他们那么嗜血？

并非杀人如麻的白种人，真的是恶魔转世。在美洲征服过程中，淋漓尽致地表现出来的屠杀与物欲的背后，更深刻的动机是对贵金属——黄金白银的疯狂渴望。这是一种资本主义的原始渴望。它就像恶魔一样，每个原始积累的毛孔，都满是鲜血和肮脏的东西。为挖掘金子和银子——这无需本钱的财富和货币，无援无助的印第安人被酷役致死又算得了什么？仅仅为着补充可供奴役的采掘劳力，违背任何宗教说教和禁忌的黑奴贩卖，也可以悍然实行！

3

如果不喜欢线性地看待分期，而主张把历史的分期看做一个过程；如果坚持把前期与后期的分隔看做一个历史阶段——那么，从格拉纳达的失败到奥斯曼土耳其的衰退，可以被看做世界史沧桑前后的分隔阶段。

这个演变的历史阶段，大致可以从 1492 年格拉纳达被天主教军队攻占算起，一直到 1699 年奥斯曼苏丹在围困维也纳失利后走向衰微、第一次与欧洲列强签订屈辱的卡罗维兹条约为止的，大约绵延二百年的时光之间。

非洲的殖民化与这个过程步步合拍。

几乎与攻陷格拉纳达同一瞬间，西班牙不仅突兀地“发现”了美洲并开始贪婪地吮吸印第安人的血；而且立即越过直布罗陀海峡、一口咬掉了非洲北端的滩头堡梅利利亚（1497）。紧接着不过十余年，西班牙吞下了非洲北缘一系列富庶城市：奥兰、布日伊、的黎波里，并进逼阿尔及尔。

一边的葡萄牙妒意冲天，不能容忍。它与西班牙之间的矛盾，唯有教皇的权威方可做出裁决。仅在“大发现”两年之后，一条瓜分世界的“教皇子午线”被划出，葡萄牙以天主教的神圣名义，获得了独吞非洲的特权。

在非洲西海岸的南半部，非洲大陆的殖民化“由皮及瓤”。对非洲之躯的大卸八块，尚需再等大约两个世纪。先是沿着非洲西海岸，葡萄牙人从南边迂回过摩洛哥和北非的穆斯林骑兵，在非洲中部的大折角处建立了据点。接着他们近岸航行，靠着阿拉伯人的领航，一站站地沿着非洲的大西洋海岸，向南摸索。他们在每个站稳脚的地方修造据点，并刻不容缓地开始奴隶贩卖、运走劫来的黄金。待他们终于绕过好望角，看见大陆朝着北延伸而去以后，被地理学界讴歌的达•伽马，1499 年正奔忙于印度航线上。去时他劫掠海上的船只和领航员，归途上他野蛮地炮轰摩伽迪沙，毫无彬彬学者的相貌——郑和船队也到过这座“黑鹰坠落”的城市，中国人送去的只是物产和问候。

轮到奥斯曼土耳其人负起责任了。

奥斯曼帝国与欧洲的争斗，复杂漫长而含义深刻。今天回顾起来，它如一只大鸟，面对南下的殖民列强，奋力地左右挥动着双翅。左翼保护着非洲，右翼遮盖着亚洲。

沿着地中海的屏障，由奥斯曼土耳其人再次修复。重点一度移到了东地中海。紧接着格拉纳达的陷落，奥斯曼帝国与欧洲鏖战——只是此时它的敌人，已经名叫殖民主义。不管后来奥斯曼怎样被西方一再妖魔化，但唯有它，这唯一的东方帝国，使欧洲列强谈虎色变。唯因它的存在，亚洲诸大文明若中国和印度，它们的殖民化或半殖民化，被推迟到了十九世纪。

1571 年奥斯曼海军在莱潘多海战中大败，但是却占领了塞浦路斯。苏丹对威尼斯人说："我们丢掉的只是胡须，会长出来，而且更硬。而你们丢掉的是一条胳膊，永远也长不出来了。"地中海的制海权仍然在东方手中。奥斯曼海军、被赶出家园的西班牙摩里斯科人、摩洛哥赛义德王朝——他们甚至联手驱逐了盘踞了北非一些据点的列强势力。随着1516年传奇的海盗巴巴罗萨占领阿尔及尔，1574年奥斯曼土耳其控制突尼斯；摩洛哥苏丹也从英国人手中夺回丹吉尔（1684）、赶走西班牙人收复了拉拉什和阿尔西拉（1691）——在十六至十七世纪的大约两百年里，非洲的殖民化被阻截了。

在这段不能施展身手的时期里，欧洲人忙着的事业，是"猎奴战争"。

丑恶而残忍的黑奴贩卖，震惊了人类的良心。但是没有任何道德戒律，能劝阻文明的、白种的、欧洲的强权集团。既不能劝他们放下滴血的剑，也不能劝他们丢掉捆人的绳。他们终于占据了强势。因为它们的面前，终于消失了穆斯林的铜墙铁壁。在遥远的美洲，印第安人的剧减导致了劳力的短缺。为了掳取可供恣意驱使的奴隶，如他们对美洲印第安人的残忍行径，在地球此端的非洲，欧洲的文明人悍然贩奴。

不知道世界会如此恐怖、也不相信人类能如此残忍的，可怜的非洲黑人被绑架、被塞进大西洋骇浪中的奴隶船。他们被转运到海天尽头，贩卖到美洲的种植园和银矿。数以千万计的黑人被勾销了生命。人类的近代史开幕了。

靠传统、道德、文化积累、骑士派头的战法和冷兵器的时代，已经一去不返。哪个民族也无法沿着自己的愿望和轨迹接着运行。尽管兴衰乃是前定大数，但是谁都没想到：弱小的文明，突然遭遇的是国祚的断绝，是资源的流失，是尊严的消灭。

历史学家忘记强调的是：这一罪恶的得逞，与“穆斯林屏障”的坍塌互成因果。历史学并不能否定雄辩的实证，但他们就是不这么说——他们的思想，被“欧洲是文明而进步的”认识一叶障目，不见泰山。事实是，恰恰因为安达卢斯－奥斯曼土耳其屏障的存在，以文明和民主化妆的侵略被阻击了。企图侵略的欧洲那时被打得自顾不暇，整个东方和南方，亚、非、美、甚至南洋，都按着古老的步点，自在而存。

以后的历史不堪回首。

根本等不及奥斯曼帝国的谢幕。与它的衰微同步，殖民主义先是打着航海家或印度公司之类的旗子，沿着航海线一路侵掠；后来就由舰队和步兵团高举国旗，奏着军乐，向着大陆纵深、向着对他们而言近、中、远的东方、向着全部世界和地球进攻。

维也纳首演莫扎特的歌剧《后宫诱拐》是在 1782 年。欣赏着这部讽刺土耳其的歌剧，观众捧腹大笑。欧洲已经从恐惧奥斯曼帝国的魔魇中，好不容易恢复了自信。非洲大陆步美洲后尘，早已成了白人的殖民地。洪水淹没着更辽阔的世界，用大炮武装起来的殖民军，击鼓奏乐挺进亚洲。

1919 年法军统帅骑着象征的白马，进入奥斯曼帝国的首都。次年中国也参加了的国际会议上，签订了分割奥斯曼领土的巴黎和约。骄傲的土耳其人不能忍受如此的受辱，怒而把巴黎和约签订的日子，定为土耳其国耻日。

值得特别提出的是，巴黎和约同时也是一个侮辱和瓜分中国的条约，因此它引发了触及中国灵魂、揭开中国革命序章的五四运动。无独有偶，似与土耳其人遥相呼应，五四的先辈们也呼吁把强加中国二十一条辱国条约的日子，定为“终身不忘”的国耻日。

就这样地倾东南——地球上大多数的海洋和陆地，除了一个日本跑掉并加入了侵略者集团之外，第二次失去了屏障。西方加于世界的殖民战争、人口贩卖、领土强夺、不平等条约、不用说鸦片贸易，扩大到包括中国的全球。一眼望去，全部非洲、美洲、西亚、中东、菲律宾和太平洋诸岛、印度、中国——均在洋人的坚船利炮攻击下，纷纷失败乃至亡国。在历史的这个后半期，或许可以称之近代史——殖民主义完成了它的全球化。

结论大致是这样的：

回顾逝去的历史过程可以看到：一条先是由西班牙名城格拉纳达象征、后是由奥斯曼土耳其修筑的、沿着地中海边界一字摆开的穆斯林屏障，曾保护了多半个地球。殖民史雄辩地说明：就在格拉纳达失陷的那一年，美洲立即就被“发现”，地球随即坠入了以“地理大发现”和“大航海时代”为名的、殖民主义的近代。它的第一章，是对美洲大陆古老文明的抹杀和毁灭，是对可能多达数千万被称为印第安的原住民的恐怖屠杀和酷役致死。它的第二章随着奥斯曼土耳其的衰微而展开。与奥斯曼帝国的瓦解同时，何止非洲，亚洲和中国也不能幸免：全球规模的掠夺、奴役、战争、屈辱和殖民统治，降临各族人民头上如同大山。它导致了揭竿而起的二十世纪革命，中国革命是其中重要的一部分——引领我们艰难地到了今天。

如今历史又在以类似的形式上演。

在巴勒斯坦和阿富汗，在伊拉克和黎巴嫩，穆斯林又在浴血奋战。他们依旧如同一面屏障，抗击着新帝国主义的进攻。但是，西方进步的神话和它对人的洗脑，民族利己主义和自私的市侩品性，使人们短视而不见大势。幻想偏安的政客，做梦发财的市民，一天天习惯了鲁迅所说的“看杀”。不过，就如第二次大战时绥靖主义的著名故事所教示的——对大义公理的嘲笑，对他人苦难的无视，最终会“搬起石头打自己的脚”。

沿着地中海，存在着一条清晰的、世界史的分期线。就天下大势而言，在人类的古代兴起的穆斯林世界，曾是历史进程中诸古老文明的屏障。这并非一个发现，这是一个事实。这不是一个整理故纸的题目，这是人类历史的教训。在新帝国主义和十字军主义向着世界作更大的进攻时，这一教训的意味不言而喻。

写成于 2006 年 9 月

救助自己

（一）

什么叫做穷？什么是贫困？

在西海固经历的八十年代，给了我关于贫困的一种观点：西海固民众的贫困——是残酷自然和不平历史的产物。它是彻底的，几乎不能改变。它需要的首先是社会的正义，以及人们对它的同情。同时包围穷人的还有不毛的环境。那片绝望之地若能在哪天变得富裕；那一天就一定是大同之日。

那时所谓的贫困，是一个政治词汇。那时的急迫事情，是抗议压迫的历史，是宣布对信仰的声援。

换一句话说：关于西海固贫困的另外一个方面，我完全没有留意。

渐渐有一丝警觉，游走在心底。

因为在隐藏的深处，似有一株细芽，如一个细胞在悄悄生长。我觉察到：关于穷和苦、关于贫困的观点，或许早晚要重新参悟。否则哪怕皮毛上的毫厘，最终会在骨子里失之千里；因为归根结蒂我们追求的，一是真实、二是真理。

多次遇到有人问我：西海固，那里还是没有水么？

苦旱无水，因我的传达成了它加重的形象。我为其间的分寸感到不安，忙急着说：不是到处都没水！有的地方家家一口井。还担心水被人弄脏，井盖上挂一把锁。媳妇们是担了桶、再提上钥匙挑水去的！……

难忘的，是农民的激愤神情。那真是怨天恨人：

“不能成！……啥都不长！水没有！土不能成！……”

农民说得亢奋时，如同争吵，头摇不停。粗粗的嗓音，坚决且不耐烦。

那一次随口扯起的是种菜。而我信以为真；我也以为西海固的贫瘠土地，真的不能种菜。

二十年弹指过去，到了两千零几年。

哪一回呢？我从兰州过来，背包里，不知被谁顺手塞进了饭馆的一塑料袋子小西红柿。我忙着，不知包包被收拾过，娃他妈把那一捧小西红柿种到了大门上的空地里。我走后，她浇上水，谁知长得郁郁葱葱。电话里他们告诉我说：满枝鲜红的小西红柿沉沉挂满，吃都吃不完！……于是又种了黄瓜、豆角、一应的菜蔬。听着他们兴奋地描绘一篇种园记，我忆起了昔日那激愤的神情。

也就是说，在他们嗓音粗砺，控诉穷山恶水不识菜蔬的时候，其实掩饰了另一半。他们并没有竭尽全力。那嗓音和忿忿的口气，不知为什么耐人寻味。于是愤怒的谴责和虔诚的表白，甚至关于牺牲的叙述里，都暗送了一丝弦外之音。那是一丝募集同情、搜寻援助的潜语。天下只我最苦、我最穷、我的白俩（灾难）最大、所以胡大圣人最该拉一把的就是我；无论回汉、谁若是君子谁就该朝我伸手搭救……

我听着，心里有一丝静静的悲哀。

即便句句是真，即便人们决心救援，即便以前的世道是完全的罪恶——我仍感到心里难过。

那一丝声音虽微渺但清晰，它挥之不去。

做穷人也有严格的规矩。我不喜欢过度的诉苦，更厌恶哭穷。因为一旦那么放任自己，人会失了尊严。

（二）

在那些场合，人常不由得掏出钱来。

这种钱，回民惯称乜贴，汉族叫做施舍。讲究些叫海地叶，还有算德格、则卡特：都是指带着宗教意味的钱帛出散。在西海固，这种小额的钱币支出非常频繁，特别是在无法无天的西吉，或者在盲信迷信的海原。人群中，行一个情、拿两个礼——解数丰富的不胜枚举。

有时对面坐着，听说了对方的地位，于是这一个当场站起来，摸出五块钱说：我给您行个礼性！……那一个慌忙摇手，推搡一番，最后还是收下了。

既然“乜贴”如此随意，那么人又何必推辞。慢慢自己也学着说些弦外余音，然后意味深长地望着来者，等着他表现虔诚。

一种解数（解读哈）形成了。无疑这胜过了针头的买卖、泥土的庄稼。它以神圣的名义敛财，少少五元无妨、多多百万不拒。它把贿赂和贡奉塞进了信仰的框架，维持了、更强化了旧世界的结构。由于这种钱财并非由富及贫的救助，而多是豪族强者的征敛——所以它使贫富分化加剧。在圣的门槛里，穷人又多了一层绝望。它继而发达为风气，诱惑得谁都想伸手。繁缛的行情施礼，胁迫的金钱缴纳，腐蚀了伊斯兰的原则。

原则是什么？

乜贴（niyat，心意）、海地叶（hadiyat，礼物）与伊斯兰天命之一的则卡特（zakāt，天课）及算德格（sadagat，施舍），还有尼阿玛提（niamat），它的原意是真主的恩赐——这一组概念的含义非常接近。不过是惯习的沿袭，造成了使用的偏重；如北京人只惯用乜贴一语，而西北就更加入了海地叶等词。必须承认天课一语的使用要少得多——显然它们都被人想成了随心的事，在颓废的大都市，它不过是与圣职人员交换执行宗教仪礼的报酬；而在地缘和宗族维系的农村，它暗暗劫持人的信仰，变质为控制与盘剥。

原则如天堂一样遥远！在四分之一个世纪里，不止在一隅西海固、而是在整个甘青新，我一遍遍地问自己：痼疾的原因在哪里？解决的钥匙在哪里？推动的东风在哪里？

我转回了原点。回到了那触目的“穷”字。

这一次，它露出了面目的另一半。不毛的枯山、苦咸的饮水、加上历史的非情，其实只是真实的一半。另一半仍是贫困；但那是一种志气的贫困、一种精神的贫困、一种对于自己贫困的人穷志短、一种永远等着他人援救而从不想伸出手去帮助他人的、信仰的赤贫。

当人躲入了自私，不再关心别人，拒绝援助别人的时候——他就堕入了穷的地狱。他再也不能超度，他再也不得救赎。穷火炼毒，贫穷之毒浸透人心，孳生洇染，繁殖扩散，毁掉了人的精神。

尊严已经崩溃了，还谈什么高贵！他们依然不肯相信：自己的贫穷，正是因为少了高贵的精神。

（三）

那一天，我随着救助会的车，登上了著名的绝地卡力岗。

进了回藏结邻的化隆大山，先穿过冶什春，又进了阿什努，在高原边缘炫目灼烤的太阳下，在参加救助贫困儿童的这一天，我一直在暗自琢磨，究竟自己目击了什么。

藏族或撒拉的学生娃，按班级排着队，密密地挤在台下。戴小白帽的、穿小藏袍的，都是烈日烧灼的红脸蛋，清澈心疼的大眼睛。他们的阿妈——好奇又害羞的撒拉媳妇抱着奶娃挤在后排，大胆且热情的藏民嫂子勇气十足坐在前面。一眼看去，前一片是藏民女人的红绿花头巾，后一堆是撒拉女人的黑挑花盖头，环绕四周的，是斑驳黄艳的油菜花、是远近黝黑的卡力岗。就在这天清气爽的高原上，救助行动开始了。

我坐在慷慨解囊的公司经理旁边。请他致辞时，他推辞了。轮到我，莫名袭来的激动，我说得语无伦次。按着班级，娃娃们轮番走上前来，一条条床垫、一套套校服、一个个背包；还有专门给孤儿、残疾、单亲儿童的助学金，都放到他们的小手上。

也许更激动的，是出了钱的那个经理。他亲眼看见了自己的心意原样到了藏回儿童的手上，也亲眼目击了卡力岗贫瘠大山深处丰富感人的景色。

组织这一次扶贫助学行动的，是青海回族撒拉族救助会。来到的每一个人、每一辆车、不用说同时进行义诊的医疗队——都是志愿者、打义工。他们自己并不富裕，守着清贫，援助弱小，实践着伊斯兰的扶贫规定。他们的脸上闪着一层光亮，快乐而满足，我知道，那是高贵的努尔（nur，光）。

——那天卡力岗的扶贫队伍里，最是阿嘎·艾斯玛的脸上，努尔闪亮着，给我强烈的感染。

阿嘎·艾斯玛是一个托茂牧人。“阿嘎”就是大哥，如我们内蒙的“阿哈”，也如哈萨克的“阿嘎依”（agay）。简单说：“托茂”人是一支信奉伊斯兰教的蒙古人，自清初就辗转到了祁连山。若说他们的心思，一是牵挂自己的族源，再就是在意穆斯林的信仰。但是千百人的群落，不会被认定为一个民族；那么他们就更托靠真主。

托茂人把游牧民族的淳朴，注入了伊斯兰的血液。

阿嘎·艾斯玛一待牧场的活计放得下，就跑到救助会，当扶贫救难的义工。他熊腰虎步的身影，使队伍平添了异色的豪迈。就在卡力岗的那一天，他和我结下了友谊。他使我又一次沉入对草原的回忆，使我忆起汗乌拉、忆起沙沟村、捉摸人的相知。

他嘿嘿笑着，好像在说：确实很怪，一旦你伸出手，向别人递过你辛苦挣来的钱——你就变富了。

是的，那是快感十足的感觉。它那么奇异，仿佛彻悟了贫与富。人必须体验它，人必须让自己的心，获得那样的富裕。那种虽然明天要更节俭但自己终于拿了出去、那种虽然舍不得却送了人、而且不能炫耀只能藏在心里——那热乎乎的感受，何止物质不能相比，它太美妙，简直让人想哭想笑！

（四）

在伊斯兰的一切原则、法规与传统中，唯天课与施散的实践，有力地抗击着泛滥世界的资本主义说教。今天，它在追求社会公正与平等的人们当中，正引起愈来愈强烈的共鸣。

如今重读陈克礼对天课的解释，只觉字字有金石之声：

> 课的对象是财富，是有产阶级的义务。金钱如水一般，应该是流动的。不应该积藏起来，为少数人所把持。否则它便和水一样，停滞、发臭……有些人肥吃大喝，有些人啼饥号寒；有些人洋楼大厦，有些人陋巷破庙；有些人不劳而获坐享其成，有些人终年勤苦缺衣少食；有些人是主子是人，有些人是奴隶是牛马。由于贫富的悬殊，便产生了社会问题。伊斯兰制定天课的目的，便是扭转这种畸形现象，限制资本主义的无限膨胀，使贫富归于平均。

我突然想起来该对那些卡力岗的藏回娃娃讲什么了。我该说：

不是要做文学家，不是要做科学家，我长大了要做——帮助穷人的人！

四分之一个世纪白马过隙。二十五年沧海桑田，穷人家都变了小康户。但是攒下的钱，并没能把人变得高贵。

不知是不是该对西海固、对一切尚在困窘的人、也对我们自己说：

西海固不能再是一个“贫困的夸张”。确实早该猛醒：苦难和同情，掩盖了暗中的腐蚀。我们确实常常忘了：在身为穷人的自己之外，还有比自己更穷的穷人。在自己接受别人救助的时候，也要想着怎么去援助别人。

——穷人的施散，将使穷人获得升华。对他人的施助，会带来罕见的富裕感。对他人的大义，能把自己拔出小农的牢笼。对世界的支援，会导致对自己的搭救。在这感人的过程之中，“高贵”渐渐出现了。

我说惯了的西海固三个字，也许是一片黄土山地，也许是一条绿草平川。还可能是一个群体，或者干脆仅仅是一个人，包括你和我。托茂人在前头走得大步流星，“西海固”，该跟上来了。

2009年9月9日，斋中再改

三种知识

这些年常想，若是组织起百姓的游击队，闹一场研究的地道战，把假洋鬼子般的博导们驳倒，该多么有趣。

不单用文章，其实这几年我一直尝试着一种实践——辅导清真寺的阿訇满拉进行学术研究。尤其是把与他们无缘的高等学府里讲授的学术规范和方法，尽量通俗而准确地讲给他们听。

这么实践着，其中的乐趣来了。

乐趣多来自矛盾。农村就是由永恒而活跃的人际矛盾组成的世界。

咂摸着这些农民的事，一边觉得长见识，一边也为个个的具体矛盾犯愁。有一次，我把自己的苦恼诉说给一位老阿訇听，没料到引出他一些金玉良言。本来是插嘴教满拉，没料到却当了一回满拉。

由于乡间的一些亲属关系，我们都喊这位老阿訇为师傅。我喜欢到师傅家里坐坐，问些典故消息。这一回在屋里坐定，我不由叹了口气。师傅问我近来可好，在乡下可惯。我说，都好都好，就是泼烦小满拉们闹矛盾。本来举意开辟寺里的学术，结果开展了寺里的是非。

老汉笑道："你说说，咋回事。"

我诉苦道："满拉大王总是说满拉小王的坏话。他俩是亲亲的叔伯弟兄呀！我批评大王：你已经占了身高力大、多念了三年书的上风，怎么就不想着把你兄弟拉扯一下？几次听见你讲小王的坏话。"

老阿訇给我倒着茶："后来呢？"

想不到大王回答我说："张老师，你不知道。小王、小王他偷看黄色录像！……"

气得我不知说甚才好。

说得老学者兴致勃勃，捋过一把银须，呵呵笑道：

——经堂里常说：学者都骑着嫉妒的驴。你莫慌！都是人之常情。不要怕他们耍嫉妒！你想，眼见着小王一日日身子长高着，再加上尔林增强了，你想，大王怎能不多少嫉妒上一些？

——那我咋处理？把个学术教室变个酸溜溜醋缸么？

于是引得老人一句句有板有眼。显然，对我体验的这些，他一生见得多了。

——宽宽地放开手，你就放心由他俩竞争。反正是一搭在求尔林的路上竞争，又不是比着打仗斗殴。

我大声质疑道："不，阿訇老人家，那会一步步走向伪学！没有虔诚举意的学问，是病态的学问！"

尔林（alim）是个阿拉伯语词，意思就是学问。这个词派生的另一个名词，是学者。阿訇就是学者。

下乡三十周年过后，换句话说，是在从住进草原变成牧民、到成为作家描写草原的第三十个年头以后——满脑子都是“文明主人的权利”、“文明内部的发言”以及“文明代言人的资格”，由于害怕和那些博导一块被驳倒，我常思索这些念头。后来决心来一个“行为艺术”，不但写成稿子，还附带一连的行为。在二王寺，我干的就是这个。

——人觉得像痴人说梦，我却纠缠得当真。

听我把话讲到了学问上，老学者的脸上，现出了水流入了正渠、车走上了辙印的神色。他一字字地对我传授道：

“学问有三种。第一种是‘舍勒尔提’（sharat）的总和，也就是一切规矩和专业的技能、认识的学问。比如城里大学教的物理算术，比如警察局讲的物证人证。在他们是不得证明不算数的各门各行，都算是第一层，刚好就是我们讲的五功教规。

“第二种是‘陶合提’（touhid）的学问，早天我听小王说那叫哲学，不管牌子写的什么，那就是直对着唯一独一、对着万川归海的哈格（hag，真理）的学问。我们叫认主学，他们呢叫哲学。

“还有第三种，我们叫它‘西勒’（siri）的学问。唉，咋说呢，它是人的修身品质，它是一个性命隐闪的本性。它也许可以让你追上学习一阵，也许你干脆就不能妄想学——它的养成，决定在人的前定。

“唉，河水一般的满拉川流不息，有几个成得了事。你说的大王小王，我半辈子遇的数不过来的前王后王，加上赵钱孙李、依不拉阿不都，究竟谁能学成一星半点的尔林，把握定然的不在你，也不在他，隐藏的机密人不能知。他们的本性，只有真主知道！唉，还兄弟拆台，争什么风！……”

一席话说得我冰水灌顶，通心透彻。

我嗖地回忆联想，脑子里闪过了往日的间间课堂老师面影。

他总结的虽是经堂体会，道理却融会着一切学科。是呀，包括文学，包括自然科学。崎岖小道拥挤的人们何妨伸手相助呢？其实最终的成事者，只是极少极少的少数。

看来文明内部有点儿像动物世界，我不禁自嘲地想。住在一窝的狼羔子虎崽子一旦发了言，时不时就会咬住他兄弟的疼处下牙。确实，——提出来最多的问题，都不是学问的；都想把发言的资格，只留给自个家。但也不像是一切的努力都白费，你看他们闹事一番，都又咬牙喘气念开了。

这么想着我问：

——那么这阵子买电脑、培养人，闹研究、是不是喊叫得早了？

老阿訇说：不早。无非是敲山震虎，赶出一两个藏着的狠人。

我忿忿说：赶出来些是非。借着学问要嫉妒。

老汉呵呵笑了：一百个嫉妒的驴跑过去了，一个尔林的马就跑过来了。慢慢来么，不急不急！

我记下了老阿訇教的这几个词，注了音，打算以后遇人再请教。然后喊来大王小王两个满拉，各自给他们布置了些作业，由他们慢慢做去。

写于 2002 年 9 月

“归亚”的方向

A

谈起日本总有说不完的话。但若幻想用理论的方法把话说清楚，往往只会徒劳无功。

何况，日本的问题千头万绪，归根结蒂，只有一句话——联合亚洲还是背叛亚洲。

亚洲——但是话未出口,似乎就听见了中国人惯用的反唇相讥:少来这一套！亚洲怎么啦？我们就是亚洲！

宛似多年前我笨口拙舌，想强调“人民”的意味时的遭遇一样：人民怎么啦？我们就是人民！……于是在那个所谓思想重建的时期，无法讨论人民与底层的立场，与特权阶层的挫折并不相同。

言及日本，莫谈理论，还是讲个真实的故事。

1972年脱离日本，辗转到达阿拉伯地区，决心投身巴勒斯坦解放斗争的一小批日本青年——他们为自己命名为阿拉伯赤军——加入了巴勒斯坦解放人民阵线（PFLP）的战斗序列，首先接受游击战训练。在贝鲁特的海中进行游泳训练时，不幸发生了一人溺水而死的事故，他的战友桧森孝雄为护送遗骨回到了日本，未能参加以后的军事行动。

当时25岁的学生桧森孝雄，从那一天开始了他孤胆的抗议活动。一直到54岁辞世，他持续了30年之久的对巴勒斯坦解放事业的支持：绝食抗议、游行静坐、宣传救援，最后他选择54岁3月30日即“巴勒斯坦土地日”这一天，在东京日比谷公园的海鸥广场烧身自杀。在留下的遗书中他这样写道：

> 我感到，为解放而组织起来的巴勒斯坦的人们，是我近处的友人。日本正在急于增强侵略战争的体制、变成非常危险的国家。但是，追究侵略战争责任谋求日本解放的人在亚洲并不少见，我也一直希望能加入到解放的一部分之中。高度发达的科学的世界，却带来了比古代残酷得多的侵略与屠杀的时代。作为人最宝贵的、关怀和分担彼此痛苦之心，正被残忍地践踏蹂躏。
>
> 对以色列及其后台美国、还有充当它们盟友的日本进行的抗议，虽规模小但在日本持续着。我也要参加其中，成为这抗议的一员。

《水平线的彼岸》，风尘社，东京，2005年去年岁末（2010），我带着女儿，站在了海鸥广场。

一位白发蓬乱的桧森孝雄的昔日战友，声音哽咽地给我们讲解，指点着烧身抗议的位置和细节。确定位置的地标，是一棵从香川县移植的橄榄树。原来，桧森孝雄就背靠着这株树，如依偎着他献身的巴勒斯坦。在东京湾吹来的夜风中，他的战友告诉我，遗体烧成了焦炭，但只有前胸一小块皮肤未烧——人们知道，桧森孝雄把一面巴勒斯坦国旗贴肉缠在身上以后，才来到海鸥广场的。那一天他扑倒后，只有胸前的一块皮肤和旗子碎片一起留了下来，如留下了一个尚未解读的日本精神，以及他以命相谏的、日本的方向。

B

明治的时代，孕育了诸多日本的“志士”。值得重新俯瞰他们思想的原因，是因为他们的思想不仅仅主导了那以后日本的走向，甚至以变种的形式，潜在地影响着今日中国。

如长州藩的吉田松陰，因思想激进触犯法度而被捕，囚禁中写下启蒙的《獄是帳》。在他的发愤之中，一面教导对俄美列强的恭敬，一面宣言对中朝邻国的野蛮：

> 既与鲁西亚或亚墨利加一旦缔约，决不可因我破约而失信于戎狄……滋养国力，使易攻取之鲜满支那顺从……得失之壑乃至土地，可就鲜满夺以填偿之。

影响更大的是福泽谕吉的文明论。福泽谕吉思想的核心要义，就是成为帝国并实现殖民主义，吞噬弱小亚洲的“穷朋友”。

> 为今日谋……不可犹豫于邻邦……毋宁脱离其伍，与西洋文明国共进退。其与支那朝鲜交际之法……径以西洋人待此之风予以处理可也。

脱亚入欧，早已成了一个古怪的谜谶。日本至今对它再三吟味而不得结论。但是中国朝鲜却一直催促逼迫，警告它只要不放弃脱亚入欧的方向，就得不到亚洲的信任，就永远都是“加快复活军国主义和狼子野心不死。”

今日重提阿拉伯赤军孙大圣，只缘脱亚入欧的妖雾又重来。如我们对待日本的例子，批判只有敢于对准自己才称得起批判——在今日繁衍蔓延的精英里，在中国天下己任的“士”中，方兴未艾的大国主义和对亚洲弱小民族的歧视，正如一种致命的癌，于无声处，正在向着中华天朝的眼、目、耳、鼻、骨骼、髓液乃至心眼大脑，危险地传染着。

举例则纸短角多，若一言以蔽之，必须说：如何对待亚洲“还没富起来”的弱小国家，如何对待自己地盘之内“非我族类”的人民——才是中国人特别精英们在大搞南水北调、重画省区、低碳环保、亚丁护航、海岛争端等大功伟业之前，先要从零学起的头等大事。

黄晓京书中最耐人寻味的部分，也许是关于天下国家与西方式民族国家的分析。他说：

> 天下国家观，也有人称之为文明国家观，终将取代资本主义的民族国家，这也许是亚洲的文化革命的历史含意。

这一思路源自顾炎武的思想。顾炎武预言般地、最早区别了亡国与亡天下的不同：“易姓改号，谓之亡国。仁义充塞，而至于率兽食人，人将相食，谓之亡天下。”他更进一步提出：“知保天下，然后知保其国。保国者，其君其臣肉食者谋之；保天下者，匹夫之贱，与有责焉。”

这简直是一篇摒除狭隘民族主义与国家主义的宣言！但是，既然如此远见卓识被放逐于书卷而不得实施，时至如今就变做了不祥的谶语。恐怕，“亚洲的文化革命”到了它以一出威武的历史活剧上演之际，伴随着的，也许将是恐怖的流血，与无边的遗恨。

C

我在日本时，也曾度过与黄晓京近似的艰难时光。后来在写作关于日本的随想录《敬重与惜别》时，又直接与他深谈，得到过许多的教益。他编纂的明治初期汉诗，出自众多政治家与思想家之手，虽然中国人读着会觉得太乏诗味甚至忍不住捧腹大笑——但字里行间描画的，确实乃是骄狂活跃在那个时代的、脱亚入欧的野心。

——如同某种形式和思想的对立，阿拉伯赤军的成员留下的，不是汉诗而是地道的日本和歌。

如重信房子在狱中出版的和歌集《枪口的茉莉》。其中满满记下的，是他们青春作伴的斗争剪影、以及一股徘徊于短歌行间的、献身被剥夺与被压迫的人民的忠诚。然而，最为令人震惊也最发人深省的，乃是如下一首短歌。

パレスチナ　わがまほろばの　崩れゆく　空のみ高し　ジェニンの町よ

（巴勒斯坦，我之大和，正坍塌崩溃；唯天穹高高，杰宁的街镇哟）

抄录原文并把粗浅的释意写在括号里，是因为我很难找到一个准确的译法。不仅难在格式，也不仅因为难求语词的对应——困难的是对于其中一个古语（まほろば）的解释。

まほろば一词，大致可以视作“大和”的同义词。它有“理想国、和平乡、净土、可望不可即的美好家园”等寓意。一般它绝对属于日本的私密，并不能与人分享。唯作者能发奇想，把巴勒斯坦比做心目中的まほろば，此一笔在日本史上前所未闻。

是的，成为日本的狭隘爱国主义象征的“大和”家园，已被置换为巴勒斯坦，置换为被压迫与被侮辱的他者、包括亚洲。一批日本的先驱者，已经迈出了他们的步伐。

问题留给了中国。对于我们的国人而言，这样的问题存在吗？

我想说——与那些“躲在帝国主义裤裆里高喊民主的斗士”不同，更与“孪生于西方价值粪便里作艺术态的诗人”两样——面对日本，我们并不想彼此确认民族主义。我们想做的是：把桧森孝雄、岡本公三等英雄的名字刻在满是遗恨的胸中，怀着对烈士的追悼之意，一同探求新的亚细亚主义、以及真正的英特那雄纳尔——国际主义的道路。

2011年5月21日

（本文为黄晓京《方法的日本》序）

格拉纳达以南

1

西班牙南部的群山，由于身处欧非两大陆的断裂，所以呈着一种惊心动魄的地貌。大地的神情很难揣度，冷冷地如在注视。翻开书，触摸到的又尽是些悲剧的碎片；半被遮蔽的历史，与痛苦的地貌唱和，在提出观点之前，先给人以强烈的刺激。

难道会有一种被地理干扰的历史么？

在那块大地上彷徨久了，心中积攒的历史感觉，常会与地理印象混淆。也许捧着书，读进的却是地貌；恐怖而魅人的景色令人思路烦乱。或者干脆放弃对真实的追究，只带走大自然的暗示或记号？

那些记号如同恐吓。至于它们究竟在暗示什么，话语无法描述。除了格拉纳达以南，至少还可以数出巴伦西亚、阿利坎特、阿尔瓦塞特三省，峥嵘万状的山脉实在太过隐喻。在巴伦西亚，有好几条山脉都是两侧连峰绵延，但不阙断，两条山对视并行，围起一处秘境。当地人说：它是天然的城池（fortaleza）。封闭的山谷里，在向阳的万仞绝壁上，镂刻般挖满了密密的窑洞。显然，那些窑洞群乃是人造的壁上村庄。然而村庄聚落从来是为了居住，它怎能在竖立的崖壁上营建呢？特别在那座发生过屠杀的平顶山，连当地画家也难忍刺激，于是干脆把巨幅壁画绘在了山脚，让实景成为画的底子。

若再穿过胡噶尔河（RíoJúcar），流域两岸一个个古怪的村镇，干脆都盖在山顶，如历历在目的疮痍。地理不停干扰着，历史只是凝于它的沧桑一瞬。继续再深入到格拉纳达以南的阿尔普哈拉斯，望着那些躲在山凹褶皱里、或是云端高处的小村，望着流云在白色村庄下面弥漫，你会觉得人类的聚落形式，已经成了一个严肃的悖论。山脉沉默，村庄缄口，能看到的只是地理与居住——它们的错乱与不条理。

目击地理的后果是什么？人会固执地寻觅钥匙。一回听一个朋友说，他发现巴伦西亚的若干山脉都朝着麦加方向，我完全不信。但当我登上那座蹲踞在巴伦西亚尖岬上的黑黝黝独山 montgó（姑且叫它猛牯）、再踏访了几条向东伸延的山脉、最后登上一处能眺望的制高点时，我看见：数条山脉列队在后，黑牛般的猛牯山独在最前。每条山脉的走向——虽不是其直如尺，却也大致并肩平行，如服从着一个密令，宛似列班顶礼，凝视着下方地中海灰濛濛的波涛。那是西欧尽头的正东偏南方向，也是令人失语的瞬间。

西班牙好像瞥过来锐利的一眼。风土在等着人的悟性。或者怀疑或堕入神秘主义，反正是无法相信教科书了。所以就连布罗代尔也这么提出问题：“山究竟是什么？给山下个简单的定义——我们能否说：山区是地中海的贫民区，是无产者的储备区？”[①]

西班牙南部的中心，当然是著名的格拉纳达。而南部山区的代表，则是蒙面的阿尔普哈拉斯（Alpujarras）。这个地名据布雷南解读：

> 阿尔普哈拉斯这个词，最早在十世纪已被阿拉伯编年史家使用，据说当时其义为“草之丘陵”。但对此解释已有数名语言学者发言，以为“阿尔普（alp）”是石器时代以前南欧某古语中的“白”；如是，则阿尔普哈拉斯就该意为“黎明之山”。（グラナダの南へ，下同，p.206）

阿尔普哈拉斯，位于格拉纳达以南、地中海海岸以北，是欧洲大陆西南的最后一片陆地。不留心浏览地图时，通常会对它视而不见，但它其实雄浑浩大，使人无法想象仅有百余公里纵深。若非遭逢世纪的横祸，这片山地再凶险也不会招致太多注意。但是，一个个村庄干脆建在云霄之上修在峭壁崖面——就至少招致了某些边缘学科，比如聚落史或人类学眼光的留意。

① 《菲利普二世时代的地中海和地中海世界》，布罗代尔著，商务版，卷1，p.27

若不是1920年布雷南（Gerald Brenan，1895—1986）被这片风土的磁性吸引得从英国来此定居，若不是他的笔记作品在后日著名，我们可能会抑制自己对自然的敏感，批评自己的想入非非。但正如华盛顿•欧文（Washington Irving）的《阿尔汗布拉故事》是名城格拉纳达的最佳入门书；布雷南所著《格拉纳达以南》提供了宝贵的记录，堪称一卷摄于1920年的、阿尔普哈拉斯的黑白照片。

布雷南曾是一个志在文学的退伍兵，据他表白，由于对英国中产阶级生活的逆反心情，想寻找更快适的生活，于是在1920—1934年之间抵达了阿尔普哈拉斯的一个高海拔小村，住了三、四年。后来虽然他移居马拉加，但仍未离开“格拉纳达以南”。由于并非只是轻佻的半月“田野调查”，而是在泥泞寒冷的大山里终年常住，每日与山民或女佣一起消磨时间，所以他对此地的熟稔，非所谓学者可能比拟。一般此书被归类于人类学，日译本副标题也是“西班牙农村的民俗誌”；但据我读，此书并未全面勾勒村庄的社会结构，言及民俗也是信笔道来——毋宁说，它是一部描述地中海北岸的杰出地理著作，一部背倚着一处特殊文化的优美散文。

在世纪交替的几年，我也数次抵达阿尔普哈拉斯。那时还不知布雷南其人，不算常常途径的奥尔希瓦（orgiva），我住过的伽迪阿尔（cádiar），其实离他居留的村庄近在咫尺。他娓娓道过的、许多地图上根本找不到的疏僻小村，于我十分亲切。

在从卡碧莱拉通向布比雍的山路上，我在冷雨中愈走愈慌。但已经后退不能；身左是不见底的深涧，右手是湿滑的斜面。走了一阵回头，刚离开的白色村庄，就座落在悬崖边棱上，如在刀刃上筑起。后来我住进了伽迪阿尔，村口有一眼泉水，围着一个装饰的石坛。那个村庄较大，控制着阿尔普哈拉斯的东半。在那儿我总琢磨，消逝的先民为了什么缘故要把村庄建在绝地。不仅是山的腹深，村子挑选的位置，不是山的死角、便是崖的锋棱。一边想着，遥遥的对面山顶有两个黑影。是两个西班牙农夫，站在星点的羊群边正盯着我。

布雷南却在1920年从干涸的河床溯流而上，大约是步行，横切过分水岭，抵达了伽迪阿尔。他写道，伽迪阿尔是个繁荣的大村子，位于山区中心，被人唤作“阿尔普哈拉斯之脐”。不过到我去时，伽迪阿尔人已悄悄把肚脐一语改掉，在村口泉边，曾看到“阿尔普哈拉斯之心”的字样。以肚脐描述地理位置的习惯，还常见于美洲。

布雷南平淡地叙述他抵达山顶的见闻。须知那是雪山之顶，他却写得不动声色，仿佛登顶只是家常日课。他把海拔8000英尺高度以上的牧羊人写得很细，说他们在七月里赶着羊群，带着山羊奶和新鲜奶酪，在山上度过两个月时光。他还去过高达11412英尺的穆拉桑峰脚下，在那儿独自过夜，体会冻彻骨髓的寒冷。读那些段落时难免紧张，因为那匪夷所思的高山牧场，就在能够雄视地中海和非洲的“雪山”之顶。在长着青苔的裸露岩锥旁，牧羊人们吃罢加山羊奶和胡萝卜的粥，就去俯瞰山海之间的沙砾荒漠。顺便说，顶峰名穆拉桑（mulhacén），其实是阿拉伯语的“长老哈桑”（Mūray Hasōn）的转音。

> 四十余个小湖在标高一万英尺的地方串成数珠。农夫和牧羊人们都坚信，这些小湖深莫可测，且都与远在三十英里之外的海水相连。这不该当真，但他们说，每逢海岸的湾里起了暴风，这里的小湖便会翻腾，并发出大炮般的轰响。所以这些湖

才被叫做“海的眼睛”（ojosdelmar）。而据亚美利哥·卡斯特罗博士，西班牙语中眼睛一词，是从表示眼睛与泉两种含义的阿拉伯语派生而来的。……最大的巴卡莱斯湖尤有奇谈，说湖底深处，有摩尔王建造的宫殿。(p.175—176)

布雷南的经验是：西班牙的所有怪谈奇闻，都与摩尔人有关。他甚至去山顶的湖畔过夜，为了检验一则摩尔传说：谁若在顶峰之下的湖边过夜，就会有黑瞳的摩尔美人前来引诱，最后把痴汉拖入湖底。

我想确认这个传说，也想享受顶峰上的太阳升起，于是带着睡袋去小湖畔，度过了极其寒冷的一夜。但是也许该说是幸运么，伊斯兰的黑瞳美妃，并没有出现并钻进我的被子。一直到天亮我都一个人哆嗦着，直至从远方的连山之上，太阳如炮弹一般跳出。登上山顶之后，能望见直布罗陀海峡和非洲海岸的奥兰。向另一侧，则能望到莫雷纳山脉和瓜达尔基维尔河谷。再接着，就降下了雾的热气。(p.175—176)

如今读着只觉满心艳羡。不须说在毛拉哈桑峰下过夜，连抵达或靠近它也是一种地道的奢侈。它是内瓦达雪山的绝顶，除了阿尔卑斯和高加索山脉，欧洲没有别的山能与它争雄。不动声色地谈到两海之间的日出，轻描淡写地提及同时目击的两大洲——如此的视野与风度，令人掩卷兴叹。

就这样，布雷南以他人所不能的地理体验，赢得了历史发言的权威感。

2

布雷南在一隅寒村，把历史的碎片，做了些漫不经意的织补。从石器时代到现今地中海北缘的掌故，尤其是十六世纪那段尘封日久的山区反叛史。他的转述，由于读者对中立位置的看重、以及20世纪20年代的历史时点，显出一种可信。

言及西班牙而回避在它土地上绵延八百年的伊斯兰史，是谎言或宣传的记号。同样，它也常常成为欧美知识分子良知的标志。布雷南只淡淡勾勒：“712年阿拉伯人筑起了比起以前更光明正大的宽容体制……那个时期西班牙发生的几乎所有对伊斯兰的皈依，都意味着噩梦的终结。”（p.206）

关于西班牙史的核心年份——它也是世界史古今分期的界线、殖民主义的开始与世界瓜分、资产阶级的亮相历史、以及资本主义全球启动的时间，即十六世纪前夜——布雷南较多着墨于更鲜为人知的一页：由于生存与文化的斩尽杀绝，已改宗天主教的百姓掀起的反抗。

> 依据投降文书，摩尔人自己的一切信仰、法律、习惯都被允许，阿尔普哈拉斯将永远成为摩尔王波阿布迪勒和他子孙的封土。因此他在离乌黑哈尔几英里的安达拉克斯建造了住宅，有描绘他带着猎犬猎隼在野外追野兔的画传世。但是西班牙人在达到自己的目的以后，就几乎完全不打算实行自己署名的条款了。对异教难能宽容的心情即便不论，他们担心这里会成为

在地中海伸展势力的土耳其在西班牙摩尔地域尝试对西班牙再征服的踏板。所以不到一年波阿布迪勒就被赶到了非洲。伊莎贝尔的忏悔神父说，遵守与异教徒的约束即是对神的冒渎；女王听取了谏言，对摩尔人实行强制改宗。其结果，是从龙达到巴萨（Baza）和阿尔梅里亚，摩尔人掀起了武装起义。

这场起义在几年鏖战后被镇压了。布告贴出来，摩尔人被迫二者择一，或被驱逐出国或者改宗。虽然大都选择了改宗，但摩尔人的基督教信仰完全只在名义而已。因为教会根本没对他们进行基督教义的教育。教会知道，与其使用语言莫若使用实力更方便。要让他们无法过摩尔人的生活。这样摩尔人的入浴、节日、乐器演奏、身穿传统服装和使用自己语言交谈，都被禁止。如是，摩尔人终于决心再揭反旗。暴动日定为1568年圣诞夜，这一次蜂起只发生在阿尔普哈拉斯。

领袖是个叫做堂·费尔南多·德·巴罗尔的人物。他有古老的阿拉伯家系且是科尔多瓦哈里发的子孙，却在格拉纳达的西班牙贵族人家长大。他再度改宗了伊斯兰，但心底却是基督徒。他恢复了阿本·倭马亚的阿拉伯名，在一棵橄榄树下宣布为王。那棵树，或许现在还在伽迪阿尔。(p.209)

——就是我曾住过的伽迪阿尔。当时不知道这本书，也就不可能去打听那棵树。现在我不住地想：村口那个奇怪的石坛泉水，周围也有不少橄榄树，是否就是他称王的地点呢？

布雷南的这类历史碎片，在书中俯拾皆是。

如他写到格拉纳达南下必经的走廊镇、我也几次穿过的廊哈龙（Lanjarón），“在这儿有两眼温泉，及供来治疗肾疼病和风湿病的客人居住的两轩旅舍。也有摩尔城堡。在村下方那难以接近的尖峰上建造的摩尔城，1500年因着费尔南多·德·阿拉贡的炮兵队被攻陷了。城上的守备队已然投降，唯独黑人指挥官，却选择了跳塔殉身。当时住民们避难其中的回教寺院也被爆破，躲在里面的人全数尽亡。”（p.45）

残破的细节，无意解释了地面的现象。我为之苦恼的、西班牙南部山区的三怪事——高筑山顶的村庄、带有“边界”（lafrontera）一词的地名（如“边界的圆拱门”、“边界的海莱斯”）、以及数不清的“城堡”，在读了布雷南之后，似乎若有所悟了。

布雷南并不做正面解说，只是细读后能获得这样的认识：大约十至十五世纪之间，南部最后的穆斯林王朝，在格拉纳达至阿尔梅里亚之间，经过了不均衡的此起彼伏，最后落定于一个富饶和组织绵密的晚期。格拉纳达城中，依着雪山伸下的一条山腿建起的阿兰布拉宫（Alhambra，阿拉伯语做Al-hamrā），自那时成了脍炙人口的传奇。城郊著名的沃野（Vega），曾养活过五十万人口，而穆斯林退潮后直到“1800年前后，加算上周围三十多个近邻村庄，人口还到不了十万”。（p.258）与格拉纳达互为鼎足的阿尔梅里亚，也有过一段骄傲和繁荣：不仅以五千台织布机为欧洲和非洲输送高品质的绢织品，而且有“造船厂、强力的海军、冶金场、陶器作坊，以及由于广泛的海外贸易、为来访阿尔梅里亚的商人们方便而建造的、相当数目的宿屋与浴场。这可是城市自豪的种子。它拥有三十万人口；在一段时间里，是继君士坦丁堡之后欧洲最富裕、商业活动最兴盛的地方。只是，这繁荣没有能够延续”。（p.244）

宛如布雷南的叹息，炫目的西班牙伊斯兰文明之火最终熄灭了。经过了漫长的退潮与攻防的浸漉镂蚀，留于地表之上的，只有满目的城堡、带边界的地名、以及山顶上的村庄了。

百姓避难的遗址，如今眺望着，不仅刺眼且诱人猜测湮灭的情节。当然，为布雷南所不知或被他省略的细节碎片，大量地埋藏在更宽阔的山区，如巴伦西亚或阿尔瓦塞特。或者，干脆放弃对历史细节的追求，径自从弗拉门戈、那“西班牙心情的古代遗物”中寻找？

布雷南借一次村中聚会，对弗拉门戈做了白描。说“吉他奏者像在爱抚着乐器。即座拨出了咒语般的曲子。”还说“音乐总说着一样的话，重复着汹涌的声与震响，淌过一程后化成低吟，再归于消失。”然后他用这样的话总结：“此即有名的cantejonto（深歌）、或canteAndalús（安达卢斯歌）。”（p.58）

或许这“安达卢斯”一语的措辞值得备忘（它的含义是伊斯兰西班牙）。他还长篇讴歌了一名在这块土地出生的阿拉伯神秘派诗人，也浅浅谈及了被人挂在嘴边的加西亚•洛尔卡。“如果能够，总想谈谈加西亚•洛尔卡的戏剧和诗诞生的环境。比如音乐、深歌、斗牛、月夜里在阿尔巴辛和阿兰布拉宫殿的散步、文学的聚会等。可惜没能直接地做到。我和法雅没有面识。但与加西亚•洛尔卡见过两次，唯余下漠然的印象。相当久以后，读他的诗集《吉普赛谣曲》时，感觉到了他的诗，是怎样深地溶入了当时的格拉纳达。不过内战后的格拉纳达，无论气氛趣味，都蜕变无余了。”（p.273）没能直接做到。我想，这一节是布雷南的高山流水，显然理解者不会多。

英国对欧洲二流列强的文化关系，很像日本之于亚洲各国。所以西班牙人对侵入西班牙的英语文学、不用说对买橄榄林和房产的英国人，似乎一直保持沉默。甄别愈来愈要紧了。布雷南还有华盛顿·欧文的重要性在于，他们不单使我们能从泛滥英文中读到善良的情感和正直的观点，而且树立了一种他者描述的标杆。其中不仅有对文明的态度，亦有接近他者的修养。他们谨慎的列席与优雅的文笔，反衬出另一类介入的野蛮与粗糙。

这是一种靠文学保留的历史记录，也是一种平易和细腻的文笔类型。丰满的知识，鲜活的感性，流畅的美文，经近百年时光淘涮并不褪色。受益的感觉，使人不忍释卷。

写于 2009 年 10 月 11 日寒露后

（Gerald Brenan：South from Granada，西译本：AlSurdeGranada，本文依据的是日译本：《グラナダの南へ》，岡住正秀、渡边太郎译，现代企画室，1992 年）

《张承志学术散文集》自序

近年来，也许因为临近了人生迟暮，我一直想把涉及学术的文章结集出版。对我来说这是件要紧的大事。因为与一般作家不同，我的文学创作几乎一路都与专业探究并行；给予过我以扶助和教益的知识分子，也多是学者而并非文学家。我一直背负着面对他们、清算自己辍学始末的压力，也一直渴望——对知识分子的异化潮流鞭挞批判的表达。

这个文集的内容，大致以2004年编辑《文明的入门——张承志学术散文集》一书为界、之前写成的文章大约选入第一辑，其后的篇什则编入第二辑。它们涉及了——蒙古史、游牧文化、伊斯兰文明、建筑、考古、植物、中亚研究、方法论与思想史——等领域；而且并非如其他文学散文，这里的每一篇，都曾针对着一个学科的问题。其中有些领域于我只是初学，有些则因需要而勉为其难。所以，不仅早期作品，一连串的歪斜脚印上，肤浅和歧误都在其中——我等候着严厉的驳难和批评。

不知是否该回顾一次背后的来路。

1975年我毕业于北京大学历史系考古专业（现考古学系），后在中国历史博物馆从事新疆伊犁河流域和河南史前文化的发掘。1978年考入中国社会科学院研究生院民族历史语言系，其后较多地进行过新疆的民族和历史调查。从八十年代中开始，我的取道和兴趣都向着广义的中亚及伊斯兰领域倾斜；其间有过两次在日本东洋文库进行学习和著述的插曲。

学院之外的学习和收获也许更多些：年轻时代在蒙古乌珠穆沁草原当牧民的岁月，于我是一次不可置换的学术基础奠定。后来约二十年的、在西海固等穆斯林聚居区的体验，不仅引领我完成了另一种学问的入门，更使我坚定了包括学术的信念。

我不想在这里总结和归纳。

我摸索着用文学的形式，去完成学者的题目。也用这样的语言，竭力地反抗了来势汹汹的异化、对学术初衷的背离、以及侵犯民众文化权利的大潮。在蒙古学的范畴里，在摆脱了桎梏之后，我尝到了多分野融合的喜悦。在伊斯兰研究的探索中，二十年泥泞路上，“专业”成了一种同时对自己的改造。

能够概括为思想的内容，在编入的文章里已有所提及。我不敢说它们已经被证实正确。能确定的仅仅是，它们显然远远游离出了眼下学院的模式，一副异端的面孔。我并没有预料到这一切。它们的获得过程充满了偶然性，甚至可以说大都是前定的产物。我只能说它们是认真的；在向着文明求知的长旅上，距离职业化和炫耀的标签愈远，我就愈刻意寻求学问性——甚至某种专业规范。

丰满美好的文明，把力量输入了我单薄的身体。从陷入污泥的脚踵，到视野迷茫的内心。我知道，这种学问及其规范不仅是锐利的矛，而且是可靠的盾。在放浪于学术界之外很多年后，我初次体味了对学问的热爱、以及求学心切的感觉。只不过日渐一日，教室早已更换场所为山野边疆；同学和师长的阵营里，不觉间也挤满了农民牧民。

人很难忘记扶助过自己的老师；同时，底层的出世者特别珍惜教育的机会。出于这样的想法我从未敢放弃学业，更不用说，求知本是一项人的基本目的。

我没有忽视专业知识分子的积累。此刻在我的视野里，更多闪动着的是他们的形影。二十余年我受到过许多学科和学者的教育濡染，其中日本东洋文库的榎一雄先生和我的蒙古史业师翁独健特别使我敬畏。我把他们的实证主义方法和对我的严厉要求，看作另一种对知识分子异化的反对。我总觉得他们一直在注视着我，虽然他们早已长逝，我不能把这份论文交给他们审阅、也无法猜测他们的评价了。

谨此为序。

2002 年 9 月，初稿

2011 年 5 月，再改

向常识的求知

——在北京大学国家发展研究院2010年毕业典礼上的演讲

同学们：

我的母校、北京大学的国家发展研究院邀我来向大家表示祝贺，表示一个校友对毕业生的祝福，这使我感到负担沉重。因为作为一名作家我习惯了书面语，我很怕出现语言的传达问题；而早年的毕业生就好像一个游子，回到母校，人有一种失语的感觉。所以，为大家编几句哪怕简短至极的贺词，于我也并不是一件容易的事。

也许，我只能想象自己在代表一种期望——它属于许许多多的平常人、那些不拥有权力也没有话语可能的人，他们习惯把自己的前途，寄托给自从五四以来经常是矫正世道的传奇力量的北京大学。我猜测着他们的期望，我作为他们中的一员，祝贺同学们熬完了冗长的学业、拿到了宝贵的证书、从一所名牌大学获得了毕业。

我们祝贺大家自今日起，正式推开了社会的沉重大门，迎着风浪、迷茫和斗争，走上报效养育自己的父母人民的道路。

我还想说，离开学校后你们将面临的一切，并不一定限定在专业的方向、尤其不一定仅仅是经济范畴内的职业——同学们从今天将直面和投入的，是一段激烈的分化与重建、富裕与危机的历史，是一段可能决定中华大国命运于一瞬的历史。它的内容与蕴含，今日尚不能尽知，唯有在又一个百年之后，才能被人感慨与总结。

所以，大学、哪怕是名牌大学教给你们的知识，不仅远远不够而且面对如上命题，学科知识只是杯水车薪。

前几天在报纸上见过这样一个题目："我们的大学还缺点什么"。这是一个好问题。如果允许我"村言无忌"插嘴作答，我想说：在我们的大学里（至少文科），那缺的"一点"不是别的，缺少的唯有常识。是的，常识。在中国知识分子的聪明大脑里和我们高校的课程与教材中，缺少的东西可以数出两样：真理，以及常识。

在这样一次喜庆的典礼之上，不宜对这一观点展开与举例。唯有一个例子可以一提——那就是五四运动。

九十年前，是我们北京大学的前辈校友，发动了拯救中国的、伟大的五四运动，把中国引入了革命的新纪元。但是，包括五四的先驱在内，我们早期的校友们没有留意、所以我们也没有从大学里读到、民众中当然更不会普及如下的常识——五四运动抗议了巴黎和会对中国的不公，但巴黎和会首先是西方阵营庆祝对奥斯曼帝国五百年征战攻防的胜利的庆功会。由于奥斯曼帝国的衰亡，中国才最后失尽了屏障。巴黎和会是一次西方阵营瓜分奥斯曼帝国遗产的分赃会，然而五四的先驱们，却缺乏对奥斯曼帝国的、唇亡齿寒的认同感。中国的地位，并非如历史讲义写的在“战胜国”的行列里，而在赃物或猎物的清单中。从一个宏观的视野看，一切原本清晰：中国报名加入的阵营，本来就以吞噬中国为大计。

对奥斯曼帝国缺乏常识，对阿拉伯世界缺乏常识的现象，延续至今。直至今日，常识的缺乏，导致了目光的短浅；脑袋里灌满了西方价值观的中国人，毫无对同一命运的兄弟的、唇亡齿寒的历史认同感。还可以预计，在一个很长的时期里，人们也不会同意这样的观点：即——沿着地中海的那条陌生防线，乃是中华民族的万里长城。

我想表达这样一种感觉：由于半殖民地和屡战屡败的历史暗示，我们祖国的高等教育，自它呱呱坠地问世近代伊始，就有着殖民地顺奴的遗传、与大中华天朝的“龙内障”——这些潜在的因素，不仅影响了中国知识分子的品质，也造成了中国人对世界的、知识与常识的不足。

可谓凌辱之极的八国联军蹂躏之余的庚子赔款，与中国早期知识分子临盆分娩之间的关系，是横行今日的知识分子短视、迷误、偏见与软骨现象的一种基因。我们被教授的知识，与其说与中国古典与共产主义，莫若说与帝国主义与殖民主义渊源深厚。另一个命题是：在全盘接受西方的价值观之外，可怕的弱者歧视，也在知识分子之间形成痼疾，并向人民传染。

与革命孪生的人道悲剧，反复宣传着革命的不合理。在革命失败后弥漫的唯经济论，逐渐成了一个文明古国的时髦。踏着计划经济的废墟，大家都在人云亦云：经济是绝对的、经济学无道德。经济规律是天道沧桑，它是自然规律不可阻挡，顺之者昌，逆之者亡。

但是，在严酷的现实中，人们却愈来愈强烈地感受到：姑且不说横行的践踏公理，姑且不说这个患了不公正癌的地球的正义问题——只是在经济范畴之内，世界经济中的道德因素，已经再也不能否认和无视。它喧嚣在水面或水底，早已不是经济的一种现象、而是一个紧迫的社会问题。

还有——过分强调马克思主义对经济运动中剩余价值的分析，却忽略资产阶级本身历史实态的揭破——也已经不能说服民众。资产阶级的历史轨迹的发掘，已经是急待开拓的领域，是沉默的世界渴望了解的题目。不去究明十六世纪以来资产阶级怎样步步坐大、垄断并实现全球化；不了解它的基因和雏形、它最初的细节尤其他未来的趋向，就不可能理解我们身处的世界。

所以，一旦离开了校门，从可信的常识，到普遍的真理，毕业生的继续求知和知识重建，就开始了。

说离开校门之后求学才真正开始，是否是一种过分的表达呢？不，所谓求知要从摇篮直到坟墓；如果，我们能把求知看成人活着的一项目的，就永远不会停止自己的学习。

所谓知识重建，不是从一些真诚的学生，向世态恶俗、向市侩、向体制的异化和投降；我们在这里谈论的，是那些决心不侮辱自己的生命、决心做具备尊严的知识分子的一些人的——追求真理的问题。

随着简直像河流一样川流不息的学生毕业，在这所学校和别的学校，从不同的角度，在不同的程度，我们的努力不会终止。子子孙孙，无穷匮也。我愿意想象，在一代又一代的毕业生的持续追求之下，我们最终一定会清除殖民主义种下的思想病灶，营造出一种——普世的价值观点、与崭新的知识体系。

也是在这个百年之间，一代代的毕业生在离开校园时，都喜欢唱那首聂耳谱曲的《毕业歌》。我们今天是桃李芬芳，明天是社会的栋梁。同学们大家起来，背负起天下的兴亡。

这首歌已经久经考验，因为它道破了学生与毕业这一组命题。在一派歌舞升平之中，我们应当具备敏感、应当紧迫地意识到：也许天下的兴亡、民族的存亡，正在临近。

愿我们的同学们，明天是社会公正与探求真理的栋梁。

愿我们的同学中，在这条道路上感到了艰难、遭遇了困境、孤独、甚至危险的人们，能够战胜难关，达到价值的胜利。

愿同学们的灵魂，哪怕再过一百年，也仍然像今天一样年轻。

谢谢大家。

2010年6月20日

“最终为之迷恋的地方”

1

在西班牙的格拉纳达，如果你也想寻找通往山上那些吉卜赛人表演弗拉门戈的窑洞，可以留意路口是否有贴着的纸条。那是日本人给后来的同胞留下的路标；密麻麻的学生体小字，写着绕过哪个广场再从哪儿拐弯、哪个窑洞有表演以及时间价格。在改用欧元之前一场弗拉门戈大约要花4000比塞塔，这对旅游西班牙的日本学生也不是太便宜的数目。

西班牙人也好像专门等着日本游客。他们之间似乎有些暗号，小贩或算命的吉卜赛老妇一见到亚洲人，就用日语喊：“你好！日本人吗？谢谢！”

我在旅行西班牙之前，并不知道堀田善衛其人。也不知他的文章焦点不常在欧洲，而多对准上海。只是因为一个朋友听说我要去西班牙，就立即说，那你怎么不读堀田善衛呢？我给你寄他的《西班牙断章》。

收到的还有《情热的去向》。后来我才明白，读这个陌生的日本作家，乃是最好的西班牙入门方法。我总猜测那些贴纸条的学生背囊里是否也塞着他的书；因为以他的散文为地图，我走遍了西班牙的半数古迹。回头再品味这位介绍者，就不由生出了不少感慨。

语言能力或许给了他某些方便。但更成为原因的，还是他的天性。那是一种敏感、直觉和向往，一种渴望开拓自己的、知识分子的自觉。

用他的话来说，最初只是想“在那个国家住上一段看看”，于是从 1962 年开始，居然一共去了十余次，单是在格拉纳达就住了十个月之久——不知为什么我有些怀疑他在模仿英国人布雷南的故事，当然这只是瞎猜：即便发生了相似，他们的动机背景，也全然迥异。

这位日本作家得天独宠。人住在西班牙，随笔寄回东京。在《世界》上连载的文字，渐渐为读者习惯。久之堀田善衛的名字，便似乎是一座搭向西班牙的桥，读他的随笔连载，成了日本的西班牙认识的重要渠道。这个循环令人神往：一人的感悟与众多的阅读渐成一体，异国的国情、历史、问题、情调，都藉可信的文笔而流传。一个读书民族的需要，成全了一介作家的追求。

2

堀田善衛的直觉，告诉他西班牙的特征，“如一捆蒿杆捆起来又切断了给我们看，一目了然可见重层叠压的全断面。”（断章，p.213）确实，西班牙简直就是一个地层鲜明的考古遗址，至少有罗马时代、伊斯兰时代、天主教时代的三重地层，而且纹理清晰，接续分明。在这个国度游荡久了，再去只有两层的法国，便不免叹其单薄；再去连一层都嫌薄的美国，则感到乏味。

涉及所有是困难的。描写异国，谁都只能写自己感铭最深的一部分。但如果谈论西班牙史却只字不提科尔多瓦时代的文明、不提圣地亚哥•德•孔布斯特拉的朝圣、也不提1492年伊萨贝尔女王一边包围着穆斯林首都一边打发哥伦布去“发现”美洲；读者就可能问，你说的究竟是什么。

堀田善衛当然对上述大事逐一发言，他显然有概括西班牙的野心。除了四卷《戈雅》，他还有若干部西班牙散文集，我议论的《断章》和《情热》，或是这一批的代表作。他的散文看似随意挥洒，甚至流露名人任性，其实却暗中吃力，勾勒着一个西班牙的轮廓。其中兼顾的各个地区，加泰罗尼亚、安达卢西亚、阿拉贡、直到巴斯克，都随着各地的掌故轶闻渐次展开。狰狞的地理、阴暗的政治、战争的伤害、系列的名城、众生的气质、还有多重的语言知识、狷介画家和特异诗人的艺术——都在散文中出现，令人目不暇接疲于消化，宛如刻意的逞技。

所以一旦动念于他的西班牙散文，就先感到了费事。我只能随手拣出巴斯克的语言、圣地亚哥的朝圣、还有摩尔宫殿的建筑，尝试稍作勾勒。

3

西班牙的语言地图确实有趣，不大的一个半岛上，怎么会挤满那么多的语言呢？

在每一块土地都说一种话的西班牙，语言问题常带着浓烈的政治味儿。只消到以巴塞罗那为中心的加泰罗尼亚走一走，就能感到加泰兰语（catalán）自豪得有些张扬。凡有着东方民族问题体验的人，盯着他们的黄发碧眼、同时听着他们激烈的民族主义观点，大概会觉得他们有点过分。而转到半岛东北隅，巴斯克地区的语言，可就是持续噩梦的原因之一。

以“魔鬼在毕尔堡（Bilbao，电视的西甲足球解说把它译成毕尔巴鄂）学了三年只学会了三个词”著称的巴斯克语，语言的源流艰深难测。堀田说，研究者因自己的体系而观点分歧，有人认为“由于词尾变化的剧烈”，判断它与匈牙利语甚至突厥语有着亲缘；有人则断然否认，认为该到高加索附近去进行寻根。包括“巴斯克”这个词，用巴斯克语说乃是“艾乌斯卡迪”；堀田问一个放牛的 Dios（上帝）怎么说，答曰“jinko”。

连我都凑过热闹。一到圣塞巴斯蒂安，见到处都写着“市中心”（ordia）。待到和一个致力于普及巴斯克语的姑娘交流时，我就说：既然有人说源头可能是突厥语，那我也能说一个例子。Ordia 难道不是突厥－蒙古语的“中心、宫帐”的 ord（orto，内蒙的鄂尔多斯就是它的复数），加上一个表示地方的后缀 ia，凑成了一个市中心吗？我虽说得兴奋，但她完全不听。

巴斯克语在弗朗哥独裁的时代，遭到了完全的禁止。一个巴斯克老人对我们说：那时我们连走路都低着头，活像狗一样。弗朗哥的法西斯主义，主张唯一的天主教、唯一的西班牙语（其实是卡斯蒂利亚语）、主张彻底消灭共产党人和无政府主义者、主张大西班牙主义。那时甚至在家庭内部，谁若是敢讲加泰兰语、巴伦西亚语、或者巴斯克语，就无异于拿性命开玩笑。

所以等到弗朗哥一命呜呼，西班牙迎来了民主化，半岛上每一个角落的语言都立即复苏了。在巴斯克甚至出现了铁血的分离主义，大名鼎鼎的 ETA 数十年一日用炸弹和手枪，搅得西班牙狼狈不堪。法西斯主义招致了全面的报复，其中语言表达的抗议最为普遍。巴斯克语的普及教育遍及城乡，那个和我讨论语源的姑娘，就是一个志愿教员。

堀田善衞的观察可远甚于我。他在邦布罗纳的咖啡馆，曾和一群年轻人讨论巴斯克问题。谈得正当热烈，门外突然枪声爆响。出去打听，原来是一个警察官员被暗杀了。据说此人在弗朗哥时代，曾严刑拷问过巴斯克民族主义分子。他在因毕加索的名画而名声远扬的小镇格尔尼卡，一天翻开报纸，第一眼就读到了“把《格尔尼卡》还给格尔尼卡”的标题。不过，作者没有多写对这些民族主义情绪的理解，他刚从“大东亚战争”后的废墟走来，笔尖若有所思。如在考据真实，又似不甚在意，多是表示一种怜惜。

把堀田善衞的第二本书（《情熱の行方》）译成《热情的行踪》，其实是个权宜之计。在反复读了几遍、又经过多次的回味之后，我意识到他用做题目的这个“情热”（情熱、じょうねつ），其实非中文的“热情”所能替换。也许这个词更接近西班牙语的“pasión”，更多“激情、狂热”的意味，时而潜藏严肃的贬义。不得不留意的是，堀田显然把“情热”当做了梳拢西班牙的一根粗粗黑线，在书中他罗列了各种“情热”，政治的、民族的、宗教的，并对它们冷目凝视。

我意识到，他所谓的“情热”，有点像是“狂热”。虽然用这个中文词，语感又嫌太过。他这样定义了他注视“情热”的时间范围：

> 人间情热，究竟能操弄人并使之到达怎样的地方呢？从年轻时起，这一直是我最痛切的心头悬挂。……说年轻时，是指1936年到1939年的西班牙内战、共和派败退、纳粹德国、法西斯战斗团称霸意大利、直到我国太平洋战争的黯淡的时代。（情热，p.217）

如此的观察与独思，于中国而言似乎太远了。在中国何止是缺乏情热，常言道一锥子扎不出血也。鲁迅不是也对阿Q怒其不争恨其窝囊么？但是，若是阿Q们一旦腰包鼓胀溢满、从中突然蔓延出一股凶恶的“情热”，并且对他人施加恐怖欺凌，也绝非不可能。

这个咬舌头的词儿，没料到它这么耐读。我不得已对它再三端详，仿佛老堀田的呓语，是一个思想的谜谶。

4

关于西班牙西北角的天主教圣地——圣地亚哥·德·孔布斯特

拉朝圣传统的喧嚣熙攘，他用很细致的笔触，介绍了这处继耶稣殉难的耶路撒冷、圣彼得殉教的罗马之后、排位第三的圣地的缘起，并披沥了他对基督教的观察。

圣地亚哥（Santiago，法语作圣让克、英语是圣詹姆斯、日译则为圣雅各布）的母亲，乃是圣母玛利亚的妹妹，据说家道殷富。有记载云，那顿耶稣召集的“最后的晚餐”，就是她买的单。所以她的儿子地亚哥即耶稣基督的表弟，在耶稣受难后致力于传教西班牙、并使半岛上有了最初的信者。玛利亚曾到萨拉戈萨来看他，是为今日西班牙流行的玛利亚崇拜的原因。他传教后又回到巴勒斯坦，在那里被斩首并埋葬。但据说遗骸被装上一艘石头船，七天漂过地中海，抵达了西班牙。

墓地的所在，长久一直是个谜。八百年后的某天，据说那块罗马人墓地的荒僻田野，当夜上空突然有群星汇聚。在如此神迹的指引下，遗骸从墓地里被掘出。当然，“面如傅粉，人若初醒”。于是荒野有福，被命名为圣地亚哥•德•孔布斯特拉（通说 Compostela“孔布斯特拉”即 Compo 与 estrella 合成，星辰原野之意）。

这一圣地的出现与神化，与称为“再征服战争”的西班牙北部天主教政权向南方伊斯兰国家进行的圣战，大致同时。圣地亚哥从一个耶稣的表弟和传教士，很快变作了军神。他的名字后面被加上了一个血腥的字眼儿“杀摩尔”，成了圣地亚哥•马达莫罗斯（matamoros，这个词后来成了一个常见的姓）。最著名的说法是，有人亲眼看见他显圣于战场、骑着白马挥舞宝剑、一天杀了六万个摩尔人。他身上的军事意味，经常浓过了宗教意味。在后来的殖民世纪，西班牙人在美洲抡开了膀子屠杀印第安人时，便是一边高喊着“圣地亚哥”一边抡刀猛砍；正如他们把印第安人的神庙，也使用 mezquita（清真寺）这个词来称呼一样。

在纪念的宗教仪式上，堀田目击了陆军、海军、警察部队的盛装方队，目击了弥撒出席者中充当主宾的西班牙海军大将。比起我，眼福不止差了一两级；我只能冷淡地瞟着那些背囊上挂一个大贝壳的广场香客、尤其一个狂热的法国女人，而堀田却联想了日本史的禁教时代。

被日本政府军包围在岛原的孤堡、褴褛赌命的日本切支丹（基督徒）们，在殉死的一瞬居然也喊"圣地亚哥！"堀田写道：大概，他们从来也没听人讲过这尊神祇的由来吧。而且，骑白马舞宝剑的圣地亚哥，也没有为了切支丹到日本的岛原来"出差"！（情热，p.24）

笔尖一旦触碰西班牙宗教，例子多得过剩。我留意的，是他最后的倾向。

丰满的著作，从不提供片面的结论。堀田善衞在这两本散文里提示的，并非仅是对热情与狂热、激情与危险的联想与反思。他的字里行间，也流露着另一种情热。比如，对西班牙在殖民美洲过程中的道德湮灭、屠杀奴役、毁坏文明、灭绝种族的国家犯罪，他并未吝惜一介之士的立场，以及文笔的刺贬。

从嘲笑西班牙国王卡洛斯五世塞进阿兰布拉宫里的教堂建筑（断章，p.199），到斥责杀人如麻的大殖民者柯尔特斯在家乡的铜像，从叹息宗教裁判所时代风靡社会的告密与表白，到邂逅一位在以色列被视作贱民的塞法尔迪（sefardí）犹太人（情热，p.211）——语在悲悯天下，心在思索日本，我猜"后上海时代"堀田的情绪，是藉西班牙一国、清理自己一人的思路。

一切"人间情热"都似乎直通日本焦糊的情热业火。他敬远

“情热”角度的言说。但在同样一册中，天性还是约束了消极的情绪，他抑制不了对历史正义的倾吐欲。

在日本悲剧的乱麻中，一个知识分子站在西班牙的荒野，想清理自己的思想，决定舍弃与坚守。我也因类近的原因，时值人生之迟暮，方踏上求知之长旅，起点恰恰也是西班牙。于是阅读便似乎有了一点私人化。

5

读这样的作家，需要越过洋洋洒洒，寻到书中藏着他天性的窍穴。那儿不仅是悲悯“情热”，也不仅是吐露积郁，确有这样的文士，其终极目标并非谋名逐利，而是向美投奔。

几次重读都是一样，最令我感动的一笔墨，是他面对阿兰布拉宫满壁铭文但无法读懂——那时的内心独白。

我已经写过自己的惊愕，以及对这异国故人的同情。为着他可能没有读懂、甚至可能全然不知那只有四字——“除了真理，没有胜者”——的著名胜者铭文（WalaGālib，illaAllāh，鲜花的废墟，P.261）。十数年里十几次住进西班牙，十个月住在格拉纳达每天眺望着阿兰布拉宫度日，但是居然不知道——那句流淌倾泻般布满了每一面墙的阿拉伯文短语，那句嵌满了所有的廊柱、墙壁、门楣、藻井的铭文。那一句铭文，虽静谧无声但如雷霆万钧，在宫殿的每个角落里轰响。

他已有预感。所以他描写了自己抱膝枯坐的窘态。他呆然看着三个蒙面的摩洛哥女子一面读着铭文一面扬起欢笑，宛如颓废宫殿里的幽灵。她们在日本作家与一个文明之间，嬉笑着甩弄着一块透明的隔幔。铭文于他只是装饰，而不是文字和内容。但是对于那三个摩尔女人，她们能够读懂每一行，能够吮吸和享受这座宫殿里的所有甜蜜。

但是，他在被满壁内容拒绝的绝望中，感到了一丝醒悟。恰在这最爱的一隅，恰在这天性的穴眼，他拥有的文化自信突然退尽，他游刃有余的语学荡然无存。在这一刻绝望抑或孤独中他吐露的如下表白，我以为乃是日本文学——远非堀田善衛一人——的最高境界：

> 在科尔多瓦或格拉纳达城里的时候，我感到自己总是被某种淡淡的悲哀的感觉控制着。那种悲哀，我自己想，好像来自两个方面的东西：一是每逢一事，总痛感到自己的文明享受能力的狭窄。还有另一方面。从青春时代便与之相逢的西欧文明，到与之竞争的、亚洲非洲等等所谓第三世界的文明，自己的关心混合着自己内在的对美、以及艳的要求，这一切，难道要把年暮六十的自己，领到最终为之迷恋的地方去么？……（断章，p.195）

他踌躇着，咀嚼着这感受的意味。是一种清算的捷径么？在日本已有不少前辈走过。要么就这般地发想、如此地跳跃，摆脱上海和东京的烦恼？他似乎为自己发现的、这命题的终极性而悲哀。

他独语着，到了这样火候写什么都无所谓了。面对着阿兰布拉宫的神秘文字图案，他枯坐冥思，这样自言自语道：我也学些阿拉伯语如何呢？歌德不是八十岁才开始学波斯语么？（断章，p.204）

我尚不敢相信自己的猜测，最好有人以考证推翻我。但我想对他说：哪怕不懂关键词，也不是决定的因素。只要心存正义、有对文明的敏感，狭隘的“人间情热”会在路上新生，我们早晚能摸索到一己的、或民族的出路。

毕竟，唯有他写出了这样的话：“痛感自己文明享受能力的狭窄”，把暮年的自己，领到“最终为之迷恋的地方去”。原来美的渴望，能隐去个人的痛苦。如经过了业火，最后的句子，奢侈而迷人。

写于2010年元旦

（《スペイン断章》，岩波新书1979年，《情熱の行方》，岩波新书，1982年—）

凡生命尽予收容——从祁连山到积石山

A

理解这片土地需要一个入口。

兼顾地理语言宗教等因素，或许挑选东乡最为合适。

——东乡苦、东乡旱，天下最穷数东乡、东乡的男子虎背熊腰、东乡的山头拱北数不清、东乡话听不懂、东乡人不打井、东乡的山是倒立的……往昔，东乡本是河州八坊的小贩在摊子上消磨时间的话题；如今随着东乡的急剧变貌，它更成了一个广泛散播的传奇。仿佛提起东乡，人会不由得兴奋。

东乡是什么？名从地意，它原本指的是河州城（今临夏市）以东的乡下农村。五十年代国家进行民族识别时，当地人不爱听这个称谓，以为这个词暗含河州人对乡下人的歧视；更不喜欢因为说自家的土话就成了“蒙古尕娃”、从回族中剔出来单另划一个民族，觉得这冒犯了他们堂堂穆斯林的身份。后来虽然习惯了当一个民族，但仍不断有更改族名的提案。根据一个古老称谓“撒尔塔”，要求更名撒尔塔族的呼声起伏不息。最近刚刚移山填壑、奇迹般建成的县城广场，已被正式命名为撒尔塔广场。

哪怕在八十年代，东乡确是一块难以抵达的、遥远的异境。它的四周各有一道河流隔断：北黄河、东洮河、西大夏河、南广通河，四水之间耸立着这片神秘高山。虽然西、南二河都不是什么险阻、洮河也捉襟可涉，但是闭锁的含义是多重的——无水的水文、破碎的地理、绝对的贫穷、还有歧视、压迫、无援，那片壁立东乡的大山，即便对河州而言也是一块绝地。几十万人星点居住在近两千条山梁和三千多道沟壑里，耕作对面的一块麦地，要先下到深涧般的谷底再攀上陡峭的沟崖。一场暴雨过后，壑更深了一丈，沟又多了数条。媳妇回十里外的娘家，要绕过三五座大山；县长下乡办些公事，司机先担心恐怖的山路。里面的人难能出去，外界的人也不想进来。东乡是一切意义上的死角，东乡意味着无望的弃土、最恶的生存。

但是山头再陡峭也不会撒手放弃，因为再贫瘠的黄土也是耕地。只要多少慈悯些雨水，山顶坡麓就能生养小麦、洋芋和胡麻。东乡人的家屋，散乱疏离地搭盖在沟壑山峁之间。泥屋缭绕炊烟，静静蹲踞山顶。秋冬之际，门口一块空场上大都堆着两垛庄稼，金黄的麦子，黑红的胡麻。更多的洋芋，则藏在自家窖里。水土流失，但四条河围住了人的土语，没让它也流失。东乡人在这旱苦的家乡，日出而作，日入而息，打发自己艰辛的日子，也调养自己独特的精神。

场上要紧的是水窖。在无水的世界里，水窖是生命的保证，也是财富的象征。夏日的暴雨冬天的大雪，都被挖沟引进或背篓运来，倾入窖中，蓄成够一家喝几个月的窖水。打窖的匠人现在已不易寻到了；他们用胶泥反复捶打，把窖壁磨得光硬如石。挖成的水窖深宽各有丈余，窖口却不满两尺。再小心罩上盖子，不能进了污物。至今人们喜欢追忆窖水的故事；说窖水滑腻，微微发甜，吃了有利肠胃，而且特别长力气——远比瓶装水好过百倍。

窖水不够，就要远路驮水。一头骡子挂两个桶，上下三五十里，整整一天驮来的两桶，不像是水，简直是血。前几年有两个北京记者为着体验，跟上驮水的农民跑了一趟，人精疲力竭，鞋也磨破了。县里觉得感激之情难表，一人送了一双皮鞋。

东乡县战胜无水命运的决心，和当年愚公一般大。除了付出过巨大牺牲的南阳渠工程之外，八十年代以来，以大小水泵、不锈PVC管、人的吃苦为手段，向白白淌掉的外河索取，在焦渴纵横的腹地布局，二十年里，以县城索南坝为中心，几大干渠如放射线般建成。同时——尕西塬和九眼泉、龙泉与董岭、百和及坪庄，十余条叫做“人饮工程”的引水线，在高高的梁峁山脊蜿蜒游走，如一条条动脉持续输血。梦境于是成真，亘古以来窖水度日的东乡人，如今认识了自来水。我曾沿着尕西塬的山梁，目击刘家峡的黄河水被扬到山顶，又沿着山梁的脊线，抵达了一个个村落。在北庄，宗教长老亲手为我转动水龙头，我亲眼看见清亮的水哗哗流出，伴着老人喃喃的感赞。

——若把引水渠比喻成动脉，那么公路就是静脉。自古与世隔绝的东乡，一定要凿通出口。如今的东乡，让司机谈虎色变的溜肩土路已快绝迹，通向四方已不止四条公路。最值得纪念的，是东乡人不顾险阻跨过洮河、劈开拦路的砂子豁豁山，从大坂乡凿通一条直路的壮举。那条路连接了兰州走四川的高速道，是东乡最短捷的命脉。修路期间也来了两个记者，但不是来体验民间艰难，而是想表演“媒体牛二”。我想，他们若听说过东乡的烈性就断然不敢玩火了：据说他们险些被东乡人装进麻袋，一甩手扔进洮河。

东乡气质的一部分，可远溯到蒙古的遗传——如今说说蒙古话题，已经不再会引起纠纷了。东乡语是一种古代蒙古语，日本蒙古语言学家小澤重男称之中期蒙古语。涉及语言唯恐说错，我只能说：在现代蒙语中脱落的词首送气音 h，如尚保存未丢，一般即是十三世纪前后的特征。

有趣的是近年来东乡族更改族名的诉求。他们说自己原来的民族自谓是“撒尔塔”，而不是意为“河州城东边乡下”的东乡。而这个撒尔塔大名鼎鼎；在十三世纪文献中，它是一个波斯语词（sārt，商人），专指当时的穆斯林队商。在蒙文中它常以 sartaγul 的形式出现，这个词在《元朝秘史》的旁译中，被清晰地写做“回回”。而在同期的回鹘文献（元代畏兀儿文书）中它被写为 sartalar，其中的 -γul/-lar 都是复数后缀。

换言之，十三世纪的北亚诸族，曾把西来的穆斯林行商用波斯语称为“撒儿塔”、或用汉语称为“回回”。于是，如果原属回族一部的东乡人改名为撒儿塔，就等于用波斯语恢复了原名——转了一个圈，又回到了原来。显然这是个语言学的小小玩笑，活泼而有学问。

东乡是伊斯兰的渊薮。甚至可以说，东乡的色彩，就是白的帽子、绿的盖头、以及黄色的山。登高远眺，清真寺和先贤墓宛如棋布，星点绵延天边。派别林立，门宦群集，最富中国色彩的门宦和最具改革思想的新教，都在东乡汇聚诞生。信仰是生活中的盐；这里没有歌厅、没有色情业和酗酒者。斋月里所有饭馆都白日打烊，夜晚却灯火通明地营业。在银行里农民取走存款，但把利息掷回窗口。德高望重的长者极受尊敬，为修葺穆罕引迪尼（相传是一位祖籍伊朗的大贤）的坟墓，大湾头的百姓担水植树，在旱海中造了一座绿山。前不久与我交深的北庄老人家辞世，东乡发来的短信说，送葬那天有十三万人赶来，密密的白帽淹没了撒尔塔广场。

他们带着元代的痕迹。虽难定论，但“撒尔塔”的称谓提示说，他们的伊斯兰或许自外携来，而并非在河州皈依——也有充分的可能。无疑他们与蒙古渊源很深。他们可能正是——那次覆盖世界大半的蒙古运动的一点尖锐的解说。

只是愈靠近这解说，证据就愈嫌不够。还必须环顾他们的同伴，那些散落在甘青大地上的族群。

B

需要从祁连山脉的西端开始，继续这个讨论。

今天，在从祁连到东乡的大地上，已经能数出八个小的族群或集团。

这些大小不等的群体是：被政府认定为少数民族之一的，操蒙古语的东乡族、保安族、土族、裕固族中的东部裕固人（xara -yōhur，黄裕固）；和操突厥语的另一半西部裕固人、未被认定一族的康杨人和说晚期蒙古语的托茂人。最后是河州西面积石山关门内的撒拉人——他们是地理位置最靠东的突厥民族。

——太多的族名可能使读者疲惫；简单说，曾有一大群说着古代蒙古语的人群（混杂着少量突厥语成分），从祁连山脉以西，朝着莽莽的青海更朝着遥远的甘肃，实行过一次（或数次）迁徙和投奔。

语言仍是一个最清晰的提示。

1995年7月，我在肃南裕固族自治县随口做了几句话的调查。当记录到“那人是回族”的问句时，回答使我震惊。Eni kunsardur，简直可以翻译成“那人是撒儿塔兀勒”，几乎原样的《元朝秘史》蒙语！

裕固族如解读这一批族群的钥匙。

据裕固族作家铁穆尔的调查，东部人所说的蒙古语中，“语音与土族语、东乡语、保安语之间共性较多”，词首保留着h，“十”是harwen。他们更有一致的民族认同；无论东部或西部，无论讲的是蒙古语或者突厥语，所有人都有一样的自己称谓“撒里尧乎尔”（突厥语是近似的sarevhyovhur）。这不能不催人联想历史上天灾引起的回鹘西迁，以及甘州回鹘、黄头回鹘、撒里畏吾尔等名称。

与东乡毗邻的土族，也提供了早期的信号。土族语也带有明显的古代特征。如数词13的发音也是“harvengurvan”（现代蒙语为arbangurban），词首的h，亦未脱落。以前学术界记载土族自谓是“白蒙古”（Čaγanmongul），其实“白”可能仅是一个炫耀的形容词，如“黑”有时表示落后、粗糙、“生”一样。

信仰伊斯兰教的保安族和康杨人的语言，与土族语几乎没有差异。甚至连“保安”一名，也来自黄河对岸信仰藏传佛教的土族保安三庄。人们笑道：“三个庄子里头过了河的当了回民把名字也拿上走了，没过河的守着保安三庄可给人叫了土族。”——至于康杨人则是一个很小的人群，住在出产著名的大杏子、并私造枪械的群科附近。我猜想，如康杨人一样的小群体以后还可能不断被人觉察，以证实当年那场大迁徙的规模。

在抵达之前他们当然早有自己的色彩。但是获得牧场和获得土地永远更加重要。妥协和依附，都无疑曾经有过。依附主人的规矩、选择主流的信仰，是最显著的现象。东乡族以全民笃信伊斯兰教著称；而语言近似的青海土族和游牧祁连的裕固族，却以信仰佛教并拥有一系列藏传名刹而骄傲。再向东，流散黄河北岸的同仁佛徒被认做土族，而渡河到积石山信仰了伊斯兰的亲戚，却被划为保安族。兼之在撒拉人的强烈影响下，贫瘠孤立的卡力岗藏民改信了伊斯兰教而变成“藏回”；耕作于湟水流域的密集汉民中，能数出一群群汉化的蒙藏成分（如乐都县的祁姓蒙族）——为了求得生存，人们经历了很多。唯因如此，由八个藕断丝连的族群所勾勒的大地，呈着一幅语言、宗教、民族的斑斓图画。

撒拉人和突厥语裕固人的关系诱人遐思。他们的语言，挑逗着猜测他们同出一辙的想象。若这两批人真是姊妹，那么就——或者裕固的一支在祁连山改宗于藏传佛教，或者撒拉的一支在大夏河潜入了伊斯兰。虽然远远没有证据，但有可能对撒拉族的一些推断，还应该对照说突厥语的裕固人。他们两家的渊源传说，一旦契合而不相悖，这盘棋就会一目了然。撒拉人说自己十世纪就从撒马尔罕来了，骆驼上驮着古兰经——那么，裕固人也在同期抵达祁连山么？

不敢浪言。

如果这一想象错了，那么撒拉人就与上述诸群缘起不同，乃是一个独立迁来的群体。如那样，就唯独剩下托茂人，是晚期的一例。

与另五个语言古老的蒙古语群体不同，托茂人的语言与现代蒙语出入不大。托茂人原来驻牧在新疆东部的哈密一带，因在清顺治年间卷入丁国栋米喇印起义，后被安置于青海的蒙古王爷旗下。屡经辗转流离，今天他们游牧于祁连托勒川草原、和新疆的博斯腾湖畔。“托茂”一名含义不详，但他们的称谓记忆和伊斯兰信仰，却一直传承未变。由于他们与明代史料中记载的“哈喇回”纠葛甚深，也许会被判定为蒙古运动后期曾发生过的、大规模伊斯兰化过程的一个活化石般的例子。

——这样就无意触碰了浩瀚的蒙古运动的一角。也许我们阑入的，是一个深具学术意味的观点。

C

是什么原因使得这些人迁来此地，已经不能细究。

分散的、各式各样但多是蒙古人的一些群体，遭逢了难以抗拒的强力。或是战争，也可能是雪灾，使家乡变成了地狱。总之在故乡活不下去了，求生的欲望发动了向东南的逃亡。向祁连山、向青海湖的大迁徙就这么发生了。

从祁连山到积石山，浪潮催动东移，人群继续涌动。难断一个准确年代，也不知延续了多久。这一浪潮的息止，是在积石关外，四闭的东乡。

这些从漠北或新疆出发、只知向东南移动的人群，在从祁连山到积石山之间的大地上，得到了收容。

收容的过程，依然无法细考。收容的过程也不会是和风细雨。或许曾有过残酷的瞬间，摩擦、谈合或拼杀；但总的来说，收容实现了。

也许这块土地惯看了人群的逃难。也许他们自己也有过亡命与投奔。这片热土的主人，主要是胸襟宽阔的青海藏族，给落难的来客敞开了大门。不仅青海，从祁连到东乡，这块青藏边缘的大陆，慷慨地把牧场划出，把荒山相让，使他们活了下来。

催动了我心里的热情、使我也数十年一日地向它投奔的青藏边缘的一隅，是一个巨大的十字路口。它以祁连山脉为北缘，用河西走廊隔开了北方的蒙古草原。它的西方连着中亚新疆，神奇的突厥和伊斯兰文明在那里根深叶茂。祁连南麓便是茫茫无际的藏区，黄河从青藏高原向中原低地跌落。在黄河孟达峡的东面，只要过了东乡的荒山，洮河东岸便是传统的汉文化世界。

——以后，凡是活不下去的、凡是遭了劫难的、凡是孤独苦罪、无处容身的人或民族，就往往朝这个方向跑。他们为什么不往北走？他们怎么不向西去？只能说，青藏边缘的一隅，确是收容的大地。

这就不是什么学术观点了：在这块土地上，凡生命尽予收容。一个朴素的真理，唯在此地不断地被证明。于是人对土地怀上了感情。这是一片宽容的大地，像母亲把手臂伸向孤儿。从祁连到东乡，这片大陆对人的接纳，是一个感人的过程。它原本是地理的结果，后来却成了土地的性格。

1921 年外蒙古革命时，一批外蒙人逃亡入境。他们跳过河西走廊，一头钻进了祁连山。如今他们定居在裕固牧区的白音乡，没有加入划分民族，而是被认定为侨民。

同样，从二十世纪初叶以来，新疆的凶恶军阀一直固执地对哈萨克人民追杀不已。尽管天山的美丽和哈萨克对天山的感情远非人们所能想象——但在残酷的命运之手的推动下，他们赶着羊群，驮着妇女儿童，不断向东迁徙。又是在甘青交界，阿克赛和柴达木的旷野，接受了苦命的哈萨克人。

我在马海——青海柴达木西端的一片荒漠，它是本文所述运动的最后一次迁徙后的安置地——和一个哈萨克村长一起，并肩漫步在草滩上。

他在六十年代上中学时在德令哈当过红卫兵，如今却黧面寡言，彻底蜕变回一个牧人。

我问：Bul jeldejaylawjakse ma？这地方夏牧场好吗？这是在新疆天山的美丽夏季，最常用的问候语。

但他心情沉重地回答：Jay law jaman，夏牧场很差。

我想起《荒芜英雄路》中与哈萨克老人的对话，心中感慨无限。

2009 年 7 月初次于德令哈以讲座发表

2010 年 3 月写毕于北京

附录一　张承志著作集目录

1.《老桥》，小说集，北京十月文艺出版社，1984 ☆

2.《张承志集》，小说集，海峡文艺出版社，1985

3.《蒙古大草原游牧誌》，日文，朝日新闻社，1986

4.《北方的河》，小说集，北京十月文艺出版社，1987 ☆

5.《北方的河》，小说集，台湾新地出版社，1987

6.《黄泥小屋》，小说集，宁夏出版社，1987

7.《金牧场》，长篇小说，作家出版社，1987 ☆

8.《黄泥小屋》，小说集，台湾林白出版社，1988

9.《奔驰的美神》，小说集，四川文艺出版社，1988

10.《北望长城外》，小说集，中原农民出版社，1988

11.《张承志代表作》，小说集，黄河文艺出版社，1988

12.《骑马民族国家》，译著（江上波夫著），光明日报社，1988

13.《The Black Steed》，小说英译本，中国文学出版社，1989

14.《绿风土》，新散文集，作家出版社，1989 ☆

15.《心灵史》，长篇小说，花城出版社，1991 ☆

16.《Les Rivieres du Nord》，小说法译本，中国文学出版社，1992

17.《神示的诗篇》，小说集，江苏文艺出版社，1992 ☆

18.《神示的诗篇》，小说集，香港南粤出版社，1992

19.《张承志回族题材小说选》，小说集，青海人民出版社，1993

20.《热什哈尔》，译著（署名参与），三联书店，1993
21.《红卫兵的时代》，日文，学术类，岩波书店，1992
22.《从回教看中国》，日文，学术类，中央公论社，1993
23.《错开的花》，新诗集，北京师范大学出版社，1993
24.《美丽瞬间》，小说集，北京师范大学出版社，1993
25.《殉教的中国伊斯兰——哲合忍耶史》，日文，亚纪书房，1993
26.《清洁的精神》，散文集，安徽文艺出版社，1994 ☆
27.《金草地》，长篇小说，海南出版社，1994
28.《荒芜英雄路》，散文集，上海知识出版社，1994 ☆
29.《绿风土》，散文集，香港天地图书，1994
30.《黑骏马》，日译，早稻田大学出版社，1994
31.《黑骏马》，小说集，长江文艺出版社，1994
32.《大地散步》，散文集，群众出版社，1995
33.《张承志文学作品选集》（四卷），海南出版社，1995
34.《清洁的精神》，散文集，香港牛津大学出版社，1995 ☆
35.《鞍与笔》，以日文写作，散文集，太田出版，1995
36.《牧人笔记》，随笔集，花城出版社，1996 ☆
37.《张承志卷》，散文集，人民文学出版社，1997
38.《北方的河》，日译，露满堂，1997
39.《鞍与笔》，散文集，北京师范大学出版社，1998 ☆
40.《大陆与情感》，摄影散文集，山东画报出版社，1998
41.《张承志》，散文集，香港明报出版社，1999
42.《以笔为旗》，散文集，中国社会科学出版社，1999 ☆
43.《张承志文集》（五卷），湖南文艺出版社，1999
44.《北方的河》，作家出版社，2000

45.《一册山河》，散文集，作家出版社，2001 ☆
46.《东岳文库》，七卷袖珍本，山东文艺出版社，2001
47.《西省暗杀考》，小说集，北岳文艺出版社，2001
48.《金草地》，长篇小说，北岳文艺出版社，2001
49.《金牧场》，长篇小说，时代文艺出版社，2001
50.《鞍与笔的影子》，摄影散文集，学林出版社，2001
51.《张承志 20 年散文选》，散文集，青海人民出版社，2001
52.《粗饮茶》，散文集，春风文艺出版社，2003
53.《谁是胜者》，散文集，现代出版社，2003 ☆
54.《音乐履历》，散文集，上海三联书店，2003
55.《辉煌的波马》，江苏文艺出版社，2003
56.《金牧场》，长篇小说，春风文艺出版社，2004
57.《文明的入门——张承志学术散文集》，北京十月文艺出版社，2004
58.《金牧场》，作家出版社，2005
59.《鲜花的废墟》，游记，中国文学出版社，2005 ☆
60.《北方的河》，人民文学出版社，2005
61.《风土与山河》，散文集，作家出版社，2005
62.《张承志散文》，人民文学出版社，2005
63.《海骚》，小说集，台湾正中书局，2005
64.《草原印象》，散文集，浙江大学出版社，2005
65.《鲜花的废墟》，游记，台湾允晨出版，2005
66.《张承志精选集》，燕山出版社，2006
67.《正午的喀什——张承志新疆题材作品选》，新疆人民出版社，2006
68.《金牧场》，人民文学出版社，2006
69.《张承志自选集》（三卷），花城出版社，2007

70.《牧人行歌》，散文集，盲文出版社，2007

71.《长笛如诉》，散文集，盲文出版社，2007

72.《聋子的耳朵》，散文集，河南文艺出版社，2007 ☆

73.《五色的异端》，散文集，香港大风出版社，2007

74.《金牧场》，人民文学出版社，2007

75.《大西北》，散文集，中国青年出版社，2007

76.《鲜花的废墟》，游记，中国友谊出版公司，2008 再版

77.《荒芜英雄路》，散文集，中信出版社，2008 再版

78.《清洁的精神》，散文集，中信出版社，2008 再版

79.《鞍与笔》，散文集，中信出版社，2008 再版

80.《敬重与惜别——致日本》，中国友谊出版公司，2009 ☆

81.《黑骏马》插图本，上海人民美术出版社，2009

82.《黄土：张承志的放浪笔记》，江苏文艺出版社，2009

83.《饮虎池》，作家出版社，2009

84.《金草地》，作家出版社，2009

85.《你的微笑》，散文集，青海人民出版社，2010 ☆

86.《大草原与大西北》，散文集，广东教育出版社，2010

87.《匈奴的谶歌》，上海文艺出版社，2010

88.《张承志寄小读者：向常识的求知》，21 世纪出版社，2011

89.《黑骏马》，青海人民出版社，2011

90.《北方的河》，青海人民出版社，2011

91.《涂画的旅程》，青海人民出版社，2011 ☆

92.《金牧场》，长江文艺出版社，2012

93.《常识的求知：张承志学术散文集》，三联书店，2012

94.《心灵史》改订版，珍藏纪念版，2012 ☆

95.《相约来世》，作家出版社，2013

96.《张承志作品》（四卷），华文天下，2013

97.《北方的河》，花城出版社，2013

98.《骑手为什么歌唱母亲》，译林出版社，2013

99.《敬重与惜别》，台湾行人文化实验室，2014

100.《张承志作品系列》（十卷），东方出版社，2014

注：带星号的为初版。

附录二　张承志文学创作年表

1978 年

夏天，在研究生考试后写作蒙文诗《Arat−un hu boln−a》（做人民之子）及短篇小说《骑手为什么歌唱母亲》，因后者获第一届全国优秀短篇小说奖而开始文学道路。

1981 年

夏天，重返阔别的内蒙古草原。是年 10 月，毕业于中国社会科学院研究生院民族历史语言系，获历史学硕士。12 月，中篇小说《黑骏马》完成。

1982 年

年底，第一本小说集《老桥》编成。

1983 年

5 月，赴日本东洋文库进修。参加 UNESCO 举办的暑期土耳其语基础讲座。在东京外国语大学旁听小泽重男的《元朝秘史》。写作游牧社会学概要书《蒙古大草原游牧誌》（日文版）。同时被歌手岡林信康的艺术吸引，归国前完成《绝望的前卫》。中篇小说《北方的河》

在日本校订。

1984 年

6 月初自日本归国。为梵 · 高的绘画和故事所震撼。是夏，再回乌珠穆沁草原。秋天，赴新疆调查。12 月，初次进入西海固腹地的农村。此后多年，在甘、宁、新疆等地的农村下乡。

1985 年

6 月写成短篇小说《GRAFFITI——胡涂乱抹》，刊于同年 11 期《上海文学》。12 月，由业师翁独健先生亲笔题署书名的小说集《北方的河》编成。

1987 年

长篇小说《金牧场》出版。

8 月调入海军创作室。

翌年开始，写作下列诗体作品：4 月写成《黑山羊谣》；1988 年 3 月，《海骚》；1989 年 3 月，《错开的花》。

同时更频繁地在黄土高原的回族农村下乡。

1989 年

第一个散文集《绿风土》出版。6 月号《文汇月刊》发表中篇小说《西省暗杀考》。

是年 9 月，开始写作《心灵史》。12 月，从海军退职（复员），辞退一切公职待遇。

1990 年

3 月，《心灵史》写成，交花城出版社。

为青年阿訇做秘书工作，校订他们译自阿拉伯－波斯文的宗教史典籍《热什哈尔》。

8 月，散文《天道立秋》。

11 月，赴日本。在日本岩波书店《世界》杂志连载，并在“岩波新书”出版文库本《红卫兵时代》。

1991 年

《心灵史》出版。

为岡林信康的 CD《信康》写作“解说”。

在日本的中央公论社出版《从回教看中国》。此为第一册独立使用日文写成的著作。

1992 年

在东洋文库，与友人合作学术著作《殉教的中国伊斯兰》。

诗体作品集《神示的诗篇》在香港出版。

1993 年

4 月，就职日本爱知大学法学部。带领学生进行“六十年代的世界与青年”讲座研讨。

应约为《世界》毛泽东诞辰 100 周年纪念专辑写作《毛主席 Greffitti》

1994 年

年初，提前结束契约，归国。

散文集《荒芜英雄路》出版。
秋，母亲病逝。
初访云南。

1995 年
3 月：《三舍之避》及《心上关山》。
4 月：获首届爱文文学奖。发表《首届爱文文学奖获奖致辞》。
自是年起，连续三年赴新疆，比较和学习维吾尔文明的知识。此年赴塔什库尔干，在帕米尔高原，决定逐步写作系列的阐释新疆的论文与散文。10 月：《冰山之父》，11 月：《正午的喀什》，1996 年 6 月：论文《从象牙塔到吐鲁番》、1998 年：《面纱随笔》、2001 年：《文明的入门》。编辑了新疆题材专集，由香港明报出版为“当代中国文库精读”之一。此书并被湖南文艺版五卷本《张承志文集》收入，书题《冰山之父》。
在北京完稿的日文散文集《鞍与笔》在东京出版。
《张承志文学作品选集》四卷本出版。

1996 年
在云南农村的小村寨里，迎来元旦。
散文集《清洁的精神》（修订版）出版。
3 月，针对攻讦和诽谤，以及对穆斯林世界的歧视与偏见，写成《墨虽浓惊无语》。
6 月，在内蒙古额吉去世后，亦是八十年代以来，又一次重赴乌珠穆沁草原。
8 月，因无法前赴西北，在北京家中，接待来自西海固回民区的农民朋友。

9月赴南疆，在维吾尔社会深处探寻苏非的源流。
岁末，为纪念这一年写作《让潮水三次淹没》。
《牧人笔记》出版。
12月，在中国作协第一届全国委员会上的表决中，就选举方法投唯一的弃权票。

1997年
为宗教史译著《热什哈尔》的台湾繁体字版代理著作权事务。
删改长篇小说《金牧场》，以《金草地》为题重新出版。
7月，赴乌珠穆沁草原。
12月，又赴新疆。在寒冬季节的吐鲁番和伊犁，度过宝贵的日子。归途再去河州、宁夏、平凉，并抵达枯水的黄河壶口。
岡林信康在日文版《北方的河》封面围带上撰写短文。

1998年
散文集《鞍与笔》（与同名日文书内容不同）出版。
3月起，主编《三联人文地理》杂志试刊。写作发刊词《人文地理概念下诸学科的方法论问题》。此文与散文《二十八年的额吉》等作品一起，提出了“文明的内部发言”“文明代言人的资格”等理论观点。
抵达以前在小说中想象的黑龙江。
有意识地写作包含复数文化的散文。是年3月《粗饮茶》、4月《音乐履历》写成。

1999年
出版摄影散文集《大陆与情感》。

3月赴江西，登庐山，踏查陶渊明的粟里。继赴绍兴，拜访山阴道上的名胜古迹。

7月遍游甘肃河州各县。过河入青海，西马营。再访关川。

新散文集《以笔为旗》出版。自己设计的封面，以亲身参加的艾提尕尔大寺的聚礼为主题。

开始在大西北的清真寺，讲解学术研究的方法论。与这一实践同步的论文《寺里的学术》，已至三稿。

10—12月，开拓新的世界学习，首次奔赴西班牙。深入地中海西部的穆斯林历史。

2000年

3月，再访江西。登梅岭、井冈山。

8月盛夏，赴酷暑的乌珠穆沁草原。

是年前后，继续留意作品的学术性。它们涉及的学科分别有：

考古学：《时代的召唤与时代的限制》；

社会学：《一页的翻过》（2000.4）；

伊斯兰研究：《刘介廉的五更月》、《双联璧》（2000.7）；

古代交通史：《水路越梅关》（2000.斋月）；

思想史：《波斯的礼物》（2000.6）。

腊月，再入黄土高原，在久别的山村，与农民朋友重逢。

2001年

于除夕归京。

3月，第三次游学江西，访景德镇、婺源、王安石故乡东乡、吉水吉安、瑞金；并进入福建，拜访泉州圣友寺、厦门鼓浪屿。

7月赴青海，踏查祁连山脉南麓，大通河流域及扁都口。黄河李家峡以及东部农业区。

8月，继腊月之旅后，再进旱灾中的西海固。

继续写作学术类散文。

建筑：《石头的胜利》（2001.10）；

植物：《幻视的橄榄树》（2001.8）；

新疆研究：《文明的入门》（2001.12）等。

新散文集《一册山河》出版。

10月，游浙江，再上山阴道，访徐锡麟烈士遗迹。游舟山、上海，看古代港口形势。回山东故乡。

青海人民出版社出版《张承志20年散文选》。

2003年

1—4月，第二次西班牙调查。遍走西班牙、摩洛哥、葡萄牙的历史旧地和各种农村。

9月，赴新疆。在天山南北巡游新疆全境。遍及昌吉、伊犁，从库尔勒经沙漠路进入塔里木南缘，遍访昔日的旧友。

2005年

应《南方周末》纪念苏珊·桑塔格而写作的《他人的尊严》，反被《南方周末》拒绝发表。西方知识分子“左派的傲慢”的命题，与标榜自由的媒体之可疑背景的命题。

出版《鲜花的废墟——安达卢斯纪行》，此为对世界学习的一次总结，也是第一本描述外国的著作。

6月，讲演河州城。

2006年
远赴秘鲁、墨西哥三个月。开始尝试学习西班牙语。了解拉丁美洲的16世纪及殖民世纪历史。对安第斯山腹地、亚马孙河丛林、太平洋沿岸、印第安人、殖民地及教育，白银、土豆、玉米等作物的传播，有了宝贵的认识。
为反省“文革”中的血统论并纪念红卫兵诞生40周年，写作《四十年的卢沟桥》。
秋，赴日本两月，日本历史文化调查。
组织阿拉伯文与汉译对照的宗教典籍《曼丹叶合》的出版。

2007年
独自以学术散文《掩卷追怀亦邻真》纪念蒙古史业师翁独健先生诞辰100周年。
新散文集《聋子的耳朵》出版。
四川，松潘。经若尔盖抵达甘南。再访东乡，帮助流落红军。

2008年
曲阳、龙泉关、五台山。
4—6月，赴古巴、西班牙两个月。了解古巴的殖民时代与革命时代。在西班牙南部调查摩里斯科历史。
第二本描述外国的著作、散文体日本概论《敬重与惜别——致日本》出版。书中以对大中华天朝思想的自省、以警告中国思想界浸淫传染的大国主义危险为武器，分析批判日本明治维新以来的“脱亚入欧”国策，呼吁新的亚细亚主义。

2009 年

1 月，在两岸四地华人抗议以色列入侵加沙的网上联合声明书上动员中国知识分子和穆斯林踊跃签字。

在《读书》杂志开设题为“尚能学否”的不定期专栏。

夏季赴柴达木盆地西端，访问荒漠尽头的马海哈萨克安置地。

10 月，再访西海固、将台堡与陈田玉。散文《重逢关川》。

多年神交的北庄老人家马进城逝世。用手机短信发出的唁电刊载在甘肃媒体。

组织印成一册农民学者研究乃格什板顶耶源流的粗糙论文集《为泥足者序》。批判体制豢养的伊斯兰学者及其方法论。

2010 年

2 月，写成寓言《磨坊目击记》。

3 月正式开始《心灵史》修改。

4 月，《敬重与惜别》获“第八届华语文学大奖盛典”年度散文家奖，在发奖会上使用 1995 年的旧作《首届爱文文学奖获奖致辞》。

6 月 20 日，在北大国家发展研究院讲演，题为《常识的求知》。

6 月，全国高考语文试题采用《大河家》为试题。

夏季赴青海与编辑共同工作，新散文集《你的微笑》出版。

动员西宁穆斯林援建的哈萨克马海安置区清真寺建成。

总结对从祁连山到积石山的甘青边界地域长达十数年的文化追究，发表《凡生命尽予收容》。

11 月，再访日本，在明治学院大学发表日文写作的讲演稿，题为《四十年之初衷未曾敢弃》（敢えて四十年の初心を抱えて）。

2011 年

2 月第二次倾注全力于《心灵史》修改版作业。

夏季赴青海，就地即写即编，编成绘画、速写、草图合集的美术散文集《涂画的旅程》，9 月出版，召开西北各族农村友人汇聚新书签售式的聚会。

9 月，《心灵史》修定版完成。在西北两座城市前后进入编辑阶段。编辑过程中，仍有重要的修改。

2012 年

《心灵史》改定版 750 册以真皮封面、银徽嵌饰、毛笔签字、孤版钤封的豪华装帧问世。书上明印对读者的允诺：收益将全数用于扶贫。

5 月 24 日，精装版成品运抵北京。7 月上旬，书以每册 1500 元的收藏价格销空。

9 月 7 日，前赴中东。

9 月 12—15 日，在约旦境内的巴勒斯坦难民营，将《心灵史》改定版所获收益实施捐献。一共对 5 个村庄、计 476 户巴勒斯坦难民及约旦穷苦农民，捐献了 10 万美元。五次演讲《越过死海》。

10 月—11 月，在上海亚洲思想论坛、南京大学、复旦大学以及北京，共五次公开汇报此次巴勒斯坦难民营的捐献行动。

为强调少数民族的母语权利，长篇散文《启蒙的历程》发表。

2013 年

这一年的时间主要用在印刷两批各 5 万册简装本《心灵史》修定版的工作上。此版由友人印成，10 万册免费赠送不取分文。封底明印“全部赠阅，严禁营利”。

4月，短暂韩国之旅。江华岛、釜山、首尔清真寺的印象。

9月，念盼的土耳其之旅实现。震惊于奥斯曼帝国的文化辉煌，流连忘返。

10—11月，赴日本，从北海道至对马岛，旅行一个月。

10月26日，在日本中央大学骏河台纪念馆，用日语进行最后一次以《心灵史》收益援助巴勒斯坦难民行动的宣传讲演。题目为《从红卫兵到巴勒斯坦》。

12月，《张承志文学创作年表》完成。

图书在版编目（CIP）数据

张承志作品系列．第8卷，散文 思想 下 / 张承志 著．— 北京：东方出版社，2014.4

ISBN 978-7-5060-7372-1

Ⅰ．①张… Ⅱ．①张… Ⅲ．①中国文学—当代文学—作品综合集 ②散文集—中国—当代 Ⅳ．① I217.2

中国版本图书馆 CIP 数据核字（2014）第 068375 号

张承志作品系列：卷八·散文·思想（下）
(ZHANGCHENGZHI ZUOPIN XILIE JUANBA SANWEN SIXIANG XIA)

作　　者： 张承志
策 划 人： 张　杰
产品经理： 傅　愈
责任编辑： 姬　利　傅　愈
责任审校： 刘福生
书籍设计： 张志伟　纸墨春秋设计工作室
统　　筹： 吴玉萍
责任营销： 王莉莉 010-64258071
出　　版： 东方出版社
发　　行： 人民东方出版传媒有限公司
地　　址： 北京市东城区朝阳门内大街 166 号
邮政编码： 100706
印　　刷： 三河市金泰源印务有限公司
版　　次： 2014 年 11 月第 1 版
印　　次： 2014 年 11 月第 1 次印刷
印　　数： 1—6000 册
开　　本： 880 毫米 ×1230 毫米　1/32
印　　张： 21.5
字　　数： 499 千字
书　　号： ISBN 978-7-5060-7372-1
定　　价： 68.00 元
发行电话： (010)64258117　64258115　64258112